我的野生动物朋友们

世界上最经典的动物故事集

【美】吉姆·凯尔高 等 ◎著　玖 月 ◎编译

上册

中国华侨出版社

图书在版编目（CIP）数据

我的野生动物朋友们：世界上最经典的动物故事集：全 2 册 /（美）吉姆·凯尔高等著；玖月编译.—北京：中国华侨出版社，2016.7

ISBN 978-7-5113-6177-6

Ⅰ.①我… Ⅱ.①吉…②玖… Ⅲ.①儿童故事 – 作品集 – 世界 Ⅳ.① I18

中国版本图书馆 CIP 数据核字（2016）第 176216 号

我的野生动物朋友们：世界上最经典的动物故事集（全 2 册）

著　　者 /	［美］吉姆·凯尔高等
编　　译 /	玖　月
责任编辑 /	文　蕾
责任校对 /	王京燕
经　　销 /	新华书店
开　　本 /	787 毫米 ×1092 毫米　1/16　印张 /34　字数 /656 千字
印　　刷 /	三河市华润印刷有限公司
版　　次 /	2016 年 9 月第 1 版　2019 年 4 月第 4 次印刷
书　　号 /	ISBN 978-7-5113-6177-6
定　　价 /	62.00 元

中国华侨出版社　北京市朝阳区静安里 26 号通成达大厦 3 层　邮编：100028
法律顾问：陈鹰律师事务所
编辑部：（010）64443056　　64443979
发行部：（010）64443051　　传真：（010）64439708
网　　址：www.oveaschin.com
E-mail：oveaschin@sina.com

前言
Preface

在我们赖以生存的这个星球上,动物是比人类出现得更早的居民。

动物的命运与人类的活动息息相关,人类也习惯在动物身上寄托自己的感情。动物小说,作为文学的一个分支,一直在文学领域中占据了至关重要的位置。

作为一种独特的文学体裁样式,动物小说皆以各种各样的动物为主人公,描写它们的生活状态,书写它们在大自然中的命运起伏以及与人类千丝万缕的联系和纠葛,为我们展开了一幅幅无比生动的动物图景。而动物小说的独到之处,就在于从动物的角度出发,谴责人类对动物的迫害,用动物的悲惨遭遇引起读者的同情,传递保护环境的重要性。

大自然的命运与我们人类的命运紧紧相连。

因此，本书的目的，不但是为了将国外优秀的动物小说引荐给广大青少年读者，更重要的目的在于向大家传递尊重自然、保护生态的理念。

这一套动物故事集，书中精心挑选了4位在动物小说领域取得了卓越成就的国际级动物小说作者：吉姆·凯尔高、安娜·西韦尔、罗伯特·罗素以及欧·汤·西顿。结合青少年读者的阅读特点，将这些作者的经典篇目加以整合，选取了其中最闪光、最能打动读者的片段加以呈现，同时删掉了其中一些跟主要情节没有太多关联的部分，力求精益求精，将其中的精华筛选出来，满足广大青少年读者的阅读需要。

这一套动物故事集，带给读者的，不仅仅是一场动物小说的"饕餮盛宴"，更是一次动物王国的新奇旅行，一次发人深思的心灵洗礼。

目录 Contents

吉姆·凯尔高经典作品

荒野求生

第一章　逃兵奎因　003
第二章　风积丘下的生活　008
第三章　猎手　013
第四章　战斗　016
第五章　饥饿　020
第六章　狩猎开始了　022
第七章　竞赛　024
第八章　俘虏　027
第九章　首领　032
第十章　甘德河上的麻烦　034
第十一章　公麋鹿　038
第十二章　通往马斯兰　040
第十三章　复仇　044

猎狮犬

第一章　暴风雪　048
第二章　山狮　052
第三章　狗崽巴克　056
第四章　恶魔狂狮　062
第五章　凯恩猎犬　067
第六章　猎人杰克　070
第七章　杰克的猎物　076
第八章　骏马裂缝　081
第九章　刽子手　085
第十章　踪迹失而复得　089
第十一章　宿怨　093
第十二章　埋伏　097

红 狐

　　第一章　偷袭者　　102

　　第二章　桑德的失败　　105

　　第三章　雪壳　　109

　　第四章　猎狐　　114

　　第五章　亡命之狐　　119

　　第六章　夏日里的瘟疫　　124

　　第七章　雌狐　　128

　　第八章　俘虏　　132

　　第九章　石缝　　136

　　第十章　猎人戴德　　140

　　第十一章　游荡者　　144

　　第十二章　狩猎　　147

安娜·西韦尔经典作品

黑骏马

　　第一章　我的第一个家　　155

　　第二章　波特维克庄园　　158

　　第三章　生姜的悲惨遭遇　　162

　　第四章　我的朋友们　　166

　　第五章　我和我的主人　　170

　　第六章　约翰和詹姆斯　　172

　　第七章　男子汉——乔　　177

　　第八章　糟糕的新家　　180

　　第九章　安妮小姐　　183

　　第十章　鲁本　　185

　　第十一章　车马出租行　　188

　　第十二章　小偷和骗子　　192

　　第十三章　出租马　　194

　　第十四章　善良的杰瑞　　197

　　第十五章　车马行的见闻　　200

　　第十六章　选举日　　204

　　第十七章　分别　　206

　　第十八章　艰难的岁月　　208

　　第十九章　最后的家　　210

罗伯特·罗素经典作品

本和我

第一章	我的新家	215
第二章	富兰克林炉	216
第三章	协定	218
第四章	游泳	220
第五章	穷查理年鉴	222
第六章	雷电实验	224
第七章	避雷针	226
第八章	风筝实验	228
第九章	出使法国	230
第十章	王宫之行	232
第十一章	我的计划	233
第十二章	凡尔赛之战	235
第十三章	生日快乐	238

兔子坡

第一章	新人家要搬来啦	240
第二章	小乔奇之歌	247
第三章	新人家终于搬来了	253
第四章	"书呆子"	258
第五章	倒霉的威利	263
第六章	愁云惨淡的兔子坡	265
第七章	大家一起来分享	271

我发现了哥伦布

第一章	陌生的国度	275
第二章	黄金美梦	277
第三章	哥伦布竖鸡蛋	279
第四章	觐见国王和王后	281
第五章	金子的秘密	283
第六章	哥伦布的要求	285
第七章	海洋大将军	286
第八章	我的锦囊妙计	288
第九章	招贤纳"将"	290
第十章	骑兵上将	292
第十一章	出发	293
第十二章	不可思议的冒险	295
第十三章	伟大的发现家	298

基德船长的猫

第一章	我见到了基德船长	302
第二章	基德夫人	305
第三章	土耳其地毯	309

第四章　当之无愧的基德船长	312	第三章　波士顿的新生活	343
第五章　不祥的预感	315	第四章　消失的自尊	345
第六章　叛变	318	第五章　新生活	347
第七章　水桶	322	第六章　友爱的大家庭	350
第八章　返回圣玛丽	325	第七章　上当受骗的乡巴佬	353
第九章　继续远航	328	第八章　格里芬码头的壮举	357
第十章　贵族的承诺	332	第九章　不停奔跑的利维尔	359
第十一章　纽盖特监狱	334	第十章　封锁波士顿	362
第十二章　盛开的樱花树	336	第十一章　钟楼上的信号灯	365

利维尔和我

第一章　皇家军团的骄傲	339	第十二章　最后的骑行	368
第二章　欢迎来到波士顿	341	第十三章　勇士归来	372

欧·汤·西顿经典作品

塔克拉山上的熊王

		第六章　兰卡的赌约	385
第一章　童年的厄运	377	第七章　亲人和仇敌	388
第二章　后悔的交易	380	第八章　报仇雪恨	390
第三章　成长的烦恼	381	第九章　可怕的熊王	392
第四章　独立纪念日	382	**银狐多米诺**	
第五章　9米高的熊	384	第一章　生活的阴影	396

第二章	狐狸洞	397
第三章	祸不单行	398
第四章	银狐和白脖子	399
第五章	打败大笨狗	401
第六章	迷幻药	403
第七章	愉快的捕猎生活	405
第八章	猎狗的追击	406

乌鸦大队长

第一章	银斑点的语言	409
第二章	银斑点的智慧	410
第三章	训练	412
第四章	银斑点时代的终结	413

灰熊华普传

第一章	家破人亡	415
第二章	独立成长	417
第三章	可恶的人类	419
第四章	慢慢变老	422
第五章	狡诈的白脸熊	423
第六章	死亡	425

贫民窟里的猫

第一章	母猫	427
第二章	幸运的吉蒂	429
第三章	吉蒂的婚事	430
第四章	吉蒂的兔子宝宝	432

第五章	吉蒂的王室血统	433
第六章	名贵非卖品	435
第七章	回到小巷子	436
第八章	别墅的垃圾场	438
第九章	危险的旅程	439
第十章	唯一的朋友	441

野狼比利

第一章	灾难	443
第二章	幸存的小狼	444
第三章	狼的智慧	445
第四章	捕狼机	447
第五章	比利的脚印	449
第六章	追杀比利	450
第七章	悬崖上的决斗	452

野猪泡泡

第一章	一只小飞虫	455
第二章	莉丝特的宠物	456
第三章	宠物野猪	458
第四章	黑熊再次出没	460
第五章	大战响尾蛇	462
第六章	森林里的药	464
第七章	母野猪	465
第八章	打败大山猫	466
第九章	忘记发信号了	468

第十章	莉丝特的口哨	469
第十一章	追捕野猪泡泡	471
第十二章	最后的战斗	472

蝙蝠阿特拉法

第一章	蝙蝠妈妈	475
第二章	不听话的小蝙蝠	476
第三章	阿特拉法	477
第四章	迁徙	479
第五章	好朋友	480
第六章	失去自由	481
第七章	惊险的旅程	483

松鼠旗尾巴传

第一章	松鼠妈妈	486
第二章	返回森林	487
第三章	猎狗的追踪	489
第四章	大战黄鼠狼	490
第五章	银松鼠	492
第六章	幸福的生活	494
第七章	打败红松鼠	495
第八章	小虫子	497
第九章	聪慧的银松鼠	499

第十章	松鼠生存法则	500
第十一章	可怜的老二	502
第十二章	毒蘑菇	503
第十三章	惨痛的教训	505
第十四章	致命游戏	507
第十五章	打败大黑蛇	509
第十六章	偷树籽的贼	510
第十七章	跟大自然的约定	512

角羊大王卡拉格

第一章	小角羊	514
第二章	加入羊群	516
第三章	余茬妈妈	518
第四章	美洲狮	519
第五章	钉子妈妈	521
第六章	角羊大王卡拉格	523
第七章	羊群的壮举	525
第八章	大战狼群	526
第九章	斯迪克的追击	527
第十章	稻草人的秘密	529
第十一章	卡拉格的复仇	530

吉姆·凯尔高经典作品

作者介绍

美国动物小说家吉姆·凯尔高（1910—1959）是动物小说界泰斗级的人物，他在短暂的生命历程中留下了40余部小说和上百篇短篇故事。凯尔高作品的突出特点，是源于作品中呈现的美国原始荒野的自然风光及笔下性格鲜明的动物形象。

荒野求生

第一章　逃兵奎因

北风呼啸，卷起粉末般的雪粒，扫向手指般狭长的雪堆，形成一道道小小的纹路。山顶上，一头黑狼纹丝不动地蹲坐着，任凭冷风在身上来回横扫。

黑狼正值壮年，身形高大。丛林的生活法则在它身上留下不可磨灭的印记：它的耳朵残缺不全，从左耳根部到左肩，有一道不规则的醒目疤痕。此刻，黑狼伸着鼻子，仔细地嗅着寒风带来的信息——山脚下，是荒芜的卡尼河平原。猎人林克带着5条大狗驮着行李，冒着风雪，艰难赶路。

黑狼的内心，燃烧着对人类的仇恨之火，它表情狰狞地咆哮起来。其实，卡尼河平原人烟稀少，黑狼鲜有机会看见人类，但是它的心中早已埋下了仇恨人类的种子。在它还是一只小狼崽的时候，它就领教过人类的残忍。那天，它坐在沙地上玩耍，一个人带着一件它从没见过的东西慢慢走近。"砰"的一声巨响之后，它感觉浑身剧痛。此后，它的身上留下一道象征着耻辱的白色伤疤，从左耳延伸到肩膀，无法消除。

当时，黑狼舔着伤口，对天发誓："我一定要报仇雪恨！"

第二年，黑狼成了卡尼河平原上出色的猎手，当上了狼族的首领。那个伤害过它的猎人并不知道这里已经成为黑狼的地盘，又回来捕猎。黑狼发现了猎人的踪迹，利用树木做掩护，一直悄悄地跟在后面。一天，猎人不小心摔倒，脸埋进雪堆。黑狼不再惧怕他手里的猎枪，风一般飞奔过去，一口咬断了猎人的脖子。

之后，黑狼慢慢明白：人类，尤其是摔倒的人，并不比它经常遇到的麋鹿强壮，甚至体力还不如一头幼鹿。此外，它还掌握了猎狗的弱点：一旦离开人类猎枪的保护，猎狗就变得虚弱无力。好几次，黑狼将猎狗从人类身边引开，只花了一半的体力追上猎狗，就毫不费力将它们杀死了。

这会儿，黑狼动了动鼻子。它再次确认：平原上的5条大狗，其他4条跟它以往杀死的狗没什么两样，第5条个头比较大，是一条母狗。黑狼舔舔舌头，站了起来，跑向山的另一侧，钻进一片低矮的云杉树丛。树丛里，躺着15匹灰狼，它们一看到黑狼，立马用崇敬的眼神行注目礼。黑狼扫了一眼狼群，抬起头仰天长啸。

凶狠的狼啸传到了卡尼河平原。猎人林克停下脚步，转过身朝狼啸传来的方向望去。林克是个20岁出头的小伙子，身材高大而挺拔，有一头乌黑的头发和一双棕色的眼睛。

一条狗不安地叫起来，其余三条狗也朝林克围了过来。只有那条体重超过100磅的灰色母狗，趴在地上一动不动。

林克一脸宠爱地对母狗说："奎因，别做出一副无精打采的样子，快点起来吧。"

奎因仍旧一动不动。

林克是在马斯兰小镇购买旅行装备的时候买下的奎因。买它的时候，林克已经知道它怀孕了。不过，它看上去聪明、勇敢又强壮，林克并不介意它怀孕这事，还是将它买了下来。也许是临近分娩的缘故，奎因不太合群。林克抬起雪靴，踢了踢地上的雪，奎因还是趴在那里。尽管他之前一直被购来的狗儿喜爱，但是这次他并没有赢得奎因的信任和友谊。

林克再次朝狼嚎的方向望去，突然知道了点儿蛛丝马迹。两年前，这头"恶魔黑狼"杀死了猎人奇里科夫。传说它能躲避子弹，还能幻化成各种模样。不过现在，林克没时间研究到底是不是黑狼在号叫，他得赶紧赶到过夜的"双鸟小屋"。

"我们走吧。"林克温和地说。

其他4条大狗很快跟着林克往前走。奎因焦躁不安，直到他们走了20英尺才站起来，追了上去。它一边走，一边回想往事。

奎因记得，自己是在一次前往北部地区的旅途中出生的，从小到大，它一直在雪橇上生活。艰辛的路途让它明白：困难之中，弱者无路可走，只有强者才能继续生存。它永远也忘不了第一次做妈妈时的情景：孩子们也出生在雪橇上，它的主人——一个凶残的小个子法国男人，为了让雪橇快速前进，拿起猎刀敲碎了所有小狗的头，将它们扔在冰冷的雪地里。

现在，那种担心孩子再次惨遭不幸的恐惧完全占据了奎因的心房。它几乎忘记了身上重达35磅的行囊，充满期待地看着经过的丛林。关于林克这个新主人，奎因承认，它有点儿喜欢他。但是，它之前有过太多冷酷无情的主人，它无法完全相信任何人。不过,作为一条雪橇犬,它知道,自己会无条件服从林克的命令。

下午4点,林克来到"双鸟小屋"——一间用原木搭建的小屋子。屋前有一条小河,还没结冰,河水"哗哗"地欢快奔流。狗儿们结束了一天的工作,躺下来休息,等待林克来卸下行囊。奎因已经拿定主意,它与其他大狗保持距离,耐心等待逃走的时机。

林克去河边打了一桶水,抱了一大捆木柴进屋生火。几分钟之后,升起袅袅炊烟。林克走出来,给狗儿们卸下行囊。其他4条狗围着小屋寻找兔子的踪迹。林克温柔地抚摸着奎因,柔声安慰它:"可怜的奎因!我知道你在担心什么。真的,你无须担心,你把孩子生下来之后,我会亲自照顾它们的。我保证!"

奎因很感激,伸出舌头舔着林克的手。但是,过去的经历告诉它:大多数人只将狗当作拉货的牲口,一旦它们拉不动雪橇上的货物,他们就会立刻将狗处理掉,只有最强壮的狗才会避免厄运。因此,它并不相信林克的话。

随后,林克拿着用斧头劈开的5块冻鹿肉,走了出来。他在屋檐下没有雪的地方蹲下来,举起一块肉。狗队的首领——黑狗尤克,庄严地走过去坐下,抬起前爪跟林克握握手。领到肉后,它来到屋外一个僻静的角落,享用晚餐。

其他几条狗,蒂比、路得、凯纳依次领到鹿肉。奎因安静地坐着,等待林克召唤。从它加入狗队这天起,进餐的顺序就是这样,它排在最后一个。不过,奎因并不介意,它有足够的耐心。

"奎因!"

听到呼唤,奎因大步上前坐下来,抬起爪子,林克挠了挠它的耳朵:"尊敬的女士,你是最后一个。不过我给你留了最大的一块肉,你看,上面还带着骨头呢!"

其他几条狗趴在地上,津津有味地啃着冰冷而坚硬的鹿肉。奎因知道,这里有一个惯例:最先拿到肉的狗会最先吃完,然后到处打探,试图从别的狗那里捞一些肉吃。

奎因跳过一个雪堆,在雪堆里挖了一个洞,背靠一棵云杉,将鹿肉撕扯成一块块的,直接大口吞下去。

尤克已经吃完了鹿肉,装作若无其事的样子来到其他几条狗身边晃悠,不巧,大家都对它发出警告的咆哮。但是,它不死心,想到奎因这里碰碰运气。奎因很清楚,争夺食物这种事有相应的规矩:一旦觉察对方有抢食的苗头,就要发出警告的吼叫,如果对方不听劝告,自己应该发动攻击。随后,对方要么自动离开,要么接受挑战。不过,奎因不喜欢吼叫,它直接一跃而起冲出来,朝尤克扑去。尤克大吃一惊,立马绷紧全身肌肉，展开战斗，两条狗疯狂地扭打起来，都挥舞着爪子，试图抓破对方的喉咙。

"见鬼！你疯了吗？"尤克不敢相信地吼起来，它没想到奎因为了保护肚子里的孩子，已经愤怒到极点。

"尤克！奎因！"

奎因好像听见了林克的命令声，但是它并没有停下来。尤克想退缩，奎因逼得它毫无退路。"天啊，你是一头发狂的野兽！"尤克惊叫着。

林克走过来，拿起木棍，将尤克和奎因打开了。奎因全力迎战，甚至没感觉到林克打中了自己的鼻子。当林克搂着它的脖子时，它才渐渐安静下来。

林克知道雪地旅行的辛苦，他尊重每一条帮他驮负行囊的狗。他温柔地安慰奎因："好了！奎因，别怕，尤克已经走开了。别担心，你很安全。继续去吃饭吧，别害怕，我会照顾你的！"

奎因摇摇尾巴，目送林克进了小屋。就在奎因跟尤克打斗的时候，凯纳悄悄偷走了它的肉。这会儿，凯纳躺在雪地上，一边啃着骨头上的最后一丝肉，一边装出一副无辜的样子看着奎因。奎因很生气，尽量压制着自己的怒火。

夜深了，林克上床睡觉了。一轮圆月越升越高，照亮了整个原野。领队尤克低声吼叫传递着信息："伙计们，是时候去抓兔子了！"

随后，其他三条狗跟在尤克后面离开小屋，奔向森林。奎因慢慢跟在后面，它知道，夜晚是它们的娱乐时间。在洒满月光的草地上，一只雪兔冲了出来，狗儿们狂叫着展开追逐，来到浓密的杨树林。

奎因有些焦躁，它担心林克的安危，独自跑回了小木屋。

狗儿们追着雪兔，兴奋得大叫。奎因望了望狗叫的地方，确定林克平安无事之后，慢慢踏上了白天走过的小路。

它抬起前爪，有些犹豫不决。对于一只狗来说，首要的规则就是忠于主人。但是，奎因更想当一个合格的妈妈，保护好自己的孩子。一想到孩子，奎因不再犹豫，果断而坚决地沿着白天走过的足迹往回走。它很清楚，自己在雪地上留下脚印很容易被林克找到，只有沿着白天走过的路才能将行踪掩藏起来。

皎洁的月光下，奎因飞快地跑起来，跟随驯鹿的足迹爬上一个山坡。在山顶上，它追上了鹿群。鹿群闻到奎因的气味，逃得无影无踪。奎因不敢停歇，跑了整整一夜，直到天蒙蒙亮，才在岩石峭壁边停下来。怒号的狂风带走了岩石上的积雪，奎因站在上面朝下俯瞰，立刻被一座云杉树枝缠绕起来的小丘吸引住了。小丘上长满了灌木和小树，看起来温暖、干燥又舒适。

奎因快速走过去，在一棵大树下刨了个坑，钻进去躺下来，舔了舔身上的毛。

这时，小木屋的林克已经醒了。他打个哈欠，懒洋洋地翻了个身，琢磨着接下来的路程。从这儿到甘德河，还有50英里。"那些留在甘德河的马儿，肯定知道去哪里寻找最丰盛的草。它们肯定平安无事，说不定还长胖了呢。"林克不再担忧，起床准备早餐。

天完全亮了，林克吃好饭，提着行囊走出来，狗儿们打着哈欠，伸着懒腰跑向林克，任凭他将行囊放在自己身上。

"奎因！"林克大喊一声，疑惑地看看四周，没有发现奎因的身影。

"奎因，你在哪儿？"

没有任何回应，林克失望地转过身，把行囊扔进屋子。这趟旅程的目的地是马斯兰小镇。离开甘德河的时候，林克只带了4条极其普通的大狗。他喜欢奎因的样子，希望它的孩子像它一样高大、聪明、健康。

"不，我不能扔下一条怀孕的狗。"林克想着，低下头看了看剩下的4条狗。"它们虽然能干活，却不会搜寻奎因。如果带上它们去找奎因，它们说不定还会帮倒忙。"

为了防止它们打架，林克将大狗们绑在4棵小树上。随后，他用布包好三明治，穿上雪靴，站在屋前的雪堆上，思考奎因可能会走的路线："昨晚我听见狗儿们追赶雪兔的声音。奎因可能也去了，说不定在那儿能找到一丝踪迹。"

林克来到树林，蹲下来仔细研究，只看到雪地上留着4条狗跑过的足印。在小树林背后，他还发现了一摊血和一些兔毛——这一定是狗队抓住雪兔的地方。从这儿开始，所有足记都指向"双鸟小屋"，没看到任何狗跑进森林的踪迹。林克皱起眉头，自言自语道："对于奎因来说，最理想的住处就是一个由枯枝败叶组成的小丘。可是，这里有无数个这样的风积丘……这可真让人头疼！"

林克只好绕着小屋走了一圈。突然，林克笑起来，发自内心赞叹道："奎因！你真是最聪明的狗！为了掩藏足印，故意沿着昨天走过的路逃走！"林克不经意地笑着，内心涌起对奎因的关爱："好吧，奎因！等我找到你，我一定会兑现我的承诺，好好照顾你的孩子！"

风雪中，林克艰难前行，一遍遍呼喊着奎因的名字，回答他的，只有呼呼的风声。他一直低着头查看，生怕错过一丁点儿蛛丝马迹。几头麋鹿和一群驯鹿穿过小路，向山上走去了，林克跟着驯鹿的脚印往前走，但是，他已经看不到任何奎因的足印了。随后，他去了自认为奎因会拐弯的地方，又继续往前走了两英里。

"唉！我已经错过奎因转弯的最佳位置了！它藏得太好了，除了漫无目的地寻找，我再也想不出更好的办法了！"林克垂头丧气，他心里清楚：在茫茫原野找一只狗，等同于大海捞针。

"不，我决不放弃，哪怕只有一丝希望，我也要找到它和它的孩子！奎因……奎因……"

林克大声地喊了一遍又一遍，却得不到任何回应。毫无疑问，奎因一定躲在最偏僻的角落。但是它到底去了哪里呢？林克往西过河爬上一座山丘，雪地上遍布各种动物的脚印，他根本找不到奎因的踪迹。随后，林克沿着小路又走了1英里，耐心地搜寻了每一个小丘，但是仍旧找不到奎因的踪影。

最后，林克无奈地咧嘴一笑："奎因！你干得可真漂亮！谁也无法找到你！"

一连三天，林克都在荒原上寻找奎因。然而，他没有找到任何关于奎因的踪迹。第三天晚上，飘着鹅毛大雪，北风呼啸，林克躺在床上，做了一晚上关于奎因的梦。第二天一早，他打开门，仍旧没看到奎因的身影。

狂风怒号，林克闷闷不乐地给狗系上行囊。出发去甘德河之前，他在小屋门口留了很大一块鹿肉，心里仍然藏着一丝希望："也许，奎因会回来呢！"

第二章　风积丘下的生活

奎因安静地躺在风积丘下面的洞里。外面，北风夹杂着冰雪，抽打着树木。大树的背面结了霜，发出"咯吱咯吱"的声音，好像在痛苦地呻吟。

奎因并不惧怕严酷的天气。曾经的旅途中，无数个寒冷的夜晚，它都跟同伴们挤在一起取暖。为了照顾身下的三个孩子，它一动也不动地躺了一天一夜，将三个毛茸茸的小家伙拥在怀里，为它们抵御寒冷。直到第二天早上，它才站起来，一边温柔地摆动尾巴，一边低下头看着孩子们。

三只小小的狗崽挤在一起，黑色的小嘴巴挨着黑色的小鼻子，小小的蓝眼睛还没睁开，粉红色的小耳朵像刚冒出来的小嫩芽。其中的两条小狗，全身灰白，只有尾巴尖是黑色的；它们的尾巴短而粗，像一只从屁股里钻出来的毛毛虫；尽管它们还很弱小，但体型看上去完美而匀称，胸脯宽厚，脊柱又长又直。奎因看着它们俩，眼神里充满了期待和骄傲。

至于第三条小狗，有着明显的哈士奇血统，一身蓝灰色的毛，从眼睛到嘴尖长着两条平行的黑白条纹，看上去像戴了一个面罩。它的耳朵和嘴巴比那两兄弟尖一些，身材也比它们更加宽厚：前腿笔直健壮，后腿耐力非凡。奎因想："嗨，小家伙，不如叫你'面罩小狗'吧！"

随后，奎因又躺下来，用体温为孩子们抵挡风寒。"面罩小狗"试图从狗窝爬出去，被它温柔地拉了回来。随后，奎因闭上眼睛打起盹儿来。

10分钟之后，奎因醒了。两条银灰色的小狗还在呼呼大睡，而"面罩小狗"却不见了。奎因惊恐地看看四周，"面罩小狗"居然爬了18英寸，正举起小爪子，试图爬过挡在面前的一根树枝。"真是个顽皮的孩子！"奎因叹了口气，叼住小狗的后颈，把它拖了回来。

突然，奎因紧张地站了起来。一阵寒风送来侵略者的信息，奎因轻轻跑过狗窝的通道，站在入口处，龇牙咧嘴，准备迎战。

两分钟之后，侵略者出现了，是一头矮胖而强壮的狼獾。它躲着奎因凶狠的目光，在脑海中盘算着——"怎样才能进入洞穴，享用狗崽这道美味？"狼獾有着熊一般的勇猛和鼬鼠一般的嗜血，为了得到一顿美食，它们会毫不犹豫发动攻击。

奎因往前迈了一步，压低脑袋，露出尖利的牙齿，低吼着："想打我孩子的主意，除非我死了！"

狼獾被奎因的气势吓到了。它想："尽管我曾有'百战百胜'的美誉，但是，我可能打不过眼前这条强大而疯狂的母狗。算了，没必要冒这个险！"想到这里，狼獾灰溜溜地走开了。

奎因在洞口站了好几分钟，直到确认狼獾彻底离开，才回到洞里。"面罩小狗"又从窝里爬了出来。奎因不耐烦地将它叼回狗窝，尖锐的牙齿不小心刺破了小狗的脖子，它委屈地叫了起来。奎因躺到孩子们身边，忧心忡忡："唉！照顾你们三个已经够累的了，偏偏还有一个不听话的捣蛋鬼……"

一天就这么过去了。第二天一早，奎因觉得很饿，胃就像被烧红的刀片切割那样难受。不填饱肚子可没有足够的奶水喂养孩子，奎因快步跑进树林，打算去弄点吃的。

突然，一只雪兔跑过。奎因眼睛一亮，立即猛追。可惜，雪兔很快钻进了低矮的树丛，奎因有些迷茫地停了下来。以前跟大家一起狩猎，抓住雪兔轻而易举。现在，它单打独斗，可没那么容易抓住兔子。

奎因闷闷不乐地往前走，悄悄靠近一只松鼠，结果，松鼠在距离它6英尺的地方逃走了；接着它去抓一只野鸡，距离野鸡还有一码半距离的时候，野鸡居然扑着翅膀飞走了。又有两只兔子从眼前经过，它还是没机会逮住它们。

这时，奎因闻到一种危险的气息：前方，嗜血的狼群杀死了驯鹿，吃掉了最美味的部分，将剩下的鹿肉当作垃圾扔在荒野。奎因害怕狼的气味，但是为了孩子，它还是小心翼翼地接近了驯鹿的尸体。一只白鼬站在尸体上，虚张声势叫了几声，奎因并不理睬，白鼬只好一颠一颠逃走了。奎因后退一步，看了看周围的环境，确定没有潜伏的危险后，才蹲下来，狠狠饱餐一顿，然后跑回风积丘下的家。

接下来的半个月，奎因一直依靠那头鹿的尸体，暂时解决了食物问题。

鹿肉吃完的时候，怒号的北风已经戛然而止，柔和的西风吹了过来。天气渐渐转暖，冰雪开始融化。小狗们已经出生10天了，一天天飞快地成长。无论是谁，只要看一眼，就会发现，这些小狗长大之后个个结实勇猛。它们都继承了母亲和父亲的体型和身高，尤其是"面罩小狗"，它继承了父亲的哈士奇血统，姿态轻盈而优雅。当然，它的眼睛也比两条灰色小狗更灵敏，足足比它们早一天看见狗窝的环境、自己的母亲和兄弟们。

这天早上，奎因像往常一样出门打猎。奎因出门后，两条银色小狗躺下来继续睡大觉，而"面罩小狗"却站了起来，偷偷看着母亲出去的地方。几乎是与生俱来的，它的体内一直埋藏着一种好奇，让它无法抗拒，想尽快了解小丘外的精彩世界。小狗低下头，兄弟们仍在睡觉，它跌跌撞撞走出小窝，抬起爪子，笨拙地爬向狗窝出口。

一滴水珠从树干上落下来，滴在小狗的背上，吓得它立马蹲坐下来。它转过身，想看看自己的背上到底发生了什么事，冷不防摔了个四脚朝天。10分钟后，小狗站起来，沿着奎因的足印往前爬。一个雪块落下来，挡住了去路。"咦，这是什么？"小狗打量着这个怪东西，绞尽脑汁也没搞明白。它刚探头去碰雪块，一个不小心栽倒在雪块上。"哦，是个冷东西！"小狗明白过来，蠕动着从雪块上爬了过去。像是完成了一件什么大事一般，它骄傲地坐下来，打了个盹。

随后，小狗又站起来，继续朝门口前进。地下有一个老鼠窝，一只老鼠闻到了小狗的气味，不安地发出"吱吱"声。小狗抽动着小鼻子，想搞清楚声音的主人是谁。

不过，它太小了，鼻子还没灵敏到能辨别任何气味的程度。奎因在门口放了一根树枝，小狗费了吃奶的力气才能从树枝下爬出来。

"哇，外面的世界这么美！"小狗停下来，两只前爪叠在一起，张大嘴巴，看着眼前的美景。

小溪经过瀑布和险滩，直流而下；山坡两旁，是巨大的云杉，它有着长矛一般的树顶，树枝像鸟儿的羽毛一样挤满了山谷；天空碧蓝如洗，柔和的阳光照耀着大地，将温暖带给每一个寒冷的角落。

眼前的世界比想象中美多了！小狗心满意足地坐着，全神贯注地看风景，丝毫没有注意到危险在慢慢靠近。

一道阴影从天空中投射下来。这道影子的主人是一只角鸮。它昨天夜里就出来觅食了，整整一晚毫无收获，气得一肚子怒火。在风积丘的山谷游荡时，它发现了"面罩小狗"。为了得到这顿美餐，角鸮悄无声息地降落在地上，慢慢接近小狗，在它扇动翅膀扑过去的一刹那，小狗忽然感觉到危险，连滚带爬撞到一根树干上。

就在这危急时刻，奎因风一般地赶来了。它在距离角鸮还有10英尺的时候，猛地一跃而起，直接朝角鸮扑去，一边用牙齿死死咬住角鸮不放，一边用肩膀将还在笨拙地抓树干的小狗撞开。小狗被撞了个四脚朝天，它忍着疼痛站起来，看见角鸮正举起巨大的翅膀拍打妈妈。

奎因紧紧咬住角鸮，毫不放松。角鸮张开爪子，铁钳一般的利爪刺穿了奎因的耳朵，它的嘴不停地啄来啄去，像一支连续扫射的机关枪。奎因停下来松了口气，随即猛冲过去，一口咬住角鸮的脖子。终于，角鸮低下头，不停乱扇的翅膀也停了下来。

奎因见状，扔下角鸮的尸体，大步朝"面罩小狗"走去，用鼻子蹭蹭小狗，舔了舔它的伤口，然后轻轻咬住它的后颈，叼到狗窝入口处。

"嗯，我不喜欢这个长羽毛的家伙！不过，它的肉倒是宝贵的食物！"想到这里，奎因放下孩子，转过身拖着角鸮回到狗窝。

随后，奎因躺下来，给孩子们喂奶。两条银灰色的小狗吃饱喝足，傻乎乎地睡着了。而"面罩小狗"却激动得难以入睡："外面的世界真美！要是今天我也能跟妈妈一起打那只大鸟就好了！"想到这里，它兴奋得坐起来，眼睛偷偷看着洞口处。这一次冒险给它带来了前所未有的满足感，也给它留下时刻谨记的忠告：外面的世界充满危险。

接下来的两个月，奎因每天出去打猎，渐渐掌握了捕猎技巧。在它的养育下，小狗们像庄稼地的玉米一般，长得飞快。当然，它们的胃口也越来越大，周围的食物越来越少，奎因不得不拼命捕猎来满足孩子们的需求。

每当奎因外出捕猎时，小狗们会跟在后面跑几步。两条银灰色的小狗很听话，通常会待在安全的地方。而"面罩小狗"则是个大麻烦，它虽然知道原野生活的残酷，却还是一心向往外出探险。

不知不觉，春天已经到了。这天，孩子们像往常一样送奎因出门打猎，不过，当奎因跑出去时，它们没有立即转身回窝。两条银灰色的小狗本来打算回去的，它们一扭头，就看见"面罩小狗"抱着前爪坐在地上，双眼直直地看着洞口，还试探地往前走了几步。

当然，它还没忘记上回角鸮的袭击，也得出了一个结论："小心来自头顶上的偷袭！"

比起第一次冒险，现在的"面罩小狗"已经长大了不少：身材魁梧壮实了很多，嘴巴比以前更凸出，耳朵能精神地耸立起来，站起来的时候比它的两个兄弟足足高出两英寸，体重也比它们多了两磅。

现在，它的感觉也灵敏多了，就算听不到老鼠发出的声音，也能根据气味判断出它们就住在狗洞边的木头下面。它甚至还能根据气味得出更多的信息：黄鼬来这捉过老鼠，一只山猫闻到妈妈的味道突然逃跑。拦在洞口的树枝再也不是障碍，"面罩小狗"轻而易举翻了过去。现在，它来到洞口，看到了一个生机盎然的世界——小溪欢快地流淌着，从山谷蹿下来，跌落成小瀑布；岸边遍布青草，树木环绕，一只红衣凤头鸟从树梢飞了过去。

"面罩小狗"回过头，看看它的兄弟们，大家都开心地欣赏着外面的美景。

突然，"面罩小狗"嗅到一种特别的气味。这股气味告诉它：原野上的贵族即将驾临！小狗不安地挪动爪子，几分钟之后，这个庞然大物出现了。

这个家伙又高又胖，有一个大脑袋，耳朵小小的，眼睛也小小的，一身夹杂着银灰色的棕色毛发。它走路的时候，发出猪一样的哼哼声，像是在找什么东西，不停地用鼻子摩擦地面。随后，它将前爪插进一根断木，贪婪地吃着里面的白蚁。

突然，它停下来，用疑惑不解的目光看着"面罩小狗"，而小狗也在盯着它看。当时，其他两条小狗已经溜回狗窝。只有"面罩小狗"还站在那里，不但不害怕眼前的庞然大物，还想去接近它。这头大野兽走过来，好几次低下头去嗅小狗。小狗大着胆子站起来，友好地摇着尾巴，甚至还伸出舌头舔了舔对方的鼻子。

野兽皱起鼻子："这是哪里跑出来的小东西？"随后，它转过身，哼哼唧唧地继续找白蚁吃去了。

"面罩小狗"看着野兽的背影，心里留下这样一个印象："嘻嘻，这个大家伙一点也不可怕呢！"其实，它并不知道，刚才，跟它碰面的是动物中的"君王"——北美灰熊。

第三章　猎手

春天来了，狼群遵循着不可更改的自然法则——一公一母结伴，先后离开狼群，去繁衍后代。

积雪还没完全融化，但黑狼的狼群只剩下它和一匹灰狼了，它们都失去了自己的伴侣。灰狼的胸前有一条伤疤，还有一只眼睛已经瞎了。一年前，一个在北部地区游荡的猎人杀死了灰狼的伴侣和孩子。

至于黑狼，原本它的4个孩子都活得好好的，可惜飞来横祸，夺走了它的孩子和妻子。那天，黑狼带着家人追杀一对驯鹿母子。它轻而易举杀死了母鹿，它的伴侣和孩子追着小鹿来到一个水流湍急的河边小洲上。4匹小狼慢慢逼近，母狼关心孩子，也加入战斗，就在它跳起来咬住小鹿喉咙的时候，河堤被山洪冲垮，母狼和小狼还有小鹿，都被湍急的洪水卷走了。

当然，如果黑狼和灰狼愿意，完全可以找新的伴侣，不过它们都不再愿意找那些缺乏打斗经验和野性年轻母狼。于是，它们避开狼群的领地，在荒原中傲慢无礼地四下游荡、大开杀戒。原本，黑狼身上那道子弹留下的伤疤，是耻辱的象征。自从它杀死猎人奇里科夫之后，这道疤痕成了它的"荣誉勋章"。关于黑狼杀死猎人的传说传遍了荒野的每个角落，只要黑狼走近，小动物们都吓得瑟瑟发抖。即使是一贯目中无人的北美灰熊，也对黑狼礼让三分。当然，黑狼深知灰熊威力无穷，从灰熊面前经过时，它会垂下尾巴，感谢灰熊的宽厚。

目前，黑狼它们还没来到风积丘。奎因和孩子们暂时安全。眼下，获取食物成了奎因的最大难题。风积丘周围的食物越来越少，如果不离狗窝远一点，就没办法获得食物，但是走得太远，单独留下孩子们，它实在不放心。

小狗们长得像野草一样快。它们不再满足于待在小小的狗窝里，总会在奎因出门的时候跟到洞口。几天之后，它们跑了出去，在太阳下奔跑嬉戏。一天早上，它们甚至跟着奎因走进了树林。奎因急得团团转，用牙齿轻轻咬着小狗们的娇嫩的皮肤，发出警告。两条银灰色小狗乖乖退回狗窝。"面罩小狗"等妈妈离开之后，又偷偷跑了出来，蹲在一个水池旁，研究自己在水中的倒影。

奎因藏在一棵云杉背后，很是犹豫："这个小家伙真是个大麻烦，越来越难约束！就算受到惩罚，它也不会乖乖听话！算了，让它玩一会儿吧！"

奎因转身向森林走去，蹲在兔子出没的地方耐心等待。一只雪兔跑了过来，踩在草地上，好奇地四处张望。奎因屏住呼吸，埋伏在草丛里，等待最佳出击时机。突然，一阵风吹过，兔子猛地一跳，扑进一片柳树林消失得无影无踪。奎因嗅到一丝危险的气息，不得不放弃雪兔，转身跑回云杉，查看周围的情况。

春天来了，住在风积丘前面的豪猪从树上爬下来，打算去溪边喝水。这个又老又肥的家伙刚走过一小块空地，眼尖的"面罩小狗"一眼就看到了这位新朋友，迫不及待地向豪猪跑去。它围着豪猪来回转圈，一会儿头枕着前爪坐下来，一会儿摇着尾巴来回跑。它用奶声奶气的声音邀请豪猪："你好，可以和我一起玩吗？"

豪猪停下脚步，实在搞不懂眼前这个又吵又闹的小家伙到底想干吗。它不想找麻烦，一心只想去溪边喝水。于是，它摇晃着身上的刺，牙齿咬得"哒哒"响，"喂，快点让开！"

小狗听见豪猪的声音，兴奋得围着它转圈高叫："哇，你真酷！"结果，一时大意，它被脚下的一块石头绊倒，摔了个狗啃泥。当它摇摇晃晃地站起来时，它的鼻子碰到了豪猪背上的刺。

"哇，好疼！"小狗疼得哇哇大叫，鼻子上还被扎了两根坚硬的刺。它很愤怒，抬起前腿，高声吼叫起来："喂，把刺扎在朋友的鼻子上，是很不礼貌的行为！"豪猪毫无反应，小狗气得毛发竖立、双耳竖直，直接朝豪猪冲过去。它非得教训一下这个不讲理的家伙。

这时，奎因从云杉后面跳出来，挡在小狗和豪猪中间。小狗哼哼着，还想冲过去："妈妈，让一下，我要给这个家伙一点颜色看看！"

"胡闹，快回去！"奎因严厉地吼起来。

豪猪不慌不忙朝小溪走去。小狗一脸困惑地坐下来，心里在不停嘀咕："我哪里胡闹了！哼哼！"它将鼻子贴在地上，伸出爪子，动作笨拙地拔出鼻子上的刺，疼得身体缩成一团，嗷嗷大叫。

随后，奎因带着它回了家。奎因一边给其他两条小狗喂奶，一边板着脸教训"面罩小狗"：

"豪猪是自带武器的大块头，你以后别去招惹它！它的刺很锋利！"

"面罩小狗"耷拉着脑袋坐在那里，不时顽皮地伸出粉红色的小舌头去舔鼻子上的伤口。

奎因看着这个冥顽不化的儿子，突然做出一个伟大的决定：带着孩子们一起出门打猎！于是，它快速站起来，往洞口走去。正在吃奶的两条银灰色小狗不知道发生了什么事，迷迷糊糊地跟了上去。"面罩小狗"舔着还在疼的鼻子，跟在后面。奎因带着孩子们走出风积丘，两条银灰色的小狗才意识到母亲的决定，回过头一脸喜滋滋地看着"面罩小狗"，兴奋地吐着舌头。而"面罩小狗"已经疯狂地冲到它们前面。

现在，终于得到母亲的认可，能够进入大森林了。"面罩小狗"的心中充满了喜悦和热情，它跌跌撞撞冲向一只在云杉上玩的红松鼠。

红松鼠摆动着大尾巴，得意扬扬："哈哈，逮不着！逮不着！"

"面罩小狗"站在树下，对着红松鼠大叫，伸出爪子不停挠树，摔了个四脚朝天。红松鼠乐得哈哈大笑，不过，"面罩小狗"并不泄气，很快站了起来。奎因在前面带路，它温柔地警告孩子们："别乱跑，跟在我后面！"两条银灰色的小狗很听话，一直跟在母亲后面，只有"面罩小狗"时不时想往前冲。

奎因带着孩子们来到一处开阔的草地。一头驯鹿带着孩子在吃草，两只银灰色的小狗看着眼前的庞然大物，吓得浑身发抖，一个劲儿往奎因身后钻。而"面罩小狗"竟然激动地举起爪子，快速往前跑了几步，想看清楚驯鹿的样子。很快，奎因把它叼了回来。随后，奎因带着孩子们来到小溪边的柳树林。这里有很多兔子，一只大个头的棕色雪兔蹿了出来，"面罩小狗"立刻欢呼着扑了上去。奎因再次将它叼回来，严厉批评说："你这样会惊动所有兔子！先在一边待着，看我的！"

从出门到现在，这是"面罩小狗"得到的第三次警告了。不过，它的心情丝毫没有受到影响，依然异常兴奋。5分钟之后，奎因叼着一只雪兔回来了。它把兔子放在孩子们跟前，后退几步，想看看孩子们的反应。两条银色小狗站在安全范围内，伸长脖子好奇地看着。"面罩小狗"小心翼翼往前走，伸出鼻子嗅了嗅："咦，这是什么东西，闻起来很好吃的样子。"它张开嘴，舔了舔雪兔的毛，咬住兔子的一只耳朵，拖着兔子走来走去。哪知，兔子被一块石头拦住，滚了过去，一只肥大的后腿还刮到了小狗的脸。小狗生气了，一个箭步跳上去咬了一口："哇，真好吃！"这是一种全新的味道，让小狗觉得兴奋又新奇。它舔了舔下巴，很快扑上去继续撕咬。

它的兄弟们见状,赶紧扑了上去。"面罩小狗"想撵开它们,独享美食。奎因温柔地说:"孩子,好东西应该大家一起分享!"

于是,"面罩小狗"不再阻止兄弟们。现在,三条小狗围在一起,一起享用无比鲜美的兔肉。

就在距离风积丘40英里的地方,黑狼和灰狼捕到了一头雄鹿。饱餐一顿之后,两匹狼睡了一会儿,再懒洋洋地找水喝。它们不慌不忙,一天天接近它们的老巢——卡尼河平原。

第四章 战斗

夏天来了,原野郁郁葱葱,生机勃勃。

雄鹿的鹿角不停生长,上面的绒毛在阳光的照耀下像棕色的天鹅绒,闪闪发光。尽管雄鹿的蹄子无比威猛,但它们更引以为傲的还是自己那象征着力量的鹿角。母鹿带着孩子,时而去溪边喝水,时而走出树林吃草。

成群的麋鹿开始向北方迁徙,向鲜有蚊虫叮咬的凉爽地区挺进。

野鸡们带着小鸡四处觅食;半大的雪兔在林间神出鬼没;无数小鱼在溪流的浅水区游来游去;几乎每棵树都被鸟儿占据,大鸟忙得不可开交,为小鸟寻找食物……

生命的繁衍无处不在,而无情的杀戮永无休止。黄鼬、鱼貂、狼獾等血腥而残忍的动物,为了哺育后代,将它们的爪牙无情地伸向所有小动物。在这辽阔的原野上,只有北美灰熊在开心地四处闲逛,它不想立刻组成家庭,也不像一般小动物那样担心杀戮。

北美灰熊很自信,它相信自己的力量足以应对任何威胁。再者,它不好斗,也不喜欢那些鲜活的肉食动物。它喜欢吃柔软的根茎和球茎植物;喜欢吃美味的蚂蚁幼虫;还喜欢吃清甜可口的蜂蜜。当然,它最喜欢的食物,还是鱼。

一天早上,北美灰熊坐在一个浅滩上,静静等待。它坐得笔直,头抬得高高的,眼睛直直盯着水面——那里有一条重达12磅的鲟鱼!鲟鱼打算逆流而行,前往上游,它在一块石头背后停下来休息,打算继续往上游冲刺。鱼越游越近,突然看到了灰熊粗壮的后腿,立刻使劲拍打水面,激起旋涡,试图从灰熊的爪子中间溜过去。灰熊伸出笨重的前爪，猛地一拍，一股泉水涌了出来，在阳光的照耀下形成了一道微型彩虹。鲟鱼被爪子的力量震得弹出水面，一下子落到溪边光溜溜的岩石上。它不停扭动身体，慢慢下滑，眼看着就要回到水里了。这时，"面罩小狗"跑了过来，它毫不犹豫扑住鲟鱼，一把按住鱼头，锋利的牙齿已经刺穿鲟鱼肚皮。它并没留意到站在溪水里的北美灰熊，用力往后拖，打算将鲟鱼拖回溪边的柳树林。

灰熊很愤怒，爬上岸怒吼着："你想把这条鱼偷走吗？"

"面罩小狗"知道自己的莽撞惹怒了灰熊，它乖乖放下鱼，恭敬地退到一边。灰熊走了过来，一口将鲟鱼咬成两半，带鱼头的那部分被它吞了下去，带鱼尾巴的那截被扔在溪边。

"面罩小狗"喜滋滋地叼起鱼尾，问："这是您对我没有抢劫你的食物而给予的奖励吗？"

灰熊没说话，只是安静地嗅了嗅"面罩小狗"的气味。其实，灰熊不喜欢鱼尾，从来只吃鱼的上半部分。"面罩小狗"还记得两个月前跟大灰熊见面的场景，现在，它依然尊重灰熊，还知道它并不是荒原中最可怕的野兽。

一会儿之后，灰熊走了。"面罩小狗"快速吃掉鱼尾，搜寻母亲和兄弟们的气味。现在，它已经4个月大了，体型也达到了成年的大狗的四分之一；它的耳朵高高竖立，身上的蓝灰色毛发颜色越来越深，脸上的面罩黑白色更加分明；它的身体比以前更强壮结实，完美地继承了来自猎鹿犬的父亲和混血母亲的优点。

现在，"面罩小狗"依照嗅觉的指引，来到两条溪流的汇合处。在那，它看到了母亲奎因和兄弟们。奎因在云杉树落叶堆里刨出一个破旧的羊毛手套。"面罩小狗"皱起鼻子，闻了闻，"嗯，这味道好像在哪里闻过，可是，我怎么也记不起来了。"它将这种味道记在心里，如果再碰到，肯定能辨认出来。

手套的手腕部位有几个字——"林克·斯蒂文森"。奎因不识字，但是它知道谁是这只手套的主人。它忽然有点儿想念猎人林克，伸长鼻子迎着北风，兴奋地叫起来："林克，你在哪里？"

突然，奎因的尾巴瞬间僵硬，脖子上的毛一根根竖了起来。它嗅到了一种危险的味道——黑狼和独眼灰狼站在距离它们半英尺的地方。

奎因当机立断，带着孩子往山上跑去，奔向风积丘下的狗窝。两条银灰色的小狗已经闻到了某种危险的气息，吓得低声哭了起来。"面罩小狗"坐了下来，像奎因一样伸长鼻子嗅来嗅去，试图理解这威胁具体来自哪里。

狼越来越近了，奎因转过身，吼叫着催促起来："快点到洞里躲起来！快！"

两条银色小狗呜咽着，跑进狗窝蜷缩在一起。"面罩小狗"一边走一边回头看，奎因站在洞口已经摆好迎战的姿势。"面罩小狗"也很害怕，但是从祖先那里继承的勇气和智慧战胜了恐惧，它见过死亡，也懂得动物们总想千方百计躲避死亡。不过，它还知道，在无法躲避时，要找一个有利的地形积极迎战。想到这里，它没有回狗窝，而是钻进了狗洞隧道边的一个小洞。"两边都没有空间了，后背和两侧都被保护起来，这才是有利的战斗地形！来吧，我已经做好了战斗的准备！"它在心里默念着，紧张地站了起来。

黑狼和灰狼，就像两个幽灵，悄无声息来到风积丘。奎因站在门口，看到了这两位"死神"。两匹狼在距离奎因几英尺远的地方停下脚步，用狡猾的双眼打量着奎因和狗洞。黑狼蹲坐在自己的后腿上，露出白森森的牙齿。它已经找出奎因的优点和弱点——它是一条勇猛的大狗，可惜，它的头抬得太高，足以致命。

独眼灰狼等不及了，它悄悄站起来，慢慢靠近奎因，打算一跃而起，将奎因扑倒在地。

可惜，它的计划落空了！

奎因也将它们认真研究了一番。漫漫旅途中，奎因身经百战，完全清楚怎么利用对方的弱点。独眼灰狼冲向它的方式，跟它以前经历的袭击并无差别。所以，当独眼灰狼冲过来时，奎因已经迅速闪到一旁，跳过去袭击了它的弱点。

奎因下手迅猛，黑狼只看见两个灰色的身体和 8 条交错的腿。短暂的交锋之后，奎因回到洞口，准备发起下一轮攻击。

而独眼灰狼仅剩下的那只好眼睛，被奎因咬成了一个血窟窿，汩汩鲜血顺着它的面颊往下流。灰狼发出一声悲痛的号哭："啊，我的眼睛！我的眼睛！"它无助地号哭着，头撞到一棵树，惊恐地退了回来，向黑狼求助。

黑狼的眼里只有残暴和冷酷，它用尖刀般的牙齿一次次撕咬灰狼。灰狼没想到会是这样的结局，发出一声惨叫，倒在地上。温暖的鲜血染红了灰狼身下的土地，黑狼轻蔑地看着这个失败者，刨了一些土盖在它的尸体上。

随后，黑狼坐下来，一动不动地等待最佳出手时机。它看着奎因，眼里甚至有一丝赞赏："这条母狗攻击灰狼的方式跟我一模一样，如果它是一匹狼，我一定会找它做我的妻子！"

但是，奎因是一条狗，还是一条忠诚于人类的狗！黑狼不能容忍，对人类的仇恨已经占据了它的身心，它必须要杀死奎因！

这时，从狗洞里传来银灰色小狗们的哭声，奎因往后退了几步，想离孩子们更近一点，于是，它的后背和两侧都在风积丘的掩护之下，不再容易遭受攻袭。

黑狼龇牙咧嘴地吼叫着，心里盘算着："这条狗已经被狗崽子们搞得神经兮兮的，随时会露出破绽，我得找出它的破绽！"

于是，黑狼故意往前冲了几步，停下来观察。奎因中计了，它离开了良好的地形掩护，跳出来迎战。黑狼低下身子，冲上去对准奎因的前腿，狠咬一口，快速撤退。

奎因的一只前腿被咬断了，不听话地垂了下来。但是，奎因毫不屈服，用另外三条腿站立，准备随时迎战。

黑狼蜷缩在地上，猛地一跃而起，身边的石子和泥团像小炸弹一样四处飞溅。它死死咬住奎因的喉咙，直到奎因的血流干了才松开嘴。可怜的奎因，临死前还想继续战斗。可惜，它渐渐看不见周围的东西了，嘴巴一张一合，心脏渐渐停止了跳动。

"面罩小狗"待在自己的洞里，看着黑狼从眼前跑过。它听见了兄弟们惊恐的叫声，随后，黑狼猛咬两口，它们发出了两声尖锐的叫喊。"面罩小狗"听见了黑狼的脚步声，紧接着，它看见黑狼探着头，满眼寒光地盯着自己。

突然，黑狼的嘴巴伸进洞口，想咬住"面罩小狗"，把它拖出去。"面罩小狗"从绝望和恐惧中惊醒过来，它愤怒地冲上去咬住黑狼的嘴巴，先猛咬一阵，再松开后退，再跳上去猛咬，再松开后退……很多次，黑狼的嘴巴差点抓住它柔软的身体，它敏捷地躲开并用牙齿不停撕咬。没一会儿，黑狼的嘴巴满是鲜血和伤痕，只得从洞口退了出来。

黑狼十分震怒，"我是草原之王，怎么能被一只狗崽欺负成这样！"它不甘心，再次将嘴巴伸进洞口。"面罩小狗"跳上去再次撕咬，并敏捷地退了回去准备再次攻击。黑狼愤怒地吼叫，"面罩小狗"也不甘示弱，一通狂吼。黑狼想把洞口刨得大一点，但是它的爪子刚够到泥土，就被"面罩小狗"一阵猛咬。

黑狼不再刨土，它走到风积丘的入口，耐心等了半个小时，希望小狗自己走出来。微风吹过，"面罩小狗"闻到了黑狼的气息，根本不打算出去。黑狼等得不耐烦，又跑回去，把嘴伸进洞口，想把肩膀也挤进去。这一回，"面罩小狗"没有大喊大叫，它退到洞口最深处，用牙齿狠咬黑狼的下颚。

黑狼的舌头被咬破了，一撮黑毛也被"面罩小狗"咬了下来。它放弃了进攻，转身走了。

接下来的两天，黑狼在风积丘附近捕猎，时不时到狗洞看看，希望能抓住"面罩小狗"。它等了两天，终于失去耐心，走远了。

第三天，"面罩小狗"才走出狗洞。

第五章　饥饿

等确定周围没有危险之后，饿了三天的"面罩小狗"终于从藏身之处出来了。一种强烈的恐惧和孤独袭上心头，它无助地叫喊着："妈妈，哥哥！"但是，四周静悄悄的，没有一丁点儿声响。

它大着胆子朝狗洞跑去。两条银灰色的小狗躺在地上，身体僵硬，嘴巴张开，还保持着咆哮的姿势。"面罩小狗"惊恐地睁大眼睛，哆哆嗦嗦往前走，它已经预料到最坏的结果。狗洞的入口处，躺着独眼灰狼，地上的血迹已经变成了铁锈一般的污迹。在独眼灰狼旁边，躺着奎因。"面罩小狗"怀着一丝希望，低声呼唤着："妈妈！妈妈！醒醒！妈妈！"奎因一动不动，"面罩小狗"警觉地看了看妈妈，又看看旁边的独眼灰狼，直到确定独眼灰狼已经死了，才慢慢走向奎因的尸体。它伸出舌头，舔舔奎因的脸颊，又伸出爪子，像平时玩闹那样拍了拍奎因的鼻子。

奎因没有丝毫回应。"面罩小狗"忽然明白，妈妈已经永远离开了它。它坐下来，伸出前爪，张大嘴巴，仰天大哭。撕心裂肺的哭声响彻原野，复仇的雄心在燃烧，"面罩小狗"将黑狼的气息牢牢记在心里，纵然荒原上有成千上万只狼，它也能准确无误将黑狼认出来。这股仇恨，强烈而坚定，已经成为"面罩小狗"的生命里不可磨灭的一部分。

随后，"面罩小狗"离开了风积丘下的家，头也不回地来到小溪边。树上的几只山雀，叽叽喳喳地说："可怜的小狗，加入我们吧！"

"面罩小狗"一言不发，它闻到了麝鼠的味道——一只水貂刚杀死一只麝鼠，躲在树根下的洞里享受美味。肚子饿得"咕咕"响，"面罩小狗"毫不犹豫，朝树根跑去。

水貂跳出来，在距离"面罩小狗"5英尺远的地方停下来，大声叫骂："小狗崽，离我家远一点！想抢我的美食，门儿也没有！"

"面罩小狗"兴致勃勃地看着满脸怒气的水貂，继续往前走。水貂发现自己的虚张声势毫无作用，立马溜进树根下的洞，探着头继续叫骂。

树根下的美餐散发着诱人的香味,树根盘在一起,"面罩小狗"左刨右刨,怎么也刨不到水貂的洞,只好愁眉苦脸地走开了。它漫无目的地沿着小溪往上走,一只雪兔从身边跳过去,它立刻猛追。草地上新鲜的兔子气味馋得它直流口水,一只又一只的兔子先后从身边冲出来,它一次又一次疯狂地追逐,累得精疲力尽,也没抓住其中一只。

最后,太阳快下山了,"面罩小狗"垂头丧气地坐在溪水边,感觉已经饿到无法忍受的地步。夜晚来临,饥饿和孤单将它紧紧包围,一只角鸮在荒原上空游荡,"面罩小狗"害怕地蜷缩在草丛里。荒原的夜晚比想象中可怕多了,一整夜,"面罩小狗"的耳朵里,充斥着各种尖叫、怒吼、呜咽、狂吠,吓得它浑身发抖。当太阳再次升起时,它已经饿得忘记了恐惧。

"面罩小狗"离开小溪,来到树林中的一块空地。草地上,一只小麋鹿在吃草。"面罩小狗"很纳闷:"为什么麋鹿不用捕猎,光吃草就能填饱肚子?"

它朝小麋鹿摇摇尾巴,表示自己并无恶意:"嗨,交个朋友吧!"小麋鹿没有说话,看看"面罩小狗",继续低下头吃草。突然,一头母麋鹿从树林里走出来,它愤怒地睁大眼睛,对"面罩小狗"一顿呵斥:"你想干什么?离我的孩子远一点!"母麋鹿的声音大得像打雷,"面罩小狗"一路飞奔,又来到小溪边。

溪水湍急,流向一个浅浅的水池。水池里,有几十条肥大的鲟鱼。其中一条大鲟鱼,搅起一片水花,尽力往上游,整个背部都露出水面。

"面罩小狗"急冲冲地跳上去,四脚叉开坐在鲟鱼身上,用力咬住鲟鱼。鲟鱼摆动着身体,奋力挣扎,将"面罩小狗"拖进水里。小狗被鲟鱼压在身下,嘴巴和鼻子灌满了水,呛得直咳嗽,却死死抓住鲟鱼不放。大鲟鱼一次次跳跃着,最终精疲力尽,奄奄一息。"面罩小狗"双眼紧闭,将鲟鱼拖上岸。这是它第一次猎杀到的食物,它骄傲地打量着大鲟鱼,一把将它按住。

这时,岸上传来一阵轻微的声响,"面罩小狗"有些紧张地按住鲟鱼,发现来者是北美灰熊后,它友好地摇起了尾巴。北美灰熊看着还有些紧张的"面罩小狗",温和地说:"我们灰熊家族,不会交出自己的食物,也不会掠夺别人的食物!"说完,灰熊大摇大摆朝小溪上游走去。

这条大鲟鱼,足够"面罩小狗"吃好几天了。第三天,"面罩小狗"终于吃完了剩下的鲟鱼,打算去森林里抓一只雪兔。像上回一样,追得精疲力尽,依然两手空空,"面罩小狗"只好回到小溪边继续抓鱼吃。它又遇到了北美灰熊,还得到了灰熊分给它的鱼尾。

沿着小溪往上走,"面罩小狗"来到一个遍地是岩石的峡谷。峡谷大概有100英尺长,两边都是10到30英尺高的陡峭石壁。一种求生的本能告诉"面罩小狗",峡谷里面可能有陷阱,它又掉头回到小溪边。一路上,它抓到什么就吃什么。几个星期过去,"面罩小狗"更加结实了,不再是那个笨手笨脚、害怕黑夜的幼崽了,它已经学会照顾自己。

一天下午,"面罩小狗"跟往常一样,去森林猎杀野兔。当然,跟以往一样,这次依然毫无收获。"面罩小狗"又饿又热,喝了几口泉水,趴在阴凉的树枝下休息。这时,奇迹出现了!一只莽撞的大雪兔出现在距离"面罩小狗"只有几英尺的地方,它没有发现"面罩小狗",傻乎乎地往前跳。"面罩小狗"一跃而起,一口咬住大雪兔,它激动地看着这只还在挣扎的兔子,学到了宝贵的一课——雪兔跑得很快,伏击它们是个不错的猎杀方法。

很久之后,"面罩小狗"埋伏在兔子经常出没的地方等待,可惜,迟了一步,兔子发现了小狗,立马撒腿狂奔。"面罩小狗"紧追不舍,最终追上了雪兔,一把将它按住。

是的,"面罩小狗"长大了,它已经具备了祖先们的闪电般的速度,完全可以成为一只出色的猎鹿犬了。

第六章　狩猎开始了

马斯兰是一个依靠铁路发展起来的小镇。这里有舒适的住房、商店,还有一座教堂和一所学校。不过,小镇的四周荒野遍布。有一些不安分的人,带着无法遏制的好奇心,穿越荒野,每隔一段时间才来小镇购买生活用品。这些人,人们称他们为猎人。

马斯兰最大的商店是老皮特开的,商店的业务主要是为猎人提供装备。如果收成不好,老皮特允许猎人们赊账,等他们手头宽裕的时候再支付账单。猎人们讲究诚信,没有谁欺骗老皮特,当然,老皮特从来也不会欺骗猎人。

这天,林克在店门口拴好4条狗,走进商店。

老皮特友好地跟他打招呼:"林克,你好,看来你少了一条狗啊。"

"是的,我之前买下的大狗奎因,它在卡尼河附近丢了,那是它怀了小狗,我找了它三天三夜，后来遇上暴风雪，不得不放弃了。奎因可是我见过的最好的狗。"

"真可惜。说不定它被狼吃了。你知道恶魔黑狼吗？听说卡尼河是它的地盘。"

林克耸耸肩膀："卡尼河有很多黑狼，它们都是恶魔。对了，我带来了山猫、貂还有河狸的皮。"

"如果一个月之前你带山猫皮来，能卖个好价钱。"

林克没有讨价还价，皮特一向实话实说。随后，皮特算了算皮毛的价格："林克，一共 976.35 美元，收成不错。"

"好的，其他的钱先存在您这里，就给我准备一点路上用品就好，我只要 50 美元。"

"你还想要一个'林克专属装备'吗？一袋盐和一箱子弹，收你 300 美元，成不？"

林克笑着同意了。四年前，林克才 16 岁，为了走得更远，只带盐和子弹这样的必需品。如今，"林克专属装备"已经传遍了整个狩猎区。

林克下了订单，要求老皮特在星期四上午将所有材料准备齐全。随后，他在马斯兰待了两天，顺道拜访朋友和其他猎人。第三天，林克带着三匹驮马来到皮特商店。商店还没开门，林克需要的装备都放在商店的门廊上了，其中一个包裹上还夹了一张纸条——"祝你好运！皮特留！"

林克给三匹马装好包裹，牵上狗，离开了小镇。刚出小镇，林克就解开了狗的皮带，4 条狗急冲冲地跑了出去，玩起了追兔子的游戏。

那天晚上，林克在一条河边露营，钓了很多条鲷鱼当晚餐。接下来，林克带着驮马和狗队，走了 16 天，来到了甘德河边的家。林克的小屋就在甘德河的北面，是一座用原木搭建的房子，里面有厨房和取暖设备，还有招待客人用的餐桌和餐具。房子后面有一个储物仓库，仓库一侧是 5 间相隔较远的狗棚。在河边的平地上，林克开了一个菜园。天气一暖，他就在那里种上各种蔬菜。

林克卸下驮马身上的行李，将它们赶去吃草，又去河边抓了很多鳕鱼，然后带着猎枪出了门。

一头母鹿带着两头小鹿从跟前经过，随后一头母麋鹿也笨拙地穿过一片草地。不远处还站在一只雄麋鹿，林克刚举起猎枪又放下来了："唉，现在还不是猎杀麋鹿的好时候！"

突然，他看到远处的一棵树干上有一大块泥污，看起来很突兀。林克高兴地吹了一声口哨，一头受到惊吓的雄鹿跑了出来，只听"砰"的一声，中枪的雄鹿倒下了。林克简单地处理了一下雄鹿的伤口,把它扛回小屋,高兴得直念叨:"这回有鹿肉吃啦!"

接下来,林克还有很多事要做:将买来的生活用品归类、修剪道路边的杂草、重新设计狩猎路线……

时间一天天过去,转眼就是初冬,甘德河已经结了一层薄薄的冰。在甘德河的每天都很顺利,不久之后林克还猎杀了一头成年雄麋鹿。几天后,他正要翻过一座山时,眼前突然跑过一只纯白色的雪兔。他忍不住呢喃起来:"雪兔的毛已经从棕色变成了白色,也就是说其他动物的皮毛已经长到了最好的时候。啊,狩猎的时机到了!"

第七章 竞赛

一整个夏天,"面罩小狗"像溪边肥沃土壤里的种子一般,长得飞快。现在,它的毛发油光水滑,胸膛又厚又宽,四肢强健有力,牙齿闪亮锋利,体重也超过了100磅。它看起来像一条大型哈士奇,但是又不是纯种哈士奇。它继承了祖先们中最杰出、最出色的优点,几乎毫无缺点。此外,长期的野外生存,让它学到了很多生存技能。它不再靠运气捕猎,已经懂得保持耐心和设置埋伏。

某天早上,"面罩狗"在云杉下乘凉。突然,什么东西砸到了它脸上。那是一根带着几颗云杉果的小树枝。原来,当"面罩狗"走进云杉树丛时,正在折树枝的松鼠吓得停了下来。这会儿,松鼠觉得躺在下面睡觉的"面罩狗"不会伤害自己,又开始忙活起来。树枝开始密集地往下掉,松鼠从一根树干跳到另一根树干上,时不时瞟一眼睡熟的"面罩狗"。它跳到一根低矮的树枝上,试探性地叫了几声,见"面罩狗"毫无反应,便放心地跑到地上,收集树枝上的云杉果。

松鼠越发大胆,好几次在距离"面罩狗"几英寸的地方跳来跳去。其实,"面罩狗"早就醒了,它眯着眼睛看着忙来忙去的松鼠,心里盘算着:"松鼠这东西好吃吗?不管了,吃过才知道!"利爪一按,顽皮的松鼠最终还是成了"面罩狗"的美餐。

时间一天天过去,"面罩狗"也一天天长大,它已经知道,自己成了这片地区中比较强壮的动物。

初雪落下,冬天的脚步近了。这时,森林里的一头公麋鹿开始不停叫喊,发出求爱的信号。一头母麋鹿做出回应，然后另一头公麋鹿听见了母麋鹿的声音，也发出充满柔情的声音。第一头公麋鹿很愤怒，大声吼叫："别招惹我的伴侣，不然，我会找你决斗！"

另一头公麋鹿坦然接受挑战："行，谁怕谁！"

两头公麋鹿开始往对方站立的方向狂奔，路上的树枝被它们撞弯了，"噼里啪啦"一阵响。"面罩狗"并不关心这样的战斗，慢慢朝小溪走去。然而，半路上，它遇到了第一头愤怒的公麋鹿。公麋鹿一脸怒火，嘴唇外翻，露出黄色的长牙，它恼怒"面罩狗"挡住了它的路，毫无征兆地发起了攻击。它昂着头，像一个重达900磅的火车头那样冲了过来，想将"面罩狗"踩成肉酱。

"面罩狗"不满地想："这是我发现的路，动物们都走自己的路，经过我的路时应该快速，并且向我表示感谢。这个大块头，凭什么挑战我的权威！"

想到这里，"面罩狗"咆哮一声，躲过了公麋鹿的袭击，还在对方的腿上留下一串利落的牙印。原本，它计划咬断公麋鹿的脚筋，但是公麋鹿灵敏地避开了。一招不成再来一招！"面罩狗"很快转身，跳回去在公麋鹿的肚子上划了一道口子。公麋鹿很气恼，摇着鹿角朝"面罩狗"刺来，"面罩狗"再次避开，紧紧咬住了公麋鹿的前腿。公麋鹿疯狂反击，打算用胸部压倒"面罩狗"，可惜，"面罩狗"早就熟知它的计谋，一阵风一般跑开了。

公麋鹿不想继续战斗，一转身，灰溜溜地逃走了。"面罩狗"很得意，继续朝小溪走去。

狂风开始怒号，"面罩狗"身上长着厚厚的皮毛，又如穿了一件厚实的保暖内衣，足以抵挡严寒。

小溪里的鲟鱼都到下游水更深的地方去了。"面罩狗"返回森林抓小动物进食。整整一个星期，它在森林里四处游荡，饿了就捕猎，困了就睡觉。积雪越来越厚，北风不停呼啸，带来了"面罩狗"永远无法忘怀的气味——黑狼。

这天，"面罩狗"刚吃过东西，坐在灌木丛休息。一阵北风带来了黑狼的气息，它激动得咆哮起来。是的，黑狼带了一群饿狼，到处杀掠。现在，它们正在距离"面罩狗"100码的地方，猎杀兔子。

"面罩狗"怒吼着往前走了几步，脑海里又浮现出那些痛苦的回忆。这一次，来的狼更多，它们正朝它所在的地方靠近。"面罩狗"一次次疯狂地吼叫着，内心对黑狼充满了仇恨和恐惧——"妈妈，兄弟们，我想为你们报仇！但是，我不敢确认我能杀死这群恶魔！"

时机还不成熟,"面罩狗"滑下陡峭堤岸,在冰封的河床上快速奔跑起来。已经嗅到"面罩狗"气味的黑狼,悄悄地跟了上来。

逃亡之中,"面罩狗"并没有丧失理智。与生俱来的机灵指引着它的逃生之路。它大步朝山顶跑去,打算找一处最好背后和两侧都有防护的高地,跟黑狼展开恶战。

"黑狼早晚会追上来,我得节省点力气迎战。""面罩狗"想好了具体的作战计划,不慌不忙朝山顶奔跑。山顶是一个岩石遍地的峡谷,是个天然的战场。在那里,如果狼群冲过来,"面罩狗"能一个一个地对付它们,并且,它的后背和两侧都能得到较好的保护。现在,"面罩狗"已经爬上小山。100码之外,黑狼像一条疾驰的闪电,从树林里冲了出来。它累得气喘呼呼,也搞清楚了"面罩狗"的如意算盘,这个峡谷对它来说的确是个"一夫当关,万夫莫开"的有利地形。

峡谷入口的积雪被狂风卷到峡谷中心,形成了一个高度差不多有岩壁一半高的小雪丘。雪丘连接着已经结冰的岩壁。"面罩狗"来到雪丘和岩壁之间,做好了跟黑狼一决生死的准备。

黑狼站在峡谷入口,眯着眼睛审视"面罩狗"。黑狼习惯不慌不忙展开杀戮,它像战场上的司令员,一边看着地面,一边咧开嘴巴微笑。那表情,好像在说:"笨狗!你跟你母亲一个德行,你们的头抬得太高了!"

这时,后面的16匹狼陆续跟了上来。它们在黑狼身后排成一个半圆,伸着舌头,坐等开战。

黑狼慢慢走向"面罩狗",心里还有些叹息:"如果这条笨狗再大一点,战斗的经验更丰富一点,对我来说,才称得上战斗。"它抬起头,逼视着"面罩狗",这是它屡试不爽的战斗策略——让对方误以为它想牵制对方视线,然后趁其不备跳过去,一口咬断对方的脚筋。

"面罩狗"将身体绷得紧紧的,随时迎战。结果,它还没反应过来发生了什么事,黑狼居然带着狼群往后退了足足20英尺。与此同时,它听见了沉重的脚步声,一个庞然大物映入眼帘——北美灰熊。

一个星期之前,北美灰熊下山猎食鲟鱼。后来下雪了,它想回到洞穴冬眠,便迎着北风慢慢向峡谷挺进。它老远就闻到了"面罩狗"和狼群的气味,"面罩狗"对它很友好,但是狼群堵住了它前往洞穴的路。灰熊漫不经心地从"面罩狗"身边走过,肥大的身躯堵住了狭窄的山路。它朝黑狼低下头,张开山洞一般的大嘴打了个哈欠,抬起可怕的前爪准备战斗。

黑狼并不敢跟森林之王开战，带着狼群跑回了树林。"面罩狗"感激灰熊的帮助，顺着灰熊走过的路线跑到了峡谷另一边。连续三天，它顺着山路往下走，见到了一条无比奇怪的路。这条小路很宽，上面留着一丝淡淡的气味。这味道，跟它曾经闻过的那只手腕部位绣着"林克·史蒂文森"的手套的味道一模一样。

"面罩狗"很困惑。这时，它闻到了一种诱人的食物香气。它跑到一堆落叶松树叶下面，急切地摇着尾巴，伸出一只爪子，试探着，想把这诱人的食物挖出来。

突然，一个东西猛地跳出来，一下子夹住了"面罩狗"的右前爪——那是林克设置的捕狼夹。

第八章　俘虏

距离"面罩狗"1.5英里的山谷外，林克半蹲着从捕兽夹上取下一只死狐狸。他熟练地剥下狐狸皮，装进背包，愉快地往前走。

今年注定是个丰收年。林克的小屋和地窖，到处挂着动物皮毛。林克一边想一边往前走，得意地吹起了口哨。一个猎人也许10年都挣不了什么钱，但是他可能在某一年大获丰收。显然，林克就遇到了这样的好年头。

两头麋鹿奔向一座小山，林克身边的4条狗看了看麋鹿，转过身去追野兔了。林克无奈地笑笑："这些狗只会抓兔子，而我想要一条真正的猎狗。"

突然，狗队的首领尤克全身僵直，紧紧盯着小路。随后，其他狗都挤在路边上，伸长了脖子。林克加快步伐，握紧了手上的猎枪。这附近有狼出没，所以他在这里放了一个捕兽夹。看着狗儿们的样子，八成是捕兽夹夹住了什么大动物。林克不敢让狗去冒险，狼凶残无比，能咬死或者咬伤靠近它的任何一条狗。对林克来说，一条好狗无比珍贵，他不能让它们被恶狼伤害。

拐过一个弯，林克看到了短叶松树下面被夹着的动物——"面罩狗"。"面罩狗"拉着捕兽夹的铁链想跑到更远的地方去，看到林克和那4条狗，它很镇定，没有发出任何吼叫，眼睛里却充满了挑衅和决斗的意味。

林克忍不住喊起来："呀！多好的一条狗啊！"

林克拴好4条狗，慢慢向"面罩狗"走去。他将它上上下下打量了一遍，赞许得连吹口哨。狗是猎人不可缺少的伙伴，在每个猎人的脑海中，都有一条他们梦寐以求的好狗。而现在，林克终于见到了他梦想中的那条狗。

"面罩狗"看起来像一条大型哈士奇，但又不是纯种哈士奇，还有其他血统。林克看了好一阵子，突然明白过来："啊！你一定是奎因的孩子！"

林克想起来，奎因离开他已经10个月了，眼前这条狗有奎因的影子。不过在它身上，林克还看到了猎鹿犬的血统——猎鹿犬是一个强大的种族，曾经驰骋欧洲大陆，能追杀成年的雄鹿和狼。

林克看着"面罩狗"的足印，推测道："你不可能无缘无故跑了这么远！你一定遇到了什么东西，是吗？"

梦寐以求的狗就在眼前，林克想："我要驯服这条狗！"

他从背包里拿出一条牛皮绳，打了一个活动套索，鼓足勇气靠近"面罩狗"。当绳子套进它的头后，林克将绳子另一端绑在一棵树上系牢。随后，他砍下一段云杉树枝修成一根棍子，在棍子的一端系上一小段牛皮绳，脱下外套夹克，小心翼翼走向"面罩狗"，松掉了手里的夹克。"面罩狗"跳起来咬住夹克，林克快速单膝跪下，趁着狗嘴还没闭合，将木棍塞进它的嘴里，一手拉住牛皮绳，另一只手绕过去抓住棍子的另一端，然后拼命拉住绳子。"面罩狗"被捕兽夹和牛皮绳子束缚着，只得奋力刨地上的雪。

尽管林克用力抓住棍子，但是棍子还是从手里滑落了。他在雪地上打了一个滚，在距离"面罩狗"5英尺的地方坐了下来。"面罩狗"安静地看着林克，并没有攻击他。林克突然意识到："刚才那条大狗有机会咬到我，但是它没有这样做，那么，它根本不愿意杀人。"

于是，他大着胆子再按照刚才的做法来了一次，抛出夹克，伸出棍子。"面罩狗"直接咬住了棍子，林克用力抓住绳子，拉到它耳朵后面打了一个结。大功告成，他后退一步，擦掉脸上的汗水，安慰"面罩狗"说："嗨！听着，大家伙，等我们熟悉了，我会给你解开绳子！我保证！"

"面罩狗"将棍子咬得嘎吱响，但是又吐不出来，只好坐在地上，目光恨恨地看着林克。林克轻轻解开捕兽夹，又解开了拴在树上的那段绳子。"面罩狗"瞬间就蹿了出去，林克都被它拽到短叶松树上了。他只好将它重新拴在树上。"面罩狗"不甘心被束缚，一次次往外冲，累得精疲力尽，只好眼巴巴地看着林克。林克忽然想起以前有人牵走追捕到的大象的方法，将尤克拉到"面罩狗"旁边，用一根短的牛皮绳将它们拴在一起，然后又将另一条狗凯纳拴在"面罩狗"的另一侧。

看着自己的杰作，林克开心地笑了。他想到了那个在草原上消失的猎人奇里科夫，对着"面罩狗"说："奇里，你的名字就叫奇里！"

被俘虏的奇里显然并不领情，它像马一样弓着背冲了出去，拖着后面的两条狗和林克。尤克愤怒地冲出去，转过头猛咬奇里的肩膀。如果奇里的嘴里没有塞住棍子，它一定会杀死任何敢于挑战自己的狗。

就这样，在尤克和凯纳的帮助下，林克一步步将他的俘虏奇里赶上了路。在距离甘德河的小屋还有半英里时，奇里突然想通了，自愿走在两条大狗中间。林克止不住在心底赞叹："只有愚蠢的动物才会固执己见，在明知不可取胜的情况下挣扎。聪明的动物懂得暂时屈服，等待时机，用智慧解决难题。"

到达小屋后，林克取来一条铁链，将奇里拴在树上。他两眼放光地看着它，自言自语："林克，我跟你说，世界上绝对找不出第二条这样的好狗了！"

说完，林克坚定地走上去，切断了绑住狗嘴里的木棍的绳子。棍子刚掉出来，奇里立刻咬住了林克的胳膊。林克站在那里，一动不动，既不挣扎也不退缩。奇里见状，张嘴松开林克的胳膊。胳膊上，只留下一排清晰的牙印。

这时，狗队的首领尤克走了上来，它朝奇里发出挑战，证明自己是狗队里独一无二的领导者。林克温和地安慰尤克："我知道，你想分个高下，但是我们得给点时间让这个家伙先熟悉环境。"

随后，林克将狗关进狗棚，先给其他几条狗喂食，然后拿了一块鹿肉丢给奇里。

"奇里，这是给你的。"

奇里扫了一眼，紧张地盯着林克。林克摇摇头："奇里，你是个难对付的家伙。不过，我想我们会成为朋友的。"

晚餐之后，林克拿出帆布袋子和其他材料，给奇里做了一个狗专门用的背包。狗背包做好后，林克去看了看奇里。那块鹿肉不见了，林克满意地点点头，想伸手摸摸奇里的头，不料，它一脸高傲地走开了。

林克有些无奈："好吧，奇里，你不喜欢就算了。"

这天晚上，林克做了一个很奇怪的梦。早上醒来时，他一边做早餐，一边回味着昨晚的梦，还有些神情恍惚。是的，他想起了奇里的母亲奎因。当时，他对它足够体贴照顾，可是，它为了孩子，谁也不信。现在，林克满怀希望看着奇里，心想："养一条狗跟拥有一条狗完全是两码事。如果狗不是心甘情愿跟随你，不管你做什么，它都不会领情。"

早餐之后，林克拿着新做的狗背包，走到奇里跟前，温和地说："好了，奇里，咱们得学习驮东西了。"

林克慢慢接近奇里，半蹲下来，将狗背包放到奇里的背上。见奇里没有丝毫动静，他才小心翼翼地将它胸前系紧绳子，再将两根灯芯绳子绑到狗肚子下面。已经迈出第一步，接下来的训练会比较轻松点。林克看着奇里那双敏锐而傲慢的眼睛，抓起狗链，慢慢引导着："来，奇里，这边走。"

奇里很听话，林克牵着它来回走了半个小时，然后出门干活了。第二天，他带着奇里来到河边，让它熟悉野马。第三天，他带着它参加捕猎。

时间一天又一天过去，林克带着狗队在无尽的小路走来走去。奇里越来越高，越长越壮。林克一直在研究奇里，却没有找到一个突破口来驯服它的野性。为此，他打算等奇里学会与人相处之后回马斯兰小镇，这比他的原计划要延迟两个星期。

一天早上，天气异常阴冷，林克只好将鼻子藏到围巾下面，继续前行。他们来到放捕兽夹的地方，4条大狗挤在小路边，伸长脖子张望。奇里还带着铁链，它也抬起了头。林克观察着狗儿们的反应，断定捕兽夹上有猎物。他不由自主摸了摸猎枪，走向捕兽夹的安放位置。

在三个捕兽夹上，林克获得了一只山猫、两只雪兔和一只灰噪鸦。重新安置好捕兽夹后，林克带着狗队穿过一条冰封的小溪，爬上一个斜坡。突然，奇里大叫着咆哮起来，紧绷着铁链，使劲往草地方向拉着。另外4条狗也竖起耳朵，不过它们显然不知道有什么异常情况。

前方的沼泽地里，一只巨大的山猫冲了出来。距离山猫100码的地方，三只大灰狼紧追不舍。

林克看呆了。他知道，自古以来，猫和狗互为敌人，它们之间的争斗随处可见。而狼对山猫穷追猛打，林克还是第一次看到。他兴致勃勃看着这一幕，将猎枪放回皮套，双手牢牢抓住铁链。奇里愤怒不已，露出长牙，全身毛发竖立，使劲地刨着地上的雪，想挣脱出去。林克将它拴到一棵树上，低声问："狼惹到你了，对吗？原来你很讨厌狼呀！"

奇里依然愤怒地拉着铁链，等他们赶到山猫藏身的云杉树林时，山猫和大灰狼已经消失得无影无踪了。也许，它们嗅到了林克和狗的气味，从另一个方向逃走了。林克无奈地摇摇头，这是他为奇里必须要付出的代价。如果没有奇里，他会在山猫和狼经过的时候就举起猎枪，也会得到更多的动物皮毛。

一路上，林克不停收集动物皮毛，带着狗队在不同的林中小屋过夜。第9天，狗背包再也装不下皮毛了，林克带着狗队回到甘德河小屋。麋鹿肉已经吃得差不多了，第二天，林克带着猎枪出门了。

他穿过一片云杉树林，来到麋鹿们经常觅食的柳树林，架好猎枪等待麋鹿出现。远处，一头麋鹿出来吃柳条嫩叶，它边吃边走，林克很恼火："这样怎么能瞄准？"

终于，麋鹿走到距离林克100码的空地上。一阵风将林克的气息带了过去，麋鹿警觉地竖起耳朵，掉头逃跑。林克调转枪口，对着麋鹿的肩膀，开了一枪。麋鹿跑不动了，林克又补了一枪。随后，林克剥下鹿皮，将麋鹿肉分成4份，匆匆跑回小屋。

鹿肉放在外面很不安全。没有冬眠的熊会抢走鹿肉，狼或者狐狸也会偷肉，甚至雪兔都可能来将鹿肉带走。

林克将猎枪放回小屋，取下长雪橇，将奇里放在尤克和凯纳中间。尤克和凯纳是有经验的雪橇狗，很懂得团队合作的重要性，会及时惩罚偷懒的同伴。林克站在雪橇上，吹了一个响亮的口哨："出发！"

几条狗用力拉起来，奇里犹犹豫豫地站在原地。尤克在前面拉着，凯纳在后面挤着，奇里终于开始往前移动了。这一切，林克看在眼里，他喜滋滋地想："或许我已经赢得了这条野狗的一丁点儿信任。甚至，我不用推迟行程，可以出发前往马斯兰小镇了。"

鹿肉拉回来之后，林克取下麋鹿的肝，分了一半奖励奇里。林克知道，不管是人还是狗，麋鹿肝都算得上绝佳美味。可是，奇里居然冷冷地看着林克，一扭头坐在远处的雪地上。林克垂头丧气进了小屋："唉！看来，去马斯兰的行程还是得推迟。说不定得等到夏天才能去了。不过，只要我能驯服奇里，哪怕让我推迟10次马斯兰之旅，我也心甘情愿！"

第九章 首领

狂风怒号,风声里,奇里听到了大狗们在狗棚中翻身的声音,听到了小屋里炉火噼里啪啦燃烧的声音,甚至还听到了林克翻身时小床发出的吱嘎声。这些,都是新生活里的声音。现在,奇里已经熟悉这些声音了。

其他的狗冻得往狗棚里钻,奇里却不惧严寒,蹲坐在雪地里。听到铁链的声响,尤克从狗棚里走了出来,盯着奇里,喉咙里发出低沉的怒吼。奇里能感觉到尤克心里的怒火在熊熊燃烧,也知道它在向自己发出无声的挑战。它想:"总有一天,我得跟你分出个高低胜负!"

其实,奇里对其他狗并无恶意,甚至对尤克的挑战也不放在心上。它知道尤克的能力和力气,也知道自己比尤克强。不过,它并不在乎这些狗,"只要你们不招惹我,我愿意跟大家和平共处。"

尤克有些失望,奇里居然没有接受自己的挑战。它咆哮一声,回到狗棚。这时,奇里站了起来,面朝逃离狼群时的山谷,目露凶光,不停地在地上抓挠。

它的脑海里,无数次回忆起风积丘下,母亲和兄弟惨死的情景,也无数次回忆起自己侥幸从山谷中逃脱的场景。这两件事,让奇里心中的仇恨与日俱增。仇恨让它形成一种习惯,它一直望着卡尼河方向,希望回去,找机会报仇雪恨。

这几个月,奇里一直跟林克生活在一起。它长大了,不再是那个吓得逃跑的小狗了。铁链禁锢着它,阻碍它翻越峡谷回去找黑狼报仇。因此,它将铁链视作一个新的仇人。

当初,被捕兽夹抓住时,奇里想尽办法,也无法逃脱。当林克将它从捕兽夹上取下来时,它甚至对林克产生一种强烈的崇拜——"哇,这个人,居然能轻易操作这个复杂的鬼东西!"除此之外,它的基因里有一些天生的东西也让它不那么抵触林克:毕竟,狗天生就要对人类保持忠诚。所以,当林克拿着棍子塞进它嘴里时,奇里并没有杀死他的打算。之后,林克带着它打猎,尽管这些事让它有些困惑,不过它依然照做了。

但是,铁链,却让奇里产生了一种羞耻感——"我好像是个俘虏!"为了摆脱这种耻辱,它将铁链研究了成千上万遍,一节一节检查,咬得铁链咯吱咯吱响。但是,不管是拉、扯还是咬,铁链纹丝不动。几个月前,在捕猎兔子时,奇里学到了一种宝贵的品德——忍耐。现在,它已经下定决心:"我会耐心等待,找到合适的机会逃回荒原,为母亲和兄弟们报仇。我一定会等到这一天!"

尽管一整夜都在睡觉,奇里还是保持警惕,留意着周围的动静。它知道尤克又跑出来过一次;知道一只狐狸轻手轻脚靠近了小屋;知道一头饿坏了的母鹿去河边喝了水。它还听见了林克穿着袜子在地上走的声音,闻到木材燃烧的味道,看见了烟囱里的炊烟,还听见林克又爬上床,等到屋子暖和了才起来。

至于林克这个人,奇里对他不像那些大狗那样热情,只要他靠近一点,它就走开了。不过,它对林克已经产生了一丝由衷的喜欢。但是,林克仍是一个谜。"嗯,他就像那头灰熊,不会伤害我,但是如果我放松警惕,说不定他们就要了我的命!"最终,奇里下了结论。

林克又把包系在奇里身上,现在,这是它每天的必修课了。奇里已经习惯了,不过它不像其他4条狗那样,表现出对旅程的极大热情,也不会自动加入它们的队伍,对林克摇尾巴。尽管它也想表现得活跃一点,但是它仍旧恪守这样一条规则——"对其他狗保持一定距离!"

这天,尤克在前面带路,它好几次回过头,对奇里发出无声的挑战。奇里完全不搭理它,安静地往前走,跟林克保持了一段距离。

到了晚上,奇里还是被拴在小屋前的云杉树上。还是惯常模式,大狗们先领到食物,最后炊烟升起,奇里才领到自己的那份鹿肉。晚餐之后,奇里又盯着卡尼河方向。

小屋的灯熄灭了,奇里又开始一节一节地检查铁链。当然,跟之前一样,又是徒劳,它只好躺下来睡觉。

新的一天又开始了,林克拿出5个背包,先把奇里的系好,再解开狗棚里的狗。狗儿们一拥而上,热切地等待着今天的新旅程。林克拿起凯纳的包,发现帆布缠成一团,顺手摸了摸腰间的佩刀,发现刀鞘空空如也,只好转过身进屋找刀。

尤克像猫一样,静悄悄靠近奇里。其他几条狗在一旁观望,决不会参加战斗——这是领队和新来者之间的战斗!

奇里背着包裹,为了让铁链松一些,往树那边靠了靠。不过,它忘了低下头。尤克一跃而上,张嘴就朝奇里的脖子咬去。奇里闪到一边,立刻把头压得低低的。

尤克后退一步,再慢慢靠近,佯装进攻奇里的肩膀,却迅速转身猛咬奇里的前腿。偷袭又一次落空了!它合上嘴巴时,发现奇里早就闪到一边了。再次撤退时,尤克才发现有鲜血不断往下滴，它的一只耳朵已经被奇里咬烂了。尤克再次前扑，扑到一半时突然转身，打算用自己的肩膀撞到奇里。哪知，奇里轻而易举化解了进攻。它张大嘴巴，直接咬上了尤克的脖子。尤克觉得呼吸困难，伸出爪子疯狂乱抓，但是奇里根本不在意尤克的反抗，还将尤克的身体叼起来了。

"奇里！尤克！"

听到林克的呵斥，奇里放下了尤克的身体，退回到云杉边，平静地看着林克。林克不敢相信刚才看到的一幕，惊讶得直摇头："天！我知道你力气很大，但是你就这样叼着，居然能把重达90磅的尤克叼起来，真是不敢相信！"

关于这场战斗，其余几条狗有自己的判断。它们依然敬重尤克，但是不再害怕尤克。现在，狗队有了新领队——奇里。

第十章 甘德河上的麻烦

冬天过去，已经是3月中旬了，春天的脚步姗姗来迟，广袤的甘德河依然被冰雪覆盖。

林克也发现，今年的春天比往年晚很多。他算了算地窖里的皮毛，若有所思地咬着铅笔头："嗯，狩猎就像赌博，今年的确赢得了大丰收！"

林克靠在椅背上，想着马斯兰小镇。过了马斯兰，前面有一大片城市，林克的钱足够在那儿买上一些奢侈品了。有那么一瞬，他想："我一旦走出去，就不回甘德河当猎人了。哈哈，其实我还会回来，猎人才是我最喜欢的职业，甘德河已经成为我生命的一部分。"

日子一天天过去，终于有一天，大雁排着"人"字队回到荒原。花儿一朵接一朵开放，阳光更加暖和，所有的动物都忙着寻找巢穴养育后代。

大地一片生机，林克一大早去了草原，抓住三匹驮马，开始准备马斯兰之旅。13天后，林克牵着疲惫的驮马和5条狗，走进老皮特的商店。

老皮特在走廊上懒洋洋地散步，见到林克，他亲切地打招呼："好极了！野人林克回来了！一切都还好吗，林克？"

老皮特看到了奇里，赞赏一般吹起口哨："林克，你从哪儿弄来这么好一条狗？"

"在一个捕兽夹抓来的，我敢肯定，它就是我去年跑掉的那条狗——奎因的孩子。"

"哦，你愿意卖吗？我帮你转手。"

"不卖。"

"500美元，考虑下。"

老皮特盯着林克的笑脸，看了好一会儿，他总算知道，这个年轻人不会卖掉这条好狗。

"好吧，林克，把那些皮毛拿进来吧。"

"皮特，我想今年你得付一大笔钱买这些东西，今年收成好。"

老店主"咯咯"地笑了："我想，我能付得起。"老皮特嘟囔着，和林克一起清点皮毛。随后，他写完账单和清单，推到林克面前："年轻人，我已经扣除了你购买装备的钱，这一笔钱你拿去先好好享受一番，还有一笔你可以存下来。三天之后，你来拿你的专属装备吧。"

"要是我3天之后不回来呢？"

"你一定会来的。你得看好那条狗，别让人把它偷走了。"

林克笑了："连我都不敢去偷它！"

为了帮助奇里融入人类社会，林克在镇上待了5天。这几天，他在小镇拜访猎人，带他们去看皮特狗棚里的奇里。大多数人看到奇里，都兴奋不已，想买走它。奇里待在狗窝里，用冰冷而野性的眼神扫视着这些陌生人。林克的心里甚至涌起一阵冲动，想解开铁链，给奇里自由。但是，很快，他否决了这个念头——"能拉雪橇的狗成千上万，但奇里却是独一无二的。总有一天，我会赢得它的信任。"

5天之后，林克带着驮马和狗队踏上了返回甘德河的征途。刚出小镇，驮马就欢快地跑起来。其他4条狗又忘情地投入到抓兔子的游戏里，不过它们会时不时回头看看奇里。林克知道，现在奇里已经是狗队的首领，狗儿们自然要时刻争求它的意见。不过，林克还是让尤克继续带领狗队前行。因为，从某种意义上说，领队狗是猎人的左膀右臂。它不仅要负责维护狗队的纪律，还要牢牢记住所有路线，能解决狗队和主人遇到的危险和困难，还必须忠诚可靠。目前，奇里还不具备这样的资质。

林克看着奇里，大声嚷嚷："你这个家伙，你能成为出色的领队，但是，你为什么就不愿意呢？"

沿着狩猎路线走了3天，林克已经明确认识到，今年将会是荒原上少见的荒年。以前，每隔半英里就能看到一头打着响鼻的鹿，而现在这种情况很难见到。有一天，林克走了大半天都没看到一头鹿。以前，每个灌木丛都有一只脾气暴躁的公麋鹿或者一头忙着照顾小鹿的母麋鹿。现在，林克还没看到一头麋鹿。至于兔子，狗儿们追着兔子出没的踪迹，也没发现几只兔子。往年随处可见的野鸡，今年也不多见了。

"既然选择了猎人生活，就是选择了跟大自然缔结的契约，既能接受丰年，也能接受荒年！"林克决定坚持下去，他带着驮马和狗队来到了卡尼河平原上的"双鸟小屋"。

刚看到小屋，奇里就大声咆哮起来。一两秒钟之后，其他大狗也毛发竖立，跟着大叫起来。长期的狩猎生活已经让林克学会分辨狗叫声中的信息，他立马将驮马牵到一棵小树旁拴好，然后带着步枪，牵着奇里的狗链，小心翼翼往前走。另外4条狗明显很害怕，战战兢兢跟在林克后面，只有奇里坚定地走在他身边，保持警觉，毫不畏惧。

林克靠近小屋，清楚地看见，屋内，一头愤怒的熊咬得牙齿咯吱咯吱响。这头熊也许是路过的时候闻到了屋子里的食物气味，就走进去偷吃。熊为了掠食破门而入的情况时有发生，林克自信还能应付。

他放开了奇里的铁链，双手举着枪，慢慢靠近，扣动了扳机。灰熊在小屋的一角猛然转过身，像一阵小旋风，张大嘴巴，朝林克扑过来。林克很冷静，不停地扣动扳机，子弹接二连三射进灰熊的大嘴和胸腔。奇里年幼时，就认识灰熊这种动物，现在，它安静地坐在一边。另外4条狗已经被眼前的庞然大物吓得挤成一团。灰熊跟跟跄跄跑了几步，重重地倒在地上，一动不动了。

接下来的两天，林克在"双鸟小屋"熬制熊油，砍了不少木材补充储备。然后继续朝甘德河进发。来到甘德河后，林克发现河对岸有两头雄鹿。他开枪打死其中一头，心情也轻松不少："也许，只是马斯兰和甘德河这一片猎物减少，而甘德河边有大量动物，我刚走到家门口就猎杀了一头鹿，也许今年的收成没有想象中那么糟。"

可是，当他真正走上狩猎路线，立刻清晰地认识到，甘德河也没什么猎物。狩猎的运气本来就时好时坏，林克已经接受了这个事实。

冬天来了，天空乌云密布，下起了鹅毛大雪。拴在狗棚的大狗们饥肠辘辘，无比怀念去年冬天狩猎时顿顿饱餐的情景。林克只在甘德河里钓了一些鳟鱼，但这些远远无法满足他和狗儿们的食物需要。大狗们饿瘦了，林克也瘦了。

一天又一天，林克奔走在沼泽和小山之间寻找猎物。有一天，他打到了一头年幼的公麋鹿，第二天又猎杀了一头半大的公驯鹿。林克将这些鹿肉小心翼翼挂在小屋里，希望在接下来的日子交到好运。"到了捕猎山猫和貂的季节，说不定能有个好收成呢！"可是，日子一天天过去，好运迟迟不来，林克的食物都快吃光了。

一个寒冷的早晨，林克带上大狗外出狩猎。跟以往一样，奇里被铁链拴着，牵在林克手里，其他几条大狗则跟在后面。走上一个山坡时，林克突然看见下面山谷的灌木丛里有什么猎物。

那是一头庞大的公麋鹿，腹肌结实，巨大的鹿角闪闪发亮。它没发现林克和狗队，静静地躺在云杉树丛。林克在心里祈祷："千万别惊动那头鹿！它可够我们吃上好一阵子！"

可惜，他刚刚开枪，公麋鹿就跑开了。几条狗都知道，枪声意味着猎物，它们热切地站着，朝公麋鹿的地方望去。林克急忙解下大狗身上的行装，催促道："快！快！抓住那头鹿！"

狗急冲冲跑下山，冲着树林乱吼乱叫。林克盯着奇里看了好一阵子，突然掏出刀子，割断了它脖子上的牛皮绳项圈。"情况紧急，如果再找不到食物，我们就没办法在这儿继续待下去了，奇里，我现在必须信任你！"

林克心里清楚，那4条狗追着麋鹿跑一阵子就会放弃。只有奇里加入它们，它们才会跑得更远，才有机会捕获猎物。

奇里毫不犹豫冲了出去，林克拿着手枪，跟在后面。一个小时之后，尤克带着其他三条狗，气喘吁吁地回来了。奇里没回来，还在继续追赶。林克只好沿着麋鹿和奇里的踪迹继续往下追寻，直到夜幕降临才放弃。林克很失望，心情无比沉重："奇里，我在你身上付出那么多努力，只希望你信任我，为我所用，可惜，你最终选择了离开！"

林克闷闷不乐地回到甘德河上的小屋。狂风呼啸，窗户结了霜。他咬紧嘴唇，心里盘算着："我还有三匹马，如果实在熬不下来了，我可以杀一匹马当食物。"

第二天一大早，林克提着枪来到驮马吃草的地方。草地上连马的影子都没有，只留下几根光溜溜的白骨、一堆马蹄印和狼的脚印。原来，趁他外出打猎，饥饿的狼群袭击了驮马。

林克死心了！现在他一无所有，只能回马斯兰了。

第十一章　公麋鹿

那头大公麋鹿是荒原上的一个例外。荒原上，大多数动物在忍饥挨饿，它却能拉下柳条，吃到上面的嫩叶。它不合群，当其他的麋鹿迁徙到别处时，它依然留在了甘德河平原。

在去河边吃柳叶的路上，公麋鹿就嗅到了林克和他的狗队的气息。它经常在林克的雪靴踩出来的小路行走，因此很熟悉林克的气味。它对林克携带的步枪充满畏惧。它有4次看见别的麋鹿被步枪击中，轰然倒地，也曾两次被林克追踪。

在云杉树丛时，公麋鹿就看到了林克，它一声不响地隐藏到树林里，听到枪响后，发足狂奔。跑过一条宽阔的道路后，公麋鹿慢慢走上云杉树林中的一条狭窄小路。4条狗在后面穷追不舍，公麋鹿再次奔跑起来。它闻到了狗的气味，听到了狗的叫声，它知道自己杀死或者击退它们毫不费力，并没有跑得太快。

前方不远处的空地上，有一面几乎与地面垂直的雪墙。公麋鹿在雪墙前停下来，刨开积雪，俯下鹿角摩擦地面，猛踩前蹄，踩实积雪，安静等待狗群到来。

尤克打头阵，后面是路得、蒂比和凯纳。它们从云杉树林跳出来，站在麋鹿面前。公麋鹿咆哮一声，扬起两只巨大的前蹄。蒂比狂吠一阵，转身面对公麋鹿。尤克赶紧跟上来，止不住咆哮。

可惜，这4条狗全是驮狗，不懂得捕猎。公麋鹿很快明白了自己的优势，离开雪墙的保护，发起攻击。蒂比和路得率先逃跑了，在公麋鹿的连番攻击下，尤克和凯纳也不情愿地躲进了云杉树林。它们很饿，但是从来没有猎杀过麋鹿这样庞大的动物。

公麋鹿看着仓惶逃走的4条狗，得意地跺跺脚，走上了麋鹿小道，不紧不慢地往前走。

森林一片寂静，公麋鹿还想吃美味的柳树叶，打算找一个地方休息一晚，明天继续找寻柳树林。

突然，公麋鹿闻到另一条狗的味道，"这条狗不是刚才那几只中的，但是，肯定跟那个人是一伙的！"公麋鹿很气愤，摇晃着鹿角再次奔跑起来。但是，还没跑多远，它就被奇里追上来了。公麋鹿只好背靠风积丘，踩实地上的积雪，以防战斗时被积雪阻碍行动，然后面对奇里，做好了迎接战斗的准备。

奇里张大嘴巴休息。公麋鹿看着奇里，直觉告诉它："这是个难缠的家伙！"

奇里突然跑到左边，公麋鹿也立即防卫自己的左侧。奇里又跑到右侧，却碰上了公麋鹿坚不可摧的鹿角。奇里开始后退，公麋鹿有些轻蔑地看着奇里，鼻子不停呼气。现在，它调整了作战计划："待在原地最安全，一旦这个家伙主动进攻，我就能立马干掉它。"

奇里舒展了一下身体，在雪地上趴了下来。公麋鹿深懂耐心的重要，也趴在地上，打算一直防御。

一整晚，公麋鹿和奇里就这样对峙着。北风呼呼，积雪形成了雪丘。公麋鹿警惕地挨着雪丘站立，奇里一动不动，观察着公麋鹿。公麋鹿饿了，肚子"咕咕"地响起来，它有些焦躁不安，猛晃动鹿角发泄心中的怒火。

晨曦来临，清晨的光辉洒向原野。公麋鹿抬起头，抖了抖身上的积雪，愤怒地看着奇里。它知道，只要走近大狗，抬起蹄子或者甩甩鹿角，就能杀死大狗。但是，它更清楚，大狗的速度比它快，如果它主动进攻，大狗会跳起来攻击它的肚子或者小腿。"唉，现在只能原地待着，依靠山丘地形的保护，眼下，活命可比柳树叶重要。"公麋鹿决定按兵不发。

中午的时候，奇里突然消失不见了。公麋鹿不敢贸然行动，但是，它已经饿得无法忍受了——"这是我的地盘，不远处有个地方，也能保护我，我先去那里找点吃的。"公麋鹿打好主意，小心翼翼走了10英尺，然后警惕地站着，观察动静。半个小时过去了，周围很安静，公麋鹿大着胆子，跑到100码外的另一个风积丘，脑子里不由自主冒出柳树叶的样子："我必须得吃点树叶了！"

半里之外有一大片柳树林，在柳树林和风积丘之间，有一块巨大的灰色圆石。公麋鹿想："即使发生恶战，我一样可以利用圆石做掩护。"想到这里，它再也无法忍受饥饿，风一般朝柳树林冲去。然而，就在这时，奇里像一支巨大的箭，突然从云杉树林冲出来，"嗖"地扑向公麋鹿的后腿，一口猛咬下去。公麋鹿的后腿被奇里咬断了，它转身想发动攻击，奇里灵巧地避开了。它想再次逃跑，却发现自己的右腿完全不受控制了。

奇里朝公麋鹿毫无保护的腹部扑去，公麋鹿想奋起反击，身体却不听使唤。一股鲜血从公麋鹿的肚子喷涌而出，公麋鹿疯狂地扭动着，抬起蹄子，摇晃着鹿角扑向奇里。随后，一阵剧痛传来，它的另一条后腿也被奇里咬断了。鲜血大量流失，公麋鹿的意识开始模糊，当奇里咬住它的喉咙时，它几乎没有任何知觉了。

奇里安静地站在一边，看着这个庞大的战利品，心里充满了自豪"一个连猎人都无法捕获的猎物,却被我杀死了!"

第十二章　通往马斯兰

那天晚上,林克回到小屋,开始收拾行李,准备返回马斯兰小镇。奇里的背包被他扔进了橱柜,他不愿再看一眼。"天啊,我真傻!我居然以为我能驯服奇里,甚至还期待它成为我的捕猎搭档!"林克已经能看到这幅图景:当他灰溜溜地回到马斯兰,老皮特一定会嘲笑他,说他这是异想天开。

不过,林克的烦恼不仅仅是奇里。他有些不愿意承认——自己被荒原无情地鞭挞了,不得已要逃离。

一切准备就绪,第二天一大早,林克吃过早餐,收拾好行李,带着狗队来到甘德河。除了几个水流湍急的地方,这条河的其他地方都结冰了。寒风刮走了冰面上的积雪,河床在阳光的照耀下闪闪发亮。林克脱下雪靴,左手拎着鞋,小心翼翼走上冰面,4条狗连成一串,跟在他后面。

刚走到一半,林克突然脚底一滑,一屁股摔在冰面上。步枪从手中飞了出去,在光滑的冰面上滑出去好远。4条狗不知道发生了什么事,一脸好奇地看着林克。林克痛苦地站起来,揉揉屁股,捡起步枪,看了看瞄准器,对准100码外的一个小冰丘,开了一枪。"砰"的一声,冰丘被击中,化成了一堆碎片。林克松口气,"步枪没摔坏!"他看了看雪靴,这可是猎人最珍贵的财产。还好,雪靴也没破。林克放心地舒口气,小心翼翼地过了河,上了岸。

走了3英里后,林克停下来休息。前方不远处,明显留有雪兔经过的痕迹。可是,一向喜欢追兔子的4条狗居然一反常态,紧紧挨着林克,一点儿也没追兔子的想法。

林克有些紧张地朝四处望去。荒原一派沉寂,广阔的雪地上,只有稀稀拉拉的兔子脚印,好像其他动物已经消失得无影无踪。林克的心中突然有些恐惧,他极力安慰自己说:"没事!狗挤成一团是因为赶路累了要休息,而不是在害怕某种东西。"

距离歇脚的"双鸟小屋"还有50英里,林克加快脚步,打算在第二天中午赶到那里。但是按照现在的走路情形,除非前面没有积雪,或者一刻也不停地赶路,否则明天天黑了也不可能赶到那里。

这时，尤克紧张不安地叫了起来，林克转过身一看，尤克差点撞到了他的雪靴后跟，而其他三条狗也尽可能地紧紧挨着。林克知道，尤克是一条有经验的狗，不会无缘无故发出错误的信号，他停下来，轻声问："尤克，你怎么了？"

尤克再次呜咽起来，朝深不可测的云杉树林望了望，紧紧挨着林克坐了下来，浑身颤抖。其他三条狗也像觉察到了什么，害怕得挤成一团。

林克握紧步枪，突然感觉后背发凉，他不知道什么东西吓坏了狗队，但是他敢肯定，危险在慢慢靠近。

也许是一头饥饿的北美灰熊。现在这样的荒年，灰熊完全没有足够的脂肪去冬眠，极有可能在四处游荡。林克猎杀过灰熊，他自信自己能够应付。于是，他继续安慰尤克："没事！一切都会好起来的！"

林克继续往前走，他走得很小心，走过一段狭长的小路后，林克舒了一口气。这里是一小块草地，四周有高大的云杉。但是，大狗们依然挤在林克脚边，不安地回头张望。突然，尤克发出一声惊雷般的咆哮。

林克吓了一跳，猛然回头。大狗们个个毛发竖立，狂叫着围在林克身边。

150码外，小路右边的云杉树林里走出一匹大灰狼。这头狼满脸伤痕，耳朵被扯烂了，瘦得皮包骨头。它堂而皇之地坐在地上，恶狠狠地瞪着林克和狗队。

林克简直不敢相信自己的眼睛。他以前从来没有见过哪一匹狼，敢进入他的步枪射程范围之内。尽管狼以凶残闻名，但是它们害怕人类，只要闻到人类的气味就会主动避开。林克闭上眼睛缓缓神，一睁眼，大灰狼还在那里。一股寒意袭上心头。林克明白了，那些饿得发疯的狼，极有可能做出一些可怕的事情来，饥饿已经让它们忘记了对人类的恐惧。

林克举起步枪，瞄准大灰狼。寒冷的空气里传来一声嘲笑一般的枪声，子弹居然落空了。大灰狼张了张嘴，伸出舌头，好像也在嘲笑林克。林克放下枪，装入子弹，再次瞄准，扣动扳机。这一次，还是没打中，枪栓撞到了撞针上。林克发疯一般往枪筒里装上一颗又一颗子弹，开了一枪又一枪。连发5枪后，雪地上只留下5个小点。林克拉下枪栓查看，脸吓得煞白。

步枪的撞针不见了！毫无疑问，是在摔倒在冰上时撞坏的。之前那次检查试枪发出之后，枪栓回弹时把销子撞掉了，现在这把枪只是一把打不响的枪。林克从腰间取下那支不太顶事的手枪，瞄准大灰狼，哪知，子弹打中了树枝。

大灰狼懒洋洋地站起来，回到了云杉树林。林克站在原地，额头直冒冷汗，4条狗也吓得胆战心惊。这个季节的狼都是成群行动，如果路上有一匹狼，那么狼群也距离不远了。

林克看了看小路尽头。前面的路很狭窄，路边长满了云杉。1.5英里处，有一片开阔的空地，空地周围都是枯木。林克想："现在距离天黑还早，我有足够的时间先安顿下来。"

林克以前听说，没有哪匹狼敢接近火。于是，他打算去空地，收集木材点一堆火。林克解开皮套，拿出短斧，4条狗跟在身后，尤克领头，蒂比断后。就在拐弯的地方，林克绕过一个树丛，刚要往前走，就听到了蒂比的惨叫。

这是一声绝望而恐惧的尖叫！林克握着手枪，回头看了看，尤克、路得还有凯纳，紧紧挤在身后。从云杉树林传来一阵沙沙声，就像一阵清风吹过树林。林克抬起手擦了擦额头上的冷汗，无比确定："是狼群抓走了蒂比！这群饿狼，居然敢在距离我几步远的地方，抓走了我的狗！"

林克从未遇到过这样的事，狼群近在咫尺，他不能在云杉树林待下去了，快步跑向那块空地。空地没有完全被树包围，还有活动的空间用来对付狼群。林克检查了一下，目前他只剩下这些武器：一把装有5发子弹的手枪、一柄短斧、一把猎枪以及那把摔坏的步枪。

林克砍下一大堆云杉树枝，生火做了点吃的，又拿出食物来喂狗。心中的恐惧挥之不去，他只能尽量安慰自己："狼从来不会攻击人类，肯定不敢靠近火堆，只要我有足够的木材燃烧，只要不离开火堆，我和我的狗，都是安全的。明天到了'双鸟小屋'，我会做一个临时的撞针，那时，步枪就能发挥作用，我能应付所有的狼群！"

终于，天快黑了，狼群像变幻莫测的影子，从树林飘然而出。林克想数一数到底有多少匹狼，但是狼群四处移动，他根本看不清楚哪里才是真的狼，哪里只是影子。突然，他看到了一匹黑狼，不由得倒抽一口冷气。

这匹黑狼，身形高大，脸上和肩膀上都有伤疤，它不怀好意地盯着林克，好像知道林克根本无法伤害它。林克想弄清楚狼群到底是怎么知道自己的步枪摔坏了。旋即，他意识到自己的这个想法很荒谬——狼群一定是饿极了才铤而走险，它们根本不知道他的步枪已经坏了。

林克吓得愣住了，眼睛直直盯着黑狼。夜幕降临，林克站在火堆边，不停地添加木材。火光冲天，照亮了周边的雪地。林克不安地围着火堆一圈又一圈地走，一手握着短斧，一手拿着手枪。"不！这是一个可怕而疯狂的梦！狼群根本不会靠近火，不敢靠近人！"

蒂比的叫声在耳边回响，林克觉得，以后只要经过云杉树林，他都会想起蒂比临死前的惨叫。林克觉得有些累了，坐在火堆边休息。尤克爬过来，枕着他的大腿，但是它的眼睛一直盯着黑暗处。林克咬着嘴唇，尽可能安慰自己："不！这一切都不是真的！不是真的！"他觉得自己没有打盹，却被一声惨烈的叫声惊醒了。

林克猛地站起来，借着火光，他看到两匹狼正要将凯纳拖走。林克气坏了，举起手枪射击，但是小手枪无济于事。一头狼的腹部被击中，放下凯纳，惨叫一声，一口咬住了自己的侧腹。但是，黑暗里很快跑出另一匹狼，叼住凯纳，快速消失在树林里。林克感觉痛苦而无助，愤怒地将空手枪扔向狼逃走的地方。

尤克仰头长啸几声，停下来等待回应。但是，四周一片寂静。路得静悄悄蹲着，它一度想当狗队的领队。当然，它也具备当领队的优良品质，只是它行事我行我素。现在，跟狼群的恶斗不可避免，路得知道，自己会像蒂比或者凯纳那样葬身狼口，但是它镇定自若，毫不畏惧。

林克又朝火堆里扔了一捆木材，火花四溅，落到雪地上，发出"嘶嘶"的声响。黑暗之中，什么都看不清。突然，路得往前一扑，咬住了一匹狼。林克冲过去，挥舞短斧，拿起猎刀猛刺。原来，这匹狼一直躲在火堆后面，之前没被路得发现。狼被刺中，倒在地上，痛苦地喘气。路得也受伤了，林克带着路得回到火堆，发现尤克不见了。

黑暗之中，暗影移动——狼群跑过来，将林克杀死的那匹狼拖走了。慢慢地，天快亮了。借着黎明的光线，林克终于看清了狼群。

15匹瘦骨嶙峋的狼和黑狼首领都站在空地上。林克打量着黑狼，看了许久。它不像林克熟知的狼，更像一个披着狼皮的恶魔。此刻，黑狼一动也不动地坐着，睁大眼睛，瞪着林克。

林克又朝火堆丢了一捆木材。一群狼围攻一个人就令人难以置信，更加荒谬的是，它们竟然敢在光天化日之下这么做。原本林克以为，天亮之后狼群会离开，他能回到'双鸟小屋'修复步枪。但是，现在黑狼蹲坐在地上，死死盯着林克的脸。

一阵狂风扫过，在狼群和火堆之间形成一道雪幕。随后，林克一看，狼群明显往前移动了。林克绝望地将更多的木材投入火堆。最近的一棵云杉距离他有20英尺，林克知道自己走不了那么远。一旦离开火堆，黑狼就会扑上来。现在，他唯一能做的，就是等待。

火堆快熄了，林克只好扔进去几根木材。早上已经过去了，狼群还没撤退。黑狼怕火，但是一旦火堆熄灭，它就会扑上去。林克收集好最后几根木材，放入火堆。随后，他抽出短斧，盯着黑狼。

黑狼越来越近，它身后跟着3匹灰狼。它们一直盯着受伤的路得，林克痛苦地咽了咽口水，他知道狼群扑上来意味着什么。它们已经将自己看成待宰的羔羊，一旦火堆熄灭，黑狼会袭击他，3匹灰狼会杀死路得。

林克紧张极了，浑身被彻骨的恐惧笼罩。他拔出猎刀，拿在手上转来转去，衡量着跟黑狼搏斗时，短斧与猎刀，哪一个更有威力。想了一会儿，他把短刀插回刀鞘，抽出短斧。

突然，林克不再恐惧，头脑恢复了冷静。他想起了睿智的老皮特。一个人可能在滑倒时，因为无人帮助而死去；也可能像猎人奇里科夫一样，遇上黑狼一伙，失去生命。或早或晚，会有人踏上马斯兰大路，跃跃欲试，想当猎人。那时候，老皮特会把林克的钱给他们，告诉他们一个叫林克的人希望他们成为这笔钱的主人。

火堆的火苗越来越小，黑狼越来越近。3匹灰狼紧随其后，其他狼围成一个半圆，伺机而动。

第十三章　复仇

森林里，奇里撕开公麋鹿的腹腔，掏下肝脏，大口大口吞了下去，直到再也吃不下，它才躺下来休息。一些饥饿的狼两次三番想来抢鹿肉吃，一听到奇里的低吼，吓得赶紧躲进云杉树林。

鹿肉够吃好几天，奇里不想轻易离开。可是，它的心里莫名腾起一种焦躁不安："也不知道林克怎么样了？"带着这种担忧，奇里回到了甘德河上的小屋。可惜，那里已经人去屋空，奇里有些茫然，在小屋附近待了一会儿，心里依然隐隐不安。其实，它的脖子上已经没有项圈了，它完全自由了，完全可以离开林克。

想了好一阵子，奇里沿着林克的脚印往前走。没走多远，它就闻到了狼群跟踪林克时留下的气味。仇恨的火焰熊熊燃烧，奇里满脑子都是黑狼的影子，一路狂奔，跑过狭窄的云杉小路，来到空地。它威风凛凛，跃过快要熄灭的火堆，完全没有看到林克和路得。它就那样站在那里，爪子紧紧撑在地上，高傲地仰起头，半眯着眼睛，平静地研究着对面的黑狼。

黑狼也看到了奇里，它伸出舌头，嘴角一咧，露出一丝轻蔑的微笑。它知道奇里想杀死自己，但是它还是会杀掉林克："嗯，只不过现在麻烦了一点，杀掉这人之前，得先干掉这条笨狗！笨狗，我要亲手杀了你！"3匹灰狼知道黑狼想亲自动手，快速走向狼群，跟其他狼坐在一起观战。狼群血腥而凶残，它们充满期待地挪动爪子，甚至嘴角开始流口水。"很快，就有肉吃了！"每匹狼都这么想。

奇里发出一阵低沉的吼叫，明白无误地告诉黑狼，它们之间有着深仇大恨："恶魔，你杀死了我的妈妈和两个兄弟。当年在峡谷，要不是灰熊出现，我早就被你杀死了。当时我还年幼，不得不逃跑。现在，我已经无所畏惧，恶魔，属于我的复仇时刻到了！"

黑狼张大嘴巴，得意地笑了："笨狗！我才不怕你的威胁！这种话我听得太多了，实话跟你说，那些想杀死我的挑战者，都一命呜呼了，而我，还活得好好的呢！"

战斗打响了！奇里悄悄往前移动，寻找下手机会。它知道黑狼在找自己的弱点，故意把头抬得高高的。黑狼像一摊黑水，也在慢慢朝奇里靠近。果然，它中招了，假装要攻击奇里的腹部，却突然扑向了奇里的喉咙！

这正是奇里希望的！它一个转身，压低脑袋，尖锐的长牙对着黑狼的脸咬去。

黑狼的脸被划破，一股鲜血喷出来，染红了黑色的皮毛。它后退几步，咬着牙齿，吐掉一嘴的狗毛。

一狼一狗相隔5英尺站立，审视着彼此，寻找对方的弱点。黑狼认为，奇里太年轻了，完全没有战斗经验。黑狼像一位拳击高手，冲出去又退回来，想引诱奇里出击又无功而返。一旦奇里被激怒，黑狼就找到了下手机会，轻易杀死奇里。

奇里却没有出击，它安静地站着，研究黑狼的战略。奇里在荒原长大，具备了所有荒原动物应有的谨慎，还继承了来自父母的智慧、速度和力量。因此，它只是小心翼翼地往前跳了小半步。

黑狼激动地以为奇里中计了，突然一个转身，佯装攻击奇里的腹部，嘴巴却咬住了奇里的肩膀。黑狼的牙齿像一把锋利的尖刀，奇里的肩膀被咬出一道深深的伤口。黑狼步步紧逼，奇里不断后退，冷不防咬住了黑狼的前腿。但是，黑狼是猎杀游戏中的高手，它很快后退，避免了前腿被咬断的厄运，奇里仅仅咬到了腿上的肌肉。

狼群在一边观战，个个伸长脖子，谁也没有出手。林克站在一边，大气都不敢出。他知道，这场恶战必须有个结局，要么是黑狼死掉，要么是他和奇里一起死掉。一旁受伤的路得，全神贯注看着奇里，在它心里，奇里才是独一无二的狗队首领。

突然，黑狼再次冲上来，用尽全力，打算将奇里扑倒在地。奇里绷紧全身肌肉，从容应战。有那么一瞬，它们离得很近，爪子打着爪子，牙齿顶着牙齿。

计划再次落空，黑狼只得退回原地。"糟了！这回遇到真正的对手了！一个失败者不可能成为狼群的首领！我必须杀死这条笨狗，要不然其他狼就会扑上来，把我撕个稀烂！"黑狼对着奇里再次咆哮起来："你还是个小崽子的时候，我放你一马！现在，你居然敢来挑战我！"

奇里没有回应，它悄悄地穿过空地，来到黑狼面前。黑狼打算攻击奇里的头，却只扯下一点点耳朵尖。鲜血从奇里的脑袋一侧流了下来，奇里毫不在乎地甩甩头，将眼睛边的血甩开。

黑狼趁着奇里摇头的间隙，猛冲上去，用尽全力撞击奇里受伤的肩膀。奇里被撞倒了，狼群满怀期待地站起来，准备冲上去发动进攻。很快，它们又失望地坐了下来。

奇里像弹簧一样，瞬间弹跳起来，重新面对黑狼。

狼群已经意识到，黑狼和奇里之间的差距：这条狗拥有一样强大的武器——年轻。而黑狼，它刚成年的时候，像柳条一样灵活，像核桃树干一样坚硬，像流水一样不知疲倦。但是，度过无数个漫漫冬季、经历过无数次生死搏斗、走过无数旅程的黑狼，已经老了。它再也无法承受一个年轻动物的不断攻击了。并且，眼前的大狗，跟它实力相当。

黑狼别无选择，只能后退。奇里凶猛地咆哮起来，黑狼吓得后退好几步。

黑狼曾经跟无数动物交过手，冷漠地看着它们惨死在雪地。它总是鄙视那些比自己弱小的动物，而今，却遇到了比自己强大的对手！"要么你死，要么我死！"黑狼绝望而愤怒，已经失去理智，鲁莽地发起进攻。

奇里抬起头，闪到一边，避开锋利的狼牙，压低身体，佯装进攻。黑狼低头咬住了奇里的前腿，快速跳回去，然后再来撕咬。奇里抬起受伤的腿，保持身体平衡，猛然前冲。

这一招完全出乎意外，黑狼毫无防备，它正打算朝奇里跳去，结果一跳就将自己送到奇里钢牙一般的嘴里。

奇里毫不迟疑，对准黑狼的喉咙咬下去。尖锐的长牙穿过黑狼的皮肤和肌肉，黑狼的眼里充满恐惧，它想掉头逃跑。然而，它的喉咙像拧开的水龙头，鲜血喷涌而出，洒在雪地上。黑狼摇晃几下，倒在地上，再也起不来了。

围坐的狼群急不可耐地站起来，准备冲过去将战败的黑狼撕成碎片。奇里站起来，一瘸一拐地走到黑狼尸体旁，后腿撑地，前腿踩在尸体上。它扫视了一下狼群，狼群全体后退——一个新首领产生了！按照狼群的规矩，奇里凭借自己的力量打败了黑狼，成为了新的首领，所有狼都得听从它的命令。

奇里回过头，看着林克。

林克呆呆地站着，一只手放在路得的头上，差点忘记呼吸。现在，他的生死就掌握在奇里手里了。如果它选择了狼群，他会被它们彻底撕碎。

奇里看着林克，不慌不忙地走了过去。"我是一条狗，狗会忠诚它的主人！"奇里毫不犹豫，选择了林克。狼群失望地散去，悄悄退回树林。

林克目瞪口呆地看着奇里，难以相信自己的眼睛。就在他万念俱灰时，却反败为胜。失去的自信重新回来，林克对未来充满信心，他伸手摸摸奇里的脑袋，亲切地说："来吧，奇里！"

随后，他们走上了云杉树林中的小路。奇里在前面领路，林克和路得并排跟在它后面。

猎狮犬

第一章　暴风雪

乔尼一觉醒来，天还没亮。卧室的窗户开着，风吹进来，"呼呼"直响。乔尼足足伸了5分钟懒腰，还是没有勇气起床。他拉过被子，紧紧压在下巴上，听着外面的风声。

三个星期前，这里还是北美地区典型的"印第安之夏"，时值秋天，天气暖和，草木繁茂。各种颜色的叶子在阳光的照耀下闪闪发光，五彩斑斓。不久前，北风来袭，树叶凋零。这一次大风，明显不同于之前，带着暴风雪的征兆。

乔尼想："明天就是星期六了，如果下雪，猎人杰克一定带着猎犬队到悬崖地区捕猎。他已经答应我了，今年的第一次捕猎带我一起去。"想到这里，乔尼的脑海中浮现出一幅生动的图画：杰克的5条猎犬在雪地飞奔，他站在积雪覆盖的悬崖上，听见猎犬们的叫声越来越远，一头山狮被它们逼上绝路，站在了松树顶端，只听一声枪响，山狮掉下来，瘫倒在雪地上……

时间不早了，乔尼跳下床，快速脱掉睡衣睡裤，穿好衣服，提着鞋轻手轻脚下楼。

乔尼跟爷爷艾利斯住在一起。艾利斯年轻的时候，是这里赫赫有名的猎人，现在，他已经老了，一定得睡够了才会起床。

乔尼来到厨房，点亮油灯。厨房的炉子里，木炭烧了一整晚，暖和极了。老猎犬萨德和派特站起来跟乔尼打招呼，它们已经老得牙齿快掉光了，灰色的毛开始泛白。这两条猎犬是艾利斯的猎犬队中唯一活下来的狗，它们像老艾利斯一样，也步入老年，不管什么时候，只要想睡觉，它们就到厨房睡个够。不过，猎狗们依然喜欢在附近的小树林巡视，每次发现北美大山猫或者浣熊的踪迹，它们都会兴奋得大叫。过去一年，它们没有追上任何猎物，却依然乐此不疲，喜欢追踪。

乔尼打开门，萨德和派特飞快冲了出去。已经6点一刻了，乔尼洗漱完毕，开始做早餐。他走进偏房，拿出一块培根，切成薄片，拿了4片放进煎锅。培根被煎得吱吱响，炉子后面的咖啡壶也开始冒热气了。乔尼往锅里打了两个鸡蛋，又切了好几片面包。这就是他的简易早餐。

早餐之后，天已经蒙蒙亮。乔尼看着外面阴沉沉的天空，又盯着墙上的两把猎枪出神："打猎可比上学有趣多了！但是，我可不敢旷课。"乔尼的成绩只算中等，但是学校的老师们特别讨厌无故旷课，乔尼不敢逃课去打猎。

想到这里，乔尼赶紧开门。老猎狗萨德和派特赶紧冲进来，缩在炉火边的窝里取暖。乔尼拿出一张纸，龙飞凤舞地写着："老爷子，再见！在家乖一点喔！"他把纸条放在桌上，咧开嘴得意地笑了。尽管老艾利斯说话的声音大得像公牛在咆哮，行事作风风风火火，但是他骨子里却是一个细腻的人。每当乔尼喊他"老爷子"，他表面上无比抗议，实际上却非常喜欢这个称号。

乔尼穿上防风衣和套鞋。他知道，还没下雪，穿这个会被同学们笑话。但是从今天的天气来看，傍晚可能会下雪，从校车站台到家，还要走半英里路。随后，乔尼拉下羊皮毛的帽檐，快步走向通往校车站台的砾石小路。

小路两边，是与天相接的峭壁，峭壁后面，有寸草不生的石坡、已经剥落崩裂的岩石、无比荒凉的高地草原和从50英尺高的岩石奔流而下的溪水。峭壁是这片地区的典型地貌，上面沟壑纵横，分布着蜂窝一般的岩洞，有的岩洞很小，只有几平方英尺，有的岩洞很大，像一所宽大的房子。峭壁的北面，是一片浓密的松树林。

乔尼快步往前走，脑海里浮现出无数生活在荒原上的动物：长耳鹿、羚羊、熊、狼……美洲狮像一阵行踪诡谲的黄褐色烟雾，悄然穿行在这些动物中间，一口就能咬断公牛的喉咙。这些美洲狮，就是杰克正在追猎的山狮。它是一种充满传奇色彩的动物，几乎没有人能说清楚它们的来历。

小路的峭壁之间有一条被雨水冲出来的水沟，乔尼满眼都是渴望，脑海中浮现出手持猎枪，跟着杰克带着猎犬一起爬上水沟的情景。

终于来到小路跟柏油路的交汇处，校车摇摇晃晃停下来，司机查克打开门，看着乔尼的装束，不由得嘿嘿一笑："哟，你还真娇气，都穿上套鞋了！"

乔尼礼貌地跟查克问好，跟车上的同学打过招呼，找了个位置坐下来。

几头母羚羊站在路中间，查克不得不刹车。母羚羊好奇地打量着校车，慢悠悠地走开了。一般情况下，动物见到人是主动躲避的。也许，羚羊是没有闻到车里人的气味，也许它们知道车子只会待在路上，不会跑进树林，才会大摇大摆、慢悠悠地往树林走去。

校车接了巴斯托家的双胞胎，然后铆足了劲儿往前开。结果，刚开出峡谷没多远，又停了下来。前方，一群长耳鹿蹦蹦跳跳，穿过马路去对面的树林。这些荒原上的动物，大家都见怪不怪了，只有乔尼，睁大眼睛，目不转睛地盯着鹿群。

1小时20分钟之后，校车驶入盖特森中学。乔尼跟在鲍勃的后面往教室跑去。鲍勃的父亲是一个小型农场的农场主，但是鲍勃不想继承农场，他的愿望是成为一名英语教师。乔尼非常支持鲍勃的理想，他认为："要是人人都像我一样，立志成为林务员，那么这个世界非得失去平衡不可！"

整个上午，乔尼完全沉浸到打猎和山狮的幻想中，完全没有好好听课。下午是代数课，乔尼打算认真听——"毕竟，代数是一个林务员必须掌握的基础课程！"

他刚走进教室，外面就飘起了鹅毛大雪。两分钟之后，校长办公室的莫莎小姐走进教室，对代数课老师说了几句，然后大声宣布："坐校车的同学，你们可以放学了，听校车司机的安排，他负责送你们回家！"

乔尼夹着历史书走出教室，正在穿防风衣。鲍勃抱着一大摞书跑出来，乔尼高兴地说："书呆子，你快点！"

"行，我马上就去！"

上车的时候，乔尼得意地说："你们现在说说，我这套鞋穿得明不明智？"

"就你机灵！"同学艾丽斯笑着回答。

司机查克有些担心："其他同学怎么还不来？"

乔尼笑嘻嘻地说："查克，别担心，如果这辆老古董困在雪地里了，我们就把它抬起来，扛着走，说不定比你开的时候速度还快呢！"

查克哼了一声："真没想到，我们这里还有个幽默大师呢！"

很快，大家都到了，除了鲍勃。同学们一起大声喊起来："鲍勃，快来！鲍勃，快来……"

鲍勃终于来了！他抱着一摞书，一脸的无可奈何。

校车启动了，乔尼望着窗外的风景，一脸兴奋。大雪压弯了树枝，草地上一片洁白。路上的积雪越来越厚，只能隐约看到两条汽车驶过后留下的车辙。校车的速度的确慢得像乌龟爬，好不容易到了站台，乔尼微笑着跟大家挥手告别，踩着砾石小路上的积雪，往家里走去。

前方不远处有一片野生苹果树林，乔尼之前经常在那看到鹿。这会儿，他突发奇想，想去看看那里会有什么动物。鹿这种动物，非常警觉，尤其对移动的物体保持着较高的警惕。乔尼躲在松树后面，慢慢朝苹果树林的方向挪动，最后他躲在一棵大松树下面，朝苹果树林望去。

　　"唉，什么也没有！真扫兴！怎么回事，鹿不应该到这里来吃那些皱巴巴的打过霜的苹果吗？"乔尼心里嘀咕着。

　　这时，苹果树林外的松树中间，忽然闪过一个黄褐色的东西。乔尼一下子愣住了。他屏住呼吸，在树后面等着，希望再看见那个东西，好一阵子过去了，什么也没有，他只好从树后面走出来。但是，就在这时，他突然又看见那东西了，而且还看得清清楚楚：两棵松树之间的一块小空地上，有一头山狮。这是一头巨大的山狮，乔尼之前从来没有见过这样的大块头。眨眼之间，山狮掉头跑了。乔尼僵立在原地，强迫自己冷静下来："冷静！冷静！杰克和爷爷曾告诉我，山狮只有在饿疯了的情况下，才会攻击人。刚才那头山狮，肯定不饿！"

　　他小心翼翼地挪动到一棵倒地的枯松边，一边观察周围的动静，一边快速折断一根树枝，将它折成一根3英尺长的木棒。随后，他慢慢挪动到一块能将木棒挥舞得开的空地上。

　　"山狮有个突出的特点，好奇心强，经常跟踪人。它们有时候跟踪一个人走数十英里，也不会被人发现。天，我居然被这么大一头山狮跟踪还浑然不觉！"想到这里，乔尼打了个冷战。他沿着积雪覆盖的小路继续朝家里赶，走着走着，路边突然传出"啪"的一声。其实，那是树枝不堪大雪重负，发出的反弹声。乔尼却像一头受惊的小鹿，立刻跳到路的另一边。

　　前面不远处，以前是一片高大的树林。后来大树被砍掉，又长出了低矮的云杉。这些云杉长得枝繁叶茂，不过高度还没超过乔尼的身高。乔尼小心翼翼走进云杉树丛，一棵小树动了一下，好像有个庞大的物体从那儿经过。乔尼停下脚步，像与人决一死战那样，突然往前一跳，挑衅地挥舞着木棍，高声尖叫道："哈！"他挥动木棍，朝树丛打去，反弹回来的树枝打在脸上，隐隐作疼。眼前的雪地上，出现了一个巨大的山狮脚印。乔尼觉得后背一凉，一脸惊恐地看着周围，才意识到自己刚才的举动疯狂而愚蠢。

　　他撒开腿，跑到砾石小路上。剩下的路，他走得很慢，每走几步都要停下来观察周围的动静。直到闻到木柴的香气，看到爷爷的房子，他才拔足狂奔，破门而入。

　　艾利斯抬起头，一脸惊讶："孩子，怎么了？"

乔尼上气不接下气地说："山狮！有头山狮一直跟踪我！"

"山狮？你确定？"

"我见过它的脚印，脚印很清晰！当时，我正穿过云杉树丛，它离我不到30英尺。"

"你觉得它想偷袭你吗？"

乔尼摇摇头："之前我也这么认为，现在我不太确定。也许，它只是想跟踪我。"

"不过，只想跟踪人的山狮不会离人这么近，我们还是回去看看吧。"

乔尼换上狩猎的行头，拿着猎枪，跟着爷爷出门了。这一次，有爷爷在身边，他什么都不怕了。

回到云杉树丛后，艾利斯蹲下来，仔细看了看山狮的脚印，满眼疑惑："我搞不懂，乔尼，我也不知道这头山狮想干吗。要我说，它自己也搞不清楚自己的目的。我现在能确定的是，这是一头巨大的山狮，有它在这儿，我们很不安全。"艾利斯望着暮色降临的天空，又补充说："现在放猎犬去追有点晚了。不过，明天也来得及。晚饭之后，你去找猎人杰克，将这事说给他听。"

第二章　山狮

痛苦的记忆挥之不散，山狮的心中仇恨郁结。

这头山狮已经成年了，体重超过了200磅，它四肢敏捷，肌肉发达，正处于生命中的黄金时期。早期的北美印第安地区，有着数不清的动物，又没有专门的猎狮犬，大型山狮经常在悬崖地区出没。这头山狮也是如此，从来不缺食物。只不过，它的食物不完全是自己抓的，因为，它的经历跟其他山狮完全不同。

山狮的母亲是一头体型优美的年轻母狮，它是它母亲的第一个孩子。它们的家在一座高山的侧面，是一个安全的洞穴。尽管母狮的奶汁完全能满足山狮的需要，但是它越来越渴求自己捕猎。所以，一有机会，山狮就能偷偷靠近鹿群。不过，它还年幼，打猎技巧很不纯熟，经常在行动之前暴露自己。直到深秋，它才真正捕获了一头活鹿。但是，严格意义上说，这一次也是个意外。

那天，母狮照常出门打猎，它冲向鹿群，一头小鹿毫无逃跑经验，居然从小山狮的身上滚了过去。小山狮伸出爪子，一下子将小鹿摁在地上，用尽全力咬了下去。锋利的牙齿穿过了小鹿的脊椎，小鹿终于停止了无谓的挣扎。母狮没有抓到猎物，失望地回到山狮身边。小山狮看见妈妈走近，居然带着一点脾气："这是我抓到的鹿，你别想吃！"

母狮很生气，挥舞着爪子打了过去："你怎么这样自私！"

最后，小山狮跟妈妈分享了它的战利品。

冬天临近，鹿群迁移到低地。在饥饿的驱使下，母狮带着山狮去了低地。原先在山顶时，它们自由自在。而在低地，母狮小心谨慎，只在夜晚狩猎，还特意绕开牧场和人类的住所，绝不从鹿群过冬的灌木丛走出去。不过，低地有很多鹿，它们不愁吃喝，过得很舒适。

一天，猎人突然出现，灾难降临了。

那天晚上，母狮杀了一头鹿，母子俩饱餐一顿，扔下鹿的残尸，在黎明到来之前，钻进灌木丛休息。整个上午都风平浪静，但是刚过中午，山狮就听见了一种自己从来没听过的声音。这声音起起伏伏，有种难以形容的恐惧。小山狮不知道，这正是猎犬发出的叫喊，它更不知道，对方已经发现了它们的踪迹。

母狮带着小山狮，大步奔跑起来，猎狗们找到了它们栖身的灌木丛，又发出一阵尖厉的叫喊。母狮很害怕，觉得自己的生命已经走到了尽头，小山狮清晰地感觉到了妈妈的恐惧，不由得加快了脚步。猎犬狂叫着，越来越近，母狮跳上一棵大树，小山狮不懂得躲避，一个劲儿盲目往前跑，它不知道要去哪里，只知道要不停往前跑。

山狮听见猎犬停了下来，一阵阵狗叫声从妈妈那边传过来。随后，它听见一条猎狗发出一声痛苦的惨叫，随后，只有一条猎狗在叫了。又过了一阵子，小山狮听见另一条狗发出绝望的尖叫。紧接着，它听见了枪声。之后，山谷恢复了死一般的平静。

大树下面，母狮杀了两条猎狗。猎狗们死得很惨，全部开膛破肚。最后，猎人开枪打死了母狮，但是没有猎狗的帮助，他没办法追上去杀死小山狮。

这些，小山狮并不清楚，它吓坏了，直到累得腿再也抬不起来，才慢慢停下来休息。"也不知道妈妈怎么样了。不过，她总会来找我汇合的。"想到这里，山狮不像之前那么担心害怕了，它在一片灌木丛找了个藏身之所，累得睡着了。

一觉醒来，小山狮又饿又迷茫。"妈妈不在身边，怎么弄吃的呢？可是，妈妈那边有猎狗，又不能去！唉，我得自力更生！"小山狮笨手笨脚，横冲直撞，吓跑了鹿群，整整饿了三天。

第4天，一头高大的雄鹿被猎人打中，带着伤逃了很远，身体变得很虚弱，小山狮遇到它的时候，雄鹿已经弱得能被一阵风吹倒。小山狮毫不费力杀死了雄鹿，终于吃上一顿饱饭。之后，它在这头鹿周围找了个地方休息，直到鹿肉全被吃光，才开始寻找新的猎物。

幸运之神不会天天光顾。小山狮捕猎不顺，经常饿得肚子咕咕响。有一天，实在忍不住了，它偷了另一头山狮杀死的猎物，吃完之后，它赶紧溜走，以免被其他山狮抓住。后来，在饥饿驱使下，它还吃了猎人扔在雪地上的鹿内脏。不过，经过一年的磨砺，再到隆冬季节，小山狮已经成为一个技术高超的猎手了，不再发愁抓不到猎物了。

这天，它趴在一块岩石上晒太阳，又听到了猎犬的叫声。在小山狮的印象中，狗叫是世界上最恐怖的东西。它不顾一切地奔跑起来，根本不知道自己要去哪里，唯一的想法就是——"要甩掉这些可恶的狗！"

小山狮累得实在跑不动了，干脆跳上一棵树，慢慢爬到了树中央，才停下来。猎犬来了，小山狮忍不住透过树干间的间隙往下看。4条黑褐色相间的猎犬聚在树下，一次次往上爬，一次次摔下去，不停发出恶魔般的喊叫。小山狮不敢确定自己已经安全了，不过它稍微喘了口气："原来，这些魔鬼不会爬树！"

20分钟后，三个猎人赶了过来。一个猎人喊道："是一头小山狮。拴住猎狗，我们要活捉它！"

狗被拴住了，小山狮惊讶而好奇地看着这一切，心中隐隐有些不安："猎狗看起来很可怕，我以为人类不会伤害我们，现在看来，我低估了人类。这些人到底要干什么呢？"小山狮虽然有点害怕，但却很好奇，想看个究竟。

一个人把一盘绳子挂在树上，开始往上爬。小山狮见状也赶紧往上爬，朝一根树枝匍匐过去。树枝无法承载它的重量，不停摇晃。小山狮害怕掉下去，紧紧抓住树干，咧开嘴冲那人咆哮。

那人已经爬到了小山狮的上方，他背靠树干，双脚踩住一根树枝，朝小山狮扔过来一个绳圈。小山狮很愤怒，刚要伸出爪子拍掉绳圈，树枝又开始摇晃，无奈之中，它只好紧紧抓住树枝。绳圈稳稳地落到了小山狮的脖子上，那人猛地一拉，小山狮吊在了半空中。绳子勒得它透不过气，它的舌头耷拉出来，脑袋一个劲儿地甩动着，有一瞬间甚至完全失去知觉。

接着，它被放到地上，4个爪子被捆起来，嘴里被人塞了个木棍。小山狮无法动弹，万分无助。一根长杆从四肢的空隙间穿过,两个人把它抬在肩上,另一个人牵着猎狗走在一旁。

小山狮的爪子被绑得太紧了,嘴里的木棍压在牙齿上,疼得难受。这一刻,它的心里埋下了仇恨的种子:"人类,总有一天,我要你们血债血偿!"

后来,这三个人将小山狮粗暴地塞进一辆货车。货车开出了荒原,离开了小山狮生活的地方,来到了人类的聚集地。

"汤姆,我逮了一头山狮!"一个人说。

另一个陌生的声音高兴地回答:"好哇,拿来给我瞧瞧!"

小山狮被抬下货车。它终于看清了周围的环境。近处是它从没见过的楼房,房子前停着几辆车,好奇的人睁大眼睛,将它围成一个圈。这里是个加油站,树立着一个特别明显的标志牌——"看!活山狮!"

小山狮被关进一个笼子,脖子上被套了一个结实的皮带,皮带连接着笼子里的铁链。"终于自由了!"小山狮跳进笼子,舒展身体。这是它被抓以来,第一次能舒服地展开四肢。笼子还散发着一头老山狮的味道,小山狮不知道,那头山狮已经老死了,自己成了老山狮的接班人,是加油站招揽顾客的工具。

笼子门口,放着一碗马肉。小山狮很饿,但是恐惧和戒备战胜了饥饿,它始终没动那盘马肉。

第二天一早,小山狮正在发呆,突然听见汽车声和人群的嘈杂声。有人弯下腰在笼子门口张望,小山狮吓得缩在角落里。加油站的老板拿了一根带钩长杆,将小山狮从笼子里拽出来,拖到了比较开阔的地方。小山狮的身体被刮伤了,它想逃回去,可是笼子的门被堵上了,它只好在笼子外的拐角躲着,万分紧张地趴下来。受伤的地方隐隐作痛,小山狮安静地趴着,内心的怒火却在熊熊燃烧,对人类的仇恨不断加剧。

一个月过去,小山狮适应了这里的生活。每天晚上,它会吃掉摆在面前的食物,每天白天,它会主动迈出笼子。刚来的那段时间,每天晚上它都想逃跑,可惜,没办法打开皮带和铁链,它已经意识到一切都是徒劳。再者,这里没人想伤害它,小山狮放弃了逃跑的想法。

春去秋来,秋去冬至。每一天,小山狮都趴在笼子里研究人类的行为,观察他们的一举一动。加油站老板给它提供了丰盛的食物,它甚至长得比任何一头山狮都要强壮。每天晚上,小山狮紧紧盯着马路对面的松树林,心头又燃起对荒原的向往。终于,第三年，它得到了重获自由的良机。

这天，烈日当空，正是盛夏。小山狮正在笼子里打瞌睡。一辆高大的蓝色汽车来到加油站，车子前排坐了一对男女，后排蹲着一条黑褐色毛发的大狗。车子还没停稳，大狗从车窗跳下来，冲向小山狮。小山狮快要成年了，它蹲在原地，一动不动，愤怒地咆哮，直到大狗冲到面前，才伸出前爪，一口咬穿了大狗的脑袋。

大狗的主人挥舞着热水瓶，怒气冲冲朝小山狮跑来。加油站老板发出警告，失去理智的狗主人还是跑到了小山狮能够得着的地方。小山狮被彻底激怒了，它不顾一切跳起来，后腿直立往前扑去。脖子上的皮带已经磨损老化了，被它这么一拉，"啪"的一声断了。小山狮冲出去，将那人压在身下。它想杀死他，却猛然发现皮带已经断了。自由就在眼前，它松开爪子，跳过公路，快速钻进树林。

小山狮跑到松树林尽头，穿过一片田野，又跑进一片阔叶林。那天晚上，它抓了一头羊当晚餐。加油站老板没有找经验丰富的猎人展开追捕，小山狮一路逃跑，只在夜间出来活动，太阳出来就躺下休息。在逃跑途中，小山狮曾被农场主的猎犬两次攻击，不过这些对它而言都是微不足道的小麻烦。它已经得到教训，不会被狗追时往树上爬，再说它根本不再害怕猎犬，只会将它们杀了，丢在原地，然后继续赶路。

一路上，小山狮逮着什么就吃什么，羊和小牛是它最常见的猎物。有一次，它甚至还杀了一匹马。当时，它逃跑的消息还没传开，人们以为是那些经常出没的野狗杀死了这些家畜。

后来，小山狮来到悬崖地区，停止了逃亡。它已经是一头成年的山狮了，关于人类，它了如指掌，甚至懂得如何对付他们。现在，它已经做好准备，计划将悬崖地区变成它的王国："我会在这里大开杀戒！我想干什么就干什么，谁也无法阻止我！"

第三章　狗崽巴克

晚饭之后，乔尼长舒一口气，他已经不再紧张害怕了。甚至，他很庆幸，那头山狮仅仅因为好奇才离自己那么近。回想着当时的情景，他笑着说："当时，我像个报丧的一样尖叫着冲向它，它扭头就跑。那一刻，我跟这家伙，看上去傻透了。"

艾利斯摇摇头："如果你当时没拿棍子挥舞，说不定结果就不这样好笑了。说不定它真打算袭击你，你那一叫，让它改变了主意。"

"您认为它真的会袭击我？"

"我不确定，我的意思是它有可能会这么做。我在树林里生活了70多年，却拿不准每个动物到底想干什么。说到底，没有人能猜透动物的心思，猎人杰克也不能。"

乔尼不以为然："我觉得那头山狮不想干什么。"

艾利斯哼了一声："我在你这个年纪的时候，也以为自己什么都懂。好了，你拿上猎枪，带上萨德或者派特去杰克家，对了，别忘带手电筒。"

"老猎狗帮不上忙的。"

"如果那头山狮再跟踪你，猎狗会告诉你的。你要知道，在了解周围环境这方面，任何猎狗都要比人强上足足5倍。你还是带一条狗去。"

"好，遵命！老爷子！"

"别叫我老爷子！"

"行，老爷子！"乔尼笑着答应。

乔尼知道，爷爷开得起玩笑。他穿上狩猎夹克，拿起手电筒别在腰间，牵着老萨德出门了。

这时雪下得小了，风也快停了。走了四分之一英里后，乔尼来到杰克家。杰克的房子位于一片远离公路的松树林。杰克是在一个牧羊人的帐篷出生的，他一生的大部分时间都在远离城市喧嚣的荒原中度过。他闻不惯汽油的恶臭，相比现代社会里的汽车和飞机，杰克更喜欢马。

几条猎犬被拴在狗舍里，它们一看到乔尼，就发出震耳欲聋的警告声。乔尼知道，它们是梅杰、多伊、罗迪、弗拉特，狗队的另一个成员萨莉带着它的三个孩子睡在房子里面。在这些年轻猎狗面前，老萨德非常镇静，它只扫了它们一眼。

门开了，杰克站在门口。在灯光的照射下，他像站在一个长方形的门框里。杰克个头不高，黑色的头发已经夹杂了些许灰色，一张饱经风霜的脸上有一双锋利的黑眼睛。他今年55岁，有40多年都在打猎，长期的荒原生活让他看起来比实际年龄要老一些。他看上去黑瘦而结实，他身上的某些气质，总能让乔尼联想到一棵历经风雨的大树。

"快进来吧，乔尼。"杰克说，"雪这么大，但我知道你肯定会来。你来得真是时候，我打算明早去打猎。"

乔尼带着萨德进了屋。老萨德围在炉子边伸了个懒腰，三只小狗崽跌跌撞撞爬出箱子，满脸好奇地打量着萨德。它们当中，有一只是一身红毛，另外两只红色中带着蓝点。蓝点小狗奔向乔尼，咬着他的鞋带玩，红色小狗却站在后面，一脸警惕。

乔尼看着小红狗，问杰克："你打算去哪里打猎？"

"还没定呢。鹿群下山了，山狮也会跟着它们下山。在鹿群聚集的地方，我们可能遇到山狮。"

"如果你打算找山狮的脚印，公路的尽头就能找到，那里有一头山狮在附近活动。"

接下来，乔尼将自己被山狮跟踪的经历讲给杰克听。一只小狗咬住萨德的耳朵往后拽，萨德装腔作势吼了一声，装出咬的样子。三只小狗见识了萨德的厉害，不敢戏弄它了，开始在房间里奔跑打闹。乔尼发现，两只蓝点小狗毫无顾忌从自己身边跑过，而小红狗却从不跟自己接近。

杰克有些难以置信："你真的看见了山狮？"

"是的，我只看了一秒钟，它很快就溜走了。"

"山狮让人看见自己，甚至在人身边暴露自己，这事可真稀罕。我从没听说山狮敢在人的周围现身。除非，这是一头傻乎乎的小山狮。"

"它可不傻。它是我见过的最大的山狮。我爷爷都猜不出那头山狮想干吗，我想，没人能猜出来它的意图。"

杰克点点头："老爷子说得没错。不过，我认为你当时并没有危险。我猜那头山狮也许是好奇，它想知道你是谁，想知道你在干什么。不过，我不明白，它为什么离你那么近，还故意让你发现它。说不定，它是一头凶残的老山狮，对人类怀有敌意，故意这么做。不管怎么说，你摆脱了它，这是最正确的做法。明天我们就去你说的那里看看。"

三只小狗绕着房间奔跑。两只蓝点小狗抓住了小红狗，它们从它身上爬过去，一只咬住了它的后腿，一只堵在它前面，奶声奶气地嚷嚷着。随后，它们咬住小红狗，分别朝相反的方向拖拽。眼看趴在地上的小红狗被越拉越紧，突然它用力站起来，从两个兄弟身上爬过去，一张嘴咬住了其中一只蓝点小狗的耳朵。蓝点小狗猛地后退，发出一声抗议的尖叫："啊！疼！"

随后，小红狗并不搭理这两个胡闹的兄弟，打了个哈欠，继续趴在地上休息。两只蓝点小狗得到了教训，下一回它们不会这样莽撞地攻击自己的兄弟了。

乔尼说："这只小红狗这么小都知道教训兄弟们要尊重自己，它真可爱！"

杰克耸耸肩膀："嗨！它们还小呢，看不出什么优劣。有些小狗最开始看起来挺好的，带去狩猎就发现是最笨的。不过，这只小红狗看起来体力旺盛。"

"呃，它有名字了吗？"

"没呢，我还没来得及取。"

乔尼咧嘴笑了："它以后也许赶不上梅杰，不过我敢打赌，它能成为一个出色的小兵。"

杰克一拍大腿："小兵？好，我们就叫它巴克。现在，让我们看看小巴克的基础训练表现。"

乔尼飞快打了个响指："巴克，过来！"

两只蓝点小狗跑得飞快，一下子到了乔尼手边。而小巴克只是小心地转圈，并不理会乔尼的口令。杰克得意地笑了："乔尼，没用的！除了我，它谁的话都不听！"

两只蓝点小狗又跑回去玩了。乔尼目不转睛地看着小巴克。的确，它还小，还看不出来什么潜质。但是，它身上有一种独一无二的特质：一辈子只会效忠一位主人。现在，它选择了杰克。

"萨莉去哪儿了？"乔尼问。

"它出去溜达了，按理说，这会儿也该回来了。"杰克打开门，外面并没有猎狗的影子。他吹了一声悠长的口哨，又关上门："我想，它一会儿就会回来的。它只是想暂时摆脱这三个调皮的孩子。"

屋外，几条猎犬叫起来，声音里充满了愤怒和不安。它们脖子上的铁链被死死地拽着，发出砰砰砰的声音。随后，夜空中又传来一阵高亢而尖锐的声音。这声音，越来越大，听上去有些凄厉，又夹杂着命令的意味，居然盖过了猎犬们的叫声。显而易见，这声音的主人一旦想要什么东西，完全容不得对方拒绝。

乔尼和杰克听见叫声，相视一笑，他们知道这声音的主人是谁。它是一只又大又壮的老山猫，经常在峡谷一带活动，大家都认识它，叫它老尼克。它有着卓越不凡的智慧、不容置疑的勇气和特立独行的个性，所有人都尊敬它。

不过，老尼克可是个不折不扣的江洋大盗，总是和比自己更加高大强壮的野兽抢猎物。这里的每一条猎狗都追过它，却从没成功将它抓住。有三次，老尼克故意引诱猎狗追踪，并在不可思议的情况下反败为胜，成功逃脱追捕。脱身之后，它扬扬得意地坐在树上或者岩石上，看着下面的猎狗气得乱吼。

老尼克还喜欢到处游荡，有时候它会离开峡谷地区一二十天，然后又平安无事地回来。回来之后，它会找个认为会欢迎自己的人家借宿。这一次，它知道杰克家所有的猎狗都被拴住了，居然大摇大摆地来到杰克家门口，要求到他家躲避暴风雪。

杰克把门打开一点缝，老尼克抖掉身上的雪，走了进来。它倒像个主人，一进屋就在屋子中间坐下来，慢条斯理梳理着满身毛发。

杰克吹了声口哨："它居然还反客为主了！"

在过去的打猎生涯里，杰克杀死了难以数计的各种品种的猫，他对它们没有任何感情，唯独对眼前的老尼克，却深怀敬重。老尼克性格叛逆，命运坎坷，凡是知道它经历的人都无限感慨。它比一般的猫个头大，右耳在一次战斗中被撕扯掉了，尾巴也只剩下半截。但是，它依然傲慢而威严，根本无视这房子里的任何一个人。老萨德抬起头狠狠瞪了它一眼，又趴下来继续睡觉。

两只蓝点小狗也觉察到了老尼克这个不速之客，它们从箱子里站起来张望了一会儿，又趴下去睡了。只有小巴克，跳出箱子，全身绷得紧紧的，满脸挑衅地盯着老尼克。突然，它上前一步，发出一声怒吼："野猫，给我滚出去！"

这声音奶声奶气的，听着有些好笑。但是，眼前的这场较量双方实力悬殊，老尼克完全能在几秒之中杀死小巴克。乔尼有些紧张，扭过头去看老尼克。

哪知，老尼克根本没搭理小巴克的挑战，它慢悠悠地梳理着毛发，满脸鄙夷地看着小巴克，心想："这傻乎乎的小奶狗，哪里值得我出手！"

可是，小巴克不依不饶，继续往前移动。老尼克有些恼火，一下子跳出来，伸出前爪。眼看老尼克就要将小巴克扑在爪下，杰克突然喊了一声，小巴克反应快速，就地打了个滚，避开了老尼克的攻击。不过，锋利的猫爪还是刺穿了小巴克娇嫩的皮肤，它的身上流出了两滴血。小巴克居然无所畏惧，它站稳脚跟，摆好架势，想继续战斗。

杰克有些生气了，猛地冲过去，一把将它从地上拎起来："小傻瓜！你还没长大就想去送死吗？"

尽管杰克语气严厉，但是他打心眼儿里为小巴克感到骄傲。40年来，他一直养狗，但还没在这样的小狗身上见到如此强烈的狩猎本领和战斗热情。杰克不顾小巴克的挣扎，一手拎着它，一手打开门："尼克，不好意思，你去别的地方过夜吧！"

老尼克不屑地看了一眼小巴克，昂首挺胸地走了出去。

随后，杰克关上门，放下小巴克。它顺着老尼克的气味走到门边，过了一会儿又绕回来，围着一个小圈绕来绕去，好像在寻找什么重要线索。

乔尼有些惊讶："咦？它这不是在追踪吗？"

杰克赞许地点点头："它的做法完全正确！"

三只小狗已经饿了，一起嗷嗷地叫起来。

杰克抱怨地说："该死的！萨莉怎么还不回来喂奶！它不会是遇到什么麻烦了吧，我想，我们得出去找它。"

杰克和乔尼来到狗舍，猎狗们将铁链摇得哗哗响，它们都做好了出门的准备。不过，杰克只解开了梅杰的铁链，其他狗儿愤愤不平地叫起来。

在杰克的这些猎狗当中，梅杰是最优秀的，它体型瘦小，腹部结实，胸部健壮。跟同伴们一样，梅杰也属于凯恩猎犬。凯恩猎犬具有一种不怒自威的威仪。这种猎犬的祖先继承了那种能征善战的小型猎犬血统，任何一个狗狗秀的评委都不会认为凯恩猎犬是纯种狗，他们甚至不清楚这种狗的身世。只有那些经常在野外出没、熟悉追踪野兽的猎人，才能一眼看出杰克的猎犬全是凯恩猎犬，他们甚至愿意拿出两个月的收入来换取其中任何一条。

杰克毫无头绪，萨莉可能在任何地方，如果没有风从它待的地方吹来，梅杰根本找不到它的踪迹。

最后，杰克说："我们先沿路找找，说不定它被车撞了。"

两人沿着小路，朝乔尼家方向走去，不一会儿就到了乔尼家。随后，他们来到公路，路上的踪迹已经被大雪覆盖，杰克一手摁着鼻子，皱起眉头："它不会跑这么远啊，唉，我还是喊一声吧。"他吹起口哨，高声呼喊："萨莉！萨莉！"

之后，他们沿着来时的路往回走。要是萨莉听见口哨，一定会跟过来。萨莉是杰克最喜欢的一条狗，乔尼愿意帮助杰克找下去。

两个人又回到杰克家，但是狗舍里只有被拴住的三条猎狗，依然不见萨莉的身影。房间里，三只小狗饿得嗷嗷直叫。

杰克想了想，说："它也许在阿布的牧场遇到了麻烦。那里养了几头斗牛，牧场四周缠满了带倒钩的金属铁丝。萨莉可能在那儿被缠住了。"

蹚过浅浅的小河，杰克养的三匹马正在刨积雪，吃雪下的草。见到杰克和乔尼，马儿一惊，跑开了。乔尼的手电筒照着飘扬的雪花，天空好像更亮了。其实，这种天色，意味着雪会越下越大。说不定明天，他们上山打猎就比较困难了。

两人穿过树林,来到牧场。借着手电筒的光,乔尼看到一群小牛和母牛。牛群被吓了一跳,翘起尾巴横冲直撞,跑到了手电筒光圈外。杰克盯着牛群,若有所思:"一定有什么东西来过这里,牛受到了惊吓。"

这时,梅杰突然发出一声凶狠的咆哮。它拽着铁链,使劲往前走。在它的带领下,杰克和乔尼来到一片云杉树林。随后,梅杰停在原地,毛发直立。乔尼拿起手电一扫,立即看到一幅凄惨的图景:就在云杉树林边缘,躺着一头死去的公牛和一条猎犬。

第四章　恶魔狂狮

杰克惊呆了,狠咬着牙齿,腮帮子气得发鼓。他失去了最爱的猎犬,乔尼也替他感到难过。

过了好一阵子,杰克才用沙哑的声音说:"乔尼,你遇到的那头山狮来过这里!它杀了我的萨莉。你把手电筒给我,帮我按住梅杰。"

杰克拿着手电进入云杉树林,将四周检查一遍,然后走进牧场,提着手电来回扫射。接着,他又回云杉树林查看了一会儿。几分钟之后,他走出来,平静地说:"这头山狮很大。我有20多年没见过这么大的山狮了。它狡猾而残忍,又了解人类,要不然它不会那么近距离跟踪你。不过,它有些地方不太符合我以往对山狮的了解。我唯一想到的解释就是,它能长这么大,显然很聪明。假设它足够聪明,那么它一定是故意让你看见它的。看来,我们遇到麻烦了。"

"它怎么能抓住牛呢?"

"牛到云杉树林躲避暴风雪。这头山狮是个残忍的刽子手,它先后杀死了三头小牛和一头母牛,但是它只吃了其中一小部分。山狮一般不会杀掉猎物而不吃,看来它纯粹是在杀戮取乐。至于这头公牛,大概是为了保护剩下的牛而被山狮杀害了。"

乔尼问:"我们要带猎犬来追踪吗?"

杰克摇摇头:"现在天黑了,又在下大雪,天气对我们不利,今天就算了。更何况这头山狮异常狡猾,要是它上树,我们抓不到它。要是不上树,它就会杀死我的猎犬。接下来,我们还有事要做。两头小牛和母牛刚死不久,还能吃,我们帮阿布宰了。至于公牛和山狮吃过的小牛，阿布大概不会要了，用来做狗食再好不过。"

夜越来越深了，杰克和乔尼把这几头牛处理好之后，杰克抱着萨莉的尸体先回家。之后，他牵来两匹马，来回运输好几次，才把这些被杀死的牛运回去。收拾好这一切回到杰克家，乔尼已经累得全身发软，双手发麻。杰克有些同情地看着乔尼这个小伙子，从炉子上拿下咖啡壶，倒了两杯咖啡。乔尼一看，已经是夜里2点20分了。

杰克问："乔尼，你今天累坏了。明天早上你还想去打猎吗？"

"当然！"

"那你没必要起太早，7点左右我们出发，6点一刻你到我家来，我们一起吃早饭。打猎的东西，我会全部准备好。对了，你告诉你爷爷，是山狮带来的杀戮。让老爷子转告阿布，到我家把母牛和小牛拖走。"

乔尼打了一个哈欠，喝完咖啡："好的，没问题。我得回家睡觉了。"

乔尼拿着猎枪和手电筒，拖着沉甸甸的脚步往家里走。回家之后，老萨德倒在派特身边呼呼大睡。乔尼给爷爷留了一张纸条，写了山狮的恶行和他跟杰克宰牛的事，然后倒头睡着了。

第二天一早，天还没亮，乔尼就往杰克家走去。杰克弯着腰，站在炉火前，手里拿着一个长柄的叉子："我听见猎狗大呼小叫的，就知道你过来了。快倒上咖啡，马上开饭啦。"

早餐很丰盛，有牛肝、培根和炸薯条。在茫茫雪原狩猎，可能要过好长一段时间才能吃到下一顿饭。两个人吃得很慢，尽量吃饱。一旁的箱子里，三只小狗汪汪地叫着，要东西吃。杰克取下一个锅，里面装满了各种食物，他把锅里的东西倒进两个盘子，然后把小狗放了出来。小巴克叼着一根骨头，轻手轻脚躲在角落里啃起来。两只蓝点小狗又想抢它的骨头，小巴克一声咆哮，将它们赶走了。

乔尼见到这一幕，不由得哈哈大笑："看来，小巴克已经学会照顾自己了。不过，我们出去找山狮，这几个小狗崽怎么办呢？"

"反正那些能做的坏事，它们都做够了，我再也想不出来它们还能惹出什么乱子。好了，我们出发吧！"

乔尼和杰克来到院子，猎狗安静地待在狗舍，它们看上去既紧张又精力充沛。乔尼知道，猎狗们已经知晓今天要出门打猎的信息了，它们现在的样子倒跟准备去工作的人有些相像。

乔尼跟随杰克来到小河对岸，他们需要抓两匹马代步。马儿低着头正在刨雪找草吃，听见两人的脚步声，不情愿地走开了。它们不喜欢工作，更不喜欢被抓，不过，杰克懂得怎么抓住它们。

杰克走进挂满狗食的仓库，递给乔尼一个马笼头，打开一个谷箱盖子，拿起木勺舀了半勺燕麦。他用低沉的声音叮嘱乔尼："马儿一伸头来吃燕麦你就抓住它们，那头头上有白斑的马，是个跛子，别抓它。"

几匹马犹犹豫豫站了一会儿，还是经不起食物的诱惑，蹚过没结冰的小河，甩着头来到仓库前，急吼吼地把头伸进木勺，舔食燕麦。乔尼举起马笼头，往前一送，立即套上扣住喉锁，将它拴在仓库墙壁上的一个桩子上。

杰克也抓了一匹马，他们给马装上马鞍。随后，杰克解开猎狗们的锁链，他想了一会儿，决定去桑德悬崖查看山狮的踪迹。

两人策马走上砾石小路，猎犬队跟在他们身后，它们想尽快冲到前面去。不过，没有杰克的命令，它们是不敢冲过去的。走过砾石小路，他们来到一个峡谷。峡谷两侧是岩石，岩石中间长出了一些绿色植物。峡谷的前方是一个长满西黄松的高原。峡谷与高原的连接处，是一片悬崖，有数不尽的乱石、岩架和裂缝。这里生长着一些倒木，还有一些小路，人和猎狗可以通行，但是马却上不去。

现在，在杰克和乔尼的头顶上方，有上百个迷宫一般的岩洞，每一个洞都足以让那头山狮舒舒服服躺上一整天。马不能前行，杰克和乔尼卸下马鞍，套上缰绳，把马拴了起来。

杰克手握猎枪分析道："那头山狮肯定躺在上面的岩洞里，以为不会遭遇什么打扰。现在，我们赶紧上去吧。"

杰克和乔尼领先，猎狗队跟在后面，一起爬上了斜坡。猎狗们一边爬一边交头接耳，它们在等杰克的命令，只有接到命令，它们才清楚追踪的猎物到底是山狮、熊还是其他别的什么东西。

突然，罗迪发出一声沉闷的低吼，一下子冲了出去。杰克命令它归队，它只好夹着尾巴，灰溜溜跑回来，跟在队伍后面。很快，它们来到一个常绿植物灌木丛，一只山猫刚从里面逃窜出去。显然，罗迪刚才被这只山猫吸引住了，它用询问的眼光看着杰克，好像在问："抓住这只山猫易如反掌，要抓吗？"

杰克却摇摇头："别动！"

猎狗们只好乖乖跟在后面。走了好一会儿之后，杰克停下来喘气休息："要是这些猎狗还年轻，我肯定让它们去追刚才那只山猫。但是，它们已经老了，我必须保存它们的体力，用来追踪那头大山狮。"

杰克和乔尼费了九牛二虎之力，终于爬山悬崖。他们已经走了很长一段路，风从脚下的峡谷不停往上吹。但是，猎狗们除了刚才那只山猫，没有发出任何捕猎的信号。杰克再次停下来休息，他望着脚下的岩石，不停摇头："我搞不懂！那头山狮就在这里，我们却找不到它。它到底去了哪里呢？"

乔尼问："你觉得它会不会在河边？"

"不可能。现在的捕猎力度加大，山狮不如以前多了，春天出生的小山狮有三分之二都会在秋天被猎人捕杀。但是，这头山狮，我根据它的脚印判断，它大概有4岁或者年龄更大一些。这就是说，它足够聪明，有本事在猎犬的眼皮子底下逃走。所以，它肯定不会去河边。"

杰克和乔尼决定往回走。他们沿着一块岩石往下爬时，梅杰突然停下来，朝跟他们行走道路垂直的方向迈出好几步，其他猎狗跟在梅杰后面。梅杰嗅着寒风中的气息，发出一声怒吼，它扭过头来征求杰克的同意。

杰克催促说："去吧！梅杰！你一定是闻到了山狮的气味。"

乔尼好奇地问："你怎么知道？"

"要是发现了熊或者山猫，梅杰不会这样叫的。那个凶残的刽子手终于被我们找到了。"

梅杰嗅着风中的一丝微弱的气味，带领狗队，小心翼翼在风中前进，渐渐消失在乔尼的视野里。杰克专注地听着梅杰传来的叫声，已经确定山狮就在北面的松树林之中。现在，4条猎狗都发出坚定的叫喊，杰克转向乔尼，微笑着说："我们得骑马，我大概知道山狮会在哪里上树。"

"你确定这头山狮就是我们要找的那头？"

"确定！"

随后，两人沿着跟猎犬相反的方向下了山。他们穿过一片小树林，来到拴马的地方，被眼前的一幕惊呆了。

一匹马仰面躺着，前腿微微弯曲指向天空，后腿扭在一边，身下的血迹已经凝固了。马身上有几道平行的血痕，一看就知道这是山狮的手法。不远处的雪地上，有另一匹马踩踏跳跃的痕迹。可想而知，当时那匹马吓得发疯，不停乱跳，挣断了缰绳，一溜烟顺着峡谷逃回了家。

乔尼忽然感觉后背发凉，他有些害怕。似乎，对方不是一头山狮，而是一个恶魔，一个狡猾诡谲的刽子手。他想："我和杰克上山的时候，它一定把我们看得清清楚楚。当时，它有可能站在某个高处，弄清楚了我们的目的地，然后趁我们不在，悄悄溜下去袭击那两匹马。"

杰克一脸暴怒，紧紧握住猎枪，手指的关节因为用力都有些发白了，他四处寻找山狮的脚印，用沙哑的声音分析说："它根本没上悬崖。它一直待在峡谷里。怪不得猎犬们找不到它。我们真是错得离谱！"

"那猎狗们追的不是山狮？"

"那是另外一头山狮。乔尼，就算花上整个冬天的时间，我也要抓住这头山狮，把它扔进我的仓库！你过来，看看它的脚印！"

雪地上，有一个无比清晰的山狮脚印。脚印很大，比乔尼的手掌还宽，每个脚趾都看得清清楚楚。

乔尼觉得脖子上的汗毛全部竖起来了，他有些迫不及待了："我们跟上去吗？"

"人追不上山狮。唉，要是猎犬现在在这儿就好了。我们去把猎犬带过来吧。"

雪还在下。猛烈的风吹得他们几乎抬不起头，积雪已经没过小腿，最深的地方到了大腿。这一路走得很艰辛，好不容易才爬上崖顶。风很大，杰克侧着耳朵，足足听了一个小时，才听到梅杰它们包围山狮的地方。随后，他们朝那个方向跑了20分钟后才停下来休息。

狗叫声越来越清楚，听上去它们已经将山狮逼到了树上。两人继续赶路。好一会儿之后，狗叫声突然停了，四周一片寂静。像是暴风雨前的短暂平静，梅杰的声音洪钟一般打破宁静，响彻山谷。杰克和乔尼直接朝左边跑去。杰克经验丰富，他知道山狮会在哪片树林上树，甚至能猜出它大概会爬哪一棵树。杰克已经在这片悬崖地区追踪山狮百余次，大多数山狮在逃亡时的表现大同小异，被追到这片树林时，它们往往会爬树。

透过漫天雪花，乔尼和杰克已经看到了山狮和猎狗。山狮爬上了一棵小松树，有一棵树斜靠着这棵树，梅杰正趴在这棵斜靠的树上面。梅杰的爪子紧紧抓住树干上的窟窿，想继续往前爬，一个不提防，它掉下来，又一步一步往上爬。

山狮紧紧抓住树干，尽量把身体隐藏在树叶之中。它昂着头，竖起耳朵，观察着梅杰的叫声。它的注意力完全被猎狗们吸引住了,根本没发现杰克和乔尼。甚至在子弹打来炸响的那一瞬,都没感觉到有东西钻进了自己的脑袋。

山狮软绵绵地掉落下来,瘫在雪地上。三条猎狗立刻冲过去,见山狮纹丝不动,才放心地坐在地上,等待杰克的命令。梅杰从树上跳下来,围着狗队绕了一圈,它的右后腿受伤了,不能沾地。杰克放下猎枪,跪下来检查梅杰的伤势,过了好一阵子,他才抬起头,一脸严肃地说:"哼!今天算那头山狮走运!"

"梅杰伤得严重吗?"

"没有大碍,只是今天它跑不远了。没有梅杰,我不会让其他三条狗去追那头山狮,否则,它们会遇上麻烦的。"

杰克拿出刀子,割下山狮的耳朵,剥下它的头皮。山狮的皮并不值钱,而杀死一头山狮却能领到40美元的奖金,领奖的时候,只要带山狮的耳朵和头皮就够了。

随后,他们穿过树林向峡谷走去。4条猎狗跟在后面,看上去疲惫不堪。杰克一脸严肃,一言不发,乔尼知道他心里在琢磨什么。

后来,杰克真的花了一整个冬天的时间来追踪,但是仍旧没能把那头山狮装进自己的仓库。

第五章　凯恩猎犬

冬天终于过去了。春天悄悄降临,树叶开始抽芽,溪水表面的冰融化了,翻腾不息。

又到星期六了,杰克让三条小狗也加入了猎犬队,今天是它们第一次狩猎,杰克邀请乔尼一起去。乔尼满心期待,早早就起床了。走在砾石路上,乔尼一直在猜杰克会做什么好吃的,因为他已经饿得肚子咕咕叫了。

走到杰克家时,太阳还没出来。4条大狗已经熟悉乔尼的味道了,热情地跟他打招呼,两条蓝点小狗也屁颠屁颠地在乔尼身边转来转去。只有小巴克,待在暗处,一动不动。乔尼跟每条猎狗玩耍了一会儿,进了屋。火炉上的煎锅正在煎羊排,油噼里啪啦地乱溅。

乔尼闻着香味,使劲吸了吸鼻子:"早上好,杰克,闻起来真香。"

杰克笑了:"我保证绝对好吃!我做了羊排和炸薯条。"

乔尼知道，羊排来自哪里。

每年春天，牧羊人赶着羊群到高山放牧。山狮、狼、狐狸、山猫，经常来偷羊。因此，只要杰克向牧羊人出示一下他捕获的这些动物的皮毛，对方都会支付他一定的报酬并赠送大量的羊肉给他。

外面传来一声凶狠的训斥，接着是一声刺耳的尖叫和委屈的呜咽。杰克笑着解释说："小狗就像毛手毛脚的年轻人，刚开始干活的时候，总免不了被大狗训斥。"

的确，当小狗还是只弱小的狗崽时，大狗对待它们，就像大人对待自己的孩子，宽容而温和，即使它们犯错了，大狗也只是偶尔轻轻咬一下，以示惩戒。但是，现在小狗已经成为猎犬队的成员，承担着狩猎的责任。大狗不再允许它们再有幼稚的举止，才给予教训。当然，小狗得到警告，也会渐渐明白这个道理。

早餐刚摆上桌，乔尼迫不及待地问："我们今天要去找山狮吗？"

"今天，这3条小狗第一次参加狩猎，我暂时不让它们抓山狮。我想看看它们在面对别的动物时的反应，我们去卡利弗峡谷。农场主巴德几天前赶着羊群去了那里，肯定有山猫在那附近转悠，说不定我们能抓住其中一只呢。"

乔尼说："希望如你所愿。有了这3条小狗的加入，你就拥有一支强大的猎犬队了。"

杰克却摇摇头："猎犬队的数量，我控制在4条以内，如果3条小狗表现都不错，最多有5条猎犬，我只养得起这么多狗。所以，我必须卖掉罗迪和弗拉特。"

罗迪和弗拉特在猎犬队中的表现的确不够完美，它们俩一个喜欢惹是生非，一个总是性情急躁。不过它们都是凯恩猎犬，算得上猎犬中的佼佼者。如果卖掉它们，杰克至少会留下两条小狗。要是3条小狗的表现都不错，那么杰克会拥有一支格外出色的猎犬队。

早餐之后，乔尼和杰克出门了。太阳从连绵的群山后升起，朝霞满天。猎狗们围着他们身边，不停地摇尾巴。只有巴克，它是个例外，不但不朝乔尼摇尾巴，甚至看都不看他一眼。经过一个冬天，小巴克长大了，它现在又大又壮，只有不够完美的动作才能暴露问题——它还是一条小狗。

一路上，巴克不慌不忙地跟在大狗后面。两条蓝点小狗总是做出一些令人发笑的事，一会儿跑到队伍前面，一会儿跑到队伍两边，要么就是伸嘴咬苍蝇，或者扑向被风吹动的小草。

他们走过一座狭窄的木板桥过了河。草地上，两匹马仰起头，鼻子轻轻喷着气，友好地打量着他们。

乔尼问:"那头大山狮,你还没抓到吗?"

杰克有些难过:"我都没有再见到它的脚印。但是我觉得它能看到我。有好几次,我走到悬崖顶上,都感觉有什么东西在看我。但是,我没有发现它的踪迹,猎犬们也一无所获。不过,用不了几天,我们一定会得到它的消息。乔尼,你有没有想过,如果山狮像人一样聪明,那么我们还会是这片土地的主人吗?幸好,它们不够聪明,要不然现在就是山狮在抓我们,而且我们也会被它们暴尸荒野。那头山狮却特别聪明,除了之前那起杀戮,它再也没有在附近祸害过别的家畜。因为,它现在还不想离开悬崖地区。不过,它早晚都会离开这里的,到时候我们就会得到它的消息了。"

乔尼很好奇:"你怎么知道它没有离开悬崖地区呢?"

"乔尼,等到你猎捕山狮的时间像我一样长,你就会知道很多关于山狮的事。但是这些事却不一定有说得出来的理由。所以,我知道那头山狮在这里,因为我就是知道。"

乔尼不好再问。他们骑着马走了一段路,然后步行进入卡利弗峡谷附近的岩石地带。远处,峡谷对面的山坡上,绿草遍地,巴德的羊群看上去像摆在草地上的一个个石墩。一条牧羊犬时不时冲出去,把离群的羊赶回来。牧羊犬很优秀,它们对工作无比专注。但是,这么多的一群羊,仅靠两三条牧羊犬是不能时时刻刻看顾好的。羊群附近,肯定埋伏着蓄谋已久的山猫。一旦黑夜降临,它们就会发起攻击。

巴克紧紧地跟在杰克身后,其他猎犬跑开了,冲着岩石堆和灌木丛,寻找山猫的气味。一只兔子从灌木丛跳出来,两条蓝点小狗发疯一般追了出去。杰克不希望猎狗去追兔子,等蓝点小狗气喘呼呼回来时,他毫不客气地赏了它们两鞭子。受到教训的小狗夹着尾巴,自觉溜到后面去了。

突然,巴克发出一声兴奋的尖叫。它站在距离乔尼和杰克 50 英尺的地方,偏着头,全身紧绷,悄悄走进一片树林。像是走在什么易碎的东西上一般,它小心翼翼,时不时抽动鼻子,嗅着空气中的气味。两条蓝点小狗很疑惑地看着巴克,大狗们小跑着跟了上去。梅杰抬起头,追上巴克,跟它肩并肩跑入树林。两条蓝点小狗勉勉强强,跟在最后面。

杰克自豪地说:"我早就知道,巴克有一颗猎犬的心。但是直到现在我才确定,它还拥有猎犬一般敏锐的鼻子。梅杰都没嗅到的气味,居然被它发现了。它继承了它母亲萨莉的嗅觉,灵敏而准确。"

蓝点小狗掉队了,张大嘴巴,吐着舌头,不停喘气。杰克一言不发,但是乔尼知道,杰克已经将这条小狗淘汰了。作为普通的猎犬，它还算优秀，而作为杰克猎犬队的一员，它显然不够资格。

蓝点小狗跟在乔尼和杰克后面，朝巴克它们的方向跑了过去。巴克闻到了山猫的气味，出于狩猎的本能，它冲到了前面。大狗们跟过来时，巴克还想打头阵，梅杰作为狗队首领，毫不客气地咬了巴克一下。巴克很不服气，但是出于对大狗的尊敬，它主动退到了后面。为了跟上大狗们的速度，它拼命飞奔，跑得心脏怦怦直跳，全身热血沸腾。但是，它还是被落下了，只能沿着大狗留下的足印继续往前跑。等它赶到时，4条大狗围着一棵倒在地上的树狂叫。树上站在一只愤怒咆哮的山猫。这只山猫体型庞大，至少有30磅。

梅杰假装进攻，伸出爪子一挥，然后快速转身，从山猫的另一侧将它逼向猎狗多伊。一会儿之后，没有掉队的蓝点小狗也来了。

突然，山猫一跃而起，将蓝点小狗按倒在地。小狗发出一声不服输的咆哮，梅杰发动进攻，猎狗们一个接一个扑向山猫，最后，巴克也扑了上去。山猫的爪子划伤了巴克的肋骨，但巴克毫不在意，狠狠咬住山猫不放。

这一刻，巴克已经是一条真正的凯恩猎犬了。

第六章　猎人杰克

从一开始，杰克的猜测就错了。对于一般的山狮来说，峭壁上的岩洞，的确是方便的藏身之所。但是，山狮一旦躲进岩洞，就会被猎犬发现。而这一头巨大的山狮，远比一般的山狮聪明。

那天，积雪掩盖了山狮的足迹。它跑到峡谷另一侧，躲在一片低矮的云杉树林当中，观察杰克和乔尼的举动。它看着他们拴住马，带着猎犬爬上悬崖。等杰克和乔尼走远了，它悄悄靠近那两匹马，杀死其中的一匹。当然，它是因为愤怒才这样做。猎犬的叫声传来时，山狮快速逃跑。后来，猎犬并没有追上来，山狮知道自己已经安全了。

接下来的一个星期，山狮慢慢往荒野深处转移。那里荒无人烟，到处是高大的松树和岩石，有从高地迁移下来的鹿群。整个冬天，山狮不为食物发愁，过得轻松自在。

春天到来之后，鹿群又向高地迁移，山狮也跟了过去。悠闲的日子终于告一段落，不过，山狮擅长捕猎，生活还不算艰苦。

一天，它在山顶的矮树林休息时，看到了一大群羊朝高山牧场迁移。这是山狮有生以来第一次见到这么多羊。从早到晚，它一直潜伏在树林里暗暗观察，直到夜幕降临，才发动攻击。

山狮迎着风，慢慢接近羊群。它已经确定了羊群中两条牧羊犬的具体位置，还嗅到了牧羊人的气味和牧场边火堆烧热物的气味。它出击的速度快如闪电，纵身一跃，眨眼之间就扑倒了两只山羊。羊群纷纷逃散，山狮跟在后面，到处伏击，又杀掉了更多山羊。受惊的羊群发出惊恐的叫声，牧羊犬扑过来，一口咬住了山狮的右后腿。山狮猛然转身，抬起爪子拍了过去。牧羊犬痛苦地尖叫一声，倒在地上，不能动弹了。山狮被彻底激怒，对猎犬的仇恨压倒了理智，心中燃起屠杀的欲望。牧羊人举着刀冲了过来，山狮毫不犹豫，伸出前爪用力一拍，将来人拍倒在地。

牧羊犬愤怒地狂叫起来，山狮无心恋战，冲进了茫茫夜色之中。

第二天傍晚，农场主巴德开着一辆敞篷小货车来到杰克家。梅杰、多伊、巴克以及杰克留下那条蓝点小狗，像往常一般叫了几声。杰克从屋子里走出来之后，狗儿们都趴下来了。

巴德看了看狗队，满眼伤感地问杰克："你少了几条猎狗？"

"是啊，我只养得起4条狗。你找我有事吗？"

巴德说："梅杰老了，你的狗队需要一个新领队。"

杰克说："等巴克再积累点实战经验，我就让它当首领，你来到底是跟我讨论猎狗还是有其他的事？"

"艾斯特班这个人，你认识吗？"

"他不是你雇佣的牧羊人吗？"

"是的，他是我的牧羊人里面最棒的一个。他出事了。"

杰克和巴德进了屋，他倒了两杯咖啡。巴德一屁股坐在椅子上，紧张得手指不停地敲击桌面："他在皇冠城堡下面的牧场放羊。今天早上，我给他送给养品，发现他勉强能站起来，走路还摇摇晃晃。牧羊犬也只剩下一条了。他告诉我，一头山狮袭击了羊群，杀了很多羊，还抓伤了他。"

这一番话，让杰克想起了那头跟踪乔尼的山狮，想起了惨死的牛、萨莉和马。尽管整个冬天,都没有人再见过那头山狮,那头山狮也没有继续作孽。但是,杰克就知道,它还会再来的。

他问:"那头山狮很大吗?"

巴德回答:"从脚印来看,它算得上是这里20年以来最大的山狮了。它杀了49只羊和一条牧羊犬,还打伤了艾斯特班。艾斯特班伤得很重,右胳膊断了,4根肋骨也折了,身上还有无数抓痕。如果他不是身体强壮的牧羊人,恐怕早就死了。我已经送他去了医院,医生说他很快就会康复。"

"哦,那你来找我是想让我抓住那头山狮?"

巴德激动地说:"总得有人出马呀!我不想我的羊再被咬死,也不想看到自己的牧羊人被打伤。不过,那不是一头普通的山狮。杰克,你听说过这样的事吗?山狮猎杀羊群,居然连牧羊人也不放过!这头山狮肯定疯了,它做了第一次,还会做第二次。"

杰克很赞同:"对,它肯定还会这样干。"

"你了解它吗?"

"去年冬天,它杀了阿布的几头牛和我的猎狗萨莉,后来又趁着我在悬崖地区搜捕它的时候,杀害了我的一匹马。我同意你的观点,它不是普通的山狮。关于它的所作所为,我也是一头雾水,它跟我遇到的任何山狮都不一样。"

巴德问:"你会抓住它吗?"

"我肯定去。"

"杰克,我的计划是这样的。我马上去见其他三个农场主,他们也有羊在高山牧场。谁都不敢拿羊来冒险,如果你愿意放弃其他狩猎,抓住这头山狮,我们4个人愿意承担你的所有开销。你需要买什么,直接去康奈利商店记账。抓到山狮后,我们再付你500美元酬金。你看,行吗?"

"可以,一有进度我就告诉你。"

之后,巴德开着车走了。杰克站在原地,手指不停地敲着桌面,陷入沉思:"如果没人制止,这头山狮肯定会不断杀戮家畜。它凶残暴虐又聪明,非常了解人类。不过,不管它多么小心翼翼,只要它留下踪迹,我的狗都能将它找到。"

想到这里,杰克来到狗舍,挨个儿挠了挠猎狗们的耳朵。其他猎狗见杰克没有带来食物,悻悻地回到窝里趴着。只有巴克,将鼻子伸进杰克的手掌,满眼充满了对主人的喜爱。

每一个群体中都会产生一个能力超群的个体，这个个体会成为整个群体的领袖。在杰克的狗队中，巴克就是这样的个体。它具有一种特殊的品质，嗅觉灵敏、勇猛彪悍，在任何情况下都知道灵活应变。但是，它还缺乏实战经验，只有历经磨炼才有资格成为首领。

杰克已经下定决心，一定要抓到那头山狮。他想起了小伙子乔尼，不知怎么的，他现在越来越害怕孤单，希望有人陪着自己一起狩猎。杰克翻了翻日历，今天学校不上课，他快步朝乔尼家走去。

乔尼的爷爷艾利斯正在厨房里忙着和面，他看到杰克，大声嚷嚷起来："杰克！你看看你！你都干了些什么！你活得像一头猪，可不要让我的乔尼也像你！"

杰克有些尴尬地笑了："不好意思，打扰你做面包了。乔尼在家吗？"

"他去工作了！农场主阿布请他挖水渠，这样就能把水接到自己家里。现在的人脑子里在想什么，我可搞不懂。自来水这东西，我之前没用过，现在也不会用。总之，阿布答应给乔尼每天1美元酬金，外加三头小牛。乔尼要把这些牛养大，挣钱读林业学校。杰克，我说你，你要是在乔尼这个年纪就去上学，现在也不至于变成一个没用的老笨蛋。"

杰克低声笑了："好了，艾利斯，你能不能转告乔尼，说我出去打猎了？"

艾利斯嘟囔道："我会转告的。"

第二天一大早，杰克骑着马，带着猎狗朝皇冠城堡进发。皇冠城堡位于荒野深处，它的主体是一块类似纪念碑的岩石。杰克熟悉皇冠城堡的地形，他策马走过一条河，沿着峡谷往上走。天已经亮了，一层轻纱似的雾笼罩着溪流上方。一头高大的雄鹿在溪边饮水，看到杰克和猎狗，跳起来大步跑进了树林。

杰克来到一块草地。劫后余生的羊群，四处散开，正在悠闲地啃草。两条牧羊犬尽职尽责，站在最有利观察羊群的地形保持警戒。草地的低处有一口水井，水井周围有一圈褐色的泥土，中间有一条小路。草地另一侧，孤零零立着一棵大松树，松树下面，便是牧羊人的帐篷。

杰克拉紧缰绳，回头看了看紧跟在身后的4条猎狗，慢慢朝牧羊人的帐篷走去。新来的牧羊人叫萨米。萨米是个长相冷酷的外乡人，沉默寡言，没有人知道他的来历，他对什么东西都懂一点，不是很精通。虽然他对羊群了解不多，但足以胜任牧羊人这份工作。

"早，萨米！今天天气可真好！"杰克兴高采烈地打招呼。

"嗯。"

"山狮有没有再来杀羊？"

"没。"

"有没有那头山狮的踪迹？"

"没。"

"你在这儿还适应吗？"

"嗯。"

杰克找不到更多的话了。他只好拴好马，站在一边看萨米做早餐，思考下一步行动。被山狮攻击后，原来的牧场被羊的尸体弄脏了，萨米将羊群转移了，现在这里不是第一现场。

杰克只好继续干巴巴地提问："是艾斯特班把羊群转移到这里的吗？"

"不是。"

"是你？"

"嗯。"

"那羊群原先在哪里？"

"前方2英里。"萨米抬起胳膊指了指，端上羊排，倒了两杯咖啡。

这顿早餐吃得很沉闷，杰克忍不住揶揄道："萨米，谢谢你的早餐！跟你共餐很愉快，只是我讨厌你吃饭时说那么多废话，你真是太能说了！如果巴德过来，麻烦你告诉他我来过这里。"

"好。"

杰克翻身上马，来到皇冠城堡。羊的尸体倒了一地。杰克根据尸体的情况，推测出当时的情形——山狮跑进羊群，一边追赶一边出击，每次出手都有一只羊倒地不起。羊群受惊，涌向帐篷，艾斯特班被惊醒，拿着刀冲出来，山狮已经杀红了眼，毫不犹豫攻击了艾斯特班。攻击之后，山狮也有些害怕，立刻逃走了。

杰克分析："这头山狮的速度快如闪电。艾斯特班肯定是在知道羊群被屠杀的第一时间就冲出帐篷。这时，山狮已经杀了不少羊，它真是个盲目又残忍的杀手。"

想到这里，杰克下马，轻抚着巴克的头，自言自语道："巴克，山狮跑了，它的活动范围是整个北美地区中最复杂的地带。这里有几百万亩地，我们该怎么办呀？"

巴克像是听懂了杰克的话，摇着尾巴，将鼻子伸进杰克的手掌，不停安慰他。杰克拴好马，查看了一下羊的尸体。没有任何迹象证明，山狮吃过它们。杰克眉头紧锁："糟糕！山狮不是因为饥饿才杀死羊。它这么做，只是想大开杀戒。"

远处，是巍峨的群山和层层叠叠的峭壁。在这片广袤的土地上，有数不清的悬崖、峭壁、峡谷。山狮可能藏在里面的任何一个角落，要找到它，难度无异于大海捞针。加上这头山狮极为聪明，捕猎的难度可想而知。巴克在尸体遍布的草地上闻来闻去，尝试了好几次，都没有找到山狮的踪迹。杰克想，只要找到山狮的脚印，他也能抓住它。于是，他骑着马，带领猎狗慢慢前行。蓝点小狗在一个小水塘便发现了一只山猫的踪迹，杰克知道猎狗们想打猎，但是为了抓到那头山狮，他放弃了这只山猫。

走出草地之后，杰克来到一片松树林。这片树林位于山坡一侧。这座山坡一头连接着高低不平、杂草丛生的悬崖地带，中间又连接着另一个悬崖，另一头则连接着一大片西黄松树林。对于想翻过悬崖去另一边的山狮或者山猫来说，这座山坡是它们的必经之路。

蓝点小狗又发现了一头带着三只幼崽的母狮。杰克有些犹豫，"这个收获的确诱人！但是那头山狮，绝对是个不容置疑的头彩！只要我抓住了它，我会赢得农场主们的感激！"其实，对杰克来说，这还有另一层深远的意义：杰克总觉得那头山狮比人还要强大，如果他能成功杀死它，就能证明人永远比最强大的山狮更强大！

杰克来到这座山坡最狭窄的地方。那里有五彩缤纷的岩石，东一块西一块，杂乱无章地堆放在地上。对于游客来说，这是一道壮丽的岩石景观。但是杰克心里清楚，任何人想在这儿狩猎或者穿过这里，都极为困难。这里全是突出的岩石、宽宽窄窄的裂缝和蜂窝一般的洞穴。虽然有些地方看上去较为平缓，极有可能连接着一个致命的悬崖，还有些地方，岩石随时会崩塌，掉下来。

巴克好像嗅到了什么，径直朝山坡奔去。杰克惊喜地拴好马，在巴克的指引下，找到了山狮留下的踪迹———块松动的页岩上留有山狮粪便。

其实，山狮根本就没有到这座山坡来。当晚它偷袭羊群之后，直接跑到了北边的荒岩地区，从这座山坡的最狭窄处爬到了南侧。但是，杰克不这么想，他断定："山狮肯定在这里！"

杰克蹲下来，检查完破碎的页岩，又看到了旁边巨大的脚印，得意地吹了一声口哨。猎犬们蹲坐下来，绷着身体都想冲出去，杰克把这个机会留给了巴克："巴克，你拥有最灵敏的鼻子。接下来，看你的了！"

巴克嗅了嗅岩石，朝山坡下跑了几步，再回来检查岩石，接着又向山坡跑去。它来来回回探寻了4次，每一次都以失败告终——的确，那踪迹距离现在的时间太久了，已经无法追踪。杰克只好继续上马，沿着山坡往前爬行了200码。接下来，是一条狭窄的砾石小路，有些地段甚至完全悬空在峭壁之上。如果马失足掉下去，人也会跟着掉下去。杰克只好牵着马，小心翼翼往前走。之后，杰克来到一个峡谷。这边仍是宽达几百亩的悬崖峭壁，要找到这头山狮，依然希望渺茫。

杰克自嘲地说："至少，我缩小了搜寻范围。"

整整一个下午，杰克都在峡谷和断裂带之间穿行，寻找山狮的踪迹。因为担心马匹再次遭遇山狮伏击，他只好带着马一起走，有些马到不了的地方，必须放弃。

到了晚上，还是没有找到山狮的踪迹。杰克在一个岩石环绕的山谷睡着了。

第七章　杰克的猎物

为了能当上林务员，乔尼努力学习，学年结束的时候，他获得了班级前三名的好成绩。乔尼申请了奖学金，不过全校有150个学生都在竞争这4个名额的奖学金，乔尼清楚自己希望渺茫。他知道，自己的学习成就不够优秀，爷爷没有足够的钱供自己上大学，要获得林业工程文凭，必须依靠自己。所以，当农场主阿布提供挖水渠的工作时，乔尼毫不犹豫答应了下来。

阿布给了他两种工资选择：一种是通行的工资标准，另一种是每天1美元外加三头小牛。乔尼很快明白了后一种工资选择的好处。艾利斯有一片20亩的荒废牧场，夏天，养牛毫不费事，冬天也只需要将它们关在室内，喂谷子和干草就行。谷子，可以用阿布支付的报酬购买；干草，可以从牧场割。想到这些，乔尼很快接受了后一种方案。

阿布家的自来水水源是一处不断流、不结冰的泉水，位于赤色绝壁一侧。乔尼一边挖土一边开小差。挖水渠的工作既单调又劳累，乔尼不禁想起那些跟杰克一起外出打猎的有趣时光。当然，他想得更多的是那条名叫巴克的红毛猎犬。巴克身上有一种别的猎狗很少具有的品质，乔尼很难给这种难能可贵的品质下定义。他只知道，这种品质有一部分体现在它对杰克的绝对忠诚之中。

乔尼做梦都想拥有巴克。但是他知道，这是绝不可能的。不论给多少钱，杰克都不会卖掉巴克。即使杰克愿意出售，巴克也不会对新主人绝对忠诚，因为它早已认定杰克是自己唯一的主人。

夜幕降临，乔尼看着还没开挖的地方，觉得很沮丧。他扛着铁锹和镐，回了家。

艾利斯笑着说："阿布告诉我，你工作很努力。"

乔尼嘿嘿地笑了："他是想说我没有偷懒吗？的确，我没有。"他看看自己满手的水泡，感叹道："上帝呀，肯定有别的办法能挣到这几美元。"

艾利斯嘟哝道："任何事都没有捷径。好像是为了鼓励你，阿布已经把三头小牛送来了。我把它们放在牧场里了。"

"真的？太好了，我去看看。"

乔尼顾不上洗脸，朝屋后跑去。三头小牛紧张地在牧场里走来走去，见乔尼走进来，怯怯地跑开了。乔尼满脸喜悦地看着小牛，顿然觉得挖水渠的工作已经不那么枯燥乏味了。"是的，我有我的计划，我一定能当上林务员。"

杰克在悬崖地区搜寻了一个星期，骑着马回来了。他全身衣服破破烂烂，胡子拉碴。搜寻毫无进展之后，他不得不调整狩猎计划，让猎犬们追踪了一头母狮和两头小山狮。现在，他的马鞍后面挂着三头山狮的皮毛。

可是，杰克的心里依然挂念着那头山狮。公路一侧，汽车飞驰而过。杰克对这些现代机械的声音全不在意，他的心还停留在高高的悬崖上。整整7天，他几乎走遍了那里的每个角落，却没有发现那头大山狮的踪迹。这件事像伐木电锯，在他脑海中"嗡嗡"地响个不停。杰克觉得很失落："那头山狮就在那里，就算我抓不到它，至少也该发现它的踪迹，至少猎犬们应该能追踪它的行迹。可惜，就连这个，我都做不到。"

路过乔尼家时，杰克突然掉转马头走进了乔尼家的院子。三头小牛甩着尾巴站在栅栏围起的牧场里吃草，艾利斯从屋里走出来，杰克笑着说："嗨，你有个牧场啦。"

艾利斯哼了一声："要是看到我给一头笨奶牛挤奶，你肯定乐死的！这些牛都是乔尼的，他计划养一个冬天，在来年春天把它们卖了，赚一大笔钱。你要是跟乔尼一样聪明，估计现在也混得不错。这些天，你去哪里了？"

杰克挥了挥满是岩石印记的手说："那边。"

"我看你抓了三头山狮呢。"

杰克有些闷闷不乐，只"嗯"了一声。

"这可是一大笔赏金呢,你有什么不开心的?"

"我没有找到那头大山狮。甚至连它的踪迹也没找到。我想,也许是梅杰老了,而巴克还太年轻的缘故。"

"我懂,就像我和乔尼一样呗。对了,乔尼打猎怎么样?"

"他还是个孩子,但是已经懂得很多了。再过几年,他会成为一个出色的猎手。你问这个干吗?"

艾利斯赞同地点点头:"那孩子做梦都想去打猎。如果他早出生50年,肯定是一个出色的猎手。"

"艾利斯,别让乔尼做傻事。你我都清楚,我这样的猎人可没什么前途。"

"他不会,他会去林业学校读书。"

杰克下了马,"艾利斯,如果换了你,你会怎么对付这头山狮?"

"我分析了一下,觉得这不是什么难事。早些年,有个猎人追踪过一个行踪独特的山狮和另外两三头类似的山狮。这人把自己的跟踪记录跟其他捕杀过此类山狮的猎人的记录做了比较,他确信所有山狮都差不多,只是我们偶尔会遇到一两头与众不同的。很明显,这头山狮就是。我以前还见过两三头从树上跳下来的山狮呢。试问,一头山狮被逼上树,受伤之后又开始逃亡。以后它会怎么做呢?它会避免再上树,会想方设法避开猎犬,还会将受到的伤害发泄到任何可以发泄的东西上去。说不定,这就是这头山狮袭击羊群的原因。"

"你是说,这头山狮对人类心存怨恨?"

"所有山狮都恨人类。只是它们不敢轻易展开报复行动。而这头山狮很聪明,它能成功躲避追踪。杰克,你找了它多长时间了?"

杰克有些丧气地回答:"整整7天!我放弃了数不清的山狮和山猫,只为让猎狗们保持体力,尽可能去更多的地方搜寻。毕竟,农场主们支付了这次捕猎的开销,而且我也想为我的猎狗萨莉报仇。"

艾利斯肯定地说:"它还会发动屠杀,直到有人阻止为止。"

杰克坚定地回答:"我肯定能阻止它。再见!"

回家之后,杰克舒服地泡了个澡,又吃了顿丰富的饭。巴德的货车又"突突突"地开进杰克家的院子。巴德提着一个麻袋走了进去,麻袋上还裹着一层白霜。他把袋子扔在地上,说:"我的牧羊人告诉我你去过他那里。之后谁也没见过你了,杰克,这段时间你去哪里了？"

"我去了悬崖地区，只抓到一头母山狮和两头小山狮。没有抓住那头大山狮。"

巴德指了指麻袋："这些天我隔一天就往你家跑一趟，发现你还没回来，我就把肉冻上了。"

"真是太谢谢你了，我的狗可以好好吃上几顿了。"

"那头大山狮让我们惶恐不安，有些农场主认为它还会出现，请你务必要把它抓住。"

"我肯定会尽力的，巴德，你要吃点东西吗？"

"不用了，谢谢！日子还得继续，杰克，祝你好运！"

"我确实需要点好运，这头山狮真是来无影去无踪！"

整个夏天，杰克都在悬崖地区搜寻那头山狮的踪迹。悬崖地区特别危险，稍不注意就会掉下万丈深渊，摔得粉身碎骨。当然，天长日久，为了激起猎狗们的打猎兴趣，杰克也让它们抓捕其他山狮和山猫。他捕获了不少猎物，但是心中只有一个信念——必须要抓住那头大山狮！

有一次，杰克发现山狮杀死了一头巨大的雄鹿，猎狗们轻易找到了山狮的踪迹。但是它们跟到一个尖顶的岩石下面时，山狮跳了上去，猎狗们跳不上去，杰克带着狗队绕上石壁，发现那里根本没有山狮的踪迹。对于杰克来说，那头山狮更像一头灵兽，来去自如。

每个星期，农场主巴德都会送肉过来，杰克每次去康奈利商店买东西，也都会记在巴德账下。只是，杰克心里越来越不想再花巴德他们的钱了。毕竟，他没抓到那头大山狮。

时间一天天过去，抓捕山狮的工作依然毫无进展。转眼到了初冬，杰克的心里升起一丝希望，只要在雪地上找到山狮的足印，就不会像夏天那样一无所获了。

这天，杰克正在吃晚饭，巴德又来了。他提着一袋狗食，冲杰克大声嚷嚷："冬天啦！雪地上该有那畜生的脚印啦！"

杰克说："我知道，我会去把那该死的山狮给你捉过来！"

"你去年冬天可没抓住它！"

杰克解释说："那时不一样，梅杰老了，巴克还小。现在，巴克长大了，情况完全不同了。"

"好，祝你好运！我们不希望明年开春时，那头山狮还会出来屠杀羊群。"

"肯定不会了！"

送走巴德，杰克兴奋地整理打猎装备。他忽然想起明天是周六，乔尼不用上学，"说不定他愿意跟我一起去打猎呢！"

抱着这个想法，杰克大步流星走入飘扬的雪花之中，来到乔尼家。艾利斯坐在桌子边，桌上还放着一只啃了一半的烧鸡。他撕下一个鸡腿递给杰克，又倒了一杯咖啡："杰克，快吃，我看你都要饿扁了！"

"乔尼呢？"

"学校有个舞会，他跟几个孩子一起去的，得10点左右才回来呢。你找他有事吗？"

"下雪追踪会更方便，我明天要去找那头大山狮。我想乔尼应该愿意和我一道。"

艾利斯笑着提醒说："那小子跟你一样，对猎犬无比着迷，你可别让他再沾这个了。"

"说到猎犬，"杰克喝了一大口咖啡，提高嗓门，"我的巴克可真是——"

突然，一声尖厉的哀号划破夜晚的宁静，打断了杰克的话。同时，小牛们惊恐的号叫不断传来。紧接着，又传来另一条猎犬的尖叫。杰克快速站起来，取下乔尼的猎枪，艾利斯也抓起自己的猎枪，拿着手电夺门而出。

两人直奔牧场而去。只见，三头小牛全都倒在地上，血汩汩外流。它们都死了！不远处，艾利斯的两条老猎狗，萨德和派特躺在雪地里，也死了！

杰克说："一定是它！我们去看看！"

他接过艾利斯的手电筒，直接走到老猎犬那里，查看脚印，"是那头大山狮，我现在回去，带我的猎枪和猎狗来！今晚难得遇到一串新鲜的踪迹，我一定要追上去！"

艾利斯伤感地说："我老了，不能跟你一起去了。但是，你应该等一等乔尼。"

"等他回来，山狮的脚印早就被大雪盖住了，我得抓住机会！"

杰克满脑子都想着一件事——抓大山狮！他赶回家，匆忙做好一个三明治塞进口袋，抓起猎枪和子弹盒，吹着口哨叫上猎犬，飞奔回小牛和老猎犬被杀死的地方。

猎狗们一路探寻，闻到山狮的气味后，咆哮着先后跑进了无边夜色。

杰克欣喜若狂："艾利斯，我就要找到那个狡猾的恶魔了！"

艾利斯站在一旁："我认为你该等等乔尼！"

"没时间了！你告诉他，我会从奖金中拿出一部分奖励他！"

猎狗们朝岩石区跑远了，杰克绕到一条小路上继续追踪。雪越下越大，狗叫声渐渐听不清了。杰克并不担心，调整路线，朝西走去。黑暗之中，他顺着石壁间的一道裂缝爬上一座山峰，又听见了猎狗们微弱的叫声。杰克认真听了一会儿，叫声渐渐消失了。他用脚踩断松树下的枝丫，又在地上踢出一个雪坑，划了一根火柴，燃起了一个火堆。这一晚，他靠在火堆边打盹，时不时侧着耳朵来听猎狗的叫声。

黎明来临时，狗叫声越来越大。杰克推测，猎狗们也许追上了山狮。又过了一会儿，狗叫声持续从同一个方向传来。杰克一跃而起，他知道猎狗们已经困住了大山狮。

第八章　骏马裂缝

风刮得很大，猎狗的声音断断续续，杰克认真听了一会儿，终于分辨出4条猎狗的声音。他很庆幸，在追踪大山狮的过程中，猎狗们经受住了攻击，都安然无恙。

几分钟之后，杰克兴高采烈地朝猎狗叫的地方走去。"现在，这头恶魔终于落到我手里了！你一旦被我的狗逼上了树，插翅难飞！不过，这家伙诡计多端，我得防着它要花招，必须小心点！"杰克暗暗叮嘱自己，听着越来越清晰的狗叫，确定了大山狮被围困的位置。

那地方叫死人壁，是一道很宽的岩石缝，比周围的乱石地区高出800到1000英尺。上面除了裂缝，还有几个岩洞。也许，山狮就是躲进了那道岩缝里。杰克想："就算它躲进去也没关系，反正以前我也从岩缝里面抓过东西。"

杰克一边走，一边认真倾听狗叫，脑海中不停浮现死人壁的景象。那地方，他大概爬过50次，每次都是从不同地方进去的。死人壁所有的裂缝中，有一道名为骏马裂缝的地方，两侧都是峭壁，有一端直接切下去的，山狮也没办法爬上去，其他动物也不可能爬上去。杰克根据狗叫声推测，那头大山狮好像就在骏马裂缝里。

杰克的心里涌现出越来越强烈的欣喜，他猛地冲过小树林，来到骏马裂缝前。裂缝与峡谷相接的地方是一处陡峭的岩壁，岩壁上面只有几个供手抓和脚踩的地方。裂缝里面有两个岩洞、几个岩架和几棵树，正中间有一块布满裂缝、高达40英尺的尖顶岩石。

猎狗们正想爬上岩壁，一次次摔倒在雪地上，一次次狂吠着继续尝试。杰克对猎狗们的表现很满意，他伸出手轻轻拍着梅杰的脑袋，笑着说："我们困住它了，它是我们的了！"

杰克刚往岩壁上爬了两步,一阵大风吹来,地上的积雪被吹得到处乱舞。杰克伸手想挡住眼睛,不料手一松,脚底一滑,从岩壁上摔了下去,枪也摔下去了。好不容易找到猎枪,他拔出弹夹朝里面吹了吹,看到枪膛里面干干净净的,又继续往上攀爬。

山狮巨大的脚印映入眼帘,杰克发现一开始它的脚印之间间隔很大,大概后来是发现猎犬们上不来,才放慢了脚步。杰克很得意,不由得哼了一声。对他来说,狩猎就是他的工作。他总是按照流程,先让猎犬包围猎物,再开枪射杀。虽然他不会因为杀掉一头动物而感觉遭受到良心的谴责,也不会以杀死动物感到光荣。但是这一次,他为自己能杀死大山狮感到无比自豪。因为,它是他的敌人,不断发出挑战,戏弄他,还大开杀戒,杀死家畜,伤害牧民。如果不将它除掉,对这片地区的人来说,它会是个巨大的威胁。

杰克一边想着这些,一边慢慢往前爬。他搞不明白,这头聪明的山狮为什么躲到这里。骏马裂缝对所有动物来说,都是一个巨大的陷阱。也许是猎犬们将它赶出了它熟悉的地方,它慌不择路,并不知道这是一个陷阱。

一只松鸦轻轻抖了抖尾巴,杰克紧张地举起枪又放下。他太紧张了,而眼下还没到紧张的时候。跟着山狮的脚印,杰克来到一棵松树下面。一只松鼠沿着树枝,从一根树枝跳向另一根树枝,然后跑进树洞躲了起来。这附近没有其他东西了,杰克一手握紧猎枪,一手攀着岩石爬向另一个斜坡。岩壁上挂满雪花,如果雪花没有落在裂缝或者地洞里,一脚踩上去就容易落空。因此,杰克总要踢掉岩壁上的积雪,才敢落脚。

爬上斜坡之后,杰克在几棵几乎连在一起的矮雪松那儿发现了山狮的脚印。但是,他仔细地看了看,那里没有山狮的身影。杰克有些担心,如果山狮不在树上,那一定是钻进了岩洞或者裂缝,找起来要花点工夫了。

突然,杰克感觉后背一凉,他意识到自己身处险境。

在一棵矮雪松一角,他看到了大山狮黄褐色的尾巴。可是,刚才他明明就搜查过那棵树,那里明明什么也没有!杰克反应过来,快速扣动扳机。然而,猎枪没有发出任何声音。他看着手里的猎枪,绝望地想起猎枪曾从高处摔落。

他不敢动弹,山狮冲出矮雪松扑了过来。它面目狰狞,吼声震耳欲聋,牙齿发着寒光,像一个带着恐怖面具的恶魔。

这天夜晚,乔尼和鲍勃放学后留下来,参加了足球队募捐演出。终于说完所有台词,两人如释重负,舒了一口气,跑进更衣室脱掉演出服,换回自己的服装。

鲍勃问:"你觉得我们演得怎么样?"

乔尼真诚地说:"这是我第一次也是最后一次登上舞台。现在,我是越来越敬佩演员。"

"至少没有观众朝我们扔烂菜叶啊!"

乔尼笑了:"那是因为他们手里没有烂菜叶。对了,我们为球队募捐到多少钱?"

"我不清楚,肯定不少,后面都站了不少人呢。"

"说不定他们站在后面是因为那里听不到我们的台词。你听,外面风声好大!"

鲍勃有些闷闷不乐:"唉,看来明天我得帮我爸爸去找那些被暴风雪困住的牛!"

乔尼倒是很高兴:"鲍勃,一会儿不看书对你来说没坏处!明天我会去打猎。这种天气,杰克一定会带猎犬出去打猎。"

乔尼和鲍勃乘坐鲍勃父亲的车回家了。在砾石路口,乔尼下了车,走进了轻柔的雪花之中。现在,他满脑子都装着第二天的打猎。尽管职业猎人的时代一去不返,但是要当林务员,也必须掌握狩猎和野外生活知识。杰克曾经告诉乔尼,有些地区的山猫、狐狸和狼都被杀光了,从而导致老鼠和野兔泛滥成灾。他还听说,有个地方灭绝了山猫,老鼠没有山猫这个天敌,疯狂繁殖,吃光了给丝兰花授粉的蛾,导致丝兰花再也无法盛开。后来,当地政府为了解决这一难题,又允许山猫回来生活。

乔尼一边想一边走,很快到了家。房子里还亮着灯,乔尼心头一紧:"一般情况下,爷爷天没黑就睡了,日上三竿才起来。难道,家里出事了?"

他刚冲进屋,就看见艾利斯一脸沉重地坐在桌前。艾利斯看上去很难过,他低声吩咐道:"孩子,先脱下外套,喝杯咖啡暖暖胃。"

乔尼脱了外套,一边小口喝着咖啡,一边满脸期待地看着爷爷。

老艾利斯清清嗓子,犹豫了一下,慢慢地说:"乔尼,那头大山狮,它杀了你的三头小牛。"想起自己最后两条老猎狗也被杀害,老人的声音里有一股悲痛,"它也杀死了我的萨德和派特。那时,它们在外闲逛,发现山狮来了,它们勇敢地冲了上去……"

"爷爷,我理解你的心情。"

艾利斯无可奈何地耸了耸肩膀:"杰克的猎犬已经找到那头山狮的踪迹了,他去追它了。我劝他等你,他说再等下去大雪会覆盖山狮的新脚印。我想他说的也有道理。乔尼,小牛的事我很抱歉,要是我把它们拴在畜棚就好了。"

乔尼心里十分难过:"杰克有没有告诉你,他去了哪里?"

"谁知道那头山狮到底会去哪里呢？唯一肯定的是，它会逃到悬崖那边。"

"唉，真是不敢相信，这头山狮居然对人类恨之入骨，要用这样疯狂的杀戮来泄恨。"

"当时，它杀了你的小牛没过多久，杰克的猎犬就追过去了。以前它会破坏足迹，阻挠猎狗追踪。这一回，它肯定还会这样干。"

乔尼很累："我先去把小牛宰杀了吧。"

"我已经弄好了。"

"明天，我出去找找，看能不能找到杰克。"

乔尼不再为小牛的事悲伤，他很快睡着了。第二天一早，他吃过早饭，往衣服口袋塞了两个三明治和一匣子弹，拿起猎枪出了门。

暴风雪已经停了，地上堆着大约7寸厚的积雪。乔尼来到悬崖前，觉得很无助。狂风卷起雪粒，掩盖了所有踪迹，想凭借脚印追上杰克，已经不可能了。乔尼站在原地，想了好一会儿，排除各种因素，决定朝遍布岩石的荒原走去。但是，两个小时后，依然找不到杰克的踪迹，乔尼彻底没了主意。他沮丧地想："说不定我根本没有走进杰克他们的活动范围！"

前方不远处，是高低不平的死人壁。乔尼一手拿枪，一手寻找着支撑点，慢慢爬了上去。风在耳边低语，乔尼觉得很不安，他认为自己又猜错了方向，还沿着这个错误的方向走了很远。可是，再爬下去找新的路线已经来不及，乔尼干脆找了个背风处，点了一堆火，坐下来休息。吃完三明治后，乔尼一边伸手烤火一边琢磨下一步行动。忽然，远处传来微弱的狗叫声！乔尼唰地一下站起来，微微张开嘴巴，尽量听着周围的声音。风在岩石周围呼啸，乔尼听了好一会儿，终于听到了狗叫，他还确认，那肯定是梅杰的咆哮和多伊的尖叫。

乔尼踩灭火堆，朝狗叫的地方走去。乔尼想："也许杰克离得太远了，还没听到狗叫。只要能杀死那头山狮，他应该不会介意我开枪的。"

走了一阵之后，乔尼看到了梅杰、多伊和蓝点小狗。它们在一道又长又深的裂缝面前，走来走去。这条裂缝，山狮可以跳过去，而猎狗们跳不过去。乔尼看着裂缝一侧清晰的山狮脚印，推测杰克也许在某个地方寻找他的猎犬。

梅杰走到乔尼跟前，悲伤地呜咽着。乔尼伸手拍了拍梅杰的头，发现巴克不见了。通常情况下，如果猎犬跟猎犬队走散，只有一个原因——在追踪过程中，猎犬队在某个地方追上猎物并与之交战，战斗中，这条猎狗被猎物杀死了。"巴克就是这样被杀害了！"

想到这里，乔尼有些愤怒，他招呼三条猎狗，绕道来到裂缝对面。他们在山狮的脚印前停了下来，梅杰闻到了山狮的气味，咆哮一声跑开了，其他两条狗也跟着跑远了。乔尼跑进一片树林中间，做好准备。一旦山狮绕回来，他立即开枪射击。可惜，猎狗们的叫声越来越远，最后消失在山野。

乔尼郁闷地往下爬，回了家。对于乔尼来说，杰克可以花一个星期或者更长的时间在外打猎，这事大家习以为常。可是乔尼家里，艾利斯在等他回家，乔尼不能让爷爷为自己担心。

天已经黑了，乔尼告诉爷爷："我没找到杰克，我只看到了他的猎犬，可是我只看到三条，没看到红毛狗巴克。"

艾利斯摇摇头："它是条真正的猎狗，一定是被山狮给咬死了。唉，你在哪里发现猎犬队的？"

"死人壁后面。那里有一条很宽的裂缝，猎狗们爬不上去，我带着它们绕了过去，它们沿着山狮的足迹追下去了。我想我不能插手，不然杰克会迷惑不解。"

艾利斯赞同地点点头："他应该能找到猎狗它们。只要他觉得有机会抓住山狮，他就不会先回来。山狮杀了他最爱的猎犬巴克，他肯定很生气。"

乔尼说："明天我不用上学，我想我明天还是再出去看看吧。"

第二天，乔尼又出去了。整整一天，他都没有发现山狮的踪迹，也没听到猎狗们的叫声，更没找看到杰克的身影。

第九章　刽子手

在追赶山狮的那一晚，猎犬队曾两次将它成功围困。第一次，山狮被逼到一棵倒掉的树上。它站在树上，甩动着黄褐色的尾巴，冲猎狗大声咆哮。猎狗们很谨慎，并没有靠它太近。山狮迫不得已，跳上裂缝，猎狗们跳不过去，不得不绕路。等它们绕过去时，山狮已经跑远了。猎狗们嗅着山狮的气味，再次追了上去。

第二次围住山狮，是天亮了的时候。山狮爬上一个陡坡，巴克冲上去，将山狮的腹部撕下厚厚的一块皮。多伊见状，也从侧面冲了上来。山狮勃然大怒，转身扑向多伊。

多伊灵敏地避开了山狮的攻击，身上只留下几处轻微的擦伤。山狮见占不到便宜，掉头就跑。为了逃命，山狮慌不择路，爬上了骏马裂缝的入口处。猎狗们爬不过去，只好站在下面发疯似的狂叫。

山狮累了，也不知道自己跳进了一个天然的陷阱，它趴在岩石上睡着了。"你们爱叫就叫个够，反正你们也爬不上来！"山狮放心大胆地睡着了。不过，作为一头野生猛兽，就算睡觉，它依然保持着部分惊醒。期间，山狮醒过来一次，它伸个懒腰，走了走，又看了看在裂缝下面狂吠的猎狗。"如果我跳下去，能轻易杀死其中一条，但是也会遭受另外三条狗的攻击。"山狮分析一番，又躺下来。

突然，山狮闻到了杰克的气味，完全清醒过来。借着风向，它知道杰克在向自己慢慢靠近。山狮并不将杰克放在眼里，它活动活动筋骨，慢慢朝骏马裂缝的顶端走去。5分钟之后，它发现这里是个天然的陷阱。裂缝的顶端是一道百英尺的陡峭岩壁，岩壁经过风吹日晒，变得很光滑，难以立足。山狮有些绝望，它转身来到裂缝另一侧，那里也没有出路。无奈之中，山狮打算攀爬那道陡峭的岩壁。岂料，它刚抬起后腿就滑了下来。

杰克越来越近，山狮越来越绝望。在那段关在笼子里的漫长岁月里，山狮的心中积累了对人类的仇恨。这团仇恨之火从未熄灭，今天它燃烧得更旺！

"除了出逃，别无他法！"山狮已经清楚地认识到这一点。灵敏的嗅觉带来了杰克的位置，山狮策划了一个方案，它跑向一棵矮雪松，压低身体，一动不动地藏了起来。过了一会儿，杰克出现在它的视野里。

周围死一般宁静，山狮一动不动，一双眼睛随着杰克的脚步不停转动。它知道自己暂时还没被杰克发现。突然，杰克看到了它的尾巴，山狮知道自己暴露了，弹簧一样一跃而起，将杰克扑倒在地。绝望战胜了心中对人类的恐惧，山狮不再像上次袭击牧羊人那般慌张，它冷静地将锋利的牙齿刺进杰克的肌肉。很快，杰克失去呼吸，僵硬地躺在地上。山狮突然意识到："原来人类如此不堪一击！"它小心地嗅了嗅杰克的尸体，知道他已经对自己无法构成威胁了。

骏马裂缝下面，猎狗们仍在试图往上爬。巴克好像已经意识到杰克出事了，它不安地哀号起来，刚刚爬了5英尺高，又摔了下来。"岩石高不可攀！可是，杰克在那里，我必须去！"抱着这样的信念，巴克蹲坐在地上，研究起面前的石壁。

这道石壁几乎与地面垂直，上面有或圆或尖的石头凸出来，不规则地分布在距离岩壁顶端大概18英尺以下的地方。岩壁顶端稍微靠下的地方有一块大约6寸宽、2英尺长的岩架。

巴克来回试探了几次,再次往上爬时,它先把一个突出的小石头当立足点,再侧身去够另一块小石头。有一次由于重心不稳,巴克差点摔下来,紧急之中,它伸出前爪抓住一个小石头,又将两条后腿踩了上去,它像猫一样将4条腿并拢,紧紧贴着岩石,尽力让身体保持平衡。然后,它侧着身体,左一点右一点,慢慢爬上了岩壁。

巴克担心主人安危,立即朝骏马裂缝深处走去。山狮站在杰克的尸体上,发出震耳欲聋的怒吼。战斗一触即发!就在这时,山狮突然一阵猛冲,跳下岩壁,越过三条猎狗的头落在了地上。三条猎狗叫喊着,追着山狮跑远了。

巴克不安地走上去,温柔地舔了舔杰克的脸,伸出爪子拉了拉。见杰克毫无动静,它急忙咬住杰克的衣服,使劲往外拉。杰克还是纹丝不动,巴克无助地哀号起来。为了守卫杰克,巴克只好放弃追捕山狮。一下午过去,天快黑了,杰克的尸体开始散发死亡的气息。巴克太熟悉这种气味了,这味道跟它以前在别的尸体上嗅到的一模一样。它很难过,对着夜空仰天长啸。

整整两天两夜,巴克一直守卫着杰克的尸体,不让任何动物对他造成伤害。裂缝里没有食物,巴克只好舔了点雪来解渴。雪一直没停,杰克的尸体被积雪覆盖。巴克刨开积雪,挨着杰克躺了下来。它将整个事情想了一遍,得出一个结论:"恶魔山狮,杀了主人!"仇恨在心中滋生,巴克愤怒不已,悲痛地大叫一声,爬下岩壁。

巴克天生就是一条猎犬,此刻,它心中只有一个猎物——大山狮!它在荒原上漫无目的地奔跑着,遇到了鹿群和其他山狮。但是除了那头大山狮,谁也无法调动起巴克的捕猎兴趣。它根本不在乎眼前这些动物,一心一意地继续追踪。搜寻毫无进展,三天之后,巴克回到了骏马裂缝。在杰克尸体边待了整整一天之后,它才恋恋不舍地离开了。"找到大山狮,杀死它,为主人报仇!"这个信念成了巴克的唯一追求,它继续在悬崖地区游荡,寻找大山狮的踪迹。

那天,大山狮从骏马裂缝一跃而下,一路狂奔,爬上了死人壁。三条猎狗被它甩在石壁下面。山狮走向壁顶的松树林,心中涌起一股前所未有的成就感:"人类并不是什么超级动物,他们像那两条老猎狗一样,不堪一击!"

山狮走了还不到一英里,又听见了三条猎狗的叫声。"你们真是个大麻烦!"山狮愤怒地咆哮起来，来到一条又长又深的裂缝前，准备战斗。

战斗持续了半个小时，双方难分胜负。山狮见难以得手，只好继续往前跑。没过多久，它刚跑到一堆石头边，就看见那三条猎狗狂叫着从树林冲出来。山狮摆好架势，等老梅杰跑得足够近了，奋力一扑。老梅杰是一条经验丰富的猎狗，它对山狮了如指掌，从容躲过了大山狮的进攻。多伊和蓝点小狗跳过去攻击山狮的后背，山狮转身回击，一巴掌将蓝点小狗拍了出去。等它转过身，梅杰和多伊又扑了上来。

山狮很生气，这三条猎狗根本不是它的对手，可它却被它们团团围住。猎狗们也知道自己不是山狮的对手，所以只想拖住山狮，尽可能地撕咬山狮。趁着山狮不注意，梅杰悄悄上去，从山狮腹部撕下一块皮毛，快速逃开。

山狮放弃了打斗，转身跳上一块岩石，钻进岩壁顶上的森林，然后跳下一个缓坡，来到一个峡谷，进入雪松林觅食。它杀死了一头雄鹿，填饱肚子之后，走向不远处的树林睡觉。睡了不到20分钟，猎犬们咆哮着追过来了。山狮龇牙咧嘴叫了几声，跑到附近的一个峡谷，爬上了峭壁，找到一片灌木丛，躺下来休息。狗叫声吵得它无法安睡，一个小时之后，山狮继续往上爬，来到岩壁顶。猎狗的叫声再也听不到了，山狮放松地睡着了。

第二天中午，猎狗的叫声再次传来。山狮无比气愤："真是一群可恶的跟屁虫！"它知道，自己无法杀死它们，一旦攻击其中一条狗，那条狗会躲开，另外两条狗就会趁机扑上来。跑，山狮唯一能做的，只有逃跑！每当它爬上一道峭壁，那三条猎狗很快绕路追上来。这是一场拉锯战，山狮已经离自己熟悉的地方越来越远。它跑上一座山峰，见猎狗们正在山下飞奔，它只得继续逃亡。

山狮有些厌烦，它认为猎狗们会再次跟上来。其实，它不知道，猎狗们已经又饿又累，脚疼得无法忍受，再也跑不动了。不到一周，猎狗们就放弃了。直到又过了一周，山狮才放慢逃亡的脚步。但是，它已经变得像猫一样神经质，每到一个捕猎和休息的地方，都会听一听是否有狗叫声。几天之后，它真的听见了一条狗的叫声。

这声音坚定而低沉，却盖过了呼呼的风声。山狮的疑惑终于解开了：一开始追它的本来就是4条猎狗，后来变成三条，现在，那第4条猎狗来了！

山狮愤怒地摇着尾巴，心里打着如意算盘："以前那三条笨狗，我一时难以把它们杀死。现在只有一条，杀死它，易如反掌！"

第十章 踪迹失而复得

整整一个星期，乔尼都没办法认真听课。他的身体留在教室，心却去了悬崖。

终于到了星期五下午，乔尼坐上校车，舒了一口气："鲍勃，这是我有生以来，过得最漫长的一周了！"

鲍勃却不这样看："对你的老师来说，也是一样！这个星期的考试，你都没及格！其实，你没必要为杰克担心，打猎这行，他干了很多年了。"

"我只是想知道他怎么样了。"

鲍勃用嘲讽的语气回答："一群癞皮狗追一头比家猫大不了多少的山狮，有意思吗？"

乔尼不再说话，直到校车在乔尼那站停下来，鲍勃才真心实意地说："伙计，祝你打猎好运。"

"谢谢！"

乔尼跳下车，急冲冲往家里赶。依然没有杰克的消息，乔尼嚷起来："天啊！难道他打算整个冬天都待在悬崖上吗？"

艾利斯无奈地耸耸肩膀："总之，在没有抓到那头大山狮之前，杰克是不会回来的。"

"可是，猎犬跑不了这么远！就算它们是凯恩猎犬，也有精疲力尽的时候。"

"它们可以停下来休息，吃东西，过不了多久就能继续跑了。要不，你明天去杰克家看看吧。"

晚饭之后，乔尼看了一会儿书，早早上床睡觉。距离天亮还有一个半小时，乔尼就被闹钟吵醒。他快速洗漱，吃好早饭，带上猎枪去了杰克家。没看到炊烟也没闻到任何烟味，"看来，杰克没有回来。"乔尼想，他只好转身往回走。突然，乔尼觉得有什么东西跟在自己身后，他停下脚步，端起猎枪，但是，好几秒钟过去，也没任何东西扑来。乔尼有些自嘲地说："我一定得了'恐狮症'！"

然而，当他转过身，却看见梅杰站在距离自己 15 英尺的地方。梅杰的左前爪悬空，浑身发抖，看起来浑身疲惫，它一瘸一拐地走到乔尼面前，用冰凉的鼻子碰了碰乔尼，一脸沉重。

"可怜的梅杰，出什么事了？"乔尼将它搂在怀里，轻轻抚摸着它的头，一股恐惧涌上心头："杰克要是回来了，他不会将又饿又累的老猎犬扔在雪地里不管。他没回家，他去了哪里？"带着这样的疑问，乔尼走进杰克家的院子。

多伊和蓝点小狗趴在一个狗窝里，累得无法动弹。多伊抬起头，看看乔尼，用鼻子碰了碰乔尼的手，又无力地趴了回去；蓝点小狗冲他摇摇尾巴。它们跟梅杰一样，憔悴虚弱，情况比梅杰更糟，趾甲磨得只剩一点点，爪子也破了。

它们一定是走了很远很远的路！

乔尼心疼地走进厨房。厨房冷冰冰的，没有人使用过的痕迹。他又来到卧室，发现被子也没人动过。

乔尼走了出来，梅杰不安地呜咽着。乔尼的额头沁出一层汗，"杰克没有回来，猎狗们回来了，那只有一种解释，杰克已经死了。否则，猎狗绝不会自动离开主人！算了，我先安顿好这些狗再说。"想到这些，乔尼心情沉重地走向狗舍，温柔地哄着。蓝点小狗浑身发抖，走了出来。多伊颤巍巍地走了几步，倒了下去。乔尼及时抱住多伊，拿起猎枪，梅杰和蓝点小狗跟在后面。这一路，为了照顾梅杰和蓝点小狗，乔尼走得很慢。好不容易到了家，乔尼用膝盖打开门，将多伊放在毯子上，梅杰和蓝点小狗感激地叹了口气，也趴了下来。

乔尼放下猎枪，敲了敲艾利斯的房门："爷爷，杰克的三条猎犬回来了。可是，杰克没回来。"

"等一下，我马上出来。"

不一会儿，艾利斯穿着拖鞋出来了，冷静地吩咐乔尼："去热一点牛奶！"

乔尼倒了些牛奶到平底锅，艾利斯拿出猪油，放进煎锅。随后，艾利斯检查了一下猎狗们的身体："它们没受伤，只是累坏了，牛奶不要太热！乔尼。"

艾利斯拿出三个碗，往每个碗里倒了等量的牛奶。梅杰和蓝点小狗颤抖着站起来，贪婪地喝着牛奶。多伊很虚弱，艾利斯半跪下来，喂多伊喝下牛奶。他叮嘱乔尼："它们饿了太久了，不能立马喂它们吃肉。此外，它们得养好一阵子才能打猎了。"

这时，乔尼才忍不住问："杰克死了吗？"

"别太早下结论。也许他死了，也许他只是受伤了。总之，他不会在悬崖地区迷路。"

"要是他只是受伤了，猎狗们怎么会离开他回家？"

"乔尼，放松点！也许是杰克受伤了，猎狗们肚子太饿，脚太痛，只好先回来了。"

艾利斯一边说一边给猎狗们的爪子涂上软化的猪油。

乔尼问:"杰克会不会被大山狮杀死了?"

"我觉得山狮是不会杀人的。也许杰克遇到了滑坡,也许掉进了裂缝,也许是走在结冰的悬崖时脚底打滑掉进了悬崖。"

"爷爷,你不觉得我们应该组织搜救吗?"

"乔尼,当然要组织,但是你别抱太大希望。悬崖地区太大,找到的希望渺茫。谁知道他到底在哪里呢?那里有成千上万个地方要找,就算我们组织一大批搜救员,也有可能在经过他身边时却没能发现他。"

乔尼固执地说:"我们可以缩小搜救范围。反正第二天上午我在悬崖一个叫鳄鱼头的地方附近的一道裂缝,发现了杰克的猎狗队,他一定就在那附近。"

艾利斯说:"但是你并不清楚你发现猎狗时,杰克是不是也在找它们。你也不清楚那头大山狮的路线。总之,你的话有一些参考价值。好了,你先去悬崖地区找找,我去组织救援队。另外,我也负责照顾这几条猎狗。"

整整两天,乔尼在悬崖地区不停搜寻,一无所获。周一到了,乔尼不情愿地回到学校。但是,搜救还在继续,峡谷里所有能出动的男人都去找杰克了,飞行员甚至冒着生命危险将飞机开到最低处,希望能看到一堆篝火,从而确定杰克的位置。但是,整整一周过去,最乐观的搜救员都失去了信心。

这周周五晚上,乔尼垂头丧气坐到餐桌边,问爷爷:"一点线索都没找到吗?"

"乔尼,能找的地方,我们都找过了。"

"但是,不是所有地方都找了。"

"乔尼,你要理智点。就算我们在悬崖地区搜寻1年甚至10年,都可能找不到他。杰克不是唯一一个躺在那里的人。"

乔尼的情绪有点失落:"我知道,我只是想再试试。"

"好,去吧,不管是什么结果,只要你心里没有遗憾就好。"

星期六早上,乔尼又进了悬崖地区。他钻进岩洞,爬进裂缝,进入树林,攀上石壁,试图寻找最近的雪崩,甚至用一根长棍子去敲了敲结冰的深水坑。这一天,依然毫无收获。

第二天一早,乔尼又出发了。快中午的时候,乔尼来到一个峡谷,他找了个地方坐下来吃午餐。第二个三明治才咬一口,乔尼就听见了猎狗的叫声。他有些不敢相信自己的耳朵，警惕地站起来，朝四周看了看。虽然狗的叫声大同小异，但是巴克的声音，乔尼一下就听出来了，他有些怀疑："不可能啊，巴克不是死了吗？"

5分钟后，巴克出现了。

它从对面的山坡往下跑，距离峡谷底部大概200码。如果它继续往前跑，应该会从距离乔尼300到400码的地方经过。乔尼想去对面截住巴克，突然看到一头大山狮离开了前方的矮树丛，潜伏在一棵树下。乔尼改变了主意，留在原地不动。

大山狮藏得很隐蔽，它蹲下去之后，乔尼完全看不到它的身影。

"这家伙藏起来的目的只有一个——它知道巴克在追自己，躲起来打算伏击巴克。"乔尼弄清楚原委之后，趴下来，将猎枪在一块大石头上架好，瞄准了山狮潜伏的地方。不过，乔尼并没有十足的把握能杀死大山狮。他用的猎枪，射程只有100码，而山狮距离他大概有350码。就算是最杰出的神枪手，也不可能用乔尼手里的猎枪完成射杀。乔尼不再想这些，他绷紧身体，做好一切准备，打算在山狮扑向巴克前动手。

巴克跑得很快，乔尼听着巴克兴奋的叫声，估算着开枪的时机。目前，他看不到山狮，必须在山狮冲出来的那一瞬间开枪。如果等山狮跟巴克扑起来再开枪，很有可能打中巴克，这是乔尼最不愿意看到的结果，他必须抓住最佳开枪机会。

巴克越跑越近，它已经知道山狮藏在哪里，发出一声惊天动地的吼叫，向山狮宣战。山狮一跃而起，朝巴克扑去。乔尼看到一团黄褐色的东西在空中划过，立马瞄准山狮，扣动了扳机。听见枪响，山狮猛地转过身，拔足狂奔，黄褐色的身影在树林中时隐时现。乔尼继续开枪，不停射击，直到弹匣已空。他发现，自己完全是盲目射击。山狮飞快跑向峡谷的一面峭壁，巴克跟在后面紧追不舍。乔尼飞快换上另一个弹匣。

等乔尼来到峭壁底端时，山狮已经爬了上去，巴克爬不上去，只好愤怒地吼叫。乔尼好奇地看着巴克。它有些消瘦，但并不虚弱；趾甲磨光了，但爪子没有磨破。它的状态很好，乔尼有些惊讶，他高兴地半蹲下来，亲切地喊道："巴克！"

巴克好像才发现乔尼的样子，它直直地盯着乔尼，眼神活像一条凶残的狼。它竖起毛发，露出白森森的牙齿，对着乔尼极不客气地吼了一声。乔尼吓了一跳，赶紧闪到一边。

随后，巴克沿着峡谷，风一般冲进了树林。

第十一章 宿怨

乔尼吓坏了，在原地呆呆地站了好一会儿才回过神。巴克很强壮，要是它刚才攻击乔尼，情况可想而知，糟糕透顶！

"巴克是变成野狗了吗？或许，它的情况比野狗还要糟糕？巴克明明早就知道大山狮在等着它，也知道单凭自己打不过对方，还是决定独自迎战。而且，如果不是我刚才开枪吓跑大山狮，巴克肯定会被大山狮杀死了。"乔尼越分析越迷惑。山狮和巴克已经跑远了，乔尼打算先回家将这件事告诉爷爷。

艾利斯正在做饭，他有些惊讶地看着乔尼："今天这么快就回来了？"

"杰克的狗，巴克，它还在悬崖那边！"

随后，乔尼将这件事的经过告诉了艾利斯。艾利斯沉默了好一阵子，才说："你确定巴克想攻击大山狮？"

"对，它一心就想干这事。"

"你叫它的时候，它对着你大吼？"

"它看起来更像想杀我。"

"但是，你不挡它的路之后，它就不理你了？"

"对，它跑了。爷爷，你怎么看？"

艾利斯忍不住感叹："巴克啊，它完全属于杰克！"

两个人沉默了好一会儿，艾利斯才说："乔尼，我们的猜测是对的，大山狮杀了杰克。你想想，孩子！杰克不见了，他的三条猎狗都回来了。巴克没有回来。杰克失踪前，正在追捕残暴的大山狮。后来，你发现了巴克，它唯一的目的也是杀死大山狮。为此，它甚至会与任何阻止它的人或动物展开恶战。这些事，你怎么看？巴克深爱自己的主人杰克，它认定是大山狮杀害了主人，一定会追捕大山狮。这些都是我的猜测，要是我没猜错，杰克的尸体就在悬崖地区。那头大山狮，应该是跑了很久之后又折了回来。"

"爷爷，但是鳄鱼头地区附近的裂缝那边，当时只出现了3条猎犬啊。"

"正因如此，我断定杰克没追多久，就被山狮杀死了。要是杰克躺在雪地里，巴克应该会待在他身边。后来，巴克想报仇，才会追捕大山狮的。所以，你才会只在鳄鱼头那边发现3条猎犬。"

"这么说，杰克真的不在人世了？"

"目前看来，是这样。我们要找到他的尸体也很困难，除非我们能驯服巴克，让它带我们去找。但是，当务之急是大山狮，要是杰克真是它杀死的，它一定还会杀人，我们必须抓住它。"

"我们？"乔尼有些怀疑。

"对！乔尼，我虽然是一把老骨头了，但是如果我们慢一点，我还是能爬上悬崖的。"

"那，我们什么时候出发？"乔尼有些迫不及待。

"我们得等猎犬们都休息好了才行，起码得等一星期呢。"

"那么巴克呢？"乔尼担心巴克有危险。

"到目前为止，它很幸运。希望它一直这么幸运，不要追上大山狮。"

乔尼的眼前浮现出这么一幅画面：巴克在山野中穿行，追踪大山狮，想为杰克报仇。

"爷爷，我们就不能将巴克带回来吗？"

"你可以去试试看，但是，听听你在说什么呀！先后有20个人去悬崖那里搜救杰克，但是只有你看见了巴克。也许因为巴克没有一直在那里叫，也许因为大山狮去的地方太偏僻。但是，要找到巴克，实在太困难了。就算你真的找到它，我想，以你的能力，你也很难把它带回来。就算你把它成功带回来，它还是会逃走。我觉得，巴克想杀死大山狮，不达目的它誓不罢休。乔尼，走着瞧吧，我们抓住大山狮，就等于抓住了巴克。"

"我是真心喜欢巴克。要是有了它，我们就拥有了杰克的猎犬队。每到周六周日，我可以出去打猎赚钱。"

"乔尼，打猎可不赚钱。对了，捕杀那头大山狮有赏金，对吗？"

"嗯，有500美元。"

"你可以用那笔钱读林业学校。也不知为什么，我觉得杰克也希望你管好他的猎犬队。但是，你必须完全得到它们的认同之后，才能打猎，你能答应我吗？"

乔尼不太想让巴克独自追踪大山狮，有些勉强地说："好的，爷爷。"

其实，乔尼不知道，他打出的子弹中，有一颗射进了山狮的右肩。当时，山狮埋伏在巴克不太可能发现的地方，根本没有觉察到那里还有人出现。突然，啪的一声，子弹打中了它身下的积雪。它反应迅速，立刻以最快的速度朝岩壁跑去。哪知，居然被一颗子弹打伤了右肩。大山狮气得发狠，忍着疼痛爬上了岩壁顶端。随后，它穿过一片树林，朝一个更高的峭壁奔去。

伤口隐隐作疼，大山狮极为恼火，它生平第一次尝到了受到伤害又不敢回击的滋味。"我居然没有发现猎人！当时他离我那么近！"一想到这个，大山狮就觉得不安，尽管暂时听不到狗叫，它还是认为猎人带着猎狗快追过来了。为了安全，大山狮只好跳上一个更高的岩架。在接近峭壁顶端时，它环绕着岩架奔跑起来，让自己隐身在岩石之中。随后，它爬上峭壁顶端，从另一面山坡往下走，趁着夜色，走进一片树林。

在树林里，山狮杀了一头鹿，填饱肚子之后，它随便找了个地方休息。哪知，天刚刚亮，山狮的美梦又被巴克的叫声中断。它只好转身跳上猎犬们爬不上去的峭壁，在上面睡了一整天。

天黑的时候，山狮又下山了。山狮习惯了在黑暗里为所欲为，所以再次听见巴克的叫声时，它没有逃跑，而是停下来准备战斗。

巴克的号叫响彻夜空，山谷里传来阵阵回音。山狮绷紧身体，等待出击。巴克来了，它在距离山狮40英尺的地方停下脚步。双方都安静下来，充满仇恨地打量彼此。

山狮闪电一般冲出去，落在巴克站立的位置。巴克一扭，躲开攻击，从侧面扑过去，一口咬住了山狮的腹部肋骨。山狮挥舞爪子，从侧面将巴克拍倒在地，巴克一滚，快速站了起来。

初次交锋，双方势均力敌。山狮退到一棵树前，佯装发起攻击，又退到树下。就在它退回去的一刹那，巴克猛地一咬，又扯下山狮后腿的一块毛。山狮回过头不停追击，巴克接连避开。屡击不中，山狮有些暴怒。差不多有20次，它计划杀死巴克，每一次都只能被巴克轻轻一击。肩膀的枪伤是个巨大的拖累，山狮每次疯狂出击，都能被巴克顺利躲开。而巴克在战斗中越来越占据上风，山狮身上的毛皮被它撕扯下十来处。

天快亮了，山狮不敢在白天和巴克交手，又跳上了巴克爬不上去的岩架，朝高处的峭壁爬去，山狮已经被愤怒吞没了理智，现在，它最大的愿望就是杀死巴克！它找了个地方，舔着身上的伤口，心里又升腾起杀戮的欲望——"任何攻击我、阻止我的动物，都该死！"

天又黑了，在仇恨火焰的驱使下，山狮下山了，来到公路边。它熟悉峡谷里的每一个牧场、每一座房屋。它知道，前方的栅栏里，有12只羊，守卫羊群的牧羊犬是一条毛茸茸的小狗，而牧羊人住在距离羊圈100码的地方。山狮仔细侦查了环境，周围没有人。它大摇大摆朝羊圈走去，轻轻跳进羊圈。受惊的羊群四处逃窜，但被栅栏围住，又无路可逃。小狗闻声赶来，进不了栅栏，只好围在外面乱叫。

山狮的攻击十分快速，短短几秒钟，所有的羊都被杀死了。连同小狗，也被杀了。一切结束之后，它跑到马路上。刚好一辆汽车开过来，山狮跟汽车打了个照面，一刻不停跑进了树林。

跟山狮打了照面的汽车，是鲍勃的妈妈开的。今晚，鲍勃和父亲卡鲁去了镇上。卡鲁夫人出门拜访峡谷下游的一个朋友刚回来，她看见车灯的光影中有个东西闪过去，还以为是一头鹿。

到家之后，卡鲁夫人觉得有些不对劲。家里的小狗跟主人很是亲密，不论谁回家它都会摇着尾巴迎接。但是，现在小狗没有出来，卡鲁夫人有些不解，她叫着小狗的名字，依然没有听到回应。卡鲁夫人打开灯，又拿起手电回到门廊。突然，她看见在房子和羊圈中间，躺着一个毛茸茸的东西，手电一照，她立刻看见了小狗的尸体。

卡鲁夫人有些害怕，她来到小狗身边，发现了山狮的脚印。她顺着脚印来到羊圈，看到一幅无比凄惨的图景。只看了一眼，卡鲁夫人回房拿下猎枪，开车来到通往乔尼家的砾石小路路口，然后下车朝乔尼家走去。一路上她走得很慢，不时举起手电在周围扫来扫去，直到看见乔尼家的灯光，她才飞奔起来，直接破门而入，把乔尼和艾利斯吓了一跳。

乔尼直接跳了起来："卡鲁夫人，发生了什么事？"

"我想我最好还是来找你们。我先生和鲍勃不在家，我刚才去朋友那里了。趁着我们不在家，一头山狮袭击了我们的牧场，杀死了所有的羊和一条狗。"

艾利斯问："这事发生多久了？"

"不到半个小时。我开车回家时看见了那头山狮，它就在马路对面，我当时以为是一头鹿。回家之后我发现了羊和狗的尸体和山狮的脚印，才明白过来。"

艾利斯穿上靴子，"我们马上跟你去，乔尼，你给猎犬们带上皮套。"

随后，乔尼和艾利斯跟着卡鲁夫人来到牧场。艾利斯查看了雪地上的足印，说："是那头大山狮干的。乔尼，放狗！"

皮带啪的一声打开了，艾利斯冲猎狗喊道："追上它！"

猎狗们沿着山狮的脚印冲了出去，狗叫声震耳欲聋。

艾利斯问："夫人，你一个人待着害怕吗？我保证山狮不会再回来的。"

卡鲁夫人勇敢地说："我不怕，你们尽管去抓它好了！"

这时，乔尼和爷爷听见远处传来另一条猎狗的叫声。两人对视一眼，感觉十分震惊。不一会儿，狗叫声越来越大。夜色之中，一个黑色的身影飞驰而过——它是巴克！

第十二章 埋伏

离开牧场时，大山狮不慌不急。它知道，人类会追击，但是它毫不畏惧，就算听见狗队的声音，它也不再担心。

山狮跑了一阵，跳进一道裂缝。它清楚地听见了巴克和其他三条狗的叫声，知道追逐过自己的三条狗又回来了。"这次，得小心点！"山狮嘀咕着，知道那4条狗又追到了裂缝前，反正它们上不来，山狮慢悠悠地往前走，在一个峭壁前停下来，躺在一棵树上休息。

1个半小时后，猎狗们绕路跟上来了。山狮背靠峭壁，做好了战斗准备。巴克跑在最前面，直接朝山狮冲了过去。山狮抬起爪子一横扫，却发现什么也没打到。巴克早就躲开了，它像一只轻快的燕子，躲过攻击，又跳回来，扯下了山狮嘴巴上的一块肉。

另外3条狗也赶来了，梅杰发起攻击，多伊和蓝点小狗各守一侧。山狮一个转身，前爪打向巴克的肋骨，巴克大叫一声，摔在地上。但是，这一次攻击打偏了，巴克没有受伤，它很快弹起来，继续还击。山狮与猎狗们激战了一刻钟，知道自己无法战胜对方，它恶狠狠地往前冲了几步，猎狗纷纷后退，山狮趁机跳上岩架。然而就在它起跳的一瞬，巴克又跳起来，从它肚子上咬下一块皮。

山狮震怒，狂吼一声，只得舔了舔撕破的嘴唇和肚皮，不安地在上面走来走去。它爬上狭窄的岩架，来到峭壁顶端，飞快穿过一片矮松林，来到一道裂缝前，静静等待。它已经为逃跑找到了最佳路线，但是在逃跑之前，它打算跟猎狗们大战一场。

很快，猎狗们追了上来。

巴克率先冲了上去，山狮挥舞爪子，扯下几根狗毛。巴克回过头，一口咬穿了山狮脖子上的静脉。顿时，殷红的血喷涌到雪地上。山狮被彻底激怒了，再也顾不上谨慎，朝巴克扑去。这时，其他猎狗扑过来，冲着山狮头和两侧一顿撕咬。山狮突然意识到，自己距离裂缝太远了，它赶紧摆脱猎狗们的纠缠，一下子跳上裂缝。

猎狗爬不上去，山狮转过身体，对着猎狗猛烈地咆哮。随后，它来到骏马裂缝，爬上岩石走了进去。它嗅了嗅掩埋着杰克尸体的积雪，找了棵矮松树趴下来，静静等待。它很清楚，除了巴克，其他猎狗爬不上来。如果来的是巴克，它有把握跟巴克周旋之后成功撤退并爬上最近的峭壁；如果来的是猎人，它也做好了准备，总之，它要好好清算一下自己跟人类的旧账了！

巴克跑过之后，乔尼和艾利斯在鲍勃家的牧场待了一会儿。

狗叫声陆陆续续传来，乔尼肯定地说："那头山狮上树了。"

"不，它没有。它去了猎犬们到不了的地方，猎犬正在寻找它的踪迹。好了，卡鲁夫人，我们要走了。"

卡鲁夫人问："我先生和鲍勃回来后，要他们来帮助你们吗？"

艾利斯摇摇头："不用啦。再过一个小时，猎犬们就跑远了，到时候要找猎犬或者找我们俩都比较困难。如果他们愿意，明早可以来找找我们的踪迹。今晚我们不会回来了，我估计我们用一个晚上也不可能将那头山狮困住。它实在太聪明了！夫人，我们来得匆忙，你能借我们一支手电筒吗？"

"当然可以。"卡鲁夫人拿出一只大手电筒递给艾利斯。

乔尼有些坐立不安，他着急地催促说："爷爷，你不觉得我们该走了吗？"

艾利斯说："小伙子，沉住气，我们得合计合计。"

"但是，猎狗们被挡住了，我们得去帮忙。"

"猎狗们能照顾好自己，我们的工作是抓住大山狮。目前看来，那头山狮是不会上树的，要是它上了树，杰克早就抓住它了。"

随后，乔尼和艾利斯穿过公路，走向悬崖地区。艾利斯老了，他们走得很慢。有一会儿，猎狗们停止了吠叫，过了一阵又叫了起来，随后狗叫声越来越弱。乔尼和艾利斯来到一个陡坡前停下来休息。

艾利斯忍不住赞叹说："乔尼，它真是这片悬崖中最聪明的山狮啊。它懂得切断自己的踪迹，还不会慌张。我猜，它以为现在是晚上，没人能看见它，所以它自信能甩掉猎犬和猎人。我怀疑，它比大多数山狮都痛恨猎犬。"

"为什么呢？"

"我要是知道原因，我肯定比现在更了解它。这只是我的猜测。我想，大山狮曾经被猎人逼上树，遇到了大麻烦，说不定是被打伤后逃掉这种事。此后，它就不再上树了。因为，它清楚上树的后果。"

"爷爷，你打算怎么抓住它？"

"我想它今晚不会跑得很卖力，因为它认为自己在黑夜中很安全。白天它更不会现身，它会去乱石里躲起来。我们必须距离它藏身的地方很近，才有机会找到它的行踪。我猜，它会找一个猎人和猎犬都到不了的地方休息。"

乔尼跟着艾利斯继续往前走，走下一个山坡，过了河，朝另一个山坡走去。突然，他们听到了一阵疯狂而凶猛的叫声。显而易见，4条猎狗都在同一个地方了。

乔尼低声说："听起来，山狮被逼上树了呀。"

"不，它没有。我猜，大山狮应该是在某一道裂缝里跟猎狗打了起来。你听！"

狗叫声越来越大，随后又慢慢减弱。之后，一切恢复平静。

"又是怎么回事？"乔尼问。

"猎狗逼得太紧，山狮逃了，也许它跳上了一道猎狗上不去的裂缝。别担心，梅杰或者巴克，都知道怎么找到它。"

艾利斯带着乔尼在夜色中前行，只有在必要的时候才打开手电。他们来到一个峡谷，艰难地攀上峡谷的另一面。两个人都累得气喘呼呼，乔尼的头发都被汗水打湿了。但是，他只听到了风吹动树林的声音和动物们偶尔发出的号叫。对于爷爷选择的路线，他疑惑不解。

毕竟，乔尼只知道一种捕获山狮的办法：猎犬队将山狮围困，猎人再用枪将山狮从树上或者别的什么地方打下来。

乔尼心中满是疑惑，但是他还是跟随爷爷爬上了前方的山峰。乔尼心中满怀期待："但愿爷爷完全看透了大山狮的心思，要是他弄错了，我们得掉头重新找。上帝啊，我们千万别跟丢了呀。"

他焦急地问爷爷："接下来我们怎么办？"

"乔尼，根据目前的情况判断，我认为山狮至少两次甩掉了猎犬队。它跑得并不快，天亮之前，它会找个地方躲起来。现在这里是最佳位置，我们离它躲的地方不太远，并且我们还能听见猎狗的叫声。"

时间一分一秒过去，夜晚好像没了尽头。乔尼一会儿跺脚一会儿跳跃，变着法儿取暖。渐渐地，黎明的曙光爬上悬崖。突然，乔尼听见一声狗叫。

他站得直直的，想听得更清楚些。紧接着，又传来一阵清晰而微弱的狗叫声。

艾利斯兴奋地宣布："它们来了！乔尼，过来，它们朝死人壁跑去了。我敢打赌，大山狮就在那里。"

晨光之中，乔尼跟随艾利斯下了山，来到死人壁前。艾利斯找了一个平缓的裂缝，爬到峡谷底部。狗叫声听上去越来越兴奋，乔尼断定，大山狮躲进了骏马裂缝。绕过一个弯道之后，两人来到骏马裂缝下的岩壁底部，梅杰、多伊和蓝点小狗待在岩壁底端狂叫，而巴克已经爬上去一小半了。

艾利斯赶紧让乔尼将巴克弄下来。乔尼跑过去，不顾巴克的反抗，掏出一条皮带套住了巴克的脖子，将它拽下来，系到一棵树上。巴克用力挣扎，差点被皮带勒到窒息。可是，它全不在意，反而将皮带越拉越紧。

"它太想对付大山狮了！"艾利斯说。

"大山狮自投罗网了。这里是唯一的出口，它进去了到现在还没能出来。"乔尼高声分析。

艾利斯冷静地说："我不这样认为。它那么聪明，它跑进骏马裂缝自然有自己的道理。"

"也许，它不熟悉这里，不知道除了骏马裂缝还有什么地方可去？"

"乔尼，走了这么远，我有点撑不住了。你先把那三条猎狗拖上岩壁，至于巴克，我看它自己能爬上去。"

"爷爷，如果猎狗们将大山狮赶出来，我们至多能在它跳出来的时候乱打一枪。但是如果我爬上去，来个瓮中捉鳖，它一定是我们的了！"

艾利斯断然拒绝了这个提议："不行，太危险了！"

"老爷子，求你了！要是你能爬上去，你肯定也会这么做的！"

"但是，你不够了解山狮！"艾利斯嘟哝道。

"爷爷，一个人要是害怕自己的猎物，他永远也不可能成为猎人！让我试试吧！爷爷！"

艾利斯犹豫了很久，他理解乔尼的话，但是担心他的安危。

"你要小心，知道吧？"最后，艾利斯终于同意了。

"爷爷，我一定非常非常小心。"

"好，我只给你两分钟时间，如果时间到了你还没发现大山狮，我就松开巴克的皮带。"

乔尼爬上岩壁，在雪地上发现了山狮的巨大脚印。他有些害怕，脖子后面的汗毛都竖了起来。每走一步，他都会停下来观察一下周围的情况。好一阵子之后，他来到骏马裂缝。

前面有一棵大雪松，雪松周围还有几棵矮雪松。乔尼仔细看了看雪松，发现那里什么也没有。在距离雪松50码时，乔尼看到雪松右边一块大石头中间好像有什么东西动了动。他赶紧把猎枪架在肩上，可是仔细一看，那里什么也没有。乔尼很紧张，眼睛直直盯着那块大石头。耳畔，微弱的狗叫声不停传来，裂缝里面静悄悄的，毫无声响。

突然，响起一声沙哑的怒吼。乔尼猛然转身，看见巴克脖子上还晃荡着皮带。它像离弦之箭，从乔尼身边冲出去，扑向从雪松树丛跳出来的大山狮。大山狮没有预料到这一幕，有些惊讶。面对的敌人变成了两个，大山狮有些犹豫。

恍惚之间，乔尼觉得，另一个人瞄准了山狮，替自己开了枪。山狮头顶的毛发朝上飞起，这头凶残的野兽像一个坏掉的大型机械玩具，慢慢往前走了一步。它抬起爪子，软绵绵地朝巴克挥去，抽搐了一下，倒在地上。

随后，乔尼听见艾利斯惊慌地叫起来："乔尼，你怎么样？"

乔尼颤抖着说："我很好，大山狮被我杀死了！"

话刚说完，乔尼觉得自己的力气被抽光了，一下子瘫倒在雪地上。巴克走到大山狮面前，轻蔑地看了看，抓起一把雪，洒在山狮的尸体上。然后，它刨开积雪，扒出了杰克的尸体。

巴克看看乔尼，又看看杰克。最后，它慢慢向乔尼走去。大仇已报，巴克的使命完成了，它想为自己找个新主人。于是，它在雪地上趴下来，伸出舌头，舔了舔乔尼的手。

红 狐

第一章 偷袭者

月黑风高，伸手不见五指。天上乌云翻滚，凛冽的寒风吹得树木"沙沙"作响，听上去仿佛有人在窃窃私语。在这样危机四伏的深夜，动物们都待在丛林、沼泽、洞穴等地方躲避危险，只有那些不知天高地厚或者饿得实在无法忍受的动物才会冒险出门。

斯达和它的亲兄弟布拉什，则属于后者。它俩很年轻，从出生到现在，仅仅度过一春一夏。跟其他的幼崽一样，它们和三个姐姐经常玩耍、打闹，学习狩猎。现在，它们已经熟悉了老鼠和野兔的生活习惯；知道如何找到鸟儿栖息的低树枝；还知道雪靴兔的奔跑速度。不过，它们所懂得的这些，只能勉强照顾自己，要想在荒野中生存下来，还得靠一定的运气。

斯达两兄弟的妈妈和姐姐们，就缺少点运气，不幸落到猎人戴德手里，已经变成了4张快晾干的狐狸皮。尽管斯达的姐姐们还没成年，狐皮还未长好，但是每抓到一只狐狸，猎人就能获得政府颁给的2美金酬劳。为了钱，猎人戴德不择手段。

至于斯达和布拉什的爸爸——一只体型高大、相貌英俊、聪明又狡猾的老狐狸，它在得知妻子和女儿们的不幸遭遇后，伤心地离开了斯达和布拉什，已经成为一只性格古怪的流浪狐狸。

这会儿，斯达和布拉什已经饥肠辘辘，不得不出门觅食。要是它们再成熟一点，就会更加机智，忍住一时饥饿，不会为了食物出门冒险。可惜，它们都缺乏这方面的经验。

现在，斯达走在前面带路，布拉什跟在它后面。兄弟俩希望在月桂树丛抓到一只粗心大意的兔子。斯达身材高大，浑身长着比一般红狐颜色深一些的红毛；它的尾巴很长，耳朵尖尖竖起来，像警犬一般，十分敏锐；它的眼睛看上去很机灵，不久之后，这双眼睛会充满智慧；在斯达的胸膛正中，长着一块星星形状的白毛。

斯达的弟弟布拉什，体型相对矮小，浑身的毛色也不如斯达那样红如烈焰。它没有斯达强壮，也不具备斯达那种与生俱来的王者气质。

兄弟俩来到一个沼泽边，斯达用脚轻轻踩着地面，仔细分辨空气中的气味。

一头雌鹿在沼泽地觅食，它的气味跟一只松鸡混在了一起；空气里还飘散着淡淡的兔子气味，斯达知道，几个小时前，有几只兔子在这里嬉戏；还有一只刚刚出来的臭鼬，它钻到一截空树桩下面睡着了；此外，空气里还弥散着一头熊的气味，这头熊已经冬眠了。

斯达分析，雌鹿体型太大，它拽不动；根据以往的经历，最好也不要招惹臭气熏天的臭鼬；至于熊，更不能打它的主意。那么，只有松鸡，是能猎捕的对象。

于是，斯达将鼻子翘得高高的，跟着松鸡的气味追踪下去。不过，它还不太懂得如何使用鼻子追踪动物们的气味，才一会儿工夫，松鸡的气味就消失了。斯达只好停下来，掉过头，碰了碰布拉什的鼻子。这是它们之间独特的沟通方式。兄弟俩商量了一会儿，斯达一贯熟悉松鸡的习性，它推断，松鸡肯定藏在一个风吹不到的地方了。

兄弟俩分头行动。斯达钻进密密麻麻的铁杉树丛，布拉什站在原地等候。斯达循着松鸡的气味来到最高的铁杉树前，无比失望：松鸡栖息的位置，不高也不低，正好能躲避严寒和捕食者。

兄弟俩只好放弃松鸡，继续前行。树叶被风吹得"沙沙"响，斯达突然一跃而起，用两只前爪摁住前方的树叶。由于力度过大，藏在树叶里的老鼠听到树叶声响，一溜烟儿从斯达的爪下逃走了。斯达饿得直伸舌头，舔着牙齿。布拉什失去了耐心，率先朝山坡上的月桂树丛走去。

那里是雪靴兔的家园。尽管斯达兄弟俩从来没抓住过雪靴兔，今晚，它们被饥饿驱使，希望能抓住一只在深夜里出没的雪靴兔。为了保持体力，布拉什领着斯达顺风前行。一路上，斯达警惕地晃动耳朵。突然，它感觉到危险的气息，放慢了脚步。

灾难来得太突然，斯达来不及反应，本能地快速跳出去，紧张得将毛茸茸的大尾巴高高竖起，贴着屁股。待它回过神来，看清眼前的情景，立马愤怒地咆哮起来。就在距离斯达不足一尺的地方，山里的邪恶"强盗"——山猫斯塔布高傲地站着，两只前爪将布拉什按倒在地。斯塔布将家安在月桂树丛，就是为了逮捕雪靴兔。它出手快如闪电，猎物只有在临死前，才有机会瞥它一眼。今天晚上，它守在一棵月桂树边，等待雪靴兔自动上门，不过，它忽然觉得，年轻狐狸布拉什吃上去更加可口。

斯塔布毫无畏惧地低吼着，双眼瞪得大大的，盯着斯达。它能猎杀一头成年鹿，除了猎人戴德，它几乎不惧怕任何动物。

斯达的心底，传来一丝恐惧。斯塔布的进攻无声无息，一招致命，它难以抵抗，只得转身逃亡。而一想到布拉什临死前的惨样，斯达的心中就燃烧起一团仇恨的怒火。它疯狂地往前飞奔，跑到山脚才停下脚步。有那么一会儿，斯达浑身颤抖，它望着山上被斯塔布压在爪下的布拉什，将爪子磨得"嘎嘎"响。它已经将斯塔布的气味和样貌牢牢记在心里，如果再次相遇，它一定能立刻将斯塔布认出来。

雪下得很大，斯达静静站着，有些不知所措。这是斯达第一次见到雪，它只知道雪花是让它的爪子变得冰冷的东西。为了取暖，它只好不停地抬起爪子，在身上的皮毛上磨蹭起来。

今晚的狩猎是个悲剧，但是所有野生动物都明白：必须接受大自然的弱肉强食，无论发生什么，无论谁遭遇不幸，活着的动物们，必须填饱肚子，继续生存下去。此刻，斯达已经饥饿难忍，它打算冒险偷猎。

钻过一个带着铁丝的栅栏，穿过厚厚的雪地，斯达快步跑向最后一个觅食地——杰夫家农场。

这座农场坐落在两座坡度平缓的小山之间，有广阔的田地和牧场，还有温暖的房屋、舒适的牲口棚等其他建筑。斯达经常潜伏在灌木丛里，津津有味地欣赏杰夫家的奶牛吃草，看人类从农场里拉出马匹，进行劳作。后来，它渐渐熟悉奶牛们的气味，甚至还跑到奶牛面前。奶牛并不好战，斯达不会受到任何伤害。不过，它对人类有一种天然的恐惧，从不主动在人类前面出现。

当然，除了奶牛和马匹，最吸引斯达的是鸡鸭鹅和躲在牲口棚、谷仓里的老鼠。斯达对一切都充满了强烈的好奇。一片在风中飘摇的树叶，如果站在远处不能探个究竟，它能追着树叶跑出200码；为了观察阳光下的水塘，它能全神贯注地站立1个小时；只因树上的赤栗鼠在摆弄尾巴，它能在树下整整躺半天。斯达对杰夫农场也充满了好奇，总希望近距离观察农场。不过，它害怕人类的气味，即使是夜晚，也不敢靠近农场。

现在，斯达在厚厚的雪地上走来走去，犹豫不决。雪越下越大，当斯达再次移动时，身后留下一道深深的沟痕，它只好抬起冰冷的爪子，在身上磨蹭取暖。

15分钟之后，斯达终于下定决心，逆风跑向牲口棚。农场的气息扑面而来，在夹杂的气味里，斯达闻到了一条新的狗的气息。它知道，这个农场有两条长毛狗，而现在这条狗，是新来的。通过气味，斯达判断，这只狗跟自己年龄相仿，对自己暂时没有恶意。

这条狗的名字叫桑德，是一只瘦小的猎狐犬，属于杰夫的儿子——14岁的杰克。此刻，桑德躺在杰夫家后门走廊上的温暖小窝里，进入了梦乡。

斯达大摇大摆走进牲口棚，马厩的门上了锁，一些老鼠窜来窜去，正在捡拾牛马吃剩的残渣。斯达闻着老鼠的味道，馋得直流口水。忽然，它发现猪圈旁有一个棚子，棚子的横栏上，睡着4只鸡。平时，杰夫一家会把鸡安置在防狐狸的禽舍，但最近暴风雪将至，大家忙着在暴风雪来临前安顿好一切，忽视了这4只离群的鸡。

斯达一看到鸡，立即双眼发光。这些傻乎乎的鸡，从来没有遇到过危险，正在呼呼大睡。斯达抬起前爪，张嘴咬住一只鸡。这只鸡发出一声尖锐的叫喊，其他三只鸡被吵醒，也"咯咯"地叫起来。斯达赶紧咬住鸡脖子，一路飞奔。但是，它刚刚跑出棚子，就听见一阵犬吠。

是桑德，它听见鸡叫，醒了过来，它闻到斯达的气味，立刻追了上去。

斯达饿得精疲力尽，只好紧紧咬住鸡，费力奔跑。不用回头，斯达也知道，桑德离它越来越近了。

第二章 桑德的失败

杰克的父亲杰夫，年少时是一名精力充沛的猎人。杰夫认为，在所有的打猎活动中，带着一条猎狐犬追赶狐狸是人生中最美好的事。如今，杰夫没有自己的猎狐犬，已经不怎么打猎了。不过，每年冬季的傍晚，男人们就会到杰夫农场聚会，回忆曾经的打猎时光。每每这时，杰克就坐在一边，听他们一遍又一遍地讲述猎狐犬和狐狸之间的故事。有时候，猎人戴德也会加入聚会。戴德比较年长，在这儿很受欢迎，可杰克却不怎么喜欢他。别人说起难忘的狩猎经历，眼睛会熠熠发光，而戴德只会吹嘘自己卖动物皮毛，赚了多少钱。

杰克静静地听着大人们的高谈阔论，看着窗户上闪耀的雪花，突然萌发一个愿望——"我要一只属于我自己的猎狐犬，我想跟爸爸和叔叔们一样，去享受打猎的乐趣！"

去年夏天，杰克忙完家里的农活，就骑着自行车给沿路的农舍送报纸。他将送报纸赚来的钱存起来，买下了桑德。当时，有5条猎狐犬供杰克选择，桑德才4个半月大，并不懂得讨好陌生人。然而，当杰克打开门走进去，它竟像见到亲人一般，温顺地舔着杰克的手，心甘情愿跟着杰克走了。杰克有些担心，他用自己赚的钱，选了一条属于自己的狗。但是，父亲，会如何评价桑德呢？

桑德是一条身材高大、眼神忧郁的猎狐犬。它上半身是黑色的，下半身却是棕色，耳朵长长的，走路的时候低着头，耳朵离地只有几寸的距离；它的眼神看上去忧郁悲伤，又藏着一丝驯良和机敏；它下巴松弛，看上去有点胖；四肢又长又壮，胸膛宽大，黑色的鼻子永远保持着搜寻状态。

杰夫观察一番，下了结论："嗯，桑德将来极有可能成为一只出色的猎狐犬！"

听到这样的评论，杰克喜出望外。为了培养桑德，他把它安顿在走廊上，让它经受风雨，经受自然的洗礼和锻炼。

斯达偷鸡那晚，杰克在睡梦中似乎听见桑德清亮的叫声。不过，他实在太困了，翻了个身，很快进入梦乡。等他再次醒来时，天已蒙蒙亮，窗外堆着厚厚的积雪。杰克无比兴奋，因为父亲杰夫常说——"猎狐犬在雪地里跑得最快！"

杰克穿上衣服，快速跑向厨房，先在火炉边烤烤火，然后坐在木箱子边的角落里慢慢穿鞋子。母亲正在做早饭，用平底锅煎薄饼，然后将圆形的饼盖在烤热的香肠上。杰克馋得直舔嘴唇。

大雪封路，校车来不了。今天不用上学，杰克想："希望路还堵着，最好明天也不用上学。这样，和爸爸干完农场的活儿，就能跟桑德一起出去打猎。"

他知道，目前桑德还是一只8个月大的小幼崽，根本没有打猎的经验，只能稍微跟踪猎物，甚至都不明白自己跟踪的猎物叫什么名字。不过，所有的猎狐犬，都有这样一个懵懵懂懂的开始。

杰克一边想，一边望着窗外的群山，灵魂早已飘到群山之中，他好像看见，桑德在路上紧张地追踪着，自己则高举猎枪，对准一只在大雪中奔跑的狐狸，扣下扳机……

"杰克，快过来吃饭！"

父亲的声音将他从幻想里拉回来，杰克低头一看，母亲已经做好薄饼和香肠，父亲面带微笑，正要坐下来。

"咕咕咕"，肚子不争气地叫起来。杰克发现，他只要一想到吃，就饿得无法忍受。于是，他叉了6张薄饼和三根香肠放进自己的盘子，将新鲜的黄油抹在饼上，浸入枫糖浆，大口大口往嘴里塞。

母亲叮嘱："孩子，慢点儿！"

"知道。"杰克满嘴都是食物，说话的声音含糊不清。他放下叉子，又望着大山出神，心想："只要桑德能追踪狐狸，我甚至都不用带短枪。"

母亲唠叨起来："我发现，男孩子要么啥也不吃，一吃饭就像头猪。"

父亲则善解人意地问："杰克，你是不是想趁着大雪去捉狐狸？"

"对极了！"杰克欢呼起来，父亲总能猜中他的心思。

父亲却并不赞成："别瞎想了，起码得等结冰之后，这样的雪地，猎狐犬没法奔跑。再说了，家里还有活要干呢，快点吃饭吧。"

杰克只好尽快填饱肚子。之后，他端起盛着薄饼和香肠的盘子，走出去找桑德。以往，每到吃饭时间，桑德都会站在门口，摇着尾巴，伸出舌头，亲热地舔杰克的手。今天，它没有在门口出现，就连睡觉的地方也飘满了雪花。杰克望着外面的冰雪世界，忽然想起来昨夜听见的狗叫。他无助地想："亲爱的桑德，你一定是在某个地方奋力追赶狐狸！"

想到这儿，杰克顿时泄了气，心不在焉地将餐盘放回厨房。

杰夫问："小伙子，怎么啦？"

"桑德不见了。"

"我猜，它应该在牲口棚或者别的什么地方。"杰夫安慰着伤心的儿子。

"昨天晚上，我听见了叫声，它跑出去追狐狸了。"

出色的猎狐犬，会全心全意地跟随主人，全心全意地追踪猎物，它是每个猎人唯一值得珍视的动物。作为主人，也应该忠诚于自己的猎狐犬。可是，杰克听见了桑德的叫声，却没有起床察看。他背叛了桑德！

杰克难过极了，作为男子汉，他只好咬着嘴巴，强忍着眼泪。杰夫严厉地盯着他，过了好一会儿，才说："小伙子，跟我来吧。"

父子俩从后门的走廊，走进深达13英寸厚的积雪。雪还在下，落到杰克的脸上、身上。他知道，顶着这样的鹅毛大雪出门，即使是成年的猎狐犬，也跑不了多远，更何况，桑德还只是一只8个月大的小狗崽。对它来说，要追踪狐狸，简直寸步难行。而他的桑德，尽职尽责，直到现在还在大山某处追寻狐狸的踪迹。想到这些，杰克难过极了。

杰夫推开门，走进牲口棚。杰克无精打采，爬上干草堆，将干草抱给牛和马吃。之后，他拿了些谷物给牛，喂了些燕麦给马，给它们添了些干净的水。等他给鸡和猪喂食结束，杰夫也挤好了牛奶。还有很多农活等着他们，杰克知道，他们得忙到晚上。雪还在下，一会儿还得清理积雪。

杰克拿了铁锹，坐在倒扣的水桶上，等待父亲将推土机开出来铲雪。他试图说服自己，桑德平安无恙，但他心里明白，这样的大雪天，任何狗崽被困在山林，都不可能活命。

杰夫拿着一把猎枪和两个纸包，并将一个纸包塞进杰克手里，"小伙子，把它塞进你的上衣口袋。"

"这是什么？"杰克疑惑不解地问。

"午饭！"

说完，杰夫领着杰克走进一个存放零碎农具的棚子，取下雪靴，又示意杰克取下自己的雪靴。杰克的心都要跳出来了，双手不停颤抖。现在，终于要去找桑德了！

父子俩穿好雪靴。根据以往经验，杰夫走进工具棚，看到那幸存的三只鸡正在啄食地上的碎屑。他仅扫视一眼，便有了重大发现："杰克，看这儿！"

杰克好奇地蹲下来，开始研究。

四周有散落的鸡毛，松软的土地上，印着斯达的脚印。这可不是普通的狐狸脚印，斯达的脚印跟狗脚印一般大小，而且每只前爪都多出一个脚趾。

杰夫说："这是一只六趾狐狸，要是碰上了，我们肯定能认出它来！"

说完，杰夫走到门口。外面的痕迹早已被大雪覆盖，杰夫看了好一会儿，才自信地说："狐狸是从南边的坡跑下来的。"

杰克惊讶地问："爸爸，你怎么知道的？"

"昨晚到现在，一直吹北风。外出打猎的狐狸从来都是逆风而行，它偷鸡的时候被桑德发现了，便径直跑了出去。"

"它不会丢下鸡吗？"

杰夫咧开嘴，笑了："我猜，它不会。它已经饿得直接跑到棚里觅食了，只要能拿动，它绝不会丢下。来吧，儿子！"

父子俩一头扎进暴风雪。一路上，没有任何痕迹能辨别出桑德的踪迹，但他们肯定，桑德一定会跟着狐狸。作为一名老猎人，杰夫深知狐狸的习性，不慌不忙地辨别着狐狸的踪迹。

两人走过田地，进入山林，走得大汗淋漓，决定稍作休息。

杰夫大声问："儿子，你什么时候听到狗叫的？"

"我不太清楚，好像是刚夜深的时候吧。"

杰夫分析道:"那时候,雪下得不大。这么看,桑德和狐狸应该跑了好一段路了。"

休息完毕,他们朝丛林密布的山谷走去。在一棵山杨树上,杰夫看到了一根鸡毛。他们沿着"之"字路线往上走,不时停下来查看,辨别方向。

杰夫想:"叼着鸡的狐狸被猎狐犬追赶,一定会选择好走的路,绕开积雪,避开陡峭的悬崖和茂密的灌木丛,才能跑得更快,甩掉紧追不舍的猎狐犬。"就这样,他们追了一上午,吃过午饭之后,从山的另一面走下去。一路上,杰夫走得很慢,不慌不忙地寻找着狐狸的逃跑路线。

到下午时,他们听到了一阵悠扬的叫声。那是桑德的声音!

杰夫带着杰克,跑进一个长满树木的溪谷。此刻,桑德饥肠辘辘,毫无力气地抖落身上的雪,舌头耷拉着,胸部随着呼吸不断起伏。即使如此,桑德依然不愿放弃。追逐狐狸是它与生俱来的本能,它知道,总有一天,它能找到那只狡猾的六趾狐狸。

一看到杰克,桑德露出疲惫的微笑,挥着鞭子一般有力的尾巴。杰夫跪下来,抱住桑德。作为猎人,杰夫知道桑德是一条出色的猎狐犬。在回农场的路上,他扭过头对杰克说:"儿子,你挑了一条好狗!"

第三章　雪壳

那是一场可怕的追逐!

斯达从来没有被猎狐犬追逐过,桑德狂吠的声音回荡在丛林里,听上去冰冷又惊悚。不过,斯达并不惊慌,它冷静地叼着鸡,飞快前奔。猎狐犬的腿很长,加上积雪的干扰,斯达差点被桑德追上。万不得已之中,它采用了惊险的招式——纵身一跃,跳上一棵倒下多年的松树。随后,它沿着树干往前走,从树梢跳下去,回到地面。

这一招果然管用,有效地减弱了斯达的气味,桑德的叫声听上去越来越远。不过,斯达并不清楚,中断的踪迹只能暂时欺骗桑德这样经验不足的猎狐犬。毕竟,桑德还是一只幼崽,关于追捕狐狸,还有很多东西要学,斯达也是如此,也须学会如何摆脱猎狐犬的追踪。

再次遇到倒地的大树,斯达毫不犹豫地跳了上去。桑德也渐渐明白,只需走到倒地的树边，就能找到斯达的踪迹。

斯达跑了半英里，渐渐听不到桑德的叫声，在一棵大铁杉树前停下来，将鸡扔在地上，停下来休息。斯达用前爪按住鸡，再用锋利的牙齿小心翼翼拔掉鸡胸上的毛，摇头晃脑地将鸡毛甩到一边。

斯达想："这冒着生命危险换来的美味，终于能好好享受了！"

结果，还没开吃，又它听见了桑德那微弱而清晰的叫声。它只好叼着鸡，继续前奔。经过一整夜的追逐，斯达对桑德有所了解，它认为自己必须保持体力，不能跑得太快。于是，它跳上更多倒地的树，一跃而入跳进小溪，上岸之后，再小跑一会儿，停下来休息。

当然，桑德被远远甩在身后。不过，它已经发现了斯达的逃跑规律，每一次追上来的时间，也越来越短。

就这样，斯达和桑德之间的追逐从黑夜延续到第二天中午。斯达走走停停，一有机会就停下来休息，顺便吃点儿鸡肉补充体力。一旦听到渐渐逼近的狗叫，它就继续往前跑。桑德一直没有休息，已经累得精疲力尽，但是只要能赶上斯达，它绝不放弃。

雪还在下，将斯达的踪迹渐渐掩盖起来。桑德很沮丧，经过大雪的过滤，斯达的气味越来越弱，加上大雪阻碍，它的速度已经慢得像蜗牛了。

过了好一阵子，斯达听到了桑德轻微的叫声。它越来越佩服桑德的毅力，站在原地等了足足半个小时，桑德依然没有追上来，它才叼着鸡继续往前走。当然，斯达并不知道，是杰夫和杰克带桑德回家了。现在，斯达唯一想做的事，就是找个地方，躲避风雪，好好享受这来之不易的美餐。它叼着鸡，沿着斜坡，来到山脚下的巨石断崖。

这个地方是花栗鼠的聚居地，四周有无数地洞。以前，斯达和布拉什经常到这儿猎捕花栗鼠。断崖底部，斜靠着一块光滑的大石头，石头后面有一条大缝隙，住着一头脾气暴躁的豪猪和一只白色鼬鼠。斯达沿着缝隙钻了进去。豪猪躺在一块凸起的石头上呼呼大睡，磨着牙齿，打着呼噜。斯达想："千万不能靠近豪猪！这个自备武器的畜生，谁敢接近它，都会被扎出千万个洞！"

于是，斯达朝石缝的幽暗处走去，轻轻放下鸡，抖了抖身上的水滴，仔细地舔干净爪子和身体两侧的雪水。梳理完毕，斯达终于吃了一顿无人打扰的晚餐。这只鸡很肥，斯达只吃了一部分。洞穴里住着诡计多端、嗜血成性的鼬鼠，斯达警惕地将剩下的鸡拉到鼻子附近，伸展一下身体，稍作休息。

斯达睡得很轻，保持着高度警惕。它甚至知道，豪猪打了多少个呼噜，鼬鼠什么时候出门觅食。当它醒来时，鼬鼠刚刚回来。鼬鼠冒着风雪，在外找了两个多小时，一无所获。从斯达身边经过时，鼬鼠看着斯达爪下的鸡，气得红了眼，对着斯达怒吼起来："为什么不把你的鸡分一点给我？"

斯达不喜欢鼬鼠、水貂、食鱼貂这类身上带着麝香气味的动物，不过，它并不惧怕它们，它甚至调皮地对鼬鼠做了个鬼脸。鼬鼠打不过斯达，无可奈何，只好眼睁睁地看着斯达吃光了剩下的鸡。

石缝外，风雪肆虐。豪猪醒了，朝外看了看，嘟囔着"这见鬼的天气"！随后，它换了个姿势，继续大睡。

第二天，雪停了，太阳出来了。树木结了霜，就连石缝也上冻了。斯达又饿了，出去溜达了一整天，没有找到食物，只好回到石缝继续睡觉。石缝冷得出奇，斯达觉得，自己的爪子都快被冻掉了。它只好将爪子放在身上，卷起毛茸茸的尾巴保护好眼睛和鼻子。

睡了一天一夜的豪猪终于醒了，它扭动着胖胖的身体，扎进雪堆，爬上一棵桦树，坐在树枝上，舒舒服服地啃起树皮来。

斯达饿得无法入睡，也跟随豪猪的脚步出了门。它看到6只山雀在一棵树上跳跃，可惜它不会爬树，只好羡慕地看着坐在树上的豪猪。胖豪猪的刺几乎能抵御任何天敌，它根本不把小小的斯达放在眼里。外面到处是厚厚的积雪，斯达扑了五六次才能挪动一下。

"啊，太冷了！"斯达打了一个喷嚏，决定回去睡觉。

在石缝入口，斯达碰到了正要出去的鼬鼠。这个身高不足1英尺的家伙跳到石缝上面，一看到斯达，它生气地摆动尾巴，龇牙咧嘴咆哮起来。斯达纳闷："这家伙明明可以避开我，却非要惹我！哼，我现在肚子空空，没有太多力气跟你计较！"它没搭理鼬鼠的挑衅，回到石缝睡着了。

气温已经低到零下，这个寂静的世界被清冷的月光笼罩着，显得了无生气。漫无边际的寒冷覆盖着森林，荒原一片死寂。

第二天，鼬鼠再次出门觅食，再次失败而归。饥肠辘辘，鼬鼠饿得快疯了。

"啊，石壁里还有一只狐狸，那就是我的食物！"鼹鼠的脑海里冒出一个疯狂的想法。在这个想法的驱使下，它发疯一般跑回石壁，一双眼睛火一般通红。它怒吼着，站在离斯达3英尺的地方，弓着腰，准备时刻进攻。

斯达不知道鼬鼠想干什么，有些不知所措，它往后退了一步，靠着石壁站立。袭击来得很突然，没等斯达反应过来，它的上嘴唇已经被鼬鼠咬住。鼬鼠的爪子死死抵在地上，挡住了斯达的退路。斯达拼命摇头，想把鼬鼠甩掉。但是鼬鼠咬得很紧，居然将斯达的整片上嘴唇咬了下来。随后，鼬鼠被斯达用力一甩，撞到石壁顶部。趁着鼬鼠落地的间隙，斯达往前一冲，张嘴咬住了鼬鼠的喉咙。鼬鼠死了，整个石缝弥散着血腥味。

斯达舔了舔流血的嘴唇，看着鼬鼠的尸体，摇了摇头，"糟糕，浑身都臭烘烘的！"斯达不喜欢这种味道，它赶紧跑出去，塞了一嘴干净的雪。尽管它一次次用雪清洗，但鼬鼠的味道依然难以洗净。无奈中，斯达回到石缝。一般情况下，斯达是不屑吃鼬鼠这种臭烘烘的动物的。但是现在，它快饿疯了。于是，它手法娴熟地剥掉鼬鼠的皮，扯掉鼬鼠的尾巴，狼吞虎咽地将鼬鼠的尸体直接吞了下去。

几个小时之后，天气开始变化。

今天的太阳跟以往有些不同，比较温暖，就连石壁上的冰霜都开始融化了。但是没过多久，气温骤降，石壁又结霜了，溪流和池塘也结冰了。

天黑前，斯达小跑着出了石缝，一跃跳上雪顶。变故发生了！

斯达不知道发生了什么事。总之，它的爪子不听使唤，朝4个不同方向滑去。

"到底该怎么办呢？"斯达想不出答案，只好一动不动地趴在地上。它刚想站起来，还没站好又滑了下去。

原来，天气暖和的时候，积雪融化了一部分，气温又突然下降，融化的雪结冰了，形成了一层又硬又滑的雪壳。

斯达想了好一会儿，将4只爪子慢慢收到身体下面，小心翼翼地站了起来，终于找到了平衡感。站立在雪壳上，斯达发现，这是一条完美而平滑的路，畅通无阻。

"哇，太棒了！"

斯达欢呼起来，它像一面燃烧的旗帜，在雪壳上快速跑起来。它纵身一跃，跳过一片月桂树丛，又绕着这片树林跑了三圈。享受完在雪壳上奔跑的乐趣之后，斯达决定去打猎。

它来到一片湿地，看到很多鹿。暴风雪将鹿群赶到这片湿地，它们会在这里待到来年开春。斯达沿着鹿群走过的路往前走。它惊奇地发现，经过鹿群时，这些鹿对它爱理不理。斯达开始玩起恶作剧，直接冲到一头小鹿前面，吓得那头小鹿连连后退。不过，当它想捉弄一头公鹿时，公鹿凶巴巴地对它摇晃起尖锐的鹿角。斯达也不觉得扫兴，干脆跳到一边，兴致勃勃地看着一头离群的鹿陷入积雪。薄薄的雪壳无法支撑鹿这种带着硬蹄的动物。这头鹿每走一步，都会敲碎雪壳，陷入深深的积雪之中。鹿拼尽全力挣扎，斯达想："要是这头鹿被雪堆埋住冻死了，我倒能得到一顿免费的美餐！"

可惜，没过一会儿，鹿就从雪堆里走了出来，跟上了鹿群。斯达很失望，它没办法猎捕一头鹿，就算猎捕成功，它也没办法将鹿弄死。无奈之中，斯达回到雪壳上，继续往前滑行。它来到一片月桂树丛，在一棵结了霜的山杨树下找到一只松鸡。松鸡通常具有较高的警惕性，而这只松鸡愚不可及，居然在地上栖息。斯达毫不犹豫，咬破了松鸡的肚皮，趴在雪地上美美吃上一顿。

不过，鸡才吃了一半，斯达看到了另一只狐狸。那是一只瘦小的雌狐，年纪跟斯达相仿，它在距离斯达10英尺的地方停了下来。

斯达皱起鼻子，全身的毛也竖了起来，大声咆哮道："想抢我的鸡？门儿也没有！"雌狐没有说话，一动不动。斯达一号叫着，一边狼吞虎咽地吃完剩下的松鸡。随后，它向雌狐走去。雌狐一转身，懒懒散散地跑开了。斯达毫不费劲追了上来，雌狐趴在雪地上，在距离斯达2英尺的位置装模作样咬了一口。当然，如果雌狐真打算咬斯达一口，它完全能做到。不过，它现在很寂寞，需要一个同伴，并没有伤害斯达的意图。

斯达也没什么朋友，它很快明白，雌狐只是想跟自己交个朋友。斯达友好地摇摇尾巴，往前一跳，雌狐跟随它的脚步，也后退一步。就这样，它们俩像两只小狗崽，在雪壳上玩耍起来。

从此，斯达不再是孤身一人，雌狐与它形影不离，成了好朋友。饿了，一起捕猎；困了，就躺在月桂丛休息。除非面临被追捕或被诱捕，它们才会夜间出行。

在雪壳上行走，畅通无阻，斯达快速冲进一片棉尾兔出没的灌木丛，而雌狐则在灌木丛外静静等候。斯达不慌不忙地跟踪着棉尾兔，绕过一棵矮矮的铁树杉。棉尾兔跳过铁树杉，正好被雌狐逮个正着。

雌狐斜着眼睛盯着斯达，低声咆哮："我先吃！"没等斯达回应，它叼着兔子转身跑了20英尺，趴在地上快速啃起来。吃饱之后，雌狐将剩下的兔肉交给了斯达。斯达一看，好肉都被雌狐吃了，剩下的还不够塞牙缝。不过，肚子饿得"咕咕"叫，斯达没有别的选择，只好吃剩下的兔肉。这一回，它们发现了一种新的捕猎方法——一只狐狸追踪猎物，另一只设置埋伏，这样的捕猎效率比单打独斗高多了。

吃了兔子，雌狐出去溜达了，斯达觉得很无聊，干脆扔起树枝玩。先咬住树枝，然后猛一抬头,将树枝高高抛向高空,再纵身一跃,趁树枝落地前把它抓住。斯达玩了好一阵子,累了之后,它找到一段原木,蜷缩成一团,护住鼻子和眼睛,睡着了。

第二天早上,斯达醒过来,发现雌狐还没回来,它飞快地跑下山,希望能碰到雌狐。还没下山,两条猎狐犬的叫声打破了山谷的宁静。斯达跳上一块大石头,突然想起曾经对自己紧追不舍的桑德。那场追踪,起初,斯达很惊慌,随后它开始愚弄桑德,觉得其乐无穷。

斯达回忆着,看见雌狐朝自己跑来,飞一般穿过丛林。斯达跳下岩石,看到了这两条猎狐犬。它们看上去比桑德小,也不是血统纯正的猎狐犬。

一看到斯达,这两条猎狐犬发出疯狂的尖叫声,斯达停了一秒,闪电一般飞奔而去。

第四章　猎狐

猎人戴德独身一人,住在一个小木屋里。这间小木屋有三个房间,位于一个被人们称为"死亡之谷"的山谷。在大家的印象中,戴德一直在丛林间游荡。夏天的时候,他背着麻袋寻找草药,到了冬天,他开始捕猎,搜集动物皮毛。

山谷里的农场主们,勤劳能干,他们并没有看不起戴德的意思。只是,他们认为,不到万不得已的时候,绝不以打猎为生。而戴德,对打猎习以为常。不管抓到什么野兽,他都会毫不犹豫地将其宰杀,也不在乎这头动物有没有成年。人们甚至怀疑,戴德使用毒药来猎杀动物。

这些,在农场主眼里,并不是特别严重的罪过。然而,戴德身上,的确有一些不合群的东西。大家习惯互帮互助,不求回报。而戴德,他做每一件事,都得明码标价,索取回报。如果真的什么东西值得他关心的话,恐怕只有他自己和那两条猎狐犬。

这天黄昏,戴德大步流星走回山谷中的小屋,拴好疲惫的猎狐犬,给它们喂食。晚饭之后,戴德盯着漆黑的原野,戴上帽子,穿好衣服,来到杰夫农场。

杰克开了门,杰夫正在阅读杂志,杰克的母亲放下手里的针线活,抬起头问:"戴德,想来一杯咖啡吗?"

"好的,谢谢!"

戴德抿着热气腾腾的咖啡，说："杰夫，奇了怪了。今天，我和猎狐犬进了山，我感觉我碰到了一只'鬼狐狸'。"

当地人都知道，"鬼狐狸"是那种难以捉摸、幽灵一般的狐狸。这里的山谷，所有的"鬼狐狸"加起来，也不过 4 只，如果能再遇到一只，的确是一件值得兴奋的事。

杰克按捺住内心的激动，坐在凳子上，全神贯注地听着。

杰夫像杰克一样，无比兴奋，"戴德，你在哪里发现它的？"

"不是我发现它的，它先看到了我。我走进云杉谷的时候，猎狐犬们发现了狐狸的踪迹。我以为这是一只雌狐。我判定，它在溪谷尽头那里转悠，于是我赶了过去。突然，猎狐犬们大叫起来，我以为它们逮住了雌狐，我担心它们咬得太狠损坏狐狸皮毛，快步跑了过去。"

正说到关键处，戴德故意停下来，抿了一口咖啡。他是一个会讲故事的人，才不会那么快将故事的精彩部分讲出来。

杰夫催起来："然后呢？"

"我蹲下去，查看狐狸脚印。原来，猎狐犬根本没有抓到雌狐，它有一个同伴。这只'鬼狐狸'，在猎狐犬追赶雌狐的时候插了进来，等猎狐犬快冲过来的时候，将它们引开，然后逃走了。你们知道，一般情况下，当雌狐难以逃脱时，雄狐会引开猎狐犬。这只狐狸跑走后，我察看了它的脚印。我在森林里打猎这么多年，第一次看到 6 个脚趾的狐狸。当时我想：'好吧，鬼狐狸先生，你够聪明，引开了猎狐犬，我想看看，你能不能聪明到躲开猎枪。'于是，我改变了追捕路线。"

说到这儿，戴德又喝起了咖啡。杰克紧张地等着戴德继续往下说。他想："那只偷走鸡，把桑德甩在雪地里的狐狸，也有 6 个脚趾，它跟戴德说的狐狸，肯定是同一只。"

戴德歇口气，继续说："我想，'鬼狐狸'会设法甩掉猎狐犬，它肯定是朝着溪流方向跑了，还会穿过了山谷上的坳口。于是，我快步跑到坳口，藏在树丛里。如我所料，我听到了狗叫，猎狐犬风一样穿过了月桂树丛，距离我还不足 20 码！我做好准备，却没有看到任何狐狸经过！没道理啊，'鬼狐狸'应该随后就到，可是，为什么它在我的眼皮子底下经过，我却没有看到它呢？"

杰夫说："也许是它经过的时候你没看到。"

戴德承认："也许吧，不过，你听我说完。当时我很窝火，居然没在坳口逮住它，于是我跑到小溪那里，想知道到底发生了什么事。猎狐犬是从小溪方向跑来的，但是，狐狸到底在哪儿呢？"

杰克叹口气："它到底在哪儿呢？"

"我也想告诉你！我真希望我知道！小溪边有一棵巨大的云杉，在距离云杉6英尺的地方，狐狸的踪迹不见了。"

杰克问："溪水结冰了吗？"

"没有，还在淌水。"

杰克说："说不定它跳进水里了。"

戴德嚷嚷道："狐狸才没本事跳30英尺那么高。"

"那它藏在树上了？"

"红狐不会爬树。"

杰夫慢慢分析说："红狐当然不会爬树，但是它们会利用树来切断踪迹。那棵云杉是不是有一些低垂的树枝？"

"是有一些树枝。但是，即便它爬到树上了，我的猎狐犬也能闻到它的气味。"

杰夫摇摇头："有的狗能，有的狗做不到。"

戴德口气坚定："我的狗，肯定能！总之，我往树上看了，'鬼狐狸'不在那里。它是一只真正的'鬼狐狸'，只有真正的猎人才能逮到它。"

杰夫问："它能躲过猎枪吗？"

戴德早就被杰夫小看自己猎狐犬的话激怒了，他气哼哼地说："不可能！它不行！过不了几天，我就能抓住它！我会剥了它的皮给你看！谢谢你的咖啡，再见！"

戴德说完，直接开门走了。杰夫微微一笑，目送他走远。

杰克满脸疑惑地看着杰夫："爸爸，您觉得这是怎么回事？"

"正如戴德刚才所说，他对狐狸踪迹的分析应该没错。"

"但是，狐狸不可能像鸟儿一样飞走了呀。"

杰夫想起以前的猎狐经历，眼神变得有些迷离："就如有蠢人一样，狐狸中也有蠢狐狸。但是，总体而言，狐狸的聪明和狡猾程度，绝不亚于一个专业魔术师。我认为，让一个猎人、一条猎狐犬甚至一群猎狐犬去猎捕一只红狐，这只红狐也能顺利逃脱。只有不单是为了钱，才能获得猎狐的乐趣。"

"那红狐是怎么在戴德的眼皮下溜走的呢？"

"我猜，它没想到自己会遇到人类，快碰上戴德的时候，它才发现，前有戴德，后有猎狐犬。怎么办呢？它悄悄溜了过去，即使是戴德，也只会注意快速奔跑的动物，难以发现在茂密的月桂树丛里悄悄溜走的动物。"

杰克琢磨着父亲的话，又想起了别的事——"再过几天就是星期六了，也许那天能带桑德出去遛遛。反正，那只前爪有6个脚趾的狐狸就是'鬼狐狸'，它居然骗过了戴德和他的猎狐犬。光是想想就觉得……"

想到这里，他忍不住问："爸爸，您觉得它是怎么断开踪迹的？"

杰夫摇摇头说："这个问题，只能亲自问狐狸了。我猜，红狐不会爬树，但是它可以跳到低矮的树枝上，然后跳到另一根树枝上，直到跳到位于溪水上方的树枝上，再纵身一跃，跳进了溪水。"

杰克一边想，一边跑向走廊。经过那晚长时间的追逐，桑德的爪子破了皮，到现在还没痊愈，走起来还有点跛脚。

杰克想："说不定到了周六，桑德的爪子好了，我就能带它去猎狐了。"

周六那天，下了雪，天很冷，杰克发现，桑德的爪子还在破皮。他想用一些猪油给它按摩，甚至打算替它做4只柔软的皮套。

杰夫说："千万别那样做。猎狐犬的脚应该无拘无束，穿上鞋子会影响奔跑的速度。如果鞋子做得不合脚，会阻碍它的追踪。我们最好啥也别做，顺其自然。"

杰克只好放任不管。

周六早上，杰克早早起床，照常穿好衣服，弯腰系鞋带。母亲一抬头，刚好看到杰克吃力地弯腰，她有些无可奈何地问："你的裤子又紧了？你啊，就像春天的小马驹，长得飞快，几个月前才买的裤子现在就穿不上了。好吧，我们今天出门去给你买几条新裤子。"

其实，杰克有一套合身的西装。不过，这身衣服只能出席正式场合才能穿。而杰克最想要的新裤子，是一条上宽下窄的马裤。这种裤子穿着很舒服，裤腿还能轻松地塞进打猎穿的靴子里。他的父亲杰夫，就有一条马裤。杰克经常眼巴巴地看着这条裤子，觉得用腰带勒一下，他也能穿上。但是，杰夫告诉他："你才14岁，还是个毛头小伙，等你成为大人了，再来穿这条裤子吧！"

桑德一路小跑过来。杰克惊喜地看着它，有些犹豫地想："桑德的爪子才好，如果去追狐狸，可能会受伤。"

早饭之后，杰克跟着父亲一起进入牲口棚干活。活快干完的时候，杰克才试探地问：

"爸爸，你觉得桑德今天能外出打猎吗？"

杰夫沉默了一会儿，才说："小伙子，那是你的狗，你自己决定。"

杰克知道，父亲不会给出明确的答案。他看看在一边忙着捉老鼠玩的桑德，陷入沉思。

父亲和母亲出门了。杰克抚摸着桑德的头，突然冒出一个新主意："我可以拴住桑德，让它去看看有没有狐狸，而不是去追狐狸！"想到这里，杰克回屋取下短枪，牵着桑德也出门了。

他们穿过原野，走进森林。地上有一只山猫留下来的巨大脚印。那是斯达的仇人——山猫斯塔布留下的。昨夜，它在这里潜伏了一段时间，打算从农场偷点吃的。不过，它没有斯达那样的胆量，不敢偷袭农场。

突然，桑德抬起头，用鼻子使劲地闻着什么。它扯紧锁链，兴高采烈地叫起来。杰克也很兴奋，拉着桑德小跑起来。

在农场和山峰中间的位置，杰克和桑德发现了新鲜的狐狸踪迹。不过，这印记不是那只六趾"鬼狐狸"留下的。可是，桑德却很兴奋，它闻到了狐狸的气味，不顾一切地扯着杰克往前走。杰克紧紧拉着锁链，犹豫了一会儿，才用胳膊夹着短枪，一手按住桑德的头，一手打开锁链上的扣锁。桑德像离弦之箭，飞一般冲了出去。冰冷的空气里，回荡着桑德一声高过一声的吼叫。这是属于猎人的音乐，对于杰克来说，没有什么音乐能比桑德的叫声听上去更加激荡人心了！

很快，桑德就跑出了杰克的视线范围。杰克觉得，应该把它喊回来。但是，桑德从来没有受过任何回应猎号的训练，再者，吹口哨或者叫喊都帮不上忙，因为桑德现在根本听不到杰克的声音。杰克想："我必须追上桑德！"

猎狐的艺术在于，它跟穿什么裤子、骑着骏马奔跑等想象中的场景毫无关系，它要求猎人要像狐狸一样思考，要求他的战略比狐狸更精明。猎人所凭借的，只有狐狸的踪迹和猎狐犬的叫声。他必须竭尽所能，赶在狐狸出现的半个小时、两个小时甚至四个小时前来到狐狸的必经之路。如果顺利，一般情况下，猎人能如愿以偿，一枪击毙那闪电一般迅速奔跑的红狐。

杰克听着桑德时而急促、时而平缓的叫声，头脑清醒地分析着形势。他想："这只狐狸，留下的印记很新鲜，说明它昨夜在这儿捕猎，经过一整夜的追捕，它才找到一点儿吃的。毫无疑问，它朝山谷这边走，那么它的家就在这边。因此，极有可能，它会转回到这个山谷来。"

分析完毕，杰克加快速度跑到山谷口，在一片山杨树林停下来，稍微休息。然而，他才喘了几口气，就发现，自己犯了一个严重的错误。桑德的叫声显示，狐狸并没有经过山杨树林，而是跑进了一片窄长的铁杉树丛。那片林子距离杰克起码有300码远，现在跑过去已经来不及了！

杰克懊恼地吹着口哨，呼唤桑德："快回来！"

可是，桑德完全不听杰克的号令，不顾一切朝铁杉树丛跑去。

等杰克到达铁杉树丛时，地上出现了一条带着血迹的爪印，那是桑德的，它的爪子尚未痊愈，经过长途奔跑，又破皮了。杰克万分懊悔，"什么狐狸，我不要了，我只想追上我的桑德！"

尽管受伤了，桑德却坚持追踪。它是一条出色的猎狐犬，拥有一颗高傲的好胜心，除非跑不动了，不然它绝不停下。

3个小时之后，杰克才追上桑德。受伤的猎狐犬追不上行动敏捷的狐狸，等杰克赶来，狐狸早就逃得无影无踪了。杰克一把按住桑德，可桑德却心有不甘地呜咽着，希望能够继续追踪。过了好一会儿，桑德才平静下来，杰克给它重新戴上锁链，牵着它回了家。

这一次，桑德的爪子伤得很严重。说不定，整个冬天，它都不能跑出来追踪狐狸了。

第五章　亡命之狐

冬天终于过去了。斯达躺在盛开的杜鹃花下，享受着无比美好的日光浴。

过去的这个严冬，对森林里的动物来说，是一段无比残酷的时光。第一场大雪之后，大地被冰雪覆盖。整整一个冬天，积雪没有丝毫融化。荒野的每个角落，掩埋着无数小动物的尸体。斯达亲眼看见，在一个鹿园，27头鹿中只有3头鹿存活下来。

斯达也经常挨饿受冻，不过它身强体壮，幸好又发现了鹿园这个好地方，所以过得还不错。鹿园里，无法忍受饥寒的动物接连死去。最初，鼬鼠、水貂、老鼠等食肉动物会为了死去动物的尸体激烈争斗。随着严寒加剧，越来越多的鹿陆续倒下，大家也不再为一丁点儿肉争斗不止了。

总的来说，斯达过得不错，它还学到了很多生存之外的东西。

尽管猎人戴德不讨人喜欢，但是大家都很敬佩他渊博的森林知识和出色的狩猎本领。关于那个六趾"鬼狐狸"的故事，大家深信不疑。这个山谷里共有9条猎狐犬，还有一条杂交猎狐犬。这些猎狐犬的主人声称，每条猎狐犬至少追过斯达一次，但是谁也没能杀死斯达。这样一来，斯达的名声越加响亮。

实际上，斯达只被5条猎狐犬追踪过，其中，有一条长腿猎狐犬，追得特别紧，它的主人是山谷尽头的农场主——伊莱先生。所有猎人中，伊莱是唯一一个见过斯达，朝斯达开过枪的人。但是，他开枪的地方距离斯达较远，子弹被斯达躲闪过去了。不过，伊莱告诉大家，他离斯达很近，他以为自己原本能够杀死"鬼狐狸"。大家安慰他说："'鬼狐狸'一定是得到了上天的庇佑，才能躲过你的子弹！"

经过这一件事，斯达也学到了不少。以前，它喜欢玩耍，觉得被猎狐犬追赶是一项愉快的运动。现在，它明白了：人类往往会跟猎狐犬一起出现，而且，他们还会对自己射出极其危险的子弹。因此，斯达得出结论——人类是自己的敌人。它不会指望他们大发善心，放过自己。不过，斯达不像仇恨山猫斯塔布那样憎恨人类，它已经完全明白，当猎狐犬跟猎人站在一起，对自己来说是生死存亡的巨大考验。

意识到这一点，斯达总会避免在人类面前出现。它发现，当猎狐犬敏捷地追赶自己时，人类不会穿过茂密的铁杉树丛和杂乱的巨石堆，他们总会选择在树木茂盛、道路开阔的地方等待猎狐犬。斯达已经能够预测出哪里会出现猎人，在被追踪时，它甚至会玩点小花招，来迷惑对方。

此刻，斯达躺在杜鹃花下，一边回想整个冬季的经历，一边机敏地观察周围的情况。

在距离斯达不足20英尺的地方，蓝松鸦妈妈正在一株矮小的黄樟树上孵蛋。斯达刚吃过早饭，一点也不饿，它悄悄地在这个鸟巢边做下记号，以备不时之需。

一只松鸡飞进树林。尽管斯达已经吃得饱饱的了，但松鸡是它无论何时都无法拒绝的美味，它拱起脖子，略略歪了歪头，循着松鸡的气味追了下去。斯达来到松鸡落脚的常绿树丛，一边慢慢朝前移动，一边仔细地嗅着空气中的气味。斯达判断：一头雄鹿两个小时前经过这片树林，留下了强烈的气味；落叶覆盖的地下，蜷缩着老鼠；在长满青苔的树桩上，一只花栗鼠摇着尾巴"吱吱"叫唤。但是，它使劲闻了好一阵子，依然没有闻到松鸡的气味。

"奇怪，明明看见松鸡进了树林，怎么就闻不到它的味道了呢？"斯达格外困惑。

当然，斯达并不知道，严冬已经掠走了荒原上太多生命，春天是孕育生命的季节，所有的灌木丛和树丛都被动物妈妈或者未来的动物妈妈观察打量或者占领筑巢。大自然已经为动物们准备好孕育后代的天然条件，松鸡妈妈一年四季都有气味，偏偏在它孵蛋的时候，是没有一丝气味的。因此，尽管斯达从距离松鸡不到6英尺的地方经过，却想不到，它口中的美餐近在眼前。

斯达厌倦了搜寻，漫无目的地往另一个山坡走去。突然，它闻到了另一头雄狐——"软脚丫"的气味。"软脚丫"的伴侣正在地下的巢穴哺育后代，为了喂饱伴侣和孩子们，"软脚丫"选择这个山坡作为自己的狩猎区域。当斯达闯进这片区域时，"软脚丫"毫不犹豫，要将斯达驱逐出去。斯达只好掉头，朝来时的路跑去，直到出了狩猎边界，"软脚丫"才放弃对它的驱赶。

经过一片山杨树林时，斯达差点踩到一头躺在地上晒太阳的小鹿。跟孵蛋的松鸡一样，小鹿也没有气味，它跟周围的环境融合在一起，就连眼睛敏锐的老鹰都无法发现它。鹿妈妈很生气，大声嚷嚷起来，雄狮一般怒吼着，将斯达赶到了它认为已经无法威胁小鹿的地方，才回到小鹿身边。

斯达自以为很了解这些跟自己生活在一起的邻居。但是，以前从来没有谁将它驱逐。"咦，这到底是怎么回事呢？"斯达特别好奇，鹿妈妈离开后，它偷偷地回到灌木丛，想看个究竟。斯达熟悉它先前待着的地方，但是它回来之后使劲搜寻，也闻不到小鹿和鹿妈妈的气味。斯达不清楚这到底是怎么回事，而森林里的某些动物却了如指掌。例如山猫斯塔布，它知道，每年这个时候，鹿妈妈都会寸步不离守着灌木丛。

此刻，斯塔布像一个幽灵，悄无声息地靠近小鹿。而斯达也在慢慢前行。它们闻不到彼此的气味，居然在相距小鹿几英寸的地方相遇了。斯达的嗅觉格外灵敏，它在斯塔布发现自己之前先发现对方。仇恨的火焰啃噬着斯达的心，它忘不了好兄弟布拉什被斯塔布杀死的场景。很快，斯达蜷伏下来，竖起尾巴，弓着脖子，一双眼睛火辣辣地盯着斯塔布。它打算在合适的时机采取行动。

斯塔布来到一块小空地，仔细搜寻。它知道，小鹿没有任何气味，它只能依靠眼睛仔细寻找。小鹿被鹿妈妈留在原地。一只凶狠而嗜血的苍蝇发现了小鹿，叮住了小鹿的耳朵。小鹿拼命摇着耳朵，想摆脱这种折磨。然而，它才动了动耳朵，就被斯塔布发现了。斯塔布不慌不忙，来到距离小鹿只有6英尺的地方，停了下来。

斯达觉得再也无法忍受仇恨的火焰，它突然爆发了，径直朝斯塔布跳过去。它很清楚，斯塔布反应迅速，不用一秒钟时间，就能立刻发动反击。但是，斯达依然勇敢地扑上去，猛咬一口，趁着斯塔布回击之前，快速跳开，靠在一棵树边，龇牙咧嘴，摆好战斗架势。

鲜红的血顺着斯塔布光滑的皮毛流下来，斯塔布很恼火，一边咆哮一边跳起来拍打。斯达躲开攻击，跳到斯塔布的侧面，火速躲开。当时，斯塔布那钉耙一样的爪子离它仅有2英寸！突然，鹿妈妈愤怒地咆哮着，跑了过来。斯达已经逃到大树背后，顺势跑了。鹿妈妈将满腔怒火撒在斯塔布身上，它抬起前蹄，将斯塔布踢倒在地。斯塔布无路可走，情急之下跳上一棵山杨树。鹿妈妈围着树转悠了一个小时，用前蹄使劲撞击树干，直到树皮都脱落了，才心有不甘地带着小鹿离去。

而斯达，不停往前奔跑，直到确认没有动物跟踪自己，才放慢速度。对斯塔布的仇恨依然在心中熊熊燃烧，只要斯塔布还在这片荒原出没，斯达就不会放弃报仇的决心。

肚子饿得"咕咕"响，斯达朝山谷下的农场跑去。

太阳已经落山了，斯达藏在树林边缘，观察着杰夫农场的动静。杰夫正推着犁耙耕地，奶牛们一边慢悠悠地朝牲口棚走去，一边咀嚼着青草。牲口棚里，小牛犊在顽皮地跳来跳去，鸡、鸭、鹅聚集在棚子前的空地上，悠闲地寻找着食物。斯达没有看到杰克和桑德，也没有闻到他俩的气味。在一排小树丛的掩护下，它来到一棵已经发芽的枫树边，蜷伏在一旁，再次打量农场。

斯达很清楚，桑德就在里面。它不惧怕猎狐犬，但始终也忘不了那个暴风雪的夜晚里，一直紧追不舍的桑德。

突然，一小群珍珠鸡朝枫树跑来。显然，它们打算在这儿过夜。斯达一动不动，直到珍珠鸡靠近自己，才随便挑了一只，咬在嘴里，往森林跑去。其他珍珠鸡吓坏了，扑腾着翅膀，尖叫着逃命。杰夫也大喊起来，大步朝枫树这边跑来。斯达跑进树林才停下来。没有听见猎狐犬的叫声，也没被追踪的迹象，斯达快乐地吃完珍珠鸡，舔舔嘴巴，朝山坡跑去。

其实，杰夫没有追踪斯达，完全是因为作为一名合格的猎人，只有下雪天才会出去打猎。他不喜欢放猎狐犬追踪狐狸，再说，天快黑了，如果追下去，他可能会迷路。他找到了斯达留下来的足印，不由自主地感叹："只有大胆而狡猾的动物才敢在大白天来距离农场这么近的地方猎食。你真是一只'鬼狐狸'！"

不过，斯达再也没有去枫树那里捕猎。在同一个地方频繁出现可不是什么聪明的做法，整整半个月，斯达都待在山上，再也不愿靠近农场半步。

但是，它在人们口中，又多了一个别称——"亡命之狐"！杰夫向大家讲了斯达偷袭珍珠鸡的事，而这件事又被添油加醋传到山谷的其他农场。一天晚上，一匹狼闯进农场主麦克家的羊圈，一口咬断6只羔羊的脖子。没有人亲眼看见饿狼闯入农场或者离开，也没人发现它的踪迹。于是，这笔账记在了斯达头上。又一天，光天化日之下，一只狐狸来到鸭子们游泳的溪水边，叼走了最大最肥的那只鸭。有人看见了这只狐狸，但斯达已经成为大家关注的焦点，人们再次认为，是斯达发动的偷袭。

整个山谷都沸腾了，有人甚至说，得组织一次声势浩大的捕猎，清除所有的狐狸。幸好，那些冷静而博学的人并没有被仇恨冲昏头脑。狐狸是狡猾而聪明的动物，就算山谷里所有的人都加入捕猎队伍，也不可能猎捕所有狐狸；再者，现在是农忙季节，如果大家都去捉狐狸了，谁来干农活呢？如果非要杀死斯达，猎人戴德才是最合适的人选。

然而，就在戴德找到斯达的踪迹之前，它又发动了对农场的偷袭。

一天，夜幕降临，斯达在山谷的尽头转来转去，忽然闻到了农场主伊莱家的猎狐犬的气味。斯达记得，去年冬天，这只猎狐犬紧追不舍，伊莱打出的子弹把它身上的毛烧焦了好大一块。不过，现在是晚上，它并不害怕猎枪，继续往农场方向跑去。一股新鲜的气味冲进了它的鼻子，引诱它快速向前。

原来，伊莱觉得兔子的皮毛能够赚钱，就买了一些兔子。现在，小小的屋子已经装不下太多的兔子，兔子们便在农场的谷仓和屋子外面打洞做窝。

斯达悄悄溜到兔子们吃草的地方，逮住一只。这些都是驯良的家兔，不如野生兔子反应迅速。其他兔子见到同类被抓，动都懒得动一下。于是，斯达顺利叼着战利品回到树林，美美饱餐一顿。一般情况下，很长一段时间内，它都不会再去伊莱的农场。不过，偷食当晚并没有什么大动静，斯达认为自己没有被人发现。第二天晚上，它又去了伊莱家，叼走一只兔子。

斯达想："这可真是一个好地方，不用费劲，就能抓到一只兔子，而且家兔的肉是野生兔子的4倍呢！"连续7个晚上，斯达都去伊莱家捉走一只兔子。它甚至有些挑剔，只享用兔肉最美味的部分，将剩下的留给别的动物。一段日子下来，斯达吃得都有些发胖了。

伊莱呢，忙着干别的事来发家致富，并没注意到兔子的数量发生了变化。直到某一天，他发现那只总在小屋边待着的黑白相间的小兔子不见了，才到处寻找，顺便看到了斯达留下的踪迹。经过观察，伊莱发现，斯达白天隐藏在附近的树林里，晚上来家里偷捕猎食。作为一名猎人，伊莱跟杰夫一样，也不想放出猎狐犬追踪斯达。但是，这一次，伊莱气呼呼地拉着猎狐犬，一直追到了斯达进食的地方。那里，兔子的皮毛和骨头扔得乱七八糟。

伊莱发下毒誓："'鬼狐狸'，总有一天，你要为你的偷袭付出生命的代价！"从此，斯达的名气更为响亮了！

第六章　夏日里的瘟疫

舒适的春天过去了，夏季的阳光毒辣地烤着大地。花草都快被晒得失去水分，鸟儿张着嘴，拍打着翅膀僵硬地走来走去，牛群只在凉爽的早晚出来觅食，狗为了待得更舒服些，挖了地洞。

就在这个最炎热、最干燥的夏天，发生了可怕的瘟疫。杰克，是第一个正面跟瘟疫接触的人。

一天傍晚，他带着桑德在路上闲逛。突然，桑德蜷缩在他脚下，不安地呜咽起来。杰克伸手一摸，桑德全身颤抖。可是，一向天不怕地不怕的桑德怎么会如此恐惧？杰克觉得后脊发凉，他只好用完全没有自信的语气喊道："桑德，快跟上我。"

然而，桑德围住杰克，脖子上的毛全部竖了起来，喉咙里还发出低声的咆哮。杰克一看，四周光秃秃一片，找不到任何木棍和石头。他有些害怕，只好眼睛直直地盯着灌木丛。

一只狐狸，幽灵一般钻进灌木丛。它撞上了一根从树上斜下来的枯树枝，还傻乎乎地推了推。直到树枝断开，它才继续往前走。

杰克吓坏了。狐狸是充满活力和灵气的动物，从来不会主动在人类面前出现，更别提在距离人类几英尺远的地方跌跌跄跄走过。桑德也害怕地号叫起来，紧紧躲在杰克身边。狐狸离他们越来越近，它好像看见了桑德和杰克，又好像什么都没看见。突然，它的眼睛里像腾起一团燃烧的火焰。它张大嘴巴，露出锋利的牙齿，向他们走来。谁知，没走几步，它被马路边的小溪吸引住了，瞪大眼睛看了10分钟，脚步慌乱地朝小溪走去。

杰克吓得后背直冒汗，他撒开腿，沿着马路跑回家，桑德也紧跟着飞奔起来。杰夫打开门，问："小伙子，发生了什么事？"

杰克上气不接下气地说："那只狐狸！"

杰夫安慰他："别急，慢慢说，告诉我发生了什么事。"

随后，杰克将刚才发生的事告诉了杰夫。听完之后，杰夫一脸沉重。野生狐狸会时不时染上狂犬病，一旦生病，它们就不会像之前那样严谨、聪明，它们什么地方都敢去，见到谁都敢发动攻击。如果被这种狐狸咬伤，极有可能一命呜呼。杰夫按捺不住，拿起短枪，装上子弹，对杰克说："走，去看看你说的那只狐狸。"

父子俩来到小溪边。那只发疯的狐狸正在水里凸起的鹅卵石上跳跃。突然，它停下来，转过头看到了杰夫父子。很快，它往前一扑，跳过几块石头，朝他们直冲过来。杰夫端着枪，直到狐狸距离他们大概10码远才开了枪。子弹穿过狐狸的皮毛，它跟跟跄跄走了几步，便倒下了。为了保险起见，杰夫又朝狐狸尸体开了一枪，随后，他们看了看这只狐狸，除了全身长满跳蚤外，跟别的狐狸没什么两样。

杰夫想了想，用脚碰了碰狐狸："把它送到实验室，我们就能知道准确的答案了。不过，没这个必要，我确定这就是狂犬病。我得赶紧请医生过来，给家里的狗接种疫苗。此外，我们还要检查一下其他家畜。总之，在疫情消除之前，不管去哪里，你都要随身携带猎枪或者粗棍子。"

杰克问："疫情会持续多长时间？"

杰夫同情地看着地上的狐狸尸体，说："我也不清楚。可惜，明年雪地里不会有很多狐狸了。"

突然，在溪水中间的一小块草地的尽头，出现了一只狐狸。它闪了一下，很快消失在灌木丛里。

杰夫说："并不是所有的狐狸都会染上狂犬病，刚才那只就没有。"

杰克想起了"鬼狐狸"斯达。尽管桑德受了伤，暂时不能进山打猎，但是杰克总惦记着斯达。能捉到"鬼狐狸"的人，无疑是山谷中出色的猎人。杰克已经下定决心，要捉住斯达，成为一名优秀的猎手。

于是，他激动地说："我希望'鬼狐狸'能逃过这次瘟疫。"

杰夫笑了笑："我也希望它平安无事。好了，我们把这只狐狸埋了吧，唉，它是个可怜的家伙！"

其实，杰夫开枪的时候，斯达正藏在旁边的灌木丛里。它本来打算去杰夫农场弄点吃的，刚走到小溪边，它就看到了那只染病的狐狸。斯达见过其他染上狂犬病的狐狸，出于本能的恐惧，它不敢跟那只狐狸靠得太近。

枪声响起后，斯达快速跑向树林深处。它穿过一片黑莓地，来到一片山杨树林。树林里巨石遍布，一条泉水汇成的小溪在巨石之间蜿蜒前行。斯达喝了口水，沿着小溪往前走。一只肥胖的老旱獭正在树荫下休息，看到斯达走来，它不情愿地挪到一道石缝边，牙齿咬得"咯咯"响，抗议斯达抢占了自己的地盘。斯达想："这个老家伙可能会死命抵抗，用来当食物的可能性不大。"于是，它没有搭理旱獭的挑衅，继续往前走。

斯达走出山杨树林，来到河狸的聚集地。一只大河狸在溪水里游泳，它看到斯达走过去，并没有拍动尾巴发出警告。本来嘛，河狸和狐狸一直井水不犯河水，它们并不是要争斗得你死我活的天敌。

斯达也没打扰任何一只河狸，它找到一根树枝，叼在嘴里，试探着往水里走。溪水很快打湿了斯达的毛，它将树枝高高举起来，游到溪水中央，又转身回到爪子能踩到河床的浅水区，待了20分钟，然后将树枝留在水面上，爬上岸，坐在岸边梳理全身的毛发和四肢。斯达有些犹豫，不知道是该去杰夫家的农场找点吃的，还是该前往森林深处寻找猎物。想了好一阵子，它放弃了农场，毕竟那里埋着一只染病的狐狸，这可不是什么美好的回忆！在一片铁杉树林，斯达找到一群春天出生、不懂得上树栖息的松鸡。它抓住其中一只倒霉蛋，饱餐一顿，随便找了个地方蜷缩起来睡觉。瘟疫在森林里蔓延，斯达不敢睡得太沉，它一晚上挪了4个地方。

第二天一早，斯达回到河狸的聚集地，喝了点水，然后潜伏在清晨的雾气里，生怕被别的动物发觉。

溪水对面，一只巨大的臭鼬走了过来。它染上了狂犬病，爬上一棵被河狸啃倒的树，发疯一般冲向一只正在岸边啃树的河狸。河狸及时发现了臭鼬，急忙跳进溪水，拍打尾巴发出警告，快速潜入水底。臭鼬紧跟着也跳进溪流，但是它好像忘记了自己的目标，不知道该往哪里游。水面上浮着一根木棍，臭鼬试图爬上去，结果它一上去木棍就沉到水里，一下来木棍又浮出水面。臭鼬来来回回折腾了20多次，木棍漂走了，它有气无力地跟在后面，被卷进一个巨大的旋涡。

斯达看了一会儿，心里又燃起对瘟疫的恐惧。恐慌无处不在，它觉得自己无法逃离，吓得哆哆嗦嗦地往前走。

太阳像燃烧的火球高挂在天空上。斯达渴了，又绕回小溪边，喝了些水，沿着溪水逆流而上。小溪的源头处，有很多鲟鱼。不过水太深了，斯达一条也抓不到。一只水貂露出头，熟练地叼走了一条鲟鱼。斯达想抢走水貂嘴里的鱼，水貂游到一个小小的缝隙里，大叫着警告斯达。斯达只好继续往前走，来到小溪的尽头。这里的水很浅，斯达站在水里，在鲟鱼经过的时候把头伸进水里，就能抓到其中一条。

填饱肚子后，斯达沿着山坡往前走。它知道，山坡另一面有几个避暑胜地，只要躺在那里，就能度过一个凉爽的夏天。

斯达刚跑到半山坡，突然掉头拼命往回跑。

原来，在距离斯达20英尺的地方，雄狐"软脚丫"飞奔而来。"软脚丫"已经染上狂犬病，为了不把瘟疫传给家人，它只好尽量远离家人，四处流浪。现在，"软脚丫"被瘟疫折磨得失去了记忆，把家人忘得一干二净。它浑身长满跳蚤，头晕眼花，吃不下任何东西，已经饿得皮包骨头了。它不甘心独自忍受痛苦，希望将自己的痛苦传染给别的动物。于是，它悄悄藏起来，等斯达走近，疯狂地发起攻击。

斯达已经被一种前所未有的恐惧笼罩，它心里只有一个想法："绝不能被'软脚丫'抓住！"

斯达别无选择，只好拼尽全力往前跑。在经过一条小路时，它感觉自己的爪子被什么东咬了一下。"糟糕！一定是'软脚丫'的嘴巴咬了我一口！"斯达大叫起来，用尽力气向前飞奔。大概跑出1英里远，斯达才停下来，蹲坐在一块石头上，查看身后的踪迹。而"软脚丫"恰好就在距离斯达1英里的地方，它被猎人戴德安装的捕兽夹困住了。位置就在斯达以为被"软脚丫"咬了一口的地方。那时，斯达触动了第一个捕兽夹，因为忙着逃命，它只是轻轻一踩，躲过了被逮捕的命运。"软脚丫"就没那么幸运了，它被旁边的第二个捕兽夹夹住了。

这些捕兽夹是山谷里的农场主委托戴德安装的。大家害怕那些染上狂犬病的狐狸，给戴德提出一项奖赏：每抓住一只染上瘟疫的狐狸，他就能获得10美金报酬。现在，戴德正在大森林里忙着抓捕那些染上狂犬病的狐狸呢。

斯达看了看被困在捕兽夹里的"软脚丫"，害怕得不敢停下，继续往前跑。它赶了整整一夜，第二天早上，终于来到大山深处。这里远离瘟疫爆发地带，暂时是安全的。

斯达累坏了，休息了一整天。直到太阳下山了，它才打算去找点儿吃的。就在这时，斯达闻到了一种熟悉的气味。循着这股气味，它找到了好朋友雌狐。

第七章 雌狐

夏天终于过去，瘟疫也消退了。山杨树的树叶开始发黄，整座森林恢复了往日的安宁。然而，凄凉的景象遍布山野，随处可见累累白骨——它们都属于那些染上瘟疫的可怜动物。

不过，逃过一劫的幸存者们，依然活得生机勃勃。

森林里，随处可见成群结队的兔子和老鼠，啃食着野草的种子。狗熊感觉冬天快来了，大口大口吃着树上的苹果，忙着为过冬囤积脂肪；鹿群也来了，雄鹿们昂首挺胸，用鹿角钩住树枝，寻找果实；雌鹿和小鹿站在一边，偷空从雄鹿的嘴下抢走几个果子。

为了抢到更美味的食物，动物们展开了激烈的战斗。有一回，斯达刚刚填饱肚子，便看到一场残酷的打斗。

小溪边，长了5棵苹果树。不远处站着一头雌鹿和它的孩子。雌鹿前面，有一头长着长长鹿角的雄鹿，正抬起鹿角，试图钩住那些长满苹果的树枝。雌鹿很犹豫，不知道该不该上前抢食。突然，另一头更加高大的雄鹿从灌木丛冲了出来。两头雄鹿旗鼓相当，瞪着眼看了对方好一会儿，决定先填饱肚子，然后再找时间打上一架。这时，一只雪靴兔喜滋滋地朝苹果树跑去，个头最大的雄鹿狠狠瞪了雪靴兔一眼，扬起锋利的鹿角。兔子吓得赶紧躲进灌木丛。

一阵大风吹过，成熟的苹果刮落一地。雄鹿们吧嗒着嘴，吃个不停。雌鹿和小鹿也冲了过去，躲开雄鹿那具有强大杀伤力的鹿角，上蹦下跳，捡到了一些苹果。随后，一头狗熊也加入其中，最大的那头雄鹿跟它对视了一会儿，又埋下头吃起来。很快，地上的苹果抢食一空。狗熊愤怒地攻击鹿群，而雄鹿们则开始驱赶雌鹿和小鹿。这些动物们，为了一丁点儿苹果，已经摆开了战斗的架势。

斯达饶有兴趣地看着。一会儿，雌狐也来了，它们俩趴在地上，兴致勃勃地观看着这场残酷的斗争。

两头雄鹿的头抵在一起，眼睛里喷出仇恨的怒火，鹿角摩擦得"嘎吱"作响。接着，它们暂时分开，随后又快速抵在一起。每一次，鹿角的碰撞声在山间不断回荡。个头稍微小一些的雄鹿，突然改变了进攻方式，将鹿角对准对方的肚子顶了过去。身材高大的雄鹿灵巧地避开了。它们开始用坚硬的蹄子，试图将对方踢倒。

这场激烈的战斗才刚刚打响，雌鹿和小鹿突然甩着白色的尾巴，溜进树林，雌狐也一溜烟儿跑了，就连狗熊，也飞快地跑开了。

"咦，怎么回事？"斯达扬起鼻子，在空气中闻到了猎人戴德的气味。不过，雄鹿的这场战斗实在太精彩了，不到万不得已的时候，斯达绝不离开。过了一会儿，斯达闻到戴德的气味越来越近。它趴在一棵倒了的树后面，将身体藏起来，只露出眼睛和耳朵，观察外面的动静。

雄鹿们忙着战斗，还没觉察到戴德在慢慢靠近。它们还在互相推搡着，一边喘着粗气，一边瞪大眼睛怒视对方。一阵微风经过，它们闻到了戴德的气味，不约而同转过头。身材更加高大的那头雄鹿，像一头愤怒的公牛，它朝戴德的方向走去，用蹄子趴地，不停摇晃着那对锋利的鹿角示威。

戴德从一个皮套里拿出一把手枪。只听"轰"的一声，响起一个巨大的爆炸声，大雄鹿浑身哆嗦，踉踉跄跄地往前走了三步，摔在地上。它不明白这是怎么回事，用力挣扎想站起来，始终无济于事。那头小一点儿的雄鹿立即跑进了森林深处。

斯达害怕戴德手里的短枪，它像一只小猫那样，紧贴着地面，蹑手蹑脚地溜进了一片矮树林。直到确认戴德看不到自己的踪影，斯达才小心地站起来，一路小跑来到一座小山，找了个阴凉的地方，躺下来睡着了。

最近，斯达越来越思念它原先生活的那片山林。这里并不是它真正的家，瘟疫已经过去了，它打算回到自己最喜欢的那片山林。

此外，斯达对雌狐产生了新的想法。以前，它只把它当作自己的好朋友。而现在，它一旦想到雌狐还只是自己的玩伴就感觉到莫名的烦躁。斯达想向雌狐求爱，跟它组建家庭。可是，它又不知道如何表达自己的心意，只好保持原先的方式，继续与雌狐同行，担当捕食搭档。

现在，斯达正跟雌狐一起，朝自己的家园走去。一路上，它看到了"软脚丫"的妻子——一只为5个孩子的生计累得疲惫不堪的狐狸。当斯达走进它的捕猎区域时，它露出象牙色的尖牙，将斯达和雌狐驱逐出境。斯达知道，它不想成为自己的妻子，因为它还思念着"软脚丫"，不希望跟任何雄狐在一起。斯达还见到了"软脚丫"的两个儿子，它担心它们抢走雌狐，将它俩搿开了。

饿了就觅食,困了就睡觉。斯达和雌狐就这样慢慢向它记忆中的家园走去。在一个秋天的夜晚,满月升上夜空,斯达和雌狐回到了它出生的地方。那是一个土窝,位于一片灌木之间,门口还有一块大石头做掩护。这个地方隐蔽而舒适,斯达警惕地嗅了嗅,跟雌狐在家门口坐下来休息。

明月高悬,山谷被柔美的月光笼罩着,草木迎风轻舞。斯达的心里忽然升腾起一种强烈的爱意,它围绕着雌狐,跳起了多情的舞蹈。

这时,山的另一面传来一阵悦耳的号叫。那是另一只雄狐的声音,它在借声音向雌狐传达爱意。显然,雌狐被这诱人的叫声吸引住了,它张开嘴巴,眼睛里闪烁着光芒,仔细聆听着对面传来的阵阵叫声。

斯达愤怒至极,转过身朝那只雄狐咆哮。可是,雄狐依然不死心,再次发出求爱的叫喊。斯达气得不知道该怎么办,仰天大吼:"我会一直在这儿,不论是谁,想夺走这里的一草一木,想带走它,你必须跟我公开战斗!"

狐狸们的叫喊声穿越山谷,杰夫、杰克、猎狐犬桑德,还有来杰夫家稍微休息的农场主伊莱,都听见了它们的声音。桑德仰着鼻子,发出一阵呜咽,似乎在回应山谷里的狐狸们,而伊莱和杰夫父子,站在走廊上,认真聆听,直到再也听不见任何声响,他们才开始交谈。

伊莱面带微笑,脑子里突然冒出一个想法:"我说,我们去追狐狸吧!"

杰夫同意了:"好主意!今晚月色正好!"

伊莱兴高采烈地说:"我带上我的猎狐犬,你们带上桑德,我们通知戴德,让他带上他那两只,再叫上汤姆和乔治。这样,我们算得上一支像样的猎队了。明天晚上开始行动,如何?"

于是,第二天晚上,月亮才升起来,斯达正在一个灌木丛抓兔子,突然听到一阵狗叫。先是桑德的声音,过了一会儿,伊莱家的狗跟桑德的叫声混合在一起,随后,乔治家的猎狐犬也跟着叫了起来。其他几条猎狐犬,也加入其中,断断续续叫起来。关于猎狐犬的追踪,斯达记忆犹新。它觉得很兴奋:"这样的追踪,对我来说,小菜一碟嘛!"

斯达来到一个布满石头的小山顶,稍微看了看跟在后面的猎狐犬。眼看着猎狐犬越来越近,斯达飞一样跑开了。在这样月光如水的夜晚奔跑,是一件无比惬意的事。斯达遥遥领先,那些跑得慢的猎狐犬被远远地甩开了,只有桑德和伊莱家的猎狐犬跑在整个队伍的最前面,紧追不舍。斯达刻意放慢脚步,引逗猎狐犬来到一条小溪边。斯达跳进溪水，往上游游了50码远，然后回到岸上，快速往山上跑去。

桑德和伊莱家的猎狐犬来到溪边，很快找到了斯达的踪迹，继续追踪。整个队伍里，它俩遥遥领先，只有戴德的一条猎狐犬跟在它俩后面200码远的地方。其他4条狗，跟在后面慢跑，有一条跟丢了斯达的气味，还有一条已经懒洋洋地跑向人们搭建的篝火边。

男人们围着篝火坐下来。杰克一手拿着一只烤好的三明治，一手端着一杯甜酒，站在父亲身边，聆听着猎狐犬们此起彼伏、经久不息的叫声。远处，是桑德低微的咆哮声和伊莱家的猎狐犬的尖叫。尽管声音不大，但是大家听得很清楚，谁都清楚哪条狗跑在最前面。没有人说话，大家都没带猎枪，只是静坐在那里，聆听着猎狐犬们奔跑、咆哮的音乐声。

远处的山坡上，斯达心情澎湃。很久没有这样尽情奔跑了，它打算跟这些猎狐犬做个游戏。时不时地，它会切断自己的踪迹，除了跑在队伍前面的桑德和伊莱家的猎狐犬，它谁也看不上。突然，斯达有了个好主意。它加快速度，跑到山的另一面，沿着山坡往下跑，引诱猎狐犬们离篝火越来越远。然后，它故意朝篝火的方向跑，在距离篝火600码时，它停下来，等待猎狐犬的大队伍。

杰克吹了一个尖锐的口哨，桑德极不情愿地回应着，直到杰克的口哨声不断响起，它才恋恋不舍地退回到篝火边。

随后，猎狐犬们都回到了主人的身边。男人们出来，只是为了听听猎狐犬追赶狐狸的声音。现在，他们玩累了，踩灭篝火，各自回家。

当所有人都散去，斯达昂首阔步，像个高傲的胜利者，走到已经熄灭的篝火前。它伸长鼻子，仔细嗅着每个人、每条猎狐犬的气味，并将它们深深记在脑海里。随后，斯达去溪边喝了些水，随便找了点吃的，躺下来睡觉。

深秋即将过去，初雪开始飘落。斯达经常跟雌狐待在一起，有时它也会开溜，去玩耍、觅食、呼呼大睡。不过，它越来越渴望组建家庭。据它所知，它的身边就有三对年轻的狐狸夫妇，每当它进入它们的捕猎领地，都会遭遇驱赶。不过，斯达并不在意，它总是很容易从其他狐狸的领地逃脱。

这几天，戴德总会带着猎狐犬来山里转悠，其他狩猎者也会到山里来。年轻的狐狸们越来越聪明，很快学会了如何躲避狩猎者。有那么两回，猎狐犬追到了斯达的踪迹，但它们不如桑德，很快就被斯达甩开了。现在，斯达一点儿也不想跟猎狐犬玩了，它只想让雌狐成为它的伴侣。可惜，雌狐却总是拒绝它的爱意，这一点，让斯达觉得很苦恼。

于是，一有机会，它就去找雌狐。

在一个寒冷的夜晚，一弯新月高高悬挂在天空。万物的轮廓在月光的照耀下显得格外清晰，斯达在一片积雪覆盖的草地上找到了雌狐。它撑起后退，扑腾起前爪，试图按住雪地里钻来钻去的老鼠，完全没注意到斯达。斯达坐在雪地上，低下头，竖起耳朵，两眼直直地看着雌狐，再次表白心意。可惜，雌狐对它爱理不理。

突然，斯达气愤地全身毛发竖立。

在草地边缘，出现了另一只雄狐，它就是秋天里对着雌狐唱歌献媚的那只狐狸。现在，它格外神气地跑进草地，朝雌狐走去。雌狐居然转过身，对它眨了眨眼睛！

斯达咆哮着，一个箭步闪到雌狐和挑战者中间。那只雄狐不甘示弱，也发出警告一般的咆哮声。随后，两只狐狸扑在一起，展开战斗。

雌狐退到一边，它已经拿定主意："胜利者，才会有资格成为我的丈夫！"

斯达细长的腿往边上一蹬，试图咬雄狐的脖子。像是说好了一般，它们各自松开，后退一步，举起前爪扑打对方。突然，斯达扑下去，抓住了雄狐的右后爪，举起尖利的牙齿，狠狠咬了一口。受伤的雄狐，明白自己不是斯达的对手，拖着一条瘸腿回到森林。

雌狐则亲昵地靠近斯达。从此，斯达与雌狐结为夫妻，永不分离！

第八章　俘虏

隆冬到来，猎人戴德开始为生计发愁。

他生了一肚子闷气。小溪结冰了，浣熊和麝鼠都在冰层下活动，冰上捕猎格外困难。以往隆冬，他都依靠猎狐为生，可是，今年，狐狸的数量大大减少。他还对别的猎狩者心怀怨恨。他以为，他们都是农场主或者有别的工作，不像他靠打猎为生，他们不应该"入侵"森林，抢走他的饭碗。总之，戴德认为，自己对大森林的一切都有优先权，完全不会为了娱乐而去跟森林里的动物们比智慧。

到底该怎样才能赚到一大笔钱呢？

戴德想破了脑袋，最后想到一个恶毒的"好主意"。每抓住一只狐狸就会获得4美金奖励，但是法律并没规定这只狐狸是不是幼崽，有没有成年。那些雌狐，怀着幼崽，只要逮住雌狐，养到它们生下幼崽，自己就会大赚一笔！

于是，戴德搭乘杰夫家的卡车进了城，买了很多用来围住家禽的网和用来钉住篱笆的钉子。接下来好几天，戴德忙着砍树，用木条做了一个15英尺宽、30英尺长的框架，然后将关住家禽的网钉在框架上，做成一个大笼子。在笼子的尽头，装上一个小木门。门上有一个很普通的铁插销，只要插进U形口，就能把门关住。笼子完工后，戴德做了一次全面的检查，他很满意，认为自己做了一个任何一只狐狸都无法逃脱的"监狱"。

随后，戴德开始了他的计划。

按照对狐狸的了解，戴德先将捕兽夹放进特地熬制的药水里除去味道，把捕猎用的手套、长筒靴、一条30英尺长的帆布和帆布包挂起来吹了一个星期的冷风，甚至连用来标记狐狸陷阱的斧头都被他除掉了气味。一切准备就绪，戴德小心翼翼穿上长筒靴，避免身上沾上任何人的气味，然后将捕兽夹装进帆布包，朝着森林进发。

戴德的第一站是小路，他要去狐狸们经常奔跑的小路做小路陷阱。先打开帆布条，踩上去，走到设置陷阱的地方，用斧头凿一个洞，放好捕兽夹，将它系在一根小树枝上，然后掩盖陷阱，在上面摆放一个断了的树枝，让树枝看上去像是风刮下来的那样自然。一旦有狐狸沿着小路奔跑，跳过那根树枝，就会落入陷阱！

随后，戴德来到小河边，打算做一个水中陷阱。他戴着手套，将一块从河床上搬来的石头扔到水中的泉眼上，让石头得以浮出水面。石头上滴了几滴诱惑狐狸的香味，底部巧妙地安置了一个捕兽夹。在冰冷的天气里，狐狸并不喜欢趟水过河。不过要是那上面有诱人的香味，它就会好奇地过来勘察，这样就轻易地掉进了戴德的陷阱里。

陷阱设置好后的第4天，戴德开始出门，查看自己的收获。

第一个陷阱里，有一只年轻的雄狐被夹住了。戴德拿起棍子，野蛮地重击了狐狸的头，重新设置好陷阱。然后，他走了200码，就地剥了狐狸皮，将狐狸尸体扔到一边。

在其他几个陷阱里，戴德抓住了三只雌狐。他的眼睛充满了铜臭味的喜悦。他将雌狐带回小木屋，松开捆绑它们的绳子，将它们放入笼子。这就是戴德的计划，尽可能抓雌狐，圈养它们，直到幼崽出世，这样就能拿到更多的赏金。

日子一天天过去，戴德的计划大获成功。他拥有了26张雄狐狐皮和21只快要生小狐狸的雌狐。每只雌狐都可能为他带来20到36美元的赏金，戴德心满意足，打算布置好最后一天的陷阱之后，就留在家好好圈养这些雌狐。

就在这一天，在一个极其隐蔽的陷阱里，戴德逮住了斯达的伴侣。这个陷阱设置在一个林间小路上,弯弯曲曲的,只有小动物们才喜欢穿越这样的小路,人们通常不会从这儿经过,甚至都不知道存在这样一条路。但是,戴德知道,他没有留下任何气味,最谨慎的小动物都不知道戴德曾经来过这里。

这天傍晚,斯达和雌狐沿着小路奔跑。它闻到了一阵火鸡的味道,停了下来,抬起前爪,试图判断火鸡的确切位置。雌狐等得有些不耐烦,加上它对火鸡没有多大兴趣,便跑到了斯达前面。雌狐跳过一根树枝,那根树枝看上去是从半死的树上掉下来的。结果,它听见一声响亮的"咔嚓"声,金属质地的捕兽夹合上了,抓住了它的左前爪。雌狐反应过来,想逃走,却被地上那个3英尺长的铁链拽住了,头向相反的位置摔了下去。突然,链子触动了第二个陷阱。又是"咔嚓"一声,捕兽夹夹住了铁链。雌狐的爪子被铁链拽得生疼,只好停下来,稍微松开铁链,仔细研究逃脱的对策。

斯达舔了舔雌狐的爪子,温柔地安慰着妻子,一起研究逃脱的方案。雌狐摇摇晃晃地站起来,小心翼翼地试探,想走出去。可是,不管它往哪里走,铁链都紧紧地拽着它。它知道使劲跳起来会很疼,只能再次趴下。斯达竖起耳朵,焦虑不安。雌狐打算咬断铁链,牙齿咬得链子"咔嚓咔嚓"作响,却只留下一个银色的咬痕,链子依然完好如初。

斯达叼起铁链,雌狐疼得直哭,它只好放弃这个做法。斯达想了一会儿,在雪地上刨出一个沟,将铁链埋进去,用雪堆起来,招呼雌狐跟着它走。可是,雌狐走过来时,捕兽夹也跟了过来,铁链也从雪里扯了出来。当链子到了尽头,雌狐又痛苦地哭起来。

斯达紧挨着雌狐躺着,低声安慰它。每当周围有一丁点儿动静,斯达都立刻站起来准备战斗。没办法解救爱人,但是一旦敌人前来,它心甘情愿为它战斗。

天快亮了,斯达着急地走来走去。雌狐已经领教了铁链的厉害,平静地躺在地上,一动不动。

一阵大风吹过,斯达闻到了戴德的气味。雌狐紧张极了,它把头紧紧贴着地面,张开前后爪,保持不动。

直到戴德快来到它们跟前,斯达才转身离开,躲进边上的一个灌木丛。荒原上的任何敌人都知道,一旦谁靠近雌狐,斯达都会毫不犹豫出战。可是,斯达不敢挑战戴德,它沮丧地趴在草丛里,不敢看这悲剧的一幕。

雌狐平静地躺在地上,任由戴德捆绑住自己的爪子和口鼻。戴德捆好雌狐,环顾四周,看到了雪地上的脚印。他残忍地笑起来,心想:"这只'鬼狐狸',居然躲过了瘟疫,它肯定是在极不情愿的情况下离开了自己的伴侣,不过,要抓住它,可不那么容易。这家伙,太聪明了,从不轻易现身!"

戴德并不打算追踪斯达,他将雌狐塞进背包,收拾好捕兽夹,沿路返回小屋。

斯达确定,自己现在已经安全了,它沿着戴德没有走过的小路,在厚厚的灌木丛中穿梭,一直追寻雌狐和戴德的气味。它以大树做掩护,来到了距离戴德的小屋仅有几竿远的地方。随后,它靠着一棵大树,凭借从戴德房子方向吹过来的风,辨别戴德家的情形。现在,它能确定,那两条猎狐犬被拴在狗窝里,它的伴侣雌狐心情不好、焦躁不安。

斯达很饿,但是现在它没有心思捕猎。整整一天,它都尽可能地在关押了很多雌狐的笼子周围徘徊。夜幕降临时,斯达勇敢地向笼子跑去。戴德的两条猎狐犬,已经闻够了狐狸的气味,对斯达视而不见。而戴德正在睡觉,丝毫没有察觉,斯达已经来到笼子外面。

它走得很小心,没有发出一丁点儿声响。当它扬起鼻子顶到笼子上的金属网时,雌狐出现了,其他的雌狐纷纷后退,为它们腾出交流的空间。斯达用爪子推了推金属网,可是这个网牢不可破。雌狐垂头丧气地看着它,跟着斯达围着笼子打转。斯达检查了笼子的每个地方,想找个薄弱的地方挖个洞,将它们解救出来。然而,绕着笼子走了十几圈之后,它发现进入笼子或者让伴侣从里面爬出来的机会相当渺茫。

随后,斯达又绕着笼子跑了一圈,踩着木门,它跳到笼子顶端的木门上,抓着木门的横栓,用来支撑身体重量。可是,当走到笼子顶端时,金属网陷了下去,斯达很害怕,又跳下来了。

天快亮的时候,斯达不甘心地跑进森林。一个小时之后,来检查笼子的戴德发现了斯达留下的痕迹。他没想到,斯达居然有胆量来解救自己的伴侣,之前,这里还没有别的雄狐出现呢!

"哈哈,'鬼狐狸'!既然它来了,我就要抓住它,剥了它的皮,挂在木板上跟大伙炫耀!"想到这里,戴德阴险地笑了,做好一切准备,试图抓住斯达。

这天晚上,戴德没有睡觉。他手里拿着短枪,坐在一扇半开着的窗户前,等待斯达。

半个小时后,斯达来了,它绕着笼子走了一圈。戴德很紧张,握着手枪的扳机,等待最佳的射击时间。这是单发猎枪,他只有一次机会!

月光穿过笼子,照亮了笼子的木门,笼子的其他部分都在阴影之中。斯达走到笼子尽头,出现在月光里。戴德紧张得几乎不敢呼吸,雌狐尽可能地跟斯达在一起,他不想杀死雌狐,只要斯达离开雌狐,他就有下手的良机。

突然,戴德弄清了斯达的意图:"原来,'鬼狐狸'想跳到笼子上面去!"他慢慢移动猎枪，抬了抬枪口，只要斯达离开地面，他就能在不伤害其他狐狸的情况下，击中斯达。一个黑影蹿了上去，戴德立即扣动扳机。随后，他听见子弹打中木头的声音。

"完了，没打中！"戴德在心里叫嚷起来，赶紧在口袋里寻找第二颗子弹。

其实，戴德看到的黑影并不是斯达。那是月亮移动，照在其他东西上的影子而已。早在戴德移动枪口的时候，斯达就听见了手枪摆动的声音，只是它没搞明白这声音来自何处。结果，这一枪打中了木门的门闩，门一下子开了。现在，笼子边满是趁着月色慌忙逃跑的狐狸影子。

在戴德重新装上子弹之前，笼子早就空荡荡的了！

第九章　石缝

斯达跟在雌狐后面，催促它尽快跑进森林。

戴德怒气冲冲，解开两条猎狐犬的锁链，让它们自由捕猎，希望能抓住一只逃跑的雌狐。猎狐犬追着别的狐狸跑远了，斯达舔了舔雌狐受伤的爪子，这对经过风险的小夫妻终于不再害怕。

春天快到了，冰雪开始融化，再过几天，森林里的柳树会抽出新芽。斯达和雌狐从来没想到那样的小路会有陷阱。于是，在来到另一条小路时，斯达要求雌狐跟自己一样，直接跳过小路。雌狐完全信赖斯达的判断，已经懂得在做任何行动之前都听从斯达的判断。一个小时之后，它们离开了戴德家附近区域。

在另一条小路边，斯达闻到了一个陷阱的味道。这是伊莱设置的陷阱，布置得毫无水准，散发着浓郁的捕兽夹气味。就连嗅觉格外迟钝的一般狐狸都能闻出来，更别说斯达这样聪明的狐狸了。它慢慢走过去，每走一步都要确定有无危险。捕兽夹上的诱饵散发着诱人的香味，馋得斯达直流口水。但是，它深知这东西的厉害，不敢上前将诱饵取下。围着陷阱走了一周后，斯达没有研究出什么破绽，气得转过身，用爪子抛出雪球和土块，朝捕兽夹打去。捕兽夹被一块泥土打中，"咔嚓"一声，合上了。斯达不知道发生了什么事，吓得连连往后跳。

时间一分一秒过去，什么事也没发生。斯达一看，捕兽夹从底座弹起来了，铁链松垮垮地放在一边。经过一番观察，斯达总结出对付陷阱的好办法："尽管陷阱极其危险，但是它不会主动发起攻击，只要我们朝它扔杂物，陷阱就会暴露。"此外，斯达牢牢记住了诱饵和捕兽夹的气味。这些气味变成了一个危险的符号，永远停留在斯达的脑海。

随后，斯达和雌狐来到一个灌木丛，抓到一只兔子，好好吃了一顿。一般情况下，斯达吃饱了就想睡觉。可是现在，它不敢睡，远离猎人戴德才是当务之急。

晚上天气变冷了，为了照顾雌狐，斯达找到了一个遍布巨石的斜坡，开始往上爬。第二天一早，它们来到一个高山顶上的灌木丛休息。雌狐经过连夜赶路，睡得很香甜。而斯达却不敢睡太沉，它必须时刻警惕那些陌生而危险的气息。

一整天就这样过去了，到了晚上，斯达带着雌狐去捕猎。它们不知道，戴德的猎狐犬追踪了一整夜，赶在黎明前两小时回到了小木屋。戴德气得发狂，将怒气指向斯达，他发誓："一定要捉住'鬼狐狸'！"

戴德顾不上已经累得精疲力尽的猎狐犬，强行牵着它们出门，在雪地里追踪斯达的脚印。可惜，在巨石那里，戴德却把斯达的踪迹跟丢了。戴德自然不明白，巨石上的积雪融化，将斯达和雌狐的脚印掩盖过去。猎狐犬不愿继续追踪，戴德也意识到不可能马上抓住斯达，只好牵着猎狐犬回了家。他拴好狗，继续做狐狸陷阱。这是戴德生平第一次，不为钱，只是为了私人恩怨而抓一只动物。他咬牙切齿地立下毒誓："将'鬼狐狸'的皮毛剥下来挂到木板上，才是我生命里的头等大事！"

现在，斯达和雌狐住在深山老林，并不知道戴德在疯狂地执行着报仇计划。斯达一直守护着雌狐，只是它有些不明白，随着天气变暖，雌狐的脾气变得越来越暴躁、古怪。有一回，它直接从斯达嘴里抢走了一只兔子。斯达想："好吧，女孩子就是这样阴晴不定，我算是怕了，随它去吧！"

雌狐越来越喜怒无常。每经过一个土拨鼠的窝、一道裂缝，甚至一截掏空的树桩，它都会停下来认真检查。如果斯达跟上去一起检查，它会龇牙咧嘴，对斯达一通怒吼。当然，斯达并不清楚：雌狐怀孕了，它在寻找一个可以养育后代的好住所。

斯达带着雌狐穿越群山，来到斯达曾经度过的第一场暴风雨的那个断崖处的石缝。现在，已是早春，豪猪离开石缝，笨拙地挂在桦树树杈上休息。雌狐钻进石缝，并不允许斯达跟随。斯达有些不高兴，卷起尾巴绕着后爪，前爪紧张地挪来挪去。过了一会儿，雌狐出来了，它检查了一下四周的情况，又退回石缝。这一次，斯达等了足足一个小时，雌狐才从石缝出来。它一出来，就坐在地上，态度鲜明地向斯达表示："就是这里了，我哪里也不去了！"

斯达哄它："我知道前面有更好的狩猎区，那里有丰富的食物，跟我走吧！"

雌狐毫不在意，好像对所有食物失去了兴趣。一只老鼠大着胆子，在它身边弄得泥土"沙沙"响，雌狐也不搭理。斯达一跃而起，伸爪按住老鼠，用嘴叼起来，小心翼翼询问雌狐："你想吃吗？"

雌狐很恼火，对着斯达一通怒吼。斯达不知道自己哪里又得罪了它，只好匆忙吃掉老鼠。半个小时之后，斯达跳起来捕到一只松鸡。雌狐蛮横地走上来，从斯达嘴里抢下松鸡，一溜烟儿跑到断崖边，一口气把松鸡吃了个精光。当斯达从它身边经过，它露出尖尖的牙齿，咆哮着把斯达撵开了。之后，它钻进石缝，再也没出来。

斯达焦虑地在外面等待。雌狐的行为令它疑惑不解。它有些不耐烦了，偷偷溜到石缝后面。哪知，刚刚进去，雌狐愤怒地朝它扑过来。斯达觉得很委屈，只好退出来，独自出去打猎。

天快亮的时候，斯达又回到了石缝。尽管最近这段时间，雌狐对它野蛮粗鲁，但是斯达始终将它当作自己的终生伴侣，从未想过要独自离开。它小心翼翼靠近石缝，看到了一番从来没见过的景象：雌狐躺在地上，5个小幼崽在它身上爬来爬去，寻找奶头。雌狐发现了斯达，再次咆哮发出警告。斯达明白了，自己已经是3个儿子和2个女儿的父亲，它一下子想通了雌狐近来的古怪举动。

斯达听从了雌狐的警告，退到距离石缝20英尺的一个月桂树丛。它只睡了一个小时。雌狐在养育它们的孩子，没有精力捕猎，斯达得担起整个家庭的重担。它来到松鸡出没的地方，成功捕获一只松鸡。在叼着松鸡回石缝的路上，斯达闻到了戴德的气味。它对这个男人恨之入骨，紧张得全身毛发竖立。斯达担心雌狐孤立无援，快步跑回石缝。直到确认戴德没有来过这里，它才放下松鸡，返回去，想看看这个恶人在搞什么名堂。

在一个两条小路的交叉口，斯达发现了戴德的气味。它清楚捕兽夹安放的位置，小心翼翼走到一边。直到走上另一条小路，斯达才发现那里埋藏着一个巧妙的陷阱。如果不是一株被弄乱的野草，斯达丝毫觉察不到捕兽夹的痕迹。尽管戴德精心设置了这个陷阱，但是他没办法让野草看上去跟周边的野草一个样。斯达开始对陷阱展开一番调查。陷阱周围没有人的气味，戴德的味道在距离陷阱30英尺的地方中断了，但又在陷阱另一个方向的30英尺外继续出现。为什么会出现这样一段中断的痕迹呢？斯达很好奇，它回到陷阱边，用力刨土，泥巴雨点一样落到捕兽夹上，只听得"咔嚓"一声响，捕兽夹完全暴露在外面了。

"看来，今天有得玩了！"斯达的眼睛里闪耀着恶作剧的光芒，它继续跟踪戴德的气味，弹开了另一个捕兽夹。斯达一直悄悄跟踪戴德，直到它的狩猎边界，才心满意足回到雌狐身边。

斯达不知道，戴德已经被仇恨蒙蔽了双眼，就算出门采药材，也要带几个捕兽夹安装在他认为的任何合适的地方。其实，戴德根本不知道斯达和雌狐的生活范围，而这几个被斯达作弄的捕兽夹，恰好暴露了斯达的位置。陷阱的周围还有没有完全融化的积雪，戴德恰好看到了斯达留下来的足印。当多次看到那些被斯达弹开的捕兽夹，戴德确定自己掌握了斯达的捕猎范围。现在，他不再设置捕兽夹，一心想找到斯达和它的孩子们的下落。

斯达偶尔也会发现戴德的踪迹，但是没有遇到捕兽夹，斯达放松了对戴德的警惕。斯达跟相邻的狐狸们商量好狩猎范围，大家在各自的领地能找到充足的食物，犯不着侵犯别的领地。但是如果自己追赶的猎物进入了别的领地，若是越界追踪且被对方发现，那么就会爆发一场激烈的战斗。

有一次，一头黑熊带着自己的三个幼崽穿越斯达的领地，斯达紧张地跟在它们身后，直到它们完全走出界限。斯达清楚自己领地内每一种动物的位置。这里有很多鼬鼠，一旦它们靠近石缝，斯达一定要将它们赶跑才安心，因为鼬鼠有个极不光彩的称号——"血腥小杀手"，它们会残忍地咬断小狐狸的脖子！当然，这里还有一个像猎人戴德那样让斯达痛恨入骨的仇敌——山猫斯塔布。夏季瘟疫爆发时，斯塔布跟斯达一样，一直待在山那边。现在，那里的猎物所剩无几，它又回到了斯达所在的山坡。

在一个月色如水的夜晚，斯达外出打猎的时候，发现了斯塔布的踪迹。斯达紧张得全身的毛发都竖立起来，僵在原地愣了愣神。仇恨的火焰在心中不断升腾，斯达不顾一切，沿着斯塔布的踪迹追下去。它越跑越紧张，原来，斯塔布朝雌狐和孩子们的巢穴石缝走去了。斯达在石缝外听到了雌狐的咆哮，它纵身一跳，看到了家门口那块倾斜的石头。此刻，斯塔布竖起尾巴，浑身紧绷，而雌狐站在石缝前面，也绷紧身体，露出尖牙。它打算全力一战，即使丢掉性命也不会让斯塔布伤害孩子们一分一毫。

斯达见状，立马展开战斗。它从斯塔布后面扑了过去，锋利的牙齿在斯塔布的皮毛上留下两道鲜明的伤痕。斯塔布没有料到斯达的突袭，它跳到一块小石头上，怒吼着向斯达扑去。斯达敏捷地躲过攻击，蛇一般快速溜到一边，再次发动攻击。它的嘴里满是斯塔布的鲜血。现在，它撑起后腿，左右摇晃身体，像一个拳击手那样拍着前爪，趁着最佳进攻时机靠了上去，紧紧咬住斯塔布不放。斯塔布被咬痛了，弓起背，两只前爪同时出击。斯达被一只前爪刺中，它感觉斯塔布的利爪穿过了自己的肋骨，正把自己往它嘴巴能够到的地方送。

斯达撑起爪子，猛烈撕咬。但是斯塔布比它强壮得多，斯达渐渐败下阵来。就在它感觉自己命不久矣的时候，斯塔布的爪子突然把它放了下来。

原来，当了妈妈的雌狐，为了保护自己的孩子，已经变得无比强大、勇敢。斯达和斯塔布激烈交战，差点把它给忘了。而它瞄准时机，一跃而起，狠狠咬了斯塔布两口。

雌狐的牙齿强健有力，斯塔布的后爪被它咬断了，再也不能用了。就在斯塔布放松防范时，斯达突然发起攻击，一口咬住了斯塔布的脖子。鲜血从斯塔布的脖子喷涌而出，它强撑着身体往前走了一段距离。斯达围在它身边，等待发动最后一击。不过，已经没这个必要了。奄奄一息的斯塔布打算爬到石头上去，可惜它刚爬上去一半，身体不听使唤地晃了晃，然后滚下来，失去了生机。

第十章　猎人戴德

戴德是个喜怒无常的人。他甚至有点儿迷信。比如，他认为月亮在天空中的不同位置对人类有着至关重要的影响，因此他依据月亮来指导自己的生活。他做任何事情，如果结果不好，他都认为这是月亮的错，只要月亮回到正确的位置，他就能交好运。

现在，戴德也把自己抓不到斯达这件事归咎于不合时宜的月亮上。其实，哪怕有一丝斯达的踪迹，戴德都会全力以赴展开追踪。他熟悉斯达捕猎领地里的每一个土拨鼠的洞、每一根被掏空的树桩，甚至每一棵树。但是，他找遍了所有能找的地方，依然没有发现斯达或者幼崽们的踪迹。

不过，断崖斜石后面的石缝，被戴德遗漏了。他曾好几次经过那里，但是那块倾斜的巨石看上去跟别的石头没什么两样，而且还挡住了后面石缝的入口，加上石头顶上只零星长着些树木和灌木，戴德以为，狐狸们喜欢更加隐蔽的住处，尤其是有了幼崽，更不可能待在这样没有什么掩护的巨石丛里。

总之，戴德坚信，月亮会改变的，总有一天，它会对自己有利。

寻找药材，是戴德夏季的主要收入。当攒够了足够的药材，他就会搭乘一个农场主的车进城贩卖。如果没有人要去城里，戴德就用自己做的四轮车，拉着草药去 3 英里外的药店。

这天下午，戴德卖完药材，推着四轮车从药店出来。天气炎热，路上尘土飞扬，经过杰夫农场的时候，戴德突然想去杰夫家做客。热情好客的杰夫一家，会给他端来一杯冰水或者凉酸奶，说不定还会留他吃晚饭呢！

于是，戴德推着车来到杰夫家门口。桑德懒洋洋地从灌木丛走出来。戴德有些厌恶桑德。他知道桑德是这片山谷里绝无仅有的优秀猎狐犬，但是他忌妒杰克，认为这样好的一条狗用来追逐狐狸只是为了取乐简直是浪费！"哼，没有钱，猎狐有什么意思！"戴德认为，像杰夫父子那样只是为了乐趣的猎狐简直蠢到极点！

这时，杰克的母亲从房里走出来，友好地说："你好，戴德！"

"你好，夫人！杰夫和杰克在家吗？"

"他们还在干活。你到厨房来凉快凉快吧，我正开着风扇呢。"

戴德拒绝了："我去看看他们，看看我能做点什么。"

说完，戴德走向牲口棚。其实，他并不想干活。只是，他知道，如果他帮忙做了点事，就会被这家人留下来吃晚饭。杰夫夫人的厨艺很好，想到这儿，戴德都有些嘴馋了。

牲口棚里，杰夫刚忙好手里的活，杰克慢悠悠地赶着牛群回来挤奶。

戴德热情地问："杰夫，你好，有什么我能帮上忙的吗？"

"当然有，如果你愿意帮忙，真是再好不过。"

戴德熟练地将马匹赶入马厩，给它们梳理毛发，喂送干草和谷物。忙完这些后，他在牲口棚的水龙头上喝水解渴，然后坐在一个小桶上休息。

杰夫问："嗨，你最近怎么样？"

"不好！月亮对我不利！但是，总有一天，月亮的位置会改变的！那时，我一定能把'鬼狐狸'的皮钉起来！"

杰夫和杰克实在无法理解戴德对一只狐狸所产生的巨大仇恨，杰夫问："你知道它的踪迹了吗？"

"它就在山谷附近！它欠我 21 只雌狐和数不清的小狐狸！我就是什么也不做，也要抓住它！"

关于斯达解救铁笼子里的雌狐的事，戴德已经讲了无数次。但是，大部分村民都不喜欢戴德猎杀在笼子里无辜出世的小狐狸，他们为狐狸的逃脱暗暗高兴。并且，大家都无比同情斯达。并不是所有喜欢狩猎的人都没有杀死斯达的机会，但是他们觉得斯达值得同情，甚至希望戴德花费再多的工夫也无法杀死斯达。

杰夫他们挤完奶后，稍微洗漱就回到屋子里吃晚饭了。戴德也忙着吃饭，很少提起"鬼狐狸"。晚饭结束，他拉着四轮车回家休息了。

第二天一早，戴德吃好早饭，将午餐塞进背包，再次向斯达弹开捕兽夹的那些地方走去。戴德在寻找人参和金印草根。这些珍贵的药材很难找，就在以为自己已经搜查过整个区域的时候，戴德穿过一片原始灌木丛，发现了一大片药材。

忙活了整个上午，戴德来到一个乱石堆休息，准备吃午饭。手里的三明治还没吃完，他就僵在了原地。在距离他100码的地方，斯达叼着一只半大兔子，轻快地跑向一块倾斜的石头，然后扔下兔子，喘口气，又溜去打猎了。斯达离开好几分钟之后，戴德才慢慢起身，悄悄离开巨石堆。

"月亮开始对我有利了！"戴德喃喃自语。显然，他看到了斯达，也知道在那块倾斜的石头背后，藏着斯达的伴侣和孩子。只要他愿意，就能抓住斯达的孩子，甚至妻子。但是，戴德想要的不止这些，他想得到斯达的皮。

第二天早上，天还没亮。戴德来到昨天自己坐过的地方，将可以连发6颗子弹的来福枪装好，放在膝盖上，静静等待。

而斯达，已经被家庭的负担压得面容憔悴，必须全力捕猎。

雌狐很警惕，既不让斯达接近孩子们，也不把它们带出来玩。说起来真是匪夷所思，斯达到现在都没好好瞧瞧自己的孩子。宝宝们以不可思议的程度快速成长，无休止地吸奶，雌狐的体力被严重消耗，它要求斯达猎捕更多的动物回家。

现在，幼崽们可以四处乱爬了，雌狐警惕地看守着孩子们，绝不离开。斯达带回来的食物被它吃下，转化成营养丰富的乳汁，孩子们跟同龄幼崽相比，显得更加强壮和机智。它们之中，有一只小小的雄狐，长得很像斯达，每只前爪上也多了一个趾头。

有时，雌狐会趁着孩子们睡熟了，来到石缝外活动身体。它有一个强烈的直觉：任何动物都不能靠近它的孩子，甚至也包括斯达。好在，斯达已经领教了雌狐的坏脾气，再也不会擅自溜进石缝，除非是雌狐主动要求，不然它绝不进去。

家庭对食物的要求量越来越大，狩猎变得越来越艰难。斯达经过那些巨石时，闻到了戴德的气味。它离开停下来，跟着戴德的踪迹，一直追到他在山间的那座小屋，完全确定戴德不在山里时，才放心地开始捕猎。

现在，斯达进入一片灌木丛，一边慢跑一边搜索。不一会儿，它发现了一只肥大的雪靴兔，猛地扑了过去。兔子躲过攻击，蹦蹦跳跳地逃走了。斯达有些泄气，打算放弃追逐。兔子是出了名的擅长长跑，追它的难度不亚于寻找另外的兔子。

突然，斯达眼睛一亮，它的鼻子告诉它：另一只雪靴兔正在附近吃草。斯达估算好跳起来的方向，竖起尾巴，张大了嘴。雪靴兔发现危险，朝另一条路跑去。斯达跳起来，正好落在兔子身上，它猛咬一口，终于获得了这个大个头战利品。

"雌狐今天一定很高兴！看看，这是真正的大兔子！"斯达想着，叼着兔子往家里走。然而在距离巨石很远的地方，它忽然闻到戴德的气息。斯达紧张得扔下兔子，一路小跑。终于，它证实了自己的判断：昨天，戴德来过这里，今天，他正坐在巨石的尽头，谋划着什么。

斯达紧张得浑身颤抖，"他不可能碰巧两次都出现在这里！这个人用心险恶，绝对没有善意！"想到这里，斯达蹑手蹑脚，围着戴德绕了一圈，从比较低的位置进入石缝。

雌狐饿了，它很疑惑，斯达什么食物也没有带来。斯达示意它别出声，它用狐狸之间独特的交流方式，将它们面对的巨大威胁无声地传递给雌狐。随后，它来到孩子们面前。幼崽们挤成一团，身上还长着刚出生时候的绒毛，看上去像软绵绵的羔羊。斯达朝它们伸出鼻子，那只最大的雄幼崽，顽皮地咬了它一下。

斯达不再犹豫，动作轻柔地叼起一只幼崽，出了石缝。雌狐学着它的样子，也叼了一只幼崽跟在后面。趁着黎明之前的最后黑暗，它们穿过巨石堆，来到一片月桂树丛的中央。这里有一棵曾经被闪电击中的大树，树桩成了空心，斯达夫妇将孩子放进树桩，跑回去叼另外的一对孩子。树桩暂时是安全的，雌狐守护在4个孩子身边，等待斯达回去将最后一个孩子接过来。

这时，天已经亮了。斯达却不会放弃石缝里的那个孩子。它大步奔跑，在石缝边的灌木丛停了一会儿。随后，它悄悄跑到另一块石头后面，来到巨石区中央。这里距离石缝有一段3英尺长的、只长了一棵白杨树的空隙。斯达将肚子紧紧贴着地面，匍匐前进，钻进了石缝。

不远处，戴德以为自己看到了斯达那身火红色的皮毛，紧紧握住手里的枪，准备射击。恰巧，一只画眉鸟飞到白杨树上，戴德想："原来是只鸟，我还以为是'鬼狐狸'呢！"

而斯达已经叼着幼崽,又来到那条充满危险的空隙处。戴德又以为自己看见了什么,可是他揉揉眼睛,发现自己什么都没看到。

4个小时之后,戴德见怎么也等不来狩猎归来的斯达,便小心翼翼来到斜石处。他看到斜石后面有一个石缝,除此之外,他没有找到任何东西。

第十一章　游荡者

当斯达将最后一个孩子带来时,它和雌狐又各叼一只小狐狸,来到一棵倒下来的树边。随后,孩子们都被安全地转移到这里。现在,它们分头行动,雌狐负责出去捕猎,斯达则返回石缝,看看戴德到底会做什么危险的举动。

这一次,斯达无须冒险。它潜伏在灌木丛里,凭借鼻子,清楚地知道了戴德在做什么。它知道,戴德什么时候绕过斜石,什么时候检查了石缝,什么时候发现了斯塔布的尸体,什么时候跑回了他的小木屋。它一直悄悄地跟踪着戴德,看见戴德回家之后,气势汹汹地拿着猎枪,牵着猎狐犬,朝石缝走去。

戴德很生气,如果不是为了逮捕"鬼狐狸",他昨天就可以逮走那些幼崽和雌狐。如今,他一无所获,现在,他要不惜一切手段展开报复。"哼,幼崽们跑不远,至少我现在能先杀死它们!"抱着这个恶毒的主意,戴德走向石缝。

斯达小心翼翼跟在戴德后面。突然,一条嗅觉稍微灵敏的猎狐犬发现了雌狐的踪迹。随后,两条猎狐犬沿着雌狐和斯达之前走过的路往前冲,戴德也紧紧跟在它们后面。

情况完全出乎意外。斯达按照以往经验,以为这两条猎狐犬会自由捕猎,那时它就会自动出现,将它们引开。但是现在,它不敢贸然出现,它想:"在拿着猎枪的人面前出现,是最愚蠢的做法。"它只好一直跟在它们后面。猎狐犬带着戴德来到斯达第一次藏孩子的树桩,又向现在藏孩子们的那棵倒地的树前进。

在半路上,斯达找到了一个合适的机会。一阵风将它的气息吹向猎狐犬。这两条猎狐犬并不明白戴德的真实意图是先找到幼崽。它们不愿放弃这条新鲜的踪迹,跟随斯达追出了灌木丛。

这正是斯达所期盼的,让猎狐犬被自己牵着鼻子走!它迎着风,慢慢小跑,尽可能让戴德和猎狐犬远离雌狐和幼崽。就这样，直到猎狐犬追出 2 英里地之后，戴德才发现有些不对劲："要是这对狐狸在我的眼皮下带着幼崽逃走，不可能跑了这么远！"

他确定，斯达就在附近，将自己的一举一动看得清清楚楚。于是，为了追到幼崽，他给猎狐犬戴着皮带，将它们重新拉到之前幼崽们待过的树桩。但是，猎狐犬疑惑不解，循着刚才一条新鲜的踪迹追踪会更有可能抓住狐狸，而现在的踪迹已经冰冷，完全不可能找到那些幼崽。猎狐犬不肯配合，戴德只好带着它们回到小屋。

斯达一直潜伏在戴德家附近，直到夜幕降临才起身去找雌狐和孩子们。大家都很安全，最大的那只幼崽，捉住斯达的尾巴玩了起来。一个不提防，它居然张开嘴，咬了咬斯达的尾巴。斯达有些恼火，瞪着自己的儿子，又叼起另一只幼崽往山下走去。它穿过一条小溪，来到一片铁杉树丛林。丛林中央有一棵空心的巨型橡树，斯达和雌狐将孩子们转移到这里。

随后，斯达抓了两只兔子，又捡回了之前丢了的那只雪靴兔，终于让自己和家人填饱了肚子。大家都进入了梦乡，斯达却一直清醒地守在树边。它有些心绪不宁。尽管以前也被追捕过，但是戴德这样疯狂而残忍的猎人，斯达还是第一次遇上。

两天之后，斯达外出捕猎，又发现了戴德的踪迹，它赶紧回到雌狐身边，直到确认大家都平安无事，才敢再次外出。

斯达跑进一片兔子们经常出没的灌木丛，却看见一只雪靴兔被捕兽夹卡住了两只前爪，正一脸惊恐地看着自己。斯达吓得像离弦之箭，一下子跑出去老远，从惊慌中平复心情之后，才敢返回查看情况。它绕着陷阱转了一圈，闻到了戴德的气味。它跟着戴德的气味，追踪到气味完全消散，才敢去另一片灌木丛捕猎。结果，在那里，它又看到一头小鹿被戴德设置的罗网陷阱给困住了。

斯达心情沮丧。这里原本是它的狩猎领地，是快乐的家园。现在，这里危机四伏，弥漫着恐怖的死亡气息。斯达不敢在这儿继续打猎，朝相反的方向走去。它知道，自己越界了，对面是雄狐帕奇斯的地盘。斯达果断地跑进帕奇斯的地盘，幸运地抓住了一只火鸡。

第二天晚上，斯达再次故伎重施时，遇到了迎面而来的帕奇斯。帕奇斯比斯达年长，拥有丰富的战斗经验，绸缎般的毛发下面，早已伤痕累累，就连右耳也在一次战斗中被敌人咬掉。现在，帕奇斯扑上去，尖锐的牙齿很快划伤了斯达的肩膀。斯达转过身，打算用它最擅长的侧面攻击招式。

斯达和帕奇斯后脚撑地，抬起前爪狠狠拍对方的头，斯达感觉自己的右爪滑进了帕奇斯切割机一般锋利的嘴里，它拼命地打起来，把帕奇斯的腮帮子都打破了。帕奇斯不得已松口，斯达赶紧转身逃走。帕奇斯追在身后，不停发起攻击，直到斯达走出狩猎界限，才停了下来。

斯达迫不得已，走入自己的领地。在戴德的罗网陷阱里，它发现了被困死的雪靴兔和火鸡。斯达心惊胆战，生怕自己也被这种网困住。找了一个晚上，它终于抓住了一只兔子。一家人都在等它，雌狐走上前，温柔地舔了舔斯达的伤口，心满意足地吃掉了兔肉。

"领地危机重重，到底去哪里打猎呢？要不，去山下吧？"斯达的脑海里飞快闪过一个念头，"山下有丰富的食物，还没有捕兽夹！"

于是，它小心避开小路上的陷阱，来到杰夫家的农场。

四周一片寂静，斯达确定，桑德不在附近。它被牲口棚吸引住了，家禽棚里飘出鸡、鸭、鹅的香气，馋得斯达直流口水。它悄无声息地穿过草地，走向家禽棚。它动作熟练，在临时的鸡窝里抓住了一只正在熟睡的鸡。

很久以前，斯达像一个莽撞的少年，它第一次来这里捕猎，惹得鸡群"咯咯"乱叫。现在，它已经是一个技巧高超的捕食者，这只鸡还没发出一丁点儿声响就被它咬断了脖子。为了逃避追捕，斯达故意绕了一圈，先在溪水里趟了50码，然后跑上山，又在一条小溪里游了一段距离，直到确认并没有猎狐犬跟踪，才叼着鸡回到家。

从第二天起，斯达每晚都会去不同的农场寻找食物，每次它都注意隐藏行踪。农场里有很多动物，今年更有数不清的家禽，少了一两只鸡鸭或者兔子，是很难被发现的。所以，很长一段时间内，没有人发现斯达的诡计。

食物充足，幼崽们无忧无虑，快速长大。它们像一群贪玩的小狗，经常摔跤、打闹。只要斯达一趴在地上，小狐狸们就一拥而上，咬住它的耳朵、尾巴、爪子甚至任何能够得到的地方。斯达烦不胜烦，只好站起来躲得远远的。对于孩子们的"欺负"，斯达从不还手，也不呵斥。它知道，这种玩闹是孩子们成长的必经阶段。在摸爬滚打中，它们才会锻炼身体和肌肉，变得更加强壮，成为森林里的强者。

跟斯达不同，雌狐是一位严厉的好妈妈。它时刻盯着嬉闹的孩子们，不管谁离开安全范围，它都会不客气地将它叼回来。

有一次，斯达从杰夫农场带了一只活鸡回家。小狐狸们很兴奋，好奇地用鼻子凑上来，鸡扇动一下翅膀。它们吓得跑开了，但是没过多久，大家又围了过来，用鼻子闻着，用爪子拍着。那只长得像斯达的小狐狸，紧紧咬住鸡的翅膀，鸡挣扎着，把小狐狸拖出很远，但是小狐狸绝不松口。其他几只狐狸也学着它的样子，齐心协力将鸡拽到地上杀死。猎捕活物，这是狐狸们学习森林生存技能的第一课！

其实，斯达以前会悄悄将鸡杀死，这一次，它只是将鸡叼起来。受惊的鸡大声疾呼，其他的鸡都被吓醒了，也一起叫喊起来。桑德因为在菜园里挖地被罚，还拴在一根链子上，没办法追踪斯达。等杰夫和杰克听见鸡叫起床，斯达早已跑远了。

第二天早上，杰夫一家做了详细的勘察，发现了斯达的脚印。从此，他们更加细心地照顾家禽，并告诉大家——"注意！'鬼狐狸'又来偷袭了！"

数天之后，斯达来到伊莱的农场。自从听了杰夫一家的警告，大家发现自己家的家禽少了一些，也加强了戒备。伊莱发现斯达又抢了一只兔子，立马放出猎狐犬。

斯达清楚身后这条猎狐犬，知道一般的花招根本没办法将它甩掉。幸好，斯达又有了一个好主意。山顶附近有一块30英尺高的悬崖，侧面有三个地方可以落脚。斯达确定，没有哪一只体重庞大而笨重的猎狐犬敢像它那样轻松地跳下悬崖。

于是，斯达从崖顶跳下来，刚好落在一块凸起的石头上。随后，它并拢爪子，跳向一个个落脚点，消失在悬崖底部。悬崖顶上，伊莱家的猎狐犬左顾右盼，只好无助地回家了。

日子一天天过去，小狐狸们渐渐长大。它们学得很快，学会了如何抓老鼠，也熟悉了松鸡的个性，还知道怎样才能抓住松鸡。当然，它们的捕猎技巧还需要更多的磨炼才会成熟。

第十二章　狩猎

雪花降落，大地披上一层白纱。天空上，乌云翻滚。显然，一场大雪就要来了。北风凛冽，吹得树枝"吱嘎吱嘎"响。

这个冬季，这片地区的农场都有不错的收成。谷仓里堆满了粮食，篮子里装满了蔬菜。从春天忙碌到秋天，现在终于空闲下来了。杰克望着远处的群山，心情激动，"终于有时间能带上桑德去追狐狸了！"

杰夫喂完马匹，心中也充满了期盼。这样的雪天，总会让他想起以前那些美好的猎狐时光。

他问儿子："你打算带桑德进山打猎吗？"

杰克咧开嘴笑了："嗯，爸爸，你会跟我一起去吗？"

"这周日有客人来购买奶牛。别等我了，你自己去吧。现在刚下第一场雪，是打猎的好时机，让你妈妈为你准备好午饭，然后你马上出发。不然时间来不及！"

杰克有点犹豫："谢谢爸爸！但是我想先帮你把家里的活干完。"

杰夫催促说："我一个人能忙完，你快去吧！"

说完，父子俩一起走到牲口棚门口，望着远处白雪皑皑的群山。在玉米秆中觅食的鸽子飞到田野一边，埋头捡食落在雪地里的稻谷。

杰克呆呆地看着鸽子，说："好的，我带桑德去看看能不能找到——啊，快看！"

一只静候已久的红狐从玉米秆中跳出来，扑住一只鸽子，叼起来朝森林飞奔。

杰夫惊喜地喊起来："快抓住'鬼狐狸'！它肯定是天没亮就躲在玉米秆堆里了。可恶的'鬼狐狸'！"

杰克迫不及待地说："爸爸，我们先去查看查看。"

父子俩穿过田野，受惊的鸽群已经平静下来，来到谷堆旁继续觅食。他们来到狐狸藏身的地方，那里还散落着被咬死的那只鸽子的羽毛，地上还有清晰的狐狸足印。

杰克兴奋得热血沸腾。他们的智慧早已超过了各种狐狸，不论是莽撞的小狐狸还是狡猾的大狐狸，都逃不过猎狐犬的追捕。然而，他们谁也没能斗过"鬼狐狸"。一想到这儿，杰克双眼发亮，他欣喜地叫喊起来："爸爸，我找到我该猎捕的狐狸了！它就是'鬼狐狸'！"

杰夫说："小伙子，这会是一场真正的狩猎！"

"这正是我想要的！"

杰克说完，朝自己的卧室飞奔而去。他拿起一把刀挂在腰间，披上一件羊毛夹克，在一个口袋塞满子弹，另一个口袋装了一盒火柴。随后，他拿起短枪，匆忙来到厨房。

母亲将准备好的三明治交给杰克，杰克笑着跟她道谢，他用保证的语气说："我一定会让您戴上'鬼狐狸'皮做的围巾，您戴上之后一定很漂亮！"

母亲说："孩子，祝你好运！你要注意安全！"

杰克解开了桑德的铁链，桑德兴奋地大叫，围着他亲热地转了好几圈，它闻到了斯达的气味，低着头，竖起尾巴，一边低声吼叫着一边朝山林冲去。经过长时间的休整，桑德精力旺盛，活力十足，它的身影很快消失在树林中，只剩下阵阵叫声回荡在山林。

杰克来到父亲身边，他信誓旦旦地说："不抓到它我绝不回家！"

杰夫笑着说："是吗？小伙子，自己小心点！"

这段时间，斯达的孩子们已经学会了如何照顾自己。它们离开了斯达和雌狐，开始独立生活了。这样一来，斯达的压力大大减少，而雌狐也是个捕食能力特别强的狐狸，它行事小心谨慎，绝不会让自己再次置身于危险之中。因此，斯达再也不受牵绊，不用在特定的范围内狩猎，也不必突袭农场后狂跑钻进山林。最近几天，它埋伏在杰夫农场，是为了等待更好的猎物出现。昨天，斯达看见了在天空飞翔的鸽子，发现它们总会停下来到玉米秆堆找玉米吃。

斯达的计划很成功，它埋伏在玉米秆堆里，一动不动等待鸽子靠近自己埋伏的地方，然后一跃而出，逮住它们。跑过灌木丛的安全地带后，斯达停下来吃鸽子。吃完之后，它舔舔牙床，打了一个响亮的喷嚏，将堵在鼻子上的羽毛打了出来。就在它慢跑着准备去找雌狐时，它听见了桑德的叫声。

自从孩子出世，斯达将所有精力都用在照顾家庭之上。夏天里虽然也被某些猎狐犬追过，但是它只想着尽快甩掉它们，没有享受到追逐的乐趣。而今，没有养家糊口的负担，斯达玩心大起："是时候找点乐子了！"它回头看了看，眼睛里露出以往那种玩恶作剧才会有的光芒，快速往前奔跑。

一阵快跑之后，斯达甩开了桑德。它放慢脚步，来到一个较高的位置俯视杰夫农场。这会儿，除了房屋，什么都看不清楚。肚子又叫起来，刚才的鸽子太小，不能填饱肚子。斯达想了想，跳进一条小溪，然后上岸，来到一片月桂树丛。它故意在自己的脚印上绕来绕去，来回跑了十几次。直到桑德进入树丛，斯达才离开树丛，跑向一个小山丘，等着桑德穿越它设下的"迷魂阵"。

如果是一般的猎狐犬，可能会被斯达的诡计弄得晕头转向。而桑德可不是那些平庸之辈，它只用了几分钟就搞清了斯达的伎俩并想出了应对之道。桑德没有在"迷宫"过久停留，它直接来到月桂树丛外面，跟着斯达的踪迹追了上来。

斯达甚至有点儿佩服桑德。它花了15分钟才设置好的"迷魂阵"，桑德只用了5分钟就破解了。没办法，它只好大步跑起来。这一次，斯达集中全力，闪电一般冲到了它想去的小路上。当它跳出来时，杰克正站在树林里。他看到了斯达，斯达也看到了杰克。杰克想："它并没有从我预想的地方跳出来，对它开枪很不公平！"于是，杰克大步跑向斯达下一个可能会出现的地方。

斯达立即发足狂奔。远处传来桑德的叫声。斯达跳过一条小溪，它知道，这一回自己没能拖住桑德很长时间。想到这里，它掉头向一个散落着巨石的沟壑跑去。那里没有大树和灌木丛，斯达在确定石头背后没有藏匿的猎人之后，才放心地跳到第一块岩石上，然后又跳向第二块岩石。就这样，它跳过一块块岩石，跑进了树林。

这是一个新的诡计。桑德在那儿待了足足15分钟也没搞明白斯达的踪迹为何变幻不定。

与此同时，斯达穿过一群正在山上吃草的鹿群，刻意将自己的气味混在鹿群里。随后，它跑到山上，钻进一个灌木丛，停下来休息。远处又传来桑德的叫声，显而易见，斯达仍然没有摆脱猎狐犬的追踪。它有些焦躁不安，第一次感到担心。它想了一会儿，快速跑起来，穿过山顶。

从早到晚，整整一天，桑德紧追不舍。斯达已经饥肠辘辘、疲惫不堪，格外需要进食和休息。但是，只要桑德还在追踪，它就不敢停下脚步。

绕了一个大圈，斯达来到曾经摆脱伊莱家猎狐犬的那个悬崖。斯达坚信："没有任何猎狐犬能跳下去！"它很自信地落到了第一个下脚处，接着是第二个、第三个，随后，它成功从悬崖上跳了下去，万万没想到，在最后落脚的时候，它听到熟悉的"咔嚓"一声——它掉进了猎人戴德设置的捕兽夹里。

20分钟后，桑德来到悬崖。它不知道如何下去，气得大吼。

至于少年杰克，在他刚刚进入森林时，满心是紧张和兴奋。他想："我一定会交好运！也许今天或者明天，我都一无所获，但是有一点可以肯定，最后我一定会带着'鬼狐狸'回家！"

他跟着斯达的踪迹来到高处。当桑德的叫声微弱得几乎无法听见时，他辨认出那是一片月桂树丛。紧接着，桑德的声音大了起来。杰克跑过山顶，静静地站在一棵树边，耐心等待。桑德的声音越来越大，杰克暗想："'鬼狐狸'来了！"果然，没过多久，他看见了它，并将猎枪举到了肩膀处。但是斯达跳出的位置跟预想的不一致，并且也不在射程范围内，他只好放弃了射击。

随后，杰克来到山顶，他听到桑德的叫声越来越小。

寒风凛冽，杰克的手被冻得通红。他将猎枪夹在臂弯里，捂着手取暖，越来越感到兴奋："'鬼狐狸'果然名不虚传！但是，我肯定能抓住它。如果有必要，我今晚就在这儿露营！"

风更大了，夜里将会下大雪。不过，杰克毫不在乎，他裹紧衣服，朝最后一次听见桑德叫声的地方走去。桑德声音越来越大，固定地从一个地方传来。杰克却不如刚才那样兴奋了，甚至还有点儿失望——"原来，'鬼狐狸'并不像我想象中那么厉害！它根本不是什么了不起的狐狸，它只是个胆小鬼，甚至像受到惊吓的狐狸幼崽一样，找了个地方躲起来！"

杰克朝桑德的叫声方向走去。他看到桑德在一处悬崖的顶上朝下张望，叫个不停。杰克走上去，站在桑德身边朝下看。下面，斯达正躺在那里，全身沾着泥土，一动不动。杰克看到了斯达脚上的捕兽夹，他抚摸着桑德，站了很长一段时间。像是做出一个重大决定一般，杰克拿出链子，挂到桑德的脖子上，牵着它绕过悬崖，将它暂时拴到一棵小树上。之后，他慢慢朝斯达走去。

在杰克距离斯达还有 3 英尺的时候，斯达突然跳起来，扯着捕兽夹的铁链，用锋利的牙齿狠狠咬了一口杰克的裤子，并在上面留下一排整齐的咬痕。杰克并不在意，他抬起脚轻轻踩住斯达，将它按在地上，尽量轻柔地将它举起来，用手绕过斯达的脖子。随后，他用膝盖压住捕兽夹的弹簧，"哒"的一声，捕兽夹松开了。杰克将斯达救了出来，快速将它扔了出去。

一个是勇敢而机智的狐狸，一个是热爱冒险的少年。他们快速对视了一秒，接着，斯达钻进了黑暗中的森林，影子一般消失在杰克的视野里。

当杰克带着桑德回到农场时，天已经全黑了。杰克将桑德在走廊里安置好，带着一身疲倦进了屋。

杰夫正在灯下看杂志，他抬起头问："小伙子，怎么样？"

"我见到它了。"

之后，母亲为杰克端上热气腾腾的晚饭。杰克一边吃一边将整个过程告诉他们。最后，他说："事情就这样结束了。不过，我想，我可能欠戴德 4 美元奖金和一张上等的狐皮。"

杰夫没有说话，但是他的眼神里满是对儿子的支持。他指了指杰克裤子上的裂口，说："儿子，我有一条不错的狩猎马裤，我想，你穿上正合适！"

安娜·西韦尔经典作品

作者介绍

安娜·西韦尔(1820-1878):英国人,14岁时,落下终身残疾,不得不依靠拐杖行走。她经常驾着一辆由矮脚马拉的马车出门活动,从小对动物深怀爱心,憎恶以任何形式虐待动物。

安娜·西韦尔似乎天生对马有一种亲切感,《黑骏马》中涉及的大量马术知识,显然源自于她的亲身体验。为了引起人们对动物的关注和爱护,安娜·西韦尔创作了《黑骏马》,这是她一生中最受欢迎的作品,也是她一生中唯一一部动物小说。小说刚一出版就引发了各方关注,经久不衰,影响了一代又一代的读者。

黑骏马

第一章　我的第一个家

  我叫黑骊，家住在牧场。牧场中间有个格外清澈的池塘，池塘边长满了树，塘里长着灯芯草和睡莲。牧场四周围着篱笆，篱笆一侧是一块用来耕作的土地，另一侧是主人的家。牧场边有一片冷杉树林和一条潺潺流动的小河。

  我刚出生的时候，还是一匹柔弱的小马驹，连草都不会吃，只好吃妈妈的奶。那时候的日子真美好！白天，我在妈妈身边嬉戏；晚上，我在妈妈身边入眠。天热的时候，我们就去池塘边的树林避暑；天冷的时候，我们就住进树林边舒适的小棚子里。

  后来，我长大了，能自己吃草了。妈妈白天就要出去工作，晚上才能回来。

  牧场里除了我之外，还有6匹小马驹。它们比我年纪大，有的已经快长成高大的大马了。我跟在它们后面，跑来跑去，觉得很开心。有时候，我们玩闹得厉害，不光跑，还踢咬对方。

  这天，大家又聚在一起踢咬。妈妈把我唤到一边，语重心长地说："孩子，接下来我要说的话，你得用心听。住在这里的小马，都是好马。但是，它们是干粗活的马，没有教养。而你不同，你出身高贵！你爷爷曾经在赛马会上两次获得冠军！你奶奶性情温和，你爸爸在这也儿享有盛名。至于我，孩子，你应该从来没见过我踢人或者咬人吧。孩子，我希望你变成一匹温和善良的马：奔跑的时候蹄子抬得高高的，即使是玩耍，也不踢人咬人。"

  妈妈的这番话我一直牢记在心。因为，我知道妈妈是一匹格外聪慧的老马。主人很看重妈妈，妈妈的名字叫女公爵，主人赐予它一个爱称——宝贝儿！

  我们的主人很和善，让我们吃得好、住得好。他对我们说话的样子，就像对待自己的孩子那般亲切。每一匹马都喜欢主人，但是我认为主人最喜欢我和妈妈。有时，他会给我一片无比美味的面包，有时，会带给妈妈一根脆生生的胡萝卜。妈妈每次看到主人都会发出高兴的嘶鸣，快步向他跑去。一般情况下，主人会抚摸妈妈的头，高兴地问：

"嗨！宝贝儿！你好，你的黑子还好吗？""黑子"指的是我，因为我浑身长着黑色的毛发，所以主人称我为黑子。

主人雇了个叫狄克的小伙子来干活。狄克有时会来牧场采篱笆上的黑刺莓浆果。他吃够了浆果，就会捉弄我们，用棍子捅我们，用石块砸我们。我们毫不在意，总能跑得远远地躲开。但是有那么一两回，石头把我们打伤了。

一天，狄克又到牧场捉弄我们。主人发现了他的恶劣行为，一下子翻过篱笆，揪住狄克，狠狠给了他一巴掌。后来，狄克被主人开除了。主人派了一个叫丹尼尔的老人来照顾我们，丹尼尔跟主人一样，对我们很温和。

在我2岁的时候，发生了一件令我终生难忘的事。那是早春时节，夜里下了霜，清晨时分，树林和草地还笼罩在淡淡的雾气里。我和朋友们正在吃草，突然听见有狗叫声从远处传来。年纪最大的马驹，抬起头，发出警告："有猎狗！"

它撒腿就跑，我们跟在它后面跑到牧场高处，妈妈和一匹老马也在那里。我们站在那里，看见猎狗穿过麦田，听见它们发出"哟！哟！哟！"的叫声。猎狗后面，跟着一伙骑着马的猎人。我很想跟着猎人奔跑，但是他们很快钻到下面的田野去了，我只好伸长脖子张望。随后，猎人们停住脚步。猎狗也停止了吠叫，用鼻子贴着地面，不停跑来跑去。

站在妈妈身边的那匹老马说："说不定兔子逃走了，它们闻不到兔子的气味了。"

我问："那是只什么兔子？"

老马回答说："我也不清楚。总之，我看见它从树林里跑出来。不管是什么兔子，那些猎人和猎狗看见了都想去追！"

好一会儿之后，猎狗又"哟！哟！哟！"地叫起来，快速奔向牧场边的篱笆丛。一只兔子慌里慌张地窜出来，跑进树林。猎狗和猎人紧紧追随，兔子来到栅栏边想钻过去，可惜栅栏太密了！兔子只好转身往大路上跑，猎狗们迎面扑来，我们听见一声尖叫，兔子死了！一个猎人骑马过去，提起兔子，其他人都开心地看着眼前的战利品。

大家都沉浸在胜利的喜悦里，冷静下来之后才留意到小河边发生的惨案。有两匹马摔倒了，一匹马躺在水里挣扎，另外一匹躺在草地上痛苦地呻吟。一位猎人从河里爬上岸，浑身泥乎乎的，而另一个猎人躺在地上，一动也不动。

这个猎人的脖子摔断了，一匹小马驹说："他真是罪有应得！"

我也这样想，但是妈妈却说："话可不是这样说的！作为一匹老马，我见过很多事，也听过很多事，但是我不明白男人们为什么如此喜欢打猎。为了抓到一只兔子、一只狐狸或者一头小鹿，他们经常受伤，也连累马匹受伤。因为我们是马，所以我们搞不懂人类的目的。"

很多人冲了过去，我的主人跑在最前面。主人扶起那位年轻的猎人，但是他的头耷拉着，手也软绵绵地下垂。四周静悄悄的，每个人都神色凝重。人们把毫无生机的年轻人抬到主人家。后来，我听说，这个年轻人是戈登老爷的独子。

兽医来了，他看了看躺在地上的那匹黑马，仔细检查一番，无奈地摇摇头。几个人去主人家拿出猎枪，一声枪响之后，那匹黑马再也不能动了。妈妈很难过，它告诉我说，那匹黑马叫"罗布·罗伊"，是一匹称职的好马。

几天之后，教堂敲响了丧钟，人们将戈登家的少爷送到墓地安葬。我不知道他们怎么处理的"罗布·罗伊"。这一切，都是一只兔子引起的悲剧。

我越长越高大帅气了，一身毛发又黑又亮，有一个蹄子是白色的，脑门上还长了一颗白星星状的毛发。主人不肯过早卖掉我，他一直养我养到4岁。

我4岁那年，戈登老爷来牧场仔细看了看我，他好像很喜欢我，还叮嘱主人好好调教我。第二天，主人就开始调教我。

也许有人不懂调教这个词的意思，我来简单说说吧。调教，就是教会马习惯戴马鞍和辔头，学会驮人，学会适应颈圈、尻带和盔甲，学会拉马车。此外，还得学会听清赶车人的命令，不管看到什么都不能惊慌，永远按照主人的要求行事。总之，一旦戴上挽具，就不能随心所欲。调教，可是一件特别复杂的事。

现在，我必须得戴上衔铁和马勒。主人拿来一些燕麦，说了很多温柔动听的话，我乖乖张开嘴巴，主人将衔铁塞进我的嘴巴，然后固定好马勒。这玩意儿真叫人难受！一块冷冰冰、硬邦邦的钢铁塞进嘴里，卡住我的牙齿，压住我的舌头。衔铁两边从嘴角伸出来，用皮带在我的头顶、脖子、鼻子、下巴紧紧固定住了，好叫我无法摆脱这冰冷的东西。真是太难受了！

接着是装马鞍。丹尼尔老汉按住我的头，主人拿出马鞍放在我的背上，把肚带套在我肚子下面。一会儿之后，我吃了些燕麦，主人牵着我出去走了走。有一天早上，主人骑着我走了一圈。我必须承认，驮着主人行走，让我感觉很自豪。

接下来又是一件痛苦的事——戴铁蹄。我被主人带到铁匠铺，铁匠把我的脚拿在手里，割去上面的一些肉，拿出形状跟我的脚一模一样的铁块，给我穿上，并用几根钉子从铁蹄打进我的蹄子，让铁蹄牢牢固定在我的脚上。我感觉我的脚僵硬而沉重，过了好长一段时间，我才适应戴铁蹄。

之后，是套挽具，戴项圈、笼头和尻带。笼头又名眼罩，它让我看不到两边，只能目视前方。至于尻带，我真是恨死它了！它让我的长尾巴穿过一条皮带，简直跟衔铁一样令我难受。

在我的调教过程中，我必须要提一提这件事，因为它让我终生受益。主人将我送到邻近的农场待了半个月，那里有一片挨着铁路的牧场，牧场上有一些羊和奶牛。我永远也忘不了第一次见到火车开过的场景。当时，我正在吃草，听见一种奇怪的声音从远处传来。我还没搞清楚到底发生了什么事，就看见一个长长的、冒着黑乎乎热气的家伙从眼前呼啸而过。那咣当咣当的声音，震耳欲聋，还没等我喘过气，那声音就消失不见了。我吓得没命地朝牧场另一头跑去，跑了好远，才停下来大口大口喘气。那天，又有好几列火车经过。但是令我困惑的是，每当这些喷着黑烟的大家伙经过时，那些奶牛依然安静地吃草，甚至连头也不抬。

最初那几天，我静不下来。后来，我发现，那些可怕的怪物不会到牧场来，也不会伤害我，就不再害怕了。

在我往后的生涯里，我见到很多马被蒸汽机车的样子吓丢了魂，才意识到主人的高明。多亏主人考虑周到，我站在火车站里一点儿也不害怕。

在调教得差不多的时候，主人经常赶着我和妈妈一起出门。妈妈语重心长地告诉我："人有各种各样的。有的像主人这样善良体贴，有的却心肠狠毒。还有一些是蠢人，他们愚昧、无知、粗心大意，要是马落到这些人手里，就被毁了！孩子，我希望你落到一个好人手里。但是，一匹马永远也不知道谁会来买走自己。孩子，我们只能听天由命，但是，你要记住我说的话：不管在哪里，都要好好干活，给自己挣一个好名声！"

第二章　波特维克庄园

这年 5 月，戈登老爷派一个人到主人家里来，买走了我。临别时，主人对我说："黑子，再见！你要记得做一匹好马，努力工作！"我不会说人类的语言，不会说"再见"，只好把鼻子放在主人的手里。主人亲切地拍拍我，就这样，我离开了主人，来到戈登老爷家。

戈登老爷的庄园就在波特维克村子边。庄园的入口处有一道高大的铁门，门边有一个小屋。进了大门，是一条两边长着大片古树林的平滑小路。小路尽头又是一座小屋和一道大门。大门里面是房屋和花园，花园后面是围场、果园、马厩。马厩很宽敞，有4个舒服的隔栏，还有一扇大窗户朝外面的院子开着。这个地方，空气清新，令人心情舒畅。

马厩的第一个隔栏最宽敞，有一扇木门挡着，看上去有些隐蔽。隔栏里面有一个放干草的矮架子、一个放谷物的食槽。这个隔栏叫作"散放圈"，住在这里的马不用被拴着，很自由，完全可以做自己想做的事。

马夫把我牵进散放圈，端进来一些上好的燕麦，拍了拍我，亲切地说了几句话，转身走了。我吃完燕麦，透过顶上的铁栏杆观察四周情况。在紧挨着我的隔栏里，站着一匹胖嘟嘟的小灰马，它有一身浓厚的毛发，脑袋长得很漂亮，鼻子看上去非常俏皮。

我仰着头，跟它打招呼："你好，你叫什么名字呀？"

它尽量转过头，缰绳都被拉直了："你好，我叫欢蹄，是给女士们乘坐的马。女士们都很看重我。你以后就住在我的隔壁吗？"

我点点头。

欢蹄接着说："好啊，欢迎！希望你脾气温和，我可不喜欢跟会咬人的马做邻居。"

这时，另一个围栏里探出一颗马脑袋，它的耳朵往后翻着，看上去很不耐烦。它是一匹高大的枣红色母马，长得很迷人。它望着我，冷冰冰地说："原来，是你这么个小马驹把我从我的隔栏赶了出来！乳臭未干的小子居然把一位女士赶出去，真是荒唐！"

我急忙解释："不，我没有赶谁出去，是马夫把我安排到这儿来的。我已经4岁了，是成年马了。我可不想跟你吵架，我只想过安宁日子。"

它继续冷冰冰地说："好吧，走着瞧！我也不想跟你这个小不点儿吵架。"

这天下午，枣红马出去干活了，欢蹄跟我说起它的情况："它喜欢咬人，所以大家管它叫生姜。生姜之前住在你那个围栏的时候，咬人咬得可凶了，有一天还把马夫詹姆斯的胳膊咬出了血。本来，弗洛拉和杰西两位小姐很喜欢我，经常来马厩看我，还给我带很多好吃的。但是，自从生姜关在这儿之后，她们就不敢来了。"

我说："除了青草、干草、谷子，我从来不咬别的东西。对了，生姜为什么会咬人呢？"

"生姜说，从来没有人会好好对它，它干吗不咬人！当然，咬人是一个坏习惯。但是，我相信它说的话，它以前一定被人虐待过。马夫约翰和詹姆斯以及我们的主人都尽力让它高兴，我想生姜的坏脾气会被扭转过来的。小伙子，跟你说，我已经12岁了，对于一匹马来说，再也找不到比这儿更好的地方了。约翰是世界上最棒的马夫，而詹姆斯是个无比忠厚的小伙子。所以，生姜被赶出散养圈完全怪它自己。"

新的一天很快到来。早晨，约翰将我梳洗得全身光亮。戈登老爷到马厩来看我，叮嘱约翰带我出去兜风。

早饭之后，约翰拿来笼头和马鞍，骑着我往前走。刚开始，我走得很慢，熟悉道路情况之后，我开始小跑，加快速度，来到了公共牧场。约翰用鞭子轻轻碰了碰我，我懂他的意思，快步奔跑起来。

"嗬！嗬！"

听到指令，我停了下来。约翰赞扬道："好小子！我猜，你肯定喜欢追猎狗！"但是，我并没有去追那些狗。

我们在回来的路上，碰见戈登老爷和戈登夫人在散步。它们刚停下，约翰就从我身上跳了下来。

"嗨，约翰，它跑得怎么样？"

"老爷，它真是太棒了！它像鹿一样灵敏，一路上精气十足，只要轻轻一碰缰绳，它就知道我的意思。在公共牧场那里，我们遇到了一辆马车。老爷，您是知道的，很多马遇到马车都惊慌失措。而它只是打量了马车一下，就继续轻快地走自己的路。后来，树林那边有人打猎，开了一枪，它也只是停下来看了看，毫不惊慌。我只是握紧缰绳，没催它，它甚至连步子都没偏呢。我猜，它小时候没有受到惊吓和虐待。"

戈登老爷听了约翰的话，非常满意。第二天，我被牵去当老爷的坐骑。我将妈妈和以前那位主人的叮嘱牢牢记在心上，一举一动完全遵照戈登老爷的指示。我发现，戈登老爷是个非常高明的骑手，并且他对我非常温柔体贴。

我们回来的时候，夫人站在门口等待。

她问戈登老爷："亲爱的，你觉得它怎么样？"

"约翰说得一点不差，我最想骑的就是它这种马。真是令人身心愉悦！对了，夫人，我们该怎么称呼它呢？"

"它黑得像檀木，不如就叫黑檀吧？"

主人摇摇头："不好听。"

"那就跟你叔叔的那匹黑马一样，叫黑鸟？"

"不，它比那匹黑马帅气多了！"

夫人想了一会儿："它长得高大帅气，一脸温和驯良，眼睛看上去聪明又漂亮。不如，我们叫它黑骊吧？"

"黑骊！不错，这是个好名字。"

就这样，我的名字由原来的"黑子"改成了"黑骊"。

约翰牵着我走进马厩，他告诉詹姆斯，主人给我取了个好听的名字。两人都笑起来，詹姆斯说："要不是担心戈登老爷会想起往事伤心，我原本打算叫它'罗布·罗伊'。我从来没见过这么相像的两匹马。"

约翰惊讶地说："你不知道吗？那匹名叫女公爵的马，是它们俩的母亲。"

天啊！这是我从来没听过的话！原来在那次打猎事件中惨死的马是我的亲哥哥！怪不得妈妈当时难过不已！

约翰很喜欢我，总是将我梳得油光水滑，还经常跟我说话。当然，他的话我并不是完全都懂。不过，我渐渐学会了理解约翰话里的意思，开始喜欢他了。他温和而善良，非常在乎马的感受。给我做卫生清洁时，他总是小心翼翼，从来不对我发火。

至于詹姆斯，同样也是个性情温和的人。我觉得在这里的生活无比美好！

几天之后，我跟生姜被安排一起拉车。鉴于我们之前的小小争执，我很担心没办法跟它合作。没想到，生姜表现得非常优秀，工作的时候勤勤恳恳，用尽全力。小跑的时候，我俩居然能保持步调一致！这真是个出人意料的惊喜！约翰和戈登老爷都喜欢我们步调一致，安排我们一起工作了好几次。这样一来，我跟生姜渐渐熟悉，变成了朋友。

同样，我跟欢蹄也成了好朋友。欢蹄是个活跃而温驯的小家伙，每个人都很喜欢它，尤其是杰西小姐和弗洛拉小姐。她俩经常骑着欢蹄在果园里跑来跑去，跟小狗欢欢闹着玩。

另一个马厩里，还关着两匹马。一匹叫加斯蒂，是杂色矮脚马。用来骑坐或者拉重物。加斯蒂很结实，脾气很随和，我偶尔还会跟他聊聊天。另一匹叫奥利弗，是褐色的老猎马，它上了年纪，已经不能干活了。戈登老爷很喜欢奥利弗，把它养在这里。有时，奥利弗会帮助主人驮一些轻便的东西，或者驮一位小姐。

总的来说，我在新家过得很开心。只是，我的心里仍旧有一点点遗憾。的确，我在这里吃得好、住得好，遇到的也是善良的人类和同伴。按理说我该别无所求，但是自由，宝贵的自由是我目前最强烈的渴望！以前，我的生活无拘无束。现在，天复一天、周复一周、月复一月，不论白天黑夜，我都只能呆呆地站在马厩里。不用说，以后不管多少年，我也只能这样。主人需要我工作的时候，我得像一匹已经干了20年的老马一样，不声不响、勤勤恳恳。身上拉着皮带、眼睛上蒙着眼罩、嘴巴里塞着衔铁！不，我并不是在抱怨这些！我只想说，我还是一匹年轻力壮的马，精力充沛、斗志昂扬，却失去了自由，不能随心所欲，这真让我备受煎熬！

有时，我感觉身体里有使不完的劲。约翰带我出去锻炼时，我完全不能保持安静，非得蹦跳几下、尥几个蹄子才觉得身心舒畅。我想，约翰一定被我颠得够呛，但是他依然耐心地跟我说："孩子，安静点！等我们走出村子，就痛痛快快跑一场！"

刚出村子，我带着约翰撒开蹄子，一连跑好几英里才停下来。一趟跑下来，我感觉神清气爽，再也不烦躁了。其实，我知道，要是精力旺盛的马得不到充足的活动，牵出来走的时候往往会性子烈，闹脾气，因此，会遭受马夫的惩罚。不过，约翰从来不惩罚我。他总是通过说话的语气或者拉拉缰绳将他的意思告诉我。当他表情严肃、语气坚决的时候，我会安静地服从指令，对我来说，约翰的话比惩罚更有威力。

偶尔，我们也会获得短暂的自由。一般情况下，在晴朗的夏天，每逢周日，马车无须出门，我们就不用外出工作。

我们会前往主人家的果园或者围场，自由自在地在草地上奔跑。绿草柔软、空气清凉，一切都令人愉悦！我们想做什么就做什么，奔跑、打滚儿、吃草。玩耍够了，我们就站在一棵大栗树下的树荫里，谈天说地。

第三章　生姜的悲惨遭遇

一天，我和生姜站在大栗树的树荫里，聊了很长时间。它很好奇我的成长经历，我原原本本告诉了它。

听完我的话，生姜感叹地说："唉！要是我能像你那样长大，脾气大概也会很温和。可惜，完全没有那种可能。"

我问："你怎么这样说呢？"

接下来，生姜将它悲惨的身世告诉了我。

"黑骊，我跟你的情况完全不同。从小到大，不管是人还是马，从来没有谁善待我，我也不想刻意讨好谁！我才刚断奶，他们就把我从妈妈身边带走，跟一群小马驹关在一起。我可没有你那样好心的主人，不但给你好吃的，还跟你说很多好话。从我记事开始，照顾我的那个人没有对我说过一句好话。他不关心我们这些小马驹，认为只要我们不挨饿受冻就足够了。在我们的牧场上有一条小路，大男孩从那儿经过，经常拿石头砸我们。一匹漂亮的小马驹被砸中，脸上留下了伤疤，那道疤，可能一辈子也消不了。我不喜欢那些大男孩，这件事情之后，我的脑海里形成了一种难以根除的念头：男孩是我们的敌人！勉强地说，那段时间我们过得还算快乐。大家自由自在地奔跑追逐嬉戏。可是，到了调教的时候，我就遭殃了。几个大男人把我堵在一个角落里，一个揪住我脑门上的鬃毛，一个死死抓住我的鼻子，闷得我差点连气也喘不过来。另一个男人使劲撬开我的嘴，粗暴地将衔铁塞进我的嘴里，给我安上笼头。然后，他们一个揪住笼头拉着我往前走，一个在后面挥舞鞭子狠狠地打我。黑骊，这就是人类的仁慈！他们不让我搞清楚他们到底想干什么。你知道，我是一匹烈马，也让他们吃了不少苦头。所以，他们把我关进一个隔栏。日子一天一天过去，我失去了自由，无比焦躁。黑骊，关于调教，你是深有体会的。你的主人那么仁慈温和，你都觉得难受痛苦，而我，遭受的比你痛苦一万倍呢。

"其实，我的老东家莱德先生，倒是对我百依百顺。但是，他把大部分产业交给了他的儿子山姆森和另外一个有经验的人。山姆森是个粗人，不像老东家那样温和仁慈。他很凶狠，我一开始就察觉出来，他想磨掉我身上的傲气，把我变成一块忍气吞声、逆来顺受的'马肉'。"说到这里，生姜愤怒地跺了跺蹄子。

"只要我没有按照他的要求做，他就大发雷霆，牵着缰绳，让我围着牧场一圈又一圈地跑，直到我精疲力尽。有一天，我被他折磨得累成一滩泥，满心怒气。第二天，他又拉着我跑了好久，我还没休息一个小时，他拿着衔铁、马鞍那一套东西过来了。刚到训马场，他紧紧拉着缰绳，我的嘴巴被新衔铁硌得生疼，忍不住立起两条后腿。山姆森发火了，拿出鞭子抽我。我也满腔怒火，又踢又踹。他气急了，用鞭子狠狠抽我，用靴刺扎我。我当时已经被怒火控制，想不惜一切代价把他摔下去。终于，我把他摔了下去。我不敢回头看，一溜烟儿跑到牧场另一边。那个折磨我的家伙，慢慢爬起来，走远了。我站在一棵橡树下面，安静地等待。等人来抓我，等刑罚降临。时间一分一秒过去，火辣辣的阳光烤着我，背上被马刺扎伤的地方爬满了苍蝇。我很饿，从早上到现在没吃一点东西，草地上也没什么草，周围也没有水喝。我想躺下来休息，但是马鞍紧紧地勒着我，我觉得很难受。太阳快下山的时候，别的马都被牵进马厩，就我还孤零零地站在外面。

"太阳落山后，老东家端着燕麦走了过来。他是个彬彬有礼的先生，头发都白了。

他的声音很特别，浑厚又清晰，语气坚定而果断，就算是1000个人一起说话，我都能听出谁是他的声音。老东家温和地对我说：'小妞子，过来吧！小妞子，过来吧！'我很害怕，站在那里不敢动。老东家走近我，把燕麦递到我面前，我吃着燕麦，肚子不饿了，也不害怕了。老东家看着我满身伤痕，心里似乎很生气：'可怜的小妞子，太糟糕了！'他牵着我回马厩，山姆森站在门口，我竖起耳朵，凶巴巴地瞪着他。老东家说：'闪开！你今天把这匹马折腾得够狠了！'山姆森骂了几句，老东家又说：'给我闭嘴！脾气暴躁的人不可能调教出好脾气的马！山姆森，你还没入门呢！'随后，老东家牵我走进隔栏，叫人拿来一桶温水和一块海绵。他脱掉外衣，拿出海绵给我擦身体。他不停地说话安慰我，擦拭的动作也很温柔。我的嘴巴破皮了，吃不了干草。老东家吩咐马夫拿来一些上好的麦麸糊糊，还往里面加了一些燕麦。那糊糊真的太好吃了。老东家一边看着我吃，一边轻轻抚摸我。他跟马夫说：'这匹马性子烈，如果不用好的方法来驯服，它会一辈子一事无成。'后来老东家经常来马厩看我。我的伤口愈合之后，他派了一个考虑事情很周到的马夫来调教我。

"我被调教好之后，一个商人买走了我。他将我跟另一匹枣红马配对，让我们俩拉了几个星期的马车，又转手将我们卖给一位时髦的绅士。这位绅士将我们带到伦敦，用那种短短的缰绳拉着我们。这让我觉得很恼火。那个地方都是这样，马夫和主人觉得短缰绳让我们看起来很气派。黑骊，你从来没有勒过短缰绳，那种滋味真是比死还难受。

"其实，我挺喜欢昂首挺胸地走路。但是，黑骊你设想一下，要是你一连好几个小时，都得高高地抬起头，一点儿也不能动弹，你想，你的脖子该有多酸疼！此外，我嘴巴里塞着两个衔铁。那种衔铁特别锋利，磨破了我的嘴巴和下颚，舌头上的鲜血都把我嘴角不断喷出的白沫染红了！这还不算什么，最难熬的是，要是女主人去看演出或者参加豪华宴会，我们必须站在外面等着。这一等就是好几个小时，如果我稍微不耐烦地跺跺脚，鞭子就打过来了。这快要把我逼疯了！"

我问："生姜，你的主人都不为你着想吗？"

"他才不会，他只想拥有一套时髦的马车。他完全不懂马，把我们交给马夫照料。马夫告诉他，我性子烈，很快会适应短缰绳的。但是，马夫不会好好待我。每当我满心怒气地待在马厩里，他都不会安慰我。他只会对我恶言恶语，有时候还会给我一鞭子！其实，我愿意卖力干活，但是他们总这样无缘无故地打我，拿我出气，我真是受够了。我嘴巴疼、后背疼，气管也不舒服。我越来越控制不住自己的脾气，只要有人给我送挽具，我就又踢又咬。马夫经常为这事打我。后来有一天，他们刚把我套在车上，使劲拉着短缰绳让我仰头，我拼尽力气、连踢带踹，挣脱了缰绳。这样，我在那里待不下去了。

"之后，我被他们送到赛马拍卖行出售。很快，我被一个商人买走了。商人对我很友善，让我拉车时也不用短缰绳。后来，商人把我卖给乡下的一位先生。这位先生也是个好主人。但是我的顺心日子并没有过多久。先生的老马夫走了，新马夫的脾气跟山姆森一个样，举止粗鲁，说话总是恶声恶气。我的反应只要慢了一点儿，他就会扬起扫帚或者叉子，打我的腿。他想让我怕他，我这样骄傲的马，怎么会怕他？有一天，他惹火了我，我咬了他，他气得要命，拿出鞭子抽打我。之后，他再也不敢走进我的围栏，天天在主人那里说我的坏话。于是，我又被卖掉了。

"原先那个和善的商人听到我被卖的消息，心疼地说：'真是太可惜了！这样一匹好马，因为没有遇到合适的主人、合适的机会，被折磨成现在这个样子！'后来，黑骊，就在你来之前不久，我被送到这里。我已经打定主意：人类是我们马的天敌，我必须好好保护自己。当然，这里的情况跟我之前有所不同。但是，谁知道这种好日子会持续多长时间呢？黑骊，我也希望跟你一样，温和而善良，但是我经历了太多事情，我完全做不到。"

我说："生姜，我同情你的遭遇。但是，如果你对约翰和詹姆斯又踢又咬，真的有点不像话呀。"

"只要他们对我好，我不会那样对他们的。的确，我确实狠狠咬了詹姆斯一口。当时，我以为詹姆斯要惩罚我，哪知道他刚包扎好伤口就端着一盆麦麸糊糊给我吃，还温柔地抚摸我。从那之后，我再也没有对詹姆斯动粗，以后也不会。"

我真心为生姜的悲惨经历感到难过。

随着时间一天天过去，我发现生姜变了。它的脾气越来越温和，心情越来越好。一天，詹姆斯说："我看，那匹枣红母马开始喜欢我了，今天早上我抚摸它脑门的时候，它冲我欢快地叫了好几声呢。"

"哈哈，这就是'波特维克大丸药'。"约翰说，"慢慢地，生姜就会变成黑骊那样。这个可怜的家伙，它需要的是仁慈！"

主人也发现了生姜的变化。有一天，他从马车里走出来，抚摸着生姜那漂亮的脖子："嗨，姑娘，你过得好吗？我看，你现在比刚来我们这里那会儿高兴多了。"

生姜友好地抬起鼻子送到主人手里，主人轻抚着它。

约翰说："先生，它的变化真大！这可多亏了'波特维克大丸药'呢。"说完，约翰哈哈大笑起来。

"波特维克大丸药"是约翰发明的笑话。约翰常说,不管多么恶劣的马,只要定期服用"波特维克大丸药",都能变成一匹好马。他还说,这种大丸药是用耐心、温和、毅力、爱抚研制而成,每一种成分的剂量是1磅,还需兑半品脱的尝试调和,马匹需每天定期服用。

第四章　我的朋友们

教区牧师布罗姆菲先生家有很多孩子,他们有时候会来找杰西小姐和弗洛拉小姐玩。他们一来,欢蹄就忙得团团转。孩子们轮流骑在欢蹄背上,在果园和围场里来回地跑,一连玩好几个小时都不休息。

一天下午,欢蹄出去了很长一段时间。回来的时候,詹姆斯一边给它套上笼头,一边说:"欢蹄!你这个小淘气,以后可要好好表现,别惹麻烦!"

我问欢蹄:"你刚才做了什么事?"

欢蹄得意扬扬地仰起它的小脑袋瓜:"我只不过是给那帮小家伙一点儿教训罢了!他们玩起来就没个够,我可吃不消,只好把他们从后面放倒下去,这样他们就知道我该休息了。"

我瞪大眼睛:"什么?欢蹄,我没想到你居然糊涂到做这种事!那杰西小姐和弗洛拉小姐,你也把她们甩了下去?"

欢蹄有些生气:"就算用最好的燕麦贿赂我,我也不会干这种事!杰西小姐和弗洛拉小姐,还是我教会她们骑马呢!我对她们小心体贴,只要她们坐在我的背上有些害怕,我就轻手轻脚,减慢速度。直到她们不再害怕,我才加速。你懂吗?我这是在让她们慢慢适应。所以,黑骊,我不需要你来给我讲大道理!就像我们小时候一样,那些男孩子也需要得到一点教训,才会明白一些道理。原本,我驮着别的孩子跑了两个小时。轮到那两个男孩子了,我也心甘情愿让他们骑,驮着他们在牧场和果园绕了一个小时。他们俩各自砍了一个又粗又长的树枝当马鞭,使劲地抽打我。最开始我都默默忍受了,但是他们的劲越来越大,我停下来好几次,想暗示他们别这样对待我。但是,他们把我看成蒸汽机,完全不知道我们会累,会讨厌被人抽打。我知道他们无法明白我的暗示,便直立后腿，让他们滑了下去。后来，另一个男孩子骑我，他刚拿鞭子抽我，我就把他撂倒在地。一两次之后，他们总算明白过来，不能粗鲁地对待我。黑骊，他们都不是坏孩子，我也很喜欢他们。但是，我必须给他们一点教训。他们把我牵到詹姆斯面前告状。詹姆斯很维护我，他说那些树枝是马贩子和吉普赛人用的，年轻的绅士才不会用那些东西。"

生姜说："要是我，我肯定狠狠地踢他们一顿！"

欢蹄说："我可不会那样做，我不想惹主人生气，不想让詹姆斯觉得难堪。并且，我听见主人对布罗姆菲的妻子说：'尊贵的夫人，您不用担心孩子们的安危。欢蹄会像你我一样好好照顾他们的。我跟您保证，欢蹄温顺和气，让人信赖，不管出多大的价钱我都不会卖了它！'你们说，难道我要做一匹忘恩负义的马吗？忘掉这5年里主人对我的恩待，辜负他对我的信任？不，我不能！生姜，你从来没有在好的主人家待过，你无法明白我对人的感情。这一点，我替你觉得难过。但是，我可以毫不含糊地告诉你，好地方出好马。不论怎样，我都不会惹主人生气，我爱他们，真的。再说，要是我踢人了，会有什么下场呢？我肯定会带着不好的名声被卖掉。或许在某个屠宰场的工人手下卖命，或许在海边某个地方累到老死，或许挨着鞭子，拉着几个出去寻欢作乐的大人物。总之，我不希望落到这一步！"

这次的谈话我们铭刻在心，我们都会尽力按照主人的盼咐行事。主人经常说，他不喜欢只会做一件事的马或者人，也不喜欢在伦敦的公园里招摇摆阔，他更喜欢那些活跃而实用的马。我和生姜，都是主人所欣赏的马。我们俩不仅能拉车，身体里还流淌着赛马的血液，还适合给人当坐骑。对于我们这些马来说，最快乐的事莫过于参加骑马聚会了。主人骑着生姜，夫人骑着我，两位小姐分别乘坐奥利弗和欢蹄。大家悠哉游哉地小跑散步，我们都高兴坏了。当然，最享受的就是我了。夫人嗓音甜美，握着缰绳的手格外轻柔，我几乎觉察不到她骑在我背上。

要是人们知道一只温柔的手能让马儿感觉舒服，让我们的嘴保持完好、驯良温和，他们肯定不会动不动就拉缰绳，催促我们快跑。我们的嘴很嫩，倘若没有遭受虐待使嘴巴变硬或者毁坏，一定能感受到主人轻微的手部动作，立即明白下一步该怎么走。我想，也许就是因为我的嘴巴完好无损，我才会比生姜更讨夫人欢心。为此，生姜经常忌妒我，说那是因为它没有被调教好，从而让它的嘴没有我的看上去完美。

老马奥利弗安慰生姜说："好啦！生姜，你别自寻烦恼！你是一匹母马，居然能驮动结实的男主人，并且你身手敏捷、动作轻快，完全没必要为了夫人赞美黑骊而垂头丧气。

作为马，我们应该随遇而安，只要能得到仁慈的照顾，我们就该心满意足，辛勤工作。"

奥利弗的尾巴很短，只有六七英寸长，上面还耷拉着一撮鬃毛。某天，我们在果园休息的时候，我冒昧地问他，到底是什么事故导致尾巴变成那个样子。

奥利弗愤愤不平地说："我小时候，被带到一个专门割尾巴的地方，他们把我拴得紧紧的，拿走了我那条漂亮的长尾巴！"

我完全惊呆了！

奥利弗接着说："最可怕的是，这不止是疼！我感觉我的尊严被夺走了，更要命的是，今后我用什么东西来驱赶身上和后腿的牛蝇呢？你们都有尾巴，自然体会不到没办法赶走牛蝇的痛苦！这是一辈子的屈辱和痛苦！幸好，他们现在不再做这种缺德事了。"

生姜不解："他们干吗要这样对你？"

奥利弗生气地跺着蹄子："为了时髦！那个年代，每匹良种小马驹都要被弄成这副丢脸的鬼样子！"

生姜说："我猜，人们为了赶时髦才会用衔铁勒住我们的头。我在伦敦的时候，被那玩意儿害苦了。"

"在我看来，赶时髦是世界上最坏的事！"奥利弗接着说，"你看，人们为了让小狗看上去更威风，会割掉它的尾巴，把耳朵修剪得尖尖的。以前，我有个朋友斯凯，它是一条棕色的猎狗。斯凯生了5个漂亮的小狗崽，它们每天在一起爬来爬去，别提多开心了。有一天，主人把小狗崽抱走了。晚上的时候，斯凯将它们一只只叼了回来。上帝呀！它们不再是以前活蹦乱跳的小家伙了，尾巴被割掉一截，耳朵被剪得血淋淋的。斯凯痛苦地舔着它们，我永远也忘不了那一幕！伤口慢慢愈合，小狗们也忘记了当初的疼痛，但是那用来遮挡灰尘、保护耳朵里面不受伤害的漂亮小耳朵却不见了！人们为什么不把自己孩子的耳朵剪得尖尖的，让他们看上去更精神呢？为什么不把自己的鼻尖割掉，让自己的模样更清爽呢？他们到底有什么权利，可以折磨我们这些被上帝创造出来的生灵呢？"

这些事太可怕了！我居然也有些仇恨人类了。生姜情绪激动，仰起头，大骂人类是笨蛋、畜牲。

欢蹄跑了过来："说谁是笨蛋呢？我觉得这个词不好听。"

生姜把奥利弗的话转告给欢蹄。欢蹄听完，悲伤地说："这种事的确存在。我在第一个主人家，经常见到狗被剪掉耳朵和尾巴。不过，我们现在在戈登老爷家，他和詹姆斯、约翰对我们都很好。在这样的好人家说人的坏话，有失公道。此外，你们也知道，除了主人家,这世界上还有很多仁慈的主人和马夫,但是他们谁也赶不上我们的主人和马夫。"

欢蹄说的是事实,他的话让我们都冷静了下来。为了转移大家的注意力,我故意提问说:"你们谁知道眼罩是用来干什么的?"

奥利弗干脆地说:"眼罩根本没有什么作用。"

矮脚马加斯蒂慢吞吞地说:"眼罩是用来防止我们受惊乱跑出事的。"

我问:"那么人类为什么不给骑坐的马,尤其是女士骑坐的马戴眼罩呢?"

加斯蒂依然不慌不忙地说:"人们说,要是拉车的马看到车轮子在身后滚,会吓得惊慌逃窜,所以要戴上眼罩。我必须承认,有时候车轮离我太近,我是有点惊慌,但是我从来没想过要逃走。反正,我们早就习惯了,也知道车轮子滚动是怎么回事。要是没有眼罩那玩意儿,我们能把东西看得清清楚楚。当然,有些马胆子小,应该戴上眼罩。这事,我还真不好下结论。"

奥利弗说:"要我说,眼罩在夜间是很危险的东西。跟人比起来,我们马在黑夜里的视力要清晰得多。我记得几年前的一个深夜,马夫带着两匹马拉着灵柩回来,经过一家农户那里时,车轮挨到了水塘边,灵柩掉进水塘,马被淹死,马夫侥幸捡回一条命。要是马的眼睛没被蒙住,它们会自觉离水塘远一点,也就不会出事了。还有一回,我们主人的马车翻了。他们说要是马车左边的灯没有熄灭,约翰就能看见地上的大坑。其实,只要老马科林没有戴上眼罩,它一定能看见那个坑。"

生姜动了动鼻子:"我想说,人类看起来聪明绝顶。他们啊,最好下一道命令,让以后新出生的马眼睛都长在脑门中间。哼,人类以为他们能改变上帝的安排吗?"

谈论又变得沉重起来,欢蹄说:"告诉你们一个小秘密,约翰也不赞成给马戴眼罩。有一天我听见他跟主人讨论这件事呢,约翰说所有的小马在被调教时不戴眼罩会更好。好了,结束这些沉重的谈话吧,大家都高兴起来!我想,有些苹果应该被风刮落掉到了地上,我们不如跑进果园吃苹果吧!"

欢蹄的建议让我们都难以抗拒。我们结束了这次谈话,大口嚼着地上的苹果,心情又好了起来。

第五章 我和我的主人

我越来越为自己是波特维克庄园的一分子而感到骄傲。主人和夫人德高望重,深受大家爱戴。他们仁慈而温和,每一个小动物都能在这里得到友善的照料。

据旁人说,主人和夫人已经努力了20多年,要求大家废除使用短缰绳。有天上午,主人正骑着我往家里赶。一个看上去有权有势的人坐着一辆轻便的马车迎面而来,拉车的是一匹漂亮的小红马。快走到我们庄园门口的时候,那车夫既不说话也不下指令,猛地死死勒住马的脑袋。差点把马拽倒。小红马稳住脚步,继续赶路。车夫拿出鞭子狠劲地抽打,小红马拼命往前逃窜,车夫一手使劲地往后拽,一手凶猛地挥舞鞭子。主人实在看不下去了,一声吆喝,我带着他跑到那车夫面前。

主人厉声喊住车夫:"索耶,这匹小马难道没有血肉吗?"

车夫索耶回答:"这家伙太喜欢我行我素,我跟它完全不和。"他说话的语气很冲。

主人严厉地说:"难道你以为,你这样对它,它就会喜欢你?"

索耶粗暴地回答:"它不该在那儿拐弯,它该一直往前走!"

"你之前经常赶这匹马到我的庄园来。它今天怎么知道你不想去庄园?索耶先生,我从来没看到有人这样残忍地对待一匹小马。你这样做,不仅伤害你的马,也伤害了自己的品行。请你记住,上帝是根据我们的行为进行判决的,不管是人还是牲口,他一视同仁。"

随后,主人骑着我慢慢回到家。我知道,他一直在为那匹小马的不幸遭遇感到痛心。为了维护动物们的权利,主人跟那些绅士说话也是直言不讳。有一天,我们遇到了朗利上尉,他是主人的朋友。朗利上尉驾着一辆四轮无篷大马车,拉车的是一对灰马,看上去神采奕奕。

上尉说:"嗨,戈登先生,您觉得我这两匹马怎么样?您可是我们这里著名的相马专家,我想听听您的意见。"

我们退后了几步,主人仔细地打量起那两匹马来:"它们真是英气勃勃!不过,我看出来,上尉,您并没有放弃那一套玩弄动物的方法,别用短缰绳折磨它们!那样会消减它们的力量。"

上尉说:"哦?您又要跟我推荐短缰绳那一套?不瞒您说,我就喜欢看到我的马高高仰起头!"

"每个男人都喜欢这样!但是,我不喜欢马被勒得头往后仰,那样会让马失去神采。上尉,我说,您是个军人,肯定希望看到自己的士兵精神抖擞。但是,如果他们的脑袋都被绑在挡板上,您的操练就没什么值得炫耀的!如果只是列队前进,倒无关紧要,不过是消耗点体力。要是让他们跟敌人厮杀,全力以赴往前冲呢?我想那样被绑起来,胜算又有多大呢?上尉,马跟人一样,希望自己的脑袋无拘无束。只要我们遵照常识,不赶时髦,您会发现很多事办起来容易得多!"说到这里,主人笑了笑,"上尉,我跟我的小马已经溜达一圈了,您要不要骑着它试试?您的举动可是至高无上的榜样力量呢!"

上尉拒绝了主人的美意:"我相信您的话,短缰绳的确是一种折磨。谢谢您的建议,我得回去好好想想。"说完,上尉就回家了。

主人对我们无比仁慈,于是我下定决心要回报主人。这一天,机会来了!

那是深秋中的一天,还下着大雨。我拉着轻便的双轮马车,带着主人和约翰一起出门。一路上,我们走得很轻快。来到小木桥收费口时,河水漫过了木桥,不过木桥两侧都装着结实的栏杆,大家都不担心安全问题。

我们走过木桥,到了镇上,主人花了很长的时间才办好差事,我们往回赶的时候,天快黑了。风刮得呼呼作响,大雨唰唰直下,主人说,他从来没有在这样的暴风雨天气赶路。我们沿着树林的边缘往前走,粗大的树干摇摇晃晃,河水湍急地流动,听上去很吓人。

主人说:"我们得快点走出这片树林!"

约翰也同意:"是的,先生,要是一根树枝落到我们头上,那就糟了!"

他的话音刚落,就传来一声呜咽和咔嚓一声巨响。树枝被折断,树丛中的一棵橡树被连根拔起,正好倒在我们面前。当时,我吓得要命,一动不动地站在原地发抖。约翰跳出马车,来到我的身边。

"太悬了!约翰,我们现在该怎么办?"

"先生,我们只得绕回四岔路口,从木桥那边回去。只是,我们得多走6英里路,回家会比较晚。"

等我们绕到木桥边,天已经全黑了。河水漫到了木桥中央,主人不想停下,要我赶紧过桥。但是，我刚踏上桥面，就感觉哪里有些不对劲，不敢往前多走一步。

"走呀，黑骊！"主人用鞭子轻轻碰了碰我。我不敢走，他使劲抽了我一下，我跳起来，还是不敢往前走。

约翰跳下车，来到我身边，看了看四周的情形，想牵着我往前走："快走，黑骊！你到底怎么了？"

我很想告诉他，木桥不安全，但是我没办法说人类的语言。

这时，桥对岸的收费站里，有人举着火把冲出来，发疯似的朝我们挥舞火把："嘿！嘿！嘿！停下！停下！木桥中间断了，你们要是过来，会掉进河里！"

"你这个黑骊！"约翰赞扬地说，拉着我转向小河右边的一条路。暴风雨已经过去，四下一片寂静。好一会儿之后，主人跟约翰聊了起来。他们的话我有好些都听不懂，不过我大致明白他们的意思：如果我听了吩咐往前走，木桥可能坍塌，我们所有人都会掉进水里，水流湍急，附近没有灯光，也不会有人前来营救，我们极有可能被淹死。

主人说："上帝赋予人类思考的能力，赋予动物无需思考就能得到的知识。这些知识敏捷而准确，动物们依靠这些知识能挽救无数人的生命。"

约翰则说："人们应该珍视动物，和动物交朋友。但是，至少有一半的人不这么做。"我相信，约翰是真正与我们动物交朋友的那种人。

这天深夜，我们终于回到庄园。约翰给我准备了一顿丰盛的晚餐，香喷喷的麦麸糊糊里，掺杂了燕麦和碾碎的豆子，别提多美味了！隔栏的稻草铺得很厚实，我开心地躺下来，睡了个好觉。

第六章　约翰和詹姆斯

一天，约翰和我外出办事。回来的时候，我们老远就看见一个男孩骑着一匹小马，想从一道门上跳过去。小马不敢跳，男孩拿出鞭子要打，小马躲开了，男孩又挥舞了几下鞭子，小马依然躲到一边。男孩很气恼，跳下马背，狠狠打了小马一顿，再骑上去。但是，小马依然不肯跳。我们走近男孩的时候，小马猛地一低头，扬起后腿，那男孩被摔倒在一道荆棘丛里。小马干脆一扭头，自己跑回了家。

约翰放声大笑:"活该!"

小男孩在荆棘丛拼命挣扎:"喂!喂!你快过来拉我出去!"

约翰说:"我想你躺在那里挺合适的,这样你就能好好想想一匹小马能不能跳过一道门。"说完,约翰骑着我来到了布什比庄园。庄园主惊慌失措地跑出来,向约翰打听:"约翰,你看到我的儿子没有?一个小时前,他骑着小黑马出门。现在小黑马回来了,他还没回来。"

约翰回答:"先生,我认为,您儿子骑不好这匹马,小马自己跑回来是最好的办法。先生,我看见您儿子对这匹小马又抽又打,逼着它跳过一道太高的门。小马只好把他摔进了荆棘丛。你家少爷叫我拉他出来,我没有照做。先生,他没有受伤,只会被荆棘扎几下而已。我爱马,看到马遭受虐待我就生气。"

庄园主夫人哭了起来:"可怜的孩子,他一定摔坏了,我得去接他。"

庄园主说:"你最好回屋待着。这孩子需要长点儿记性。他不是第一次虐待那匹小马了,我不会再允许他这样做。约翰,谢谢你。"

于是,我们继续往家里赶。约翰一路都在发笑。回家后,他把这事告诉了詹姆斯。詹姆斯听了也哈哈大笑:"那个男孩,我读书的时候就认识他。他以为自己是庄园主的儿子,觉得自己特别了不起,经常欺负比自己小的男孩子。当然,我们那些大男孩看不过意,想给他一个教训,告诉他在学校里,庄园主的儿子和干粗活的儿子,是平等的。记得有一天下午快上课的时候,他在一扇大窗户前面抓苍蝇,揪苍蝇翅膀玩。我过去给了他狠狠一巴掌,他不顾一切地大吼大叫,操场上的男孩子和老师都围了过来。我把事情原原本本地告诉大家,老师看见了那些苍蝇,非常生气。老师让他坐在一个小板凳上,告诫他一个星期之内都不准出去玩。那天,老师告诉我们,伤害弱者和无反抗力量的生灵,都是残忍的行为。他还说,残忍是魔鬼的标志,而爱护小动物、善待他人则是上帝的标志。"

约翰说:"你们老师说得太对了!任何一种宗教都离不开爱,如果宗教不教人善待人和动物,那么它纯粹是骗人的鬼话。"

的确,约翰一直很公正,他对任何人和事的判断都秉持公道。

12月的一个早晨,约翰带着我遛弯回来。主人拿着一封信,神情严肃地走进马厩,认真地问:"约翰,我想知道,你对詹姆斯有没有不满意的地方?"

"不满意?先生,我对他挺满意的。"

"他干活卖力吗?尊不尊重你?"

"没有,他一向工作努力,礼貌待人。"

"那好,我还有一个问题要问,他在遛马的时候或者送信的时候,有没有停下来跟熟人闲聊?或者无缘无故跑到别人家玩,把马丢到一边不管?"

约翰认真地回答:"绝对没有!要是有人这么说詹姆斯,我绝不相信,除非我亲眼所见!不管是谁在诋毁詹姆斯,但是,先生,我想说,这里再也找不到比詹姆斯更随和、更诚实、更聪明的小伙子了。他值得信任,我情愿把马交给他照料。如果谁还想了解詹姆斯的为人,那他们直接来找我约翰吧。"

主人神情严肃地听完约翰的话,脸上露出微笑。他朝站在门口的詹姆斯喊道:"詹姆斯,好孩子,快过来!看来,约翰跟我想法一致。现在,我们来说说正事吧。我的妻弟寄来一封信,他需要一个20岁出头的年轻马夫。他的老马夫已经在府上工作了30年,现在需要一个年轻人跟着学习,等老人以后退休了,这个人就来接替老马夫的工作。最开始的待遇是一星期18个先令,有一套马厩里穿的制服和赶马穿的制服,在马房边有一间卧室,手下还有个小伙计。詹姆斯,我的妻弟是个不错的主人家,要是你能得到这个职位,倒是个不错的开始。不过,我有点舍不得你走,你走了,约翰就失去了一个好帮手。詹姆斯,你今年几岁了?"

"明年5月,我就19岁了。"

"很年轻啊,约翰,你怎么看?"

"先生,詹姆斯的确很年轻。不过,他是个响当当的男子汉,他诚实稳重,做事认真仔细。我相信,在他的照顾下,绝不会有一匹马的蹄子会毁掉。"

主人说:"我的妻弟在信中说,要是找到我家里调教出来的人,是最好不过。所以,詹姆斯,你好好考虑一下,回头把你的想法告诉我。"

几天之后,这事就定下来了。詹姆斯按照主人的安排,抓紧一切机会练习赶车。现在,不管谁出门或者办事,都会给我和生姜上套,让詹姆斯赶着我们出门。

一天,主人和夫人要去46英里外的地方见几个朋友,让詹姆斯赶车送他们去。第一天,我们走了32英里,路不好走,詹姆斯赶车很小心,我们一点儿也不觉得累。下坡的时候,他及时刹车,到了合适的地方,又放开车闸。他总让我们的蹄子放在光滑的地面上,要是山路很长,他还会让我们稍微停下来休息。

太阳快落山的时候,我们来到了准备过夜的小镇。这是一家大旅馆,很气派。我们通过一道拱门进入一个大院子,院子那头是马车房和马厩。一个慈眉善目的瘸腿老马夫过来卸车，把我们擦洗得干干净净。詹姆斯走过来，他看到我一身的皮毛被梳理得像丝绸一样光滑，惊讶极了。

他对老马夫说："哇！我本来以为我的动作已经很快了，约翰比我更快。但是，您干起活来又快又好，我还没见过谁能赶得上您。"

老马夫说："熟能生巧嘛。这活我干了40年，要是还不熟练，那就太糟了！要是你养成了做事快的习惯，没准儿比慢慢做事容易得多呢。你知道吗？我12岁就开始跟马打交道了，先照顾狩猎的马，然后照顾赛马，后来还当了几年的职业赛马师。有一回赛马，我摔断了腿，再也当不了赛马师。但是，我离开马就没法活，只好跑到旅店找活干。说句心里话，照料马真的让我感觉身心舒畅。现在，只要你让我跟一匹马待20分钟，我就能告诉你这匹马有个什么样的马夫。这些马，就像小孩，你只要按照正确的方式调教它们，它们长大了，自然会走上正道，成为一匹好马。"

詹姆斯说："您说得真好，我们的主人，也是这样规定的。"

"谁是你们的主人？"

"波特维克家的戈登老爷。"

老马夫惊讶地叫起来："啊！我听说过他，他是这一代著名的相马专家，还是个优秀的骑手。"

詹姆斯跟老马夫越聊越投机，一边聊一边走出马厩。

这天晚上，一位副马夫牵着旅客的马走进马厩。马夫忙着给马擦洗，一个年轻人叼着烟懒洋洋地靠在一边。

副马夫说："托勒，你爬到厩楼上，给马的饲料槽添一些干草，可以吗？不过，你得放下嘴巴里的烟斗。"

年轻人答应了，跳上活动板，抱着干草下来了。詹姆斯走进来看了我们一眼，关上了门。

我睡着了，不知道过了多久，被呛醒了。我不知道发生了什么事，空气污浊呛人，我听见生姜在不停地咳嗽，另一匹马也在不安地躁动。马厩里烟雾弥漫，我感觉有些喘不过气。马厩上的活动板开着，我觉得烟是从那里冒出来的。我听见了噼噼啪啪的爆炸声，害怕得全身发抖。另外几匹马都醒了，不停地扯缰绳、跺蹄子。

终于，外面传来了脚步声，之前把马牵进来的那个副马夫提着灯冲进来，解开缰绳，想把一匹匹马牵出去。但是，他看上去惊慌失措、手忙脚乱，我们都吓坏了，不愿意跟他走。

当然，我们不愿意走的做法很蠢。但是，马厩里太危险了，周围没有一个我们可以信任的人。马厩的门打开之后，我的呼吸变得顺畅了一点，我抬起头，看见墙上红光闪烁。外面有人大声嚷嚷起来："着火啦！着火啦！"老马夫闪进来，他牵出一匹马，又回头过来牵另一匹马。马厩里火苗四处乱窜，外面吵嚷成一片，形势危急。

接着，我听见了詹姆斯的声音："来吧，我们该走了。醒醒，快跟我走。"我离门最近，詹姆斯打算先牵着我走出去。他给我戴上笼头，取下脖子上的围巾，小心地罩住我的眼睛，轻轻拍着我，带领我走出马厩，来到院子里。随后，他摘掉我眼睛上的围巾，大喊一声："谁来帮我牵一下马，我回去牵另外一匹。"

一个高大魁梧的人过来，牵住了我的缰绳。我很担心詹姆斯，冲着他的背影尖厉地嘶鸣。

院子里乱成一团，人们把马一匹匹牵出来，把大大小小的马车聚到一起，防止火势蔓延。我眼睛直直地盯着马厩，里面冒出了更多的黑烟，火光在不停闪动。在一片嘈杂声中，我听到主人响亮而清晰地喊道："詹姆斯！詹姆斯！你在吗？"

无人回应，马厩轰的一声倒了。我看见詹姆斯牵着生姜走出来，兴奋得连连欢叫。

主人将手放到詹姆斯肩膀上："小伙子，你真勇敢！你受伤没？"

詹姆斯摇摇头，被浓烟呛得说不出话。

随后，主人和詹姆斯领着我们来到安静而开阔的集市上，走向另一家旅店。旅店的马夫刚过来，主人就将我们交给詹姆斯照料，转身回去找夫人了。

第二天一早，主人过来看我们，高兴地跟詹姆斯聊着什么。我看得出来，詹姆斯很高兴，主人也为他感到骄傲。夫人夜里受了惊吓，所以行程推迟了，我们打算下午再动身。詹姆斯回之前的旅馆拿回了我们的挽具和马车，也搞清楚了失火的原因。有人说，之前那个年轻人托勒叼着烟斗进了马厩，出来的时候烟斗不见了，他去酒吧重新买了一个。那个副马夫也承认，他的确吩咐托勒放下烟斗，爬上去取一些干草。托勒不承认自己带了烟斗，但是谁也不相信他的话。我知道约翰的规矩，绝不会带烟斗进马厩。为了避免灾难发生，我认为每一个马夫都应该遵守这个规矩。

詹姆斯说，马厩被烧塌了，只有墙壁还立着。有两匹马没能逃出来，被埋在马厩的废墟里。

第七章 男子汉——乔

接下来的路，比较好走。太阳下山不久，我们来到了主人的朋友家。一位和善的马夫把我们牵进马厩，他也听说了詹姆斯的事，赞许地对詹姆斯说："年轻人，你的马很清楚它们应该信任谁。说实话，冒着大火或者大水把马弄出来，是世界上最难办的事。我也搞不清楚，那些马为什么不肯走。"

我们在主人的朋友家待了两三天就回家了。路上一切顺利，回到自己的隔栏，大家都很开心。这晚，约翰和詹姆斯在马厩里聊了起来。

詹姆斯说："也不知道我离开后，谁来接替我？"

"旅社里的小乔·格林。"

"啊？小乔还是个孩子呢。"

约翰说："14岁半了。尽管年龄有点小，但是他手脚麻利，勤劳朴实，心地善良。他自己想来，他父亲也支持他来。主人愿意给小乔一个机会，我愿意试用他6个星期。"

詹姆斯叫了起来："6个星期！我看他起码要6个月之后才能担任工作。约翰，你得拼命干活了！"

约翰笑呵呵地回答："我才不怕干活呢。"

"约翰，你真是个好人，我希望我也成为你这种人。"

约翰说："詹姆斯，我不愿谈我自己的事。不过你马上就要离开了，听听我的事，或许对你有所启发。我很小的时候，父母染上疾病，10天内相继离开人世，只留下我和瘸腿的妹妹孤零零地在这世界上。我是穷人的儿子，养活自己都困难，更别提养活妹妹了。这时候，夫人伸出援手，在她的介绍下，妹妹去了济贫院。等她大一点的时候，夫人又找针线活给她做，让她赚钱。她生病的时候，夫人还派人给她送饭，还送去好多舒适有用的东西。再说主人，主人安排我在马厩住，还给当时的马夫诺尔曼当下手。诺尔曼年纪大了，完全可以拒绝带我这样一个生手。但是，他像父亲一样，耐心地教导我。几年后，诺尔曼去世了，我接替了他的位置，不仅拿到了最高的薪水，还存了一笔钱，我的妹妹高兴得像一只快乐的小鸟。所以，詹姆斯，我不会拒绝一个小男孩！绝不会！詹姆斯，我会想念你的，我也很高兴自己能做一件善事，帮助小乔。"

詹姆斯笑了笑，有些哽咽地说："除了我母亲，约翰，你是对我最好的人！但愿你不要忘记我！"

"孩子，我不会忘记你的，要是你有什么地方需要帮助，及时告诉我。"

第二天，乔来到马厩，开始学习。他个头有点矮，给我和生姜梳理毛发时，有些够不着。詹姆斯安排他料理欢蹄，乔很聪明，性格开朗，总是一边干活一边吹口哨。

一开始，欢蹄总觉得乔毛手毛脚。两个星期后，它悄悄地告诉我，乔会是个有出息的男子汉。

詹姆斯离开的日子终于到了。那天早上，大家都为詹姆斯的离开而感到难过。欢蹄好几天闷闷不乐，没有一点儿食欲。为此，约翰带我出去遛弯时，也把欢蹄牵着，让它跟我并肩奔跑。慢慢地，欢蹄的心情终于好转了。

就在詹姆斯离开几天后的一个晚上，我正在熟睡，马厩的铃声突然响起来。约翰跑进来，打开马厩的门锁，冲我大喊："醒醒！醒醒！我们必须马上走！"还没等我反应过来发生了什么事，约翰立即给我套上笼头、戴上马鞍，牵着我飞快跑到大厅门前。

主人提着灯站在那里，下了命令："约翰，快，带上这张纸条，交给怀特医生。一分一秒也不能耽搁，夫人靠你救命呢！"

约翰翻身爬上我的背，我们穿过庄园，一路飞奔。我不需要鞭子，也不需要马刺催促，一口气跑了2英里。约翰拍拍我的脖子，希望我放慢速度。但是我已经爱上这种纵横驰骋的感觉，完全停不下来。我跑过一个个村庄，足足跑了8英里。我们来到镇上，进入集市。四下一片寂静，只有我的蹄子哒哒哒地敲打着地板。我们来到怀特医生家门前，约翰把门捶得震天响。怀特医生打开窗户，探出头问："你想干吗？"

"戈登夫人病重，戈登老爷希望您马上赶过去。先生，这是纸条。"

一会儿之后，怀特医生就来到我们面前："我的马跑了一天累坏了，我可以骑你的马吗？"

约翰说："这马刚才一口气跑过来的，我原本想让它休息一会儿。不过，现在事情紧急，你骑着它走吧。"

我跑得浑身发热，医生拿着鞭子出来，约翰说："先生，不用鞭子，黑骊只要能跑，绝不会倒下。先生，请您照顾好它！"

怀特医生答应约翰，不会对我挥鞭子。我跑得很快，中途只休息了一会儿，就带着医生跑回庄园。医生跟着主人走进大厅，乔牵着我走进马厩。

我累坏了，4条腿不停地发抖，汗水顺着汗毛往下滴，我就像炉子上的开水壶，直腾腾地冒热气。唉，乔太小了，什么都不懂。他擦干了我的胸脯和腿，但是没有给我盖上温暖的盖布。随后，他提来一桶凉水，抱来一些干草和谷子。我很渴，一口气喝光了凉水。很快，我全身冷得发抖，浑身酸疼，躺在稻草上睡着了。很长时间之后，我听见门口传来约翰的声音，我感觉浑身难受，大声地呻吟起来。约翰跑过来，他只看了我一眼，就知道我出了什么问题。他拿来三条温暖的盖布给我盖上，打来一些热水，熬了一些热乎乎的燕麦粥。我喝下之后，迷迷糊糊又睡了。

我病了，病得很严重，一呼吸就痛得难受。约翰一直守在我身边，夜里也起来好几次照顾我。

主人经常来看我，有一天他说："可怜的黑骊！你救了夫人的命，真希望你快点好起来。"

我听了这个好消息，特别高兴。只是，我的病好转很慢。我发烧了，病了好些天。一天夜里，约翰喂我吃完药，正在一边观察药效。小乔的父亲托马斯走进来，说愿意陪着约翰一起等药效。于是，他们坐在欢蹄隔栏里的一张板凳上，聊了起来。

托马斯轻声说："约翰，我希望你跟小乔说说话，那孩子心都快碎了。这些天，他吃不下饭，脸上也没有笑容，他知道那都是他的错。他以为自己采取了最好的措施，他说要是黑骊死了，以后没有人会搭理他了。约翰，你跟他聊聊吧，他不是坏孩子。"

约翰想了一会儿，才慢慢说："托马斯，你不能这样让我为难。我知道小乔不是坏孩子。但是，我心里也很难过。黑骊是的我骄傲，是主人和夫人的珍宝，如果它就这么死了，我真的无法接受。也许你觉得我对乔太严厉了，我明天也可以对他说句好话，但是，必须等黑骊病情好转我才会这样做。"

"约翰，真是太谢谢你了！你也明白，小乔只是无知才会那样对黑骊！"

约翰生气地嚷起来："只是无知！只是无知！你难道不知道，除了邪恶，无知是这世界上最坏的事情吗？"

随后，约翰絮絮叨叨说了很多关于无知的真人真事。我实在太困了，很快睡着了。也许是药效起作用了，第二天早上，我感觉好多了。后来，医生给我放了一桶血，我感觉好多了。而乔，为了弥补犯下的错误，也在一天天进步。约翰也开始将很多事情放心地交给他。一天，约翰赶着加斯蒂出门了，主人将一封信交给乔，要他骑着我送到3英里外的一位绅士家。

信送到之后，我们慢慢往回赶。路上，我们经过一个制砖场。一辆大车装满砖头，车轮死死地卡在车辙里，车夫大吼大叫，狠狠地抽打拉车的马。两匹马铆足了劲拉，汗水不停从身上淌下来。马全身绷得紧紧的，但是大车依然纹丝不动。可是，那马夫却凶恶地挥舞鞭子，嘴巴里还骂骂咧咧的。

乔叫起来："停下来！不准打马！车轮卡住了，马根本拉不动！"

那人不听，还是不停地鞭打。

乔继续说："停下来！我可以帮你分担一点马车的重量，它们真的拉不动。"

"小混蛋，管好你自己吧！少多管闲事！"那人怒气冲冲。乔让我掉头，我们跑向砖老板家。

乔激动地敲开砖老板家的大门，将车夫鞭打马的事告诉砖老板。

那人问："如果我带马夫去见治安官，你会把之前的情况如实告诉治安官吗？"

乔爽快地答应了。回家之后，乔把这件事告诉了约翰。

"乔！孩子，你做得对！对于那些残忍对待动物的行为，每个人都有责任进行干涉！"

听到约翰的赞美，乔浑身是劲，给我洗蹄子、擦身体的时候，干劲十足。乔快要回家吃饭的时候，主人通知他说，一个马夫因为虐待动物被传讯，需要乔去作证。

乔很激动，满脸通红地答应说："先生，没问题，我去作证！"

随后，他整整领结，扯扯上衣，走了。当乔回来的时候，我看见乔情绪高昂，他友好地拍了拍我："这种事情，我们可不能看着不管，对吗？"后来，我们听乔将作证的事情说了一遍，那个马夫要去受审，可能还会被判两三个月的监禁。

约翰很高兴，他说乔好像长高了。我也相信约翰的话，乔好像一下子从男孩子变成了男子汉，做事更加果断坚决了。

第八章　糟糕的新家

我在波特维克庄园住了三年，现在，却不得不离开这里。夫人又生病了，必须离开庄园，搬到一个气候温暖的地方住两三年调养。这个消息像丧钟一样传遍庄园上下，每个人都很难过。

约翰闷闷不乐地工作，乔也不吹口哨了。

杰西小姐、弗洛拉小姐和她们的家庭老师最先离开，主人把我和生姜卖给了他的朋友W伯爵，把欢蹄送给一位牧师，乔也被派到牧师家干活。至于约翰，有好几个人都打算聘请他，但是他谁也没答应。最后，主人将约翰推荐给了自己在伦敦的代理人。

令人悲痛的分别还是来了。我和生姜最后一次将马车拉到门厅。一切安顿好之后，主人抱着夫人走下台阶，小心翼翼地放进马车。所有的人都在低声哭泣。

主人说："再见了！我们永远会记得大家！"

乔跳上车，我们慢慢地走出庄园，村民们站在家门口，目送我们越走越远。到了火车站，夫人跟约翰道别，约翰却难过得一句话也说不出来。很快，火车驶入站台，两三分钟之后，车厢的门关上了，火车越走越远。

约翰走过来，悲伤地说："我们再也见不到夫人和主人了！"他拿起缰绳，和乔一起赶着我们回家。不，那地方已经不是我们的家了！

第二天，刚吃过早饭，乔将欢蹄套进夫人那辆低矮的马车，送它去牧师家。乔过来跟我们告别，欢蹄也在院子里悲伤地哀鸣。随后，约翰带着我和生姜，来到伯爵府庄园。这里有一栋漂亮的房子和宽敞的马厩。庄园里的车夫约克接待了我们，他吩咐马夫带我们去马厩，邀请约翰去吃东西。

我和生姜被带到一间明亮的马厩里，马夫给我们擦身体，还喂我们吃了饲料。半个小时之后，约翰和约克一起来看我们。

"我说，约翰，这两匹马看上去完美无缺。但是我们都知道，不管是人还是马，都有自己的特点，需要被区别对待。我想知道这两匹马的特别之处。"

约翰说："黑骊性情温和，我猜它从来没有被虐待过，它最高兴的事就是听从您的调遣。至于生姜，它以前被虐待过，刚到戈登老爷家时，脾气暴躁，性格多疑。不过这三年，我没见它发脾气。只要好好对它，它就是一匹能干的好马。不过，倘若遇到不公正的待遇，它还是会以牙还牙的。要知道，大多数烈马都会这么干！"

约克记住了约翰的话，他们一起往外走的时候，约翰说："我还得补充一点，我们从来没有对这两匹马使用短缰绳。黑骊生下来就没用过，而生姜，正是短缰绳和衔铁毁掉了它的好脾气。"

约克坦白地说："我喜欢宽松的缰绳，伯爵大人也很通情达理。但是伯爵夫人，她讲究排场，非要把马的头勒得高高的。以后，我只在伯爵夫人乘车时，才把它们勒紧，我保证。"

约翰叹了口气："我真心替这两匹马感到难过。时间不早了，我得去赶火车，告辞！"

约翰走过来，一一跟我和生姜道别，他的声音听上去很悲伤。我把脸贴着他，满心难过。之后，我再也没见到约翰。

伯爵来马厩看我们，他对我们很满意，还吩咐约克不要对生姜使用短缰绳。这天下午，我们被套上挽具，领到房子面前。这栋房子很气派，是波特维克庄园里那栋老房子的三四倍，但是我觉得它不如老房子看着亲切。两个女仆站在那里等待，不一会儿，女主人来了。她看上去很高傲，好像对任何事情都不满意。我第一次被套上短缰绳，不能随意低头，感觉很难受。生姜看上去倒是很平静。

第二天下午，我们又在那儿等待。女主人走下台阶，用强硬的语气说："约克，你必须让这两匹马的头昂得高一些！"

约克按照她说的做了，将缰绳的长度缩短了一个皮带孔长短。我们需要爬上一座陡峭的山，我想像以前那样低下头，拼命拖马车上去。但是短缰绳勒着我的头，我根本办不到，浑身的劲都使不上。

回来的时候，生姜对我说："短缰绳的味道，你现在终于尝到了吧！目前为止，这里的人对我还算可以。要是他们再勒得紧一点，我可就不客气了！"

日子一天天过去，缰绳越来越短，我不像以前那样盼望套上挽具了。生姜也很烦躁，但是它很少跟我聊天。现在的工作是无休止的折磨，我以为现在已经够糟糕的了，没想到还有更糟糕的境遇在等着我。

一天，女主人对约克说："别再说什么迁就的话了，赶紧让这两匹马的头昂得更高一点！"

约克走到我身边，把我的脑袋拼命往后仰，缰绳勒得很紧，我已经难以忍受这种折磨。随后，约克来到生姜那边，当约克准备缩短缰绳时，生姜猛地直立后腿站起来，撞伤了约克的鼻子，还掀翻了他的帽子。一旁的马夫和约克一起扑向生姜，但是生姜又踢又咬，他们拿它毫无办法。最后，生姜踢倒了马车的车辕杆，踢中我的腿，摔倒了。约克快速压住生姜的头，阻止它闹腾，"把黑骊解开！快，去拿剪刀来！"马夫很快拿来剪刀，剪断缰绳，带我回到隔栏。要是我会直立后腿，我也会那么干！现在，我满心怒火，真想对准周围的人狠狠踢一顿！

不一会儿，生姜被两个马夫牵进隔栏，约克进来解开我身上的短缰绳，气哼哼地嘟嚷起来:"短缰绳!真该死,我就知道这玩意儿会捅娄子!伯爵肯定气得要命,但是他管不住夫人,我能有什么办法!这事跟我没关系,夫人要是去不了宴会,可别怪我。"

约克一边说,一边用海绵给我擦拭,还给我被生姜踢伤的地方上药。随后,W 伯爵听说了这件事,他责怪了约克,约克答应之后只听伯爵一人差遣。但是,约克并没有为我们据理力争,一切跟以前没什么两样。

生姜伤好之后,W 伯爵的一个小儿子乔治爵士想要生姜成为自己的猎马,生姜不用拉车了。我只好继续拉车,他们配了一个新搭档给我,它叫麦克斯。

整整 4 个月,我都忍受着短缰绳的折磨。我敢肯定,长时间下去,我的身体和好脾气都撑不住了。锋利的衔铁磨着我的舌头和牙齿,让我不停地吐泡沫。可是,那些人却说:"多么精神的马呀!"其实,马吐白沫和人吐白沫一样,都是身体不适、需要休息的症状。此外,由于被压迫,我感觉呼吸特别不舒服。每次外出回来,我的脖子、胸脯、舌头、嘴巴都又酸又疼,全身没有力气。

在戈登老爷家,约翰和戈登老爷是我的朋友。在这里,我没有朋友。尽管约克知道短缰绳给我带来了折磨,但是他并没有为减轻我的痛苦做出一丁点儿努力。

第九章　安妮小姐

早春时节,W 伯爵和一些家里人去伦敦玩,把我和生姜还有另外几匹马留在庄园。留守的哈丽特小姐体弱多病,不愿出门。而安妮小姐是个出色的骑手,她长得很漂亮,性格很开朗。安妮小姐喜欢跟哥哥或者表兄弟一起骑马,她挑选我当她的坐骑,称我为"黑旋风"。有时候,我跟生姜一起,有时候跟一匹枣红色的母马丽兹一起。在清冷的空气中奔跑,是一种让人愉悦的运动!

当时,一位叫布兰提的先生也住在庄园里,他很喜欢骑丽兹,对它赞不绝口。这天,安妮吩咐仆人给丽兹戴上女鞍,给我戴上另一副鞍具。我们来到门口时,布兰提有些不安地说:"安妮,难道你厌倦黑旋风了吗?"

"不,我好心让你骑一下黑旋风。我想试试你的丽兹。依我看,丽兹比黑旋风更适合女士骑坐。"

布兰提说："安妮，你听我说，丽兹胆小，不适合你，它很不安全，你还是把马鞍换过来吧。"

但是安妮小姐很坚持，布兰提拗不过她，只好小心翼翼扶着她爬上丽兹的背。我们正要动身，一个仆人出来，拿了一张哈丽特小姐的便条，让我们去阿利什诊所找医生去问一件事，顺便把答案带回来。

医生的诊所在村里的尽头，一路上我们跑得很欢快。到诊所大门的时候，布兰提下马，正要开门让安妮小姐进去，可是安妮小姐说："你把黑旋风的缰绳挂在门上，我就在这儿等你。"

布兰提很犹豫，"你一定要等我，我不到5分钟就会回来。"

布兰提把我拴在一根铁钉上，走过大门，朝一段种植了常绿树的小路走去。安妮小姐坐在丽兹的背上，玩着缰绳，哼着歌。马路对面是一片牧场，这时，几匹拉车的大马和几匹小马乱成一窝蜂冲了出来，一个小男孩跟在马匹后面，挥舞着鞭子。一匹顽皮的小马驹，猛地穿过马路，一下子撞到丽兹的后腿上。不知道怎么回事，丽兹疯狂地撒腿往前跑。事情发生得太突然了，安妮小姐差点被摔下来。不过，她很快稳住身体，牢牢地坐在马背上。我着急地大声嘶鸣，拼命地甩脑袋，想挣脱缰绳跟上去。不一会儿，布兰提冲出来，爬上我的背，我急忙往前跑。

前面的拐弯处有两条岔路，还没等我们跑到拐弯处，安妮小姐早已跑得不见踪影了。一个女人站在自家花园门口，冲我们大喊："右边！"我们飞快往右边跑去。好几次，我们看到了安妮小姐的身影，但是很快，她又消失在我们的视野里。后来，我们转向公共牧场，在那里，我看到了安妮小姐的身影。她的帽子不见了，头发散开，身体往后仰着，似乎在用最后一点力气抓住缰绳。公共牧场的路不平整，那里长满了荆棘，到处是蚂蚁洞和鼹鼠窝，最不适合奔跑。丽兹的速度显然慢了很多，布兰提非常巧妙地指引我，我没有放慢速度，很快追了上去。

地上有一条刚挖的宽沟，被挖出的泥土马马虎虎堆在一旁。丽兹看见我们追上来，毫不迟疑一跃，被土堆绊倒，摔倒在地。布兰提握紧缰绳："好，黑旋风，这下看你的了！"我用尽全身力量，果断一跃，一下子跳过了宽沟的土堆。

安妮小姐一动不动地躺在地上，布兰提翻身下马，跪在地上轻声呼唤她的名字。可是，安妮小姐一句话也说不出来。布兰提把她的脸转过来，那张脸双眼紧闭，一脸苍白。布兰提焦急地握着安妮小姐的手腕，不远处两个修剪草坪的人走过来。他们看到这幅情景,也很着急。

布兰提问:"你们谁会骑马?"

一个男人回答说:"我会,不过我不太在行,为了安妮小姐,我愿意冒险一试。她去年冬天对我的妻子很是照顾。"

"好,我的朋友,你快骑上这匹马,到诊所去,把医生叫过来。然后去庄园报信,把你知道的情况告诉大家,叫他们派马车和仆人来,我在这里守护安妮小姐。"

这人点点头:"先生,我会全力以赴。上帝保佑,安妮小姐,你得尽快睁开眼睛。"说完,他对另外一个男人说:"嗨,你去弄点水,叫我老婆赶紧到这儿来。"

说完,这个男人笨手笨脚地爬上我的背,上了路。他手里没有鞭子,觉得很不安,我尽量不颠着他,让他感觉自己很安全。随后,他通知了医生和庄园里的人。

得知消息后,全家上下炸开了锅,一片慌乱。我被牵进马厩,盖上盖布休息。生姜被套上马鞍,被人带着去找W伯爵的小儿子乔治爵士。很久之后,生姜回来了,它把它知道的情形告诉了我:"我差不多飞奔赶到那里,恰好医生也到了。医生往小姐嘴里灌了点东西,他说她没死。随后,安妮小姐被抬上马车,我们就回来了。有个人拦路打听安妮小姐的情况,我听见有人回答说安妮小姐的骨头没有断,但是她目前还没醒过来说话。"

两天之后,布兰提来马厩看我,他对我赞不绝口。后来,我听他跟乔治爵士说,安妮小姐已经脱离危险,很快又能骑马了。

第十章　鲁本

接下来,我要向大家介绍一个人——鲁本。

在W伯爵前往伦敦时,他安排鲁本留下来照顾我们。鲁本是个一流的马夫,他对我们温和细致,看上去格外忠诚可靠。此外,他长得很帅,还很有文化,大家都很喜欢他,我们马自然更喜欢他了。不过,鲁本有个很大的缺点——贪酒!他跟别的男人不一样,不会一年到头喝酒。他可以好几个星期甚至好几个月,滴酒不沾。但是他一旦喝酒,就会丢尽脸面,让妻子担惊受怕,让所有跟他有关的人受累。也许是因为他太能干了,他好几次酗酒,约克都帮他瞒着伯爵。但是有一次,鲁本送参加宴会的人回家,醉得连缰绳都握不住。这件事没办法瞒下去，鲁本被 W 伯爵开除了，他的妻子和孩子也被迫搬出庄园门口的小木屋。当然，这些都是我的搭档麦克斯告诉我的。后来我和生姜来到庄园，鲁本又被叫回来继续当差。他口口声声发誓，只要在这儿住一天，绝对滴酒不沾。

一天，布兰提先生要返回部队，安排鲁本送他进城。到了车站，布兰提送给鲁本一些钱，叮嘱他说："鲁本，照顾好小姐们，别让那些不知天高地厚的毛头小伙骑黑旋风，把它留给小姐们。"

鲁本把需要修整的马车停在工匠那里，骑着我来到一家酒吧。他吩咐马夫将我喂饱，4 点钟的时候再来骑我。4 点钟时，马夫发现我前脚掌铁蹄上的一颗钉子松动了。5 点钟左右，鲁本走进来，告诉马夫他碰到了几个老朋友，要 6 点钟才能动身。马夫将钉子松动的事告诉鲁本，问他要不要将我的脚掌都检查一遍。

鲁本大声嚷嚷说："不必，回家完全没问题。"

他说话的语气很冲，也不关心我的脚掌，这让我觉得很吃惊，眼前的这个人完全不像我平时认识的鲁本。6 点钟到了，鲁本没来。我们一直等到 9 点钟，他才骂骂咧咧地走过来，劈头盖脸将马夫骂了一顿。

我们还没出镇子，鲁本就拿出鞭子，狠狠抽打我，要求我加速前进。其实，我已经跑得很快了。这时，月亮还没出来，四下漆黑一片。这条路最近经过修整，路上还有很多石头，我这样跑着，脚上的脚掌越来越松，到收费公路的门口时，脚掌已经掉了。鲁本醉得太厉害，完全没发现我的脚步有问题。

路上的石头是新铺的，很锋利，任何一匹马走在上面都有危险，更何况我的脚掌还掉了一只。鲁本拿出鞭子，拼命地抽打我，不停地说粗话骂我。我只好用力往前跑，蹄子已经裂开了，被锋利的石头硌得血肉模糊。实在痛得无法忍受，我一个趔趄，突然摔倒，双膝跪地。鲁本被我摔了下去，我快速站稳，一瘸一拐地走到没有石头的路边。

月亮已经升上来了，借着月光，我看见鲁本躺在距离我几码远的地方。他爬不起来，只好躺在那里痛苦地呻吟。我的腿和膝盖也疼得要命，但是我们马天生就养成了忍耐的本领，从来都是一声不吭地承受着痛苦。我帮不了鲁本，也帮不了自己，只得耐心地等待。唉！我是多么希望能听见马蹄声、车轮声、人类的脚步声！但是，这条路太偏僻，白天的行人原本不多，现在是三更半夜，谁能来帮助我们呢？恐怕，我等上好几个小时也不见得有人来。

皎洁的月光下，一只褐色的猫头鹰扑腾着翅膀飞过。一切都是静悄悄的，只有夜莺发出一两声低低的吟唱。我忽然想起以前的时光，忽然无比怀念跟妈妈一起躺在草地上玩耍的日子。

差不多半夜的时候，我听见一阵马蹄声从远处传来。这声音越来越近，我可以肯定，那是生姜拉着一辆双轮轻便马车。我大声嘶鸣求救，听见了生姜的回应和男人们的说话声。

马车来了，一个男人从车上跳下来，俯身查看："啊，是鲁本！他动不了了！"

另一个男人走下来，弯腰查看了一下："你摸摸他的手，好凉！他死了！"

他们把鲁本扶起来。鲁本已经没有任何生气，头发被鲜血浸透了。他们只好把他放到地上，走过来查看我的伤势。

马夫耐德说："天啊，是黑旋风把鲁本摔出去的。这匹马居然会做出这种事？真是没想到。鲁本一定在这儿躺了好几个小时了！真是怪事，这匹马居然一直守在这里。"

马夫罗伯特，牵着我往前走，我的膝盖很疼，只走了一步，又差点儿摔倒。

"耐德，它不仅膝盖受伤，脚也坏了。你看看它的蹄子，都被割烂了。天啊，可怜的家伙！鲁本恐怕不太对劲，他居然让少了一个铁蹄的马跑这样的石头路！恐怕，他的老毛病又犯了，可怜他的妻子苏珊！她来问我鲁本有没有回来的时候，满脸苍白，却假装镇定，恳求我们出来找他。现在我们该怎么办呀？马和鲁本的尸体都得搬回去。"

他们商量了一下，罗伯特负责牵我回去，耐德负责运送尸体。耐德走了之后，罗伯特拿出手帕，仔细包扎好我的伤口，再慢慢牵着我往家里赶。我一辈子也不会忘记那段路，短短的3英里，我忍着剧痛，一瘸一拐往前走。罗伯特时不时拍我，给我打气加油。最后，终于到了我的隔栏，罗伯特拿出湿布裹好我的腿，简单清理了我的脚。我实在太累了，挣扎着躺在稻草上睡了。

第二天，马医来了。他说我的关节没事，以后还能继续干活。我相信，医生采取了最好的治疗方法，但是治愈过程令我痛苦不堪，此外，我的膝盖留下了永远无法消除的伤疤。

至于鲁本，他死得太突然。人们展开了调查，酒吧老板和马夫，还有几个人都证明当时鲁本醉得神志不清。后来，有人在石缝里捡到了我的铁蹄，大家认定，我不用对鲁本的死负责。

第十一章　车马出租行

膝盖的伤好得差不多的时候,我被带到一个小牧场上休养。这里只有我一个,没有别的马,我觉得很孤单。一天,牧场的大门开了,被送来的正是我的好朋友生姜!我欢快地叫着,冲生姜跑去。久别重逢,我的心里有道不尽的喜悦!但是,很快我就发现,生姜的身体也被毁了!

W伯爵的小儿子乔治爵士,逮着机会就打猎,一点儿也不关心生姜。我离开马厩不久,大家举办了一场赛马比赛。马夫告诉乔治,说生姜有些紧张,不适合参赛。但是,乔治爵士不听劝告,执意参赛。而生姜呢,好胜心强,拼命往前跑,还获得了前三名的好成绩。但是,生姜一路驮着乔治逆风奔跑,后背的肌肉被严重拉伤,只好被送到小牧场疗养。

我和生姜都感觉身体不如以前强健了,也不能再像以前那样纵情奔跑了。我们安安静静地吃草,在树荫下一待就是好几个小时。时间就这样一天天过去,我们的生活很宁静,直到W伯爵带着约克来到牧场。

伯爵看上去很生气:"我老朋友的马,就这样被毁掉了!他还以为它们在这儿有了好归宿呢!这匹母马生姜在这儿歇一年后再做打算。这匹黑马,我必须卖掉,它这种膝盖不适合留在我的马厩。"

约克说:"先生,我在巴思认识一个人,他是车马出租行的老板。他很会照顾马,先生,只要你写一封信或者我写一封推荐信,他就能接受这匹马。"

"好吧,约克,你给那位老板写信吧,我不管你卖多少钱,我只想这匹马能有个好归宿。"

伯爵和约克走了之后,生姜伤感地说:"这个世界真残酷啊!我的老朋友,以后我再也见不到你了!"

一个星期后,马夫罗伯特带着笼头来到牧场,他把笼头套上我的头,牵着我往外走。我每走一步,就大声嘶鸣一声,生姜焦躁地围着牧场的篱笆奔跑,一遍又一遍地呼唤我的名字,直到我消失在它的视野里。

很快，我到了车马行。这个地方还算舒适，尽管马厩不如我以前住的地方通风透气，但是伙食还不错，马厩的卫生也搞得很干净。总的来说，我认为马厩的老板在尽心照顾我。这里有很多马，还有供出租的马车。有时候，老板的车夫驾车送客，有时候老板把马车和马租给客人自己驾驶。我也成了一匹出租的马，租给形形色色的客人们。由于我脾气好，踏实可靠，出租的机会也比别的马多。关于我经历的各种赶车方式，说起来几天几夜都说不完，我就随便拣几个跟大家说说吧。

第一种是"手紧"的人，他们认为骑马赶车最要紧的就是牢牢抓紧手里的缰绳，不能给马一丁点儿自由。那些年老体弱的马，长时间被这样的赶车人虐待，嘴巴变得僵硬而迟钝。

第二种是那些"手松"的人，他们松松垮垮地拉着缰绳，懒洋洋地将手放在膝盖上。如果发生意外，马受到惊吓或被绊倒，他们完全无法控制马的行为，不能帮助马和自己避开灾祸。

此外，还有一些赶车人粗心大意，从来不把马的痛苦当一回事。一天，我就遇到了这样一位粗线条的赶车人。他赶着我拉一辆敞篷的四轮马车，马车里坐着一位夫人和两个孩子。这位赶车人笨手笨脚的，还无缘无故给我一鞭子。当时很多地方都在修路，一些路就算不是才修好的，地上也有许多松裂的石头。赶车人只顾着跟夫人说说笑笑，完全没有留意路面的情况，也不知道走平整的路段。很快，一颗石头扎进我的前蹄。

赶车人丝毫没发现我的异常，直到我疼得无法忍受，一瘸一拐的时候，他才大声嚷嚷起来："怪事！这家老板居然租给我一匹瘸马！真是太过分了！"

他挥舞起鞭子，胡乱抽打我："别耍滑头，我可不吃这一套！"

这时，一个农夫骑着一匹褐色矮脚马走过来。农夫停下来说："先生，我觉得您的马有些不对劲，可能是石头扎进蹄子了。对马来说，小石头可是讨厌而危险的东西。请允许我帮您检查一下。"

说完，农夫下了马，抬起我的左前蹄："天啊，它根本不是什么瘸腿！真的有个石子儿！"马夫从口袋里挑出一个剔石器，小心翼翼将我脚掌中的石头剔了出来。

赶车人嚷嚷道："真是件怪事！我可不知道石头会跑进马的蹄子里！"

农夫鄙夷地说："这是常识！走在这样的路上，最好的马也避免不了脚掌嵌入石子儿。如果你不想把马弄成瘸子，必须目光敏锐，及时将驮马脚掌的石子儿剔出来。先生，你最好对你的马温柔点，它的脚受了伤，需要点时间才能复原。"

农夫说完，骑上矮脚马走远了。

赶车人继续甩动缰绳，我明白我还得赶路，只好继续往前走。幸好石子儿被剔掉了，我的脚不那么疼了。总之，这种事，对我们这种出租的马来说，太常见了。

另外，还有一些人，他们认为，只要付了钱，想要马走多快马就能走多快，想要马走多远马就能走多远，想要马驮多重的东西马就驮得起多重的东西！

这种赶车方式，被我们称为"蒸汽车式"！

不管什么样的路况，他们都会凶巴巴地挥舞鞭子，恶声恶气地叫骂："你这懒畜牲，给我快走！"一旦我们想停下来，等待我们的就是没完没了的鞭打。

我记得，一个春天的傍晚，我和搭档罗里拉了一整天的车。黄昏的时候，我们迈着轻快的步子回车马行。在一个拐弯的地方，一匹马拉着马车飞快冲过来，我们来不及躲避，撞到一起。所幸，我位于距离篱笆较近的一边，没有受到什么伤害。而罗里就没这么幸运了！那个赶车人来不及勒住缰绳，整个人撞到罗里身上。马车的辕杆插进罗里的胸膛，罗里被扎得皮开肉绽，鲜血哗哗往外流。

而这个赶车人，就是个胡作非为的家伙，完全不懂得什么时候该减速，什么时候该转弯。要是伤口在往左边偏一点，罗里当场就没命了！可怜的罗里，它养了很长一段时间才康复，身体刚养好就被卖掉去拉煤车了。

后来，一名叫佩吉的母马成了我的新搭档。它的步子很奇怪，半走半跑的，每走三四步就往前跑一步。这种走路方式对任何一个搭档来说都是种折磨，回家之后，我问佩吉，为什么要那样走路。

佩吉垂头丧气地回答："我知道我走得很糟糕，可是，这不能怪我。你的腿比我长太多，迈的步子也比我大很多，走的速度也比我快。我倒是希望我有4条长腿。唉！"

我说："你别为腿的问题担忧了。你看你结实、勤劳、脾气也好！"

它说："你不知道，人人都希望我们跑得飞快！要是我赶不上别的马，我就得挨鞭子！为了尽量赶上去，我走路就变成了现在这个鬼样子！其实，我跟我第一个主人在一起的时候，我总是慢悠悠的，做事不紧不慢。我的主人是个乡村牧师，从来不会因为我走得慢就用鞭子打我。但是好景不长，主人要到大城市去，他把我卖给了一个农夫。你知道的，有些农夫是再好不过的主人，而有些嘛，就是个下三滥！这家伙完全不懂马，也不懂怎么赶车，一心只想让我快跑。我使出全身力气，他还觉得我跑得慢，总是用鞭子打我。为了跟上速度，我被逼这样一跳一跳地赶路。后来，我拉的车撞上一辆沉甸甸的大马车。我们的马车翻了，农夫被甩了出去，胳膊被折断，肋骨好像也断了几根。之后，我离开了他。总之，对我来说，哪里都一样。人们只追求速度！我真希望我的腿能再长一点！"

我真心为佩吉感到难过，可是我也说不出什么安慰它的话来！

后来，佩吉被安排拉四轮轻便马车。因为性情温和，好几位女士都很喜欢佩吉。再后来，两位好心的女士买下了佩吉，佩吉终于得到了一个好归宿。

之后，一匹年轻而胆小的马接替了佩吉，成了我的新搭档。我问它，为什么容易担惊害怕。

它说："我很小的时候，总是很好奇。每当我看见奇怪的东西，想要看个清楚，主人就拿鞭子抽我。这让我很困惑，也没办法减轻我的害怕。其实，主人只要让我把那些东西看清楚，我也会渐渐习惯，不再害怕。可惜，他不懂！"

我知道这匹小马说的是真话，我真心希望每匹小马都能遇到好主人。

当然，我们的日子并不总是那么糟。偶尔，我们也会遇到懂行的赶车人。一天早上，我被套上一辆轻便马车，来到一座宅子前接人。两位先生走出来，其中的高个子先生走到我身边，看了看我的笼头和衔铁，还摸了摸我的项圈，他想知道我戴这身行头会不会不舒服。

随后，它问马夫："你觉得这匹马需要戴这些吗？"

"老实说，他不需要这些，完全能走得很好。这匹马心思敏感，温和善良。"

这位先生说："好的，那就不用这些，你把缰绳就系在它的下巴上。我们需要走很远的路，嘴巴不受拘束对马来说很重要。"说完，他还拍了拍我的脖子。

这趟旅程轻松极了，我高高昂起头，精神十足地迈着步子。那一瞬，我感觉回到了过去，心情无比畅快。

这位先生很喜欢我，他骑了我好几次，还说服马车行老板，将我卖给他的朋友巴里先生。

第十二章 小偷和骗子

我的新主人巴里先生很忙,但是他对我不错,吩咐马夫费尔奇给我吃最好的干草。干草里面还混合了大量的燕麦、麸皮、碎豆子,甚至还有野豌豆或者黑麦草。听到他对费尔奇的嘱托,我以为我快要过上好日子了。

最开始的几天,一切都很好。费尔奇把马厩里收拾得很干净,给我擦洗得也很彻底,对我也是无比温和。我知道,费尔奇曾在一家大旅馆当马夫,他辞退了这份美差,种了一些瓜果蔬菜出售,他的妻子还养了一些鸡鸭兔子补贴家用。过了一段时间后,我觉得我饲料中的燕麦在渐渐减少,分量还不及原来的四分之一。没有充分的谷物,我的身体缺失营养。但是我没办法说话,不知道该如何向主人传达我的食物需求。就这样持续了两个月,我的主人也没觉察出我哪里出了问题。

一天下午,主人骑着我到乡下看望一位绅士。这位乡绅是个相马行家,他一看到我就问:"巴里,你没觉得你的马没有刚买的时候那么精神了吗?"

主人回答说:"它的确没有之前那么活跃了。我的马夫费尔奇说,马到了秋天都是无精打采的,他说这很正常。"

乡绅摇摇头,问主人我的食物情况。主人回答之后,乡绅摸摸我的身体,"老朋友,我不敢说谁吃了这匹马的谷子。但愿都是你的马吃掉的。对了,你骑马快吗?"

主人说:"不,我骑得很慢。"

乡绅抚摸着我的脖子和肩膀:"我并不是一个疑神疑鬼的人,但是巴里,我建议你留意你的马厩。因为,的确有一些卑鄙的人,他们丧心病狂,去偷这些哑巴牲口的口粮,你必须留意!"说完,他对仆人说:"给这匹马好好吃一顿燕麦,让它放开肚皮吃!"

这位乡绅说得没错,我们的确是哑巴牲口。要是我会说话,我一定会告诉主人我的燕麦去了哪里。每天早上6点左右,费尔奇就会带一个男孩来到马厩。这男孩总是提着一只带盖的篮子,他们一起走进存放谷子的马具房。我透过门缝,看见他们把燕麦装进一只小口袋,放入那只篮子。然后,小男孩提着篮子走了出去。

五六天后,小男孩刚走出马厩,一个警察进来抓住了小男孩的胳膊,另一个警察走来，锁上了马厩的大门。他们问小男孩："你爸爸将马饲料放在哪里了？"

小男孩吓哭了，只好领着警察来到马具房。在那，他们找到了一个空袋子，它跟小男孩篮子里那只装满燕麦的袋子一模一样。警察们很快抓住费尔奇，罚他坐了两个月监狱。

几天之后，主人为我找来一位新马夫——艾尔弗莱德。如果说谁能以马夫的形象当骗子，艾尔弗莱德当之无愧。

他对我很温和，也不虐待我，还经常用水梳洗我的鬃毛和尾巴，用油擦亮我的蹄子，让我看上去精神十足。但是，他从来不给我洗脚，也不在意我的铁蹄是否生锈，也不擦洗我的全身。这样，时间一长，我的马鞍变得潮湿，尻带也硬邦邦的。

艾尔弗莱德总觉得自己长得很帅，每天花很长的时间对着马具房的一面镜子打理自己的头发、胡子、领带。每当主人跟他说话，他每回答一声"是的，先生"就行一次脱帽礼，大家都以为他是一个彬彬有礼的年轻人，认为巴里先生聘请到他真是太走运了。要我说，这家伙是我见过的最懒惰、最自以为是的年轻人。

他从来不打扫马厩里的稻草。时间一长，稻草堆散发出难闻的气味。一天，主人说："艾尔弗莱德，马厩的气味实在太难闻了，你能不能好好把这里清理一下，用水冲冲？"

"好的，先生！"他又行了一次脱帽礼，"但是，我这么做马会感冒的。先生，我可不想伤害它！"

主人说："好吧，但是这个味道实在太难闻了。你确认这里的排水管没有问题？"

艾尔弗莱德也认为是排水管出了故障。于是，他按照主人的指示请来泥水匠。泥水匠撬开很多砖头，却发现水管没有任何故障。隔栏的气味依然很难闻，更糟糕的是，长期站在潮湿的稻草上，我的脚也出了问题，经常疼痛难忍。

主人很纳闷，说我走路拖泥带水。艾尔弗莱德也附和说，他带我出去遛弯的时候也发现我有些问题。

事实是，他很少带我出去遛弯！不出去工作的时候，我经常在马厩里一站好几天。腿脚得不到伸展，但是艾尔弗莱德却喂给我跟干重活时一样剂量的食物。时间一长，我的健康被损坏了，我变得臃肿懒散、焦虑燥热。艾尔弗莱德从来不给我吃败火的食物，只会无知地逼我喝药水、吃药丸。这些药让我很不舒服。

一天，主人骑着我进城。走过铺着新石头的路时，我的腿实在太疼了，将主人绊了两下。主人很担心我，经过兽医站的时候停下来，让兽医检查我的身体。兽医将我的脚挨个儿检查一遍，说："先生，这匹马的蹄子已经腐烂，脚红肿得厉害。这种病一般在肮脏的、清理不干净的马厩才会发生。我很奇怪，您的马夫为什么没有看出来马生病了。明天您将这匹马送过来，我给它治疗一下，顺便叫马夫也过来，我告诉他怎么给马上药。"

第二天，我的脚被彻底清洗了一番，里面还塞了一些浸了药水的麻布。这滋味，别提多难受了！

经过照料，我的脚恢复了健康。但是，巴里先生接连两次被马夫欺骗，他已经心灰意冷，不愿意再养马了。于是，我被带到马市出售。

第十三章　出租马

对于那些想开阔眼界的人来说，马市的确是一个能够一饱眼福的地方。这里有各式各样的马。

有像欢蹄那样的矮种马；有几百匹拉车大马，一些马的尾巴还编成辫子，系上红色的绳子；有像我这样出身高贵、模样英俊但是因为意外而有些缺陷的马；也有一些正当壮年的好马。当然，在不起眼的角落，还有大批可怜虫。它们是被长期劳作损害健康的马，是潦倒落魄的老马。这些马瘦如枯柴，有些马的身上伤痕累累。

来这里的人，叽叽喳喳地讨价还价。要是一匹马能向人类表述自己的思想，我敢说，这里的坑蒙拐骗会比任何一个聪明人讲诉的多得多。那些男人们一看到我的膝盖，就把目光移开了。他们会掰开我的嘴，看看我的眼睛，摸摸我的四肢和皮肉，再试一试我的步伐。虽然同样是买主，但是他们的做法却千差万别。有的人对我像对一块木头，举止粗鲁，完全不在乎我的感受。而有些人则轻轻地拍着我，动作轻柔。单从这些买家对我的态度，我就能判断出他们的为人。

有个买主，个头矮小，身体结实，从他抚摸我的手法，我就知道这是个懂行的人。他说话的声音很温和，灰色的眼睛充满了愉悦。我真希望，他能把我买走。他出价23英镑，被拒绝了。后来，经过好一番讨价还价，他以24英镑10便士，买走了我。

我的新主人交了钱，接过缰绳，带我来到一家客栈。那里有马鞍和笼头，他喂我吃了一顿燕麦。半个小时之后，我们动身前往伦敦。黄昏时，我们来到伦敦市中心。市里街道交错，我觉得我好像一生也走不出这些街道了。最后，我们来到一条街上一个车马出租行，拐进一条小路，又拐入一条狭窄的巷子。巷子一边是破旧的房屋，一边是马车房和马厩。

主人在一所房子前勒住缰绳，吹了一声口哨。门一下开了，一个年轻的女人走了出来，后面跟着一个男孩和一个女孩。很快，我被他们牵进马厩，一家人围住我看个不停。

女孩问："爸爸，它脾气好吗？"

主人笑了："多丽，它像你的小猫一样温和。不信，你拍拍。"

立马，一只柔软的小手毫无畏惧地拍着我的肩膀。这感觉太奇妙了！

女主人说："你把它擦洗干净，我给它弄了些麦麸糊糊。"

"谢谢，他需要这个，我想你们也给我准备了美味的糊糊。"

男孩立即大声叫道："香肠布丁和苹果酥饼！"一家人都笑了。我被领到一间铺了很多干草的马厩。吃过饭之后，我美美地躺下来休息。也许，幸福的新生活就要开始了！

我的主人叫杰瑞，有一辆轻便的双轮马车和一匹名叫队长的老战马。他的妻子波利是个勤劳的小妇人，整天乐呵呵的。他们的儿子哈利已经12岁了，个头很高，坦率而直爽；女儿多丽只有8岁，像她妈妈一样，非常可爱。这家人是我见过的最幸福、快乐的人！

第二天一早，我被打扮一新。哈利一大早就过来，帮杰瑞梳理我的毛发，他说我会是一个"好把式"。波利带给我一片苹果，多丽带给我一片面包。我好像回到了我的"黑骊"时代，我愿意跟这家人友好相处。

他们给我取了个新名字——杰克。

上午，老队长出去拉车。下午，我被套上了马车。谢天谢地，没有短缰绳，没有衔铁，只有一个普普通通的马嚼子，我感觉舒服极了。我们穿过小街，来到大马车行。这条街道很宽敞，一边是漂亮的房子和橱窗，一边是古老的教堂。教堂外的铁栅栏边，排列着等待出租的马车，地上散放着一些干草。几个人坐在箱子上看报，两三个人抓起干草喂马，给马喝水。我们停在最后一辆马车边，几个人围过来，对我评头论足。

这时，过来一个脸庞宽大的男人。这个人叫格兰特，大家都叫他"格兰特长官"或者"灰衣格兰特"。他在车马行干的时间最长，喜欢挺身而出为大家化解矛盾。格兰特穿着灰色大衣、灰色披肩，戴着一顶灰色帽子，连头发也是灰色的。大家给他让出一条路，他将我从头到脚打量一番，对杰瑞说："杰瑞，它很适合你，不管你花了多少钱，它都值那个价。"

就这样，我在车马行的地位正式确定了。在这儿的第一个星期，特别难熬。我不适应伦敦的车水马龙,在大大小小的街道穿梭,让我烦躁又痛苦。幸好,杰瑞值得信赖,在他的引导下,我很快适应了这里的一切。

没过多久,我和杰瑞就达成了默契,只要他一拿起缰绳,我就知道这是出发的信号。这里的一切都让我觉得舒服。马厩是老式的,杰瑞在隔栏后面安装了两根活动的横杆。晚上休息时,他取下我的笼头,安上横杆,我就能在里面随意地转身活动,我感觉很惬意。马厩里很干净,食物也很丰盛。最棒的是,一连工作6天后,到了星期天,我可以得到休息。

就在休息这天,我听老战马队长讲述了它的故事。

队长从小就被当战马调教、训练,它年轻的时候是一匹相貌英俊的战马。一位参加克里米亚战争的骑兵军官是队长的第一位主人。骑兵军官很关心队长,队长觉得当战马的生活无比快乐。可是不久,队长要乘坐一艘轮船漂洋过海。

队长说:"那事真是太可怕了!他们用皮带绑住我们的身体,让我们越过水面,踏上甲板。之后,我们被安置到船上一个封闭的隔栏里。有时候起了大风大浪,船摇晃得厉害,我们也只好跟着摇晃。这趟磨难结束时,我们又被吊起来,送到陆地上。能够回到结实的土地上,我高兴得连连大叫。但是,我很快发现,除了打仗,我们还要忍受各种磨难。"

我问:"难道还有别的事比打仗更糟吗?"

"我也说不好。我喜欢打仗,喜欢鼓点,喜欢被召唤。只要一声令下,我就会毫不犹豫地往前冲。只要骑兵安安稳稳地坐在我的背上,手里紧紧握住缰绳,哪怕炮弹在空中盘旋我也毫不畏惧!我跟着主人参加了很多战役,但是我毫发无伤。我看见许多勇敢的战士被砍倒,也听见过无数垂死者的呻吟和惨叫。我在洒满鲜血的战场奔跑,左躲右闪,从不觉得害怕。直到那个可怕的日子降临!"

说到这里,队长深深叹了一口气:"那是深秋的一天早晨,我们像往常一样整装待命。军官们好像很兴奋,天还没完全亮,我就听见敌人的炮弹声。这时,一位军官走过来,命令士兵上马冲锋。我的主人和我排在队伍的最前面,主人轻轻拍着我的脖子,对我说:'我的骏马,我们今天有一场恶战!我们要像以前一样,不辱使命!'我记得,那天早晨,主人一遍又一遍,仔细抚摸着我的脖子。关于那天发生的事,我只说说那最后一次冲锋吧。

"我们冒着敌人的炮火穿过一道山谷。尽管我已经习惯了怒吼的机枪和嗖嗖飞过来的子弹,但是那样的炮火我还是第一次见到。无数子弹和炮弹四面八方袭来,很多英勇的战士和战马倒下了。那些无人驾驭的马，挤进队伍中间，跟着我们一起冲锋陷阵。尽管每一分钟都有人和马倒下，但是没有人退缩、迟疑，我们的速度越来越快，距离敌方越来越近。这时，我的主人高举右臂为战友们助威。一颗炮弹从我的头上飞过去，主人中弹了，宝剑从右手掉落，握紧缰绳的左手也松开了。他滑下马鞍，掉到地上。我想停下来，但是后面的骑兵冲上来，我被他们挤压着，被迫离开了主人。一位失去战马的骑兵拉住我的笼头，骑到我背上，于是我带着这位新主人继续战斗。但是，我们寡不敌众，那些幸存的人从战场上撤退回来了。很多马受了伤，有的失血过多，不能动弹了；有的拖着三条腿，勉强可以往前走。战斗结束后，那些伤员被抬了出来，死者被就地埋葬。"

我问："那些受了伤的马呢？那些骑兵会让它们直接等死吗？"

"马医带着手枪，打死了那些受伤严重的马。受了轻伤的马被带回去医治。那天早上伴随我一起出征的战马，大部分都没能回来！我们那个马厩里，生还者只占总数的四分之一。从此，我再也没有见到我那亲爱的主人。后来，我又参加了无数次战斗。战争结束后，我回到英国，仍旧像出发时一样强壮。"

我说："但是，我听人们说起战争，好像那是一件无比美好的事情呢。"

队长叹了口气："那是他们没有亲眼见到战争的残酷！如果没有战争，平常地训练、演习都是挺有意思的事。而一旦战斗，就会有成千上万的士兵、战马死去或者留下终身残疾。"

"队长，那你知道人们为什么要打仗吗？"

"不知道，这不是一匹马能搞懂的事。不过，既然需要不远万里去杀死那些人，说明那些人肯定是十恶不赦的大坏蛋！"

第十四章　善良的杰瑞

幸好，现在没有战争！我的新家，看上去很和睦。这家人总是说说笑笑，过得无比快乐。而我的新主人杰瑞，也是一个无比和善的人。杰瑞受不了磨磨蹭蹭，浪费时间。要是有些客人起初磨磨蹭蹭总是迟到，坐上车之后又希望马车跑得飞快，能弥补他们浪费的时间，杰瑞就会大发脾气。

一天，两个男人慌慌张张地从马厩附近的一家酒店出来，大声冲杰瑞叫喊："喂，出租车！赶快，我们来不及了！我们得去赶一点钟的火车，多给你1先令，赶快！"

杰瑞说："先生，我只会按正常的速度赶车。给我再多钱，也买不来我的马的命！"

这使，另一个车夫莱瑞将马车赶过来，一把拉开车门："先生们，请吧！我会准时把你们送到车站！"随后，这两个男人上车了，莱瑞关好车门，"你们有所不知，要是让马跑快一点，这个人的良心就受不了！"说完，莱瑞拿出鞭子，狠狠抽了抽拉车的老马。

杰瑞拍拍我的脖子："老伙计！杰克，1个先令买不来我的良心，对吗？"

虽然杰瑞反对让马过分疲劳，但是一旦知道客人需要赶路的目的，他也会将马车赶得又快又稳。

一天早晨，我们站在马厩里等客人。一个年轻人提着一只笨重的手提箱，不小心踩到地上一块橘子皮，摔了一跤。杰瑞跑过去，扶起年轻人。看他走路的样子，身上肯定摔疼了。

年轻人问杰瑞："你能送我去车站吗？唉，真是倒霉，我跌了一跤，走过去恐怕来不及了。我得赶12点的那班火车，你要是准时将我送过去，我愿意付给你额外的报酬。"

杰瑞真诚地回答："先生，你确定你没事吗？"

年轻人着急赶路。一眨眼工夫，杰瑞坐上马车的驾驶座，拽了一下缰绳，对我说："杰克，好样的，来吧，让他们看看我们到底能跑多快！"

时值中午，街道非常拥挤，想快速前进并非易事。这里有太多的马车、公共汽车。它们有的速度慢，有的速度快，有的往这边走，有的往那边走。我好不容易才逮着一个超车的机会，挤到了车流前面。但是，才往前走了一丁点儿路，又被困在一队长长的马车中间。前进的速度慢得像走路，必须抓住机会，有空当儿就钻，才能避免车轮被卡住或者马车被别的车撞坏。总之，想在白天快速穿越伦敦，必须有充足的驾车经验。

我和杰瑞已经习惯了。尽管路上很拥挤，但是谁也不是我们的对手，我们一路顺利地来到一条街尽头。那里堵车了，年轻人急得团团转，幸好三四分钟过后，前面的车子动了起来。我们见缝插针，以最快的速度往前走，风驰电掣一般冲进车站。这时，距离12点还差8分钟。

年轻人很感激，塞给杰瑞半个克朗，但是杰瑞却拒绝接受额外的报酬。在回来的路上，他大声地自言自语："我真是太高兴了！可怜的年轻人，我真是搞不明白，他为什么那么急冲冲的！"

回到车马行之后,大家都取笑杰瑞,说他为了多挣钱违背了自己的原则,拼命赶火车。他们想知道他到底挣了多少钱。

杰瑞笑着点点头:"这次挣的是平常的好几倍,够我过好几天舒服日子了。哈哈,他多给我半克朗。但是我一个子儿也没多要!看到那个年轻人赶上火车,我觉得很高兴。让自己高兴高兴,跟钱没有关系!"

莱瑞说:"你这样永远也别想发财了!"

杰瑞回答:"但是,我的快乐不会因此减少呀!"

这时,格兰特长官走了过来:"杰瑞,就算你没有发财了,你的财富也会得到上帝的祝福。而至于你,莱瑞,你只会穷困潦倒地离开人世。你总是挥舞鞭子,总是频繁地换马。你把马累倒了,永远也换不来好运气!要知道,好运气只会跟随那些心地善良的人。"

说完,格兰特长官扭头去看报纸了,大家也忙着照看自己的马车去了。

的确,跟莱瑞相比,杰瑞爱护我,就像爱护自己的家人。

有一天,一位绅士走进杰瑞家的院子,想请杰瑞在星期天送一位夫人去教堂。杰瑞办理的马车执照是6天执照,星期天必须休息,所以他拒绝了这位绅士的恳求。这位绅士尽量游说,希望杰瑞把执照改成7天制的。杰瑞礼貌地回绝了这一发财的好建议:"先生,我感谢您的美意!为您和夫人效劳,是我的荣幸!但是,先生,我不能舍弃星期天。上帝创造了人,创造了马和其他动物,还创造了休息日,并且命令大家每工作6天就要休息一天。先生,有了休息日,我的马会更健康。现在我存的钱比以前多很多,不用再担心家里的生计问题。我想,我的妻子和孩子也不会同意我连续7天工作的。"

这位绅士很生气,为难地走开了。

杰瑞跟妻子波利讨论了一会儿,仍旧认为没有必要让杰瑞成为一个连续7天工作的赶车人。可是,这件事严重影响了杰瑞的生意。那位绅士可是杰瑞的老主顾,杰瑞失去了老主顾,只好接受车马行分派的活儿。大家都说他是一个不折不扣的傻瓜!

两三个星期之后,我们刚回家。波利就提着灯笼告诉杰瑞,说那位绅士又派人来通知,依然雇用杰瑞的马车:"那个仆人对我说,杰瑞星期天不干活,主人很不高兴。他一直尝试雇用别的马车,但是总会觉得不够舒适。夫人说那些马车都比不上你家的马车舒适干净,她只有坐上杰瑞家的马车才会觉得称心如意。"

杰瑞听完这番话,乐得哈哈大笑。之后,那位绅士的夫人还是像从前一样雇用我们的马车，当然，星期天除外。不过，有一个星期天，我们也干活了。

事情是这样的。周日那天早上，波利走过来说："可怜的纳迪尔！她的妈妈生病了，她想立刻动身前往乡下。但是，那地方距离这里有10多里路，如果是乘坐火车，还需要步行4英里才能到纳迪尔家。纳迪尔才生完孩子，身体很虚弱，所以她想问问你，杰瑞，她能不能坐我们家的马车去乡下。她说了，只要能弄到钱，她一分钱也不会少给。"

杰瑞有些犹豫，毕竟我们工作了6天，已经很累了。但是，波利很坚持，她极力劝说杰瑞帮助可怜的纳迪尔渡过难关。最终，杰瑞被波利说动了，决定送纳迪尔回乡下。

于是，星期天上午10点钟，我拉着一辆轻便的双轮马车出门了。天气清凉，空气里飘散着清新的青草香，我觉得心旷神怡！

很快我们就到了目的地。纳迪尔的家人住在一所小农宅里，房子边有一片牧场。牧场上有两头奶牛在吃草。征得主人家同意之后，杰瑞牵着我来到牧场。

他拿掉了我身上的挽具！我开心得不知道自己该做什么了！是吃草、休息、满地打滚还是尽情驰骋奔跑？哈哈，我将这些事挨个儿做了一遍！杰瑞也开心，大声地唱起来，在牧场边悠闲地转来转去。他来到一条小溪边，采了鲜花和山楂，又带我吃了一顿他从家里带来的燕麦！

美好的时光总是那么短暂！我们不紧不慢回到家，杰瑞刚走进院子就大声地说："嗨，波利，我今天过得很愉快！我跟树林里的小鸟一起唱赞美诗，杰克像一头小马驹一样在牧场玩耍！"

他把一束鲜花递给多丽，多丽高兴得手舞足蹈！

第十五章 车马行的见闻

冬天来了，接连好几个星期，不是下雨就是下雪，要不就下雨夹雪。路上有雪，有霜，又湿又滑，我走起来很吃力，为了保持平衡，我绷紧了身体里的每根神经！有些时候，遇到特别糟糕的路况，杰瑞还会给我装上防滑钉。

天气太恶劣了！很多车夫都会到附近的酒店坐一会儿，只派一两个人盯着生意。杰瑞从来不去酒店，对他来说，酒只会让身体变得更冷，只有干燥的衣服、香喷喷的饭菜和贤惠的妻子，才能让他感觉到温暖。有时候，多丽探头探脑地从街角伸出小脑袋瓜，一看见杰瑞在等生意就赶紧往家跑。不一会儿，她提着装满了热汤或者布丁的罐子或篮子过来。大家都觉得这个小姑娘不简单，她成了车夫们的宠儿。如果杰瑞比较忙，其他车夫还会护送多丽过马路。

一天，多丽端来一碗热腾腾的汤。杰瑞才开始吃，一位打着伞的老先生走了过来。杰瑞忙把碗递给多丽，而这位绅士却说："朋友，你先把汤喝完！虽然我赶时间，但是我可以等你喝完汤，护送你的女儿过马路之后再出发！"

杰瑞转过身，对多丽说："多丽，你看这是一位真正的绅士！他能设身处地地在乎一位穷苦的车夫和一个小姑娘的感受！"

后来，这位老先生好几次乘坐了我们的马车。有时候，他会走过来轻轻拍拍我，和蔼地说："这匹马有个好主人，这是它应得的归宿！"很少有人注意到我，这件事太罕见了！

我开始打量这位老先生。他已经不年轻了，但是他笑起来让我觉得很亲切；他的目光看上去很敏锐，显得他做事果断而坚决；他的声音听上去很和蔼，任何一匹马都会信赖这种声音。

有一天，老先生和他的一个朋友乘坐我们的马车。我们在一家店铺门口停下车，那位朋友走了进去，老先生站在门口等待。马路对面，一辆马车停在几个酒窖面前，马车空荡荡的，不知车夫去了哪里。我不知道拉车的那两匹马等了多长时间，它们似乎有些不耐烦了，拉着车往前走了几步。车夫突然跑出来抓住它们，拿出鞭子狠狠地鞭打起来。

这位老先生见了，快步穿过马路，大声制止："如果你不立即停手，我会因为你做事残忍、擅自离开马车而逮捕你！"说完，他掏出一个笔记本，将马夫的姓名和地址记了下来。

车夫不敢继续鞭打马匹，骂骂咧咧地爬上马车，一挥鞭子，跑远了。

先生返回我们的马车时，他的朋友开玩笑地说他多管闲事。

老先生义正词严地说："就因为人们只关心自己的事，不肯为被压迫者争取权益，所以这个世界才变得这么糟！所以，每当我看到这种恶毒的事，我都会尽力阻止！"

杰瑞说："谢谢您！这个城市特别需要像您这样的人，真希望像您这样的绅士再多一些！"

幸好，我遇到了杰瑞，我作为出租马的日子，过得还不错。

许多大马车行的老板，把马租给车夫赚钱。因为不是自己的马，车夫对它们毫不在意，有些马因此遭受折磨。人们经常在车马行谈论折磨马的事情，格兰特长官很喜欢马，如果哪匹马回来受到了虐待，他会站起来为马撑腰。

一天，一个外号叫"邋遢鬼山姆"的车夫牵着马走了进来。这匹马累坏了，格兰特长官说："山姆，你应该带着你的马去警察局。"

山姆用一种几乎绝望的语气说："要是警察插手这事，也只能怪车马行的老板租金太高！格兰特长官，你是知道具体情况的。如果马不肯干活，我和我的6个孩子只能饿肚子！我每天有十五六个小时在外拉车，连续十几天没有休息了。你知道，那些车马行的老板，那些可恶剥削者，一天都不肯放过我！我没有自己的车和马，只好拼命地拉车挣钱。如果不用鞭子，马怎么愿意起来干活……"

山姆絮絮叨叨地说了很久，全是对痛苦生活的抱怨。大家都很同情他，格兰特长官无奈地说："山姆，你弄得我也不知道说什么好了。但是，我们活得不容易，马也活得不容易呀！那些可怜的牲口，你强迫它干活，它的心里也很难过。有些时候，我们只需要给马说几句安慰的话，它们居然都能听懂呢。"

几天之后，一个新来的人赶着山姆的马车过来了。他说，山姆病倒了，发了高烧，连爬回家的力气都没有了。

第二天早晨，这个人又来了。

他说："山姆断气了！他骂了一整夜的剥削者，说他没有休息日，'我星期天从来都得不到休息'，这是他留在人世的最后一句话。"

大家听了默不作声，格兰特长官说："伙计们，这就是对我们的警告啊！"

但是，并不是所有的人都听懂了这个警告，会好好照顾那些出租马。

一天，我来到一个公园等候，这里正在演奏音乐，很多马车都在这儿等候。一辆破破烂烂的马车靠在我身边停下来，拉车的是一匹瘦得皮包骨头的红棕色老马。它一直低头打量着我，突然开口问："黑骊，是你吗？"

天啊，居然是生姜！它已经变得面目全非！曾经毛发光亮的脖子变得干瘦僵硬；4条精致的腿也肿了，关节完全变了形；一张曾经充满活力的脸如今布满愁苦。它不停咳嗽，我知道，它的身体状况已经很糟糕了。

我们悄悄聊了起来。生姜跟我讲述了我离开之后，它的悲惨遭遇。

它在伯爵府修养了一年，被卖给了一位先生。那段日子过得不错，但是在一次奔跑的过程中，它旧伤复发，又被卖掉了。就这样，生姜被卖了好几次，情况越来越差。

"买我的那个男人有很多马车和马,他把它们全部租出去。黑骊,看到你过得好,我真替你感到高兴!唉,至于我的日子,已经苦得没法形容了。他们用鞭子抽我,打我,必须从我身上将他们支付给车马行老板的租金赚回去。一年到头,我没有一个星期天能获得休息。"

我说:"以前有人虐待你,你总是会反抗。"

"我试过一次,完全没用!这些人没有心肝,冷酷无情,我只能忍!我真的希望我在干活的时候死掉,这样就不用被他们榨干我的价值后送到屠宰场!"

我心里难受极了,却又不知道该说什么话来安慰生姜。之后,生姜的车夫来了,他用缰绳扯着生姜的嘴巴,将它拉走。

不久,一辆马车拖着一匹死马经过我们的马车队。我无法描述这匹马的死状,真是太可怕了!那是一匹红棕马,我希望那是生姜。如果真的是它,它的苦难已经结束。唉!要是人类对我们真的心怀仁慈,就应该在我们沦落到这种地步的时候直接给我们一枪。

除了生姜,我在伦敦还见到很多遭遇不幸的马。比如肉铺老板家的马。我注意到,肉铺的马车像旋风一样疾驰而过,这匹马被热坏了,头耷拉下来,浑身打颤,身体剧烈起伏。一个小伙子从马车上跳下来,肉铺老板不高兴地冲出来,看见马的样子,怒气冲冲地对小伙子吼起来:"要我跟你说多少遍!你毁了上一匹马,还想毁坏这一匹马!要不是因为你是我儿子,我早就让你滚蛋了!你居然敢赶着这样的马车来肉铺,要知道,你这样很有可能被警察抓走!我真是跟你说破了嘴皮子也不顶事!要是你真的被抓走了,我可不会保释你!"

小伙子很不服气,肉铺老板刚一说完,他也气呼呼地嚷起来:"你总是说,我得手疾眼快!但是,我得挨家挨户地送肉,要是晚了,大家都会抱怨!没办法,我只能催命一样地赶!要是大家提前想好自己需要什么,提前订好肉,我也不需要这样火急火燎!"

肉铺老板也理解儿子的苦衷,为了保护马,他只得做出这样的决定:"今天这匹马不能出去了!要是有人买肉,你自己提着篮子送吧!"

不过,也不是所有的男孩都那么狠心。有几个小男孩将马看作他们的好伙伴,像对待小狗一样疼爱它们。这些马也很喜欢他们的小主人,心甘情愿为他们干重活。

第十六章 选举日

一天,我们刚走进院子,波利大声喊起来:"杰瑞!B先生到这来打听你的选票,他还想雇用我们的马车参加选举。"

杰瑞有些不情愿:"波利,你该告诉他,我们的马车已经被人预订了。我可不想马车被贴上花花绿绿的宣传海报,也不想让我的马车去那些小酒馆,去鼓动那些喝得醉醺醺的人投票。至于B先生,我也不会把选票投给他。他大概在某些地方做得的确不错,但是他看不到我们这些穷苦人到底需要什么,我的良心不允许我让他来制定法律。"

选举前的一天早上,多丽哭着走进院子,她的蓝色衣袍和白色围裙上沾满了泥浆。

"爸爸,那些淘气的男孩,他们朝我扔泥巴,还说我是小破烂。"

哈利怒气冲冲地跑了进来:"爸爸,他们叫妹妹'蓝色'小破烂。我已经狠狠地教训了他们,这群胆小如鼠的'黄色'小流氓,他们再也不敢欺负妹妹了。"

杰瑞亲了亲多丽的脸,让她去找妈妈。随后,他严肃地跟哈利说:"我希望你保护好你的妹妹,谁要是敢欺负她,你就用鞭子狠狠地抽他。但是,你要记住,这世界上有很多'黄色'流氓,也有很多'蓝色'流氓,还有许多其他颜色的流氓。总之,我不喜欢你们搅和到这些事里面。"

"可是,爸爸,'蓝色'代表自由。"

"儿子,自由不是从颜色中来的。颜色只代表党派,你要是想从颜色里得到自由,那是花别人的钱买醉的自由,是乘坐一辆破烂马车去投票的自由,是咒骂跟你不同颜色的人,为自己的一知半解到处嚷嚷的自由!孩子,选举是一件非常严肃的事。每个人都应该按照自己的良心投票。"

终于,选举日来了!

我和杰瑞忙个不停,拉着客人到处跑。趁着休息的空当儿,杰瑞拿出饲料袋,让我赶紧填饱肚子。我发现,饲料袋里是碾碎的燕麦和麸皮糊糊。这是难得的加餐!我吃了之后,格外精神,干活也格外用劲。遇到杰瑞这样贴心的主人,哪匹马不会为他尽心尽力呢?

杰瑞靠在我身边,拿出波利做的肉馅饼,才吃几口,一个穷苦的年轻女人抱着一个男孩走了过来。她一路东张西望,看上去完全没有主见。随后,她朝杰瑞走来,跟他打听圣托马斯医院的位置。她说,她是清晨乘坐从乡下到市里赶集的马车进城的,并不知道今天在选举,她以前都没来过伦敦。她的小儿子病了,必须要去医院。

杰瑞告诉她:"夫人,路上很拥挤,你要是走路,估计到不了医院!你会被撞倒,孩子说不定也会被车碾着。上车吧,我送你去。你看,快要下雨了呢。"

"不,先生,我身上只带了回家的钱,谢谢您的好意。您还是告诉我医院怎么走吧。"

杰瑞说:"夫人,我也有孩子,我知道当父母的感受。上车吧,我送你去医院,不收你一分钱。"

"上帝会保佑你的,先生!"女人流出了感动的眼泪。

杰瑞拉开车门,两个参加选举的男人冲过来,粗暴地将女人推到一边,跳上车,要求杰瑞立马出发。杰瑞赖着不走,那两个男人只好下车走了。他们说了很多难听的话,还威胁说要记下杰瑞的车牌号码,让他吃官司。不过,杰瑞并不在意,我们很快出发,来到医院。

女人感激地说:"太谢谢你了!要是我一个人,我真不知道该怎么走过来。"

"不用谢,我希望你的孩子尽快好起来。"

待那个女人走进医院,杰瑞才自言自语地说:"我们都要尽量帮助最底层的人!"说完,他拍了拍我的脖子。

雨已经下得很大了,我们正要离开,医院的门房对我们大喊:"出租马车!"

我们停下来,一位夫人顺着台阶往下走,她认出了杰瑞:"嗨!杰瑞,在这见到你可真高兴!今天在伦敦找一辆马车比登天还难!"

杰瑞也很高兴,这位夫人曾经是波利的女主人。于是,在拉着夫人去车站的路上,杰瑞还跟她聊了起来。

"杰瑞,你冬天出门赶车还行吗?我知道波利很为你担心。"

"夫人,我冬天里容易咳嗽,天气转暖就好了。您也知道,我们车夫,一年四季都得出来干活。不过,我干得还行。我从小就喜欢照料马,要是不让我赶马车了,我还觉得心里空荡荡的呢。"

夫人说:"你也要替你的妻子和孩子们考虑,你干这个活也得保护好身体。我知道有很多地方需要好的马夫和马,你什么时候打算放弃出租马车这份工作,记得及时告诉我。"

随后,她又塞给杰瑞一些钱,叮嘱杰瑞交给波利保管,给孩子买些好吃的。杰瑞很高兴,到达车站之后,我们都累坏了,直接收工回家。

第十七章 分别

我跟队长是很好的朋友,我从来没有想过,他会被迫离开我们。当时,我不在现场,只是听人们说起事情的经过。

那天,队长和杰瑞送一伙人去伦敦桥上的大火车站。回来的时候,刚走到大桥和纪念碑的某个地方,一个酿酒商赶着空车过来了。拉车的是两匹彪悍的大马,跑得飞快,拉车人根本控制不住它们,马车直接朝杰瑞撞来。一个年轻的姑娘被货车撞到了,我们的车被撞掉两个车轮,整个车身都翻了。队长被拽倒,车子的辕杆断了,一截插进了它的身体。杰瑞被甩了出去,只是受了点轻伤。人们发现,那个赶车人醉得厉害,他被处罚了,酿酒商人也赔偿了杰瑞的损失。但是,没有人来赔偿可怜的队长那被伤害的身体。

队长伤得很重,杰瑞把它拉回来时,鲜血不停从它背上和肩膀滴下来,染红了白色的皮毛。马医和杰瑞想尽办法减轻队长的痛苦,但是,队长毕竟老了!这些年,多亏杰瑞的照顾,队长才能勉强应付拉车的活。现在,它已经一蹶不振,难以恢复以前的生机了。

马医建议,将队长卖掉,还能弥补一些损失。但是,杰瑞否定了这个建议。他不愿意为了几英镑,把这匹善良而忠诚的老马卖出去干苦力、被折磨,这样会让他赚的钱霉烂发臭!杰瑞想,对可怜的队长来说,最仁慈的是就是果断地给它一颗子弹,结束它的痛苦。这件事就这样定了下来。第二天,哈利带着我上街去铁匠铺那儿打几个新铁蹄。我回来的时候,队长不见了。我和杰瑞一家人都很难过。

随后,杰瑞物色到一匹壮年马来替补队长。这匹马叫急性子,浑身的毛发是褐色的,长得高大帅气,还只有5岁。它刚来的这天,很不适应,不愿意躺下睡觉,不停地扯拴在环上的牲口套,还用头撞食槽。第二天,急性子拉着马车跑了五六个小时之后,变得安静多了。杰瑞拍了拍它,对它说了很多好话。它很快成了这个大家庭的一分子。

时间一天天过去,新年来了。对很多人来说,圣诞节和新年是值得庆贺的快乐日子。但是,对车夫来说,这绝不是他们的节日。这段时间,有数不清的宴会、舞会,我们工作得很辛苦,经常忙到半夜才收工。

杰瑞担心急性子感冒,因此晚上的活基本都是我干。圣诞节那周,我们经常忙到深夜,杰瑞的咳嗽越来越严重。

元旦那天,我们送两位先生去西区广场那里。去的时候是9点钟,他们吩咐说11

点再去接他们。11点时，我们回到房子门口，足足等了一个小时，门依然紧紧关闭。天下起了雨夹雪，冷风从四面八方灌进来，我们无处可躲。杰瑞过来将我脖子上的盖布裹紧，自己在地里来回跑步驱寒。他又咳嗽了，只好打开车门，坐在车子里，双脚伸出来，躲避风寒。12点半了，杰瑞拉响门铃，问房子里的仆人到底还要不要用车。

仆人说："要，你千万不要走，客人们很快就散了。"

杰瑞只好继续等，他的嗓子都咳沙哑了，我几乎听不清他说了什么。凌晨一点一刻，那两位先生终于出来了。他们让我们等了那么长时间，没有一句表示歉意的话，却为车费过高而生气。其实，杰瑞从来不多要车钱，他们必须要支付那一两个小时等候的额外费用。

这钱挣得太难了！我们回家的时候，杰瑞已经咳得完全说不出话来。他声音沙哑，浑身无力，但是还坚持给我擦洗身体，甚至还给我搬了些干稻草铺上。波利给我端来热腾腾的麦麸糊糊，我吃完之后才觉得浑身舒服多了。

第二天早晨，只有哈利一个人来给我们打扫卫生，清理马厩。他看上去很不开心，既不说话，也不吹口哨。中午的时候，哈利和多丽来了，喂我们吃东西喝水。多丽哭了，从这对兄妹的谈话中，我得知杰瑞病重。

两天过去了，家里乱成一团。第三天，哈利在马厩干活，格兰特长官走了进来："孩子，我想知道你爸爸到底怎么样了？"

哈利说："情况很糟。医生说我爸爸得了支气管炎，他认为好坏就在今晚了。"

格兰特摇摇头："真是太糟了！上周有两个人得了支气管炎见了上帝。但是，哈利，只要你爸爸还有一口气，就还有希望。你必须振作起来！"

第二天，格兰特长官又来了。他跟波利商量，带急性子出门拉车，挣来的钱一半交给波利，一半留给他自己。就这样，一个星期过去，格兰特每天都来牵急性子出门。杰瑞也一天天好起来，但是医生说，如果他想活到老，就必须停止出租马车这份工作。

一天，波利收到一封信，哈利和多丽叽叽喳喳讨论起来。

"哈利，你知道谁住在法尔斯托？妈妈刚刚收到一封从那儿寄来的信，她看上去还挺高兴的。"

"啊，那是妈妈原来的女主人居住的地方。就是爸爸去年碰到的那位夫人，她还给了我们俩一些零花钱呢。她曾经对爸爸说，要是爸爸想放弃车马行的工作，就立即告诉她。所以，妈妈才给夫人写了信。多丽，你去看看，那回信写了什么，快去！"

不一会儿，多丽蹦蹦跳跳走进马厩，开心地说："哈利，好消息！夫人说我们可以搬到她那里去。那里有一座空的小屋，还有花园、鸡舍、苹果树，总之，什么都有。春天的时候，夫人的马夫要走了，她希望爸爸去当她的马夫呢。周围有一些好人家，哈利，你可以在花园或者马房找份工作。那里还有一所好学校，我可以去上学。妈妈高兴坏了，一会儿哭一会儿笑的，爸爸看上去也很高兴呢！"

这件事很快定了下来，等杰瑞身体好些了，他们就搬到乡下去，马和马车都要尽快卖掉。

对我来说，这是最不幸的消息。在车马行工作三年，我的身体大不如前。有人想买下我，但是格兰特长官说，他会给我找一个好地方。

分别那天，杰瑞还躺在床上休息。波利和孩子们过来跟我告别。波利摸着我的鬃毛，脸贴着我的脖子亲了亲。多丽也哭着亲吻了我。哈利一言不发，满脸悲伤地抚摸着我。之后，我就被带走了。

第十八章 艰难的岁月

我被卖给了一位出售玉米和面包的店老板。主人对我还算不错的，但是家里有一个工头，总是将我拉的车子塞得满满的。而车夫贾克斯，像别的车夫一样，总用短缰绳。活动不自由，我在那儿干了三四个月，发现自己的体力明显下降。

一天，车子比平时重很多，走上坡路时，我使出全身力气也拉不上去，只好停下来休息。贾克斯很不高兴，他挥舞鞭子狠狠地抽我："懒鬼，快走！"

我挣扎着走了几米，鞭子不停落下来，抽得我浑身剧痛。尽心尽力干活，还要遭受如此责骂和殴打，我伤透了心！就在贾克斯再次挥舞鞭子时，一位女士走过来阻止了他。在这位女士的建议下，贾克斯放开了我的缰绳。脑袋自由了！别提多畅快了，我使劲甩了几下酸硬的脖子，感觉舒服多了。

"可怜的家伙，这才是它想要的！"这位女士温柔地拍拍我，转过头对贾克斯说，"只要你亲切地安慰它，我相信它能做得更好！"

贾克斯拉起缰绳，我一鼓作气，将车子拉上山坡，停下来吭哧吭哧地喘气。那位女士也跟了上来，轻轻拍着我的脖子。我很享受这种感觉，已经很久没有人这样温柔地对待我了。

"你看，只要你给它机会，它就会好好干活，我敢说，这是一匹性情温和的马，你别给它用短缰绳了,好吗?"

贾克斯说:"夫人,我不否认放开它的脑袋能让它爬上山坡。但是,如果不用短缰绳,其他的马夫会嘲笑我的。您知道,现在流行短缰绳。"

"现在很多绅士都不用短缰绳了。"说到这里,这位女士的语气忽然严肃起来,"我们没有权利毫无缘故地折磨上帝创造的每一个生命。先生,我不想耽误您的时间。非常感谢您采用了我的建议,我相信您会发现,它比鞭子有效多了!"说完,这位女士轻盈地穿越小路,消失在我的视野里。

贾克斯自言自语地说:"她是一位真正的淑女呀!那么彬彬有礼,我一定会试试她说的方法。"

的确,他松开了缰绳,每次上坡的时候也会把我的脑袋解放出来。但是,那些货物依然超重,我无法承受这样的超负荷工作,身体彻底垮了。不久之后,他们买了一匹年轻的马代替了我。

此外,我还想说说这里的马厩,光线昏暗,头顶只有一扇很小的窗户。每一次从马厩牵到太阳底下,我的眼睛都疼得难以忍受。要是我在这里待的时间再长一点,肯定会变成半个瞎子。幸好,我的视力没有受到永久性的伤害。不久之后,我被卖给一个大马车行老板。

至于这位新主人,我永远也忘不了他。他叫斯金纳,长着黑眼睛、鹰钩鼻,声音像车轮碾压石子路那样难听。

之前我只是听说出租马的生活很悲催,到了这里我才知道悲惨的程度简直令人发指。斯金纳手下有一批下等马和下等车夫,他对车夫很苛刻,车夫只好将怨气发泄到马身上。在这里,我们得不到休息,就算是酷暑当头,也要出门工作。

星期天早晨,总有一些寻欢作乐的人来到车马行。我要拉他们去乡下,再回来。上山的时候,不管多热、山路多陡,没有一个人下车自己走。有时候,我累得像一滩烂泥,一点儿胃口都没有。车夫们心狠手辣,总用锋利的皮鞭抽打我的头和肚子。

生活实在太悲惨了。我真希望像我的老朋友生姜那样,在干活的时候倒下来死掉,永远地摆脱痛苦。某天,我的愿望差点实现。

那天早上,我8点钟就出来干活了。在火车站时,一个恶声恶气的男人带着他的太太和一双儿女、一大堆行李乘坐了我拉的马车。太太和男孩钻进了车,男人在外面吩咐搬行李,小女孩看着我说:"爸爸,我们的行李太重了,这匹马肯定拉不动。"

车夫也向男人建议,请求他再雇一辆马车。

男人恶狠狠地问："到底行不行？"

车夫只好回答说："先生，绝对没问题！我的马拉得动，都搬上来吧！"一只大箱子提了上来，我感觉太重了，双脚像弹簧似的，陡然一沉。

小女孩再次恳求男人多叫一辆车，男人却让她闭嘴。这位温柔的小朋友只好听从她爸爸的话，钻进车里。箱子一只接一只搬了上来，车夫一挥鞭子，我们走出车站。

车子太沉了，我从早到现在还没吃东西，也没得到休息，只能尽最大力气往前拉。车夫不停地挥舞鞭子、拉缰绳，催促我快走。突然，我脚下一滑，狠狠地摔在地上。我感觉浑身的力量都用光了，以为自己快要死了。周围一片混乱，我听见有人在愤怒地大叫，有人在卸行李。有人过来解开了我脖子上的皮带和缰绳，还有人往我嘴里倒了些提神剂，往我身上盖了些东西。也不知过了多久，一个男人轻声细语地鼓励我站起来，我又喝了一些提神剂，跟跟跄跄站了起来，被牵到就近的一个马厩，安置在一间草垫铺得很厚实的隔栏里。有人端来热乎乎的稀粥，我满怀感激地喝了。

晚上，我恢复了一些，他们牵我回到斯金纳的马厩。第二天，马医来了，他说："这匹马没什么毛病，只是劳累过度，休养6个月就好了。"

斯金纳说："那就让它完蛋吧！我没有牧场来养马！它好不了就送到屠宰场去吧！"

马医说："大概10天之后，有个马匹拍卖会，你让它好好休息，多给它吃点好的。到时候你得到的可不是一张马皮的钱。"

斯金纳接受了马医的建议，极不情愿地命令手下人好好照顾我。幸好，马夫大发善心，给予我充分的照顾。一连10天的休息和上好的饲料，又让我觉得，还是活着比较好。我甚至相信，只要能离开大马车行，一切都能好起来。所以，我重拾信心，充满希望地等待拍卖会到来。

第十九章　最后的家

在这次拍卖会上，我发现，跟我在一起的马，都是老弱病残，有的瘸了，有的得了哮喘，有的实在太老了。

拍卖会进行到一大半的时候，一个乡绅模样的人，带了一个小男孩朝我和我的同伴们走来。老乡绅戴了一顶阔檐帽，看上去很慈祥。

"威利，这匹马年轻的时候过得很得意！"老乡绅对自己的孙子说，"你看它的鼻孔和耳朵、肩膀和脖子，它的出身可不同凡响呢。"他伸出手拍拍我，我探出鼻子向他表示感谢。

男孩伸手摸了摸我的脸："真是可怜的家伙！爷爷，你看它特别通人性呢！爷爷，您能把它买回去吗？"

爷孙俩亲切地讨论着。带我参加拍卖的那个人走过来说："先生，这位小绅士可真懂行！老实说，这匹马是在车马行被累垮的，它不是一匹老马！只要休养6个月，它就会恢复生机！这些天我一直在照料它，我敢说这是我这辈子见过的最讨人喜欢的马！先生，给它一次机会吧，只要5个英镑，说不定明年开春，它就值20英镑了呢！"

老乡绅跟那人讨价还价，最后还是花了5个英镑买下了我。

我在客栈里饱饱吃了一顿，随后，我的新主人萨洛古德先生，命令他的仆人骑着我来到新家。这里有一个很大的牧场，牧场的一角有个牲口棚。

小男孩威利每天都来看我，偶尔会给我带一根胡萝卜或者其他好吃的。他经常拥抱我，亲切地对我说话。我很喜欢他，总是跟在他的后面在牧场跑来跑去。

充分的休息、良好的饮食和生活环境，让我的身体和心情得到好转。冬天的时候，我感觉腿已经好多了。到了第二年5月，我已经试着拉敞篷车。萨洛古德先生和威利赶着我走好几英里，我的腿也不会僵硬酸疼，拉起车来轻松自如。

老主人说："威利，它变年轻了！到了夏天，它会变得更加健壮！"

"爷爷，我很高兴您把它买了下来！"

"孩子，我也很高兴，它最应该感谢的人就是你！现在，我们需要给它找一个好归宿了！"

夏天很快就到了。一天，马夫仔细地将我梳洗一番，修整了我的腿和蹄子上的毛，擦亮了我的蹄子，甚至把我的额发梳了个缝儿。我猜，我的生活又要有新变化了。

随后，萨洛古德先生和威利，带我来到距离村子一两英里处的一座房子面前。威利陪着我在门外等候，大约10分钟之后，萨洛古德先生带着三位女士出来了。我看得出来，她们都很喜欢我，不停地向萨洛古德先生问这问那。

萨洛古德先生说："女士们，很多一流的马会因为马夫的原因不小心摔坏膝盖！这匹马也是这种情况，当然，我不会将我的观点强加给你们。你们要是愿意，可以让你们的马夫试试，他会对这匹马做出评价。"

于是，她们安排我第二天再过去。

这天早晨，一个长得很精神的小伙子来接我。他一看到我的膝盖，很失望地对萨洛古德先生说："我没想到，您会推荐一匹有缺陷的马给我家的小姐们。"

我的主人说："年轻人，你先试一试，我想你会公正地待它的。如果它不够稳当，你再把它送回来。"

随后，我被领到新家，安置在一间舒适的马厩里。第二天，马夫擦洗着我的脸，突然说："你脸上的星星，很像以前'黑骊'的那颗，你们个头差不多高。唉，也不知道黑骊如今在哪里。"

过了一会儿，他擦洗到我曾经因为生病放血留下一个疤痕的地方。这位年轻的马夫惊呆了，将我从头到尾看了个遍，自言自语起来："啊！黑骊！黑骊！你认识我吗？我是差点害死你的小马夫小乔！"他不停地拍着我，一脸止不住的欣喜。

说实话，我已经认不出眼前的这个人就是小乔。他长大了，还留着黑胡子，已经出落成一个堂堂正正的男子汉了！但是，我相信他就是戈登老爷家的马夫小乔。我太高兴了，伸出鼻子凑向他，传递着久别重逢的喜悦。

"唉！可怜的黑骊！不知哪个混蛋弄断了你的膝盖！你受苦了！好了，你遇见了我，要是你还过得不好，那就是我的责任！"

下午，我被套上一辆低矮的游园轿子，来试我的人是艾伦小姐。我发现，艾伦小姐是个非常优秀的赶车人，她对我也很满意。随后，乔将我的事告诉了她，他说相信我就是戈登老爷家的黑骊。

我们回来的时候，其他两位小姐来打听我的表现。艾伦小姐将乔说的事告诉她们，她还高兴地说："我得写信给戈登夫人，要是她知道自己心爱的马到了我们家，肯定高兴坏了！"

之后的一个星期，我每天都出去拉车。我表现得很稳当，其他两位小姐终于鼓起勇气，乘坐我拉的车出门。她们已经决定留下我，并坚持使用我原来的名字——黑骊！

我在这个地方快乐地生活着，我的女主人们已经承诺，永远也不会把我卖掉。所以，我没什么好担心的了！我的磨难终于结束了，我的故事也说完了。有时候，半梦半醒之中，我会幻想自己依然住在波特维克庄园，跟生姜、欢蹄等老朋友们一起站在苹果树下。

罗伯特·罗素经典作品

作者介绍

罗伯特·罗素（1892-1957）：美国著名的儿童文学作家、插画家。1930年，罗伯特·罗素开始为书绘制插图，从此他不断为多部儿童文学读物配图。1939年，罗伯特·罗素出版了自己的第一本儿童文学作品《本和我》。1945年，他创作的《兔子坡》一举拿下美国纽伯瑞儿童文学奖。为了纪念这一成就，罗伯特·罗素将自己居住的地方命名为"兔子坡"。

本和我

第一章 我的新家

  本杰明·富兰克林是我的挚友，也是我的资助人。他刚刚去世，那些所谓的历史学家便摩拳擦掌，争着撰写他的人生经历和辉煌成就。那些作品，多如牛毛，漏洞百出。作为本杰明的挚友，我岂能坐视不理！于是，我特地写下本书，以勘谬误。

  的确，本杰明有着超凡的洞察力，总能做出聪慧的决定。那些不明所以的三流文人，对本杰明的成就无比赞叹。不过，要是他们来采访我，他们就会明白，本杰明的成就，一切都归功于我。

  也许，我这样说，你们会觉得我这是在哗众取宠。但是，不可否认的是，这么多年来，我一直为本杰明出谋划策。所以，我的想法很简单，就是澄清事实。我要让大家知道，在本杰明的那些辉煌成就中，谁的功劳最大。当然，本杰明是个非常了不起的人，他满怀爱国之情，的确配得上伟人的称号。不过，要是没有我，他偶尔也会笨得无药可救。总之，这就是事实，信不信由你！

  我先说说我是谁吧！

  我出生于一个庞大的家族，是这个大家族的长子，名为艾莫斯。我们一家住在费城第二大道老教堂里。准确一点儿说，是住在教堂法衣室的隔板后面。哦，忘了说我的种族了，我是一只老鼠！

  由于有那么多张嘴要喂养，我们家一贫如洗。这样苦哈哈的日子，我们勉强还能应付。但是，1745年的冬天，严寒加剧，很难找到食物。爸爸每天晚上都要出门找吃的，回来的时候一身疲惫，身上都湿透了，口袋却空空荡荡。在万不得已的情况下，我们啃掉了牧师的祈祷书和布道书。作为家族的长子，我理应外出闯荡。说不定，我还能闯出一片天地，接济家人。

  于是，在一个寒风呼啸的冬夜，我辞别家人，独自出门。那时，我唯一的念头就是填饱肚子、抵御寒冷。我从来不敢奢想自己能够碰到本杰明这样非同凡响的大人物,并亲身经历各种稀奇有趣的事情。这些,是我做梦都不敢想的事。

这天晚上,我饿得精神恍惚。不知道走了多远,我来到一间厨房。一阵奶酪的香气扑面而来,凭借敏锐的鼻子,我不费吹灰之力就找到了奶酪。这可是我离家以来的第一顿真正意义上的晚餐!吃完奶酪,我恢复精神,开始打量这所房子。房间很干净,摆放着几样硬邦邦的家具。这里没有一个柔软的角落,甚至连一个积满灰尘的地方都没有。这地方,几乎和屋外一样冰冷,想找个地方蜷起来睡觉还真难。

楼上有两间屋子,一间黑乎乎的,里面的人睡熟了,打着呼噜。另一间还亮着灯,我听见里面有人在打喷嚏。我走进了亮着灯的这间屋子。

屋子里,一个男人坐在靠近火炉的一把椅子上,借着烛光,认真地写着什么。这人个头不高、体型敦厚,他有一张圆圆的脸和一个宽大的额头。每隔一会儿,他都会打喷嚏。一打喷嚏,鼻梁上的眼镜就会随着打喷嚏的动作飞出去。这时,他会停下笔,捡起眼镜戴上,再坐下来继续写。但是,没过多久,他又开始打喷嚏了。我想,看他那样子,恐怕写不了多少东西出来。

当然,我一眼就认出这个男人是谁了!他,就是享誉费城的本杰明·富兰克林!伟大的科学家、发明家、作家、政治家、哲学家!

第二章 富兰克林炉

不过,这天晚上,本杰明看上去不像传说中那样耀眼。他身上裹着一件衣领脏兮兮的睡袍,头上还戴着一顶造型古怪的帽子。他好像很怕冷,看上去还有些傻里傻气的。

我被那顶帽子吸引了。帽子虽然看上去很不起眼,但是它的一侧破了个洞,我正好能钻进去。于是,趁着本杰明打喷嚏的时候,我顺着椅背爬上他的头顶,溜进了帽子。哇!这地方简直太舒服了,宽敞而柔软,比外面暖和多了!

"嗯,就是这里了。以后,这儿就是我的家了!"说完,我便睡着了。

当时,我的想法还只是吃饱住暖,完全没有想到这里真的会成为我一生的家。

就这样,我美滋滋地睡到第二天上午才醒。醒过来之后我发现,我居住的这顶帽子,被本杰明挂在了床头上。而本杰明依然蜷缩在椅子上，一边打喷嚏一边写东西。炉子里的火早就不旺了，只剩下一股烟，整个房间像冰块一样寒冷。

我只好钻出帽子，大着胆子说："请原谅，我并不挑剔。也许你认为那堆冒着烟的灰烬还有火，但我觉得添一把柴也许会……"

本杰明打断了我的话，他严厉地说："勤俭节约，吃穿不愁。"

我说："假如，我是说假如，你得了肺炎，需要卧床养病两三个星期。这对你来说才是真正的浪费，说不定你还——"

本杰明真的往炉子里添了一把柴火："说不定我还会怎样？对了，你叫什么名字？"

我回答说："我叫艾莫斯，说不定你还得付医药费呀。"

本杰明嚷嚷起来："医药费！"他立即多加了两把柴火。屋子里不那么冷了，但是还不够暖和。

我说："富兰克林博士，这个壁炉真心不怎么样呀。"

"你叫我本杰明吧。我只不过是个普通人。对了，这壁炉哪里出问题了？"

我分析道："第一，一大半热气从烟囱跑掉了；第二，你又不能围着炉壁取暖。以前，在我居住的教堂外面，有个卖炒板栗的人。客人多的时候，会有炒热的栗子从锅里蹦出来。我爸爸总是守在那里，一旦栗子快要落到地上，他赶紧用袋子接住栗子，跑回法衣室将栗子放在屋子中间。这样，我们全家都能围着它取暖了。因为这个热栗子是开放式的，而不是像壁炉那样只是在墙壁上挖一个洞。所以，它不仅能供我们家28只老鼠取暖，还能让整个屋子热烘烘的。"

本杰明激动地说："艾莫斯！我知道该怎么做了。不过，我们不能将火堆搬出来放在屋子中间。"

"你找个铁的或者别的什么东西把火堆装起来，不就行了吗？"

本杰明不同意："那些冒出来的烟怎么办？"

"你可以用管子把烟排出去。"我说完，钻进了帽子。总之，我也不知道具体该怎么办，不如睡一觉好了。

本杰明冲下楼，抱了一堆破铜烂铁上楼，里面有铁片、锡、电线、铁炉子等用来改造壁炉的东西。他画了一个草图，乒乒乓乓忙起来。屋子里哐当哐当响声不停，我实在无法入睡，只好钻出来给他帮忙，帮他捡掉下来的螺丝、螺母等小工具。

本杰明是个工作狂，一旦对什么事感兴趣，他会忘我地投入进去，忘记周围的一切。

直到中午,他才停下来稍作休息。经过改造,火炉初步完成:它靠脚架支撑,前面有个小铁门,后面有一根跟壁炉烟囱相连的导烟管。随后,本杰明把炉架从壁炉中拿出来,盖在这个新发明上面,避免热气顺着烟囱跑出去。

他围着这个新发明走了一圈,有些担忧地说:"艾莫斯,这个底座看上去不够完美。炉子的腿比较短,炉子底部太薄了,热气恐怕会……"

我说:"我以前在码头玩,经常听船上的老鼠说水手在轮船甲板上生火做饭的事。他们先在甲板上铺一层沙子,再垫上砖块,然后——"

我还没说完,本杰明高兴地大喊起来:"艾莫斯,你说得完全在理!"他立即按照我说的做,铺上沙子和砖块,再将炉架摆好,"完成!艾莫斯,你把房间收拾一下,我去拿一些干柴火过来!"

"没问题!问一下,你回来的时候,会经过食品店吗?"

他疑惑不解地看着我:"问这个干吗?"

"本杰明,你在科学等方面,的确聪慧过人。但是,在有些方面,你简直呆若木鸡!对你来说,发明创造是最大的乐趣,而对我来说,奶酪才是——"

我还没说完,他就走了。回来的时候,我发现除了木柴,他还带回来一大块奶酪、一个黑面包和一杯麦芽酒。

我们点着了火炉。本杰明满心自豪和激动,都没办法安静下来吃饭。我说了他几句,结果他安静不了几分钟,又站起来,仔细打量自己的杰作。饭还没吃完,屋子里已经温暖如春。

本杰明激动地说:"艾莫斯,我们成功了!"

我说:"谢谢你用了'我们'这个词,我会一直铭记在心。"

第三章　协定

我去睡了一觉。醒过来的时候,我发现本杰明跟平常一样,埋头写着什么。我凑过去一看,他写的是:

宾夕法尼亚新式壁炉说明书,本产品由本杰明·富兰克林发明……

我说："本杰明先生，我想我们要立一个协议。你还记得炉子刚发明的时候，你说了什么吗？你说的是，'我们成功了'！这意味着，这是你我二人共同创造的结果。我捡重点的说吧，名誉对我而言，分文不值。我要的是你保证我的家人衣食无忧。本杰明，我已经向你证明，我是你的智多星。现在，你也应有所表示，对吗？"

本杰明通情达理，为人慷慨。经过商谈，我们最终达成以下协议：

第一，不管天气情况如何，本杰明每周都要去我家人居住的法衣室送食物，食物为：两盎司品质上等的奶酪、1英寸厚的新鲜黑面包片、近6克未脱壳的小麦。

第二，我的后代能在本杰明家长久居住，不受阻碍。本杰明要为我们提供保证生活的日常衣食。此外，还得为我提供一顶皮帽。

第三，我承诺，我会无条件地追随本杰明，为他提供建议、出谋划策，直至我生命消亡。

本杰明在协议上盖上印章，协议就此生效。协议签订之后，我闲坐下来，有些按捺不住心中的激动。我的命运，竟然在短短的24小时之内，发生了如此巨大的变化。从此，我有了一个温暖舒适的家，还跟本杰明这样伟大的科学家成了朋友。至于我的家人，也告别贫穷，今后衣食无忧。后来的事实证明，本杰明是个信守承诺的人，协议签订后，他从未违反，一直按照约定将食物送给我的家人。

我对这份协议很满意。因此，本杰明再次问我火炉的名字时，我说："我的朋友，我们就叫它'富兰克林炉'吧。"

我总算在这儿安顿了下来。本杰明按照合约，对皮帽进行了改造。他在帽子里设计了个小隔间，这样一来，我既可以在里面睡觉，又可以在里面储存一些食物。帽子前面还有个洞，我能从里面窥视到外面的情况。帽子内衬上也有个洞，它位于本杰明左耳上方。这个设计真是太实用了！那时候的费城，街上人来人往，街道凹凸不平。本杰明这人不够机敏，我可以通过这两个洞将我观察到的情形和我的提议及时告诉他，并且不会引起旁人怀疑。

不久之后，本杰明对我的信任几乎到了言听计从的地步。他每次出门，不管天气好坏，都会戴上皮帽。只有我们俩单独相处的时候，他才会把帽子摘下来。这一古怪的举动为本杰明赢来不少关注，本杰明却全不在意。

那些历史学家认为，富兰克林好像总能看穿人们的想法。其实，他根本不能发现什么。真正发现者是我，是我将我的想法告诉了他。

第四章　游泳

在我看来，游泳是一项非常危险、极不卫生又有些野蛮的运动，但是本杰明却非常喜欢游泳。为此，我们之间还发生过小小的争执。

夏天到了。对我来说，最舒服的事，就是躲在皮帽子里，跟随本杰明在乡间散步。一天，异常燥热。我们步行到斯古吉尔河畔纳凉。突然，本杰明扒光身上的衣服，只穿了一条土里土气的游泳裤，跳进河里。他忘了摘帽子，我吓得连连尖叫，使劲揪住他的耳朵，他总算反应过来。

我连同那顶皮帽子，都被本杰明留在岸边，跟他的衣服待在一起。要是遇上野狗、夜猫、老鹰或者蛇之类的动物，我肯定命不久矣！而本杰明，根本没考虑到这一点，还在水里畅快地扭来扭去，不时抬起头换气。那样子，别提多滑稽了！

这天晚上，我回到家，提出了强烈的抗议："游泳这件事非常荒谬，我会遇到危险！而且，你头发湿漉漉的，我待在上面，容易感冒！"本杰明却不听我的劝阻，他为自己的游泳技术自豪，并坚持认为我一直很安全。我只好暂时妥协。

一天下午，本杰明又像海豚一样在水里扑腾。我提心吊胆地待在岸上，一直担心的事还是发生了。

一条半成年的杂种狗沿着河岸跑过来，我急忙在水里寻找本杰明的身影，结果我只看到了他的脚底板。四周有很多灌木和小树，我嗖地一下爬上一棵小树，靠在一根树杈上，观察那条狗的一举一动。

那条狗发现了本杰明，冲到河边对着他狂叫。本杰明一边大声吆喝吓唬它，一边奋力朝岸边游。岸边的衣服吸引了狗的注意力，它伸出鼻子嗅了嗅，叼起皮帽子，飞快地跑开了。本杰明光着身体爬上河岸，一边在狗身后猛追，一边大喊："艾莫斯！艾莫斯！"那条狗显然在逗本杰明，本杰明使出浑身解数，连哄带骗，却没办法从狗那里夺回帽子。狗玩腻了，直接叼起帽子，去了河边。本杰明忘记自己还没穿衣服，跨过河边的石头，紧追不舍。不一会儿，本杰明和那条狗就消失在河岸上。

这时，两个乡下人走了过来。他们看到了本杰明的衣服，又在衣服里面发现了刻着本杰明名字的银表，立刻焦急地喊起来："伟大的富兰克林博士！"他们喊了一会儿，发现无人应答，大声嚷嚷起来："博士淹死了！淹死了！"随后，他们抱起本杰明的衣服朝费城跑去。

我躺在树杈上，阳光照得我浑身懒洋洋的。四周静悄悄的，还可以听见一两声狗叫从河边传来。我有些犯困，打起了盹。也不知过了多久，我被一阵急冲冲的脚步声吵醒。我简直不敢相信自己的眼睛。这个满身泥污，看起来格外滑稽的家伙竟然是赫赫有名的富兰克林博士！他腿上沾满泥巴，还受了点伤；游泳裤撕坏了，眼镜也不知道去了哪里；湿漉漉的头发乱成一团，皮帽子有气无力地耷拉在脑袋上。

本杰明一瘸一拐地走着，不停地吹口哨，呼唤我的名字："艾莫斯！艾莫斯！你在哪里？"

他眯着眼睛，寻找着灌木丛方向的那条小路。看着本杰明如此关心我，我有些感动。而一瞧他那副狼狈相，我又忍不住"扑哧"笑出了声。当我决定去跟他打声招呼时，突然有一大群人从费城方向走过来。他们是州长、市长以及费城的其他社会名流，还有一名本地的消防队员。

本杰明看到这阵仗，有些慌张。除了河里，无处可躲。他只好将双手交叉抱在胸前，尽力装出一副尊贵的样子，靠在我躲藏的树干上。我趁机溜进帽子里。

那些人看到本杰明，放心地舒了一口气。大家将他团团围住，庆贺他大难不死，还借了各式各样的衣服给他。很快，本杰明就被他们打扮得优雅而得体了。不过，本杰明看上去有些闷闷不乐。

这时，州长走了过来。他拿着一顶镶着花边和金色装饰带的帽子，谦虚而恭敬地说："富兰克林博士，您头上那顶帽子，看上去有些凌乱。我非常荣幸，为您戴上这顶新帽子！"

本杰明大声地拒绝了："不！我就要我头上这顶帽子！"说完，他还伸出手将帽子扣得更紧了。

我趁机轻轻地咬了咬他的大拇指。

"艾莫斯！"本杰明惊喜地嘟囔道。

州长被弄糊涂了："抱歉，博士，您刚才说什么？"

我压低声音说："快送我回家！你看你头发湿哒哒的，帽子里还有恶狗的臭味，我都快被这臭气熏死啦！"

本杰明立刻精神抖擞。人们送他回家的时候，他看上去非常高兴，就好像自己做了一件特别光彩的事一样。

第五章 穷查理年鉴

本杰明有很多乱七八糟的兴趣爱好，其中一项就是印书。不过，他的确写了很多书，如果不拿来印刷，又该拿来干什么呢？当然，本杰明不赞成我的观点，他认为，印书是他所有财富的基石。他总是说"人类的最高使命就是传播知识"！这句话呀，我听得耳朵都快起茧子了！

"你想想我印刷的《穷查理年鉴》。你想想书中的内容，它让多少人受益！"本杰明激动地说。

我不以为然："不过是一本告诉人们太阳什么时候升起、什么时候落下的书而已！你觉得它很有用吗？由古至今，太阳该出来就出来，该落下就落下。这些，还用得着看书吗？"

"那你想想里面的格言。你知道它影响过多少人的一生吗？"

我很是不屑："那些格言，有什么好处？本杰明，一日三餐，你都离不开格言。但是，它们真的影响到你了吗？就拿那句'早起早睡身体好'来说，你除了失眠那段时间，什么时候坚持过早睡早起？但是，你至今依然健康而富有呀。"

本杰明的口气软了下来："可是……要是我遵守格言，我说不定会更聪明。"

我说："几句格言就能让人变得聪明，根本不可能。除非，有奇迹发生！你看你写的那句'猫戴手套难捕鼠'，哈哈！这句格言应该让猫知道。对了，你下次见到猫，替我给它戴一副手套。"

本杰明有些尴尬地说："关于这句话，是我考虑不周。艾莫斯，这是你到来之前写的，我保证再版时把它删除。"

"我要把你写的东西统统删掉！"

"艾莫斯！你这就搞错了！这本书每年要卖掉好几万本，能赚不少钱呢。有了钱，我们才可以过衣食无忧的日子。最重要的是，艾莫斯，那样我就有钱给你买奶酪了。买奶酪呀，艾莫斯。"

好吧，一想到奶酪，我感觉本杰明说的也有几分道理，就不再为这事争执了。

一般情况下，我们会大半天都待在本杰明的印刷店里。本杰明喜欢坐在印刷机边做校对，而我却觉得待在那儿实在无聊，便在屋子四处闲逛。

一天下午，我在印刷店发现《穷查理年鉴》的排版。一切都准备好了，就等印刷了。可是，那句"猫戴手套难捕鼠"居然没有删掉！这个本杰明！哼，你不删我来删！

说干就干！我拿出铅字扔到地上，索性删掉了好多处地方。书里的格言都有"穷查理说过"、"穷查理告诉我们"等字样。事实上，根本没有穷查理这个人，这些都是本杰明虚构出来的。我想到了一个绝妙的主意，将书里所有的"穷查理"字样，替换成了"艾莫斯"。当然，我这样做的目的，可不是为自己扬名立万，而是希望对读者保持真诚。毕竟，艾莫斯可是真实存在过的名字。此外，我也只会拼写艾莫斯这个名字。忙完这个，我还校正了《潮汐表》和月升月落的时间。

本杰明在忙别的事，我没有将我这一杰作告诉他。不过，一个星期之后，因为一个突发事件，本杰明还是知道了这件事。

这天晚上，我正在睡觉，突然有人咚咚咚地敲门，把我吵醒。港口的老板冲进来，慌里慌张地说："富兰克林博士，快逃啊！"

本杰明安慰他说："朋友，你要知道，'欲速则不达'。冷静点，你这边遇到什么麻烦事了？"

港口老板上气不接下气地说："我的麻烦大了！港口全是搁浅的船！"他举起《穷查理年鉴》，"难道你没发现吗？你这本书，预测说10点钟水位最高。于是，18只船都在十点钟起航，但是它们全都搁浅了！因为，10点钟水位是最低的！船主们就要来收拾你了，还有你关于月亮的预测……"

本杰明夺过《穷查理年鉴》，迅速地翻看，一边看一边皱着眉头念："艾莫斯说……艾莫斯说……"

外面已经嚷嚷成一片，有人拿着蔬菜对准窗户砸了过来。港口老板吓得躲进小房间，本杰明却微笑着走了出去。人群中爆发出阵阵讥笑声，还有人继续朝本杰明扔蔬菜。

本杰明将《穷查理年鉴》举得高高的："朋友们，这里面有天大的误会！你们仔细看看，这本书不是我写的。我写的《穷查理年鉴》，里面有穷查理说的各类谚语、格言和人生智慧。但是，你们只要翻一番这本年鉴，就会发现，里面根本没有穷查理这个名字，通篇只有一个叫艾莫斯的人。毫无疑问,这个家伙很卑鄙!朋友们,这是一场恶劣的骗局!肯定是某个竞争对手眼红我这本年鉴,才想出这样的伎俩来破坏《穷查理年鉴》的名声。从今往后,大家可要睁大眼睛仔细辨别清楚。"

大家开始翻看这本年鉴,交头接耳地议论起来。

本杰明继续说:"根据真正的穷查理的计算,3点17分会涨潮。我建议大家回到船上,否则,你们的船就要漂走啦。"

船主们一听,立马散开了。港口老板惊魂未定,本杰明把他送到了门口。回到屋里时,本杰明一脸严肃地对我说:"艾莫斯!我感觉到这是一只老鼠在捣乱,我已经闻到老鼠的味道了!"

我知道自己错了,在一个垃圾堆里躲了整整两天,才敢钻出来。

第六章　雷电实验

从那之后,本杰明再也没有在我面前提起《穷查理年鉴》被篡改的事。我也不那么排斥他的那些格言了。

过了几天,本杰明又对另一件事着迷了。它是一个叫"电"的家伙。

最一开始,本杰明用几根玻璃管做实验。他拿出一块绸布或者皮毛,来回摩擦玻璃管。很快,产生了一些奇怪的效果。桌子上的纸屑会被吸引过去,沾到玻璃管上。要是用手碰一下,手上还会冒出噼里啪啦的火花。本杰明不停地摩擦玻璃管,用它碰了一下我的尾巴。顿时,我疼得全身的毛都竖了起来,浑身的肉紧绷起来,我一下子蹿得老高。这种疼痛我还可以勉强忍受。有一回,本杰明头脑发热,居然拿起皮帽子摩擦玻璃管。当时,我就住在皮帽子里面。

我再也无法忍受本杰明这种疯狂的举动,怒气冲冲地说:"本杰明,你太过分了!请你发发善心,别再让我参加什么实验了。如果你喜欢做实验,我不打扰你,但是请你离我远一点!"

本杰明说:"艾莫斯,你真是目光短浅!我做的这些实验会改变世界的历史,这种东西具有无比伟大的力量!"

"好好好，是挺伟大的！我的尾巴现在都还很疼！"

"艾莫斯，我在考虑将闪电从天下摘下来，让它为我们人类造福！"

不管我怎么说，本杰明对实验的热情丝毫不减。

不久之后，本杰明弄到一台精密的仪器。这台机器有一根可供带动的曲棍轴。本杰明每天都会摆弄这台机器，一连好几个小时，乐此不疲。屋子里还放着小木棍、铁丝等材料，玻璃管里装满了臭气熏天的液体。要是碰到什么东西，我会疼得汗毛都竖起来。因此，我不敢在屋里跑动。

后来，本杰明还召集了一大帮跟他一样对那个所谓的"电"同样着迷的人。他们成立了"哲学协会"，每周举办一次聚会。聚会上，他们会捣鼓铁丝等玩意儿，本杰明时不时向他们宣扬"电"是如何如何神奇。我对这些枯燥的东西完全不感兴趣，经常听着听着就睡着了。

几个星期之后，本杰明把"电"这个东西弄清楚了。他决定举办一场展示会。会场选定在一个大教堂内，会前，本杰明忙着调试设备，起草演讲稿、邀请社会各界名流。说实话，我对这些完全不感兴趣。但是为了让本杰明心里不那么难过，我只好假装出感兴趣的样子。我将他的演讲稿读了几遍，很快掌握了所有理论知识。

展示会这天下午，本杰明出门做发型。我留在教堂，继续做实验准备。我知道，这件事对本杰明来说很重要，千万不能出岔子。我对照他给的图纸和说明，仔细检查机器的每个部件。我发现，很多电线都接错了，还有几根电线没有接，几块电板没有安装。于是，我忙了整个下午，总算把这事搞定。

晚上，礼堂挤满了人。坐在观众席上的有州长、州长夫人、市长、几位神职人员和志愿者消防队。

本杰明上台发表演讲，做了几个简单的实验，大家看得很入神，不时爆发出热烈的掌声。接下来，本杰明来到机器旁，守在机器边的小学徒使劲转动曲柄。机器的轮子转动起来，发出巨大声响，周围冒出啪啪作响的蓝色火花。本杰明兴奋地说："各位，当我按动这个按钮的时候，你们就会看到电的力量。这样的景象，可是世界上有史以来的第一次奇观呢！"

说完，本杰明按下按钮。州长瞬间从椅子上弹起来，头发也被电直了。本杰明第二次按按钮时，州长弹得更高了，头发也竖得更直，我还闻到了一股衣服烧焦的味道。州长第三次弹跳起来时，机器上的铜板也被弹飞出去，落到州长夫人的腿上。州长夫人的假发掉了下来,她吓得连连尖叫。消防队长冲过来帮忙,他手里的喇叭一不小心碰到了电线,喇叭发出一阵奇怪的叫声,很快被一团蓝色的火焰包围起来。

本杰明想冲过去帮忙,我立马揪住他的耳朵,阻止他:"你快让小学徒停下来。"

那个小男孩摇得起劲,有点不情愿地停了下来。州长一脸苍白地坐下来,州长夫人重新戴上假发,有气无力地呻吟起来。而消防队长一脸迷茫地看着喇叭。观众们已经乱成一锅粥。

这真是个失败的展示会!

回家的路上,我安慰本杰明说:"本杰明,不要难过,我敢保证,我们下次一定会成功的。"

本杰明高兴地说:"艾莫斯!我们的实验很成功呀!我们刚才,完成了本世纪最成功、最伟大的实验!我见到了电流对人体产生的巨大效果啊。"

我白了他一眼:"好吧,你认为那是成功的话,就算是吧。"

第七章　避雷针

展示会之后,大家对本杰明产生了强烈的质疑。不过本杰明根本不在乎别人的眼光,依然沉迷在自己的实验里。他已经无药可救地迷上了闪电。每当有房屋或者树木被闪电击中,本杰明都会第一个到达现场,仔细询问每一个目击者。问完之后,他会一连沉思好几个小时,还会时不时自言自语。

我烦透了这些事,忍不住问:"本杰明,你在想什么呀?"

"闪电和电看起来好像是一回事,这是什么缘故?"

我说:"在我看来,它们一样可恶、可怕,危险!总之,我们该离它们远点儿!"

"艾莫斯,你真是鼠目寸光!鼠目寸光!"

我只好说:"好吧,就算你能证明闪电和电是一回事,那又怎样?"

本杰明激动地说:"我会成为闪电的驯服者!我会因此流芳百世——"

"好了,本杰明,你要是想把闪电当宠物养,还想以此名垂千古,那么,我不打扰你了,我看我还是去地下室待着比较安全。"

第三天下午，我正在睡觉，被一阵乒铃哐啷的声音吵醒。原来，是本杰明在屋顶上用锤子不停地敲打。他做了很多尖尖的铁条，固定在屋顶上。这些铁条用纵横交错的铁丝绑在一起，通过天窗跟我们的屋子连在一起。

本杰明一边将铁丝连接到各式各样的仪器上，一边跟我解释："艾莫斯！现在，我要用屋顶的铁条收集一点闪电，再让它顺着铁丝传进这些罐子和仪器。这样，我们就能研究闪电的本质和特性了。我们将会解开一个长期困扰科学家们的难题：闪电和电究竟是不是一样的？"

我说："我可从来没有为这个问题而感到困扰！本杰明，我想你还是别用'我们'这个词了，我很早就不愿参加你的实验了。我看我还是回地下室待着吧。"

暴风雨来得太快了！我刚走到门口，一道可怕的闪电突然出现，紧接着是一个巨大的雷声，听上去房子都要被炸掉了！我被闪电击中，摔进一个大玻璃罐子。幸好，罐子里面是空的。我安全地待在罐子里观察外面发生的事。

第一次闪电时，罐子里的液体变成黄色的气体，喷了出来。一台台仪器也开始跳动。后来，闪电越来越密，蓝色的火花开始在电线周围窜动。紧接着，黄铜炉架被烧得发红，壁炉上的烛台也点燃了。屋里的东西撞来撞去，到处乱飞。

我彻底相信，闪电也是一种电。而且，它比电更可怕！

这时，我看见一个很大的蓝色火球从火炉中飞出来，滚到地上，顺着台阶滚了下去。一声巨响之后，我闻到一股浓烈的硫磺味，还听见床上有人发出断断续续的呻吟声。天啊！是本杰明！他身上捂着被子，只露出两个脚趾头。

我吓坏了，以为出了什么大事。不过过了一会儿我发现，每当哪里发出一声爆炸声，他都会惊叫一下，双脚抽搐。我想，他肯定是惊吓过度了。想到这里，我居然有一些得意。

雷声消失之后，本杰明才慢慢掀开被子，探头探脑地到处张望。那样子，别提有多好笑了。

我用嘲讽的口气说："富兰克林博士！您能否用您的科学而冷静的研究精神，将我从罐子里放出来！对了，您已经见过闪电的本质了，对此，您有何高见？"

"艾莫斯！第一个闪电打掉了我的眼镜，没有眼镜，我什么都看不清楚。"

这事过去一阵子后，一位作家给本杰明装在房顶的铁条命名为"避雷针"，他说本杰明是避雷针的发明者。不过，本杰明说什么也不愿意接受这份荣耀。他这个人，经常会表现出令人惊讶的谦虚，让人无法理解。

第八章 风筝实验

避雷针的实验很不成功。这几天，本杰明情绪低落，关于电的事，只字不提。我还有些庆幸地想，他这个危险的癖好总算戒掉了。可惜，没过多久，我的美梦就破灭了。

本杰明最喜欢的娱乐活动是放风筝。他在一只大风筝上面，为我做了一个观景台。这个小台子是用几根轻便的木棍做成的，被固定在风筝骨架的交叉处。台子四周有安全的防护栏，下面还铺着柔软的草。这里安全而舒适，坐在上面享受腾云驾雾的感觉，别提有多惬意了！

本杰明在风筝线上安了一个带滑轮的小车。这样，我可以乘坐小车，顺着风筝线滑下来，回到地面，冲进本杰明的怀抱之中。这真是太刺激了！后来，本杰明再次改良，给小车安装了一面小帆。如果风足够大，我就可以沿着风筝线来到风筝的上面。

总之，我也爱上了放风筝，一玩起来就忘了时间。我没想到，本杰明却在心里酝酿着一场阴谋。其实，他之前暗示我说，要是我能在暴风雨中乘坐风筝上一次天，他就能判断出闪电的性质了。对于这个馊主意，我毫不含糊地拒绝了。之后，本杰明也不再提这件事，我还以为，他已经彻底放弃了这个疯狂的念头。但是，事实证明，这个被电烧坏脑子的疯子，居然想出了一个可怕的计划。

那是 7 月的一个下午，天气晴朗，我像平常一样，乘坐风筝上了天。阳光和煦，我很快就睡着了。也不知过了多久，风筝猛然一抖，我醒过来，看见了可怕的乌云。狂风大作，这是暴风雨来临的前兆！

我想乘坐小车回到地面，却发现小车不见了！我惊慌地拉扯风筝线，发出信号，但是本杰明没有做出任何回应。我反应过来，这是他的阴谋！之前放风筝时，本杰明一边放风筝一边和我说话。原来，他趁我不注意，取下了小车。看来，不管我同意与否，他都要让我在暴风雨中待在天上！

太过分了！

我气愤地寻找办法下去。但是风太大了，我只能拼命抓住摇摇欲坠的小台子。

风越来越大，风筝疯狂地摇晃起来。大雨倾盆，雷电交加，我吓得死死地抓住风筝线，默默祷告。闪电一次次击中我的身体，我已经痛得浑身失去知觉。蓝色的火花烧掉了我的胡子，我身上的每一根汗毛都竖了起来。

本杰明之前的疑问迎刃而解，闪电就是电！

这一场严酷的暴刑持续了像好几个小时那么长！后来，暴风雨停了，风筝慢慢降落到地面。本杰明躲在小木屋里，迫不及待地问我："艾莫斯，闪电是不是电？"

我憋了一肚子火，永远也不想告诉他我的答案。风筝落地之后，我阴沉着脸从他身边经过，完全不听他的解释和询问，头也不回地走向教堂里的法衣室。那是，才是我温暖的家！

回家之后，家里人帮我擦干浑身的雨水，包扎好被闪电击打的伤口。我已经精疲力尽，倒头就睡。

醒过来之后，我的身体已经康复了。本杰明来到法衣室，他带来了我们的协议。在他看来，我的擅自离开已经违背了我们之间的约定。我气愤地数落起来："本杰明！一张破纸可不能把我怎样！合约签订前，你还不是一个电疯子！我们之间的分歧和争吵，都是因为你对电太着迷了！只要你还对电痴迷，我们就不可能重归于好！"

本杰明妥协了，他承诺我永远停止所有的电学实验，他将这个承诺写进了我们的协议。协议重新签订之后，我们握手言和。随后，本杰明告诉我说，他会前往英国，向英国国王和国会表明我们国家的态度，请他们避免暴乱、避免战争。

"艾莫斯！对我来说，你的高明见解和搜集情报的能力至关重要！如果没有你，我将会白跑一趟！艾莫斯，你想证明自己是一个为了祖国、为了自由事业赴汤蹈火的人吗？我明天启程，希望你能来。"

我答应了他。

这天清晨，我冒着湿哒哒的雾气来到码头。船停靠在那里，准备起航。很多船舶鼠排成一队，拉着行李往岸上走。这可不是个好兆头！我赶紧上前询问，发生了什么事。

一只上了年纪的灰胡子老鼠走到我面前，指了指桅杆顶部，闷声闷气地说："你自己看吧。"

我抬起头，只见每根桅杆顶部，都安装着一根可恶的避雷针！

灰胡子老鼠说："本杰明说这是避雷针，昨天，他从早到晚都在折腾那玩意儿。他说，它能保护船不受雷电攻击。但是，我可不相信。我坚决不信！"

这时，本杰明提着大包小包赶到码头。

我指着桅杆顶部的东西,严肃地问:"本杰明,你的承诺呢?"

"艾莫斯,好孩子,你为什么至今耿耿于怀呢?好了,先上船,我慢慢跟你解释。"

我没有听他解释,转身回到了法衣室。

第九章　出使法国

和本杰明一起生活的日子,总是惊心动魄。而跟家人住在法衣室,大家其乐融融。我终于意识到,这才是我理想中的生活。

不过,整个费城却如开水沸腾,完全失去了往日的宁静。人们涌上街头,高喊口号,抗议英国政府对我们强行征收税收等恶行。我估计,本杰明的英国之行计划,会彻底泡汤。

很快,在马萨诸塞的某个地方,打响了反抗英国殖民地暴政的第一枪!我迫切希望为国家做点什么,但是没有本杰明,我总觉得自己毫无用武之地。后来,本杰明回来了。国家生死存亡的大义,消除了我们之间的不愉快。我们带着满腔热血,扑到当前的革命战争之中。

本杰明参加了十几个革命委员会。他们没日没夜地开会,我帮本杰明搜集情报,忙得不可开交。在一次委员会议上,人们商讨要起草《独立宣言》。这场会议很重要,其中最核心的人物就是本杰明和来自弗吉尼亚的托马斯·杰弗逊先生。他们俩只会空谈,如果没有我和杰弗逊先生的老鼠红毛,他们的计划不会取得任何进展。

红毛住在杰弗逊先生的马鞍袋子里,他能言善辩,是一只革命热情高涨的老鼠。这不,他刚刚在费城站稳脚跟,就向住在旅店马厩周边的老鼠们宣传革命思想。这些老鼠在红毛的组织下,对旅店客人进行了好几次突袭。

我跟红毛很快成为了好朋友,我还将他介绍给费城的老鼠名流们。红毛拥有超群的演讲才能和领导才能,大家对他无比钦佩。我们晚上在红毛居住的马鞍袋子里聚会,讨论本杰明他们白天会议的议题。

一次,红毛提出要拟定一份宣言,罗列我们鼠辈在人类的统治下遭受的屈辱。

宣言的开头是这样的:"历史的长河,奔腾不止……"

这篇宣言文采飞扬,我也深受感染。而本杰明他们的会议,一直没有讨论出什么结果来。

中场休息的时候，我将红毛的宣言念给本杰明听。本杰明欣喜若狂："艾莫斯，这篇文章实在太精彩了！我的好朋友，你快帮我抄一份吧，只需将里面的鼠辈换成人类就好。"

我说："那我到底是人还是老鼠？你还是自己抄吧，我困了！"

第二天，本杰明真的将我们老鼠的宣言抄了一份。委员会一致通过了这份宣言，他们为自己能拟定出这样精彩的宣言而感到无比自豪。

7月4日这天，《独立宣言》公布于众。人们在费城举行了盛大的庆祝活动。他们走上街头、游行、鸣枪。老鼠们都没见过这样大的场面，一时之间还有点儿害怕。本杰明也参加了这场游行。他比任何人都激动，声音也比任何人都亢奋。

独立战争就这样开始了，这是一段令我难忘的岁月。那时，我接触了不少伟人。其中，最令我难忘的是乔治·华盛顿将军。

华盛顿将军有勇有谋。一天，他来找本杰明，打算游说本杰明出使别国，请求其他国家支援我们的独立战争。

"富兰克林博士，我们现在处境艰难，缺乏军装和武器。我想，我们需要向其他国家求助。我建议我们先考虑请求西班牙的支持。"

我藏在本杰明的帽子里，不住地对他念叨："法国点心不错！法国的红酒香醇！法国的美女可漂亮了！"

于是，本杰明告诉华盛顿将军："法国才是我们最理想的选择。"

"好吧，富兰克林博士。那您愿意前往法国，为我们的独立事业做出贡献吗？兹事体大，我们将所有希望都寄托在您身上了。"

本杰明拍着胸脯说："将军，我们愿意！"

"我们？"华盛顿将军疑惑不解地问。

"我是说，我愿意去法国争取援助。"

就这样，我和本杰明踏上前往法国的路途。这段旅途，我实在不愿重提。大西洋无边无际，恶浪滔天，我晕船晕得很厉害。本杰明却一点儿都不晕船，他忙这忙那，还想出了一种可以让船行驶得更快的风帆安置方法。那几天，他一直待在甲板上，教船长如何操作。可是有一天，船长突然追着本杰明大骂，本杰明只好躲进船舱。

他很难过地对我说："艾莫斯，他们真是鼠目寸光！"

我说："行了吧，本杰明，你帮倒忙，还胡说八道！"

第十章　王宫之行

航行结束了，我们到了法国，住进巴黎郊区帕西小镇的一所大房子里。

我很困惑，为什么本杰明如此深受法国人喜爱？学者、科学家、作家，潮水一般涌进这所大房子。他们将本杰明说过的那些格言当成真理一样信奉。每一家商店都在卖本杰明的画像，每一个法国人都在引用本杰明的格言。

那些法国女人，个个是本杰明的爱慕者。她们亲热地称本杰明为"亲爱的"，请他品茶、用餐。如果本杰明拒绝她们，她们就会伤心欲绝地哭起来。本杰明的邮箱里，总是塞满了一封封充满暧昧的信件。这些爱慕者，甚至模仿本杰明的样子，也把头发弄得乱糟糟的，也戴一顶跟本杰明头上款式一模一样的帽子。有人甚至还想拿走本杰明的帽子，那可是我的房子！我坚决地制止了这种荒唐的行为。

当然，我们身边也有不少从事情报活动的人。他们个个想弄清楚本杰明到法国的目的，甚至想阻挠我们的计划。我时时刻刻观察着这些人的言行举止，将我打听的情报准确无误地告诉本杰明。有了这些情报，本杰明毫不费力就挫败了那些针对我们的阴谋诡计。从此，本杰明风头更甚，还赢得了"天才外交家"的美誉。

很快，本杰明出色完成了出使使命，赢得了法国几百万法郎的资助。不过，本杰明最近的社交活动实在太频繁了，搞得我有些吃不消。

有一天，我终于忍不住问他："本杰明，你向法国借了那么多钱，这是世界上最大的一笔债务。可是，我看不到你有丝毫的担忧，整天逍遥自在，跟那些女人共进晚餐。"

他说："愚人栽树，智者摘桃。"

我说："关于谚语，我可说不过你。但是，天天赴约，我真的吃不消了。尤其是那位赫尔维格斯夫人，她家有几十只猫，还有一条汪汪乱叫的狗。每次去她家，我的神经都绷得紧紧的。本杰明，我真的受不了了。如果我遇到意外，你怎么办？你的外交使命，还有华盛顿将军的军队，该怎么办？"

本杰明思考了一下，答应了我："你说得很对，艾莫斯。我们得防患于未然，从明天起，我们改去布瑞琳夫人家。"

之后，我们再也没去赫尔维格斯夫人家。我们每周都会前往布瑞琳夫人家赴宴。那里有可口的食物，舒适的环境，还有我的好朋友索菲娅。

索菲娅是一只漂亮的白鼠，她来自凡尔赛宫。她住在布瑞琳夫人高高耸起的假发中，可比我那皮帽子舒服多了。

晚宴枯燥无聊，我经常去找索菲娅玩。索菲娅受过良好的教育，她举止优雅，想法聪慧，让我大开眼界。之后，我们越来越熟，她将自己的不幸遭遇告诉了我。原来，索菲娅的丈夫是法国最古老的老鼠家族后裔，遭受陷害，被流放到美国费城。索菲娅逃出王宫，但是她的7个孩子还被囚禁在宫里。索菲娅的丈夫在费城努力奋斗，希望有朝一日合家团聚。索菲娅逃出来之后，投奔了一向同情弱者的布瑞琳夫人。从此，她住在夫人的假发里，为夫人出谋划策，成为夫人的心腹。布瑞琳夫人还经常带索菲娅出入宫廷，索菲娅已经打听到孩子们被关在王后宝座下的小房间里。她现在唯一的希望就是救出孩子们，前往美国，一家人重新团聚在一起。

我非常同情索菲娅的不幸遭遇。于是，我大声对她说："夫人！尽管我出身寒微，但是，我向您宣誓！我，艾莫斯，愿意为了您和您家人早日团聚，赴汤蹈火！"

听完我的话，索菲娅流下了感动的眼泪。她温柔地说："艾莫斯先生，要是您能帮助我一家团圆，这对我来说，将是怎样的幸福啊！"

我说："请相信我，夫人！对于我这样一个为了自由和正义奋不顾身的勇士来说，这个任务并不艰巨！"

第十一章　我的计划

经过深思熟虑，我发现要完成这个任务还真是困难重重。一只老鼠，要对抗整个法国王宫，要救出7只小老鼠，还要送他们一家去美国团聚，这比登天还难！

没想到，天助我也！

华盛顿将军率领我们的军队赢得了战争的胜利。美国自由了！得知这个消息，我和本杰明高兴坏了，举行了盛大的庆祝活动，我大口大口吃奶酪，本杰明则大口大口喝酒。第二天，我感觉浑身难受，本杰明也病了。

离开美国这么久，我很想家，不停催促本杰明回国。但是，本杰明在这儿受人尊敬，不但能自由出入王宫，还经常出席宴会。他在这儿混得如鱼得水，一点也不想回美国。法国的国王和王后，得知美国独立的消息，宣布要举办一场盛大的舞会来传达对本杰明的敬意。本杰明对这场舞会格外看重，像准备嫁妆的待嫁少女一样，请了不少裁缝和美发师到家里来。

我忙着制定方案帮助索菲娅，已经无暇顾及本杰明这一愚蠢而荒诞的行为。

我召集了所有住在帕西镇的田鼠。这些田鼠备受压迫，经常忍饥挨饿。他们对凡尔赛宫的贵族们充满了仇恨，一听到索菲娅的不幸遭遇和我的计划，不约而同表示支持。随后，我还拜访了几家大使馆，结交了不少朋友。俄罗斯鼠强悍善斗，他们热情地答应了我的请求；瑞典鼠沉静有谋，他们听了我的想法冷静地思考了一会儿，也答应加入我的计划。至于意大利鼠和西班牙鼠，我知道他们意志不够坚定，对他们的期望不高。

虽然得到这么多老鼠帮忙，但是我最想见到的，是杰斐逊的红毛老鼠。此刻，我需要他来一场激情澎湃的演讲鼓舞士气。

这天晚上，吃饭的时候，本杰明告诉我，杰斐逊今晚会抵达巴黎。天啊，这真是令我振奋的好消息！红毛肯定会跟着杰斐逊一起来！

但是本杰明的神情却有些忧伤："杰斐逊将出任第一任驻法大使，我没有在这儿继续待下去的必要了。"

看到他那难过的样子，我忍不住安慰他说："好了，别难过，你想想7月4日盛大的舞会吧。我敢打赌，你到时肯定是舞会上的明星。"

一听到舞会，本杰明又高兴地为舞会的事忙碌起来，我也继续施行我的营救计划。

当晚，我见到了红毛，将索菲娅的不幸遭遇告诉了他。红毛怒气冲冲地说："什么贵族！他们是赤裸裸的暴君！吸血鬼！艾莫斯，说说你的计划吧。"

我们讨论了计划的所有细节，红毛提出了几条特别实用的建议："凡尔赛宫有成百上千的白鼠，他们之中大多数游手好闲，但也有不少战斗力强的战士。俄罗斯鼠和瑞典鼠的战斗力也不差，但是他们的数量太少。至于这里的田鼠，完全靠不住。要是我们有一队美国鼠就好了。"

我突然想到了一个绝妙的主意："约翰·保罗·琼斯！他船上的海军鼠是这个世界上最强大的战士，目前他手下的一名海军上尉正在巴黎。今晚，海军上尉要返回他们的驻地港口，我会写一封求助信放在上尉的三角帽里面。我相信，那些海军鼠不会让我失望！"

红毛高兴地叫喊道:"太棒了!我还有个想法,巴黎那些遭受压迫的贫民鼠是一支较为成熟的革命力量。他们早就不满那些装腔作势的贵族们了,只要有人带动领导,他们一定会加入战斗行列。艾莫斯,这个任务就交给我吧。"

说完,红毛冲进夜色中。而我,则忙着给约翰·保罗·琼斯写信。本杰明回来了,他站在镜子前整理衣冠,不停地感叹:"艾莫斯,这正是一个无比美妙的夜晚!啊,充满魅力的客人!充满智慧的交谈!你真的应该跟我一起去!你知道吗,大家都很喜欢我的新马甲。"

我打断了他的话:"我现在正忙着呢,没时间跟你这种花花公子闲聊。"

本杰明很惊讶:"忙?艾莫斯,战争已经结束了,我们是时候开创美好的新生活啦。"

我说:"只有你才这么想。你还是去睡觉吧,晚安!"

第十二章　凡尔赛之战

7月4日这一天,我早已准备妥当。红毛昨夜忙了一整夜,但是他依然跟往常一样精力充沛,热情四散。做完行动员演讲后,红毛对我说:"艾莫斯,我这里一切准备就绪!兄弟们都等不及了!到处弥漫着自由和革命的气息,大家高喊着要复仇,场面差点失控!"

我说:"红毛,在我发出信号之前,大家不要轻举妄动。我们的信号是:冲上去干掉他们!剩下的事,我就交给你啦!"

他举起手里的短棍:"艾莫斯,我知道纪律的重要性。你就放心吧!正义和公平永驻人间!"

说完,红毛走开了。他可真是一个得力的助手!

这天下午,我见了索菲娅,将事情的进度告诉她。她有些激动,尽量保持镇静。

我说:"夫人,俄罗斯鼠和瑞典鼠都会听从您的调遣。至于帕西镇的田鼠,我会亲自坐镇指挥。夫人,您准备好了吗?"

她说:"艾莫斯先生,有个很不错的假发,对我们来说再合适不过。"

透过窗帘,我看见三个美发师和两个侍女正在给布瑞琳夫人为舞会梳妆打扮。我已经见过很多精美的假发,但是这一个假发却比我见过的任何假发都要精美。假发有4英尺高，被装饰成海浪的形状，顶部放着一条装备完整的船，桅杆上挂着美国国旗。船头飘扬着红白蓝三色丝带，丝带上写着"自由和正义"几个字。船下面是本杰明的彩色蜡像，两个粉红色的丘比特支撑着蜡像，蜡像上还有一些特别搞笑的溢美之词。

"太完美了！夫人，麻烦您将瑞典鼠带到那艘船上。俄罗斯鼠举止莽撞，还需您引导他们钻进假发。"

索菲娅平静地说："战争时期，无须太多讲究。"

我大声说："夫人，您真是太明智了！对了，我们的信号是：冲上去干掉他们！在信号发出前可千万不能轻举妄动。夫人，别担心，一切都会好起来！"

索菲娅勇敢地说："艾莫斯先生，祝您好运！自由和正义与你我同在！"

傍晚时分，田鼠前来报到。我担心它们的纪律，反复强调，要它们绝对服从命令，绝对保持安静。

本杰明穿了一身新衣服，高兴得手舞足蹈。于是，我趁他不注意，将那些田鼠杂牌军装进了他的帽子。我们一共有12只老鼠钻进帽子，我站在最前面，通过小孔观察外面的情况。其他的老鼠钻进了本杰明的衣服口袋。一只机灵的小老鼠抓住了本杰明的怀表链，它看上去还真像一个小小的装饰品。

我们都安全地进入了舞会场地。尽管还没有收到约翰·保罗·琼斯的消息，我已经尽力了。我想，就算没有他们的帮助，我也要尽最大的努力来解救索菲娅一家。

璀璨的灯光照亮了整座宫殿，烟花阵阵绽放，乐队正演奏着动听的乐曲。大厅里挤满了贵宾，他们都是为了庆祝美国的胜利而来，也为了一睹本杰明本人的神采而来。宫殿里一派繁华，那些凡夫俗子从来没有在这样的场合出现过，完全看呆了。我严厉地盯着其他田鼠，生怕他们弄出一丁点儿声响。

我们跟随本杰明来到大厅，大家纷纷给他让出一条道路。通过帽子上的小孔，我看到了布瑞琳夫人。她的假发在微微颤抖，我知道那是索菲娅带领的小分队到了。接着，我在南边的第三个窗户看到了红毛的头发。他带领的小分队也到了。

本杰明是整场舞会的焦点，所有人都忍不住注视着他。当他快要接近国王和王后的宝座时，我用胳膊肘推了推田鼠，低声说："准备！"当本杰明弯腰鞠躬向国王和王后致意时，我高声尖叫起来："冲上去干掉他们！"

一时之间，本杰明身上到处是老鼠。田鼠们从他的衣服里、马甲里、帽子里钻了出来，在本杰明的脚下排成一排，朝王后的宝座进发。

整个大厅陷入混乱，王后晕了过去。国王吓得脸色发白，全身颤抖。他站起来，朝窗户跑去。恰好，红毛带领他手下的贫民鼠冲了过来。他们尖叫着，肆无忌惮发起进攻。国王被吓得晕倒在地。贵妇们尖叫着逃窜，将国王踩得遍体鳞伤。守卫王宫的白鼠被眼前的突袭惊呆了，不过他们很快反应过来，击退了我们的田鼠小分队。瑞典鼠和俄罗斯鼠也加入了战斗，在王后的脚踝处王宫的白鼠们激烈厮杀。可惜，那些贫民鼠是一群乌合之众，他们看到过道上散落在地的点心和甜酒，全部扔下武器，朝食物冲了过去。

红毛很愤怒，独自冲进战场，挥舞着短棍，拼命奋战！

渐渐地，那些田鼠也经不起诱惑，放下兵器，加入了贫民鼠，跟他们一起抢东西吃。不过，在红毛的领导下，瑞典鼠和俄罗斯鼠依然在英勇战斗。成群结队的白鼠不断涌入大厅，形势对我们很不利，我们只好一步步撤退。

突然，透过激烈的打斗声，我听到了一阵微弱而清晰的笛声！上帝呀，那是美国的扬基歌！

是约翰·保罗·琼斯船上的海军鼠！他们穿过窗户，挥舞着闪亮的大棒和弯刀，加入战斗。白鼠像风中的雪片，很快被击溃。我们砸开牢门，解救了索菲娅的孩子们！他们自由了！

一位白发苍苍的老海军鼠走上来对我说："约翰·保罗·琼斯船长向您问好，请问您还有别的指示吗？"

红毛杀红了眼，他跑过来，大声喊道："我当然有指示！看在上帝的份儿上，快把那群乌合之众处理掉！"

"遵命！"老海军鼠又挥舞着闪亮的弯刀，冲向那群战场上的逃兵。很快，那些贫民鼠和田鼠号叫着，从我们眼前消失了。

红毛情绪激昂地说："勇士们，点心是你们的了！请自便！"说完，他累得跌倒在地。

我们的任务完成了，看到索菲娅与她的孩子团聚在一起，我的心里像蜜一样甜。本杰明的情况就比较糟糕。可怜的本杰明，他孤零零地站在大厅中央。那些先前还向他谄媚示好的贵族们，现在像躲避瘟疫一样，站得离他远远的。

在索菲娅的帮助下，我将红毛和她的孩子带进了本杰明的帽子，我轻声说："本杰明，你好像不受欢迎了，我们该回家了。"

我们从后门离开宫殿，那些人看到本杰明就赶紧躲开。我说："本杰明，法国人喜怒无常。他们一会儿把你当成英雄来崇拜，一会儿将你抛在脑后，对你百般刁难。你打算什么时候回国？"

本杰明还没从刚才的事情中回过神来，他有些不知所措地说："艾莫斯，你说什么时候回去，我们就什么时候回去吧。"

第十三章　生日快乐

我们回来了！船刚到岸，礼炮齐鸣，烟花绽放！国会代表团亲自到码头来迎接本杰明。装扮一新的彩车和夹道欢迎的队伍将码头围得水泄不通，乐队在演奏欢快的曲子，有人在高声致辞，欢迎本杰明凯旋。

本杰明笑容满面，坐进了第一辆车。当然，他还戴着那顶破旧的皮帽子。索菲娅和孩子们通过帽子上的洞第一次看到美国，万分激动。到家之后，我送索菲娅跟她的丈夫团聚。只看她丈夫一眼，我就能确定，他是一个称职的丈夫，是一个无比慈爱的父亲。他们一家子，真让我羡慕。

晚上有个宴会，我跟着本杰明一起出席。本杰明不停地演讲着，没完没了。不过，他现在已经很老练了，不会再惹出什么笑话来。我躺在皮帽子里，一边听着本杰明絮絮叨叨的演讲，一边回顾这几年的经历。我想，我已经老了，居然能够忍受这样枯燥而讨厌的宴会了。

是啊，我真的老了！我越来越喜欢安静地待在家里。索菲娅的家距离本杰明的住所不远，我陪着她的孩子们一起玩耍，觉得很幸福。索菲娅他们带来了法国宫廷的习俗，经常举办舞会。这种欢快的方式很快赢得费城年轻老鼠的欢迎，索菲娅一家也成了费城最受欢迎的老鼠。

而我的兄弟姐妹们，年纪稍微大一点的，也成家立业。他们之中，有的成了商人，有的还住得离我特别近。他们是索菲娅宴会中的常客，我的三个弟弟妹妹，跟索菲娅的三个孩子年龄相仿，这6个玩伴变成了三对新人，步入了婚姻殿堂。

有了这些小家伙的陪伴，我更愿意待在家里。而本杰明，一直忙碌于出席那些数不清的宴会和会议。其实，我早已厌倦这些场合，不过为了照顾本杰明的情绪，我才没有把自己的真实想法告诉他。

本杰明 81 岁的生日就要到了，我想是时候说服他在家里安享晚年了。于是，我精心策划，将本杰明的生日告诉了我的家人和索菲娅。大家一直对本杰明心怀感激，愿意借着生日庆祝的机会向本杰明传达谢意。于是，我们开始为本杰明的生日准备起来。

本杰明生日前夜，我的家人和索菲娅一家聚在本杰明书房的书后面。我的爸爸妈妈也来了，他们已经白发苍苍，不过身体还算硬朗。每个人都为本杰明准备了礼物，大家耐心地等待午夜降临。当午夜的钟声快要敲响时，我和大家鱼贯而出，齐声高唱《生日快乐》歌。

本杰明愣了一下，立马被我们的热情打动了。大家纷纷呈上生日礼物。

同时，我和我的 23 个兄弟们悄悄溜了出去。等最小的老鼠说完祝福时，我们抬着一顶海狸皮帽子进来了。那是我跑遍整个费城，才买来的法国最新流行款式的帽子。我想，本杰明戴上去一定很合适。

一看到帽子，本杰明被眼前的这个惊喜打动了。他试了一下，大小正合适。那些顽皮的小老鼠们沿着帽檐跑来跑去，逗得本杰明哈哈大笑。年长的老鼠们吃着饼干，喝着麦芽酒，年幼的老鼠们啃着麦芽糖。饭后，大家唱歌跳舞，索菲娅和她丈夫唱起二重唱，将生日晚会推向了高潮。这首歌是本杰明的一首诗，索菲娅谱上曲，特地在本杰明生日这天献给他。本杰明特别感动，索菲娅他们唱了一遍又一遍。

后来，宴会结束，大家散去，本杰明有些担忧地说："艾莫斯，这顶帽子很漂亮，就是没有你住的地方，要是没有你，我该怎么办？"

我说："本杰明，你也看到了，那些年轻的老鼠需要我来指导。我会一直住在你床头的那顶破皮帽子里，要是你真的需要我，可以来找我。但是，本杰明，你已经 81 岁了，很多事情完全能自己应对。"

"好的，我明天就要出门，我要向大家展示一下，什么样的帽子才是一顶真正的帽子！"

"好呀！"说完，我蜷缩在这顶完全属于我的破帽子里，又叮嘱道："本杰明，你可要当心街道上那些泥坑呀。"

兔子坡

第一章 新人家要搬来啦

兔子坡人声鼎沸，所有小动物都兴奋地谈论着今天的好消息——"新人家要搬来啦"！

小兔子乔奇听到这个消息，一路飞奔跌跌撞撞跑进兔子洞。他上气不接下气地嚷起来："爸爸，妈妈，天大的好消息！新人家要搬来啦，他们要搬进那座大房子里啦！"

这时，兔子妈妈正在炖汤呢！她拿起勺子，朝稀得不像样的汤锅里搅拌了一下，然后抬起头，万分忧愁地说："哦，终于有人要搬进那所空了很久的大房子里了。希望这户人家能多种蔬菜和粮食，可别再像上一户人家那样懒惰！三年了，这地方居然没有一个像样的菜园子！我们都找不到足够的食物来过冬！去年的冬天，过得实在糟糕，我现在就开始发愁今年冬天怎么过。这地方的食物少得可怜，十字路口的胖子家，虽然有个菜园，却养着几条恶狗。此外，要到他的园子里找食物，还必须穿过十分凶险的布莱克公路。唉，不到万不得已的时候，我真不想去那里找食物。如果新人家不种蔬菜和粮食，我们该怎么办呀？"

兔子爸爸是一位来自南方地区的绅士，他说起话来总是那么斯文客气。他耐心地安慰兔子妈妈说："亲爱的，别担心！往好的地方想想！说不定这是个好消息呢！也许，从今往后，兔子坡会富饶起来，我们不会再为食物操心！我出去转悠转悠，去探探老邻居们的口风，看看这个激动人心的消息到底是真是假。"

说完，兔子爸爸走出兔子洞，来到荒废了很久的菜园子。菜园子边，有一栋空荡荡的大房子。天快黑了，夜色里的大房子看起来格外孤单。房子里漆黑一片，房顶的木板已经腐烂了，百叶窗也摇摇欲坠。房子四周长满了杂草，微风一吹，这些杂草就发出令人害怕的声音。虽然现在已经是春天了，到处生机盎然，这里却依然一片萧条。

兔子爸爸自言自语起来："想当年，兔子坡可是繁荣而富饶呀！"

那时，漫山遍野都是青草，大地如同披上一块厚厚的绿毯。新鲜美味的苜蓿草取之不尽，菜园子里有各种各样的蔬菜瓜果。整个兔子坡的小动物们都生活得无忧无虑。

当时，住在大房子里的那户人家非常善良。人类小孩喜欢跟小动物们一起玩捉迷藏，他们看到臭鼬妈妈领着孩子们排成一队穿过草地时，会兴奋地大叫。虽然这家人养了一条胖乎乎的狗，但这位有着西班牙血统的狗女士从来不会伤害这里的小动物。有一次，胖狗女士发现了一只迷路的小狐狸，她像对待自己的孩子那样细心照顾小狐狸，并将他抚养长大。对了，这只狐狸好像是灰狐狸的爸爸或者叔叔？这件事已经过去好些年了，兔子爸爸记得不太清楚了。

好景不长，那户好心人搬走了，厄运光顾了兔子坡。随后搬来的这户人，小气又懒惰。他们任由田地长满野草，菜园子也变成了荒地。去年秋天，这户人终于搬走了。大房子又变得空荡荡的。寒冷来临时，一旦暴风雨袭来，大房子上的百叶窗就会发出噼里啪啦的声响，叫人听了毛骨悚然。

兔子爸爸经过大房子的工具房。以前，工具房里堆满了种子和鸡饲料，肚子饿得"咕咕"响的田鼠们总能在这儿找到吃的。如今，这里已经荒废了很多年了。在那些寒气逼人的冬天里，小动物们将这里翻了个遍，它们再也不会到这儿来了。

兔子爸爸来到一块草坪边。草坪的另一边，土拨鼠波奇正在杂草里拼命地扒拉着，希望能找到些吃的来填满饥肠辘辘的肚子。很久以前，波奇是兔子坡出了名的胖子，长得肥头大耳，走起路来摇摇晃晃，甚至胖得没办法钻进洞穴冬眠，只好硬挤进去。可是现在，他饿得连毛都快掉光了，浑身斑斑秃秃的。

他一边往嘴里送吃的一边抱怨："快看看这个草坪吧，全是杂草，居然找不到一片苜蓿叶子！唉，新人家早就该搬来了呀——"

"晚上好，波奇。在这样美好的春夜，见到你容光焕发，我可真高兴！我猜，这个冬天你一定过得很舒服，对吗？"兔子爸爸彬彬有礼地跟波奇打招呼。

波奇停止了抱怨，低声回答说："是，我没病没灾！可是，你看看我这副样子，瘦得皮都快包不住骨头了！唉，怎么能指望靠这些东西来补充营养！"他用十分厌恶的表情看了看这块长满杂草的草坪，接着说："上一户人家真是一群懒虫，他们什么都不干，任由田地荒芜。谢天谢地，他们终于搬走了。我说，现在新人家也该搬来了吧？"

兔子爸爸说："我正想找你打听新人家的事呢。我听说新人家就要搬来了，不知道这消息是否可靠？你知道，大家都盼望新人家早早搬来。波奇，你有确切的消息吗？可别让我们空欢喜一场呀。"

"空欢喜？"波奇有点摸不着头脑，他挠挠耳朵，然后一本正经地说，"哦，事情是这个样子的。我听说，两三天前，房产商带人来将这栋房子里里外外看了一遍。昨天，木匠比利来这里查看了房顶、工具房和鸡舍，还拿出一张纸画来画去的。今天，泥水匠路易来了，看了看房子外破旧的石头墙和那些快要塌下来的台阶，也拿出纸来写写画画。对了，我还听说了一件特别重要的事——"波奇靠近兔子爸爸，一脸神秘地说："我听说，岔路口那个靠种地维生的家伙——蒂姆，他今天下午来查看过这里的菜地、草坪和北边的田，也在纸上写写画画琢磨了一番。所以，你觉得这事会是一场空欢喜吗？"

兔子爸爸好不容易忍住兴奋，平静地说："这样看来这是个好兆头，一切迹象表明，新人家会种蔬菜和粮食。这户勤劳朴实的新人家搬来，这里又会长出大片大片的蓝草了。"

兔子爸爸是多年前搬迁到兔子坡来的。他对家乡的蓝草格外眷恋，经常跟大家提起家乡的蓝草。对此，大家听得耳朵都起茧子了。

波奇立刻打断了兔子爸爸的话："蓝草在这儿可长不好！我只要一块种满苜蓿草、梯牧草和各种青草的草地和菜园子就够啦。"波奇说完，眼眶里含着泪水，"现在，如果有一些甜菜根、一点绿豌豆和能塞满一嘴的马鞭草……"他还没说完，便伤心地趴在地上大哭起来。

兔子爸爸听到了准确的消息，心情很好，继续往前溜达。

灰狐狸礼貌地跟他打招呼："先生，晚上好，我听说新人家就要搬来了，祝你好运。"

"先生，也祝你晚上愉快。所有迹象表明，这消息真实可靠，真让人开心呀。"

灰狐狸朝兔子爸爸道谢："谢谢你昨天帮我引开那些猎狗。当时我精疲力尽，不能继续跟他们周旋下去。这段时间，要找到食物真的太难了。我来回跑了8英里路，只为捉一只老母鸡。那只老母鸡太沉了，不好对付。猎狗们跑出来挡路时，我早就累得没力气了。先生，你对付猎狗可真有一套，再次感谢你的救命之恩！"

兔子爸爸温和地说："区区小事，你不必放在心上。你也知道，早些年在我的家乡蓝草乡，我经常耍弄那些猎狗。话说我以前在我的家乡蓝草乡——"

灰狐狸打断兔子爸爸的话："我知道！那昨天那些猎狗，后来怎么样了？"

"我带着他们在山谷里兜了一圈，然后穿过了灌木丛，让他们撞上了电篱笆！这群狗实在太蠢了。话说在蓝草乡，那里的猎狗都是经过正规训练的——"

"我知道。不过我还是要谢谢你。"灰狐狸说完，钻进了灌木丛。

不远处，灰松鼠正在四处挖洞。去年冬天，坚果少得可怜，但他却想不起来自己把坚果藏在哪里了。眼下，他多么希望能挖出几枚坚果来填填肚子。

兔子爸爸看着地上一个挨着一个的空洞，笑眯眯地跟灰松鼠打招呼："晚上好，先生，祝你好运。我的老朋友，看来你需要点运气，请原谅我的不礼貌，我说，你的记性怎么越来越差了呀。"

灰松鼠停下来叹了口气，他看着整个兔子坡，说："我的记性一直糟糕透了，我总是不记得自己把东西放在哪里了。不过，我还清楚地记得一些事情。很久以前，整个兔子坡幸福四溢，住在这里的那户人家勤劳又善良。你还记得吗？每年圣诞节，人类的孩子帮我们打扮漂亮的圣诞树。树上挂满了彩灯，有为你们专门准备的胡萝卜、卷心菜、芹菜，有为小鸟准备的种子和黄油，还有各式各样的坚果。所有的东西都挂在圣诞树上，诱人极了！"

兔子爸爸说："这些事，我当然还记得，并且我敢说，这些美好的回忆会一直珍藏在大家心底。让我们一起祈祷吧，但愿新人家能让我们重新过上好日子。"

"有新人家要搬来了？"

"是的，这消息已经传遍了整个兔子坡。而且，种种迹象表明，这件事真实可靠。"

听到这样的好消息，灰松鼠立马来了精神，他一边挖洞一边说："真是太好了，我一直忙着挖洞找坚果呢。你瞧瞧我这记性，我恐怕是全世界记性最差的松鼠了——"

田鼠威利朝田垄尽头飞奔着，一边吹着尖声口哨一边叫喊着："鼹鼠！鼹鼠！特大新闻！特大新闻！"

盲眼鼹鼠探头探脑爬出来，露出头和肩膀，用鼻子朝上嗅了嗅，说："是你呀，威利，发生什么事了？你高兴成这样，到底有什么特大新闻！"

威利上气不接下气，大声嚷嚷起来："鼹鼠！天大的好消息！整个兔子坡都在谈论这件事——新人家要搬来啦！大家都说，他们可能种蔬菜瓜果。这样一来，工具房里就会有种子和饲料，我们就能将从袋子缝隙中漏出了的种子、饲料收集起来，存够整个冬天的食物，不用像以前的夏天那样为食物发愁了！地窖里还会有暖气，我们可以直接在围墙边打洞安家，那里既温暖又舒适。说不定这家人还会种郁金香呢！天呀，鼹鼠，如果现在有一颗美味的郁金香球茎放在我面前，我愿意拿任何东西来交换！"

鼹鼠"咯咯"地笑了："又是你这一套！我就知道，我在前面打洞，你跟在后面，吃光了所有球茎。对你来说，这事很轻松。而我却要遭受主人家的责怪。"

威利有些伤心地说："鼹鼠，你怎么能这么说呢？这话对我不公平！我们相亲相爱，是最好的朋友。我没想到你会这样说我。"威利说完，轻轻地哭了起来。

鼹鼠伸出宽大而厚实的爪子拍了拍威利的背，忍不住笑了："好啦，我只是跟你开个玩笑罢了，你就别伤心了。说真的，如果没有你，我都不知道该怎么办。你还记得每当我想看东西的时候，我都会怎么跟你说吗？"

"你说，来吧，威利，来当我的眼睛吧！"威利抹了抹眼泪。

鼹鼠开心地接着说："没错！你就是我的眼睛！是你告诉我那些东西长什么样子，是什么颜色，有多大。你说得很详细，没有谁比你说得更好了。好了，别哭鼻子了，谢谢你告诉我新人家要搬来的消息，我得去找虫子来做晚餐了。"鼹鼠说完，继续钻回洞里挖起来。

威利不伤心了，他一边小跑着离开一边喊："鼹鼠，等新人家来了后，我继续当你的眼睛。我会将我看到的一切原原本本说给你听。"

地里传来鼹鼠含糊不清的声音："那是当然！我知道你特别想吃郁金香球茎！"

臭鼬费威站在树林边，望着大房子。不一会儿，红鹿也来了。费威朝红鹿打招呼："晚上好，先生，祝你好运，我听说新人家就要搬来了。"

红鹿回答说："我也听说了。其实我总是四处活动，受到的影响不大。如今整个兔子坡的食物越来越少，情况变得越来越糟，很大程度影响了小动物们的生活。"

费威道："你说你没受到影响，但是你以前不也经常去那户好心人家里偷点蔬菜之类的东西吃，对吗？"

红鹿有些不好意思地承认了："我承认，如果我就在附近，我偶尔也会去尝尝鲜。费威呀，你能不能往背风处挪一下？好的，谢谢你！是的，我喜欢吃莴笋或者很嫩的卷心菜，吃太老的叶子我会消化不良。当然，我最喜欢吃西红柿，要是现在能吃到一个多汁美味的西红柿——"

费威没好气地打断他："只有你喜欢吃这些。我可不在乎他们种不种地，有没有菜园子，对我来说都一样。我要的只是他们的剩菜剩饭。"

红鹿有些不屑地说："你的品位可真差！"

费威生气了："品位差？你根本不知道剩饭剩菜有多美味！只不过有些人家的剩饭剩菜不好吃，甚至不配当剩饭剩菜。而有些人家的剩饭剩菜，简直没有别的东西比它更美味可口！"

红鹿还是坚持自己的立场："我敢说，肯定有比剩饭剩菜更好吃的东西。不过，我们还是聊点别的吧。狐狸希望新人家多养一些鸡和鸭子。你喜欢这些吗？"

费威承认："那些嫩小鸡，的确不错。但是剩饭剩菜——"

"天呀，起风了！"红鹿一边抱怨一边跑进了树林。

新人家就要搬来的好消息传遍了整个兔子坡。小动物们兴奋不已，议论纷纷。

而此时此刻，兔子妈妈却显得焦躁不安。她已经将新人家搬来后可能会发生的危险情况想了个遍，喋喋不休地跟家里人念叨起来："新人家可能会养狗、养猫甚至雪貂，这些都是兔子的天敌呀！说不定他们还有猎枪、步枪、炸药，甚至还会挖陷阱、放毒气。天呀，如果来了几个调皮捣蛋的男孩子……啊，真是太可怕了！"

这几天，兔子妈妈听说了一桩恐怖事件。她一遍又一遍地说给家里人听：有个坏了心的男人拿了一根软管，一头连接汽车排气管口，一头塞进了兔子洞，很多兔子家庭就这样被搞得家破人亡。

兔子爸爸安慰她说："好了，亲爱的，镇定点！我说过无数次了，他们之所以遭遇不幸是因为自己疏忽大意，紧急出口被储存的过冬粮食给堵住了。是的，他们遭遇了不幸。但是换个角度来看，我们的生活却是不幸中的万幸。这几年，我们生活窘迫，根本无法找到足够的食物来过冬，所以我们的紧急出口一直畅通无阻。不过，我得提醒你，你偶尔会在紧急出口放一些乱七八糟的东西，比如扫把、水桶之类的。前一阵子，我还被那些工具绊倒，摔了一跤。"

兔子妈妈赶紧将放在紧急出口的扫把等工具挪到一边，稍微松了口气。可是，当窗外有汽车经过，闻到一丁点儿汽油味时，她又开始胡思乱想，甚至认为新人家会砍光兔子洞周围的灌木丛，让他们没有藏身之所。

兔子爸爸说："如果新人家真的这么干，我们大不了搬家嘛。虽然这个地方我们住了很久，对它也产生了深厚的感情。但是每年的某些时候，洞里会变得很潮湿，让人觉得不舒服。最近我发现自己有轻微的痛风症状，我们家族都有这个毛病。如果能搬到地势高一点、空气更加干燥的地方，我想对我们的健康都有帮助。所以搬家这件事，有失必有得嘛，亲爱的，你得看开点儿！"

兔子妈妈不忍心离开这个居住多年的地方，伤心地哭起来。兔子爸爸赶紧转移了话题："说到猫，这种动物没什么耐力，唯一的优点是擅长突然袭击。只要我们教会孩子们学会保护自己，耳听八方、眼观六路，猫对我们就构不成威胁。不是我吹牛，在我的教育下，孩子们个个聪明，绝对不害怕猫搞突然袭击。至于我们那几个丧生猫爪下的孙儿，是因为被父母宠坏了，不知道天高地厚！所以，乔奇，你必须从中汲取教训！"

小乔奇保证，他绝对不会重蹈覆辙。兔子妈妈听到兔子爸爸提起孙儿的名字，号啕大哭起来。

兔子爸爸依然不停地唠叨着："至于狗，狗在我们这里占不了上风。十字路口胖子家的那几条狗愚蠢至极，不值得我这样的绅士花费心思来对付他们。我倒希望遇见几条上等的猎狗，跟他们玩玩追逐游戏。在我的家乡蓝草乡——"

兔子妈妈打断他的话："我知道，我很清楚那些关于蓝草乡的事。你别忘了土拨鼠波奇，他是你最好的朋友。"

兔子爸爸也担忧起来："波奇把家安在大房子背面，实在不够明智。我已经跟他说过很多次了，可是他一意孤行，不听劝告。之前那户人家很善良，当然不会有问题。就算他住在房子的客厅里，那户人也不会有意见。但是，万一新人家养狗，波奇的住所就变得危机四伏。我得再去跟波奇谈谈，得用强硬的态度来劝他。"

兔子妈妈又担心起别的事来："我早就想搞一次大扫除了。新人家要搬来的消息传来，家里人来人往的，忙得我都没时间打扫了。还有老叔公，他住得远，女儿出嫁后一个人在家，孤苦伶仃的。我一直想邀请他来我们家住。但是现在新人家要来了，到处是危险，我不知道该不该请他过来。"

兔子爸爸分析道："我认为，现在请老叔公过来再也合适不过。第一，如你所说，老叔公一个人很孤单，换个环境也许对他来说大有好处。第二，据我所知，老叔公住的地方食物更加匮乏，他到我们这里来，饮食会得到大大的改善。第三，老叔公是我们兔子家族最德高望重的长辈，在跟人类打交道方面积累了很多经验。如果新人家很难对付，那么老叔公的建议和忠告能帮助我们解决可能出现的麻烦。所以，我提议我们立刻邀请老叔公过来住。因为接下来我得去处理一件十万火急的事情，所以只能派小乔奇去邀请老叔公。"

小乔奇听到兔子爸爸的话，心都要激动得跳出来了。不过，他拼命地克制，让自己保持冷静。他已经是个大男孩了，不但跑得像兔子老爸那样快，还能独当一面，应对大多数的圈套伎俩。此外，他去年秋天参加过老叔公女儿的婚礼，知道怎么去老叔公家。虽然新人家快要搬到兔子坡来了，小乔其并不想错过这激动人心的时刻。但是，能独身一人去请老叔公，对他来说，更有吸引力。

小乔奇的小脑瓜琢磨着，渐渐进入梦乡。他迷迷糊糊听见，兔子妈妈还在不停地唠叨，兔子爸爸则不停地说啊说，安慰着她。

第二章　小乔奇之歌

　　天还蒙蒙亮，小乔奇和兔子爸爸就出门了。兔子妈妈尽管无比担心，还是早早起来，用家里所剩不多的粮食，为他准备好营养丰富的午餐。现在，小乔奇正背着一个小书包，书包里正是这份爱心便当和一封写给老叔公的信。

　　这是小乔奇第一次出远门，兔子爸爸打算把他送到双子桥。父子俩脚步轻盈地朝山下走去。整个山谷都笼罩着一层薄薄的雾气，树木在晨雾中若隐若现，就像漂浮在湖中的小岛。小鸟们放声歌唱，鸟妈妈忙着整理巢穴，而鸟爸爸们则亮开嗓门，一展歌喉。

　　村里的人还在熟睡，十字路口胖子家的恶狗们也很安静。不过，兔子坡的小动物们早就起床活动身体了。小乔奇和爸爸碰到了灰狐狸。灰狐狸他刚觅食回来，看起来疲惫不堪，走路跌跌撞撞的，脖子上也沾了一些鸡毛，看来刚刚饱餐一顿。随后，在穿过布莱克公路时，他们还碰到了正在散步的红鹿。

　　兔子爸爸没有心思跟这些老朋友闲聊，小乔奇出门远行是他心目中的头等大事，整个兔子坡没有谁比他更清楚远行的危险。他态度坚决地说："儿子，现在你认真听我说，你老妈快要神经崩溃了，已经经受不起任何打击。所以你绝对不可以粗心大意、行为莽撞！一定要沿着大路走，要注意隐蔽，横穿十字路口和过桥的时候一定要格外小心。现在，我来考考你，过桥需要注意些什么？"

　　小乔奇从容不迫地回答道："首先，得藏好了，耐心观察周围的情况，留意有没有恶狗，看看是否有车辆上桥和下桥。等确定环境安全之后，我得快速跑到桥的另一边躲起来，以免被人类发现。"

　　兔子爸爸满意地点点头："很好，现在，你把可能遇到的恶狗名单背诵一遍！"

　　小乔奇闭上眼睛，将从兔子坡到老叔公家一路上可能会遇到的恶狗名字，一个不落地背了出来。

　　兔子爸爸赞许地点点头："好极了！但是你千万要小心！一定要牢牢记住爸爸教给你的躲避恶狗的要诀！顺便说一下，躲避的时候，你的左耳不太安分，总喜欢动来动去，你一定得克服这个小毛病。到了地势开阔的地方，要善于利用石墙的阴影隐蔽。此外，你得留意地上的地垄，土拨鼠波奇有不少亲戚住在里面，你要是遇到麻烦了，他们很乐意帮助你的。当然，你别忘了跟他们说声谢谢。躲过恶狗的追踪后，你至少要休息10分钟，然后再继续赶路。如果到了必须拼命跑的地步，你要记得系好背包背带，耳朵朝后，肚子紧紧贴着地面，撒腿拼命往前跑！总之，从现在起，你要学会好好照顾自己，千万不要做傻事！"

小乔奇听完兔子爸爸的叮嘱，蹦蹦跳跳穿过了双子桥，独自一人踏上去往老叔公家的路程。

天还没完全亮，牧羊狗们还在熟睡。小乔奇来到诺菲尔德教堂时，人们才陆续起床，开始做早餐，空气里飘散着诱人的培根香味。教堂拐角处的警犬朝小乔奇扑了过来，小乔奇故意放慢速度，引诱那笨家伙追上来。前方的灌木丛里倒着一棵苹果树，小乔奇眼看距离苹果树越来越近，猛地一个急刹车，往右边一跳，躲到一旁。警犬来不及躲避，一头扎进了灌木丛，疼得"嗷嗷"叫。小乔奇得意极了，心想："要是老爸在这儿就好了，他能看到我敏捷地躲开了敌人的追踪，还能看到我躲起来的时候，左耳朵也纹丝不动！"

休息片刻之后，小乔奇重新上路，来到了高山岭。这儿地势开阔，有茂密的树林和延绵起伏的草地。但是，小乔奇却没有心情欣赏风景，他觉得这里看上去平淡无奇。太阳已经升得老高了，晒得他浑身暖洋洋的。小乔奇觉得神清气爽，"嗯，得做点事情来打发时间。干点什么好呢？不如，自创一首歌吧！"

其实，这几天，小乔奇一直在琢磨创作一首歌，只是想法还不够成熟。他哼来哼去，手舞足蹈，终于确定了第一句歌词，开心地唱了起来。由于他太投入了，满脑子都在琢磨自己的歌，边走边唱，完全没有觉察危险正一步步朝自己逼近。当他经过那家带着很大的谷仓的农舍、第47遍唱起自己编好的第一句歌词时，只见眨眼之间，农舍家的老猎狗咆哮着朝他冲了过来。他俩之间的距离，近得让小乔奇感受到了老猎狗哈着热气的呼吸。

小乔奇本能地往后跳了几下，暂时脱离危险。他系紧背包带子，沉着冷静地奔跑起来。

变向、绕圈……小乔奇已经将能躲开猎狗的方法试了一遍，他绝望地发现它们毫无用处。老猎狗熟悉兔子们的把戏，根本不会轻易上当。小乔奇想向土拨鼠求助，却找不到一个地洞。

"好吧，我只能撒开腿拼命往前跑了！"小乔奇给自己加油鼓劲，将背包带子系得更紧了。他耳朵往后，肚子紧紧贴着地面，风一般地跑了起来！

阳光很暖和，清新的空气让小乔奇觉得浑身是劲。他从来没有像现在这样觉得自己如此年轻而强壮。他的腿就像弹簧，每次重重落地的一瞬间又用力弹起，将他抛向空中。

"哇哦！"小乔奇忍不住大喊起来，这感觉简直像飞在半空！现在，他终于懂得燕子在空中飞翔的感觉了。

"咦，老猎狗呢？"当他回头一看，才发现老猎狗已经被自己远远地甩在身后了。当然，老猎狗并不死心，依然气喘呼呼地远远跟着。小乔奇兴奋地想："这个愚蠢的老家伙，怎么就不肯认输呢？"

"哈哈，你还是老老实实回家待着吧！"他大声地冲老猎狗喊道，快速翻过一个山头。

一条闪着寒光的溪流出现在眼前，这条小溪又宽又深，水流湍急。"天啊，我竟然忘记了'死亡溪'！"小乔奇懊恼地嘀咕起来。作为兔子爸爸引以为傲的儿子，他居然自投罗网，钻进了这样一个"死亡陷阱"！这可是连土拨鼠波奇都不会犯的错误！怎么办？"死亡溪"就在眼前，老猎狗又在身后紧追不舍！

看来，除了纵身跳过溪流，小乔奇别无选择。

小乔奇冷静下来，顺着倾斜的山坡越跑越快。风呼啸着从耳边飞过。他算计着自己需要的起跳步数，在岸边挑了一块又高又坚固的空地准备好最后一跃。

小乔奇绷紧腿上全部肌肉，高高弹起，来了一个堪称完美的起跳，一下子弹到半空中。低头一看，他看到棉花糖一样蓬松的白云就躺在溪水里，水底有鹅卵石，银色的小鱼被他的影子吓得东躲西藏，水面泛起阵阵涟漪。紧接着，只听见"砰"一声响，他连翻7个跟头，坐在一块草地上。

这一切发生得太突然了，小乔奇还没回过神，脑子一片空白，坐在地上一动也不敢动地大口喘气。对岸，老猎狗从斜坡上冲了下来，赶紧刹车停下，差点滚进溪水里。他伸着长长的舌头，口水都差点流到地上了，却只能瞪着眼睛看了看溪流，不甘心地往回走。

这下，小乔奇终于想起了老爸的嘱咐——激烈奔跑之后至少休息10分钟。他打开背包拿出午餐，打算填饱肚子后继续上路。刚才那一幕，惊险至极，小乔奇吓坏了，他想："这就叫作大难不死啊！我没有留意观察周围环境，所以才遇到恶狗袭击，还冒冒失失闯入了'死亡陷阱'。要是爸爸知道了，一定气得火冒三丈！不过，话说回来，我这次飞跃，绝对是史无前例的壮举！在兔子坡的历史上，还没有兔子能成功飞跃'死亡溪'的记录呢，就连爸爸也做不到。"

休息一阵之后，小乔奇精神百倍，居然成功地创作出一首歌来。现在，他躺在草地上，享受着阳光浴，哼唱起来：

新人家就要搬来啦，嘿呦！

新人家就要搬来啦,嘿呦!

新人家就要搬来啦,嘿呦!

嘿呦!嘿呦!

这首歌歌词简单,曲调单一,也许大多数人觉得平淡无奇。但是小乔奇并不在乎这些,他一遍又一遍,不厌其烦地唱了起来。

就这样,小乔奇一路唱一路走,来到了老叔公家附近。突然,一个刺耳的声音从灌木丛冒出来:"喂,你在'嘿呦'什么呀?"

小乔奇转过头回答说:"'嘿呦'——啊,天啊,老叔公,是你吗?"

那声音开心地说:"没错,是我,小乔奇,快点进屋。你大老远跑来,真不容易,你爸妈怎么放心让你一个人出远门?孩子,快点进来吧。"

小乔奇进去之后,发现老叔公的家乱成一团糟。虽然他很羡慕无忧无虑的单身汉生活,但是眼前的这个兔子洞实在太脏了。他在心里暗暗安慰自己说:"也许是因为老叔公抽烟的缘故,这洞里的气味才会这么难闻。"

老叔公的厨艺不怎么好,他拿出一根放了很久、早就风干的大头菜招待小乔奇。晚餐之后,小乔奇和老叔公来到洞外休息,他拿出兔子妈妈的邀请信,交给了老叔公。

老叔公说:"你念给我听吧,我想不起来我的眼镜放在哪里了。"

小乔奇笑了,心想:"老叔公,你根本就不识字,哪里有什么眼镜!这只不过是你的借口。不过,作为晚辈,我还是要照顾你的面子。"

于是,他接过信,一字不差地念起来:

亲爱的老叔公:

　　愿您一切安好。我知道,自从您的女儿出嫁后,您一直孤身一人。我们想邀请您来我们家消暑。新人家就要搬来了,我们希望这家人种些蔬菜和粮食,这样我们就不愁吃喝了。不过,新人家也可能养狗,总之,天知道会有什么样的危险在等着我们呢?无论如何,我们都盼望您能来。

　　你亲爱的侄女

信的最后还有一句话——别让小乔奇把脚弄湿了。

小乔奇没有念给老叔公听，他想："什么嘛！我可是成功飞跃'死亡溪'的勇士！弄湿脚这种微不足道的小事，我怎么会在乎！"

老叔公听完信，嚷嚷起来："真是太好了！我正发愁怎么度过这个夏天呢，我一个人的确觉得寂寞。新人家搬来可能是件好事，也可能是件坏事。不管怎么说，我不会轻易相信任何人类。如果是熟人家，你自然能清楚他们哪些地方值得我们信任，哪些地方需要我们提防。而对于新人家，你就什么都不清楚了。不过，我还是打算去你家。对了，你妈妈还能像以前一样，能熬出美味可口的莴笋豆苗汤吗？"

小乔奇拍拍胸脯："当然能！我妈妈的厨艺独一无二！对了，我为新人家写了一首歌，您想听吗？"

"我可没这个工夫！我得收拾一下，明天一大早，我们就得出门。乔奇，你随便找个地方休息吧，明天早上我会叫醒你的。"

小乔奇决定在老叔公家门口的灌木丛下过夜。春天的夜晚既暖和又安全，他轻声哼起自己的歌，甜甜地睡着了。

第二天一大早，小乔奇和老叔公就出门了。老叔公走得很慢，一路上不停地向小乔奇传授兔子家族的生存技巧。这方面，他的知识比兔子爸爸多得多。

快中午的时候，他们来到"死亡溪"，停下来吃午饭。

小乔奇指着地上的脚印自豪地说："看，那就是我昨天成功飞跃'死亡溪'留下的脚印！"

老叔公眯着他那双精明干练的眼睛看了看宽阔的溪流，不由得赞叹道："乔奇，这是惊人的一跳，就连我和你父亲都没办法做到。小伙子，你真是好样的！不过话说回来，你爸爸要是知道你这样粗心大意，居然被猎狗逼到如此危险的绝境，肯定会很不高兴。"

午餐很简单，勉强能填饱肚子。太阳晒得浑身暖洋洋的，老叔公躺在又厚又软的草地上，觉得浑身舒服，他想多休息会儿，跟小孙儿好好聊聊。

"小乔奇，你整天唱的那首歌，旋律平淡，算不上一首真正的歌曲。不过，这首歌很有意义。我的意思是说，新人家总会不停地搬来，而每当有新人家搬来，就意味着开启了一个新的时代。

"你看看我们走过来的这条路，我的祖父曾经告诉我，他的祖父，也就是你的曾曾祖父经常说起很久以前的日子。那时候，穿着红色制服的英国军人闯进我们的家园，胡作非为。村民们奋力反抗，遭到英国人疯狂镇压，反抗失败了，死了很多人，他们就被埋在附近的果园里。那是最糟糕的时代，幸存者逃离了，这里找不到任何粮食。

"幸好,新人家陆陆续续搬来,新的时代又开始了。很快,这里到处是磨坊和工厂,高山岭长满了小麦、西红柿和洋葱,装满稻谷和干草的马车来来往往。对每个人来说,那是最美好的时代。

"然而没过多久,这里所有的年轻男人穿上军装,迈开大步离开了这里。可惜,他们之中大多数人再也不能回来。老人们去世后,磨坊倒闭、田地里长满了杂草,艰难的时代再次降临。祖父母含辛茹苦,将我们拉扯长大。苦日子终于过去了,新人家又搬来了,他们修好马路,盖起新房子和新学校,美好的时代又来了。

"乔奇,日子时好时坏,但终究都会成为过去。人类也有好坏,但他们终究会离开,新人家总会不断地搬来。所以,你一直哼唱的那首歌,其实是很有意义的。好了,我准备睡10分钟,你可得睁大眼睛替我把风呀。"

小乔奇回味着老叔公的话,让自己保持十二分的清醒。10分钟之后,他叫醒老叔公,两人继续赶路。

小动物们得知老叔公要暂时离开的消息,纷纷跑到路边,跟这位德高望重的老人家告别,祝愿他和小乔奇一路好运。当老叔公和小乔奇走到双子桥时,已经是傍晚了。他们又累又热,浑身脏兮兮的,便坐在河岸边休息。

老叔公看上去像藏着什么心事,过了好一会儿,他实在忍不住了,突然开口说:"乔奇,你知道的,你妈妈有令人滑稽的洁癖。所以,你听好了,你这辈子估计不会听我说第二遍——我宣布,我要洗个澡!"

洗得干干净净之后,两人加快脚步往家里赶。小乔奇一路小跑,远远就看见爸爸妈妈站在家门口,欢天喜地地迎接他和老叔公。

小乔奇迫不及待地跟大家炫耀自己的冒险经历。兔子爸爸听到他遭遇老猎狗的袭击和跟踪,气得火冒三丈。不过,当他得知小乔奇居然飞越了"死亡溪",又打心眼儿里感到骄傲,自然就消气了。

"妈妈,还有呢。"小乔奇兴奋地嚷嚷起来,"我自创了一首歌,我唱给你听吧——"

兔子爸爸挥挥手,示意小乔奇保持安静。一开始,他什么也没听到,突然,他听到了——整个兔子坡的小动物们,正在齐声欢唱《小乔奇之歌》!

土拨鼠波奇、臭鼬费威、红鹿、灰狐狸、田鼠威利、盲眼鼹鼠都在高声唱着"嘿呦,嘿呦!"兔子妈妈一边准备晚餐一边哼着这首歌,就连乐呵呵围在汤锅跟前的老叔公也情不自禁地唱了一声"嘿呦"!

木匠比利和伙计们驾驶着大卡车经过，用口哨吹着这首歌。

住在岔路口的蒂姆一边高兴地修理着拖拉机一边唱歌："嘿呦，新人家就要搬来啦！嘿呦，新人家就要搬来啦！"

他的妻子玛丽问："你从哪里学来的这首歌？不过，新人家就要搬来了，这可是个好消息，这下我们有活儿干了。"

"嘿呦，现在我们有得忙啦！我们要去整理菜园子，修整草坪。播种除草，铺设车道，还要养鸡。有太多的活儿等着我们呢。嘿呦！新人家就要搬来啦！"

玛丽说："我觉得这并不算一首歌。"

几分钟之后，蒂姆听见从厨房里传来叮叮当当的忙碌声，他的妻子玛丽正用美妙的歌喉唱着："新人家就要搬来啦！嘿呦！"

泥水匠路易正忙着往卡车上装货，他一边搬东西一边快乐地唱着什么。虽然他唱得有些跑调，一般人很难听清楚他到底在唱什么。不过这曲调听上去很像——"新人家就要搬来啦！嘿呦！新人家就要搬来啦——"

山坡拐弯处的小店里，达利先生正在整理货架。整个冬天，几乎没有人光顾这家小店，货架上的东西跟去年秋天一样，摆得满满当当。达利先生一边写着货品清单一边哼着小曲："新人家——两打咖啡、12斤腌牛肉——就要搬来啦，嘿呦……"

第三章　新人家终于搬来了

短短的几天里，兔子坡发生了翻天覆地的变化。菜园子被重新翻耕了，现在的面积足足是以前的两倍；菜园周围没有安装篱笆墙，小动物们进去觅食会更加方便，大伙儿都舒了一口气；花坛也松过土了，还撒了肥料；就连草坪都被翻耕了，就差播种了。

现在，蒂姆开着拖拉机，正在翻耕北面的田地。在土拨鼠波奇家门口，兔子爸爸和波奇坐在一起，喜滋滋地看着蒂姆耕地。趁着蒂姆停下来休息的间隙，翻修石墙的路易停下手里的工作，跟蒂姆打招呼："新人家打算种些什么呀，蒂姆？"

蒂姆回答说："现在种的是荞麦，等荞麦收割之后，再种苜蓿草和梯牧草。"

波奇兴奋地用胳膊肘碰碰兔子爸爸："你听到没有？天啊，他们要种荞麦！我都记不清有多久没看到一块上好的荞麦地了！"

兔子爸爸满怀希望地问："他们有没有说起蓝草？"

"没有。我可不像你那样对蓝草情有独钟，荞麦足以让我心满意足了。我猜，你老伴儿听到新人家要种荞麦的消息也会很高兴的。啊，她之前做的荞麦小蛋糕，别提有多美味了！"波奇叹了口气，继续说道："真是太美好了！我的家门口有一大片荞麦地！"

"波奇，说起你的家门口，我必须要郑重地提醒你，你现在住的这个地方很危险，要是新人家——"

波奇粗鲁地打断了兔子爸爸的话："如果你准备再次劝我搬家，我不妨直接告诉你，我绝对不会搬走的。整个兔子坡，再也找不到比这儿更好的洞穴了。我费了好大的劲才把这里变成现在的样子，我绝不搬家。"

兔子爸爸仍然苦口婆心地劝道："你听我说，要是新人家养狗，你住的地方距离大房子很近，你的处境相当危险。"

波奇嘀咕起来："我能照顾好我自己。"

兔子爸爸有些不耐烦了："波奇，没有人怀疑你的勇气和独立生活的能力。但是，你这种蛮不讲理的态度让我们都很担心。我已经跟红鹿和灰狐狸商量好了。我们决定，如果新人家养狗，你依然顽固不化，那么很遗憾，我们会使用暴力把你转移到安全的地方。臭鼬费威也赞同我们的决定，他只需片刻工夫，就能把你的家弄得臭气熏天，让你没办法继续住下去。现在他随时待命，只要有这个必要，他绝对毫不迟疑。"

兔子爸爸说完，大步走开了。波奇仍旧低声嘟囔："我就是不搬家，绝对不搬！"

兔子爸爸碰见臭鼬费威和灰狐狸在查看重新搭建的鸡舍。鸡舍外面围着钢丝，十分牢固。不过，灰狐狸认真研究半天，终于找到一个缺口，他做好标记，打算以后从这儿溜进去偷鸡。费威喜欢吃小鸡，他拿定主意，决定在鸡窝下面打洞。

费威说："偶尔能吃到一只鲜嫩的小鸡当然很棒。不过，我要先弄清楚新人家的剩菜情况。如果剩菜味道不错，我就不会来鸡舍找吃的。现在，我只能祈祷新人家不要用那种上面有厚盖子、埋在地下的垃圾桶。这种垃圾桶很危险，一不小心我们就会被埋在里面。我有个堂兄弟，就吃过这种垃圾桶的苦头。他被困在里面一整夜，吃光了里面的剩饭剩菜。第二天女仆把垃圾桶打开的时候，差点被臭气熏晕过去。嘿嘿，当天那位可怜的女仆就辞职走人了。"

兔子爸爸给臭鼬泼了一盆冷水："说不定新人家会在地上挖个坑，把剩饭剩菜埋起来。"

费威肯定地说:"这不可能。把新鲜的剩饭剩菜跟变味的垃圾和泥土混在一起,实在是浪费!我可不能容忍这种事发生。我只希望新人家使用那种盖子宽松的老式垃圾桶。要是他们肯为小动物着想,就该使用这种垃圾桶。"

兔子爸爸对剩饭剩菜的话题不感兴趣,他继续往前走,碰到了田鼠威利和他的朋友盲眼鼹鼠。

"晚上好,威利,在北边的地开始翻耕前,你的朋友们都成功地搬离了吗?"

威利礼貌地回答道:"谢谢您的关心,兔子先生,他们都搬走了。他们让我转告你,谢谢您的热心提醒。"

兔子老爸说:"不必客气,举手之劳而已。鼹鼠,这块坡地很漂亮,这下你可以尽情地打洞了。"

鼹鼠抓起一把泥土,轻轻一捏,回答说:"这里的土质有些偏软,所有的虫子都被吓跑了。不过等两三个星期,小草重新冒出来,这些喜欢吃嫩草根的虫子们就会搬回来。到时,我就能美美地享受大餐了。"

这时,小乔奇飞快地跑过来,大声嚷嚷道:"爸爸,新人家明天就要搬来了。我刚才听修石墙的路易跟耕地的蒂姆说,要抓紧时间填平车道,明天新人家就要搬来了。"

兔子爸爸说:"太好了!终于能见到新人家的庐山真面目了。关于他们的品性和他们到底有没有养猫养狗,明天就能见分晓了。不过,乔奇,你千万别在你妈妈面前提起搬家车。明白吗?"

小乔奇记得,妈妈最喜欢的孙子就是因为被卷进搬家车的车轮,不幸丢了性命。从此,妈妈就格外惧怕搬家车。

兔子洞人来人往,热闹非凡,大家兴高采烈地谈论着新人家。兔子爸爸小心翼翼,尽量避免提起搬家车,以免刺激兔子妈妈敏感脆弱的神经。但是,兔子妈妈一听到新人家要搬来的消息,立即号啕大哭:"啊,搬家车!明天,小乔奇,你整天必须待在家里!"

老叔公安慰兔子妈妈:"别想太多了。车道坑坑洼洼的,搬家车不可能开得很快,就连走路慢吞吞的乌龟都能来得及避开。再说了,我还在这儿呢,还有谁比我更了解人类、搬家车、猫、狗呢?好了,你就放心吧。"

兔子妈妈对天发誓:"明天我哪里都不去,我就待在兔子洞里。"

老叔公拿起手指戳戳兔子爸爸。兔子爸爸笑了笑:"别担心,我最了解她了。明天啊,她肯定会跟我们一起出门去看热闹。"

激动人心的时刻终于到来了！第二天天刚亮，搬家车就来了。车上装满了东西，慢悠悠地驶过车道，发出"轰隆隆"的声音。兔子坡的动物们聚集在一起，全神贯注观察着新人家。搬家车停下来时，兔子妈妈终于忍不住出了门。她坐在兔子爸爸和老叔公中间，一只手紧紧抓住小乔奇的左耳，生怕他发生什么意外。

搬家车的员工开始搬家具，小动物七嘴八舌讨论起来。

兔子爸爸看到那么多保养得光泽亮丽的红木家具，悄悄地跟兔子妈妈说："看看那些家具，足以说明这是一户好人家。自从离开蓝草乡，我再也没有见到这些好东西了——"

臭鼬费威打断他的话，他看到车库后面放着一个没有盖子的老式垃圾桶，高兴得手舞足蹈："这才是我说的好人家！垃圾桶刚好放在葡萄树下面，这样我就能天天享用晚餐和甜点了！"

老叔公用他那敏锐的眼睛盯着那些被搬进工具房的工具和耕地用品，点了点头："暂时还没看到任何捕兽夹和弹簧枪。不过那些瓶瓶罐罐，说不定装着毒药。也可能不是，现在还没个定准。"

泥瓦工路易和农夫蒂姆也来到大房子附近，对新人家的品位品头论足。

路易说："这些东西看上去是一个好人家才会有的东西。"

蒂姆回应道："的确如此。不过，他们有一大堆书，这一点我可说不准，读书人总有点稀奇古怪。我祖父常说：'书读多了容易成为书呆子。'我也不知道他说得对不对。"

路易一边观察一边说："这很难说。我曾经认识一个书读得很多的人，他人很好，几年前去世了。"

卸完所有物品后，搬家车开走了。小动物们依然一动不动，等待着新人家露面。下午3点左右，从车道尽头开过来一辆旧汽车，车上塞满了大包小包的行李。

最开始走下车的是一个叼着烟斗的男人。

老叔公闻了闻空气里飘散着的烟草味，一脸陶醉，他轻声对兔子爸爸说："我喜欢抽烟的男人。他们身上的烟味是最好的警钟。如果你在田野里打盹儿，正好有人走过来，说不定还没等你反应过来，这个人已经踩到你的背，让你疼得直哆嗦。要是这个人抽烟，尤其是抽烟味特浓的烟，那么他在半英里之外，你都能闻到烟味。"

兔子爸爸点头赞同，他聚精会神地盯着一位女士。她拎着一个篮子下了车，她把篮子打开，里面走出来一只体型肥硕的灰色虎斑猫。所有的小田鼠吓得浑身颤抖。虎斑猫活动了下前后腿，迈着步子慢慢走到大房子前门的台阶上，张开爪子，耐心地洗起澡来。

洗好之后，他躺下了，沐浴着阳光，进入了梦乡。

田鼠们交头接耳议论起来，兔子妈妈快被吓晕了。老叔公很冷静，他那双老练的眼睛早已得出结论："不过是一个彻头彻尾的老家伙！你们没发现吗？他走路的姿势迟缓又僵硬，还有，他打哈欠的时候，嘴巴里没有一颗牙齿。中看不中用，他可威胁不了我们任何人。早晚有那么一天，我会狠狠踹他的脸！"

大家暂时放心了，眼睛又盯着汽车。车子厉害地晃动起来，有两三个行李包掉了出来，接着，一个硕大的包裹从汽车后门挤了出来。小动物们定睛一看，才发现，这是一个脸涨得通红的胖女人。

胖女人兴奋地喊起来："索尔费妮亚，这就是我们的新家，难道你不觉得这地方很棒？"仆人索尔费妮亚一脸茫然，拖着两个大行李箱，直接朝厨房走去。

臭鼬费威开心极了，他拍拍兔子爸爸的背："天呀！我还是第一次见到这么胖的女人！按理说，她这样的人应该会剩下一堆剩饭剩菜，鸡翅膀啦、鸭架子啦，火腿骨头啦——说不定很美味呢！"

兔子爸爸也很赞同："的确，人类做得一手好饭。一般来说，他们慷慨大方，熟知动物的习性和需求。不过在兔子坡，这样的人类很少见，但是在我的老家蓝草乡——"

费威插嘴道："唉，你又来了，你的蓝草乡——"

老叔公突然发话："给我闭嘴！给我睁大眼睛，看看他们有没有捕兽器、弹簧枪、步枪、猎枪、毒药、网袋之类的东西。"

大家就这样观察着，直到新人家卸下所有行李。太阳落山了，趴在门口的肥猫动作僵硬地站起来，伸伸懒腰，走进厨房。所有小动物也散开了，他们一边朝家赶，一边谈论今天的所见所闻。

总体来说，小动物们对新人家的一切都比较满意。他们没有看到任何捕兽器、弹簧枪等致命的武器，并且那只肥猫也不存在什么威胁。此外，这家人没有养狗。

夜幕降临了。大房子的灯又亮了，厨房里传来锅碗瓢盆的叮当声和人类的欢声笑语。一切都是如此美好，就连烟囱里飘出来的烟味都让他们觉得心情愉快。小乔奇经过大房子，听着客厅里柴火燃烧的"噼里啪啦"声，开心地哼起《小乔奇之歌》：

　　新人家就要搬来啦，嘿哟！

　　新人家就要搬来啦，嘿哟！

第四章 "书呆子"

接下来这几天,兔子坡所有的小动物,严密关注起新人家来。无数双潜伏在草丛里的小眼睛,看着新人家的一举一动;无数双小耳朵,听着他们说的每一句话、每一个字。

第一天,兔子爸爸和老叔公决定去探探那只肥猫的底。他们得知,这只肥猫名叫莫顿先生。这会儿,莫顿先生躺在大房子前门的台阶上,懒洋洋地晒着太阳,打量新环境。兔子爸爸蹦蹦跳跳穿过草坪,在距离莫顿先生只有几尺远的地方停了下来。莫顿先生无精打采地看了看兔子爸爸,继续欣赏风景。老叔公也快速靠近莫顿先生,甚至抓起一把土朝他脸上扔去。莫顿先生并不理睬老叔公的挑衅,他抖抖脸上的土,打个哈欠,居然睡着了。

看到兔子爸爸和老叔公安然无恙,田鼠威利和他的弟兄们也胆大起来。他们围成一个半圆,一个劲儿地朝莫顿先生做鬼脸,上蹿下跳,放声歌唱:

莫顿先生,
缩头乌龟!
哦!哦!哦!

就算这样,莫顿先生也不生气,他拿起爪子捂住耳朵,继续睡大觉。

"呸!这家伙威胁不了任何人!"老叔公下了结论。

不过,兔子爸爸更关心新人家的人品,他想知道他们是不是真正的绅士。

一天傍晚,这家人驾车外出。兔子爸爸和几个朋友耐心地在车道等待主人家回来。当汽车出现在车道尽头时,兔子爸爸猛然蹿出来,落在开动的汽车车轮前。

男人急忙踩下刹车,汽车及时停了下来。他和那位女士朝兔子爸爸挥了挥帽子,齐声说:"兔子先生,晚上好,祝你晚上愉快!"

随后,他们戴上帽子,继续开车前行。不过,男人小心翼翼,将车子开得很慢。

兔子爸爸开心极了,他大声地向其他小动物宣布:"这才是真正的绅士风度!这家人有着良好的教养。我没有贬低他人的意思,我只是想说,自从我搬到这里,还是第一次见到令人如此愉快、举止如此贴心优雅的人类。而在我的家乡,这种人家随处可见,话说在蓝草乡——"

费威不耐烦地说:"你又来了!你的蓝草乡!我对新人家的教养不感兴趣,我只关心他们的剩菜剩饭。"

兔子爸爸热心地说:"费威,你会如愿以偿的。你很快就会发现,良好的教养和美味的剩饭剩菜密不可分。"

就在兔子爸爸和费威争论不休的时候,突然飘来一阵烟草味。新人家中的男主人拿着一块方正的木牌子,扛着一把铁锹和其他各种工具走了过来。兔子爸爸他们看着男主人将小木牌竖在汽车道入口。

老叔公悄悄地问小乔奇:"木牌上写了什么?快念给我听听。我又——又忘记把眼镜放在哪里了。"

小乔奇一字一顿念了起来:"小——心——驾——驶——当——心——小——动——物。"

老叔公不由得赞叹道:"哇!这是太贴心了,你妈妈知道后一定很开心。新人家考虑得真周到。"

很快,新人家赢得了兔子坡所有小动物的信任,成为大家心中不折不扣的大善人。这天,一大群小动物在山上聚会,灰狐狸向大家讲述了他的经历。

"昨天下午,我四处溜达,闻到了一阵烤鸡味。我被香味吸引,不知不觉钻进了菜园子。由于那个男人没有抽烟,我一时疏忽,完全没有注意他就在附近。等我发现他时,我竟然站在他面前。我瞪大眼睛看着他,当时他正在看书,你们猜猜,他会对我做什么?他居然什么也没做,只是坐在那里,看了看我,跟我说:'哦,你好。'说完,他继续看书了,而我则继续闲逛。这样的人家,才是好人家啊。"

土拨鼠波奇点头赞扬,附和道:"你们还记得昨天下午的吵闹声吗?当时,我正在田地里找吃的。跟灰狐狸一样,我一时大意,竟然没注意到一条大狗朝我冲来。情况紧急,我找不到地方躲藏。那条狗的鼻子上还留着两三年前我给他留下的伤疤。他不敢跟我正面冲突,只是低吼着,围着我打转,想趁机偷袭。这时,新人家那位好心的太太正在菜园里干活。她听到声响,走了出来,手里还拿着一块甜瓜大小的石头。然后,她用石头狠狠砸向那个家伙,正中那家伙的肚子。天啊,就算在煤山也能听到那条恶狗痛苦的哀号声!"

兔子爸爸接过话头:"没错!我在我女儿那里听到了那条恶狗撕心裂肺的嚎叫声!真

是大快人心！"

波奇继续说："你们猜猜，她接下来做了什么？她只是拍拍手上的泥土，温柔地微笑着对我说：'小傻瓜，下次你可得睁大眼睛，格外小心了。'说完，她又回菜园干活了。我从没有去过蓝草乡，更不清楚什么绅士、贵族之类花里胡哨的东西，但是我敢打包票说——"他跺跺脚，用那种得意扬扬的眼神看着大家，"我敢说你们绝不会反对——我敢说绝对没有人像那位女士一样，为我们小动物挺身而出，击退恶狗。"

就在这时，波奇家门口发生了一件大事。当然，这件事对人类来说，只是一桩不起眼的小事。

是这样的，泥瓦匠路易正在修葺石墙，凑巧的是，波奇的家就在石墙下面。当路易快修到波奇家门口时，男主人喊住他："那段墙不用重砌，下面住着一只土拨鼠呢。说真的，我们不希望打扰他。"

路易万分惊讶："您怎么能容忍土拨鼠在这里捣乱？他会毁坏您的菜园子，我正打算明天带一把猎枪，结果了他。"

男主人态度坚决："不行。不可以用枪。"

"那我安装一个捕兽夹。"

女主人斩钉截铁地说："不行，不能放捕兽夹。"

路易挠挠头，一脸疑惑："好，这是您的家，您说了算。不过这样显得很滑稽，一堵新墙中间夹着一段旧墙，看上去很碍眼。"

"我们并不介意。"男主人笑着说，然后跟女主人一起离开了。

农户蒂姆凑了过来："你还记得我之前说过什么吗？读书多了容易变成'书呆子'。被我说中了吧。这家人很善良，也很好相处，待人彬彬有礼，但是他们有些古怪。昨天我告诉他们，应该除掉那些鼹鼠。如果需要帮助，我可以带些捕兽夹过来。那位女士忙不迭回答：'不行，不能放捕兽夹。'于是，我建议将老鼠药放进田里。可那位先生说：'不行，我们不要老鼠药。'你能想象我当时的惊讶吗？我告诉他们，如果地里有鼹鼠，我就不能整理出一块上好的草地。你猜他们怎么说？那位先生说：'只要我们不停翻地，这些鼹鼠自己会离开的。'他说，他是从书上看到这些的。你听听，这都是什么话！"

蒂姆歇口气，继续抱怨："还有，今天早上，我提醒他们，山上到处是动物，如果没有篱笆的保护，菜园子会糟蹋得不成样子。结果，你猜那位太太怎么说？她说：'我们喜欢动物，他们讨人喜欢，我想他们一定是饿坏了！'我不得不补充说：'太太，等你种的菜长出来后，你就会发现，他们的肚子怎么也填不饱，他们会不断到你的菜园子找东西吃。到时候，该你们头疼了。'结果，那位男主人插嘴说：'我想我们能和这些动物和平相处，我想这些东西足够我们大家吃的。正因如此，我们才将菜园子扩得这么大！'你听听，'我们大家'，这是什么话！真让人想不明白，这么好相处的一家人，居然如此稀奇古怪，可能还会有人说他们傻乎乎的。我想，这应该是书读多了的缘故。看来我祖父说得没错，书读多了容易变成'书呆子'。"

泥瓦工路易拿起锤子，熟练敲开一块石头："对，他们是好人，就是有点呆。"

与此同时，田鼠威利得到小动物们派发的一个特别任务——每晚"监视"新人家。当然，这并不是毫无礼貌的偷窥，大家只是想尽快得知新人家对兔子坡的规划。毕竟，这里是他们赖以生存的家园。

卧室的窗户外面放了一个雨水桶，威利能轻松地爬上桶，跳到窗台上。一般情况下，窗户会开一条小缝，威利坐在窗户的阴影里，观察着这家人的一举一动。今天晚上，这家人列了一大叠货单，试图列出所需的果蔬种子清单。

威利尽量将他们的讨论记在脑海中。这会儿，他来到兔子洞外，掰着手指，跟大家汇报最新情况："清单上有小萝卜、胡萝卜、豌豆、菜豆、白扁豆、莴笋——"

兔子妈妈高兴地说："这下我可以做莴笋豆苗汤了！"

老叔公却嘟哝道："我可不喜欢这些外国货。"

兔子妈妈赶紧示意他安静。威利刚背完清单上的所有东西，其他小动物们立刻展开了激烈的讨论。很快，大家为哪家该吃哪种蔬菜而争论起来。

兔子爸爸站起来，大家立刻停止了争论。只听，兔子爸爸严肃地说："你们都很清楚，兔子坡有个传统——在'分享之夜'探讨食物分配问题。今年的'分享之夜'定在5月26日，等到那天晚上，我们就像以前那样在菜园聚集，根据每个人的习惯和口味分配蔬菜。"

老叔公问："我只是这里的客人，我的食物怎么办？"

兔子爸爸说："你是兔子坡的客人，按照我们这里的惯例，你会分配到属于你的食物。"

老叔公很满意："好，这下我就放心啦。"

我的野生动物朋友们

世界上最经典的动物故事集

【美】吉姆·凯尔高 等◎著 玖 月◎编译

下册

中国华侨出版社

第五章　倒霉的威利

一天夜晚，田鼠威利和往常一样，坐在窗台上观察这家人的动静。他们正在商量种什么草。威利最喜欢吃郁金香球茎，对种草的话题听得并不专心。

突然，他听到男主人说："这本书建议我们，可以将小糠草、白苜蓿、蓝草种在一起。"

蓝草！蓝草！

威利听到这个词，触电一般坐得直直的。他的脑子里跳出一个想法："啊，兔子爸爸知道这个消息，一定会高兴得乐开了花！我得将这个消息第一时间告诉他！"

窗户外的雨水桶，盖子早就破烂不堪，上面还有几个格外危险的大洞。威利兴奋极了，居然犯了不可饶恕的错误。他将眼皮底下的危险抛到九霄云外，一股脑儿地往下一跃。很不幸，他从盖子上的一个大洞掉进了雨水桶。

威利吓得脑海一片空白。他拼命挣扎，挣扎着浮出水面，试图呼救。刺骨一般冰冷的水冻得他呼吸困难，他刚一张嘴，又被冷水淹没。等再次浮出水面，他已经累得虚脱了，锋利的爪子冻得僵硬，抓不住任何东西。"救命！"他发出虚弱的呼救声，却听不到任何回应。

威利绝望地想："为什么没有人来帮助我？小乔奇、兔子爸爸、臭鼬费威，你们都去哪里了？"冰水再次将他淹没。迷迷糊糊中，威利好像听到人类说话的声音，他还看到了一丝亮光。紧接着，那道光消失了，他彻底没了知觉。

也不知过了多久，威利终于醒了过来。他觉得自己全身湿漉漉的，冷得他不停颤抖。不过，他感觉自己躺在一堆软绵绵的白色东西上面。不远处有火苗在跳动，威利觉得很舒服，闭上眼睛睡着了。

很久之后，威利睁开眼睛，看见新人家正弯腰看着自己。威利吓了一大跳，他还从来没有机会跟人类如此接近。在他看来，他们就像出现在噩梦里的怪兽。威利想钻进棉花堆里躲起来，突然，他闻到热牛奶的香味——有人将一根滴管举到他面前，滴管下面挂着一滴牛奶。威利大着胆子舔了一下，"啊，真好喝！"他赞叹着，继续用力吮吸滴管，喝光了所有牛奶。威利感觉好多了，眼皮又开始打架，他又进入了梦乡。

所有小动物来到兔子洞门口，等待威利前来汇报新消息。大家伸长脖子等啊等，始终不见威利的身影。小动物们着急了，兔子爸爸和老叔公决定成立一支救援小分队，立即行动，搜寻威利的下落。但是，大家找了很久，依然毫无收获。

臭鼬费威刚刚在垃圾桶饱餐一顿，他带来一个重要的消息：他在垃圾桶里时好像听到了威利的声音，新人家拿着电筒走了出来，在雨水桶里捣鼓了好一阵子。不过，他并不清楚他们在做什么。

老叔公高声嚷嚷起来："一定是那只肥猫干的！这家伙鬼鬼祟祟、极其狡猾！他平时装出一副年迈无力的可怜样，其实装了一肚子坏水。我真后悔没有按照计划狠踹他的脸！"

土拨鼠波奇认为，农夫蒂姆才是凶手："肯定是他，他平时总把捕兽夹、毒药之类挂在嘴边。新人家有可能被他说服了，专门设下陷阱，逮住了威利。"

兔子爸爸没有说话，他和老叔公、小乔奇，搜遍了兔子坡的每一寸土地、每一块砖头、每一个灌木丛、每一个草垛。直到天亮，他们才回到兔子洞休息。兔子妈妈哭得双眼通红，为他们端上热气腾腾的早餐。

盲眼鼹鼠伤心极了，田鼠威利是他的眼睛，是他最好的朋友。可惜，他帮不上忙，不能跟大家一起出去寻找威利的下落。他只好咬牙切齿地骂起来："我要让他们付出沉重的代价！我要惩罚他们，让这块土地永远长不出一棵草！我会到处打洞，不停捣乱，让这块土地永无宁日，让他们后悔一辈子——"鼹鼠一边骂，一边疯狂地钻进地下。

这天晚上，兔子坡的小动物们都听见了鼹鼠那愤怒的声音。原本整齐的田地也被鼹鼠弄得坑坑洼洼。

威利再次醒过来时，天快亮了。他伸伸懒腰，舔了舔身上的毛，觉得浑身充满了活力。"哇，真想再喝上一口热牛奶！不过，是时候该回家了！"威利自言自语道，他看看四周，门窗都关得紧紧的，竟然找不到任何出路。

这时，威利听到一阵脚步声，随即便闻到男主人的烟斗味，还听到莫顿先生猫爪落地的声音。

"天啊！赶紧找地方躲起来！"威利一边念叨一边四处张望。壁炉两边的书架堆满了书，一直堆到了天花板。情急之中，威利爬到第一排书上面，缩进阴暗的角落里。

男主人检查了一下纸盒子，惊讶地说："哎呀，他不见了，他去哪里了呢？"

女主人没有说话，她看着莫顿先生慢慢靠近书架。躲在角落里的威利缩成一团。莫顿先生露出两排白森森的牙齿，眼睛像燃烧的煤炭，闪闪发亮。威利吓坏了，只能眼睁睁看着莫顿先生张开血盆大口渐渐逼近。

突然,莫顿先生打了个喷嚏,停了下来。

女主人低声说道:"莫顿,他就在那儿。来吧,你别去吓那个可怜的小东西了,他已经吃够了苦头。"说完,女主人坐了下来,莫顿有些不情愿,跳到女主人的腿上,开始打瞌睡。男主人打开大门,也坐了下来。

威利悬着的心终于放了下来,他壮着胆子,沿着墙根,小心翼翼往前移动。女主人安静地坐着,用手轻轻抚着莫顿先生的下巴,这只肥猫开始打起了呼噜。而男主人则在一旁大口大口抽烟。没有人注意威利的行踪。威利深吸一口气,一鼓作气冲了出去。他还来不及庆祝重获自由,立刻被眼前的景象惊呆了:整齐的草地被弄得乱七八糟,盲眼鼹鼠正在到处打洞搞破坏。

威利立马制止鼹鼠,他一边跑一边高喊:"鼹鼠!鼹鼠!停下来!我是威利!我是威利!"

这时,农夫蒂姆双手叉腰,气呼呼地站在草坪前。他愤怒地冲男主人叫喊:"看看!快来看看!我早就跟您说过,鼹鼠是个大祸害!您却不让我安捕兽夹,不让我用毒药。天呀,您快看看这块草坪变成了什么样子!"

男主人吸了一口烟,略带歉意地告诉蒂姆:"的确有些糟糕。看来我们得重新翻耕一遍。"

蒂姆仰天长叹:"我们得重新翻耕一遍!我们得重新翻耕一遍!苍天啊,赐予我力量吧。"说完,他无奈地朝拖拉机走去。

第六章 愁云惨淡的兔子坡

日子一天天过去,菜园子里,一排排绿油油的蔬菜正在努力生长。鸡圈里,无数只小鸡在快乐地跑来跑去。臭鼬费威和灰狐狸经常到鸡圈查看,不过费威已经对小鸡失去了兴趣。女仆索尔菲妮亚大方慷慨,总是扔出大包大包剩饭剩菜,费威总能饱餐一顿。甚至,他还劝说灰狐狸跟自己一起享受大餐。起初,灰狐狸并不赞同,但是自从尝过一块炸鸡翅之后,他便立刻爱上了新人家的剩饭剩菜。现在,他经常跟费威一起享受午夜大餐。

每天晚上，动物们都会去菜园里查看蔬菜的生长情况。每一家动物都根据自己的口味和需要记下了蔬菜的种类和需求量，为分享之夜做好准备。

终于，在大家的盼望中，分享之夜终于来了。不过，今年的情形跟往年不太一样。之前那户人家，好吃懒做，饥肠辘辘的小动物们经常为少得可怜的食物争吵不休。而今年的菜园种类丰富、供应充足，每户家庭都能如愿以偿。

这天晚上，明月高悬，兔子坡上所有的动物们齐聚一堂，提出各自要求。臭鼬费威和灰狐狸不是素食主义者，因此大家聘请他俩担任裁判。至于兔子爸爸，自然是众望所归的主持人。

这次分享之夜，田鼠威利和他的亲戚们提出了一个前所未有的问题——为了感谢新人家的救命之恩，他们提议为这家人留出一小块菜地供他们日常生活所需。

兔子妈妈高举双手赞成："男主人竖立在路口的那块'小心驾驶，当心小动物'的木牌让我万分感动！"

可是，土拨鼠波奇却说："人类不尊重小动物们的感受，我们凭什么要考虑他们的生活呢？他们应该和我们一样，听天由命！"

于是，威利的提议被否决了。不过，总的来说，这次分享之夜非常成功，可以说是皆大欢喜。

最后，兔子爸爸总结发言说："上帝保佑，我们遇到了这样一户慷慨大方、彬彬有礼、心地善良的好人家。他们精心打理菜园，未来的很多年里，我们都会从中受益。我想，无须我再次重申——我们每位居民必须严格遵守兔子坡的一贯规定。

"现在，每家每户都得到了分配的食物，这是你们独自享有的。如果谁敢擅自侵占他人食物，就会被逐出兔子坡。要是新人家在某块地收割了太多蔬菜，导致被分到这块地的动物无法保障温饱，我们委员会会为他重新分配一块土地。

"最后，我再次强调，仲夏夜之前，谁也不能偷吃菜园里的蔬菜。多年来的经验和教训告诉我们，我们应该让这些蔬菜完全成熟，获得大产量丰收，才能满足所有人的食物需求。所以我希望大家保持耐心、严格自律。另外，我特别提醒一下，波奇、灰狐狸，这项禁令不止包括蔬菜，还包括荞麦、鸡和鸭子。"

费威大声回答说："没有问题！反正没有哪个季节禁止吃剩饭剩菜。我说，灰狐狸，今晚肯定有炸鸡翅。我提议，立刻散会！"

小动物们心满意足，开开心心回家去了。每个动物家庭的主妇们忙碌起来，为存粮和腌菜做好准备。兔子妈妈想开辟一个储藏室。此刻，她坐在兔子洞外面，一边等小乔奇外出归来，一边为新储藏室制订计划。

突然，一个尖锐的刹车声划破了夜晚的宁静。兔子坡所有的动物们都听到了这个可怕的声音。很快，传来车胎打滑的声音。随后，大家听见一个男人咒骂了几句，重新发动汽车开走了。

"啊，乔奇！"兔子妈妈惊呼一声，直接晕了过去。兔子爸爸和老叔公直奔马路而去，红鹿猛地从山上冲了下来，土拨鼠波奇也气喘呼呼地往马路上赶，田鼠们"吱吱"叫着，也赶了过去。

不过，新人家抢在了前头。兔子爸爸看着他们打着手电，快速跑向马路。小动物们躲在灌木丛里，紧张地看着发生的这一切。

只听男主人说："在这里，把手电筒照这边来！"他们弯下腰，看着地上那个走路一瘸一拐的东西。随后，男主人脱下外套，跪在地上，小心翼翼地把那个东西包起来，抱在怀里。女主人吓得脸色发白，竟然说了一句脏话。这一点，可完全不符合兔子爸爸所说的"懂礼貌有涵养"。

小乔奇生死未卜，整个兔子坡都陷入了无尽的悲伤之中。小乔奇乐于助人，整天喜笑颜开的，是兔子妈妈的心头肉。他聪明好学，身手敏捷，将那些猎狗耍得团团转。想起这些，兔子爸爸心痛至极。

兔子一家都被巨大的悲伤笼罩了。老叔公忧心忡忡，待在兔子洞外跟费威、波奇和红鹿消磨时间。

红鹿悲伤地说："小乔奇是个出色的运动员，他跑得多快多好呀！有好几次，他跟我外出觅食。他能一大早出发，赶在早餐之前回家。有时，我问他：'乔奇，你累不累？'他只是笑笑回答说：'累？这只是我的热身运动而已。'他真是个精力旺盛的年轻人啊。很多时候，我为了追上他，只得卖力往前跑。"

老叔公接着说："你们别忘了，小乔奇还是个跳跃高手。他跳过了'死亡溪'。我亲眼见过那条溪流，足足18英尺宽。在此之前，没有哪个兔子能飞跃'死亡溪'，之后，肯定也没有谁能做到。"

土拨鼠摇着头，伤感地说："他是个乐天派，爱笑又爱唱。"

老叔公愤怒地说："那些可恶的汽车！我要让他们付出代价！等到下雨天，那条该死的布莱克公路变得泥泞不堪时，我就躲在公路拐弯处。当这些野蛮人开着车横冲直撞时，我会突然跳到他们面前,他们肯定大吃一惊,忙不迭刹车,车胎打滑,肯定会一头撞上石墙!我年轻的时候,为了报复那些可恶的人类,经常这么干。可是现在,我上年纪了,腿脚不灵活,肯定会被他们撞死的。"

他们几个,就这样安静地坐着,再也不说话。

日子一天天过去,菜园里的蔬菜越长越水灵。胡萝卜叶子像在风里飘动的羽毛,嫩绿的豆苗鲜美而多汁,还有那碧绿的卷心菜、越来越饱满的豆角——然而,这些都无法冲淡兔子坡的动物们心里的悲伤。现在,他们无精打采,不再关注这些蔬菜了。

原本,兔子爸爸和兔子妈妈计划,等到大丰收时,将储藏室装得满满当当的,举行一个庆祝宴会,邀请所有的邻居来兔子洞。到时,兔子妈妈会做最拿手的莴笋豆苗汤,兔子爸爸会拿出珍藏已久的花酒招待大家。宴会上,大人们谈天说地,孩子们快乐地玩游戏,他们又回到了从前那样的好日子。可惜如今,这一切都化作泡影。

兔子妈妈病了很长一段时间,新储藏室的计划也被无期限耽搁下来。最近一两天,兔子妈妈的病才有所好转,她能慢慢下床,躺在椅子上坐一会儿了。

这天傍晚,兔子爸爸坐在兔子洞外透气,老叔公坐在一旁打盹儿。突然,一群小动物从山下冲了下来。兔子爸爸听见了田鼠威利无比激动地叫喊着什么,威利的几个堂兄弟在争吵着什么,他们后面还跟着臭鼬费威和土拨鼠波奇。威利一个箭步冲到兔子爸爸面前,激动得语无伦次,连嗓门都在颤抖。

他大声嚷嚷着:"我看到他了!我看到他了!老叔公,快醒醒,我看到小乔奇了!"

现场立刻炸开了锅。田鼠们发疯一般,叽叽喳喳讨论起来。兔子妈妈挣扎着,从椅子上站了起来。消息来得太突然,眼前乱糟糟的,老叔公惊得往后翻了个跟斗,他挣扎了一下,从地上爬起来,大声吼道:"你们这些吵吵嚷嚷的小屁孩,都给我闭嘴!谁能告诉我——"

结果,他的话还没说完,大家又七嘴八舌地问起来。

臭鼬费威用力跺了跺脚,竖起毛茸茸的大尾巴:"安静!如果有人敢再说一个字,我就放屁!"费威一向说到做到,大家一听立马闭上了嘴巴。随后,费威平静地说:"威利,把你见到的一切告诉我们吧。"

威利气喘呼呼地说:"我坐在新人家的窗户上,往屋里看。你们猜我看到了什么?我竟然看到了小乔奇,他躺在女主人的膝盖上,肥猫莫顿先生正在帮小乔奇洗脸呢。"

现场再次沸腾了。对于威利说的话,大家都不敢相信,费威只好再次竖起尾巴,警告大家保持安静。

威利继续说:"千真万确!从耳朵到全身,肥猫把小乔奇洗得干干净净。看起来,小乔奇还很享受呢。有一次,我看到他把头低下来,肥猫还用他的爪子给小乔奇挠痒呢。总之,我看到的就这么多,我觉得我应该第一时间通知你们,所以我立马赶了过来。"

兔子妈妈小声问:"威利,他——看上去,还好吗?"

威利犹豫了一会儿,才回答说:"他看上去还不错。他的后腿,看上去被包扎起来了,好像还用木板固定了,上面缠着绷带。"

兔子爸爸立刻追问:"他还能走路吗?"

"先生,我不清楚。当时他躺在女主人的膝盖上,我不确定他到底能不能走路。不过,他看上去很舒服,也很开心。"

"谢谢你,威利!你真是个心地善良的孩子,感谢你带来这个好消息,我们一家人都喜出望外。希望你继续为我们带来更多好消息。"兔子爸爸说。

小动物们又七嘴八舌讨论起来。威利带来的好消息快速传遍了整个兔子坡。顷刻,愁云散去,兔子坡又充满了欢声笑语。每家每户都来到兔子洞,朝兔子爸爸和兔子妈妈道贺,祝贺他们终于知道了小乔奇的下落。兔子妈妈依然对小乔奇牵肠挂肚,不过她精神焕发,状态好多了。

第二天,晴空万里,兔子爸爸和老叔公开始动手搭建新储藏室。兔子妈妈兴高采烈,一边哼着《小乔奇之歌》,一边干活。

时间一天天过去,兔子一家开心地忙碌着,美中不足的是,田鼠威利再也没有带来小乔奇的新消息。每天晚上,威利都会爬上雨水桶,偷窥卧室里的情况。可是,新人家在楼上还有个卧室,他们大部分时间都待在楼上的那间卧室,威利没办法爬得太高,只能失望而归。兔子坡上所有的小动物都竖起耳朵,睁大眼睛,但是仍然没有小乔奇的消息。

不过,大家可以肯定的是,小乔奇在新人家生活得很好。因为他们发现,每天早晨,女主人都会到菜园里采摘一篮苜蓿草、胡萝卜叶子、脆嫩的莴笋叶和豆苗。

好几个礼拜过去了,仲夏夜渐渐临近,依然没有小乔奇的消息,大家已经等得快失去耐心,变得越来越焦躁。兔子爸爸和老叔公忙活了很长一段时间,手都敲肿了,还是没有做出满意的储物架。已经是第4次敲到大拇指了,老叔公气得扔下锤子,跑去找波奇。此刻,愤怒和担心让老叔公失去理智。原本,他心里早已滋生了一个可怕的怀疑,现在,他毫无顾忌地将这个怀疑说了出来。

"波奇,你知道吗?我从来都没信任过新人家。我认为他们绑架了小乔奇,把他当作人质关押起来。等到了仲夏夜,如果我们胆敢碰一下那些该死的蔬菜,他们肯定会一不做二不休,弄死小乔奇。说不定,他们现在就在拷问小乔奇呢,逼他说出我们的藏身之所等消息。这样,他们就能用毒药、捕兽夹、枪来对付我们。你还记得威利说他们将小乔奇绑在木板上吗?很有可能那就是折磨小乔奇的一种刑具。总之,我不信任这家人,我只想狠狠踹那只老猫的脸。"

老叔公的这番话快速传遍了兔子坡,大家展开了激烈的争论。兔子妈妈、兔子爸爸、红鹿绝不相信新人家行事如此卑劣。灰狐狸和臭鼬费威也觉得,能够扔出大包剩饭剩菜的慷慨人家肯定是善良之辈。

然而,很多动物都站在老叔公这边。争论越演越烈,别有用心的恶毒言论散播开来,甚至越传越离谱。有人说新人家的卧室很晚都不关灯,有人说听见了从新房子传来的怪叫声。而兔子坡最声名狼藉的大骗子——袋鼠,坚持说听见了小乔奇的惨叫。

雪上加霜的是,梅雨季节来了。潮气深入温暖的洞穴,屋顶开始漏雨,柴火受潮无法点燃,烟囱里都是呛人的烟。小动物们没办法外出,只能躲在家里,变得更加焦躁不安。

每天晚上,兔子爸爸冒着大雨,踩着泥泞的山路出去打探小乔奇的消息,每次他都失望而归。老叔公坐在炉火前,闷闷不乐抽烟,继续发表他那些耸人听闻的怀疑。老叔公和兔子爸爸意见不合,相互攻击,互不退让。老叔公气得摔门而出,住到了土拨鼠波奇家里。从此,老叔公成天煽风点火,激发小动物们对新人家的仇恨。

越来越多无知的小动物听信老叔公的谬论,有些极端分子甚至无视兔子坡的传统,提议直接奔向菜园子、草坪和花房,将这些地方毁得一干二净。甚至,他们还打算残忍地杀死每一只鸡,每一只鸭,就连小鸡小鸭也包括在内。

面对这种糟糕的局面,兔子坡召开了一次紧急会议。会议场面异常混乱,兔子爸爸竭力劝说,加上在兔子坡最具权威的红鹿鼎力支持,其他动物才勉强同意遵守兔子坡的古老传统和约定。随后几天,天气渐渐好转,大家之间的紧张关系终于有所缓解。

而新人家这边,泥瓦工路易已经在菜园子后面忙活了好一阵子。这地方风景宜人,有一棵高大的松树,树下有一块圆形草地,草地上放着两张石椅。每天黄昏,如果天气允许,新人家会到这里小坐。正因如此,小动物们很少到这地方来,也没有留意路易到底在做什么。

不过,小动物们开始猜测。老叔公毫不迟疑地嚷嚷起来:"他们在造地牢!没错,他们就是要造一座地牢，将小乔奇关进去，锁进一个大铁笼子里。可怜的小乔奇，他一定被折磨得不像样子了。一旦我们碰了那些该死的蔬菜，这家人就会折磨小乔奇，甚至还会拿滚烫的热油泼他。"

仲夏夜越来越近，兔子坡的小动物们变得越来越焦躁、不安、怀疑。

农夫蒂姆开着卡车搬来一个大木箱子，新人家请了好些人才把这个木箱子从车上搬下来，放到路易之前干活的那块圆形草地上。老叔公又得出了新结论："没错！那里面肯定装着捕兽夹、弹簧枪、毒药和毒气。"

路易和其他人敲敲打打，忙活了一两天，才将木箱子打开。主人家也在这里进进出出，直到仲夏夜这天下午，才算大功告成。圆形草地被打扫得干干净净，中间立着一个用防水帆布遮起来的东西。远远看去，就像搭了一个帐篷，在落日余晖的照耀下，发着光芒。

老叔公和波奇远远地看着这个神秘的"帐篷"。老叔公口气阴冷地说："那里肯定是一个绞架！用来吊死小乔奇的绞架！"

第七章　大家一起来分享

太阳下山了，夜幕降临，星星洒满了天，一弯月亮挂在天边。这晚，是兔子坡一年一度最重要的节日——仲夏夜。夜色越来越浓，兔子坡的小动物们开始行动了。他们悄悄穿过草丛，去菜园集合。

新人家安静地坐在那块圆形草地的边上。男主人的烟斗一闪一闪，发出火光。那个被帆布罩着的神秘物体，在月光的照耀下，如同一个灯塔。小动物们被吸引住了，不由自主，慢慢靠近那块草地。最后，大家从各自藏身的草丛和灌木中走了出来，挤到草坪前的空地上。他们惶惑不安，不知道接下来会发生什么事。

月亮越升越高，小草地仿佛变成了一个小舞台。女主人安静地坐在石椅上，肥猫莫顿先生躺在她身边，呼呼大睡。四周一片静谧，小动物们大气也不敢出，甚至能清楚地听到莫顿先生的呼吸声。

突然，老叔公粗鲁地打破了眼前的宁静。他跌跌撞撞冲了上去，一双深陷的眼睛死死盯着新人家，耳朵笔直地竖起来，看上去面目狰狞。只听，他用嘶哑的声音喊道："他在哪儿？在哪儿？那只肥猫在哪儿？让我来对付他，绝不让吊死小乔奇！"

兔子妈妈急忙跳出来："老叔公，快回来！老天爷啊，快来人啊，快把他拉回来！"

忽然，女主人的膝盖动了一下。紧接着，传来小乔奇惊喜的呼喊声："妈妈！爸爸！是我，我是小乔奇！我很好，你们快看看我！"

一个小小的身影在草地上跳了起来。明亮的月光下，小乔奇又蹦又跳，转着圆圈，兴奋地跳过老叔公的头顶，来了个前空翻。他甚至冲到石椅那儿，跟莫顿先生打闹起来。莫顿先生忽然想起自己一把年纪了，得有点长辈的尊严，他很快恢复了平静，爬到石椅上。不过，他看上去很开心。

小动物们再也按捺不住，欢呼雀跃。不过，当男主人起身走向被帆布笼罩的神秘物体时，大家都屏息凝神，安静了下来。男主人小心翼翼松开绳子，解开帆布。见到神秘物体的真面目，动物们惊讶得倒吸一口气。最后，大家都发出"啧啧"的赞叹声。

盲眼鼹鼠抓住田鼠威利的胳膊，着急地问："威利，发生了什么事？威利，快点当我的眼睛！"

威利又惊讶又欢喜："天啊，鼹鼠！鼹鼠！真是太美了，他是圣人！"

"圣·弗朗西斯？"鼹鼠难以相信。

威利回答："对，就是那个从很久很久之前就开始保护、关爱小动物的圣·弗朗西斯。鼹鼠，它真的太漂亮了，它是圣·弗朗西斯的石像。他看上去很慈祥，但也带着淡淡的忧伤；他穿着一件又旧又破的长袍，脚边上都是小动物，它们也是石头雕刻的。天啊，那都是我们的石像，鼹鼠，有你，有我，小乔奇、灰狐狸、波奇，还有许多小鸟，甚至还有那只喜欢蹦来蹦去的老蛤蟆。圣人张开手，像是在祈福，他手上有水滴下来，前面有一个水池，水会滴进水池里。

"鼹鼠，这是一个很干净的水池，水池那边还有浅水池，小鸟可以在那儿洗澡。啊，鼹鼠，水池四周还有一圈砌得很整齐的石块。上面放着很多好吃的，像是在开一个盛大的晚宴。对了，鼹鼠，石头上还刻着字呢。"

"什么字呢？威利，快说说。"鼹鼠急切地问。

威利一字一顿认真地念道："上面写着'大——家——一——起——来——分——享'。鼹鼠，大家一起来分享，新人家在邀请我们加入宴会呢。石头上摆着玉米、小麦、黑麦，嗯，这应该是给我们准备的。哇，还有为红鹿专门做的大块盐糕；还有各式各样的新鲜蔬菜，洗得干干净净的，没有一丁点儿泥土；上面还摆着苜蓿、蓝草、荞麦，还有给松鼠和金花鼠吃的坚果。这会儿，大家都开吃了，鼹鼠，我也想加入进去。"

田鼠威利跟他的堂兄弟们吃得兴高采烈，在小麦堆里打起小滚儿；不远处，老叔公狼吞虎咽，嘴巴里塞满了苜蓿和胡萝卜，不过他有些茫然，显然被这突如其来的幸福搞晕头了；土拨鼠波奇大口大口嚼着荞麦，耳朵上也挂着一根荞麦杆，看上去特滑稽。

到处都是小动物们大吃大嚼的声音。新人家显得很安静，男主人慢条斯理地抽着烟，女主人则温柔地抚摸着莫顿先生的下巴。红鹿舔着美味的盐糕，在水里猛喝一通，然后抬起头，"吭哧吭哧"直吐气，看上去心满意足。威利一次次解开裤腰带，他的肚子已经变得滚圆滚圆的，好像快要撑爆了。

随后，红鹿迈着庄严的步子，缓慢地绕着菜园行走。他的妻子和孩子紧随其后，其他小动物也加入了游行行列。臭鼬费威和灰狐狸肩并肩，波奇和老叔公摇摇晃晃跟在后面，小乔奇走在兔子妈妈和兔子爸爸中间，雉鸡和他的太太跟在兔子一家后面，接下去是田鼠一家、浣熊、负鼠、金花鼠、松鼠。菜园最边上，泥土微微隆起，盲眼鼹鼠和他的三个胖兄弟在地下加入了大家的队伍。

兔子坡的动物们围着菜园，庄重地走了一圈。然后，他们回到立着圣·弗朗西斯石像的草坪上。

红鹿开口了，他朝着菜园的方向昂起头，大声说："我们已经吃过新人家的食物，喝过他们的水。这些都很美味。从现在开始，这里将被列为禁区，不允许任何人采摘。"说到这儿，他蹬蹬尖尖的前蹄，问："有人有异议吗？"

所有小动物都用心听完了红鹿的话，无人发话反对，大家都赞成红鹿的提议。最后，老叔公嚷嚷起来："那些毛毛虫呢？他们从不遵守任何法则。"

盲眼鼹鼠的动作比大家慢了半拍，他刚刚钻出地道，便笑着说："交给我们吧。我和我的兄弟们在地下日夜巡逻，再说了，我们刚好利用这个时间找吃的。刚才，我就抓到了6条毛毛虫。"

突然，葡萄架那里传来女佣人索尔费妮亚的声音："嗨，臭鼬先生，快来吃饭啦！"臭鼬费威和灰狐狸兴冲冲地跑了过去。

小动物们继续享受大餐。月亮渐渐隐藏到松树林，大家将吃剩的东西打扫干净，互道晚安，心满意足回了家。兔子妈妈挎着一个小菜篮，兴奋极了："明天就能喝到莴笋豆苗汤了！哦，不，以后每天都有汤喝了！"

这时，老叔公清了清嗓子，有些不好意思地说："如果我之前住的那间客房还空着，我想搬回来。波奇人很好，只是他住的地方很潮湿，而且他的厨艺嘛——"

兔子妈妈笑着说："您当然可以搬回来。您的房间我每天打扫，跟您离开时一样，保持得好好的。"

兔子爸爸慢悠悠地说："据说，山那边来了两只血统纯正、挺有本事的塞特犬。小乔奇，等你恢复元气，我们就去逗逗他们。"

小乔奇高兴得乐不可支，他一跃而起，用爪子拍了三下，冲兔子妈妈、爸爸和老叔公嚷嚷起来："我随时都能去，我已经没事啦！"

从此，每一个夏夜，圣·弗朗西斯石像那里，都摆满了食物。而每天清晨，所有残羹冷炙都会被清除得干干净净。到了晚上，红鹿、臭鼬费威和灰狐狸都会在菜园里巡逻，阻止任何偷窃者。鼹鼠和他的兄弟们也恪守职责，日夜在地下巡逻，防止毛毛虫毁坏蔬菜。

整个夏天，兔子妈妈和其他动物家庭的主妇，忙着腌菜存粮，为过冬做好准备。兔子坡再次充满欢歌笑语，好日子回来了，大家又过上了幸福的生活。

而农夫蒂姆看着新人家青脆茂盛的菜园，心中无比困惑。他大声问泥瓦工路易："我实在搞不懂，新人家没有做篱笆，没有按捕兽夹或毒药。总之，他们没有采取任何保护措施，居然没有任何动物来搞破坏。菜园里连一个动物的脚印都看不到，甚至都找不到一条毛毛虫。你再看看我家菜园，什么招数都用上了，有几个晚上，我甚至熬通宵，拿着猎枪守在菜园里。结果我家的胡萝卜都被偷光了，甜菜剩下不到一半，卷心菜被啃烂，西红柿也被糟蹋得不成样子，就连草坪也被鼹鼠给啃得乱糟糟的。十字路口的胖子家，还养了狗，结果还是守不住菜园子。我真是搞不懂，这到底是怎么回事？难道，仅仅是因为新人家运气特别好吗？"

路易点点头："肯定是这样。要不然，还能有别的什么原因呢？"

我发现了哥伦布

第一章　陌生的国度

我叫奥雷利奥，是一只鹦鹉。1491年以前，整个中美洲地区的丛林里，最快乐的鹦鹉非我莫属。那时，我年富力强，拥有一堆朋友。对我来说，每一天，都充满阳光和希望。

那时的中美洲丛林，安静而美好，没有猎枪和斧头，也没有浓烟滚滚的蒸汽轮船。那里，只有一棵棵高耸入云的参天大树、一条条缓缓流淌的河。生活在丛林里的印第安人，善良友好，崇尚和平。我喜欢在印第安人的村庄闲逛，跟孩子们嬉戏，跟老人们聊天。村民们经常送给我一种名叫"克拉卡斯"的美食。它是烤玉米面包和一小节甜甜的甘蔗。作为回报，我会将那些从高大树上采摘的果实和我掉下来的尾羽送给他们。印第安人很喜欢我的羽毛，用它们来装饰自己。有时，我还会将那些分布在美洲大陆上别的部落的信息带给他们。这样一来，我学会了美洲地区各个地方的印第安方言。

逍遥自在的日子一天天过去。直到1491年，一场可怕的飓风降临，将这些快乐统统吹走。我记得，那天，空气中弥漫着无法言说的沉重。这种沉重像一块巨大的厚毯子，笼罩了整个丛林。远处，猩红的闪电划破长空，轰隆隆的雷声不断传来，丛林的树木在怒号的飓风中颤抖。

我很害怕，迷迷糊糊地睡着了。

突然，刮起一阵大风，我醒了。狂风怒号，大雨倾盆。一道闪电划过，我看见，整个丛林像汹涌的波涛那样剧烈颤抖。"咔"的一声，我抓着的那根树枝折断了。狂风将我吹上了天，我越飘越高，只好紧紧抓住树枝。黑暗之中，我什么都看不见，只听得风在耳畔呼啸。时间慢慢过去，终于，正前方的天空里，出现一道光，那是太阳在慢慢升起。

我想："我一定是在海洋的上空飘着。"这个念头吓了我一跳，我赶紧往下看。果然，下方是不停翻滚的浪涛。"天啊，奥雷利奥，你小命不保了！"

风越来越小，我只好朝大海坠落。当然，作为一只鸟，我肯定能飞。但是，我还没听说过家族里的哪只鹦鹉能飞跃海洋。哎，既然扇动翅膀也无济于事，我还不如牢牢抓住树枝。我从云层中快速坠落，上帝保佑，我居然看到了陆地！

这块陆地看上去灰蒙蒙的。这个地方，既没有中美洲那样绿意盎然的丛林，也没有日夜奔腾的河流，只有岩石和硬邦邦的土地。不过，我已经很知足了，起码这是一块陆地！

我飞快地接近地面，根据目前的情况来看，我正好能掉进这块陆地上唯一的绿色里——一片不起眼的果园。我发现，那里有用高大的石墙围绕起来的房屋，有花园、草坪、树林和一口口小水池。我飞过石墙，一头撞在院子里的石板路上。

人们被我落地的声音吸引过来。我一看到眼前黑压压的人群，感觉非常害怕。他们用黑色的兜帽遮住了脸，身上的长袍随风起舞。在我看来，他们就像中美洲的一群秃鹰。我很害怕，心惊胆战地跳上一棵巨大的橘子树，躲了起来。

那些人看到我爪下的树枝，非常激动。显而易见，他们不认识这种树。这些人围着这根树枝细细观察，吵吵嚷嚷地说着一些我听不懂的话。最后，我实在又饿又渴，便走到树梢前，用印第安口音问他们："你们谁可以告诉我，这是哪里？我可以去哪里找到食物，可以去哪里休息？"

一听到我说话，这群人兴奋得又叫又跳。唉，这些可怜的家伙，他们肯定没见过一只能说话的鸟。我想，要是我能学会他们这种傻里傻气的语言，说不定能赢得什么绝佳的机会。

最后，一个看上去有点儿权力的胖家伙大声发布命令。只见，一个人听到命令，冲进附近的一栋房子里。这群人又叽叽喳喳地议论起来，从他们的话语里，我反复听到一个词——"哥伦布"。

不一会儿，传信的人回来了，还带来了一个我在这片陌生国土见过的最奇怪的人。以前，我见过的人，都是黑头发。而这人的头发，在阳光的照耀下，呈现出一种令人眩晕的金红色。并且，他的眼睛也跟我以前见到的不一样，是湛蓝色。他的衣服五颜六色，打满了补丁，斗篷的领子已经被虫蛀坏了。他的身上挂着一柄弯曲的剑，这柄剑装在一个破旧的剑套里。他一走路，剑套就会跟地面撞击，发出咔嚓咔嚓的声响。他的脖子上，挂着几串黄铜链子，上面有一大堆的装饰品，还有好几枚勋章。

这人昂首挺胸地穿过人群，散发着一种不同于旁人的高贵气质。那些穿黑色袍子的人也对他十分恭敬。不过，一旦他走过，那些在他身后的人就会指着自己的额头，咧嘴偷笑。我懂这个手势的意思，他们是说这个人缺根筋，没什么头脑。

人们向这人展示我那根树枝。他神情严肃地听着，转过头来看我。

我饿坏了，满怀希望地对他说："克拉卡斯！"

他对我说了很多话，又尝试地说了别的语言。但是我一句也听不懂，情急之中，我想起刚才大家不停念起的名字，对他大声说："哥伦布！"

他很吃惊，指着自己的胸口，大声叫道："哥伦布！克里斯托弗·哥伦布！"

我跟着他念了一遍，人群爆发出一阵惊讶的尖叫。

我太饿了，跳到哥伦布的肩膀上，又对他说了一句："克拉卡斯！"哥伦布穿过人群，带我走进一栋建筑物，回到他的房间。这里有温暖的火炉，桌子上摆着一罐牛奶和一盘我最爱吃的烤玉米面包。

我兴奋地叫着"克拉斯卡"，抓起面包吃起来。

哥伦布饶有兴趣地看着我，指了指面包，问："克拉卡斯？"

我重复了一遍"克拉卡斯"，又抓起一个面包。

随后，哥伦布指了指自己："克里斯托弗·哥伦布！"我照着念了几遍，他很满意。我又指了指我自己："奥雷利奥！"

他也跟着我念起来："奥雷利奥！"

就这样，我们相互学习。我教他印第安语，他教我西班牙语。没过多久，我们就能毫无阻碍地交谈了。

第二章　黄金美梦

哥伦布出生于意大利的港口城市热那亚。他的童年过得十分凄苦，几乎每天都在父亲的纺织机和浆染缸边待着。有时，他会给富人们跑腿送布。借着这个机会，哥伦布见识了奢华的贵族生活。他发誓，有朝一日一定要穿上好看的衣服，戴上华贵的珠宝，住进豪华的府邸，拥有比任何贵族都要显赫的封号。

为了实现这个不切实际的梦想，哥伦布游遍了欧洲的大多数国家，觐见了无数个君主，也受尽了白眼和嘲讽，落得个衣不蔽体、食不果腹的下场。最后，他拖着病怏怏的身体来到拉比达修道院。善良的僧侣们无比同情哥伦布，精心地照顾他。这些僧侣都过着与世隔绝的生活，他们对哥伦布讲述的王宫见闻非常感兴趣。他们完全被哥伦布描绘的假象迷惑，对他无比尊重，还用华美的天鹅绒、一些残缺的教堂装饰品上的黄铜和闪亮的金属片，将哥伦布打扮一番。所以，我第一次见到他时，他脖子上戴的那些奇怪的装饰品，就是这样来的。

原本，哥伦布应该满足现状，安心地待在修道院。但是，他始终忘不了自己童年时许下的豪言壮志。他急切地想离开这里，再次出发，追求那些泡影一般的功名利禄。

至于我，我也很想离开这里。这个陌生的国度，阳光耀眼、气候干燥，那些干瘪的果子没有什么营养。天长日久，我的羽毛失去了光泽，整个身体也变得消瘦。这个鬼地方我再也待不下去了，我想回到印第安人那里，想回到我温暖湿润的家。但是，怎样才能回家呢？这里距离中美洲相隔着数以千里的海洋。

这个问题，我想了又想。突然有一天，灵光乍现，我想到了一个好办法。

事情是这样的，一次偶然的机会，我跟哥伦布聊起我的家乡，随口提到了金子这个词。哥伦布一听到金子，立刻疯狂地吼道："金子？什么！你们那里有金矿？"

我问："矿是什么东西？"

"就是地上的一个洞，人们顺着这个洞往下挖掘，从岩石里找到零星的金子。"

我笑了："这个办法实在太笨了。在我们国家，金子就在河边，你随手一捡，就能捡到一大块。"

哥伦布眼睛瞪得大大的："银子呢？你们那里有银子吗？有珍珠吗？"

我有些不耐烦了："当然有，银子是再普通不过的东西了。至于珍珠，印第安人小孩都用它们当弹球玩。"

哥伦布尖叫起来："你开玩笑吧？珍珠有弹球那么大？"

"还有比这更大的呢。小孩子一般都拣最小的当弹球，大的都扔掉。"

哥伦布惊讶得合不拢嘴，一动不动地呆坐着。突然，我想到了一个让我重返家园的点子。

"哥伦布，你们西班牙人好像非常迷恋黄金这些东西。那么，尊敬的费迪南德国王和伊莎贝拉王后会不会愿意去我的国家勘探宝藏？你听好了，我有个计划。首先，你画出我那个国家的地图，标注好哪里有金子，哪里有银子，哪里有珍珠。这些，我都能详细地告诉你。其次,你画好去我们国家的路线图。你不是说你是伟大的航海家吗?这对你来说不是难事吧?"

哥伦布又兴奋地吼叫起来:"说到航海,我可是这方面的专家。整个西班牙都找不出第二个像我这样的行家里手。"

我说:"那就好,只要你准备好了,我们就去觐见国王和王后,告诉他们,我的国家有数不尽的财宝在等待开采。如果他们真的像你说的那样渴求金子的话,说不定会派几艘船,让我们去把宝藏取回来。哥伦布,想想,到那时,国王会不会风风光光地迎接你?想想,他会赏赐什么金银珠宝给你?"

"奥雷利奥,我做梦都这么想。但是,我们身无分文,会得到觐见的机会吗?"

我说:"别担心,有我呢!我可是一只会说话的鸟!只要我的名声传到王宫,我想国王和王后一定会召我们进宫的。"

哥伦布相信了我的话,随后,他开始满腔热情地画起地图来。没过几天,我看到了地图的样子:在我的国家里,到处是闪闪发光的金子,汪洋大海里,到处是鲸鱼等各种各样可怕的怪物。地图上还标注了航海路线,看上去的确让人震惊。

修道院的僧侣们得知我们要离开,他们给哥伦布送来一块紫色天鹅绒,擦亮了那些花里胡哨的东西,将那把剑也打磨一新,还送给他一头骡子。经过一番装扮,哥伦布看上去终于有了贵族一般的气派。

一切准备就绪,我们辞别了修道院里的僧侣,踏上了旅途,去实现哥伦布的发财美梦了。

第三章　哥伦布竖鸡蛋

哥伦布穿着新披风,看上去精神抖擞。但是,他手上挎着一个装满食物和葡萄酒的大篮子,看上去有些滑稽。不过,我跟他身无分文,要步行200英里才能到达格拉纳达的王宫。如果不带这些食物,我们可要饿肚子了。

一路上,我和哥伦布放声高歌。哥伦布时而舞剑,时而向路人脱帽致意。表面上看起来,我们的旅程进展顺利。但是到了傍晚,我有些担心,不知道能去哪里住。哥伦布看穿了我的心思，他笑了笑，叫我不要担心。

"奥雷利奥，我可是一个老道的航海家！我以前游历欧洲各国的时候，口袋里没有一分钱，更别提健壮的骡子、丰盛的食物和你这样聪慧的同伴！总之，你别担心，这事难不倒我！"

说完，哥伦布走进路边一家最好的旅馆，嚷嚷着要茶要饭。随后，他大摇大摆走进客房，唤来旅馆老板。旅馆老板见他穿得花里胡哨，以为他是一个脾气古怪的贵族。很快，我们被安排到旅馆里最好的房间，还获得了一顿丰盛的晚餐。

第二天早上，我们在客房吃早餐的时候，哥伦布大声地提起他在欧洲某个王宫的所见所闻。他一边拿出一枚黄铜色的装饰品一边说："你们看，这块勋章，是撒丁岛一位国王亲手颁发给我的，以此纪念我卓越的才能。因为，我能让鸡蛋立起来！"

一直在旁边走来走去的旅馆老板说："不可能！尊敬的大人，鸡蛋是立不起来的！"

哥伦布说："是呀，当时那位国王也是这样说的。老板，你愿意跟我打个赌吗？"

"大人，我是个穷人，要是我有什么能下注的，我一定跟你赌。但是，我发誓，竖鸡蛋这事行不通！"

"你可以用我们昨晚的房费下注。"

旅馆老板急切地问："那您呢？要是您输了呢？"

哥伦布指了指我："如果我输了，你可以将这只神奇的鸟儿据为己有。"

旅馆老板十分犹豫。我知道，轮到我出场了。于是，我嚷嚷起来："不过是一晚上的房费！你这个无知的笨蛋，哼！你之前见过会说话的鸟吗？见过会唱歌的鸟吗？"说完，我哼了一小段流行歌曲。

旅馆老板和其他顾客被我的表演惊呆了，他们连连大叫："跟他赌！跟他赌！拿鸡蛋！拿鸡蛋！"

鸡蛋很快就拿来了，哥伦布仔细地检查鸡蛋。周围的人已经将他围得里三层外三层。

哥伦布举起鸡蛋，大声说："先生们，睁大眼睛看好了！"他将鸡蛋狠狠地在桌子上一敲，鸡蛋底部的蛋壳都陷入进去。整个鸡蛋稳稳当当立了起来。

大家发出一阵爆笑："他赢了！哈哈，哥伦布把鸡蛋竖起来了！"

旅馆老板抗议道："但是，尊敬的先生，鸡蛋被磕破了呀。"

哥伦布说："我只说把鸡蛋竖起来，我说过蛋壳的事吗？奥雷利奥，过来，国王还等着我们呢。走吧。"

说完,哥伦布披上披风,拿起篮子,在人们的哄笑声中走远了。一路上,我的名声已经传开。每个旅馆的老板都愿意跟哥伦布玩竖鸡蛋的把戏,他们都愿意一睹我这只神奇的鸟儿的风采。就这样,我们顺利到达格拉纳达,还住进了最好的旅馆。

这天,我们吃晚饭的时候,一个仪表堂堂的人穿过旅馆里的人群,高声喊叫着:"国王驾到!闲人避让!"最后,他站在我们的桌子前,彬彬有礼地问:"请问您就是赫赫有名的克里斯托弗·哥伦布先生吗?"

哥伦布客气地回答:"是的,过奖过奖!"

这人又指了指我:"你就是传说中那只神奇的鸟儿?"

我说:"晚上好,先生,今天天气真不错。"

这人吓得连连后退,好一会儿才回过神,大声宣告:"尊贵的费迪南德陛下和尊敬的伊莎贝拉王后,命令你立即前往王宫,不得有误。先生,马车就在外面等候,请记得带上这只神奇的鸟。"

于是,我们乘坐一辆6匹马拉的豪华马车,浩浩荡荡向王宫驶去。

第四章 觐见国王和王后

马车快速前行。我看得出来,哥伦布很紧张。如果这次觐见,能帮他实现他的梦想,那么他将会美梦成真,收获荣耀和财富!

不过,我一点儿也不紧张。我以前见过比西班牙王宫更壮丽的宫殿,还曾高高站立在一位至高无上的君王肩头。眼前的西班牙王宫,看上去十分普通,给我一种冷冰冰的感觉,对我毫无吸引力。

下了马车,我们跟着侍从走进一条昏昏暗暗的走廊。我对哥伦布说:"别紧张,冷静!让我来帮你应对。"

随后,我们走进一间宽敞而宏伟的大厅。大厅里的人都衣着华美,多摩上校高声宣布:"宣克里斯托弗·哥伦布和他的神鸟觐见!"

国王费迪南德和王后伊莎贝拉并坐在一张长长的桌子旁。费迪南德长得粗俗浅薄,看上去还有点儿不机灵。我敢断定,这是一位有些功绩但是没有修养的君主。至于伊莎贝拉，她看起来很聪明，笑容也很和善。我当机立断，决定从她这边寻找突破口。

我们来到桌前，哥伦布弯腰脱帽，深深鞠了一躬，我差点从他的肩膀上掉下来。

费迪南德命令说："平身！哥伦布，让这只鸟说说话。"

哥伦布毕恭毕敬地回答道："陛下，这只鸟是从一个遥远的大陆飞过来的，它带来了一个极为重要的消息。我只能将这个消息单独告诉陛下和王后。陛下，这是一个惊天秘密！"

费迪南德咆哮起来："简直是胡说八道！你是个骗子，我不相信这只鸟会说话！"

我一下子跳到伊莎贝拉的椅背上，大声说："对我来说，说话完全不成问题。我可以说到大家都厌倦了我为止，不过现在更适合唱歌，不是吗？"我唱起了西班牙的流行小调《鸽子的宫殿》，一位宫廷乐师主动为我伴奏。所有人惊讶得嘴巴都快合不拢了。一曲唱完，大家很高兴，情不自禁地热烈鼓掌。费迪南德和伊莎贝拉也不那么生气了。

费迪南德问哥伦布："这只鸟还会别的吗？"

我信口胡诌："我还会吹口哨！"接着，我又吹起一首从旅馆学来的军歌。这首歌粗犷轻快，费迪南德和伊莎贝拉都和着曲调打起节拍。眼看大家情绪不错，我悄悄地对伊莎贝拉说："美丽高贵的王后，我和哥伦布都知道，您在西班牙拥有独一无二的崇高地位。您能否准许，我们跟您私下谈谈？"

伊莎贝拉和善地说："可以。"随后她转过头，对费迪南德说："陛下，我不喜欢周围有一大堆人围着。"

费迪南德大手一挥，那些人只好不情愿地出去了，只有几个议员留了下来。

费迪南德不耐烦地说："哥伦布，你的消息到底是什么，有话快说，别耽误我休息。"

哥伦布拿出地图，准备长篇游说。费迪南德问："传说你能让鸡蛋立起来，这是怎么回事？你对鸡蛋做了什么手脚？"

哥伦布解释说："尊敬的国王陛下，竖鸡蛋只不过是雕虫小技。我今天带来了一个让世界为之震惊的福音。当然，我愿意遵从您的旨意，表演竖鸡蛋。不过我事先说明，这真的是一件微不足道的小事。"

一个年龄较大的议员嚷嚷起来："怎么可能？鸡蛋怎么能立起来！"

其他议员纷纷附和，一时之间大家对哥伦布充满了鄙夷。就连费迪南德也生气地说："这个人就是个骗子！来，鸡蛋拿去，把你的把戏展示给我们看看。"

哥伦布高高举起鸡蛋："这真的太简单了。尊敬的国王、王后、各位大人，请看……"

我也不知道是哥伦布太激动了以至用力过度还是那只鸡蛋太脆弱了。哥伦布将鸡蛋往桌子上磕时，只听砰的一声，鸡蛋碎了，蛋清蛋黄溅了费迪南德和伊莎贝拉一身。

这一下，费迪南德彻底生气了！他深吸一口气，大声命令道："把他给我轰出去！务必严惩！快给我毛巾，传司法大臣，传我的护卫！"

很快，哥伦布就被推到门口。我飞到他肩上，轻声说："你慢慢回修道院。来，收好地图，擦干净下巴上的鸡蛋。我会说服国王的，没事，别担心！"

我飞到伊莎贝拉身边。她一边忍住笑一边给国王擦那些蛋液。

我嘟囔着说："真是糟糕透了！"

伊莎贝拉笑了："那个鸡蛋的确非常糟糕！好了，现在，你跟我去我的卧室吧。"

费迪南德躺在床上睡了。我跟随伊莎贝拉穿过长长的走廊来到她的卧室。卧室里有十来个侍女，她们都是我的崇拜者。我给她们唱歌、跳舞、说话，伊莎贝拉费了好大的劲才劝她们一一离开。

侍女都走了，伊莎贝拉端出来一大碗美味的水果，对我说："好了，奥雷利奥，没有人再来打扰我们了。现在，你可以把那个重要的消息告诉我了。"

第五章　金子的秘密

我说："美丽的王后，在另一个遥远的大洋彼岸，遍地黄金，有数不清的奇珍异宝。它们就像树叶一样常见！"

一听到"金子"，伊莎贝拉两眼放光："它们在哪儿？怎么去？你为什么不早点说？"

"尊贵的王后，那地方在西边，要横渡大洋才能抵达，哥伦布有地图和航海路线，他知道该怎么走。可怜的哥伦布，只因为一个鸡蛋的事，被逐出王宫，流落街头。"

伊莎贝拉立即按下门铃，换来国王的内侍卡布雷拉："卡布雷拉，由于王宫中某些人的愚昧无知，陛下今天惩罚了一个对西班牙来说最有价值的人。现在，这位哥伦布先生流落街头，正骑着骡子赶往拉比达修道院。我命令你从护卫队中挑选一个人，你们俩一起把哥伦布给我带回来。哪怕找遍每个旅馆、每条街，你们都要把他给我带回来！只许成功，不许失败！把这袋金子拿去，给他买一些体面的衣服。明天中午议会召开之前，务必把他给我带来!卡布雷拉,你千万不要让我失望。"

伊莎贝拉扔出一袋金子,还对卡布雷拉做出一个抹脖子的动作。卡布雷拉见状,赶紧走开了。

接下来的好几个小时,我跟伊莎贝拉聊起了我的故乡,说到了那里的丛林、水果和印第安人。当然,我说得最多的还是关于珠宝的事。不过,我还胡诌了一些信息。伊莎贝拉很兴奋,直到大半夜,她才让我停下来歇息。

第二天中午,费迪南德召开议会。伊莎贝拉第一时间将我昨晚告诉她的一切公布于众。那些议员一听到珠宝,就跟其他西班牙人一样,表现出急切的热忱。

费迪南德粗暴地说:"那只鸟,你过来。你的国家,河边真的堆满了金子?还能用铲子将金子挖出来?"

我说:"陛下,现在可能没那么容易了。自从人们用黄金建造房屋之后,黄金就没以前那么充足了。不过,短时间内收集一篮金子,还是可以的。"

费迪南德不屑地说:"哼!只要我们去了,那些印第安人就会发现,用不了多久,他们的房顶就不见了。对了,那里有银子吗?"

我说:"银子更常见。它比金子更坚固、实用。人们一般会用银子做厨具、门窗之类。在大城市,人们还用银子铺路。"

费迪南德的眼睛里流露出贪婪的神色,急忙追问:"珍珠呢?你不是说你们那儿还有珍珠?"

"尊贵的陛下,那儿到处是珍珠。孩子们用最小的珍珠当弹球,最大的扔在一边不管。不过在某些地方,大人不准孩子们乱扔珍珠,因为那样会阻碍道路通行。"

听到这些,所有的人都着魔一般议论起来。

费迪南德暴怒地吼叫起来:"那个该死的哥伦布去哪里了?怎么没人把他找回来?你们怎么还无动于衷地干坐着?卡布雷拉,快,快,快,叫上护卫队,把他给我找回来!"

伊莎贝拉冷冷地回答:"陛下,我都安排好了,哥伦布正在前厅等候宣召。卡布雷拉,宣克里斯托弗·哥伦布觐见!"

第六章 哥伦布的要求

看来,伊莎贝拉那一袋金子没有被白白浪费。哥伦布被打扮一新,看起来让人眼前一亮。他换上一件镶着皮边的深红色披风,里面穿着紧身衣和长袜,手里还拿着一顶天鹅绒帽子。有了新衣服,哥伦布看上去自信满满,他昂首阔步走进了大厅。

费迪南德不耐烦地说:"快过来!你已经浪费了我们太多时间,快说说,那个有金银珠宝的地方到底在哪儿?你的地图在哪儿?你怎么还不说?"

哥伦布还没开始说话,费迪南德又嚷嚷起来:"你不要说太细。我们只要知道怎么去就行。哎,你怎么不说话!"

"如果陛下允许的话——"

费迪南德几乎用咆哮的语气回答:"允许!允许!你有什么要求,可以放心大胆地说。"

伊莎贝拉有些不耐烦地劝费迪南德:"陛下,您还是先听听哥伦布怎么说吧。"

哥伦布用感激的眼神看着伊莎贝拉,说:"尊贵的陛下、王后,在我陈述这项重大发现之前,我恳请您们给我一些奖励和承诺。要知道,这项发现是我花费毕生精力所得。此外,葡萄牙的国王已经向我提供的一个十分诱人的条件,法国的国王正等着见我。"

伊莎贝拉慷慨地说:"哥伦布,你放心好了,我们不会亏待你。"

费迪南德也嘟囔地说:"行啦行啦,说说你的条件吧。"

哥伦布居然拿出一卷长长的羊皮纸。我想,是这些新衣服让他冲昏了头。他一条一条地念着条件,而我却越来越绝望,已经不敢奢望自己还能回到以前的家。

他大声地念着:"第一,我要求您授予我'海洋大将军'称号,并允许我的子孙世代承袭该称号。"

费迪南德愤怒地站起来。财政大臣斯坦吉尔赶紧走过去,低声对他说:"陛下,这只是一个毫无实权的虚头衔。既然他想要,给他就是。"费迪南德凶巴巴地瞪了财政大臣一眼,坐了下来。

"第二,我要求出任被发现的大陆的总督。第三,我要求成为西班牙贵族,并要求授予我一枚盾徽。第四，所有跟新大陆往来的贸易，我要拥有十分之一的提成。第五，在新大陆发现的金银珠宝，我要求分享其中的八分之一。第六——"

费迪南德忍无可忍，突然吼叫道："把他给我轰出去！这个人是个疯子！"

情势紧急，我灵机一动，飞到国王的肩膀上，低声对他说："陛下，这只不过是承诺而已，不是非得遵守不可。现在不妨答应他，等到新大陆被发现，金银珠宝被运回西班牙，您再改变主意也来得及。"

费迪南德有些恼怒地说："鸟兄，你的脑子比那些议员的好使多了。"他转向哥伦布："好吧，我答应你所有要求，合同拿过来，我给你签字。"

哥伦布有些不明所以，他辩解说："尊敬的陛下，我还没念完呢！"

费迪南德手一挥："不用念了，合同拿过来。快拿笔墨来，咦，怎么还不去？"

王后和大臣们都被这一幕吓得目瞪口呆。费迪南德抓起笔签好自己的名字，又把羊皮纸扔给伊莎贝拉。伊莎贝拉签字之后，费迪南德对哥伦布说："好了，希望你喜欢'海洋大将军'这个称号。那你什么时候出发呢？"

哥伦布还没回过神来："陛下，如此庞大的活动必定有很多东西和一大笔钱需要准备。"

费迪南德说："好的，卡布雷拉，你去给哥伦布找个屋子住。斯坦吉尔，你去弄点钱来。伊莎贝拉，晚宴开始了，我们走吧。我宣布，散会！"

第七章　海洋大将军

我回到伊莎贝拉的寝宫。整个晚上，我都在不厌其烦地向伊莎贝拉和她的侍女们讲述我家乡的故事。她们好像永远也听不厌烦，直到深夜，她们才渐渐睡去。她们睡熟之后，我从窗户飞出来，寻找哥伦布的房间。只见北边的一座高塔上，有一个房间的灯还亮着。我敢肯定，那就是哥伦布的房间。于是，我果断地飞了进去。

房间里堆满了书和各式各样的工具，哥伦布忙得不可开交。

我飞到他的椅背上，对他说："哥伦布，我们的计划进展顺利。你当上了'海洋大将军'，远航的计划也得到了批准。说不定我能回到我的家乡，能再次吃到那些美味的水果。

我一刻也不想在这儿待下去了,哥伦布,这一次我们必须成功。"

哥伦布将那些书和工具推到一边,指着墙上的一张羊皮纸。纸上密密麻麻写满了字,盖满了章,还挂着很多绶带。他急切地说:"奥雷利奥,你看,这是我崇高的使命!'海洋大将军',这是国王陛下亲自恩准颁发的,奥雷利奥,之前还没有人得到过这样的荣誉呢!"

我说:"当然,这头衔不是才编造出来的吗。哥伦布,你得暂时将头衔的事放一放。我们的重心是你这一次航海,你现在准备得怎么样了?"

哥伦布的目光终于从羊皮纸上移开了:"奥雷利奥,我已经准备得差不多了。明天一早我就能向国王陛下禀报我的计划了,不过这次远航会花一大笔钱。"

我说:"跟之后的金山银山比起来,现在这点钱不过是九牛一毛。哥伦布,你继续算吧,我先睡觉去了。晚安!"

第二天,哥伦布带着一大堆地图、笔记、航海工具等东西觐见国王和王后。

费迪南德看上去心情不错,他愉快地大声说:"哈哈,哥伦布将军,你看起来像个裱糊工人。来,跟我们说说你的预算和计划吧。"

哥伦布展开地图,介绍他的预算和航行计划。光是这些,他就写了好几个本子。不过,我们之中,没有一个人能看懂。费迪南德和伊莎贝拉对地图很感兴趣,他俩兴致勃勃地看着地图上标注了宝藏的地方,费迪南德连连点头:"很好,你打算什么时候出发?你的预算是多少?"

哥伦布开始念他那一长串航海清单。我注意到,费迪南德和伊莎贝拉都看着脸拉得老长的财政大臣斯坦吉尔。他们像被泼了一盆冷水,开始担忧。费迪南德神情暗淡地打断了哥伦布:"行了行了,别说那些航海路线、储备干粮之类的了。你就不能给我一个大致的预算吗?到底要花多少钱?"

哥伦布算了好一阵子,才有点担心地回答说:"启奏陛下,这次伟大的航行需要120个水手,1700盾费用!"

斯坦吉尔抱住头,痛苦地哀叹:"天啊!1700盾!"

所有的人都沉默不语。过了好一会儿,费迪南德才开口问:"斯坦吉尔,国库的情况能支撑这笔费用吗?"

斯坦吉尔使劲地抓头发,绝望地说:"陛下,您知道,之前跟摩尔人的战争,已经将国库掏空了!昨天,卡布雷拉还遣散了王宫里的3个厨子和12个脚夫。我和6个伙计将国库的每个角落都找遍了,只找到一捧银币和大多数铜币。陛下,这可是1700盾啊!"

费迪南德说:"我们可以向锡多尼亚城公爵借一点嘛。"

"陛下!你注意到他昨晚的衣服没有?上面打了两个补丁啊,陛下!上个星期,他还卖掉了自己的马车和盔甲。所以,根本不能指望他呀!"

一时之间,气氛变得很凝重。突然,伊莎贝拉一摆手:"你们真是无可救药!"她拍了拍手,门开了,6个捧着首饰盒的侍女走进来,放下盒子,又退了出去。伊莎贝拉打开首饰盒,把那些闪闪发光的珠宝一股脑儿倒在桌子上,骄傲地宣布道:"先生们,用我的珠宝来筹集这1700盾吧!"

费迪南德怒气冲冲地说:"绝对不行!要是邻国知道我们西班牙穷成这样,不出一个星期,法国就会对我们发起进攻,刚收服的西西里岛会发动叛变,葡萄牙、摩尔的军队都会趁机打劫。伊莎贝拉,你绝不能这样做!"

伊莎贝拉懊恼地叹了一口气:"亲爱的,对不起,我没有你考虑得周全。"

大家又沉默不语。我看到那些珠宝,灵机一动,想出了一个绝妙的主意。我说:"陛下,王后,我可以用这些珠宝典当出钱,并且我保证不会走漏风声。哥伦布大将军,你开始准备吧。钱的事交给我来办!"

费迪南德有些怀疑地说:"好吧,尽管这事看起来不太可能,但是目前也只能这样。大家都散了吧!"

第八章 我的锦囊妙计

我向一位侍女打听到了城里最可靠的珠宝典当商伊萨卡。当晚,我让王后将两颗璀璨的钻石放进一个小小的皮革袋子。伊莎贝拉叹了一口气:"奥雷利奥,它们太漂亮了!唉,不过这跟我没关系了。你记住,它们至少值100盾。"

我飞进伊萨卡的店铺。里面空荡荡的,只有一个满脸胡须、正在查看账本的男人。我猜,他就是伊萨卡先生。于是,我飞过去,将那两颗钻石扔在账本上:"这个值多少钱?"

伊萨卡一抬头,发现我是一只鸟,大吃一惊。不过,他很快抓起一颗钻石,拿出一个镜了，专注地查看了一会儿。随后，他将钻石放回桌子，拿起笔继续写账本，头也不抬地嘀咕道："一个15盾，两个25盾！"

我将钻石放进皮革袋子："伊萨卡先生，人家都说你很懂行呢！抱歉，我不能跟你做这笔交易！"

"一个20盾！"

我叼起袋子，怒气冲冲准备离开。

"一个25盾！"

我不答应，继续往前走。

他大声叫嚷起来："等等，你开个价吧。"

我坚定地说："一个150盾，一分钱也不能少。"

伊萨卡叫嚷着抗议，他不停地扯胡子、捶脑袋，抱怨了好一阵子。最后，我们以每颗钻石100盾的价格成交。协议达成之后，我问："伊萨卡先生，你还要这样的钻石吗？"

"当然，越多越好。"

我接着问："那你以前跟一只鸟合作过吗？"

"没有。太荒唐了，我干吗要跟一只鸟合作。"

我说："你会发现，我跟你说的，是本世纪最棒的主意。城里有成百上千的贵族，他们粗心大意，经常把首饰随便丢在梳妆台上。这个季节，窗户都是开着的。对我来说，挨家挨户地飞进去捡珠宝就跟捡地上的谷子一样容易！"

伊萨卡渐渐明白了我的意图，他的眼睛兴奋得闪闪发光："合伙人！你是我最佳的合伙人！天啊，你能为我带来成千上万的钻石呀！"

我共搬了5趟才将200盾搬回王宫。伊莎贝拉很高兴，她又将另外两颗钻石放进袋子里。

我说："尊敬的王后，你只要给我一个袋子就好。"

接下来的三个星期，每天晚上，都有数不清的珠宝从各个贵族家里消失，出现在伊萨卡家的保险柜，并且还有大量金币倒入伊莎贝拉的保险箱。

伊莎贝拉很困惑："奥雷利奥，你并没有拿走我的钻石，这些金子都是从哪里弄来的？"

我说："尊贵的王后，我为什么要典当您的珠宝？您的子民有那么多珠宝，并且他们对这些珠宝毫不在意。"

"我以为跟摩尔人的战争,已经掏光了他们的腰包。"

我打着哈欠说:"他们藏了不少呢。"

日子就这样一天天过去,哥伦布和卡布雷拉、斯坦吉尔四处奔波,为航海做准备。而我,则白天休息,晚上出去干活。终于,一切准备就绪,他们总共花了1700盾。

伊莎贝拉万分感激,不停地向我表达谢意。

我说:"不必这样客气,王后。当然,您要是为我准备一篮子芒果,我会加倍努力为您干活。您去买一两件衣服打扮打扮吧,您现在穿的那些的确有失体面。至于您的那个小侍女,恳请您也为她准备点儿礼物,毕竟她告诉了我当铺老板的名字。"

哥伦布兴奋地对我说:"奥雷利奥,我们拥有一支豪华的舰队!它由三艘船组成,上面有船长、牧师、高级警员、历史学家、医生、水手等。目前,我们还差一位指挥官。"

我疑惑不解地问:"哥伦布,指挥官不就是你吗?"

他神奇古怪地说:"不,奥雷利奥,我得留在西班牙,这里有很多重要的事需要我处理。何况,你也知道,我现在是海洋大将军,航海这种芝麻小事,哪里用得上我亲自指挥!"

他絮絮叨叨说了好久,居然说出了上百个他不能亲自出航的理由。

我有气愤地说:"哥伦布,每个人都希望你去!国王和王后也希望由你来指挥整支舰队。如果你不去,这件事就没法进行!"

我耗费几个小时跟他讲道理,但是他态度坚决,完全不听我的劝告。我觉得很沮丧,回到了伊莎贝拉那里,休息了好一会儿。

第九章 招贤纳"将"

在一次会议上,费迪南德看上去心情不错,他激动地问哥伦布:"我知道一切都准备好了。这事干得真漂亮!哥伦布,赶紧告诉我,你打算什么时候出发?"

哥伦布回答说:"陛下,我们的确万事俱备,目前还差一位指挥这次远航的指挥官。"

所有人都目瞪口呆。费迪南德气愤地吼叫起来:"什么意思!指挥官?你不就是指挥官吗?要不然,我干吗封你为海洋大将军?"

哥伦布吓得脸色苍白，但是他依然态度坚决地说："陛下，作为海洋大将军，我拥有至高无上的地位，怎么可能来指挥这样微不足道的远航？这只有三艘船，任何一个上将甚至副上将，都能指挥！陛下，我还有更重要的任务！这三艘船带不回所有的珠宝，我还得指挥建造码头、设计珠宝储藏室、任命新指挥官、绘制新地图。陛下，我的职责在西班牙，我不能去。"

突然之间，哥伦布好像变得能言善辩了，费迪南德也拿他没有办法。他只好咆哮着说："好吧，哥伦布！卡布雷拉，你去带几个上将过来，反正他们之中很多人都闲着没事做。"

不一会儿，卡布雷拉带来三个上将。

第一位是塞纳上将，他长得高大魁梧，一副天不怕地不怕的样子。但是，当他听完哥伦布的远航计划时，他吓得脸色苍白，苦苦哀求说："陛下！这是凶恶的大海啊。那里，海蟒和怪物神出鬼没，天空中飞着吓人的怪鸟，风暴能把海浪搅和得天翻地覆。没人敢在海上航行！陛下，除了航海，我愿意为您做任何事！"

费迪南德冷冷地问："你宁愿坐牢也不去？"

"我宁可被关1000次也不去！"

费迪南德气哼哼地命令道："带他下去！审讯官在哪儿，他归你了！让他死得光荣点！"

下一个上将是个年轻人。他衣着华丽，姿态优雅。费迪南德有些怀疑地问："你也是上将？"

年轻人口齿不清地回答说："陛下，这是从我外祖父那里继承过来的。不过，我没有见过大海。但是我替王后做了好几件漂亮的衣服呢。"

费迪南德大吼起来："把他关入地牢！带下一个！"

几个小时之内，上将、副上将都被带来见费迪南德。结果，他们都愿意坐地牢，不愿冒险远航。

最后，卡布雷拉走近费迪南德，他叹了一口气，无奈地说："陛下，西班牙所有的上将、副上将都被关进地牢或带到山上去了。"

费迪南德怒吼着："什么优秀上将、副上将！全是饭桶！我要将他们全部革职！哼，散会！"

第十章　骑兵上将

那一晚，我坐在伊莎贝拉的宫殿里，忧愁地说："回到家乡，与亲朋好友团聚，这全部都沦为泡影了！也许，我的下半生，只能留在西班牙，学着喜欢这个令我恶心的地方。"

伊莎贝拉同情地抚摸着我的下巴："可怜的奥雷利奥！你为这次远航付出太多！尽职尽责！哼，那些胆小如鼠的上将，他们毁掉了整个计划！我认为，哥伦布就是个懦夫！他说了那么多，只不过是为了让自己留在这儿！"

我有些绝望地说："我不知道哥伦布最近怎么了。航海的大部分计划都是他制订的，他应该不会害怕大海。但是，自从他有了那些新衣服和新头衔，他就变得不可理喻。"

好一会儿，我们都不说话了。时钟滴滴答答地走着，房间里的气氛越来越沉郁。突然，我想到了一个好主意。

我激动地说："王后，我有个点子！我们也可以对哥伦布用点骗术。我们找到一个不害怕远航而且具有雄心壮志的年轻人，您任命他做临时上将，他就会自愿指挥这次远航。我知道哥伦布为这次远航准备了送别仪式，到时，这个临时上将将哥伦布骗到船舱，向他请求最后的指示。他们交谈时，船长悄悄解开缆绳，扬帆起航。这样，不管哥伦布愿不愿意，他都得留下来指挥航行。"

我刚说完，伊莎贝拉兴奋地喊起来："哦，奥雷利奥！你真是太聪明了，这是个完美的计划！我真希望你是一个人！"

我大胆地说："我也希望您是一只鹦鹉呢！不过，显然您不是！我们还是说说工作吧。首先，我们要找一个冒牌上将。您觉得护卫长怎么样？他是您那个可爱的侍女的男友。"

伊莎贝拉高兴地说："奥雷利奥，你好像能读懂我的心思。没错，护卫长是个勇敢而壮志勃勃的年轻人，他没见过大海，也没见过船。但是，他就是一位完美的西班牙上将！你说的那个侍女叫梅赛德斯，我让她赶紧把护卫长带过来。"

我说："明天，我们要开会确认新上将。后天，和船长安排好一切。大后天，远航就要开始了。王后，我们有三天时间来准备。"

很快，梅赛德斯带着护卫长来了。

我问："你害怕大海吗？"

他笑了："我想，它一定没有我那些债主们可怕。"

伊莎贝拉将任务详细地告诉他。年轻人很激动，他跪在伊莎贝拉面前，吻了吻她的指尖，保证道："尊贵的王后，我一定不负众望，完成您交代的任务。"

伊莎贝拉问："这次远航漫长而凶险，你有信心能指挥整个行程吗？"

梅赛德斯吓得脸色苍白，"王后，时间太长了！"

我安慰她说："孩子，几个月算什么呀！想一想，到时候他会带回数不清的金银财宝。"

伊莎贝拉补充说："此外，他还能得到皇家卫队上将头衔。"

年轻的卫队长朝伊莎贝拉深深鞠了一躬，而梅赛德斯的眼睛里却噙满了泪水。

周一那天，年轻的卫队长穿着西班牙上将服装出现在议会上。费迪南德急冲冲地问："他是谁？我不敢相信，还有人愿意担任这次航行的上将！我从没见过这个人，他到底是谁？"

伊莎贝拉平静地回答说："他是尼科西亚上将。为了西班牙的财富和荣耀，他自愿担任这次航行的指挥官！"

费迪南德兴奋地说："他看上去精神抖擞、朝气蓬勃，正是我需要的人才。他什么时候出发？"

我说："陛下，哥伦布将军已经安排好了仪式，后天就会出发。"

费迪南德很满意："很好！到时候，每个人都要参加出航仪式。好了，散会！"

第十一章　出发

出发前一天，我和伊莎贝拉一直在给年轻的尼科西亚上将排练，直到他完全掌握了自己需要扮演的角色。随后，我们跟三艘船的船长见面，告诉他们到时候按照我的指示，悄悄松开缆绳，绝不能有一丁点儿失误。船长们胆战心惊，保证不会出现任何差池。

我们一直忙到深夜。伊莎贝拉对我说："亲爱的奥雷利奥，明天没有机会说再见，我现在得跟你告别。这些天，你像朋友一样陪伴着我，我希望，等你回到你的丛林故乡，依然会想念我。"她在我的脖子上挂了一个小小的纪念盒，上面写着"勿忘我，伊莎贝拉"。

第二天，也就是1492年8月3日清晨，远征队缓缓驶向帕洛斯港口。最前面的船载着皇家卫队,跟随其后的一艘船载着数十个身穿长袍的牧师和一群祭坛侍者,最后一艘船载着唱诗班人员、国王和王后。站在国王和王后身边的,是英俊又顽固的海洋大将军哥伦布。他们后面是一群乐师,再后面跟着所有王室成员。

船沿着弯弯的水道前行。我站在哥伦布的肩膀上,回过头看着那些衣着华丽的人群。往前就是帕洛斯港口,远征队的三艘船正慢慢向港口靠近。

对哥伦布来说,这是他人生的巅峰,是他苦难岁月的终结。他已经被荣誉冲昏了头,不停向沿途欢呼的人点头示意。

舰队到了帕洛斯港口,乐师奏乐,唱诗班放声高唱,那些牧师也开始为远航祈福。年轻的尼科西亚上将,像一个忙碌的指挥官,不停发号施令。

牧师们正要为起锚祈福,我估计这是祈福仪式中的最后一项了,赶紧朝尼科西亚示意。尼科西亚走上甲板,朝我们走来。他跟费迪南德和伊莎贝拉打完招呼,转身对哥伦布说:"将军,出发之前,我还有几点关于航行的事宜向您请教。请您移步到我的舱房,我们商议片刻即好。"

哥伦布有些犹豫,这时伊莎贝拉说:"亲爱的海洋大将军,无论如何也不能出一丁点儿差错,我决不允许任何错误毁了这次远航。"

哥伦布只好跟着尼科西亚去了船舱。

他刚走,伊莎贝拉就抓住费迪南德的手,让他赶紧上岸。

费迪南德不解地问:"干吗?干吗?我们去哪里?"

伊莎贝拉嘘了一声:"赶紧上岸,不要发出任何声音。别绊到缆绳!"

她打了一个手势,议员们轻轻踮起脚尖上了岸。我确信,那些参观者已经上岸了,便跳上大舱房的天窗,往里看。哥伦布和尼科西亚对着一堆图标在专心致志地讨论着什么。我放心了,张开翅膀,缓缓上下拍动。水手们看到我发出的信号,悄无声息地快速解开缆绳。潮水轻轻拍着船身,我们出发了!

人群看到船开动,发出雷鸣般的欢呼。乐师开始奏乐,礼炮轰隆隆地响着,教堂的钟声也响了起来,唱诗班大声地吟唱颂歌。我对着天窗高喊:"哥伦布,别着急,还有时间,国王才开始演讲!"

哥伦布目光专注地看着面前的图表,问我:"奥雷利奥,那我会是下一个演讲者吗?"

我说:"是的,不过要等很长一段时间才会轮到你。"

我们距离港口越来越远,我给领航员胡安发出信号,他带领水手们扬起了风帆。微风吹着风帆，船前行得更快了。我跳进舱房，看见哥伦布还在跟尼科西亚研究路线图。

一个海浪扑来，船剧烈地摇晃起来。哥伦布立即变得脸色苍白，他跟跟跄跄地走向窗口，看见了正在乘风破浪加速前行的船队。他绝望地哽咽着说："啊——我被骗了——"

说完，他就倒下了，我只好叫来侍者，把他弄上床。

谁也想不到，堂堂的海洋大将军，居然晕船！现在，我终于明白了他为什么要找出那么多理由想留在西班牙！

第十二章 不可思议的冒险

后来，哥伦布在他的航海日记中记载了这一次困难重重的冒险。而对我来说，那些危险和风暴不过是他的想象。要我说，这是一次充满欢乐和嬉闹的冒险。

舰队驶出港口之后，船长胡安过来问："我应该向哪位上将汇报情况？"

尼科西亚说："还是跟我汇报吧。不过你也清楚，我不是什么上将。胡安，这是航海路线图，你肯定能看懂。在哥伦布将军身体恢复之前，你们只要按照路线好好航行就可以了。"

胡安感激地说："谢天谢地！这可是我第一次不受上将干涉指挥航行。您放心，我和其他几个船长一定会处理好这一切。"说完，他拿起航海图，兴奋地出去了。

尼科西亚上将对我说："奥雷利奥，壮丽的冒险开始了！我说，你叫我尼科如何？我实在不习惯上将、阁下之类的称呼。"

我笑着点了点头。

船慢慢前行，微风吹动着窗帘，船身在波浪中轻轻摇晃，我有些困了。这时，胡安又来了："抱歉，阁下，打扰您休息了！我发现船上有个偷渡者，您打算如何处置？"

尼科睡眼蒙眬地说："把他带进来。"

两个水手将一个身材削瘦的男人推了进来。

尼科粗声粗气地问："你是谁，到底是怎么上船的？快点老实交代。"

这个可怜的年轻人什么话都说不出来，眼睛里满是泪水。突然，他朝尼科喊了一声："梅赛德斯！"

我急忙冲向站在甲板上的胡安，耐心地解释说："偷渡者是梅赛德斯小姐，她是王后的侍女，尼科的恋人！"

胡安激动地叫起来："天啊，我差点打她一顿！"

那天晚上，船上举行了婚礼。所有的船长、引航员、牧师、警员都出席了这场别开生面的婚礼。梅赛德斯上船的时候，偷带了一些女性用品，她将自己打扮得漂亮而端庄。尼科穿着鲜艳的上将披风，摇身一变，成了最快乐英俊的新郎。胡安船长坚持认为只有他才有权利将新娘交到新郎手中，他高兴地大声说："是我的人发现她的，谁找到她才能拥有这个权利！"

婚礼刚一结束，船上礼炮齐鸣，船员们都得到了额外的酒。大家奏乐狂欢，一直到深夜才结束。

整个8月和9月，我们都过得很快乐。我认为，这要归功于梅赛德斯小姐。正是她将快乐传递给每一个人。如果没有这种快乐，我想，整个远航会一败涂地。

梅赛德斯从早忙到晚，她跟水手们闲聊，去厨房帮忙，还弹奏吉他给我们听。甚至，她还治愈了哥伦布的晕船。在她的照顾下，几个星期之后，哥伦布已经能坐起来吃东西了。9月底，他都能走出来到甲板上去了。清新的空气和明朗的阳光一扫阴霾，我相信，用不了多久，哥伦布就会找回自己最初的自信。

除了梅赛德斯小姐，尼科对我们的帮助也很大。胡安将自己的航海知识毫无保留地教给他，没过多久，尼科也成为了一名航海专家，受到了所有船员的欢迎。

但是，一到10月份，每个人都焦躁起来。日复一日，舰队在一望无际的大海上航行。每一天，我们都在离开自己熟悉的地方，驶向未知的世界。食物快吃完了，酒也快喝光了，连饮水也有些匮乏。船员们变得情绪低落，他们不太愿意听从我们的命令了。

一天晚上，我栖息在桅杆上。一群船员在桅杆下面小声地议论着什么。我悄悄地跟过去，偷听到了他们的计划。原来，他们打算叛变！他们认为，哥伦布是个疯子，前面根本没有陆地，继续航行，只会遭遇覆灭！他们已经拿好了各式各样的武器，准备将尼科西亚上将扔进海里，开船返回西班牙。

我立即飞进舱房，将这件事告诉了尼科和胡安船长。梅赛德斯吓得脸色苍白，哥伦布也害怕地用被子蒙住了头。尼科快速拿起他的骑兵短刀，胡安也拔出他的短剑。显然，一场战争迫在眉睫。

我说："不，我们应该尽量避免流血事件发生。这件事还是交给我来办吧。"

我又飞到桅杆上，躲起来观察下面的情形。我发现，造反派分成了正反两方，他们正为不同的意见相持不下。于是，我深深吸了一口气，用沉稳有力的嗓音大声地说："放下武器！你们的计划已经被我发现了！"

他们惊慌失措，四处张望，却没发现一个人影。我又吼了一声："快把武器扔进大海！不然，明天早上太阳升起的时候，你们全都要被绞死！"

这时，胡安和尼科走了出来。那些船员惊慌地将武器扔进海里。胡安走近叛乱的主谋，一把抓住他的衣领，大声质问："那是什么声音？"

那个水手吓坏了，战战兢兢地回答说："船长，那是鱼，我确定那是鱼的声音。"

胡安一把把水手提起来，送到栏杆边："哈哈，鱼！我想那些鱼一定饿坏了，那你就去填饱它们的肚子吧！"他将这个软弱无能的反叛者推进大海，大声喊道："叛徒，给我滚回去！"

叛乱就这样被平定了。但是，大家依然躁动不安。白天，我从一艘船飞到另一艘船，将那些充满希望的迹象告诉他们。晚上，我给他们讲那些金银财宝的故事。天长日久，我都累得只剩下一层皮了。但是，我知道，我们正渐渐接近我的故乡。

在一个晴朗的日子里，我发现水面上漂浮着一个绿色东西。天啊，那是一根芒果树枝，上面还有一个芒果！尽管这根树枝已经枯萎，但是我依然兴奋地尖叫起来，抓起树枝飞回船上。

我尖叫着对哥伦布说："芒果！我们距离陆地不远了！"

哥伦布闭上眼睛嘟囔着："陆地！要是我踏上陆地，我绝对不会再离开！"随后，他大喊一声："要是谁最先看到陆地，我奖励他 10000 金币和一件披风！"

这天晚上，我栖息在桅杆上，闻到了丛林和陆地的味道！突然，前方海天相接的地方，出现了些许红光。我对着那光飞过去，看到了模糊的沙滩轮廓。我猜，那红光是篝火发出来的。那些可爱的印第安人，正围着篝火，呼呼大睡。

第二天一早，我飞了出去。不远处，是一大片丛林！啊，迷人的芬芳！久违的故土！我快高兴得晕倒！我摘了个金桔，飞到船上，对大家尖叫着："陆地！前面就是陆地！"

整个舰队沸腾了！

船上礼炮齐鸣，水手们激动地抱在一起，欢呼呐喊，而梅赛德斯激动得热泪盈眶。只有哥伦布，他大喊一声"陆地"，"扑通"一声倒在甲板上。

第十三章　伟大的发现家

黎明时分，舰队在一个小岛上停靠了。我没等船停稳就上了岸。再次回家的感觉真好！我叫醒了印第安人，问他们要了点"克拉卡斯"。这些印第安人是渔民，我从他们那里打听到，这里距离我的故乡还有一段水路，还需绕过很多小岛。

太阳升起来了，我发现船上有人在活动，但是他们都没上岸。怎么回事？我决定回去探个究竟。

水手们站在甲板上，不知所措。而胡安在烦躁地拨弄他的胡子，尼科气愤地在甲板上走来走去。一看到我，尼科大声地叫骂起来："奥雷利奥，太荒唐了！我们在船上待了两个多月，他却要搞什么仪式，让我们再等几个小时才能下船！天啊，谁在乎那些仪式！我只想痛快地洗个澡！"

这时，哥伦布从船舱里走出来，他穿着最华丽的衣服，身后跟着历史学家、高级警员和一些重骑兵。他们神情庄严地上了小船，向岸边划去。哥伦布站在船头，神情骄傲。快靠岸时，几个水手跳下来，将船平稳地推到沙滩上。于是，哥伦布登陆了，这个所谓的海洋大将军，宣布自己是踏上新大陆的第一个白人。

礼炮轰隆隆地响着，乐师吹起喇叭，水手们高唱感恩颂歌。哥伦布将剑插进沙滩，宣布占有这片土地。随后，水手们支起一个架子，挂上深红色的丝绸帷帐，在下面放了一把华丽的椅子。这是专门为哥伦布准备的行头。不计其数的篮子已经准备好了，哥伦布坐下来，郑重其事地朝船长们下达命令："现在，你们就去找珍珠、金子。务必将每一颗金银财宝都带到这里来，历史学家会统计，大警官会称重。你们要小心留意。要知道，其中的八分之一是我的财产。你们去通知当地的首领，告诉他，海洋大将军愿意接见他们。"

这些废话无比冗长，我都听得睡着了。醒来之后，我吃了一些金桔，去沙滩上散步。水手们像放学的孩子，完全不听哥伦布的调令。他们有的在摘水果，有的在洗澡，有的试图微笑着跟印第安人聊天。

但是，哥伦布的心情很差。他僵硬地坐在那把椅子上，两个印第安人首领蹲坐在沙滩上，试图回答他的问题。装宝藏的篮子空荡荡的，历史学家在一边打瞌睡。

一看到我，哥伦布瞪了我一眼："你怎么能不参加登陆仪式？你居然敢比我这位海洋大将军先上岸！"

我说："哥伦布——"

"你得称呼我为'海洋大将军'！作为这片陆地的总督，这里的一切都归我管辖。如果你再冒犯我，我就把你绑起来！"

我不敢相信自己的耳朵："绑我？哥伦布，我看你是被太阳晒得昏头了吧？"

他大声嚷嚷起来："我无法再容忍你的欺骗！哪里有金银财宝？你说你教会了我印第安语，但是这些愚蠢的家伙，他们听不懂我说的话！他们没有金子，甚至没有衣服穿！"

我也愤怒地大声说："海洋大将军，随便你想怎么称呼你自己吧！我已经跟你说了，你们还没到达金子国，还得往西走四五百英里才有金子！"

我说完，气呼呼地飞走了。梅赛德斯正在洗澡，她冲我大喊："奥雷利奥，你要去哪里？哥伦布怎么变成这样的人了？那么盛气凌人，我觉得他疯了！"

我说："哼，我就知道，他是那种人！"我又将金子的事跟他们说了一遍。我说："我想，哥伦布不会再坐船去哪里了。不到万不得已的时候，他连一英里都不想走。"

梅赛德斯同情地说："可是，奥雷利奥，你为这次远征付出太多，甚至都还没回到自己的家乡！"

我说："我自己可以飞回去。我担心的是，我无法兑现之前对你们的承诺。好吧，哥伦布说第一个看见陆地的人，他会赏赐10000金币和一件披风。我把我的奖赏要来给你吧。"

结果，哥伦布狂妄自大地说："奖赏是给一个人的，奥雷利奥，你是人吗？奖赏是我的，伟大的航海家克里斯托弗·哥伦布！"

我对他的狂傲已经忍无可忍。于是，我飞到一根树枝上，讥笑着说："你是晕船将军！是谁第一个告诉你这块大陆的？是谁让国王接见你的？是谁为这次远航筹集费用的？是谁第一个见到这片大陆的？是我，都是我，奥雷利奥！现在，你到了这个没有财宝的小岛上，不敢再前进一步。我估计，你会在这儿度过余生。哥伦布，我们的友谊到此为止。现在，我要你们看看，没有我，你能做什么！哼，有本事来绑我呀！"

说完，我飞回丛林，飞过一个又一个小岛，回了家。

接下来的两个月，我受到亲朋好友们的热烈欢迎，每一天都沉浸在无边的快乐里。但是，渐渐地，我觉得愧对梅赛德斯和尼科，毕竟我承诺过他们，要回西班牙，还要带给他们金银珠宝。于是，我从一些认识的印第安人那里收集了一些珍珠和金块，带上我的朋友们，一起飞到了当初登陆的那个小岛上。

舰队还在那里，但是沙滩上到处是篝火和垃圾，印第安人好像已经逃走了。我在梅赛德斯最喜欢洗澡的地方找到了她和尼科。她紧紧地抱住我，哭喊着说："亲爱的奥雷利奥！你终于回来了！"

尼科说："哥伦布变得越来越可怕，他毁坏了舰队，呆坐在椅子上。我们等他下令，决定是继续前进还是回西班牙。目前他找到的只有一点儿印第安人的金子和他们的箭头。"

梅赛德斯哭着说："奥雷利奥，我想回家！"

我安慰他们说："好了，我回来了，你们都开心点吧！我去说服哥伦布，让他尽快做决定。对了这一袋珍珠，留给你们。"

梅赛德斯震惊地说："不，我们不能要，这太贵重了！"

我说："你们收好了，别让哥伦布看见，不然他会要走他那八分之一。"

我在帷帐那里看到了哥伦布，他瘦骨如柴，已经被蚊子叮得不像样子了。

我有些客气地说："没有我，你过得不怎么样，对吧？"

哥伦布有些崩溃地说："奥雷利奥，糟糕透了。我不敢空手回去，又不能继续前进。这些天，我满脑子都装着审判官。唉，我该怎么跟国王和王后交差呢？"

我说："听我说，别瞎想了。我这里有一包金块，你把它交给王后，说这是样品。现在你要做的是，告诉他们你发现了新大陆！你可以带一些植物、几个印第安人回去，告诉他们你发现了世界上最辽阔、最富饶的土地！到时，你就是他们的英雄。他们会将这次远航当成最伟大的发现，全世界都会有你的纪念碑，很多城市、街道、纪念日都会以你的名字命名！"

听着我的话，哥伦布慢慢振作起来。他问："奥雷利奥，好像你说得很对。你说，作为伟大的发现者，我该穿红色披风还是绿色披风？"

最后，在我的劝说下，两天之后，舰队开始出发，返回西班牙。我和朋友们绕船飞行，向他们告别。我没有见到哥伦布，尼科指了指舱房，用嘲讽的语气说："呸！海洋大将军！

呸！伟大的发现者！"

　　船越走越远，我的一个朋友问我："我想知道，哥伦布会不会再回来，真正地发现一些有价值的东西？"

　　我摘了一个鲜美的芒果，慢悠悠地说："没准儿会回来。伊莎贝拉王后可是个劝说行家！"

基德船长的猫

第一章　我见到了基德船长

柏吉斯船长一到"船长休息室",我就感觉会有大麻烦了。在我5年的海盗生活里,麻烦,可是我最不想见到的事。尤其在酷热难耐的红海地区从事海盗工作,对于任何一只猫来说,都是无比严酷的考验。因此,当特尤船长宣布在岸上定居时,我高兴得不知道该说什么才好。

特尤船长在纳拉甘西特定居下来,在这儿建造了一栋温馨的小屋。他给它取名为"船长休息室"。他拥有一大笔数额不菲的财产,还从马达加斯加买来一对奴隶夫妇为他做事。总之,特尤船长的日子过得跟任何一个贵族一样安逸舒适。但是,这样的生活,却被柏吉斯船长的来访打断了。

特尤将柏吉斯请到一棵梨树下的桌边,两人一边喝着一边激动地讨论起来。

柏吉斯摇着桌子,大声嚷嚷:"特尤,这一切都是那个饭桶国王的错!红海的贸易一向顺利无阻,这个肥头大耳的国王却突然想铲除我们这些海盗!他居然说:'我要让海盗们尝点苦头,把他们从他们的老巢连根拔起,把那些大海盗送上绞架!'"

特尤点燃烟斗,建议说:"跟国王周旋!我们得通过周旋和奉承讨那些政治家的欢心!"

柏吉斯大喊:"没用的,特尤!愚蠢的国王已经打算将弗莱彻州长赶下台,任命贝洛蒙出任新州长。这个贝洛蒙,是个观念陈旧的基督徒,他非常憎恶海盗。"

特尤愤愤不平地说:"简直无法无天!弗莱彻州长跟我是好朋友,他公平正直,除了向我们收取那百分之十的分红之外,从来不会过问别的事。我敢说,那个自命不凡的贝洛蒙切断红海贸易后,海盗们将遭受巨大的灾难。柏吉斯,你也知道,一个做惯了海盗的人不可能老实本分地去挣钱。"

柏吉斯填好烟斗，一口气喝干杯子里的酒，气呼呼地说："这还不算完！那个该死的可爱国王，还准备了一艘专门抓捕海盗的船，叫探险号。船上配有34管炮，贝洛蒙和一些高官，都加入进来，还享受分红。国王和贵族们，居然靠盘剥可怜的海盗赚钱，太可恶了！"

整个下午，两位船长一直在愤怒地谈论着这事。我在一旁听着，觉得很无聊，便走进厨房跟可可要东西吃。可可和莫可就是特尤在一次玩掷骰子的游戏中，跟一位国王赢来的赌注。可可是一个声名在外的厨师，他做的咖喱和秋葵汤，足以款待任何尊贵的客人；他做的清蒸英格兰鲟鱼，足以养肥任何一只猫！

莫可是可可最喜欢的老婆，因此，他将之前的9个老婆都卖给了一个奴隶贩子。这笔钱，被他称为"九个妻子的钱"。他说，如果哪一天特尤船长不需要他了，他就用这笔钱去开一个酒馆。当然，可可他们的习俗非常野蛮。按照习俗，莫可需要承担所有的重活，而可可只需要做一些轻松的活儿。不过，他们是一对勤劳而快乐的夫妻，这里的一切都被他们收拾得干干净净。

我刚吃完鱼，柏吉斯船长就离开了。特尤在梨树下坐了很久，才叫来可可，吩咐他说："你收拾好衣服跟我去纽约谈一笔生意，至于莫可，她留在家里。"

很快，老军需官独臂迪克已经将出航的一切准备妥当。几天之后，我们就来到了纽约。我感觉，我们的队伍非常惹人注意。特尤船长走在最前面，他穿着蓝色外套，带着镶着金边的帽子，腰间别着闪闪发亮的腰刀；可可拖着行李跟在特尤船长后面，他头上裹着鲜绿色头巾，穿着橙色滚边大衣；而我，则趴在独臂迪克的肩膀上。不过，尽管我们的队伍看起来惹人注目，但是纽约这些人已经见惯了海盗们的奇装异服，完全不会因为我们的到来而分散注意力。

我们住进了纽约最好的酒馆。特尤为我点了一盘我最爱的牛奶混朗姆酒饮料。我吃好之后，趴在他的肩膀上，走进熙熙攘攘的大街。走过几个街区之后，我们来到珍珠大道。特尤站在最漂亮的一栋房子面前，吁了一口气。这所房子是砖砌而成，房子四周围着一圈栅栏，前门的银质门环上刻着"威廉·基德"几个大字。特尤似乎对这里很熟悉。他带我顺着房子侧边的一条小道来到一间低矮的地下室门前。门上的铜环刻着一行字："海盗——威廉·基德船长"。特尤举起手杖，咚咚咚地敲了几下，随即，门开了，我们来到基德船长的住所。

很早以前，我就听说过基德船长的事迹：他在法国战争中，是一个勇猛好斗的船长，从此名噪一时；后来，他摆脱枯燥凶险的海盗生活成为纽约最富有的商人，并跟一个有钱的寡妇结为夫妻。

但是，我一见到基德船长，就觉得他跟传闻中的高大形象相去甚远。他跟我以前见过的船长完全不一样，个子矮小，像个听候差事的男人；他的头发梳得整整齐齐，身上穿着黑色的呢子大衣，看上去像个乡村牧师或者会计；尤其是他耳朵上别着羽毛笔管，让我更加确信他就是个会计。不过，当他跟特尤以水手方式互相问候时，我才敢相信，眼前这个不起眼的小个子男人，正是大名鼎鼎的海盗基德船长。

基德船长拿出酒招待特尤，两个人坐下聊起来。而我，则穿过几道拱门，来到一个跟地窖类似的地方。看起来，这里很适合抓老鼠呢。我忍不住追踪起来。

特尤向基德船长打听问："威廉，我想，你也得到那件事的消息了吧？"

"是的。几天前，柏吉斯船长到我这里来过。现在，人们都在议论这件事。国王的确有加强打击海盗贸易的荒谬想法。如果我们的新任州长贝洛蒙真的像传言中那样危险的话，对我们这些人来说，将是毁灭性的打击。要是失去了红海贸易，我们都要受苦了。特尤，你就比我们幸运多了，你已经赚足了一大笔钱，早早金盆洗手！"

特尤船长说："不！尽管我曾经发誓，永远也不沾染海盗生活！但是，威廉，你也知道水手们原来的生活。他们勤劳、善良，曾经是沿街乞讨的乞丐或者为了一点儿微薄的收入卖命工作的可怜人！丧心病狂的贝洛蒙，居然要切断这些水手们的活路！在他们行动之前，我要最后一次出海，要让我的水手们以最合理的方式存一大笔钱！"

基德船长给自己倒了一些酒，点了点头："特尤，尽管我不赞成你出海，但是我为你的慈悲之心而感到骄傲！"

特尤说："威廉，有件事我要拜托你。我的猫迈克·德莫特，它是我这些年来形影不离的好伙伴，给我带来了数也数不清的好运气。现在，它老了，不太适合出航。你也知道，海盗贸易是什么样子，说不定我回不来了。我想请你好好照顾这只猫。威廉，我的好朋友，我把它托付给你了！"特尤神情庄重。

基德船长有些犹豫。当时，我伏在木桶上全神贯注地监视这一只灰色的大老鼠，当我一口咬断老鼠的脊背时，基德船长用有些抱歉的口吻说："特尤，我真的很喜欢猫。但是我的夫人，她的想法有些偏激，我担心她——"

我干脆将老鼠拖到他跟前，跳上他的大腿，邀功请赏一般呜呜大叫。

特尤及时夸赞道："看到了吧，迈克是一只非常有用的猫。它会把你的家打理得干干净净。此外，迈克还有一个价值千金的特异功能。每当躺在你的腿上，它都会用爪子给你轻轻按摩。一旦它发现哪个口蜜腹剑的人糊弄你，它会将爪子深深按进你的大腿。它这个天赋，救了我不下 10 次。关于喂养，我得说，迈克是一只非常容易打发的猫。只要你给它准备掺了点儿朗姆酒的牛奶，时不时喂它点儿牛肉，每周五给它准备点水煮鳕鱼就行。"

基德有些迟疑地点点头，同意我留下。特尤赶紧放下我，趁着基德还没改变主意，匆匆离开。

我非常难过。毕竟，我跟特尤在一起经历了太多风雨。但是，我老了，不再想蹚海盗这道浑水了。所以，我接受了离开特尤的事实。

第二章　基德夫人

特尤离开之后，基德呆坐着，出神地盯着壁炉，好像在琢磨什么事情。我呢，依然继续抓老鼠。当我刚放下第 5 只老鼠时，楼上传来一个刺耳的女音："威廉，真是太好吃了！"这声音听上去就像在暴风雨中裂开的桅杆发出的吱嘎声。

基德刚应声回答，我一抬头就看见一个女人飞奔而下。她像一只张开的帆，一头黑发，个子很高，足足高出基德半个头。我要是没猜错的话，这位应该就是基德夫人。人们都夸她长得很漂亮，而在我看来，她的下巴有些厚，看上去有点儿不协调。

基德夫人一眼就看见了蜷缩在椅子上的我，她问："威廉，那是什么东西？"

基德有些担忧地回答说："亲爱的，只是一只猫。你看，它是一只受过良好教育的猫。就这么一会儿，它抓了 5 只老鼠。亲爱的，你也知道，老鼠曾经给我们带来多大的损失。"

"好的，你可以暂时收留它，不过不允许它上楼。好了，你安排人收拾一下，准备晚餐。今天，我们要招待重要的客人。"基德夫人停了停，忽然看见了我耳朵上的宝石，她问："威廉，这是真宝石吗？"

"是的，迈克之前的主人是特尤船长，他有很多质量不错的珠宝。所以，不用说，这只猫戴的也是真宝石。"

她打量起我的耳环来，这让我不禁想起跟特尤在西班牙的一段海域度过的美好时光。

得到这个耳环那天,我们跟一艘大型的西班牙宝石船发生了激烈的战斗。当时,一个碎片飞来,直接打穿了我的左耳。战斗结束后,特尤小心翼翼将碎片取了出来,他幽默地笑了笑,说:"好吧,迈克,既然你像一位女士那样穿了耳洞,我们不妨再点缀一下吧。"说完,他拿来一枚刚从西班牙船上抢来的戒指,钉在我的耳朵上。最开始我有点讨厌这枚耳环,后来时间一长,我也就习惯了。

这天晚上,基德船长跟那些绅士们吃好晚饭下楼时,我已经打盹打了好一阵子了。

这些人中的大部分,我都认识。他们是州长弗莱彻、少校利文斯顿、法官史密斯以及矮小的荷兰人菲利普斯,等等。

他们讨论的话题,也是柏吉斯船长几天前带来的那个消息。

法官史密斯愤愤不平地说:"国王一定是疯了!要是阻止红海的海盗贸易,我们中的大部分人都要破产!有些家庭还会变得一贫如洗!"

大家七嘴八舌地议论起来,只有少校利文斯顿坐在那里,脸色冰冷,薄薄的嘴唇牵扯出一丝狡黠的微笑。我对他产生了怀疑,将爪子往基德船长的膝盖上按了按。

当大家都讨论得有些疲倦的时候,利文斯顿开口了,他说:"先生们,我想你们没必要如此激动!要知道,贝洛蒙州长至少得花两年的时间料理完之前的事务才能上任。另外,我想我应该通知大家,我就是海盗搜捕船——探险号的其中一个大股东。"

这番话又引起新的骚动。菲利普斯狠狠地骂了几句,其他人也看着利文斯顿干瞪眼。但是,听到这些难听的辱骂,利文斯顿一动不动地坐着,脸上甚至还挂着微笑。大家安静下来之后,他才接着说:"我发现,击中事情的关键才是处理这类事情的最明智之举!作为探险号的最大股东之一和一名受人尊敬的好市民,我想我一定能赢得高层领导们的信任。而至于这一次远征进行海盗搜捕到底能给我们的海盗朋友带来什么影响呢,我认为这完全取决于指挥官的意见。凭借我的职位和我掌握的信息,我在推荐指挥官方面最有发言权。先生们,你们放100个心,我推选的这个人,他对海盗事业的了解和海盗交易的眼光,会得到你们所有人的夸赞!他是个受人尊敬的商人,有一笔丰厚的家产和一位受人尊敬的夫人;他还是很多海盗船长的密友,绝不会去抓捕海盗,也绝不可能去破坏我们宝贵的红海贸易。先生们,不管以国王的眼光来看,还是从我们的角度来看,符合要求的这个人正是招待我们的主人。现在,允许我向诸位隆重推荐探险号的未来指挥官——基德船长!"

我一听利文斯顿的讲话,就觉得很可疑。他的话音刚落,我就将爪子深深按进基德的膝盖。显然，基德也意识到这一点，他站起来高喊："不！不！不！我退休了！我厌倦海上的生活！我不会去的！"但是，基德的声音很快被周围的嘈杂声淹没了。

所有人安静之后，弗莱彻州长问："利文斯顿少校，据我所知，这一次的冒险，股东是你、贝洛蒙、国王和相关的勋爵们。我有一个问题，一般情况下，船员的报酬都是从战利品中分得的。而这一次航行，你们既然不允许基德抢劫任何一条船只，那么战利品从何而来？"

利文斯顿笑了笑，说："因为我们目前在跟法国打仗，基德船长会同时被委任为私掠船船长。他可以去抢劫任何一艘挂着法国国旗、属于法国的或者在法国的主航道上行驶的船只。这个行为是合法的，国王已经签字确认了。你们也知道，那些富有的摩尔船只，会经过法国的航道，只要抢到一两艘，就足够支付船员的工资了。同时，我们的海盗朋友也不必担惊受怕，要知道，基德船长可是全纽约最受欢迎的人！"

所有的人又欢呼起来。商人菲利普斯称赞道："少校，你聪明得像一只狐狸！不，可能几只狐狸也不如你聪明！"

但是，基德仍在推辞："不！我不会去！"看到基德的态度，有些人开始担心。只有利文斯顿在微笑。

这时，基德夫人下楼了。利文斯顿朝她深深鞠了一躬，说："尊敬的夫人，有一笔巨大的财富在等待您的丈夫。不过，基德船长好像并不乐意将它们带回来。"

说完，利文斯顿还朝基德夫人悄悄使了一个眼色。

基德夫人立马嚷嚷起来："威廉，多好的机会呀！你怎么会有那种傻想法！想想这会给我们带来的荣誉！你会成为那些有名望的勋爵们的合作伙伴！你会得到国王陛下的召见！先生们，请你们站在我这个可怜女士这边，劝劝威廉！"

果然，这话很快奏效。基德只好不停地点头说："亲爱的，我会去的，我会，你就放心吧。"

第二天早晨，基德下楼了，我见他一脸闷闷不乐的样子，就将抓到的10只老鼠摆在他面前。基德很感激我，叫来黑人奴仆将老鼠弄了出去，并为我端来混合了朗姆酒的温牛奶。他刚坐到桌前计算着什么，利文斯顿少校就来了。他心情愉悦地说："威廉，我来通知你我们的行程。今天下午，我会前往伦敦，将你举荐给我们的合作伙伴和国王陛下。明天，你乘坐一艘自己的船，装作进行一次交易的样子来到伦敦。我想，那些勋爵们看到你适时出现会觉得格外凑巧。到时，你会被委以重任，国王和海军上将会为你颁发委任状。我们已经为你挑选了很多优秀而冷静的船员，他们以前都在皇家海军服役，懂得执行任何一道命令。总之，所有的事都会顺利进行。"

基德盯着天花板："我一直想退休不干了！如果你们强迫我，我会奋起反抗。"

狡猾的少校劝说道："威廉，你得为你那些海盗船长朋友想想。他们还不知道国王会把他们一网打尽。作为朋友，你应该去警告他们，这样，他们会永远感激你的。此外，要是你碰巧抢到一艘路过法国的摩尔船——"

基德冷冷地说："我不是海盗！"

利文斯顿说："对对对，我也不赞成那样做，我的意思是碰巧这种事发生了，你一定不要放在心上。国王和他的盟友们肯定会将这件事遮掩过去，尤其是遇到特别有钱的船时，你完全无须害怕！"

这时，基德夫人走了进来。她一看见利文斯顿少校，就像一条见到猎物的鳄鱼。只听她异常温柔地说："亲爱的少校，你今天下午就要出发前往伦敦了吗？我真心羡慕你！威廉，你过几天也会去，对吗？"

基德只好点点头："我会的。"

"亲爱的少校，请您转告贝洛蒙先生和他的夫人，尽早来我家做客。对我来说，招待有文化有教养的人，是一件非常愉快的事。威廉，别忘了，给我们的第二个客厅带回来一条新的土耳其地毯。"

基德又连连点头："亲爱的，我保证，我会的。"

利文斯顿朝基德夫人深鞠一躬："夫人，我希望威廉能为您带来更多的礼物，它们也许比土耳其地毯小一些，但是会更值钱。好了，我得走了。威廉，希望能在伦敦见到你。"

他说完，就从侧门走了出去。基德夫人用厌恶的眼神看了我一眼，一边上楼一边说："威廉，你赶紧处理完你那些事情，快点收拾行李。星期五你就出发去伦敦。"

基德说："亲爱的，星期五出海不吉利！"

基德夫人翻起白眼，刻薄地问："对谁不吉利？"

基德只好无奈地回答说："亲爱的，好！好！好！不管怎么说，那就星期五吧！"

他坐下来，盯着炉火继续发呆，我跳到他的大腿上。他一边挠着我的耳朵，一边心不在焉地说："迈克，我不想带你去伦敦。在那里，会发生很多你意想不到的事，肯定有人会扯下你耳朵上的宝石。其实，跟那帮衣冠禽兽打交道，我非常需要你的提醒。但是你要真在那里，我担心我膝盖上的裤子会被你撕成碎布条儿！"

第三章　土耳其地毯

基德船长离开之后,我感觉生活变得极其无聊。家里没有人为我准备食物,我只好溜到邻居家的猫那里混点饭吃。此外,我经常去码头的酒馆给自己来一份大餐。

在家的时候,基德夫人总会盯着我的耳环看。我不喜欢她的目光,只要她一下楼,我就会找地方躲起来。

基德离家的第二天,家里来了个高高瘦瘦、一脸惨白的年轻男人。他称基德夫人为莎拉姐姐,由此,我判定他们是姐弟关系。单从他们姐弟的面相来看,我就发现,姐姐莎拉得到了家庭的爱护和照顾,而年轻男人只能用姐姐用剩下来的东西。他体弱多病,每隔一个小时就得吃一两片药。从他们的谈话内容来看,这个年轻人会跟随基德船长一起出海。但是,他的任务是监视船长。

基德夫人说:"塞缪尔,不管什么时候抢到钱财,你得保证每个人只能拿到合约上的份额,确保威廉能拿到属于他的那份。他那个人,完全没有金钱观念。还有,你要看好船上的食物,不能浪费,也不能让威廉将高级食品发给船员。尤其是火药和炮弹,也不能浪费,它们实在贵得吓人。"

塞缪尔已经脸色发青了,他一边伸手拿药一边问:"姐姐,出海会不会经常打仗?"

基德夫人不屑地说:"打仗比较常见。但是,你给我记住了,如果你不按照我说的做,那么你回来之后就会发现,你在红海经历的最激烈战斗,在我面前都是小儿科!好了,把我说的每句话一字不漏地记下来!我要一条土耳其地毯,尺寸是5乘以7见方!哼,赶紧记下来,要是你没做好这事,回来之后有你好受的!"

7月4号那天,我在码头溜达,基德船长乘坐的探险号恰好在码头停泊。这是一艘装备齐全的小型帆船,船上配有36个炮口,炮口下面是一排扫射机枪。

码头上的人看见探险号,无比激动。而我则快速跑回家,将我这些天抓的老鼠摆出来,好让他明白,在他离开的这段日子里,我并没有闲着。

一会儿之后,基德进屋了。他穿着吊带式样的制服,一副皇家船长的派头。他一看到我,便高兴地将我一把抱起,替我拿来混了朗姆酒的牛奶。随后,他在一张舒适的椅子上坐下，伸个懒腰，慢吞吞地说："迈克，回家真好！我的好猫，你现在可是坐在国王的伟大好朋友基德船长的腿上！你看，国王还赐给我一把刀。"他从身上解下一把精致的弯刀，随便往地下一扔。

弗莱彻州长来了，他大声问："你好啊，威廉，伟大的海盗搜捕活动，进展如何？"

基德用略带遗憾的口吻回答说："我一开始就表明，我对这件事不感兴趣。在伦敦的时候，我又重申了我的想法。但是他们没有给我丝毫的回旋余地！他们威胁我说，要是我不答应，就会捕获我的船，判我终身监禁。我别无选择，只好接受这个任命。"

弗莱彻同情地说："可怜的威廉！以前，你只需要跟海盗和那些被掠夺的船只打交道。现在，你得跟这群高级强盗打交道！"

基德愤愤不平地说："桑莫斯阁下招募了一批优秀的船员。但是我们经过诺尔海域时，斯图尔特皇家海军军舰将我们拦截下来，强迫我的船员加入皇家海军队伍。海军总部的人严厉地训斥了这艘军舰的船长，命令他释放我的船员。但是，他居然用一群从监狱里放出来的无赖滥竽充数！我只好重新招募船员，这花了我足足两个月时间！探险号的股东们抱怨我动作太慢，可恶！他们的眼中只有速度和利益！"

弗莱彻笑了笑，又问："那你对我的继任者贝洛蒙先生有何看法？"

"他的诚实和高尚让我觉得恶心。爱尔兰人天生喜欢玩闹、打仗。要是一个爱尔兰人满口仁义道德，竭力宣扬自己的诚实，那么你就得对这人保持警惕。总之，我不相信贝洛蒙。"

接下来的两个月，基德忙得团团转，他在不停地招纳船员，跟船员们签订合约。前前后后，他一共招募到150个人。其中的一大半船员都是老海盗，我认识他们当中的很多人。不过，严格地来说，基德夫人的弟弟塞缪尔只能算得上半个人，所以探险号上总共有149个半人！

这段时间，塞缪尔和基德夫人也很忙。他们检查了配发的子弹和点心，还叮嘱厨师欧文不要给船员准备太多食物。

我清楚地知道，基德不会带我上船。但是，我一点儿也不愿意跟基德夫人待在一起。对我来说，偷偷溜上船是再也容易不过的事。出发前的晚上，我在码头的酒馆找到了正在庆祝出航的船员们。有一个船员达比，曾经跟特尤船长一起出海。我跟他很熟，毫不顾忌地跳到他的腿上。

达比快乐地喊起来："天啊，这是特尤船长的老猫迈克！伙计们，快来，它是幸运的化身！迈克是最幸运的船猫，它给特尤船长带来了数不尽的财富和好运！你们这群蠢货，快来为迈克保驾护航，它现在是我们探险号的船猫！"

就这样，我趴在达比的肩上，顺利上船。大家都喝醉了，很快忘记了我。我钻进厨房，找到了点牛肉。填饱肚子之后，我爬进衣柜，在基德的制服上美美地睡着了。

第二天，人们在探险号上举行了盛大的码头航海派对。所有人都穿上自己最好的衣服参加派对，镇上的名流们都来了。

达比的胡子修剪得整整齐齐，一丝不苟地为参加派对的女士服务。船舱的服务员巴里科翁，欢快地跑来跑去，为人们递送蛋糕、点心和水果。我则继续隐藏在驾驶舱里。

"祝探险号远航成功！"所有人都干杯欢呼！

弗莱彻大声说："威廉，我要建一个很小很小的监狱来安置你逮捕回来的海盗！"

商人菲利普斯则说："还要建一个很大很大的仓库来装战利品！"大家听了，会心大笑。

派对快结束的时候，基德夫人将基德拉进驾驶舱的一个角落，"威廉，你一定要给我带回一条新的土耳其地毯。蓝色，5乘以7见方。我不管你怎么做，总之你得给我带回来一条！你要是让我失望，我可不止不高兴这么简单！"

基德马上说："亲爱的，当然，我一定照办。亲爱的，你能不能帮我照顾一下老猫迈克？它昨晚不见了，今天早上我也没见到它。"

"你不用担心，我会照顾它的。"

听她这么一说，我很庆幸自己登上了探险号。

潮水退去的时候，客人们都离开了。码头上有人为我们鸣炮送行，我们扬起风帆，开始了基德船长一生中最悲惨的一次远航。

第四章　当之无愧的基德船长

　　曾经我以为，我会永远告别航海生活。而当我再一次踏上甲板，再一次感受到海风的吹拂，我依然觉得航海生活无比美妙。此外，还有一件让我非常开心的事——自从离开基德夫人，基德成为了一个真正的男子汉。他是当之无愧的基德船长，明辨是非，总能不动声色地察觉那些老水手的诡计，让他们不敢轻举妄动。

　　我们刚刚通过纳罗斯海峡的时候，塞缪尔过来，嗫嚅着说："威廉，厨师欧文准备的晚餐是规定量的两倍，我的姐姐莎拉说……"

　　基德平静地打断他的话："你应该明白船上的规矩，你得称呼我长官之后，才能开始说你那些废话！还有，关于我的猫，希望你也学会尊重它。此外，没有我的召见，你不能进入我的驾驶舱！"

　　塞缪尔听完这番话，赶紧抱着自己的药瓶子走了。之后的三个星期，他一直晕船，我们也懒得搭理他。

　　秋天气候宜人，我们的船疾速前进。基德着手训练船员，快到马德拉岛的时候，我们已经有了一批身手敏捷的船员，完全可以跟任何地方的船员媲美。

　　不过，船上还是有两个坏蛋。一个是船医布拉德翰，一个是炮手摩尔。我们刚出发一天，就有水手报告说布拉德翰闯进药品补给处抢走了所有的酒，喝得烂醉如泥。而炮手摩尔比船医更棘手。他一直在制造麻烦，煽风点火。他总是抱怨船上的待遇差。此外，他很讨厌猫。每一次见到我，他的眼神就不怀好意。所以，我一旦看到他在甲板上，就会离他远远的。

　　两个星期之后，我们遇到了一条来自百慕大的双桅杆船。它的船长是乔伊纳。他和我们一路结伴而行，到圣地亚哥蓄水那晚，乔伊纳过来跟基德聊天。

　　他们在驾驶舱坐下来，基德问："乔伊纳，你一定也听说了我这次出海的目的了吧？"

　　乔伊纳点点头："但是，我很难相信，一个享誉加勒比海的海盗居然来搜捕海盗！"

　　基德皱起眉头，无奈地说："我也不想这样，我是被迫接受这个任务的！他们还委任我抢劫任何法国的船只或者在法国航道上航行的船只。乔伊纳，如果你要去马达加斯加跟海盗做交易，能不能顺便给我的海盗兄弟们带个话。麻烦你将我即将到达的消息和我此行的目的转告他们。如果他们能及时离开，将大大减少我们之间的尴尬。如果你乐意，还请将探险号的详情告诉他们。乔伊纳，我老了，眼神也不如以前好使了，我怀疑我甚至无法辨认几里之外的海盗船。"

乔伊纳哈哈大笑起来，他一边挠我的下巴一边说："很好，基德船长，你如此坦率真诚，我也实话实说了吧。我的确是要去那里做一点儿海盗交易，我很乐意为您带话。我敢断定，您的海盗朋友愿意配合您的工作，不会将场面搞得很难堪。您放心，我会全速前进，赶在您到达之前提醒大家。"

基德倒了一点儿白酒，"顺便说一下，麻烦您在交易的时候替我留意，如果碰到一条完好无损、5 乘以 7 见方的土耳其蓝色地毯，我很乐意买下它。价钱由您开！"

"好的，船长，祝您身体健康！"

他们互相敬酒，互相道别。乔伊纳回到了自己的船上。他言出必行，打开了所有的风帆往北方开去。基德制作了一面带着白色十字架的黄旗，命令大家收起风帆，慢慢前行。

没过多久，我们遇到了 5 艘英国军舰，还跟他们同行了大半个星期。我们之中有一大半的船员都是从皇家海军中逃出来的，他们非常不愿意跟海军军舰同行。但是，这一路都没什么风，我们也只好跟皇家军舰一起顺水漂流。

在第 6 天中午的时候，海军军舰的船长示意基德到他们的船上去。基德挑选了一队来自农民的船员过去。剩余的船员急得跳脚，却只好在桅杆下围坐起来，焦躁地等待。太阳快下山的时候，基德回来了。他命令水手召集所有人到甲板上来，一脸苦笑地问："你们之中，谁愿意去皇家海军部队服役？"人群之中，传来低声的咒骂。

基德依然苦笑着说："看来，没有人愿意去。但是，我已经答应那边的船长在日出之前交出 30 个人。别骂了，我没有选择！他们有 5 艘船，我们只有一艘。一旦我拒绝，他们会毫不犹豫地登上我们的船，想带走多少人就带走多少人。我绞尽脑汁才为大家争取到一点儿时间。现在，我要求你们绝对服从我的命令，保持绝对的安静！"

随后，基德船长颁布了一系列命令。一切安置好之后，他对我说："迈克，我想，我已经准备好了。之前皇家海军绑架了我的船员，我早就想教训他们了。这回，他们要失望了！"

晚餐之后，基德叫来船舱服务员巴里科翁："将你最好的小提琴拿出来，拉几首忧郁的曲子，既能让场面显得平静，又能盖过划桨的声音。"巴里科翁很高兴，拿出小提琴，迫不及待地拉起来。

太阳下山了，大海陷入墨一般的漆黑之中。海军战舰上出现了亮光，我们的船员吉布斯点亮了一盏灯笼。划手们轻手轻脚地划动船桨，基德压低声音吩咐道："伙计们，慢慢来！摇桨的时候要像为女王陛下做蛋糕那般轻柔。对，轻一点儿，轻一点儿！"

大家三人一组，使劲划桨。基德喊道："伙计们，就现在，用力划，让我们的大船动起来！达比，你来喊号子！伙计们，用力，船动了，我们就是自由人了，让该死的皇家海军见鬼去吧！"

船员们的汗水向小溪一样往下淌。达比高声喊着号子，巴里科翁的小提琴也拉得更响了。塞缪尔在人群里来来回回，为大家递送水和柠檬汁。

吉布斯高喊道："船长，要不要我去抽水？船底都积下来2英寸的水了，这可都是我们的汗水呀！"那些没被安排划桨的人又笑又喊，准备轮流上去划桨。

终于，大船动了！所有人都躺在甲板上，大口大口喘气。过了好一会儿，基德船长来到船尾。他的鞋子湿透了，长筒袜也掉下来一半。他像一个放学的学生那样兴奋地冲我大叫："迈克！我的老猫，船在走！我们成功地骗到了他们！"

我们连夜赶路，大概凌晨三点钟的时候，基德推算我们正要接近海岸。突然，我感觉有风，用力地抓了一下基德的脚踝，跳到甲板上，竖起尾巴，再跳上主桅杆，举起锋利的爪子。

厨师欧文欢快地喊起来："快看老猫！风！伙计们，有风啦！"

大家跳到甲板上欢呼起来，我也快速地跑向基德。风！终于有风了！很快，风帆满了，船在风速的影响下稍微倾斜。

基德果断下了命令："现在，停止划桨，赶紧把船桨收进来！沃克先生，请往北偏东方向调转航向。欧文，给大家准备双份的朗姆酒！"

船桨被扔进船里，那些汗流浃背的水手们接连跑过来，兴奋地欢呼。所有人都举起酒杯，为我和基德船长，连干三杯！

基德说："伙计们，你们终于从无尽的压榨、鞭打还有被绞死的危险中解脱了！"他走向船舱，回过头来叮嘱我："迈克，如果风停了，别忘了提醒我。最好，你用猫的语言祷告风不要停！"

达比用嘶哑的声音跟年轻的巴里科翁说："伙计，我们有一个好船长！你说，你要经历多少风雨才能找到比基德更好的船长啊！"

第五章　不祥的预感

到目前为止，我们的航行还算愉快。船员们情绪高涨，身体也很健康。但是，当我们越来越靠近马达加斯加时，我的心情变得越来越低落。一种强烈的预感告诉我，我们的好运到头了。此外，基德看起来也是一副心事重重的样子。

那天晚上，我们来到特里雷海岸。暗红色的月亮悬挂在天上，丛林笼罩着一层雾气。我们时不时能听见公鳄鱼发出的吼叫声和丛林里山猫的叫声。周围的气氛有些压抑。

老水手鲍斯走过来找基德聊天。他是一个好人，这一刻看起来很是不安。

"船长，打扰了，我听说我们是来搜捕海盗的，是吗？"

基德回答说："那只是我们远航的借口罢了。"

鲍斯放心了："我曾经是特尤船长的水手。他对我很好，所以我很难对我的老船长下手。我已经有40年的航海经历了，从来没有违抗过船长的命令。但是，先生，对我来说，搜捕海盗是一件极其残忍的事。"

基德看着黑青色的海岸线，微微一笑："我也不愿发生这样的事。特尤船长也是我最好的朋友。鲍斯，你听好了，我没有搜捕任何海盗船长的意思。我现在唯一的愿望就是赶紧抢到一两艘受法国保护的有钱商船。一旦填饱了那些高贵股东的胃口，我立即回纽约，永远退休！没有遇到海盗船，对我来说是最好不过的事。"

鲍斯说："谢谢您，船长，我不再纠结了。现在，我宁愿回到新西兰继续过衣不蔽体、食不果腹的日子，再也不愿以身涉险去追求那些金币了！"

特里雷是一个小地方，光线阴暗，还有很多沼泽地。但是，海盗和商人们喜欢来这里碰头。一般情况下，会有一两艘船停泊在港口。但是今天没有任何海盗船出没的迹象，港口边，只停着一艘小帆船。

小帆船的船长登上我们的船，咧嘴冲船上的黄色三角旗一笑，说："基德船长，不巧呀，我来这儿一个月了也没见到任何海盗，您的猎物长翅膀飞走啦！"

基德说："那真是太不幸了！船长，你在交易的时候有没有看到土耳其地毯，5乘以7见方，颜色以蓝色为主。只要您那儿有，我愿意出价买下它。"

小帆船的船长说:"乐意为您效劳,我们去仓库找找吧。"

基德带着我一起走进小岛上的仓库。两个烂醉如泥的瘦子看守着仓库。他们听到基德说起地毯的事,答应去仓库里找找。一个瘦子不情愿地抱怨几句,拿出账单去仓库仔细寻找。好一会儿之后,他回来了:"船长,很不幸!这儿只有一条红土耳其地毯,尺码不对,还被蚂蚁啃掉了一大半。我猜,它不符合您的要求吧?"

要是这人跟我一样了解基德夫人,他肯定知道,这块地毯完全不是基德夫人要的那块。

岛上没有可供饮用的淡水,我们只好出发前往约翰娜岛。小帆船的船长追上我们,问基德:"我也要去约翰娜岛,我会帮你问问那里有没有你需要的地毯。你想给你的朋友们带话吗?"

基德只是朝他挥挥手,小帆船以我们的两倍速度很快超过了我们。基德笑了笑,对我说:"迈克,显然,他要去警告那些海盗朋友呢。我敢打赌,等我们到达约翰娜岛,那里不会有一艘海盗船!"

的确,那里连海盗船的影子也没有。只有5艘笨重的西印度船停在那里蓄水。它们庞大而笨重,尽管航行的时候不太方便,但是很难被别的船只攻占。

我们的船员盯着这5艘船,直流口水。可想而知,里面装着多少值钱的货物。一位老水手难过地说:"几乎没有海盗能攻破这样的一艘大船!除非使用阴谋诡计!"

我们在那儿待了5天。那几艘船的船员都待在船上,只有几个船员出来到岸上取水。但是,他们的身后总跟着凶悍的持枪长官。其中一个长官是他们的船长。我们在这儿上岸的第一天,这人就过来跟基德聊天:"想必这就是贝洛蒙阁下那艘搜捕海盗船的船!居然没有抓到一个海盗!古人说,以毒攻毒,让贼抓贼,就是说的这种事吧?"

基德握住国王赐给他的弯刀。但是,对方荷枪实弹,有十几个人。我们只有几个人,船员们甚至连一把匕首都没有。基德只好隐忍不发。那个自大的船长继续说:"老兄,海盗们的肆意掠夺已经引起了印度对英国的强烈不满。莫古尔国王说,他要消灭所有的英国移民,还要将皇家东印度公司扔进大海。这对你们英国来说,真是无法估计的灾难呀!只要支持你们这次探险的愚蠢党派下台,我们公司就会接管此事,将那些恶贯满盈的海盗赶出海域!"

基德再次把手放在弯刀上,冷冷地说:"怎么,你们公司还想把国王赶下台?听起来,你们好像要谋反?"

自大的船长说:"那倒不至于。不过,只要我们印度公司发话,国王和海军总指挥也得听听我们的道理呢。"

我感觉事态不妙，抓着基德的袜子，带领他去了我知道的一处更好的水源。回到船上后，基德整晚都在踱步。他突然对我说："迈克，在我出航这件事上，整个政治形势已经变得混乱不堪。我们正好夹在这些党派争斗之中，如果我挡了他们的路，他们会像踩死一只虫子那样毫不留情地将我碾碎！想想将我卷入这件事的利文斯顿，他正舒服地坐在花园里，畅想着自己能分得多少利润。至于贝洛蒙，安心地待在伦敦，做这一次远航的幕后黑手。只有我们，被逼在这污水里摸爬滚打。迈克，从我接受这个不幸的任命那天起，我就感觉自己遭遇了诅咒，意志薄弱！"

5天之后，水取满了。基德下令立即出发。经过最大的一艘印度船时，我们的船员站在桅杆边，排成一排，不停地嘲讽他们，并做出侮辱的手势。基德看见那个自大的船长站在甲板上，他立即拿起高音喇叭冲那人大喊："你不是要抓海盗吗？有种来抓我们呀！你这个小卒子，在大海上，你除了得坏血病，什么也得不到！"

那人气得脸都紫了，命令炮手朝我们开火。不过，那些炮弹在距离我们6英寸的地方掉进了水里。我们的炮手摩尔带领他的手下，快速填好炮膛，对准印度船。眨眼之间，东印度公司船头的人像就被炸成碎片。

随后，我们来到莫西拉小岛。基德准备在这儿清理一下船上缠绕的水草。这个小岛很空旷，有很多沙子。在我们的船停泊的地方，有一个小峡谷，峡谷附近有几片小树林。

刚一上岸，船员们就开心地嬉戏起来。他们用棕榈树搭起帐篷，欧文也将火炉和食物搬到了岸上。这个地方看起来不错，是个适合居住的好地方。但是，就在这里，我们的好运消失了。厄运开始降临。船翻过来没多久，几个船员开始抽搐，嚷嚷说头痛。一开始，老水手鲍斯还以为他们是不想干活故意装病。到了晚上，有10多人因为疼痛而呻吟不止。第二天早上，最先生病的5个人中，死了三个。紧接着，又有20个人病倒了。

鲍斯问："船长，这是霍乱吗？"

基德说："是的。快把酒鬼医生布拉德翰弄醒带来，让他带着药箱到我的帐篷里来。找几个人将尸体埋了，其他身体还健康的人继续清理船体。只要我们回到海里，霍乱就好了。"

过了一会儿之后，布拉德翰来了。但是他走路踉踉跄跄，配药的时候还将药粉洒掉了一半。基德见状，只好命人将他带走。

第二个星期，噩梦降临。越来越多的船员倒下，负责安葬的人从早忙到晚。基德一刻也无法安睡，他像照顾小婴儿一样给每个人发药品。他记下了所有死亡者的遗言，在他们的墓地前宣读他们的生平功绩。欧文忙着给病号们喂食，自己也差点倒下了。为了平息病人们的痛苦，巴里科翁不停地拉小提琴，直到琴弦完全被磨断。

又是一个星期过去了，清理船体的工作勉强结束。那时，已经有36个人病倒，墓地竖立着40多个临时做好的十字架。大家总算将病人带上船，又向大海进发了。

我不知道回归大海是不是真的能治愈霍乱，还是病魔早就离开了我们。总之，又死掉5个人之后，再也没有人倒下了。我不再像之前那样忧郁。哪知，后面还有更糟糕的事情在迎接我们。

第六章　叛变

在大海上航行几周之后，生病的船员们恢复了健康，但是，我们的船员只剩下原来的三分之二了。他们开始抱怨，出来接近一年了，却没有抢到一艘船，没有得到一分钱回报。

基德命令将船驶入红海入口的芭比港，等待前来朝圣的麦加船队。这一次，我们说不定能拦截到法国的船只。也许是海盗们知道基德要来，他们没有在这里出现。

芭比港太热了，可以说是我待过的最热的地方。在这个燥热的地方待了三个星期之后，每个人都变得暴躁易怒。终于，船队来了！他们是18到20艘商船，但是有两艘挂着英国国旗和荷兰国旗的军舰保驾护航。所有人看到这一幕，肺都气炸了。基德命令大部分船员待在下面，这样一来我们看起来不像海盗船，可以在舰队之间大摇大摆地航行。

我们接近一艘美国人控制的小商船时，基德冲他们高喊："你们有没有一块5乘以7见方的蓝色土耳其地毯，我愿意高价购买！"

一会儿之后，他们将一块地毯挂在栏杆上，叽里呱啦地讨论着什么。基德见到那块地毯，激动地说："水手们，把船靠近一点。它看起来像我要找的那块地毯。"

那边的翻译员高喊："大小刚好，200个金币，价钱可以再商量。"

突然，我们的船尾传来一声轰鸣。一颗炮弹炸掉了我们的上桅帆，另外两颗掉进了海里。水手急忙转向，我们全速逃离。慌乱之中，我看见那两艘军舰又朝我们放了几炮，幸好我们已经走远了。

基德气得直跳脚："卑鄙！无耻！我只不过想跟他们做点生意，他们竟敢这样对待国王的船！眼看，我就能得到那条毯子了！"

船员们比基德更气愤。炮手摩尔还没有完全从霍乱中恢复过来，他待在下面大声叫骂："无能的船长！带着我们吃了一年的苦，丢了三分之一的人的性命！居然为了一条破毯子拿我们的生命开玩笑！要是稍微有用的船长，早就带着我们发财了！我宁愿去做真正的海盗，哼！"

大多数意志薄弱的人纷纷倒向摩尔的观点，尤其是酒鬼医生布拉德翰。我已经见识过太多的叛变，现在我又有一种叛变即将来临的感觉。

之后，我们碰到一条葡萄牙人的小船。基德船长看了对方船长的文件，上面没有法国人，他们看起来很友好。于是，基德放那位船长回到了自己的船上。当时，布拉德翰躲在一边，那位船长刚回到船上，他就带领我们的船员将对方洗劫一空。他们费尽心思，只得到一桶咖啡、一桶辣椒、一个蜂蜡球。

基德狠狠地教训了他们，但是布拉德翰极不情愿地说："尽管这些破烂只值几个金币，但它至少能改变我们的坏运气！"

基德气愤地说："布拉德翰先生，你的行为已经是海盗的做法，你会以你的生命为此付出代价！"

我们继续漫无目的地前行。运气越来越糟。探险号严重漏水，抽水机需要一天到晚不停地抽水。轮船的底部堆积了很多脏物，严重影响了正常行驶速度。我们没有遇到一条海盗船，也没有见到富有的法国商船。船员们的脾气越来越暴躁。饮用水快没了，船被迫驶入卡拉沃港口蓄水。基德又跑上岸，跟一家东印度公司没完没了地打听那该死的土耳其地毯。他听到了一个坏消息，只好快速赶回船上。

原来，这一代有两艘力量强大的葡萄牙军舰。被布拉德翰抢劫的那条小商船遇到了军舰，那个船长给探险号安上了海盗的罪名，还编了一个离奇的被我们绑架的故事。现在，这个故事在这一片水域闹得沸沸扬扬，那两艘军舰正在搜捕所谓的海盗船——探险号！

果不其然，就在第二天早晨，一艘巨大的葡萄牙军舰出现在海面上。它连声招呼都不打，直接对我们开火，每一发炮弹都打中了我们的船。

我总算开了眼界，明白为什么基德做船长的时候，法国人如此怕他。他真是我见过的最疯狂的船长！

基德用力转舵，绕到军舰尾部，打开每一门大炮开始反击。18发炮弹例无虚发，只一下就让金属船身的葡萄牙军舰遭受重创。如果来一场大风，这艘军舰肯定撑不住了。可惜，我们的运气实在太差，周围一丝丝风也没有。此外，我们人手不够，只能随波逐流，时不时发起一番攻击。

就这样，我们跟军舰耗了一整天。太阳快西落的时候，军舰被我们炸得不像样子了。而我们，除了最开始被打了个措手不及，之后再也没有被击中过。基德一心想抢占军舰，但是船员们并不配合。后来，海上起风了，另一艘军舰追上了这艘遭受重创的军舰，我们只好眼睁睁地看着它们沿着海岸漂去。

基德站在船尾，看着那些军舰离去。他全身被汗水湿透，皮肤被火药熏得乌黑。我还是第一次见到他如此激动、兴奋："迈克，这是漂亮的一战，对吗？我敢说，之后很长一段时间，没有一艘葡萄牙军舰敢对英国船耍花招。水手长，给大家准备双份的格罗格酒！"

大家兴奋地喝着酒，却不像以往那样嬉笑、哄闹。我听见摩尔站在人群中抱怨："我们只不过白忙了一场！为了该死的英格兰和国王的荣耀，流血流汗，却没有得到一分钱的回报！我们上船是为了分得战利品，不是为了跟军舰打仗闹着玩！"

基德听见了他的话，用礼貌而克制的声音回答说："如果不是酒鬼医生和你那些手脚不干净的朋友抢劫了葡萄牙商船，我们也不会跟那艘军舰开火！你们不顾所有人的安危，只为了抢劫那么一丁点儿杂货和蜂蜡！天啊，你们是多么让人闻风丧胆的一支海盗队伍！太吓人了，我想你们上岸的时候，那些菜贩子和糖果贩子一定吓得瑟瑟发抖！摩尔，管好你的舌头，否则你会招来祸端，锒铛入狱！"

一些人听完基德的话哈哈大笑，而大部分人却更加怨愤，直接走到船底下去了。

基德在甲板上来回踱步，愤愤不平地对我说："迈克，我快要疯了！要是以前，我早就指挥海盗船将那两艘葡萄牙军舰打趴下了。我，威廉·基德，纽约最富有最受人尊敬的船长之一，现在居然跟一群扒手和垃圾为伍！迈克，我真的要疯了！"

好一会儿之后，基德的心情才平复下来，他决定前往普罗维登斯。

很快，我们在卡拉沃的蓄水用完了，只好停在马拉巴尔海岸的一个小岛上取水。这个小岛居住了凶残可怕的野蛮人。取水的小船载着船员们离开，老修桶工站在泉水边等待，我进入树林捕捉夜莺。突然，我闻到一种浓烈的土著人气味，赶紧从树林中溜出来，向老修桶工发出警告。但是，一切都太晚了，他还没抽出刀，4个土著人扑了过来，将他摁倒在地。这时，一个首领模样的土著人走出来。我知道，接下来会发生很残忍的事，我不愿看见这种画面，赶紧退回丛林。

没过多久,我听见了老修桶工的惨叫和土著人狰狞的奸笑。紧接着,土著人像魔鬼一样,又叫又跳,还砸坏了我们的水桶。

船员们听到这边的动静,全副武装涌入沙滩。达比跟老修桶工是亲密的朋友,他的情绪格外激动愤恨。随后,一半人散开跳进了树林,基德带着其余的人朝土著人部落走去。我听见几声呼号,紧接着又看见一阵黑烟从树林中腾起。我猜,一定是船员放火烧掉了土著人部落。

一会儿之后,他们绑着一队土著人回到沙滩,开会决定如何处置这些行凶者。我已经认出来那个杀死老修桶工的首领,跑过去对准他的小腿狠狠咬了一口。

基德喊道:"很好!伙计们,老迈克已经指认出了凶手,它比任何皇家陪审团都要公正——"

他还没说完,达比对准那个首领,开了一枪。

随后,船员们将其他土著人绑在树上,抓紧时间蓄水,将修桶工的尸体带回船上。一切准备就绪之后,船员们解开这些土著人,狠狠揍了他们一顿,将他们踢进了树林。

回到大海之后,基德叫来所有的船员为老修桶工念了悼词,然后将他的尸体沉入大海。解散的时候,摩尔愤愤不平地说:"这一次出海的运气简直太好了!一艘幸运的船,一个幸运的船长,还有一只据说会带来好运的船猫!"他用凶狠的目光瞪了我一眼:"如果这只倒霉的猫落到我的手里,我肯定会——"

达比狠狠打了摩尔一拳。

从这之后好几天,大家都闷闷不乐。一个星期之后,一艘漂亮的商船在南边海域出现了。所有的船员都高兴坏了!这艘船满载货物,飘着荷兰旗帜,只装了几门甲板炮。当它跟我们的船并行的时候,所有人已经全副武装,还放下了两艘小船准备开战。但是,基德拿出望远镜仔细观察之后,命令所有人放下武器。

他说:"这条船的霍尔船长,是我的好朋友,他绝不是海盗船长,也不会经过法国的航道。所以,伙计们,把小船拴紧,放下武器!"

话音刚落,船上爆发了真正的叛乱。船员们嚷嚷起来,他们继续往下放小船,不停地嘲讽基德。摩尔说:"基德船长,你就不想去那条船搜一搜有没有你那该死的土耳其地毯吗?你不去,我们帮你去。"

基德靠在栏杆上,平静地说:"如果你们坚持,可以带走那几条小船。但是,你们谁也别想再回到探险号!我会开炮击沉你们的船!还有,霍尔船长是一个拼命的斗士,最厉害的海盗和水手都是他的手下败将！"

这番话果然起到了震慑作用，船员们因此争论不休。一些人坚持要抢劫那艘船，一些人却出言反对。就在他们争论不休的时候，那艘船走远了，他们只看得见那船上的桅杆，气得连连跳脚。

第七章　水桶

第二天早晨，气温比平时低了一些，船员们的情绪也缓和了许多。摩尔昨晚因为没有抢劫到那条船气得发烧了。现在，他高烧刚退，躺在甲板上休息，看上去还有些虚弱。

厨师欧文刚倒了一桶剩饭。他将桶放在一边，点燃了一根香烟。我也在甲板上散步。突然，摩尔对我出手了，他一下子打中了我的后颈。一阵剧痛即刻传遍全身，我一扭头，对着摩尔的前臂一抓。摩尔凄厉地叫了一声，将我从他的手臂上抖落下来。我刚落地，他一下子踢中了我的肋骨。我被踢出十几英尺远。

基德目睹了这一切，他大声呵斥着："摩尔，你是个畜生！"随后，他举起那个水桶，一下子砸中了摩尔的脑袋。摩尔被打趴在地，他像一头猪那样嗷嗷地乱叫起来："船长杀人啦！快来看，船长要杀我！"

达比讥笑着说："摩尔，你是我见过的最吵闹的一具尸体！欧文，来，我们把他抬到他的棺材上去。"随后，他和欧文将摩尔扔到了摩尔自己的床上。

基德小心翼翼地抱着我，将我放在枕头上。我感觉情况没那么糟，只是有几根肋骨被踢裂了，休息几天就能康复。基德和巴里科翁轮流照顾我。基德为了不打扰我休息，甚至一整夜都睡在一个硬柜子上。

第二天，医生布拉德翰报告说，因为发烧和霍乱，摩尔死了。

几个星期之后，也就是离开伦敦的一年两个月之后，我们终于捕获了一条挂着法国国旗的莫尔号商船。尽管船上只有两匹阿拉伯马、几袋糖和几捆羊毛，售卖之后大家分到的钱也不多，但是这点小小的收获让每个人兴奋不已。基德也很满意，探险号实在太旧了，他吩咐军需官开着俘获的莫尔号跟在后面，如有需要，我们会舍弃探险号。

紧接着，在一个晴朗的早晨，一声巨大的汽笛声打破了目前的厄运。一艘至少500

吨重的巨大孟加拉商船，插着法国国旗，在我们不远处缓缓前行。

基德下令，一刻不停地追上去。当我们的船跟他们平行时，船上的法国人大声用法语跟我们打招呼。当基德挂起英国国旗时，法国人大吃一惊，只好按照基德的要求上了我们的船。

那位法国船长无比沮丧地说："英国佬，这是一个非常棒的战利品！"

我们的船员大声欢呼起来，很快占领了这艘大船格达号。随后，我们把格达号开到岸边，丢下那些法国人。现在，我们拥有三艘船——探险号、莫尔号、格达号。探险号实在太旧了，基德决定前往圣玛丽港口。

塞缪尔统计了船上的所有货物，当他带着货物清单回来报告时，我和基德都惊呆了。格达号上有好几箱金银器具、金块、珠宝，300捆丝绸、棉布、纱巾，90吨糖、40吨硝石、10吨铁，还有象牙等其他贵重物品。

塞缪尔汇报完离开之后，基德高兴地抱着我朝天花板扔，他甚至还唱起歌跳起舞。

"迈克，你知道这意味着什么吗？这是我们的赎金！这一次收获不仅能满足那些高贵股东的胃口，还能为每一个船员支付一笔丰厚的赏金。最重要的是，我可以从中解放出来，继续做一个无忧无虑、受人尊敬的公民！"

这时，门开了，塞缪尔两眼发亮地走进来，他兴奋得有些语无伦次："威廉兄弟，这是我们最值钱的珍宝！"

两个船员咧嘴大笑，打开了一条土耳其地毯。它完全符合基德夫人的要求。

塞缪尔浑身颤抖着问："我的姐姐莎拉应该会满意的吧？"

基德也松了一口气："她怎么会不满意！塞缪尔，我想让你和其他船员做个见证，我宣布，从格达号获得的财物，我只要这条毯子！"随后，他将毯子小心翼翼地收起来，然后将我抱在毯子上去坐好，笑着说："迈克，你要用生命捍卫这条毯子。你不知道，如果不满足基德夫人的愿望，你就永远也见不到她！迈克，你可真是我的幸运猫！"

一般情况下，在法庭判决和拍卖之前，船长无权分派船上的财物。但是，这个过程需要耗费几年的时间。基德清楚，如果不让船员们分得他们那份财宝，他们会不惜性命来抢，到时候还会发生不可控制的流血事件。于是，基德决定，立即将船员们的那份财宝分发下去。他和塞缪尔足足花了两三天时间，将金银珠宝平均分成40份。它们整整齐齐地码在一个长桌上，看起来蔚为壮观。每一个被点到名字的船员，都心满意足地将自己的那份财宝装进帽子里。

然而，这些人一拿到钱，原来的本性就暴露无遗。他们开始玩起赌博游戏，还没到达圣玛丽港口，这些珠宝都更换了好几个主人。他们之中几乎有一半的人又跟之前一样身无分文了。

最终，船驶入了圣玛丽港口。基德小心翼翼地将探险号停在一个平坦的沙滩上。水手们停好格达号和摩尔号，都来探险号集合。港口停着一艘巨大的护卫舰，船员们都很担心。

老水手鲍斯说："这是库里福特船长的摩卡护卫舰。"

基德用嘲讽的语气说："库里福特？他是一个海盗，骗子，自大狂。以前我当海盗的时候，他是我的水手长。有一次，我让他主舵一艘船，他居然开着船逃走了！"

基德没有下令，那些好奇心很重的船员们划着小木船慢慢靠近摩卡护卫舰。之前在护卫舰上的海盗因为不知道会发生什么事，预先躲进灌木丛。当我们到达的时候，他们全都跳出来，冲我们大喊大叫。而我们的船员，居然奔过去，跟他们混在一起。

基德苦笑着说："原本按照我的委任状，我应该逮捕他们，但是我却不能这么做！"

老水手鲍斯环视了一下四周的情况，发现只剩下了基德、塞缪尔、欧文、巴里科翁和我。他说："船长，要逮捕他们，以我们目前的实力来看，实在是自找麻烦。"

基德说："所以，我们得好好准备一番。"

他们将格达号船搜寻了一遍，找到了很多枪支弹药。基德吩咐塞缪尔和巴里科翁装好子弹，将老水手鲍斯叫到一边："我有一个重要任务交给你。这里有一个大箱子，里面装着我从纽约带来的钱币、股东们的指令和我的航海日志。我想把这些东西委托爱德华保管，你知道他住的地方吗？"

鲍斯说："船长，我知道那个地方。天黑之后，我带着欧文一起从岸边出发。你别担心，我们会安全抵达的。船长，那些海盗，他们当中大部分人不够忠诚，一旦花光手里的钱，就会惦记这里的钱。到时，你一定要多加小心！等我把箱子交给爱德华之后，我计划和欧文卧底到海盗之中。这样一来，如果他们发动袭击，我可以给您通风报信。"

最后，鲍斯和欧文将他们分得的钱交给了基德保管。鲍斯说："如果哪一天我们阴阳相隔，船长，请您把我们的钱留给老猫迈克。"

潮退之后，鲍斯和欧文举着基德的箱子走远了。夜晚降临，我们将武器放在自己手边的位置，轮岗放哨。

那些叛变者和海盗围着篝火，在岸边喝酒狂欢。不一会儿，他们倒头大睡，歌唱声和呼喊声渐渐消失，我听见了夜晚的声音。它们是青蛙的呱呱声，鳄鱼沉闷的哼哼声，鸟儿的咕咕声和成千上万的虫鸣声。

这一夜，没有袭击，十分平静。

第八章　返回圣玛丽

第二天早晨，基德刚走上甲板，一颗子弹嗖地打过来，打断了距离他一臂之遥的围栏。这是一个开战的信号。那些可恶的叛徒打算将我们困死在这发热的船舱里。

几天之后，两艘满载叛徒的小船朝我们划来，另一艘小船沿着海岸线划动，打算袭击我们的船尾。不过，他们这群乌合之众，完全没有脑子，基德完全可以应对他们。

这天晚上，基德在甲板上装好大炮，等那些小船足够近的时候，点燃引线。一艘船被击沉，那些溺水的人你扯着我，我扯着你，仓皇逃向护卫舰。与此同时，巴里科翁将装好子弹的枪拖出来，瞄准第三艘小船上的人，冷静地开枪。基德来到船尾的时候，水面上漂浮着尸体，只有那艘小船还孤零零地漂浮着。基德抓起一颗手榴弹，炸毁了那艘船。

巴里科翁被火药味呛得连连咳嗽，他的脸也被一颗流弹划伤了。但是，他笑着说："船长，我想今晚水里的鳄鱼们可以饱餐一顿了。"

经此一战，海盗们不敢轻举妄动。不久之后，先前跟我们失联的莫尔号驶入港口，停在我们身边。现在，除了老水手鲍斯，其他人都去了摩卡护卫舰当海盗。

鲍斯看到我们陷入困境，他愤怒地将自己的经过汇报给基德："我从来都没想过，我会跟这样一群叛徒出海。船长，在跟您失去联系那几天，我们遇到了一艘葡萄牙小帆船。那些家伙不顾我的命令，他们没收了我的武器，派人监视我，洗劫了那艘小船。他们如此大费周折，得到的却只有一些薄纱和棉布，30桶发臭的黄油和一点儿蜂蜡。"

"蜂蜡！"基德叫嚷起来，"这群强盗早晚会将我们带入死地！如果哪天他们被莫尔号之前的船长抓住，我请求将他们用蜂蜡煮死！鲍斯，我希望你去护卫舰，提醒库里福特船长。"

鲍斯极不情愿地在小船上挂起白旗，划向护卫舰。

就这样，我们跟那帮强盗相持了10天。他们忙着准备新的航行，暂时没有发动攻击。

之后的一天清晨，太阳还没出来，海面上笼着一层薄雾。基德在放哨，但是他好像睡着了。我听到了划桨的声音，果断在基德的后颈重重挠了一下，然后跑进船舱将塞缪尔和巴里科翁叫醒。一分钟之后，我回到甲板上，看见一大批小船朝我们驶来。这是一场大规模的袭击，对我们来说，胜算非常渺茫。

基德抱起我，一边看着小船渐渐逼近，一边挠着我的下巴："老猫，这场倒霉的航行终于有个了断了！你最好躲到炮弹打不到的地方，塞缪尔会照顾你的。"

巴里科翁已经在船尾激烈地开枪射击，基德刚瞄准一艘小船发射出一颗炮弹，摩卡护卫舰就发出几颗炮弹。两颗炮弹打中了最前面的小船，叛徒们陷入困境，叫嚷着撤退，不断被摩卡舰发射的子弹打中。

随后，两艘满载摩卡舰船员的大船冲了过来。大船快速从那些小船中穿过，叛徒们只好灰溜溜地逃开了。

其中一艘大船上的水手长冲我们吆喝道："基德船长，库里福特船长向您问好，请您移步到护卫舰，库里福特船长将无比感激。"

基德高声回答说："请转告库里福特船长，我不胜荣幸！我的划艇都被叛徒们偷走了，如果你们半小时之内借我一艘划艇，我衷心表示感谢！"

说完，基德船长匆忙跑进船舱，换上他最好的制服，将炸药桶装上引线，放在珠宝箱上面。他叮嘱巴里科翁："我走之后，你独掌大权！如果你看到任何冲突的迹象，或者我该回来的时候没有回来，你就引燃炸药，游到岸上。他们可以抓到我，却不能得到这些财宝。你和塞缪尔，可以向爱德华先生寻求庇护。我只带走老迈克，祝你好运，孩子！"

随后，一艘小船驶过来，带我们上了护卫舰。库里福特穿着不知道从哪里抢来的华丽衣服，浑身打扮得花花绿绿。我知道，库里福特是一个无知愚蠢的人，他对我们的威胁并不大。于是，我只轻轻挠了挠基德的膝盖。基德的紧张情绪有所缓和，他笑着环视了一下护卫舰，对库里福特说："你看起来过得不错嘛。"

库里福特笑着说："在这里，他们都叫我库里福特船长，但是我知道，先生，我永远是你的水手长。我偷走了您的船，我想我欠你一句道歉。"

基德补充说："还有几千英镑钱呢！不过，那时候我们都太年轻，就让这件事成为过去吧。"

库里福特感激地说："先生，尽管那时我的做法很卑劣，但它让我有了一个很好的开始。我对你发自内心表示感谢！因此，我阻止了今天早上的袭击，派人保护您的船，不让那些觊觎你财产的人得逞！明天我将出航，现在，我想让您的人重新回到您的船上。"

说完，库里福特掏出粉笔，在甲板上画了一条线。他领着基德走到护栏边，掏出两把枪，对所有船员说："每个人都有选择跟随哪个船长的权利。你们之中，想要跟着我一起赚大钱的，站到左边。"这时，几乎所有的人都朝左边挤。

基德冷冷地说："那些原来探险号上的船员，如果你们愿意重返岗位，我将不会追究你们的叛变罪责！在适当的时候，我会将属于你们的那份财物发给你们！"

大家吵吵嚷嚷地议论起来，库里福特开枪示意之后，所有人开始站队。有97个人站在库里福特那边，只有12个人站在基德这边。

之后，基德和库里福特坐下来，一边吃东西一边交谈。我对那些糖和酸橙没有胃口，库里福特还特地吩咐船员到岸上的居民那儿买了一些牛奶。我终于喝到了美味无比的朗姆酒牛奶！

一会儿之后，达比走过来，支支吾吾地要求加入库里福特的队伍。基德大方地同意了他的恳求。

这天黄昏，护卫舰出发了。爱德华带来一个极为不幸的消息，他说那些强盗破门而入，抢走了基德存在他那里的金币、航海日志和文件。

基德情绪低落，他派人将探险号上的东西搬到格达号，一把火点燃了探险号。整个港口，火光冲天，基德站在格达号的围栏边，酸楚地说："这艘不幸的船终于灰飞烟灭了。希望我们的不幸也随之消散！"

然而，不幸却如幽灵，始终跟随在我们左右。

我们人手不足，基德花了整整5个月招募新人。这群人鱼龙混杂，他们有的是海盗，有的是有钱人，有的一贫如洗，有的不是病了就是有伤。其中有一个老人，是被释放的俘虏。他的情形十分悲惨，由于曾经被摩尔人锁在船桨上，他的脚背上有肿块，后背上还有鞭子抽打留下的痕迹。他神志不清，畏畏缩缩。直到有一天，他看见在船尾睡觉的我，突然发出一声呼号，仓皇地跑起来："迈克！特尤的老猫！"他跑到我面前，不停地嚷嚷起来："幸运的迈克！特尤死了，迈克还活着！莫可和可可还活着，我却死了！"

听到提到特尤，基德像被蜜蜂蛰了一样跳起来，一下子抓住老头的肩膀。老头止不住哆嗦，断断续续地讲清了整个事情的来龙去脉。

老头是特尤的旧部下，他叫迈卡。特尤刚刚出航，遇到的第一艘船就难以对付。战斗才开始，他就被对方的一颗子弹击中，沉入大海。他死之后，那些船员基本没有怎么抵抗就投降了。只有独臂迪克，奋力抵抗，直至战死。至于之后的事，迈卡记得不太清楚。他只记得，特尤卖掉了"船长休息室"，还让莫可和可可恢复了自由身，并将他所有的财产留给了某个教会。

基德跟特尤是好朋友，他对特尤的死感到无比悲痛。

那天晚上，巴里科翁拉起小提琴，开始吟唱一首无比悲伤的曲子。迈卡也嘀嘀咕咕地唱起来："特尤死了，独臂迪克死了，我也死了！我们都死了！"

基德站起来，大声喊道："不管人手够不够，我决定在明天黄昏前起航！与其在这个臭水沟发疯或腐烂，不如在纯净的大海中被淹死！"说完，他叫来水手，将出航的决定告诉他们。

第九章　继续远航

第二天早晨，我们使出十二分的力气，才将格达号清理干净，驶出港湾。当我们进入清澈的大西洋之后，每个人的皮肤又恢复了红润，变成了活生生的人。基德也相信，厄运已过。他打算向西印度方向前进，在抵达背风群岛前，他花了一整天时间，对照塞缪尔的清单检查货物。

这天晚上，他躺在船尾的椅子上，一边抽烟一边轻轻拍着我的背，絮絮叨叨地跟我聊起来："老猫，看来我们的厄运已经结束了。格达号上的财物加起来共值9万镑。当然，股东们永不满足，这些利润只能稍微安抚一下他们的贪婪之心。除了我无法阻止的两次海盗行为之外，我严格按照委任状执行处理一切事务。我没有逮到一个海盗，库里福特是个例外，你也知道在那种情况下，要抓住他相当困难。老猫，如果那些股东们对这次出航很不满意，但是他们也挑不出什么毛病来。我没有做任何一件干扰红海贸易的事，也没有得罪我那些海盗朋友。还有，我得到了土耳其地毯，为了它，这次的航海完全值得！"

说到这里，基德心满意足地点燃烟斗，打了个哈欠。

"迈克，你知道吗？我在哈勒姆建了一个避暑庄园。回去之后，你和我可以搬到那儿住。基德夫人喜欢都市生活，就让她和她的土耳其地毯留在城里吧。"

这是个美好的愿望，我将脚趾交叉在一起，祝愿基德有实现这个愿望的福气。

第二天一早，我们见到了三角形状的安提瓜岛。没过多久，一艘满载水果的船出现在我们眼前。船员们围成一排，对那些新鲜的水果直流口水。基德报上我们的船号和他自己的名字之后，那艘船却像躲瘟神一般全速逃往岸边。基德疑惑不解，依然按照原计划朝岛上驶去。

下午3点左右，一艘船从岛内港口驶出，停在我们身边。一个叫博尔顿的商人翻过栏杆，朝我们走来。他坐到一张椅子上，气喘吁吁地说："基德，你得像其他人那样，说话算话！"

基德扬起眉毛："你什么意思？我不明白。"

博尔顿嚷嚷起来："那你知道什么是海盗，对吧？如果你抢了什么好东西，我乐意跟你做生意。但不是在这里，你在安提瓜岛太惹人注意了，我们得找一个安静的地方交易。"

基德坐下来，疑惑不解地问："博尔顿，我被搞糊涂了，我只是出去了一段时间，最近到底发生了什么新鲜事？"

博尔顿激动地说："基德，你没听到那些传言吗？你当了海盗，打劫了所有见到的莫尔船，还把船员丢下去喂鲨鱼；你袭击麦加船队，还想抢劫一艘东印度商船；你杀死了一名船员，杀掉了难以数计的土著居民。这座岛屿和殖民地的每一个法院都贴满了你的通缉令，每一位总督都接到命令，要逮捕你和你的船员！此外，还有几艘军舰在搜寻你的踪迹！"

基德大叫起来："荒唐！真是太荒唐了！是国王陛下委托我抓捕那些挂着法国国旗的船只的，我抢占的那两艘船，都挂着法国国旗。你看，这里有我的委任状和两艘船的法国护照。你说的，全是谣言！"

博尔顿站起来："这些消息，我也是听来的。不过我劝你最好不要去我刚才说的那些地方，最好去纽约跟贝洛蒙阁下解释清楚。如果你想做点生意，两个星期之内，我会在蒙娜岛等你。那里很安全，放心吧。"

这天晚上，基德一直来来回回地踱步："我，居然是一个杀人不眨眼的海盗！我必须马上见到贝洛蒙和利文斯顿，我必须立即粉碎这些谣言！"

但是，现在困难重重，大部分船员是海盗出身，他们不愿意去纽约。基德只好决定前往圣托马斯岛。可是，我们刚刚抵达，岛上的总督让我们补充淡水后赶紧离开。这时，塞缪尔的药吃光了，他不断哀求基德，他想上岛买药。基德受不了他的哀求，让水手长准备了一艘小船，收拾好塞缪尔的衣服、圣经和空药瓶，送他上了岸。

从此之后，我们在几个岛屿之间徘徊了好一阵子，却没有得到任何食物和新船员。所有的总督或者商人都不敢跟我们说话，来往的船只像躲瘟神那样躲着我们。最后，我们只好去了博尔顿说的蒙娜岛。

一两天之后，博尔顿乘坐圣安东尼奥小船来到我们面前。基德告诉他，招募船员上遇到了麻烦。

博尔顿建议说："我的圣安东尼奥是一条轻便的小船，正适合你们，我会便宜点将它卖给你。至于格达号船上的物品，我会将它们安全地藏在这里直到你来把它们带走。我们可以签个合约，我会以我的名誉来捍卫我的承诺。"

我感觉博尔顿在撒弥天大谎，用力挠了一下基德的腿。基德却有些无奈地答应了博尔顿的条件："迈克，我知道你的意思，但是现在我毫无办法呀！"

博尔顿开出高于这条船价值三倍的价格，基德不得不拿出一些钱和几捆丝绸付账。之后，他们签订了一份看起来非常合理的协议，博尔顿还在上面写下了很多誓言和保证。但是，在我看来，那些废话还不如一盘鳕鱼值钱。之后，基德将他的衣服、文件、箱子和土耳其地毯转移到圣安东尼奥号上，有18个船员留在了格达号，余下来的10个人跟基德在一起。

太阳快落山的时候，我们重新起航了。格达号被很好地藏了起来，我看不到它的任何影子。基德靠在围栏上，叹了一口气："我宁愿把一个新生儿留给一群鱼，也不愿意将格达号交给博尔顿。但是，我已经没有选择余地了！"

基德非常迫切地想见到贝洛蒙和利文斯顿，我们的速度开得很快。6月13日，我们来到斯塔恩岛。那时，我们已经航行了两年九个月了。

圣安东尼奥刚刚停好，一艘小帆船快速开过来，将一封信扔给基德，然后快速开回港口。基德走进船舱，大声念起来。

亲爱的威廉：

作为你最忠诚的朋友，我劝你不要去纽约。贝洛蒙在波士顿，他跟我们的国王一样，他讨厌海盗又喜欢惹是生非。至于利文斯顿，他隐居在家里，观察形势走向。有几个从探险号逃走的叛徒出卖了你，他们说那些关于你的谣言，完全真实可靠。

我想，你最好立刻赶到波士顿，将情况如实汇报给贝洛蒙。

现在，事态已经发展到令人心寒的地步。勤劳的海盗们被抓捕，像你一样诚实的商人也不敢回家。

我是应你的朋友弗雷德里克的要求写下这封信的。他现在正在气头上，加上英语水平有限，没办法给你写信。我们都向你致以最诚挚的问候和敬意！

基德气愤地将信摔到地上，来来回回走了好几分钟，才下令起航。我们一路沿河东上，基德忙着写信给贝洛蒙澄清事实真相。到达加德纳岛时，信才写好。基德叫来一个渔夫，让他把信送往波士顿。随后，我们在这儿安顿下来，等待贝洛蒙的回信。

岛上的加德纳夫妇邀请基德共进晚餐。作为回报，基德送给加德纳夫人一些珍珠，送给加德纳先生一块金条。

这里有很多海盗和商人，基德小心翼翼地将他的宝箱埋在加德纳家的果园里。留在圣安东尼奥号上的，只有一些金币和那条土耳其地毯。

一天晚上，一艘巨大的纽约船在我们边上停靠下来。基德夫人来了！她高声抱怨说："威廉，你把航海弄得糟糕透了！我已经被贝洛蒙夫人和其他一些人冷落了，我是臭名昭著的基德船长的夫人，谁都可以排挤我！利文斯顿上校对你也很失望，我想，就连我的土耳其地毯，你也弄丢了吧？"

基德立马回答说："亲爱的，它就在这里，不多也不少，刚好符合你的要求。"

"那你分得的财物呢？"

基德有些无奈地笑了："这块地毯就是我的财物。"

基德夫人讥讽道："我没想到，你还真是聪明。现在，你把地毯放到我的船上去，我要我的弟弟塞缪尔跟我一起回纽约。"

"亲爱的，塞缪尔强烈要求下船，他现在在丹麦人的一个小岛上。"

基德夫人转身要走："唉，可怜的塞缪尔！威廉，你现在必须跟贝洛蒙大人解释清楚，我在纽约的社会地位一落千丈！"

她走之后，基德才叹了一口气："看来，利文斯顿预言我会成为纽约最受欢迎的人，这话真是太过于盲目乐观了。"

第十章　贵族的承诺

一天，基德的老朋友坎贝尔带来了贝洛蒙的回信。基德将这封信反反复复看了两三遍，终于开心地笑起来。

贝洛蒙在回信中承诺，他会履行他的诺言，完全不怀疑基德的辩解，他甚至会原谅那些船员们的荒唐举动。

但是，坎贝尔却不像基德这样乐观，他说："威廉，不要相信这些贵族们的花言巧语。不要去送死！老朋友，我求你了，趁现在，赶紧逃，不管去哪里，总之不要去波士顿！一旦你去了波士顿，你这辈子就完了！"

基德却不相信："怎么可能！我完全按照合约行事，没有违背任何一条命令，我没什么好害怕的！"

坎贝尔继续劝说："威廉，你总害怕绞刑吧？你离开太长时间了，不知道伦敦到底发生了什么事。简单地说，托利党揭露了国王和那些权贵们的诡计，他们指出国王和那些股东们，表面上支持你抓海盗，实际上却想通过你赚一笔黑钱。要知道，这是惊天动地的政治丑闻，公众无法接受国王和贵族们通过洗劫海盗的战利品牟利。托利党还说，你在洗劫各国的商船，你已经是一个不折不扣的大海盗！这个丑闻意味着，国王和那些权贵们都在支持你的恶劣行径！他们无法坐视不管，肯定会对你采取什么行动！那些赞助你的股东，肯定会让你成为他们的替罪羊！这么一来，威廉，你真的成为了那个传说中的恶棍和叛徒！他们肯定会比托利党还要凶残地折磨你，把你送上绞刑台！老朋友，显而易见，你是这场政治斗争的牺牲品。所以，你一定要逃走！"

基德摇摇头："这一切都太荒谬了！我有委任书，也有法国船护照。我的一切行动都没有沾染血腥和暴力。就算有人死在我的船员手上，那也是出于正当防卫！"

坎贝尔一脸苦笑，摇摇头说："威廉，你还不明白吗？你说的每一条能证明你清白的证据，他们都能找来10个恶棍反驳你！老朋友啊，只要他们想弄死你，肯定会不惜一切手段的呀。那些从你船上逃出来的叛徒，已经回到了纽盖特。他们得到国王的宽恕，但是却面临两个选择：要么做伪证，要么被绞死。你想，那些恶棍在生死面前会考虑所谓的正义吗？就算你有几个诚实的船员，但是他们怎么敌得过一大群满嘴谎话的无赖？

威廉，没用的，我求你了，快点逃走。要么，你跟我走，我会将你送到一个安全的地方。"

基德依然在摇头，他们之间的争执持续了一整晚。直到我睡着了，我还迷迷糊糊地听见他们的谈话声。

我醒来之后，坎贝尔已经失望地离开了。基德早早穿上他最好的制服，拿起文件和短刀，准备去见贝洛蒙。出发前，他高兴地对我说："迈克，我尽量在夜幕降临之前赶回来。作为一名诚实的商人船长，我会尽量摆脱谣言和中伤，赢得自由身。到时候，我们一起回纽约，休闲地去散步。"

可惜，基德船长再也没能回来。第二天傍晚，一大帮警察登上船，将我们带走了。

我们穿过波士顿大街的时候，所有的人都眼睛发直地盯着我们看，有的还指着我们大骂恶棍。随后，我们来到潮湿阴冷的石头监狱。在那儿，我见到了基德。他的衣服看上去又脏又湿，胡子乱糟糟的，身上还带着沉重的镣铐。我直接坐在他的大腿上，他头也不抬地对我说："迈克，我应该听坎贝尔的话。我们决不能相信这些贵族！唉，我们会以海盗的罪名前往英格兰接受审判！"

鲍斯问："船长，你见到贝洛蒙了吗？"

"他命令5个暴徒抢走了我的刀、委任书和法国护照。他还因为我丢失了航海日记而格外恼怒。"

之后整整7个月，我们都关在这潮湿阴冷的地下监狱。基德的大部分时间都在给贝洛蒙和利文斯顿写信，提醒他们曾经许下的诺言。然而这一切都是徒劳！利文斯顿忙着清算自己在这次航海投资中的损失，而贝洛蒙则四处寻找那些财宝的下落。他挖出埋在加德纳夫妇果园里的宝箱，又派人到蒙娜岛寻找格达号。但是，博尔顿将它藏得太好了，贝洛蒙他们连格达号的影子都没找到。后来，他们还搜遍了基德所知道的所有房子和花园，每一次都毫无收获。

第二年3月份，我们和其他20个海盗一起，被送到国王陛下的顾问号护卫舰上。基德的朋友们不敢来送行，有人斗胆给他送来一些水果和面包，也被顾问号的船长和官员私吞了。

这是一次漫长而无望的旅行。基德情绪低落。在我们抵达英格兰那天晚上，他甚至哀求守卫给他一把刀来结束他的性命。要不是我死死抓住那个守卫，基德早就如愿以偿了。

随后，我们跟一群强盗、小偷、杀人犯一起被关在纽盖特监狱。基德仍不死心，只要能得到纸和笔，他就给所有他认识的能帮上忙的朋友写信。但是，没有人给他回信。

第十一章　纽盖特监狱

一个爱流鼻涕的伦敦人戴尔，经常卖纸和笔给基德。戴尔在纽盖特监狱对面开了一家商店，主要给囚犯们提供他们想要的东西。他总是说："只要他们有钱，我可以卖任何东西，除了自由！"

除此之外，一旦有影响力比较大的海盗被处死，戴尔会为这人编一首民谣，自己唱出来之后再卖给别人。

政府允许基德每星期有20先令的花销，但是基德却总跟戴尔赊账。他要买纸和笔，还要给我买朗姆酒和牛奶。不过，戴尔并不介意基德欠账，他觉得，基德会是他下一首民谣的好题材。说不定他到时可以用那首民谣大赚一笔。

日子就这样一天天溜走，基德的情绪越来越低落。一年之后，3月中的某天，一帮警官和看守突然出现，拉着基德去受审。他被带回来的那天晚上，我爬上他的膝盖时，他突然疯癫一般地笑了："老猫，趴在一个杀人狂基德船长的膝盖上，你不害怕吗？老猫，陪审团已经定罪了，我是一个杀人犯，用一个木桶，无耻地杀害了炮手摩尔。那个酒鬼医生布拉德翰证明，这一切是真的。你还记得吗，当时他跟我保证，说摩尔死于发烧和霍乱，跟我毫无关系。其他诚实的人替我作证，却不起任何作用。"

这时，巴里科翁垂头丧气地走了进来："船长，对不起，我尽了最大的努力澄清事实，但是法官一直瞪着我，不让我把事实说清楚。"

基德拍拍他的肩膀："小伙子，你尽力了，这不是你的错。只要证词对我有利，他们绝不会采纳。"

随后，到了5月份，基德又像之前的审判一样，突然被带到老贝利刑事法庭。那天晚上，他回来告诉我，他被冠以6项莫须有的罪名。他好像接受了这一切，甚至满意地伸展了下四肢，滔滔不绝地跟我说起这场审判来。

"老猫，以我现在的罪名，都足以被施行7次绞刑了。不管他们怎么谋划处置我，我相信，绞刑必不可少。这一次的审判，跟上一次有些相似，不同的是，这回的谎言更多，时间更长。

那个被我们糊弄、要求我们交出30个船员的海军上将，他证实我上过他们的船。他说我当时喝得醉醺醺的，不停地吹牛，看上去完全像一名海盗，他还说，他们原本决定逮捕我，我却像个懦夫那样趁着黑夜逃走了。

还有跟我们发生冲突的那5艘印度船，迈克，你还记得那个狂妄自大的船长吗？他也来了，在他的描述里，我们是不折不扣的海盗，由于他们英勇善战，我们才没有得逞，被赶跑了。

就连我从麦加船队试图买土耳其地毯的事，也被他们说成这是一次没有得逞的海盗行为！更荒诞的是，原本只有两艘装着杂货和蜂蜡的船被那些叛徒们抢劫了，他们却说我抢劫了12艘葡萄牙船。他们说我疯狂地折磨他们的船员，还添油加醋地说，我疯狂地屠杀了整个土著人部落！他们还将其他海盗的恶行栽在我头上，还编造说我跟海盗们握手言和，发誓跟海盗们保持永久的友谊！他们说，由于我残忍冷血，所以我的船员才会离我而去；他们说我毁坏航海日志是为了销毁自己的犯罪证据。

迈克，你记得吗，我在波士顿交了两张我捕获的法国船护照。但是，它们居然不见了！少数忠心耿耿的船员的证词，被他们认定为不值得信任，而布拉德翰之流的证词，他们却坚信不疑！你看，老猫，我现在变成了罪大恶极的杀人犯、强盗、叛徒，我一点儿也不配拥有你这只无比忠诚的海盗猫，你却还能接纳我！"

我默默地听着这些话，什么也做不了，只好轻轻揉了揉基德的腿。

几天之后，戴尔兴冲冲地跑过来，向基德推销行刑时的装束。为了付钱，基德将我耳朵上的戒指作为报酬支付给戴尔。他们似乎没有注意到，耳环是属于我的。不过，我已经不在乎了。要是我一个人留在伦敦，没有这只耳环，我会感觉安全多了。

基德跟戴尔站在一个角落里，悄悄地谈论起来。我知道，他们一定是在说我。不过我的心情实在糟糕透了，完全不关心他们到底说了些什么。最后，他们握了握手，算是完成了交易。基德买了一大壶监狱啤酒送给戴尔。戴尔喝完之后，对基德说："船长，我给你写了一首歌谣，我想听一听你的意见。"基德还没发话，戴尔便用一种悲伤的曲调唱起来。

听完之后，基德说："戴尔，那些事实都被歪曲了。你唱的都是法庭的审判罢了。"

戴尔充满希望地说："可是，它非常押韵动听呀。"

基德冷冷地说："省省吧！"

之后，基德还是一刻不停地写信。一天晚上，戴尔带了一位理发师和一小箱子衣服进来。基德像以前那样，被打扮得高贵而整洁。

戴尔说："基德船长，我给你的东西都是最高级的。明天的绞刑，是个重大场合，你这一身完全合适。那么，我们现在剩下的交易是——"

突然，我被一条毯子裹住，被丢进一个笼子里。笼子四周有铁栏杆，我的爪子无济于事，只好安静地待着，听基德和戴尔说话。

基德说："戴尔，记住你的承诺！你答应过我，要把这只猫送到船上。他们都知道迈克，一定会将它转移到纽约的好人家。要是我得知你欺骗我，遗弃它，我会死不瞑目的。你取下它耳朵上的宝石时，一定要小心，不能给它带来丝毫痛苦！"

戴尔搓搓手："船长，我一定会好好照顾它的。"

基德将手伸进笼子摸我的脸，我毫不客气地咬了他一口。我很伤心，他居然欺骗我！

基德吮吸了一下手指，说："老猫，是时候说再见了！外面的樱花肯定正在盛开，迈克，好好享受，顺便帮我好好欣赏那些花！"

说完，他将笼子递给了戴尔。

第十二章　盛开的樱花树

温暖的6月，戴尔带着我穿过伦敦的大街小巷，回到他的店铺。在一个咖啡店后面的小房间前，戴尔放下装着我的笼子，张罗起他的货摊。货摊两边拉着帆布，前面悬挂着一个画着骷髅和白骨的帘子，帘子的最上面写着几个醒目的大字：基德船长私人物品纪念馆，入场费——6便士。

展品里有那把国王赏赐的弯刀、一把生锈的枪、一把短剑、一个旧马甲、一缕头发和一个木桶。当然，我才是最重要的展览品。戴尔将我放在货摊的最中间，他请一个叫埃尔伯的人给我写了一个标语：基德船长的凶猛吃人猫！

埃尔伯说："它看起来并不那么凶猛。"

戴尔奸笑一下，拿出一根电缆用力地戳我。我尖叫起来，抓住铁栏杆。

埃尔伯又问："它耳朵上的宝石，是真的吗？"

戴尔说："当然，如假包换！它至少值50英镑！等展览生意结束——"他对埃尔伯做了一个抹脖子的动作，埃尔伯也猥琐地笑起来。

第二天，天还没亮，戴尔已经将展览安排好了。他大声地唱歌，高声叫喊道："瞧一瞧，看一看！这是杀人如麻的基德船长的短刀。他用它砍下了一位女孩的头，杀害了7

个可爱的女佣。

"我说的全是真话，这些都是我冒险收集来的。来，看看这食人猫，它耳朵上的宝石值1000镑银币！这只猫只吃生肉，只喝朗姆酒和人血！小心点，不要靠近栏杆！

"瞧一瞧啊，看一看，基德船长正是用这个木桶砸死了可怜的炮手——"

就这样，戴尔又叫又唱折腾了大半个上午。下午的时候，人群散开了。但是到了傍晚，前来参观的人更多了，戴尔赚得钵盆满满。接下来的两个星期，我们跑遍了整个伦敦。埃尔伯找来一个手推车，将展览品放在上面，每天都推着我来到一个新的地方。但是两个星期之后，人们对基德船长的兴趣渐渐冷淡下去，戴尔的收入也越来越少。

几天之后，戴尔跟埃尔伯商量到纽约去做生意。之后，他们收拾好行李，推着我走上一艘开往纽约的轮船。我一上船就认出来了，这是麦克弗船长的海岛商人号。

船上有很多人，经过蒂尔波里海域时，大部分人围在围栏边，看被绞死的海盗。戴尔一看有生意可做，开始在甲板上忙活着摆弄那些展览品。麦克弗船长走过来，严厉地对戴尔说："年轻人！赶紧把你那些垃圾收起来！威廉·基德是我的朋友，他是一个勇敢的人，我不允许你在此玷污他的名声！"

一会儿之后，也许是因为晕船，戴尔也不敢高声唱歌了。

一个曾经跟特尤出航的人认出了我，麦克弗船长令人将我带进他的船舱。尽管他没有放我出来，但是他给我准备了很多丰盛的食物。渐渐地，我的身体已经康复。在到达纽约之前，我感觉自己的健康状态跟以前没什么两样。

下船之后，我发现在我离开的这5年里，纽约变化很大。这里到处是新房子和码头，交通比以前更加方便，航运也更加发达。但是，戴尔根本注意不到这些，他傲慢地对港口的小贩说："带我去最好的酒馆！"

于是，小贩带着我们来到一个看起来很舒适的新旅店。这里开满了大朵的花，窗户洁净明亮，铺着牡蛎壳的小路还镶嵌着海螺，一切看上去都整洁有序。它的名字很奇怪，居然叫"船长休息室"。

戴尔将他那堆垃圾放在门口的台阶上，走进酒店，把我放在桌子上。他用棍子敲敲地板，用命令的口气对一个正在擦杯子的老伙计说："这里提供服务吗？快把你们的店长叫来！"

老人放下手里的擦布，抬起头。他一看见我，就发出一声尖叫："迈克！幸运的迈克！你还活着！特尤死了，基德死了，你还活着，幸运的迈克！"他是曾经被基德解救的俘虏迈卡。

说完，老迈卡跑过来，一把打开了铁笼子。

这一刻，我等了很久了！我冲过去，右爪抓住戴尔的脖子，左爪抓住了他的耳朵。在他的耳朵还没被我撕烂时，我看见莫可跑了过来。她举起湿淋淋的拖把朝戴尔打去。

"住宿的都走开！"迈卡喊着，举起铁笼子砸向戴尔。之后，可可也冲了出来，他一手举着满是油的勺子，一手拿着切肉刀。

整个场面混乱极了，莫可担心我受伤，在我咬下戴尔耳朵之前将我拉开了。他们将戴尔的那一堆破烂扔进了臭水沟，迈卡认出了国王赐给基德的弯刀，将它留了下来。

戴尔不肯善罢甘休，他叫来守卫大声嚷嚷。可是，莫可和可可在这儿非常受欢迎，他们的"船长休息室"总能为那些深夜坚守岗位的守卫准备热气腾腾的小吃。所以，没有人关心戴尔的吵闹。

这件事很快平息下来。我被安顿在酒店橱窗上的一块红色垫子上。我想，这是我安度晚年的最佳处所。我记得可可之前说要买一个酒馆，但是我没想到，他居然来到纽约开了"船长休息室"。这是一个真正高级的旅馆，所有有钱的商人、律师、银行家都是它的赞助商。很多海军上校喜欢到这里来，他们喜欢吃可可做的饭菜。那些经常光顾的船长们还排着队挠我的下巴，欣赏我的耳环。

几个月之后的某一天，我正在懒洋洋地晒太阳，看见一个高高瘦瘦的人从码头走过来。他挎着一个小包裹，夹着一个琴夹。他看到我和老迈卡，连连欢呼起来。我确定，他就是巴里科翁。他说，因为他当时还是个学徒，最终得到了赦免。现在，他历经千辛万苦赶到纽约，希望找一份合适的工作。

迈卡将巴里科翁的事告诉了莫可和可可，他们邀请他来酒馆上班。很快，巴里科翁适应了这里的生活。

我们的生活就这样愉快地进行着。每当在一个深秋的夜晚或者樱花盛开的春天，商人们提出要为他们的朋友威廉·基德准备一顿晚餐时，酒馆里的气氛立即变得热烈起来。国王的弯刀在壁炉的火光中闪闪发亮，莫可站在桌子边静静等待，迈卡则忙活着准备酒水。可可每隔一段时间就会从厨房出来，看看他做的菜合不合大家的口味。我呢，则蜷缩在吧台上，默默地看着这一切。

每当这些人酒足饭饱，他们都会叫巴里科翁过去弹奏一曲。这时，往往会有人起身祝酒——"献给我们的老朋友威廉·基德！他是船长、商人、绅士！他这一生，相信过太多人，太容易相信人！"

利维尔和我

第一章 皇家军团的骄傲

光阴似箭,人生难测,直到现在,我也很难意识到自己待在商人保罗·利维尔家的小牧场,过着平凡而简单的生活。生活很惬意,我也没什么可抱怨的。不过,有些时候,一想起往昔的辉煌,我不禁有些惆怅。

我,雪莉,曾经是英国皇家兵团中受人尊敬的战马,受到来自大英帝国国防骑兵的赞扬,是皇家第14军团的骄傲。一想起这些无比辉煌的历史,再看看当下的平凡,我心里多少有些不平衡。我想,应该没有历史学家会关注我这匹微不足道的小马的故事。因此,我决定按照自己的方式,将我这一生的传奇,讲述出来。

一切都源于殖民地居民做出的一个愚蠢的决定:公然反抗大英帝国的主权以及英国国王的权威。

为了给殖民地的暴民们一点颜色瞧瞧,英国国王决定派兵远征美国。我还清楚地记得我离开英国前最后一次阅兵式的情景。国王患了严重的痛风,只好坐在椅子上检验阅兵。每当阅兵军团走过,他都挥手致意,眉宇之间洋溢着高贵的王室风度。

在我的整个军旅生活中,这一次阅兵,无疑是最让我兴奋难忘的。

我的马蹄被涂上润滑油,鬃毛上镶嵌着彩带,马具上的黄铜闪闪发亮。我容光焕发,跟随乐队的奏乐不停旋转腾跃,赢得了大家的赞美和喜爱。

在如此重大的场合,我的主人巴恩斯特布尔中尉,却累得睡着了。巴恩斯特布尔才21岁,长得又高又瘦,他有一口整齐的牙齿,下巴有些尖。大概在两岁的时候,他从保姆的手里摔下来,落下了一个毛病,眼睛总会不停地流泪。此外,他还有些轻微的口吃,紧张的时候,会又口吃又结巴。

大阅兵前夜,人们为军官们举行了盛大的欢送晚宴,晚宴一直持续到第二天早上才结束。巴恩斯特布尔中尉没有休息好，只得强打起精神参加阅兵。幸好，我比他更熟悉阅兵分列式，一丝不差地走完了所有阵型，他屡屡犯困的囧样暂时无人察觉。而中尉的上司达尔林上校，就没这么幸运了。作为我们这次远征的指挥官，他居然在大主教为我们祷告的时候，发出响亮的鼾声。他的战马阿贾克斯，虽然也能在主人熟睡的情况下保证主人待在自己的背上，但是他无法阻止主人睡觉时打鼾呀。

阅兵式结束后的一两天，英国皇家军团的14团、29步兵团和59分遣队组成了一支远征队伍，前往美国殖民地马赛诸塞的港口波士顿，去捍卫大英帝国的王权，镇压暴乱。

这是我人生中第一次航海，也是我人生中最糟糕的航海经历。我和其他骑兵战马都被安置在船的底舱，那儿又旧又破，没有灯光，空气也很稀薄。为我们准备的谷子和稻草都发霉了，船舱里到处是老鼠，扰得我们无法入眠。尽管马夫就住在我们头顶的甲板上，但是，从我们进来到最后离开，没有人来打扫卫生，为我们梳洗毛发。这些马夫都是从监狱里释放出来的囚犯，他们没日没夜地打闹、嬉笑，完全不懂怎么照顾马匹。唯一值得庆幸的是，照顾我和阿贾克斯的马夫，曾经因为偷马入狱，他们至少对马有些了解，给我们俩提供的食物也比其他马好一些。

从那些马夫的谈话之中，我了解到这次远征的部署安排：我们一共有4艘运输船，军人们可以每天喝三次酒；如果天气情况允许，他们可以去甲板上散步。他们中的很多人，表现出种种不爱国的行为，有的人还想跳海自杀。因此，他们的情况其实跟我们差不多，大部分时间都被严密地看守起来。

一个多月之后，也就是1768年9月的最后一天，我们的船终于靠岸了。靠岸时的抛锚声久久在船上回荡，我还没意识到发生了什么事，马夫匆匆忙忙地跑下来，扔给我们一顿无比糟糕的晚餐。

我想，明天我们就会在波士顿登陆。到时，所有人都捯饬得精神抖擞，胡子刮得精光，军装烫得整整齐齐……

然而，没有人想到要为我们这些马装饰一新。

第二章　欢迎来到波士顿

10月1日，天还没亮，船上的人就骚动起来。

没过多久，船舱被打开，我重新见到蓝天白云，心情别提有多舒畅了。海鸥在头顶叽叽喳喳叫个不停，清新的空气渗入肺部，阿贾克斯使劲地抬头看天，虚弱地叫了一声，我甚至激动得流出几滴眼泪。

随后，我们被帆布包裹起来，像一袋谷子那样被吊起来放到地上。能够重新站到地上，享受温暖的阳光，我们都非常高兴。更让我们高兴的是，终于能吃到一顿正儿八经的饭了。清澈的泉水、新鲜的草料、干净的麦麸，这是我出航至今吃过的第一顿饱饭。吃完之后，我感觉浑身上下充满了力气，开始打量周围的环境。

波士顿位于一座不起眼的小山之中，跟英国的城市比起来，它显得简陋又落后。这里有一些看上去还像那么回事的石砖建筑物，但是更多的房子是用木头建造的，而且大部分房子没有涂油漆。这里的街道坑坑洼洼，高低不平。此外，街道两侧还有很多教堂。

在我们登陆之前，码头已经不允许平民进入。这会儿，整个码头，熙熙攘攘的都是从我们的船队上下来的人。镇上的很多居民都站在外面，静静地看着我们。他们长得和乡巴佬差不多，看上去还有些不大高兴。

不过，我们的情况也好不到哪里去。我的同伴们，心情也不太好。我们的皮毛又脏又乱，上面还沾着不少草料，马蹄也被老鼠啃坏了，浑身上下瘦骨嶙峋。大家都有气无力地耷拉着头，好些同伴都站不起来，只有一小部分能勉强支撑着站起来。

达尔林上校在一些官员的陪同下来看我们。一看到我们的凄惨境况，上校无比愤怒地责问："谁负责管理这些马？"

一个警卫官跑过来，小心翼翼地行了个礼。

上校怒吼道："降一级官职，罚50下鞭子！"

我的主人巴恩斯特布尔将惩罚记在一个小本子上，磕磕巴巴地说："5……5……5……"

达尔林上校有些语无伦次地说："这些马太瘦了，我们不能骑它们，只能步行了。"

我的主人又结结巴巴地问："步……行……"

达尔林上校怒气冲冲地说："是的，传我口令，所有人列队步行前进！"

很快，战士们快速敏捷地重新排队。他们斜挂在肩膀上的皮带在红色军装的映衬下闪闪发光，衣服上的纽扣也格外耀眼，他们的头发看起来油光锃亮，加上闪闪发亮的刺刀和步枪，这的确是一支纪律严明的远征队伍。唯一美中不足的是，不停有人停下来挠痒。此外，街道不卫生，走起路来灰尘实在太重了。

镇上的欢迎代表早就到了，但是英国皇家派驻波士顿的总督弗兰西斯却无故缺席。达尔林上校生气地质问那些官员："太无礼了！他应该过来迎接我们，他应该过来！"

人群中一个村夫模样的人高喊道："总督去钓鱼了。我想，他可能不喜欢这里的味道。"

达尔林上校挺直身体，用阅兵场上检验队伍的口气说："我认为……我们都是大英帝国的忠实臣民，让我们一起为国王欢呼三声吧！嗨……嗨……嗨……"

可是，现场一片寂静，没有人附和上校的呼声。

这时，不知从哪个角落传来一个年轻而沙哑的声音："喔——喔——喔——龙虾兵，呀！卖龙虾啦！"

龙虾是被波士顿这些乡巴佬当成食物的一种海洋甲壳类动物。龙虾放进水里煮熟时，壳会变得通红，跟我们这些士兵的服装颜色一模一样。

达尔林上校气势昂扬地走到队伍前面，命令大家出发。一时之间，横笛声、鼓声、行军脚步声充斥在整条街道上。阿贾克斯昂着头，跺着脚，显得神采飞扬。而我，却没那么精神。我没有听到那些表示欢迎的掌声和欢呼声，相反，我听见有嘲讽的声音时不时从人群中传出来。

充足的食物和新鲜的空气，让我们恢复了体力和士气。到了傍晚大部分马都能自己站起来了。太阳快落山了，天气变得有些寒冷。一个新的警卫长和一个马夫走过来，带我们朝镇里走去。路上坑坑洼洼，我们走得跌跌撞撞，看起来十分狼狈。

阿贾克斯原本指望波士顿的居民为我们提供一个舒服的住所。哪知道，这群乡巴佬居然拒绝我们进入他们的镇子。最后，军官们只能暂时住进一个叫法纳尔的建筑里。我们这些马，被迫挤在一个露天的野地里。

夜里很冷，军官们不得不围着篝火取暖。而我们这些可怜的马，没有火，没有栅栏，没有床铺。不过，大家还是很高兴。毕竟，我们上岸了，不用待在阴冷潮湿的船舱里了。

第三章 波士顿的新生活

到达波士顿一个多月之后，在达尔林上校的坚持下，我们终于有了一个安全的驻扎环境。对此，我心怀感激。毕竟，那时候已经11月中旬，天气冷得让我无法忍受。不过，我还得啰唆一句，这样极力争取来的地方，看上去却让人生气。

这个新住处，是一个舒服的小旅馆，名字叫"国王的武装"。我们到达之前，这个小旅馆就叫这个名字。但是，我们住进去之后，当地一些粗鲁的人开始不停地往旅馆的招牌上扔牡蛎壳、鱼头和其他有失体统的东西。最后，招牌被砸坏了，直接从旅馆的窗户上掉了下来。旅馆的店主很机智，将名字改成了"自由女神"。

我和阿贾克斯被安排住进旅馆的一个马厩。这个马厩比较简陋，还有点漏风，自然比不上我们在英国的住所。不过，经历如此漫长的长途跋涉，我还能计较什么呢？再说，我们的食物非常美味可口。我必须承认，这些难以应对的波士顿农民，他们种出来的草料和粮食相当可口。他们的要价很高，我们的皇家出纳员经常为此头疼，因为这样一来，他们没办法私吞其中一半的开支了。

我们吃得比较顺心，而我们的主人就不那么走运了。达尔林上校以前每天至少要吃三四次烤牛肉，但是在波士顿，基本买不到牛肉。在这里，牛肉极为罕见，本地居民宁可留着自己吃也不愿意出售。只有在极少数的情况下，比如牛被狼咬死了或者被印第安人给打死了，达尔林上校才会得到牛肉吃。可惜的是，达尔林上校每次吃完牛肉都会生病，需要卧床很长一段时间。

没过多久，波士顿就下雪了。大街上堆满了雪，空气寒冷刺骨。军官们很少出门，经常待在旅馆里打牌、睡觉。如果天气较好，我的主人巴恩斯特布尔会来马厩看我。他总会拍拍我的脖子，结结巴巴地说："雪……莉……我的老丫头，你真……厉害……该死的冬天会……很快结束，你要挺……过去呀。"

一说到这些，他的蓝眼睛又流出眼泪。随后，他裹紧风衣，冲向温暖的旅舍。

每每这时，阿贾克斯会抬头挺胸，自豪地说："雪莉，巴恩斯特布尔才是真正的绅士，真正的主人！那些普通人，谁会在这样冷天出门关心我们这些马呢？"

我一直很崇拜阿贾克斯的深刻见解和非同一般的观察能力。每当他这样说时，我都会低声附和。

冬天很快过去，春天来了。冰柱融化，从屋檐落下来，雪水沿街汇成了一条小河。草木在发芽，小鸟在鸣唱，到处是一片生机盎然的景象。我们的马厩被打扫得干干净净，军官们又恢复了往昔的活力，自由女神旅馆也呈现出一派新气象。每一天，我们都在街道上游行。伴着鼓声和横笛声，我们精神抖擞地走在小镇上，觉得格外兴奋。但是，那些小镇居民完全不在乎我们的游行。他们只忙着做自己的小生意，完全不会抬起头看我们一眼。甚至，我们走进的时，他们还转过身背对我们。有些时候，这些粗鲁的居民连脏话都懒得说，直接朝我们扔蔬菜或者死鱼。

达尔林上校被这种冷漠的行为彻底激怒了，他下令每个星期日都在小镇的教堂前游行，要求将横笛声和鼓声音量调到最大。即使这样，我们依然无法影响那些顽固不化的居民。就算吹横笛的人累得喘不过气，敲鼓的人敲得手快断了，这些当地人仍然没完没了地大声念唱圣经教义。

后来，天气越来越热，军官们开始在波士顿附近的一些城镇进行骑行活动。那些精力旺盛的年轻军官喜欢到乡村举行野餐会。他们经常五六个人一组，载着食物和酒，出去消磨时光。他们会钓鱼、唱歌、玩游戏，有时候还会射杀乡下人的家禽。那些乡下人经常拿枪反抗，这些年轻的军官却不以为然，他们觉得这个游戏又惊险又好玩。

跟这些乡下人相比，波士顿镇上那些富有的大家庭都是大英帝国的忠诚拥护者。但是，他们也不敢公然抛头露面跟我们的部队接触，甚至不敢跟我们说话。要是个别当地官员敢壮着胆子宴请我们的军官，他们家的窗户会被打破，草坪上会被倒满龙虾壳，房门和栅栏会被弄坏并贴上耸人听闻的布告。这些布告上贴着"自由之子"的标志。我知道，这是一个由殖民地的下等暴民成立的一个反抗大英帝国统治的邪恶组织，他们总会趁我们的部队不注意时惹下各种麻烦。

在波士顿的难堪局面也给我的主人巴恩斯特布尔出了一个巨大的难题。他除了跳舞之外，没有什么别的娱乐项目，只好躲在小旅馆里靠打牌、掷骰子来消磨时间。但是，他并不擅长这些游戏，每次我看着他玩，总是提心吊胆。

第四章 消失的自尊

基本上每个周日,我们都会举行赛马会。部队在波士顿的公地上建造了一个比较粗糙的赛道。

我必须得说明一下,不管什么时候,当地人都不喜欢赛马会。而达尔林上校认为,举行赛马会的目的就是为了骚扰那些不守规矩的镇民,所以他和军官们都不搭理那些反对者的抗议。每一回,赛道两侧都挤满了士兵和从港口的警戒舰上调来的水手。他们押了大把的钱做赌注,总是情绪亢奋地关注着每一次比赛。有时候,为了某一场的输赢,14军团和29军团扭打在一起,那些水手甚至见人就打。

关于赛马,不是我自吹自擂,我的确是军队里跑得最快的马。而且我的主人巴恩斯特布尔是一位非常优秀的骑手,他身轻如燕,完全不会影响我的发挥。阿贾克斯就没那么走运了,尽管他也是一匹好马,但是他的主人达尔林上校实在太重了,这对赛马来说是个不利获胜的因素。至于我的最大竞争对手,来自29军团的米尔德,如果她的脾气不是那么喜怒无常的话,也是一匹非常优秀的赛马。可惜,她太爱耍性子了,要么直接拒绝参赛,要么让她的主人卡尔上校无法驾驭。

赛马的时候,也会有一些地位低下的本地人聚集在赛马会附近,远远地观看比赛情形,然后下注。他们之中大部分人是自由之子组织的成员,身上没什么钱,经常会拿萝卜、鸡蛋等不值钱的土产当赌注。这些自由之子中的其中一个领导人,叫山姆,他没有能拿出来下注的东西,也不喜欢赛马活动。但是,每一次赛马,他都会站在那些当地人里面,大声嚷嚷,说一些税收、暴政、自由等摸不着边际的话。直到周围的人都听厌他的话,或者债主出现在他面前,山姆才会停止他的演讲,灰头土脸地溜走。对于山姆这种无礼的行为,达尔林上校却不予理睬。在当权者看来,制止那些反叛者的煽动活动,是一种非常有失体面的行为。不过,在我看来,达尔林上校的决定错得离谱。但是,谁会在意一匹马的想法呢?

我们最后一次赛马会也是最盛大的一次赛马会,它是为了纪念英国国王的生日而举办的。本来,这个胜会应该在1月份举办,但是9月份的天气比较好,所以就推迟到9月。

那一天，是 1770 年 9 月 12 日，它值得我终生铭记。因为，这一天，我的命运发生了巨大的变化。

那天，我们的野战炮发射了 27 响皇家礼炮，鼓手和横笛手还演奏了《上帝保佑国王》来为国王的健康祈福。当地一些富有的效忠者，不顾邻居的反对，也参加了我们的盛会。当然，这次盛会中最主要的项目就是国王杯赛马。奖杯是当地一个叫保罗·利维尔的银匠制作的精美酒碗。为了得到奖杯，很多马不停奔跑，进入了决赛。不过，对我来说，想要获奖的最大竞争对手，只有阿贾克斯和 29 军团的米尔德。

军官们也很看重这次比赛，他们将大把大把的钱拿出来下注。我的主人巴恩斯特布尔比别人下的赌注都要多，因为他没有现钱，只好跟别人借钱下注。我特别想为他赢得这场比赛，如果我失败了，等待他的将是很长一段时间也无法摆脱的巨额债务。

这次比赛需要绕着赛道跑两圈多点，总路程 2000 米左右。起跑只后，我和阿贾克斯顺利地冲在最前面。29 军团的米尔德被观众的热情弄晕了头，不停地展示自己的身姿，忘了往前奔跑。而我，为了显示竞争的公平性，刻意放慢了速度，不让年迈的阿贾克斯落后太远。

当我们绕着跑道跑了一圈半时，米尔德不再继续展示她的迷人姿态了，她像一股飓风，疯狂地冲了上来。为此，我不得不使出全身力气，丢掉阿贾克斯飞快往前跑。

终点就在前面几码远的地方，胜利在望！我按捺不住内心的激动，浑然不见灾难即将降临！

山姆和一群无赖站在赛道附近，我们跑过的时候，他们之中有人扔过来一个牡蛎壳。这个可恶的牡蛎壳，直接砸中了我的鼻梁。我被吓坏了，打了个大大的趔趄。紧跟在我身后的阿贾克斯冲上来撞到我的肩膀，我被他撞得四仰八叉地摔倒在地上，巴恩斯特布尔也被我摔出去好远。就在这个紧急关头，29 军团的米尔德一下子跃过终点，赢得了胜利！

我完全不敢相信自己眼睛！狂妄的米尔德居然获得了第一，这对于我们 14 军团来说是个天大的耻辱！一瞬间，在场的军官中爆发了强烈的骚乱，14 军团的人跟 29 军团的人扭打在一起。那些在边上维护秩序的水手也加入了混战，不停地拿起皮鞭抽打对方。而山姆和那些肇事者，早就消失得无影无踪了。

所幸，我只是肩膀有点轻微的扭伤。巴恩斯特布尔就没这么幸运了，他被人抬到担架上送回了"自由女神"旅馆。军医们忙于处理赛马会上引起的流血事件，只派了一个平民医生过来。经过治疗，我的伤势很快痊愈，但是我的士气和自尊已经荡然无存。只要一提起那次失败的赛马会，14军团的军官们总会以责备的眼神看着我，让我无地自容。我的主人巴恩斯特布尔完全被这次赛马毁了。他为了挽回自己的名声，彻底破罐子破摔，沉迷到自己完全不擅长的赌博游戏中。有时候，他甚至还会不顾自己的尊贵身份，去当地的一个自由之子集聚的小旅馆玩牌。

一个寒风呼啸的夜晚，就在那个小旅馆里，我的自尊被巴恩斯特布尔完全击垮！

那是10月中的一晚，气候阴冷，我被拴在马桩上，全身上下没有一丁点儿可以用来御寒的东西。冷风呼呼地吹个不停，天还下起了绵绵细雨。我受过伤的肩膀疼得厉害，而巴恩斯特布尔还在旅馆里面玩牌。直到半夜，他才跌跌撞撞地走出来。跟他一起来的，还有当地的一个外号名为"臭纳特"的圆脸村民。这人是一个胶水厂的老板，他居然直接朝我走来，解开了我的缰绳还打算爬到我的背上来。我完全明白巴恩斯特布尔的做法：他把我卖给了"臭纳特"！

巴恩斯特布尔磕磕巴巴地对我说："雪莉，我的……好丫头，这是……是你的……新主人。你要好好……活着，总有……一天，霉运会……过去的。"

说完，他一屁股坐在地上，而纳特趾高气扬地爬上了我的背。原本，我可以像掀翻一麻袋谷子那样将这个不会骑马的乡巴佬摔下去，但是，我是一匹有教养的马，绝不会做那些有失礼数的行为，绝不会让我的情感影响到我作为一匹马的职责。以前，阿贾克斯经常对我说，主人是我们永远的主人。

唉，这一刻，我又想起了阿贾克斯的话，只好逆来顺受接受了自己骤变的命运。

第五章　新生活

新主人"臭纳特"将我领到胶水厂后面的一个小屋，扔给我一些木屑，就不再搭理我了。这间小屋看上去好像快要塌了，无数只老鼠在这儿窜来窜去，让我无法安睡。

第二天一早，一个叫赫兹的工人前来照料我。他的长相看上去比"臭纳特"更不招人喜欢。不过，他是个没有坏心肠的农民，对我还算不错。这天早上，赫兹将我套入一辆笨重的马车，赶着我来到码头。他将一些鱼头、鱼骨、鱼内脏搬进车里，拉到胶水厂炼胶。这时，一位叫波特尔的先生走过来，来来回回将我打量了好几遍。他问赫兹："这么漂亮的马,'臭纳特'从哪儿弄来的?"

"和一个红虾兵玩赌牌赢来的。"

波特尔有些不敢置信:"奇怪,我不知道'臭纳特'还有这本事呢。"

赫兹哈哈大笑:"他用的骰子都是自己做的。"

下午,我又去另一个地方装了好多动物的蹄子和角拉回胶水厂。一天的工作结束之后,赫兹给我拿来少得可怜的食物和水,铺下一些草让我睡觉。

我明白,将来,我的工作就是这个。虽然工作量不大,但是作为一匹曾经令英国王室感到骄傲的战马,如今沦落到被用来拉货的地步,我感到十分屈辱。此外,我总是拉一些难闻的东西,不管什么时候我走在街上,大家都会嘲讽我、愚弄我。

"臭纳特"不愿意花钱买好的饲料给我吃,我的鬃毛又长又乱,铁蹄也只钉了一半,却无人照管。赫兹对养马一无所知,他很少来打扫卫生,还经常忘记给我水喝和铺床。天长日久,我的容貌发生了巨大的变化,身上还长了两个褥疮。更让我担心的是,总有一天,我会遇到军团里那些马。我能想象出来,他们见到我时会发出多么难听的嘲笑。为此,我已经拿定主意,一旦发生这种事,我就自己跳进港口淹死,宁可死也不要遭受这种折磨。

一天,我担心的事还是发生了。

这天,我拖着载满碎鱼头的马车刚离开码头,走上大街。突然,我听见了熟悉的鼓声和横笛声。抬头一看,14军团的军官们正昂首挺胸往我这边走来。阳光照得他们身上的皮带和衣服扣子闪闪发光,深红色的军装看上去绚丽夺目,所有将士正和着鼓点,一上一下迈着正步。队伍的最前面是达尔林上校和他的中尉巴恩斯特布尔。我很害怕,转过头开始了有生以来第一次逃跑。

我想回到码头,跳进水里。但是,街道被几辆大货车堵得死死的,我的马车跟他们的马车卡在一起。只听,"轰"的一声,我的马车翻了,赫兹、我,还有那些臭烘烘的鱼头都倒在地上,场面一片混乱。人群之中,一个马医走了过来,他扶着我站起来,我只是受了点轻微的擦伤,但是我很害怕,全身瑟瑟发抖。这时,我听见一个熟悉的大嗓门,不用说,他是山姆,自由之子的领袖之一。他爬到摔坏的马车上,高声演说:"朋友们,这就是在大英帝国的专制统治之下,红虾兵们的一次暴行。他们的铁蹄糟蹋了我们的城市,还用武力来恐吓孩子和马匹。请问,谁是这匹不幸的马的主人?"

赫兹小声叽咕道:"纳特先生。"

山姆的声音顿时提高八度:"'臭纳特'!他是一个冷血的压迫者,是殖民统治的效忠者！朋友们，你们看看这匹受他压榨的马多么可怜！难道，在专治统治之下，任何富人都能这样冷血地将马当成他们的奴隶吗？"

人群之中，有人高声怒喊着"不"。一会儿之后，山姆点名让几名马医和几个围观者跟了过去。

他低声说："利维尔需要一匹马来做事，具体做什么事，你们都很清楚。把这匹马交给他，我相信这是他想要的。"

随后，山姆朝人群中6个结实的人招手示意，他大声宣布说："我按照通讯委员会的委托，正式任命你们6人成立一个委员会，即刻前往'臭纳特'做生意的地方，告诉他，我们的会议做出一个决定，宣布他不配成为这匹好马的主人。同时，你们通知他，这匹马已经是被我们通讯委员会第一分会和自由之子正式没收，用来推动美国的独立事业。自由万岁、平等万岁、独立万岁！"

这时，我又听见一个熟悉的声音。巴恩斯特布尔结结巴巴地问："这……这里……到底……发生了……什么事？"

我抬起头，看着他，我不清楚他是否还能认得我。接着，我转头看见了阿贾克斯。他轻蔑地看了我一眼，然后将头扭到一边。

我几乎快哭了："阿贾克斯，你不认得我了吗？"

他冷冷地说："我从来不跟草民讲话。"

巴恩斯特布尔又结结巴巴地说："你们为什么……么……不开枪打……打死这畜生？"

山姆咆哮起来："打死它？你这个装腔作势的红虾兵，居然敢来质问我们这些老老实实的市民，这到底是怎么回事？"

人群中有人模仿巴恩斯特布尔的声音说："关你什么……么事，红……虾兵？这……这……是你的东西！"说完，他捡起一个臭鱼头扔过去，一下子打中了巴恩斯特布尔的胸口。周围的人纷纷效仿，急忙捡起那些腐烂的鱼头砸过去。情急之中，巴恩斯特布尔只好带领他的军团仓皇撤退。

我已经丢尽了脸面，心里难过极了。

后来，在山姆的带领下，我们排成一小队，朝利维尔家走去。这栋房子不大，但收拾得干净整洁。见到一大队人马走来，利维尔赶紧从店里跑出来。他看上去快40岁了，体格健壮，一看到我，他情不自禁地笑了，欢快地叫着："马！"

山姆立刻爬到我的背上，开始了滔滔不绝的演说："利维尔，我代表波士顿通讯委员会第一分会,代表自由之子,以及各位尊敬的市民,在此将这匹骏马赠送给你,希望你能继续有效地为我们的独立事业服务!"

人群爆发出一阵欢呼,利维尔的孩子们边唱边跳:"爸爸有马啦!爸爸有马啦!"

这时,山姆将利维尔拉到一边,轻声问:"利维尔,你还记得吗?我欠你一笔钱,我想,按照现在这情形,你能不能……"

利维尔目不转睛地看着我,问山姆:"账单呢?"

山姆在口袋里摸索好一阵子,才掏出一大叠旧账单,他抽出其中一张递了过去。利维尔一边打量着我,一边将账单接过去,撕成碎片。他笑着对山姆说:"你已经付过钱了。"

山姆高兴地叫起来:"利维尔,这才是爱国者和真正的朋友的作为!我代表波士顿通讯委员会第一分会和自由之子,代表我生活拮据的妻儿,感谢你!现在,看看我们能为这匹马做点什么吧!"

利维尔的房子后面有一个倾斜的小屋,几个木匠和工匠留下来,愿意免费把它改造成一个马厩。他们忙活了一整天,终于将这间小屋变成了一间舒适的马厩。有人送来一马车草料,还有人送来一些麦麸。马医替我检查了我的伤口,答应第二天过来帮我修剪鬃毛。他跟利维尔讲了很多照顾马匹的知识。

一切落定之后,马医又对利维尔说:"看着吧,她会很快好起来的。雪莉是一匹令人骄傲的马!"

利维尔笑着说:"她一定会好起来的!"

第六章 友爱的大家庭

善良的马医每天都过来给我清理伤口,没过多久我就痊愈了。他还帮我修剪马蹄,钉好铁蹄。一两个星期过去,我又恢复以前神采奕奕的样子了。

更重要的是,在利维尔一家人的照顾下,我的自尊心也得到了极大的提升。利维尔有6个孩子,他们都很喜欢我,不时来马厩看我。利维尔唯一的儿子保罗,只有13岁。他负责照顾我,将马厩打扫得干干净净,还给我准备分量充足的饲料,将我洗刷干净。

如果天气晴朗,利维尔的女儿们萨拉、弗兰斯、玛丽,会让我载着她们在院子里散步。她们总会兴奋地尖叫，利维尔和妻子站在一边，一脸幸福地看着孩子们。尽管利维尔一家是殖民地居民，但是他们友爱和善，我不由自主地喜欢上了这家人。

在朋友们的帮助下，利维尔学会了骑马。但是，他没有马鞍和缰绳。某天晚上，胶水厂的赫兹扛来一个装着马鞍和缰绳的大麻袋，利维尔一家高兴坏了。

赫兹看到我的变化，非常吃惊，他拍了拍我的肩膀和脖子，诚恳地说："我不是一个好马夫！"他离开的时候，利维尔拍了拍他的肩膀，拿出1先令交给他。

我的马厩正对着一扇没有关上的厨房窗子，通过它，我看见了利维尔家的一切。当然，我也是利维尔家族中的一员了。每天晚上，我的生活都充满了乐趣。

利维尔很忙，从早到晚都在工作，雕刻各种银器。此外，他还在金属铜板上雕刻出很多画，并将这些画印在纸上。所有的画，都是嘲笑王室和贵族们的粗俗卡通画。其中，最受欢迎的一幅画，内容是上一次当地居民跟英国军官们发生的冲突。只要那些军官来店里订购金纽扣之类的东西，利维尔都会将这些雕刻版画塞进抽屉。其他时候，他会将它们明目张胆地摆出来。那些当地居民会来买这些雕刻版画。尽管他们缺钱，只会用一些农副产品来付款，但是，总比那些一直欠账的军官们高尚多了。

利维尔还有一项令我意外的生意，他居然会给人安装假牙。不过，他有一大家子人要养活，至于一个银匠能装假牙这种奇怪的事，谁会在意呢。

跟白天相比，利维尔在晚上更忙。他是很多组织的成员，而这些组织都背叛了大英帝国。几乎每个晚上，利维尔都要出席各种会议。即使有几个晚上不需要出门，他的那些朋友，也一定会上门来讨论政治问题。我作为大英帝国的忠实臣民，听到他们说的这些话，非常生气。但是，仔细一想，我又觉得他们说得挺有道理。我经常为此感到不安。不过，我只不过是一匹马，我的首要任务是为我的主人服务。尽管利维尔已经误入歧途走上叛国路，但我不得不承认他是世界上最善良的主人。

没过多久，我还亲眼见到这个家庭里发生了一起实实在在的叛国行为。那晚，利维尔刚好在家。晚饭过后，利维尔的妻子和母亲离开了，只剩利维尔一个人在厨房。他在厨房的窗台上放了一根点燃的蜡烛，几分钟之后，传来了敲门声。门打开之后，我居然见到了29军团的一个骑兵。我以为他是来逮捕利维尔的，心提到了嗓子眼儿。结果，他刚进来就瘫倒在椅子上，一脸疲惫和痛苦的神情。

利维尔递给他一个烟斗和一支烟，随后点燃自己的烟斗，在炉子边的椅子上坐下来。他神情严肃地问："你是29军团的骑兵贾尔斯？"

"嗯。"

"那你拿定主意了吗?"

"定了。"贾尔斯坚定地回答,一下子跳起来,愤怒地吼叫了一声,一把扯下身上的腰带、肩带和军装。他转过身来,火光照在他的后背上,他的肩膀和手腕,伤痕累累,暗红色的血已经结痂了,手指肿得老高。看到这样凄惨的场景,利维尔倒抽了一口冷气,我也觉得格外恶心。贾尔斯痛苦地说:"因为我没有向那个作威作福的军官敬礼,就是那个结巴中尉巴恩斯特布尔,他赏了我25鞭子。我真希望,他的灵魂被我的仇恨烧成灰烬!利维尔先生,你挨过打吗?"

利维尔摇摇头,露出一丝同情的苦笑:"没有,在美国,我们是人,不是任人鞭打的畜生。"他端来一大盆热水,一边帮贾尔斯擦洗伤口,一边问:"如果去农场,你能做什么工作?"

"牧羊!我以前是我们那里最棒的牧羊人。可惜,这些恶棍将我灌醉,用钱把我骗到了这里来!"

利维尔说:"梅德福德镇的埃本是我们这里最大的牧羊主,他急需人手,我跟他说起过你,你放心,一切已经安排妥当。"

说完,利维尔拿来一把大剪刀,简单地给贾尔斯修剪了下头发,对他说:"去吧,把头发洗洗。"

贾尔斯洗干净头发上的灰,头发恢复了漂亮了浅棕色。利维尔找来一双笨重的靴子、一双羊毛袜、一条紧身裤、一件旧工作服和一顶宽边帽子。贾尔斯脱掉原来的衣服,换上利维尔准备的服装。现在,他的身上没有一丝士兵的痕迹了。

利维尔交给贾尔斯一幅地图,将去梅德福德的路线指给他看:"从今天起,你不再是29军团的贾尔斯了,你是牧羊人伊诺克。你可以不像以前训练那样站得笔直,随便站着就好了。跟我们美国人讲话,你也不需要敬礼。好了,你可以走了,祝你好运!"贾尔斯无比感激地握了握利维尔的手,匆忙地走了。

利维尔马上剪掉军装上的扣子、装饰品,把它们扔进熔炉上的锅里,然后将皮带、弹药盒、长筒靴捆起来收好。利维尔的妻子和母亲回来了,她们一边剪裁军服,一边夸赞军服的料子。不过,利维尔的母亲有些担心,她问:"孩子,你这样做并不只是为了钱,对吗?"

利维尔笑着说:"当然。不过,妈妈,我们也得挣钱吃饭呀。这世上还有什么比用英国军装挣钱更让我开心的事吗?"

一个小时之后，那些军装已经被剪裁完毕。除了熔炉锅里的黄铜和一堆被剪得乱七八糟的布料，再也找不出英国兵来过这里的任何痕迹。

之后，每隔几个晚上，就会有士兵来这里。他们总会讲述自己在军团里遭受到的非人待遇，听起来可真让人同情。但是，我很清楚，在所有的军事犯罪中，叛逃会遭受最严厉的刑罚。原本，我应该替那些士兵感到恐惧和紧张。但是，渐渐地，我只是为利维尔他们担忧、紧张。

随后，有一些乡下人拿着各式各样的农副产品来到利维尔家的厨房门口。他们曾经都是为英国王室效忠的士兵，如今变成了忠实的殖民地居民，大部分人还加入了殖民地的民兵组织。在那个组织里，牧羊人伊诺克已经晋升为中士了。

还有一些皇家士兵，他们不愿意叛逃，但是会经常到利维尔这里闲聊。他们无比思念家人，经常跟利维尔的孩子们玩成一片。他们唱故乡的歌，跟孩子们讲述自己入伍之前的幸福生活，也会跟利维尔谈天说地，无意之中将军队中的很多事泄漏出去。他们说起对军队的不满，说起军官的无能，甚至还会将那些首脑们刚刚做出的决定告诉利维尔。之后，利维尔会将这些有价值的消息转告给通讯委员会和自由之子。

目前为止，利维尔已经稍微懂得骑马知识。每一天工作完成之后，他都会带我出门骑行一段时间。我是一匹训练有素的马，利维尔一家对我很好，作为对这家人的回报，我尽量帮忙，让他适应骑行的节奏。很快，利维尔相信了我的判断，我们成了一个很棒的骑行团队，完全可以胜任任何常规的旅行。不过，我没想到，等待我们的将是一场非比寻常的旅行。

第七章　上当受骗的乡巴佬

利维尔的骑马技术渐渐成熟，我们开始外出，去乡下办事，为自由之子和通讯委员会去一些小村庄传递消息。

每一次，看到这些殖民地的人为反抗大英帝国的暴政积极准备，我都觉得十分惊讶。如果不是他们一脸严肃的样子，我一定会忍不住哈哈大笑。参加训练的人，不是上了年纪的老爷子，就是稚嫩的小男孩，还有一些日子过得无比舒坦的农民以及愚昧无知的乡巴佬。他们没有穿制服,很多人没有步枪。他们没有纪律概念,普通的士兵居然敢跟军官开玩笑,有的人甚至操练到一半就回家吃饭喝酒去了。军官们骑的是农场马,没有受过训练,它们一听到枪响就吓得畏畏缩缩。

只有民兵团和那些混着国王军队的逃兵团,稍微有点纪律。在梅德福德小镇,我们看见伊诺克正在训练民兵。伊诺克跟利维尔聊起来,他说:"利维尔先生,他们都是自由人和志愿者,我们不能打击他们的积极性,不能训斥他们。不过,我敢说,他们的枪法不错。"

说完,伊诺克跟一个小伙子说了几句。这个小伙子立马跑向距离训练场稍微远一点的地方,捡起4根玉米棒子立在上面。他挑了4个人出来,命令道:"听我口令,子弹上膛!"他们的动作看起来非常笨拙,但是速度却比国王的部队快了近一半。开枪的指令一发,3个玉米棒子被弹飞,第四个只是微微地动了一下。人群中爆发出一阵嘲笑和喝倒彩的声音,那个没有击中的枪手连忙重新射击。这一回,剩下的玉米棒子被炸开了花。

伊诺克拍着小伙子的肩膀,大声地说:"好样的!在国王的部队里,还没有谁像你们射击得那么好!"

随后,利维尔跟他聊了一些训练的问题。伊诺克拍着胸口保证说:"我们这里有20个民兵!我们随时待命,睡觉都带着步枪、火药筒、子弹袋子和打火石。利维尔先生,我至少可以保证,我们不会毫无防备被人袭击。"

回家的路上,我不禁为这些乡巴佬感到难过。现在,我已经将利维尔和他的朋友当作了我的朋友。我想,他们大概是疯了,居然相信这些散漫的民兵团可以跟骁勇善战的王室军队抗衡。要是阿贾克斯看到他们训练的场景,他肯定会轻蔑地说:"只要我们开枪,你们就会像兔子一样吓得屁滚尿流……"

唉,现在,我越来越不愿想起阿贾克斯了。

一天晚上,我们很晚才回到波士顿。刚进家门,保罗冲过来给我解缰绳,他上气不接下气地说:"爸爸,达特茅斯号来了,船上装满了茶叶。山姆一直在找你,大家都去了格里芬码头。爸爸,我也能去吗?"

利维尔点点头:"可以,但是你得注意安全。"得到允许之后,小保罗一溜烟儿跑了。利维尔再次爬上我的背,我们也去了码头。

镇上的人几乎全部集聚到格里芬码头。山姆站在一个桶上面,正在演讲。他周围,是一些重要的当地人士:沃伦医生、詹姆斯、山姆的表弟约翰、汉考克先生、自由之子和通讯委员会的重要领导人以及著名的法官、银行家、律师、商人。

我和利维尔在拥挤的人群中慢慢前进，达特茅斯号的船长跟汉考克先生争论起来。汉考克先生坚定地说："茶叶不能上岸！一丁点儿也不行！"

人群大喊着："带着你的茶叶滚回英国！"

船长恳求道："先生们，请听我说。我才不在乎这些该死的茶叶、该死的国王和该死的贵族！我是个遵纪守法的好市民，我只在乎我的船员！他们已经在海上待了6个星期了，浑身脏兮兮的。"

几个重要的当地人士商量了一会儿，汉考克先生对船长说："我们自由之子会保障你的船安然无恙。你的船员可以上岸，但是，他们不能带一丁点儿茶叶上岸！"

船员们欢呼着，笑着将自己的口袋往外翻了翻，哄笑着上了岸。自由之子立马派人接管了船只，他们派出25个人当守卫，一人一把枪将轮船围了起来，利维尔先生也在其中。船长叼着一支烟，搬来一把摇椅，在船尾的甲板上坐了下来。人群渐渐散去，小保罗骑着我回到家。

天快亮的时候，利维尔回来了。家人为他准备了丰盛的早餐。利维尔的母亲问："孩子，你有没有给我带回来一点英国的好茶？"

"妈妈，那些茶叶不准在当地登陆。我当然没办法带茶叶给你。"

老夫人哀叹一声："但是，我必须得喝茶。你能为我带一丁点儿茶叶回来吗？英国茶叶虽然收税，但是卖得也很便宜啊。利维尔，我真是搞不懂你们男人为什么在乎那么一丁点儿的税。我真的很想喝一杯上等的好茶。"

"妈妈，我说过很多遍了，这是原则问题。英国没有权利向我们征税——"

利维尔的话还没说完，门突然被撞开，山姆闯进来，"伙计，赶紧上马！有消息说英国那些该死的殖民者打算从其他港口登陆将茶叶运上岸。我们要给岸边的每一个小镇发出警告，命令他们控制那些装有英国茶叶的船只。现在，我们已经派出去5个信使了。利维尔，你是第六个！"

可怜的利维尔先生说："我还没吃早饭呢。"

山姆大叫起来："职责所在，哪里还顾得上吃早饭！"

小保罗给我装上马鞍，利维尔再次爬上我的背。在此之前，我从来没有跟利维尔走过这么远的路。到达塞伦镇时，有人带我去吃饭喝水。而利维尔却被匆忙地拉到一边，跟自由之子的领导人商议事情。到目前为止，利维尔已经有24个小时没吃没喝了，我真希望这些人能给他准备一顿像样的饭。结果，我刚吃完荞麦，就看见利维尔急冲冲地走了过来。我们开始往家里赶，等我们回到家的时候，已经是晚上了。利维尔一脸疲惫地坐在垫子上，终于能享用晚餐了。结果，他才吃到一半，又响起了"咚咚咚"的敲门声，山姆进来通知说，利维尔该去码头换岗放哨了。利维尔只好站起来，穿上厚外套，跟山姆来到格里芬码头。

接下来的两个星期，利维尔每天晚上都要去码头放哨。白天，他也不能闲着，为通讯委员会和自由之子的事到处奔波。我不知道他什么时候睡觉休息，也不知道他什么时候能好好地吃上一顿饭。

一天早上，利维尔正在吃饭。停在码头的三艘运茶船的老板洛奇先生走了进来。他恳求利维尔说："我的好朋友，你在码头那些粗人中间比较有影响力，对吗？你能不能劝劝他们，不要鲁莽行事？"

利维尔问："你去见过总督了吗？"

"我见了总督，见了军区司令，见了汉考克先生、山姆先生，还见了自由之子的其他成员。但是，他们满嘴都是税收和茶叶，没有一个人愿意帮我！谁也不替我和我的船考虑考虑！"

利维尔一边吃鸡蛋一边问："你怎么不把船开回英国呢？"

洛奇先生居然激动地哭了起来："我倒是愿意开回去，愿意开到任何我想去的地方去！但是，我不能呀！"

"为什么？"

"没有进出港许可证，英国的枪炮会把我的船炸成一个小火柴盒子！可是，总督不愿意给我发许可证！"

利维尔分析说："我估计，总督在茶叶合资企业中占有大量股份。不过，洛奇，你为什么不顺其自然呢！反正，你的船又不会出问题，我们替你守着呢。"

"利维尔，这就是问题所在。任何在波士顿港口停泊的船只必须在20天之内卸货，否则当局会扣押船只和货物。你是知道这个规定的呀，我现在走也不对，不走也不对，20天的期限快要到了！"洛奇先生已经急得像热锅边团团转的蚂蚁。

利维尔吃完早餐，他站起来，坚定地说："洛奇，不好意思，我帮不了你。我只能说，只要茶叶还征税，你和其他的运茶船就不能在波士顿卸货，就得在原地乖乖待着！"

洛奇一把抓起外套，一边往外走一边咆哮："税收、茶叶，我恨死你们了！"

第八章　格里芬码头的壮举

12月26日，已经是运茶船在港口停泊的第20天了。船要么开走，要么卸货！但是英国当局态度强硬，命令船只不能开走。而格里芬码头的自由之子，坚持不准船只卸货。此外，还有上千上万的市民在积极奔走，反对卸货。

这天，有六七千群众挤在城南的旧教堂内外，召开了一个大型的群众集会。与此同时，还有两场重要的会议也在紧张地进行。利维尔三场会议都想参加，我只好急冲冲地赶路，驮着他从一个地方奔赴另一个地方。

洛奇先生决定去米尔顿，最后一次去请求总督为他发放出入港许可证，我和利维尔陪着他一起去。我们在外面等了一会儿，洛奇先生一脸惨白地走了出来，绝望地说："还是没有拿到许可证！"

随后，我们赶回波士顿。镇上空荡荡的，所有人都去了格里芬码头。利维尔告诉码头的守卫，洛奇没有拿到文件。然后，我们朝城南旧教堂走去。天快黑了，人群中有人认出了我和利维尔，主动为我们让出一条路。利维尔走向主席台，跟山姆说了几句话，又爬到了我的背上。

大家都在等洛奇先生。原本，在这样寒冷的夜晚，等人是一件特别难熬的事，但是，聚在这里的人热情高涨，根本感觉不到什么是冷。"哒哒"的马蹄声近了，安静的人群立马给洛奇先生让出一条路，他慢慢走向主席台，跟其他重要的领导者汇合在一起。他面对观众，情绪激动地演讲起来。我跟利维尔站在门外，不太听得清楚他说了什么。不过，从他那发狂的表情和绝望的手势，我基本能判断他要表达的意思。

突然，山姆大声地说："我们得拯救我们的国家！我宣布，本次会议圆满结束！"

这是一个事先商量好的信号。利维尔一听到这句话就骑着我往家里赶，集会的人也像潮水一般涌上街头、涌向码头。

小保罗将我牵进马厩，喂饭喂水。通过没关上的厨房窗户，我看到了一幅奇异的场景。利维尔急急忙忙地在自己脸上涂抹油膏和烟灰，还在脸上画了一些红色、黄色的条纹。随后，他穿上外套，戴了一些头饰，手里还抓起一把小斧头。

孩子们快乐地叫喊起来:"爸爸是印第安人!爸爸是印第安人!"

利维尔厚着脸皮问他的妻子:"好看吗?"

她一边帮他在脸上涂涂画画,一边回答:"看上去傻乎乎的。"

这时,街上有一大群跟利维尔一样打扮的人经过。利维尔也加入了他们的队伍。他们压低声音跟利维尔打招呼,利维尔骑着我一下子走到队伍最前面。整条街安静得出奇,只听得到我的马蹄踏在鹅卵石上的声音。

很快,我们来到码头。印第安人打扮的队伍分成了三队,每一队负责一条船。利维尔将我交给小保罗,率领一队人朝达特茅斯号走去。进展出奇顺利,船长和船员没有丝毫阻挠,他们甚至站在甲板上抽着烟,兴致勃勃地看着利维尔他们。大家快速挥动小斧头,撬开箱子,将茶叶从船的围栏边倒入大海。一切都进行得悄无声息。不远处,停着国王的两条武装船只。但是,他们的船很安静,船里一片漆黑。

一位水手嘀咕道:"那些军官喝得醉醺醺的,有的还在打牌。船员和守卫全睡着了。"

但是我依然很担心,害怕突然听见枪声,见到皇家军队朝我们开火。整个小镇寂然无声,一名侦探来报,说所有的军队都在沉睡。

整个晚上,利维尔他们这些假扮的印第安人都在辛苦地干活。运茶船周围的海面上已经浮起一层厚厚的茶叶,那些堆成小山一般的茶叶正在渐渐往下沉。我想,要是利维尔的母亲看见这幅场景,该有多心痛。东方露出鱼肚白的时候,大家倒完最后一箱茶叶,将甲板打扫干净。利维尔累得汗流浃背,他爬上我的背,准备离开。

这时,洛奇先生走了过来。

利维尔笑着跟他打招呼:"我的朋友,你的船毫发无损地被卸货了。谁也无法阻拦你自由离开了!"

洛奇先生笑了:"朋友,我不知道这样打扮的你到底是谁。不过,我感谢你们的关照。我还是第一次见到你们这样文明的印第安人!"

利维尔和我刚回到家,他立马脱下这身行头,洗掉脸上的装饰。老妇人捡起利维尔的衣服上楼了。利维尔的妻子端着热气腾腾的早餐,急忙问:"我们等得好心焦,一切进展顺利吗?"

利维尔一脸止不住的狂喜:"这会儿,340 箱红茶正在海里游泳呢!真是一次史无前例的茶叶派对!当然,对于国王和东印度公司来说,这场派对太过奢侈,这点茶好像花了他们 18000 英镑!"

说完,利维尔开始吃早餐。但是,又像以前一样,他还没怎么吃,敲门声又响了起来。山姆带着通讯委员会的人和一些邻居走了进来。山姆刚坐下,就大声宣布:"保罗·利维尔、亲爱的市民们,昨天晚上的壮举必须立即告知纽约大都市里的成员。利维尔,尽管很多人都希望自己能享受这项殊荣,但是我们通讯委员会决定,派你去完成这一伟大的任务!"

利维尔有些犹豫地回答:"这的确是一项伟大的任务。但是,来回有450英里,现在是寒冬,况且我还没吃早饭呢。"

山姆又嚷嚷起来:"没时间吃早饭了,伟大的职责在召唤……"

他还没说完,利维尔夫人温柔地说:"山姆,他有时间吃早饭。我还要替利维尔收拾马鞍袋子,雪莉也需要时间吃完她的荞麦。山姆,你只管坐下来,好好休息,我可以给你一杯咖啡,但是请你不要再打扰利维尔吃早饭了!"利维尔夫人说完就上楼去了,她低声地嚷嚷着,数落那些自以为了不起、喜欢将别人呼来唤去的人。那些通讯委员会的人听到她的抱怨,自觉地闭上了嘴巴。

我们很快吃完了早餐,一切已经准备就绪。就在我们即将出发的时候,利维尔的母亲高兴地跑过来。她举起一只茶杯,里面装了半杯茶叶,高声呼喊:"利维尔,你看,这是什么?上好的英国红茶,足足装了半杯子呢!下午,我就能在家里举行一个茶话会啦!"

利维尔疑惑地问:"妈妈,这些茶叶从哪来的?"

老夫人哈哈大笑:"从你那傻乎乎的印第安人衣服里找到的。我打算,把从你鞋子里找到的那些茶叶,留给山姆!"

第九章 不停奔跑的利维尔

我一辈子也不会忘记纽约之行,我想,利维尔也不会轻易忘记。波士顿距离纽约有200多英里,我们都不知道该怎么走。天还下着小雪,走起来特别艰难。每当经过一个村庄,利维尔都会喊话,将波士顿倒茶事件告诉大家。村民们听到这个消息,无比激动,将利维尔团团围住,邀请他下马吃饭。但是,利维尔不想浪费时间,他问好去下一个村庄的路线便匆匆离开了。

这天傍晚,我们已经跑了45英里。我累坏了,利维尔也累得浑身酸疼,差点儿没办法从我的背上下来。幸好,招待我们的主人给我提供了最鲜美的晚餐,还将我从头到尾好好洗刷了一番。当村庄里的大部分人开始狂欢时,利维尔倒在床上早就睡着了。

就这样,我们每天都在重复着一件事:从早到晚,不停赶路,将波士顿的事情传递到每一个村庄。我一天天跑着,都不知道自己到了哪里。我们走的路,虽然有个好听的名字——"国王之路",实际上坑坑洼洼,到处是石头、树桩和泥乎乎的车轮印。这真是一次凶险的旅途,我不知道利维尔怎么熬过来的。至于我,多亏一位好心的铁蹄匠为我钉了合适的铁蹄,我才没有出现什么意外情况。

第5天下午,我们终于到达纽约。我们直接去了纽约反抗英国暴政的带头人拉姆先生家。有人将我带到马厩,将我好好地洗刷一番,又为我送来很多可口的饲料。我饱餐一顿之后,很快睡着了。不过,我时不时被吵醒。整个晚上,到处是篝火燃烧的声音,欢呼声、叫喊声、鸣枪庆祝的声音混成一片。

第二天一早,利维尔过来拉我。拉姆先生着急地说:"利维尔,于情于理,你都得在这儿待上一两天。你和你的马都累坏了。想想,5天之内从波士顿赶到纽约,这速度足够令我们所有人吃惊。另外,我还想让你见见我们纽约这边的领导人,跟他们聊聊。既然你的任务已经完成,就用不着这样急匆匆地往回赶了呀。"

利维尔笑着说:"在波士顿,还有很多事需要我来处理。再者,我想赶回家跟家人一起过圣诞节!"

拉姆先生惊呼起来:"今天已经是22号了,你想在3天半之内赶回家,完全不可能呀!"

利维尔拍了拍我的肩膀:"也许吧,不过,雪莉,我们可以试试看,对吗?"

不过,在拉姆先生的坚持下,利维尔在那儿吃了早餐,又跟几个革命者面谈了一会儿。直到中午,我们才出发往回走。一路上,我们尽量赶路。但是,路上到处是厚厚的积雪,冷风吹得呼呼作响,我们的速度并不快。圣诞节快要来了,商店里挤满了购物的人,圣诞树上挂满了大大小小的礼物,这一切都让人感到无比欢快。但是,利维尔的心情却十分沉重,我们起码还要再走3天才能回家。

这一回,一位富有的船老板招待了利维尔,他也劝利维尔过完圣诞节再走,但是利维尔去意已决,想立即赶回波士顿。船老板不再挽留,就在利维尔准备离开的时候,船老板的妻子带着一个仆人赶来。她说:"利维尔先生,我自作主张,送了点礼物给你的家人。"

利维尔打开袋子一看,是4个漂亮的法国娃娃、一条俏皮的印度披肩、一枚精致的中国风格胸针。船老板也掏出一个包:"这是我从一艘偷渡船上弄到的上等乌龙茶,请把它送给您的母亲。"他又掏出一把手柄镶嵌着银子的小手枪："这个，给您的儿子小保罗。至于您，阁下，请收下这顶帽子。"那是一顶用海狸皮做的帽子，非常帅气，利维尔立刻将它戴在头上。他将礼物挂着鞍袋上，跟船老板夫妇道别之后，我们一刻不停地往家里赶。

终于，27日晚上，我们终于回家了。圣诞节已经过去两天了，但是我们受到了热烈的欢迎，家人不停地拥抱利维尔和我，大家甚至还流下了一两滴激动的泪水。我从来没有像这一刻这样想家，以前我并不认为这是我的家，现在我已经将利维尔一家当作我亲密的家人！我走进马厩，看到里面挂满了胡萝卜、玉米和红苹果，差点感动得号啕大哭。

小保罗为我梳洗，还给我端来热气腾腾的糊糊和粮食。

利维尔吃过晚餐，高兴地宣布："现在，我来送圣诞礼物啦！"

孩子们朝他扑去，当他们打开船老板送的袋子，无比惊喜。利维尔的母亲拿着那罐茶叶，一脸陶醉，激动得语无伦次。大家对礼物都很满意，他们围着利维尔坐下来，听他讲这一次行程中的见闻。不过，他还没说多少，山姆他们又来了。利维尔将本次纽约之行的情况告诉他们，还将纽约自由之子的信交给了汉考克先生。

汉考克先生看完信，高兴地叫起来："太好了！泰伦总督已经将那些船和茶叶一起送回英国。纽约的自由之子答应全力支持我们。利维尔，你出色地完成了任务，你真是太了不起了！"

山姆却煞风景地说："利维尔，你得去码头换岗了。"

汉考克解释说："那些红虾兵捏造事实，扣留了洛奇先生的船只。洛奇先生快要急疯了。好在，有我们自由之子站岗保护，他们暂时还是安全的。"

利维尔小声地抱怨了一句，戴上帽子，换上外套，跟着山姆出门了。

接下来的几个月，日子过得很平静。利维尔还是忙着出席各种会议，已经忙得顾不上家里的生意。要不是那些好心的逃兵不断给我们送食物，我都不敢想象我们该如何渡过难关。

5月10日，一艘快艇带来一个非常可怕的消息：英国国王对波士顿倒茶事件极为恼怒，为了给殖民地的居民一个教训，王室和大臣们颁布了一系列残酷的法令，其中一项就是命令波士顿港口完全关闭，派盖奇将军带来4000皇家士兵和大量炮兵来保证新政策得以实施。此外，原来的总督由于性格过于温和，而被撤职，盖奇将出任新总督并统领所有殖民地皇家军队。

一听到这个消息，沃伦医生跑来跟利维尔商量。

沃伦医生分析说："我们波士顿所有的贸易都依靠航运，港口一旦关闭，船只会在码头发烂发霉，银行和贸易公司会倒闭。因为物质贫乏，大多数人会饿死。这是对我们的慢性自杀，我们必须向别的殖民地求助！"

山姆和其他领导人忙得无法开交，请求救援书已经写好，他们安排我和利维尔将救援书送到其他殖民地。这是我们有史以来走得最远的一次旅途，我们来到了费城。那时，费城举行了一场无比盛大的集会，请求其他殖民地向波士顿伸出援助之手。一些种植园园主承诺给波士顿提供大米，华盛顿将军亲口承诺，如有必要，他会率领军队，解放波士顿！

5月28日，我们回到波士顿。当然，人们依然敲响钟声，迎接我们带来的好消息。还有三天，港口就要关闭了，我们谁也不知道接下来会发生什么事。

旅途中，我路过一处开满鲜花的小路，那里看上去美好而宁静。当时，我不停地想起利维尔家那些孩子们。如果没有足够的食物和燃料，他们怎样才能挨过这无比寒冷的冬天呢？的确，利维尔他们倒茶的行为是错误的。但是，它并不是英国毁灭波士顿的理由啊！我甚至都能看见，利维尔和家人们在凛冽的寒风中瑟瑟发抖，饿得面黄肌瘦。而那些大腹便便的士兵却趾高气扬地在街上走来走去。

在我的生命里，这是我第一次怀疑国王和大臣们的智慧决断，第一次觉得皇家军队的荣耀如此肮脏不堪。

第十章　封锁波士顿

盖奇和他的军队终于到了。现在，镇上到处是红衣士兵，利维尔问一个经常到家里闲谈的英国骑兵："盖奇将军是个什么样的人呢？"

这位骑兵回答说："他啊，是个喜欢摆官架子的挑剔鬼，什么事都不会干！他接到的命令就是逮捕你们这些爱国者，你、沃伦医生、汉考克先生和其他一些领导人。不过，利维尔，你别担心，我一定会在他还没行动之前就将他的计划透露给你。这样，你能及时去费城报信了！"

6月来了，港口实行了全封闭，码头长满了杂草，造船厂垮了，商店空荡荡。但是，其他城市的港口没有关闭，人们从距离波士顿较近的港口运送食物，暂时还没有人饿死。

为了度过严冬，我们准备了很多鸡鸭鹅和大量的柴火。就这样，炎热的夏天过去，盖奇将军什么事也没做，倒是利维尔他们这些爱国者，为筹集军费忙得焦头烂额。利维尔将大部分的时间都用来打探消息，家里的厨房成了重要的信息集中地。自由之子经常来汇报消息，那些叛逃的士兵也经常来着闲聊。利维尔将他收集到的重要情报整理分类，告诉其他重要领导人。

转眼到了9月，全体殖民地代表大会在费城召开。同月11日，我和利维尔也来到费城，参加了一个名为"沙福克会议"的反抗英国暴政的决议大会。

各个殖民地的代表汇聚一堂，我见到了很多名人。当然，令我眼前一亮的，是赫赫有名的华盛顿将军。他身材高大，看上去是个伟大的战士和明智的领导者。山姆将我和利维尔介绍给他，他得知利维尔为革命事业积极奔走后，不断地称赞利维尔汇报的信息高效可靠。甚至，华盛顿将军还留意到了我，他将我全身打量了一遍。不过，他的牙齿好像哪里出了问题，他说话的时候总会不停地挠下巴。后来，在山姆的推荐下，利维尔还为华盛顿将军修正了他的牙齿。

时间就这样到了12月。这个月，发生了两件比较重大的事情。第一件，是利维尔又添了一个儿子，小约书亚。第二件事，则是我们去了一趟朴茨茅斯镇。那可是我们有史以来最艰难的一次旅行。

当时，英国王室天天指责盖奇将军软弱无能。盖奇将军被逼无奈，决定采取一些行动。他在朴茨茅斯镇的威廉堡地区和玛丽地区藏了大量军火，他打算将这些军火转移到一个更安全的地方。于是，他委派一支秘密的侦探队来完成这个任务。结果，他的指令刚发出来，一位侦探就敲开利维尔家的大门，将这事告诉了利维尔。

利维尔将这件事汇报给沃伦医生，然后骑着我朝朴茨茅斯镇进发。那晚，格外寒冷，天下起了雪，气温已经低到了零下，路上的水坑还结了冰。我不敢跑得太快，但是紧急的任务又迫使我必须跑快一些。利维尔十分信任我，他松开了缰绳，让我自由奔跑。有时候，他还会从我的背上下来，跟我一起跑步取暖。

天很快亮了，太阳也出来了，可是我依然觉得很冷。我们一路跌跌撞撞地走着，直到深夜才赶到沙利文将军家。听到利维尔的口信，沙利文将军立即叫醒了所有国民军。利维尔坚持赶往朴茨茅斯，趁着月色，我们又上路了。

得到消息的民兵和国民军立即出发，大约有400名革命者乘坐小船驶向威廉堡地区和玛丽地区。利维尔终于松了口气，吃了一顿饭，倒下来休息。

第二天天刚亮，一阵欢声笑语将我们从睡梦中吵醒。原来，大家成功拿下了那些比黄金还要宝贵的军火。据说，就在大家夺取军火不到一个小时，有侦探汇报说，盖奇将军的绝密侦探队才到。仅仅一个小时的差距，我们就获得了这批价值连城的军火！所有人都称赞我和利维尔是英雄，称赞我们的情报精准及时！

之后第二天，我们返回波士顿。其他领导人听到这个消息激动不已，教会还敲响了钟声，利维尔家的厨房整天挤满了前来庆贺的人。不过，家里的食物越来越少，就连我的口粮也只剩下一两袋了。生意也没什么起色，利维尔整天愁眉苦脸。为了生存，利维尔计划把家搬到郊区。原本，他还有些犹豫，直到一件意外的事发生，他才彻底下定了搬家的决心。

那天，我和利维尔正沿着街道赶路，半路上碰见了我的老主人巴恩斯特布尔中尉，他骑着阿贾克斯，带着一个中士和两个士兵。我一看见阿贾克斯，不由得想钻进旁边的小巷子。但是对利维尔来说，那只不过是一群军官，他勒了勒缰绳，直接朝那些人走去。

我们越来越近，巴恩斯特布尔用狐疑的眼神打量了我一下。忽然，他让阿贾克斯掉了个头，挡住了我们的去路："一个……乡巴佬……居然骑……这么好……好的马，说……你是……是从哪儿……把它……弄……弄来的？"

利维尔平静地回答："她不是我偷来的。"

一位士兵朝利维尔大吼："跟长官说话要尊称他为阁下！"

这时，阿贾克斯对着我，恶狠狠地说："逃兵！叛徒！"

利维尔打算离开，巴恩斯特布尔却握着腰间的剑，愤怒地发号施令："拦……拦住他！"中士拉住我的缰绳，其他两个士兵做出开枪的样子。

这个粗鲁的中士身上散发出一阵阵令人恶心的啤酒味，我看着他那张无比粗鲁的脸，突然觉得很愤怒！

这一刻，我才发现自由是多么的宝贵！一旦失去自由，我就得过上永远枯燥的营地生活，继续永无休止的操练，跟无情的军官、凶残的马夫和蠢笨的室友为伍。一想到这些，我就难以控制自己的情绪。我宁愿死，也不愿意回到以前的生活之中！现在，我是一匹自由的马，我的生命应当贡献给伟大的独立事业！

我暴跳起来，狠狠地踢了那个中士一下，再转过身，踢了阿贾克斯几下。随后，我驮着利维尔飞快地往前跑。

利维尔紧紧抓住缰绳，我听见身后传来一阵叫喊声和阿贾克斯奔跑的声音。很快，我跑进一条小巷。这里弯弯拐拐,我没办法快速甩掉阿贾克斯。经过胶水厂的时候,一个工人坐在倒扣的木桶上,正在抽烟。他见到我身后的追兵,一下子反应过来,将木桶扔到路中间,然后溜进厂里躲了起来。我听见阿贾克斯放慢了速度,虽然木桶并没有绊倒他,但是拖住他们的时间足够我将他们甩掉了。利维尔对波士顿的大街小巷了如指掌,我们拐几次弯之后,便甩掉了巴恩斯特布尔那群人。

经此一事,我和利维尔名声大噪。对我们来说,白天待在波士顿已经不安全了,盖奇将军加强了防务力度,专门设置了岗哨盘查可疑的人。幸好,那些哨兵认识我和利维尔,我们顺利地通过岗哨,来到了跟波士顿隔河相望的查尔斯顿。利维尔下定了搬家的念头,他找到当地的自由之子。他们很快为利维尔找到一处合适的房子,利维尔将我安顿好之后,借了一条船回波士顿接家人。

我躺在新马厩里,心情久久不能平静。按理说,我这种有着英国皇家出身背景的马,原本不应该支持殖民地的独立事业。这一刻,我却将我的命运跟殖民地的居民紧紧联系在了一起!在这里,我感觉自己精力充沛,无拘无束。这种感觉就像重生,我已经有了一个崭新的生活。

第十一章　钟楼上的信号灯

利维尔花了整整一个星期,才完成搬家这一艰巨的任务。在城里,要忍受没日没夜的监控,大家都活得小心谨慎。现在,到了郊外,孩子们高兴得活蹦乱跳,小脸都红扑扑的。我的新马厩没有通向厨房的窗户,不过,我能随意出入,比在城里自由多了。

利维尔费了很大的力气将他的雕刻机和印刷机弄过来。他将这些设备放在马厩边的一个小屋里,整天待在里面,印刷新货币。当然,这些货币跟英镑比起来算不上什么钱,不过,利维尔已经尽力了,大家也觉得新货币非常好看。到了晚上,利维尔划船回到波士顿的老家,去联系情报员,搜集情报。

春天来临的时候,伦敦传来了国王的指示。国王对军火被盗一事十分生气,他责令盖奇将军,务必要将那些军火找出来,务必要抓住所有反叛者领袖,将他们押往伦敦判刑处死。盖奇将军挨了一顿训,憋了一肚子的火,决定大干一场。他已经制订好计划,在4月28日由史密斯上校带领上千个士兵发动袭击，一举抓住革命派的首领山姆和汉考克。他要求所有人保密，不得将这次行动的消息往外泄漏一个字。可惜，4月25日那天，利维尔已经知晓了盖奇将军所有作战计划。

当时，利维尔一边打扫我住的马厩一边跟科南特上校商议："关于这个计划，我还有两处不明。第一，他们具体的出发时间；第二，他们是走陆路还是走水路？"

科南特上校分析说："我敢说，他们会走水路到剑桥。你注意到没有，他们在那儿停了一艘军舰，军舰后面还整整齐齐地停着一大排划艇，划艇那些漏水的地方还被堵住修好了。你说，他们难道会用那艘军舰去钓鱼游玩吗？盖奇将军已经将他的计划公布于众了。他的保密工作做得可真出色！"

利维尔笑了："全波士顿都知道了他的秘密！上校，我明天得去莱克星顿，给山姆和汉考克送个信，提醒他们有备无患。"

第二天，我和利维尔出门了，这天是周末，晴空万里，阳光明媚。没有冷冰冰的北风，没有硬邦邦的小路，这一趟旅途真是让人心情愉快。一路上，利维尔吹着《扬基歌》小调，不过他吹得并不好听，路上的鸟鸣很快将他的哨声淹没了。

一路上，我们遇到了很多人。他们都认识我们，不管我们走到哪里，都有人停下来跟我们打招呼。有时候利维尔会停下来，跟他们聊上几句。好像，所有人都知道了盖奇将军的袭击计划，只不过没有人知道袭击具体会在哪一天开始。

利维尔肯定地告诉他们："星期二，28号晚上！"

我们还遇到了很多英国兵。他们从我们身边经过的时候，冷漠无情，毫不作声。不过，没有人将我们拦下来，为难我们。这一路走得轻快而顺利，我们在莱克星顿的乔纳斯牧师家见到了山姆和汉考克。山姆正在打盹儿，利维尔费了好大的劲才叫醒他，将盖奇要发动突袭的事告诉了他。

山姆打着哈欠懒洋洋地说："伙计，我也听说了这个消息，那些红虾兵打算围剿我们。但是，我和汉考克可不是胆小如鼠的人，不会听到一点风吹草动就灰溜溜地逃走！"

利维尔劝说道："山姆，我说得绝对是事实。英国军队会在星期二晚上出发，你和汉考克先生必须转移。你们的生命对我们的自由事业来说，具有极其宝贵的价值，我不能让你们在这儿冒险。"

山姆又打了一个哈欠："谢谢你，我的飞毛腿信使！但是，我们这里守卫森严，天黑的时候，会有8个英勇的国民军在这儿放哨巡逻。"

利维尔见说不动山姆，只好转向汉考克先生："先生，8个士兵怎么能对付1000个红虾兵呢？到时候我也不在这里，如果没有人来通知你们英国军队来了，你们该怎么办？"

汉考克嚷嚷起来："我会拿起我的武器，站在反抗者的队伍之中。这里还有那么多的爱国同胞，我怎么能弃他们于不顾！"

利维尔见无法说动他们，只好耸耸肩膀，踏上前往康科德的路。康科德的安全委员会得知这个消息之后，立即行动起来。他们派出信使向邻村通风报信，打开军火库，将所有弹药运往不同的战场。

送完信后，我们回到家。科南特上校听完利维尔的报告，轻松地笑了："我想，山姆和汉考克都不愿意离开乔纳斯家。山姆这些年，很少像现在这样能吃上一顿好饭。至于汉考克，他正在追求那里的一位漂亮姑娘，自然不愿意离开。不过，我希望他不要被爱情冲昏头脑，忘记我们的小皮箱。那个箱子有我们所有当地军的花名册和我们的执勤表。要是这个箱子落到盖奇手里，我们这些人的命会轻如草芥。利维尔，你星期二晚上再去警告他们一次，确保那只箱子安然无恙。如果他们真的顽固不化，你就随他们去吧，但是你得把那只箱子带回来。"

利维尔点点头："好的，到时我一定会再跑一趟。"

接下来，利维尔谈了谈这次作战部署情况："明天和星期二，我会待在波士顿，收集情报。当英国人开始行动时，沃伦医生会派人送信给我们。他也许能通过哨兵的盘查，也许不能。我已经跟人约好，一旦英军的行军路线确定，我就在老北教堂给你发信号。要是英军走陆路，我会在钟楼下的窗户挂一盏灯；如果英军走水路，我会挂两盏灯。上校，你一看到信号，就给雪莉安上马鞍，做好送信的准备。要是你听到了从英军军舰上传来枪声，或者我在半小时之内没有回来，你就得立即骑马出发。你也不用等我，那时候，我肯定来不了了。"

在这生死攸关的关键时刻，两个人都沉默了。过了好一会儿，科南特上校才说："利维尔，祝你好运。"他们握了握手，科南特上校一转身，朝乡间小路走去。

利维尔跟我们简单道别之后，沿着小路走向海岸。接下来的两天，全家人都陷入焦虑之中。小约书亚病了，利维尔的妻子整天提心吊胆。科南特上校每天都来串门，想知道有没有利维尔的消息。

星期二晚上终于到了。天还没黑，通讯委员会的几个成员都到了。大家的神经绷得紧紧的，原本距离我出发还有几个小时，科南特上校执意给我先装上马鞍。天越来越黑，我们看见军舰那里的大划艇都解开了缆绳，慢慢划向了波士顿海岸。

月亮升起来了，借着月色，我看见军舰那边，一队队驳船和大划艇缓缓划向对岸，它们看起来就像一只巨大的甲虫。老教堂的钟已经敲响了11下，但是没有任何信号发出。委员会的几个人为英军到底走水路还是陆路争执了起来。突然，有灯光在教堂的塔尖上闪动了一下。几秒钟之后，又有另一个灯光距离第一个灯光不远的地方闪动起来。

每个人都松了一口气："走水路！"

接下来的这半个小时，每个人都觉得度日如年！人人都睁大眼睛，看着黑漆漆的军舰。委员会的人在房间里来来回回地踱步，一会儿点燃烟斗，一会儿又将烟斗熄灭。利维尔的女儿黛博拉，将我的额发编了又解开，解开又编上，来来回回折腾了20多次。

战舰一片寂静，没有火光，没有枪声，也没有人声。

突然，老教堂的钟又敲响了一下！11点30分！每个人都吓了一跳。科南特上校长长叹了一口气，戴上帽子，朝我走来："半个小时到了，按照约定，我得骑马赶去送信。"

不过，他还没走到我身边，就从外面传来船靠岸的声音和士兵们沙沙前进的脚步声。利维尔匆匆忙忙地跑进来，拥抱了一下他的妻子和女儿，抓住缰绳，跳上了我的背。我像一阵旋风，一下子跑出了大门。

第十二章　最后的骑行

我们又踏上了前往莱克星顿的旅途。月光如水，我一路飞奔。经过阴暗的林地时，我担心有埋伏，才放慢了速度。

利维尔突然拍了一下我的肩膀，笑了起来："该死！一晚上忙得团团转，居然忘了带手枪。不过，反正我的枪法也不好，带和没带没什么区别。"

现在，我们正在一片茂密的森林里，距离莱克星顿还有一半的路程。路上没有一个人影，我已经放松了警惕。就在我们朝一棵大树跑过去的时候，突然传来一声大喊，两个英国军官从树后跑出来，挡住了我们的去路。其中一个军官，快速跑到山坡的最高处，拔出手枪，朝我们冲过来。

眨眼之间，我已经认出这人是谁——巴恩斯特布尔。他骑着阿贾克斯，想将我撞倒。

我往边上一跳，躲过了这一次攻击。路边有一堵不算太高的石墙，我轻轻一跳，落到了石墙的另一面。利维尔紧紧地抓住我的脖子，差点摔下来。谢天谢地，他总算是安全的！我发足狂奔，来到一个到处都是鹅卵石和小灌木的地方。现在，我终于有机会向阿贾克斯这头自以为是的畜生展示一下什么叫作速度！我才跑了一阵，就发现他的脚步声已经远了。当然，我能轻易甩掉他，不过，我不想耗费我的体力，我看了看周围的地形，想到了一个好主意。我知道，这片地的边缘有一大片小树林和灌木丛，连接着一个铺满了碎石头的斜坡，斜坡下面是一个深不见底的水潭。

拿定主意之后，我故意放慢了速度，让阿贾克斯追了上来。巴恩斯特布尔朝我开了一枪，好险！子弹从我的左耳飞了过去！我引诱阿贾克斯来到水潭边，猛一掉头，飞快地往前跑。耳后，传来令我无比振奋的声音。先是铁蹄在鹅卵石上滑行的声音，接着是巴恩斯特布尔的咒骂声，最后"扑通"一声，我断定，他们都掉进了水潭。

突然，我的脑海里回想起阿贾克斯跟我说过的那些话："我绝不会跟草民说话！""叛徒！""间谍！"

"哼！"我发出一声讽刺的长鸣。利维尔拍拍我的肩膀，大声说："雪莉，真是好样的！"

随后，一路上比较平静。我们每到一处地方，都会大喊"红虾兵来了，快拿起武器！"只要利维尔一喊，所有的人都醒了，每家每户都点起灯，教堂的钟也敲个不停。

中途，我们站在一个空旷的山顶歇息片刻。我朝四处一看，几乎每个山顶都燃起传递信息的烽火。远近的教堂都响起钟声，间或，我还听到了枪声。

很快，我们到达莱克星顿。整个城镇一片寂静，乔纳斯家里，执勤的士兵正在悠闲地抽烟。

利维尔大喊起来："英国兵就要来啦！赶紧起来！"

士兵嚷嚷起来："别吵了，我有军务在身，你不能打扰这些绅士们休息。"

利维尔生气地说："等会儿英国兵来了，可以把他们吵个够！"他不顾士兵的劝阻，走到门前，咚咚咚地砸门。周围的房子开始亮起灯光，牧师家的灯也亮了。

利维尔走进去，将英国兵的消息告诉大家。所有人跑来跑去，乱成一团，整个小镇终于醒了过来。民兵团开始整理队伍，派信使前往各处送信。教堂的钟声有节奏地响了起来，山头的烽火呼呼地点燃了。

这时，一个骑手飞快地跑过来。原来是沃伦医生派了道斯前来报信。利维尔走出来跟道斯打招呼，拉着他一起吃早餐。

道斯骑的是一匹乡间小马。她个头不高，长得却很讨人喜欢。我正在吃麦麸，她跌跌撞撞地跑过来问："能分一点儿给我吃吗？"

我将一篮子麦麸推到她面前："当然可以！不过，你刚刚跑了很远的路，我不建议你吃得太饱。"

小马感激地吃了麦麸，又喝了一些水。休息好一会儿之后，她才松了口气："唉，这真是风驰电掣的奔跑。我天生就不是飞毛腿，干力气活还行，跑步可不是我的长项。总之，我已经尽力了！"

我安慰她说："别这么说，你已经跑得够快了。如果我们没有甩掉麻烦，你就先到了呀。"她一听我这么说，心情好多了。

利维尔一直提醒汉考克和山姆，要保护好那只装满文件的箱子。但是，他们好像不把利维尔的话当一回事。

道斯发现，慌乱之中，没有人去通知康科德镇。于是，利维尔气呼呼地爬上我的背，跟道斯一起前往康科德镇报信。路上，我们遇到了塞缪尔医生，他愿意跟我们同行，一起去康科德镇。

道斯的小马累坏了，我们放慢了速度。好在，这段路只有6英里远，我们已经走了一半了，谁也不会想到会突然遭遇埋伏。

当时，树荫里传来一阵奔跑的脚步声和咒骂声。4个英国军官跑了出来，他们都带着枪。而我们之中，没有一个人带了武器。路太窄了，我们逃不掉，只好束手就擒。他们将我们赶进一个牧场，那里又有两个军官。现在，是他们6个人对付三个革命者，我们的胜算机会十分渺茫。这时，我听见塞缪尔医生低声对利维尔说："绕过前面的那一丛杨梅时，你往左，我往右，我们冲出去！"

杨梅丛越来越近，我憋住力气，心跳卡到了嗓子眼儿。只听，塞缪尔医生大喊道："快跑！"他用马刺刺了一下胯下的小马，小马急冲冲地一跃，跳过了石墙，奔向康科德镇。

与此同时，我猛一转身，往左冲去。那些人开了很多枪，但是没有一枪打中我。我发疯一般奔跑起来，将一群战马远远甩在后面。我朝一块黑暗的林地跑去，很快就能摆脱追踪了，利维尔和我同时松了一口气。没想到，树林里又有两个全副武装的军官冲了过来。这一回，我们被10个英国人围住了，只好缴械投降。

这时，军官们忽然想起来，他们顾着追踪我们，居然忘记道斯还在牧场，无人看守。现在，等他们赶回去，道斯早就走了。

我已经认出来了,负责指挥的人是达尔林上校。丢失了两个俘虏,达尔林气得脸色发青,他指着利维尔问:"你是谁?"

利维尔端坐在我的背上,自豪地回答:"保罗·利维尔!"

达尔林哈哈大笑起来:"利维尔?你就是那个间谍?情报员?哈哈,天啊,兄弟们,我们中大奖了!把他带回波士顿,盖奇将军肯定会高兴见到他!我说,我们要升官发财啦!"

利维尔镇定地说:"你们再也见不到波士顿了!你们的部队过河的时候,被潮水困住了,不得已停了下来。我已经通知了波士顿这一带所有的村镇,无数的民兵正在赶来的路上,到处都是我们的人,你们被包围了。你要是不信,你听听看。"

教堂的钟声清晰地传来,烽火的信号照亮了夜空。枪声和鼓声时不时地传来。

达尔林气愤地说:"该死的乡巴佬,他说的居然是真的。中士,牵走他的马,你把自己的马也杀掉。让这个该死的乡巴佬走路,要是他逃走了,你们统统会被撤职!"

在英国兵的押解下,我们慢慢走到了莱克星顿。突然,前方传来一排火枪的射击声。那些军官吓得手忙脚乱,我故意装出比别的马更害怕的样子,腾起前蹄,直立后腿,朝人群中俯冲过去。中士使劲地拉着我,我故意将动静闹得更大。达尔林吼叫起来:"俘虏呢,俘虏去哪里了?"

哼,我才不会告诉他,我看见利维尔悄悄溜进灌木丛。我猜,他已经在去往莱克星顿的路上了。

达尔林气得快要发疯:"原本我们有三个俘虏,现在,我们只有一匹劣等马!好,就把这匹马送给将军,我想他会喜欢这份礼物的!"

一路上到处是枪声,这些胆小如鼠的英国军官,只好漫无目的地东躲西藏。我很担忧,又回到了原来的军队,又失去了难能可贵的自由。我想逃,但是,我已经没有力气了,一旦发现我逃跑,这些军官会毫不犹豫地开枪打死我!

命运就是这么奇妙!突然,我看见与小路交界的灌木丛边,三只北美洲臭鼬正排着队缓缓移动。这些英国人,从小生活在城市里,自然意识不到这些臭鼬的厉害之处,而我长期跟随利维尔外出,完全明白它们那非同凡响的战斗力。如我所料,达尔林上校正要踩上那只领头的臭鼬。三只臭鼬直挺挺地站起来,晃动身体。随后,一匹马痛苦地尖叫起来,将达尔林摔在了地上。其他几个人和马都被臭鼬喷射了一身臭鼬液,被呛得喊天叫地。趁着慌乱,我狠狠踢打中士,他只好扔掉缰绳,双手护住自己的头。

终于自由了!

我飞快地朝小路奔跑，这时，身后飞来一颗子弹，打中了我的左肩。我感觉自己的身体在渐渐下沉，但是，为了自由，我咬牙坚持，穿过灌木丛，歪歪扭扭地朝小路走去。幸好，那些军官自己难以脱身，已经顾不上再来追我。

我一瘸一拐地走着，鲜血不断往下淌。我知道，这条小路通往莱克星顿，只好拼尽全力往前走，希望在那里见到利维尔。天已经亮了，太阳慢慢升起，一切都还笼罩在黎明的薄雾之中。

我看见了第一所房子，但是，整个村子鸦雀无声。我知道，男人和民兵守在外面，女人和孩子躲在屋子里。我走向旅店后面的果园。就在我快要走进旅店的时候，我看见利维尔和山姆的秘书拖着一个皮箱，摇摇晃晃地从后门走了出来。我发出一声虚弱的鸣叫，利维尔听到我的声音，一把丢下箱子，朝我奔来。

第十三章　勇士归来

利维尔看到了我的伤口，他跪在草地上，为我检查了一番，然后回到旅馆，拿来一条干净的床单。

山姆的秘书洛威尔问："利维尔先生，怎么处理那口箱子？"

利维尔生气地嚷嚷起来："别跟我提那该死的箱子！我警告过山姆和汉考克，可是他们居然把它给忘了！这是你们的事！我只是个信使，不是搬运工！"

说完，利维尔打来一桶水，小心翼翼地将我的伤口擦拭干净，把床单撕成小条，替我包扎好伤口。他温和地说："雪莉，你先在这儿安静地待着，我藏好这只箱子就回来。"

这时，太阳已经升起来了，薄雾散去。我听到了熟悉的鼓声和横笛声。英国的先遣部队到了，鲜红的服装、刺刀和长枪，在阳光的照耀下闪闪发光。他们有节奏地迈着正步，身后扬起灰尘。随后，一纵队士兵停下来，两排士兵已经做好了射击准备。少校傲慢地要求民兵散开，接着我听见响亮的几声枪响。随即，一阵机枪扫射的声音传来。英国军队大声欢呼，继续朝康科德挺进。

妇女和老人冲出屋子，抬走了伤兵和死者。英国兵还没走远，随时可能冲回来。但是，这些妇女和老人完全不顾自身安危，继续冷静地打扫着战场。

更多的英国军队从我面前走过。这些队伍，看上去没完没了，我十分担忧。那些弱小的民兵队伍怎么能同如此强大的英国部队抗衡呢？一想到这里，我不禁替我们的民兵感到难过。

好一阵子之后，利维尔赶了过来。他完全不把那些英国兵放在眼里，他拍拍我的脖子，说："雪莉，来，我带你回家，我们还有一段很长的路要走。不着急，我们慢慢来！"

我的腿瘸得厉害。但是我意识到，我只有不停往前走，要是停下，说不定再也站不起来了。利维尔很体贴，一看出来我有些累，他就会停下来稍微休息。他挑了最好走的路，还时不时为我打气加油。一走到溪边，他都会让我喝水，为我更换绷带。

中午的时候，我们身后突然响起剧烈的枪声。声音是从莱克星顿传来的，并且声响越来越大。紧接着，我看见一个军官骑着马，飞奔而来。他的军帽丢了，从头到脚都是黑乎乎的泥巴。我已经认出来了，他们是巴恩斯特布尔和阿贾克斯。阿贾克斯跑起来一瘸一拐的，但是狠心的巴恩斯特布尔居然还不时地鞭打他，催促他快走。不一会儿，英国军队跟在他们后面疯狂地跑起来。他们朝波士顿跑去，大多人已经跑得军帽都掉了。为了能跑快点，他们甚至丢掉了火枪、背包！

天啊，英国军队逃跑了！我激动得差点要跪下来感谢上帝！

利维尔嘴巴张得大大的，简直不敢相信自己的眼睛。突然，他拍了拍我的背，跳起来大喊："雪莉！雪莉！他们跑了！英国人跑了！"

这时，我才注意到，我们殖民地的民兵们，飞快地穿过树林和田野，躲在大树、石墙、树墩子后面，时不时朝英国军队发起致命的进攻。他们有的三五成群，有的单枪匹马，每个人的衣服都被汗水湿透了，身上沾满了灰尘，脸黑得像火药！的确，跟英国军队轰隆隆的枪炮声相比，他们的枪声算不得什么。但是，他们百发百中，不停有英国军官倒下，而那些民兵，甚至连擦伤都没有几个。

我和利维尔都看呆了！

我们没有想到，国王的军队居然被一群乡巴佬打败了！傲慢的阿贾克斯和粗暴的巴恩斯特布尔，像惊慌的兔子一样不停逃跑！

利维尔回过神来，解下我的马鞍，将它扔进了灌木丛："雪莉，你再也不需要这个了，我再也不用骑马啦！"

我越走越觉得累，开始胡思乱想。我好像回到了家乡，在松软的草原上跟同伴们嬉戏；又好像回到了利维尔的家，所有的孩子都围着我，抚摸着我的脖子，为我编额发。

当我醒过来的时候，我发现利维尔家里所有的孩子真的就在我身边。他们亲昵地对我说话，为我的伤口落泪哭泣。沃伦医生也来了，他卷起袖口，彻底清洗了我的伤口，小心翼翼地取出了肌肉里的子弹。随后，他像一个家庭主妇一样，缝缝补补，将我的伤口缝合起来。

沃伦说："她会好起来的。只是，她失血过多，你们要好好照顾她，还不能让她躺下，否则她说不定永远也站不起来了。"

利维尔不顾全身的疲劳，划船去了波士顿对岸，请来一位铁匠。铁匠用一些清凉温和的药涂抹我的伤口，将我洗刷得干干净净。他还帮我按摩，清洗我的铁蹄。一连十几天，铁匠一直待在马厩里。白天，他从厨房拿出饭菜到马厩吃，晚上直接躺在马厩里的干草上面睡觉。每一天，他都会牵着我在院子里散步，锻炼我的肌肉。

铁匠在这儿的最后一晚，他叮嘱利维尔说："雪莉已经恢复得差不多了。只是她再也不能像以前那样奔跑了！"

利维尔说："她可以不用跑了，我也不会再骑马了。这次独立战争中，雪莉第一个受伤，我想她可以光荣地退休，好好安享余下来的时光！"

这场独立战争持续了很长一段时间。直到1776年3月17日，英国军队才撤离波士顿。那一天，快乐的居民们涌向码头。我站在一座小山上，看见阿贾克斯被吊起来，放进运输船。我很高兴，得意地冲他嘶鸣了好久好久。

波士顿解放了！我们又搬了回去！利维尔的生意越发兴隆，不久之后，我们全家搬进了一所更大的房子。利维尔还为我买下了我现在居住的这个名叫"雪莉"的农场。

如今，在这郁郁葱葱的农场和宽阔的马厩里，我过上了无比宁静的日子。当然，某些时候，我还会想起那些在鹅卵石上奔跑送信的日日夜夜。那段时间我过得无比艰辛，但是，自从我将自己的命运跟独立事业联系到一起的那天开始，我从来不曾后悔。

欧·汤·西顿经典作品

作者介绍

欧·汤·西顿（1860-1946）：加拿大著名的博物学家、社会学家、作家。他热爱大自然，曾经在草原地区长时间居住，对动物的习性有着非常深刻的了解和认知。后来，他依据这些素材创作出众多无比生动的动物故事，并为这些故事画上插图。

西顿笔下的动物，真实动人，情感充沛。1898年，西顿出版了《我所熟悉的动物故事》，该书一经面市就获得巨大反响，西顿也因此被誉为"动物小说之父"。

塔克拉山上的熊王

第一章　童年的厄运

在美国加利福尼亚州和内达华州的交界处，是远近闻名的内华达山脉。山脉西边，有一座名为塔克拉的山峰。熊王杰克的故事，就发生在这里。

著名的塔霍湖就在塔克拉山的脚下。站在山脚远望，美景尽收眼底。近处，是海洋一般辽阔无边的松林；远处，是庄严肃穆的大山。这样动人的景色往往令人陶醉，然而偏偏有人对这里的风景视而不见。这人，就是猎人兰卡。

兰卡骑在马背上，一双眼睛炯炯有神地打量周围的情况。他天生对大自然的猎物有极强的敏锐感，绝对不会错过任何细微的线索。这不，他很快有了新发现。山峰上，有一些模糊难辨的脚印。这些脚印又长又细，难以辨认。但是，兰卡只看了一会儿就得出结论：一头母熊带着两头小熊刚从这儿经过。周围的草看上去刚被踩过，还没有立起来呢。

兰卡意识到，母熊和小熊可能就在附近。他翻身上马，跟踪熊的足迹前进。马闻到了熊的气味，不愿意往前走。兰卡明白，熊肯定就在附近。他走到一个小山坡，将马放在那里，然后拿着枪，慢慢朝山顶爬去。兰卡很小心。因为，万一惊动了熊，他的生命就会有危险。爬了好一会儿之后，兰卡看到一头母灰熊和两只小熊。

当时，兰卡距离母灰熊大概50米，要瞄准母灰熊的确比较困难。他举起猎枪，一下子打伤了母灰熊的肩膀。受伤的母灰熊十分震怒，立即朝兰卡飞奔过来。兰卡只好转身朝马跑去，当他跨上马背时，母灰熊也追了上来。它跟兰卡的马并排跑了100多米，差点咬住兰卡和马。母灰熊的耐力比较差，很快就放弃了追赶，兰卡才有幸捡回一条命。

这次惊险的捕猎并未让兰卡动摇，他甚至下定决心："母灰熊，总有一天，你会落到我的手里！"

一个星期之后，兰卡在森林的山谷边打猎。忽然，他看见了正在谷底缓缓前行的母灰熊和小熊。母灰熊还未觉察危险降临，它来到溪边，正打算停下来喝水。

兰卡扣动扳机，枪响了！母灰熊快速转身，将两只小熊赶到树上。兰卡又开了第二枪，子弹打中了母灰熊的头。它从山坡上滚了下来，趴在谷底一动不动，失去了生命的迹象。兰卡见状，来到谷底，对准母灰熊的尸体补了一枪。随后，他爬上了两只小熊藏身的树。小熊看见兰卡渐渐逼近，发出愤怒的吼叫。但是，它们的抗议起不了一点效果，兰卡将它们绑起来，从树上拽了下来。

其中一只小熊，尽管个头跟猫差不多，但力气却大得吓人。它不顾自己身上还绑着绳子，一下子朝兰卡扑过去。兰卡捡起一根棍子，小熊挨了几下，终于安静下来。随后，兰卡将它们装进布袋，骑马回家。

到家之后，兰卡给两只小熊套上项圈，用铁链拴在树桩上。刚开始的几天，它们还沉浸在失去母亲的悲痛里，不吃不喝。后来，也许是实在太饿的缘故，它们喝了一点儿牛奶。现在，它们已经接受了母亲离世的事实，每当感到饥饿，就会使劲叫唤，让兰卡赶来喂食。兰卡给它们取了名字，公的小熊名为杰克，母的小熊名为吉尔。吉尔性格暴躁，杰克乖巧顽皮，比吉尔更讨人们喜欢。

一个月之后，两只小熊完全适应了这里的生活。兰卡解开了杰克的锁链，杰克不但没有逃走，还像一只小狗那样跟兰卡形影不离。兰卡去草原上割草，杰克就守在他身边玩耍。有时候，杰克还会坐在兰卡的衣服上，替他看守衣服。

杰克很喜欢吃蜂蜜，每当发现蜂巢，兰卡都会冲它大喊："杰克，这儿有蜂蜜！"

胖滚滚的杰克像一个圆球，快速向兰卡跑去。它知道蜜蜂有蜇人的针，在打开蜂巢之前，它先用前脚掌将蜜蜂拍落踩死，然后再挖开蜂巢。杰克很小心，它会将蜂巢里面的蜜蜂全部赶出去弄死，再吃蜂蜜以及蜜蜂幼虫和蜂蜡。最后，它还会将那些被踩死的蜜蜂也送进嘴里。

兰卡的朋友老罗，曾经看到过杰克吃蜂蜜时的场景。有一天，他请兰卡带上杰克出去玩。走到河边的时候，老罗对着一棵高大的树说："杰克，你看，上面有你最喜欢吃的蜂蜜哟！"

实际上，那不是蜜蜂的巢，而是一个马蜂窝。它悬挂在树枝上，远远看去，就像一个气球。杰克抬起头，看见马蜂围着蜂巢飞来飞去。它觉得很奇怪："咦，居然有挂在树上的蜂窝？"

虽然有点怀疑，杰克还是往树上的蜂巢爬去。兰卡站在树下，非常担心。尽管杰克笨拙地往上爬的样子十分可爱，但是他开始后悔让自己最心爱的小熊去冒险。老罗看穿兰卡的心思，他满不在乎地说："哈哈哈，真好玩！好戏就要上场啦！"

杰克爬上有蜂巢的那根树干。它往下一看，下方的河水正在缓缓流动。它小心翼翼地往前爬，一步一步接近蜂巢。马蜂们一见到这个入侵者，愤怒地扇动翅膀，围着杰克乱飞。杰克有些害怕，连连往后退了几步。树下的老罗看见杰克的狼狈样，哈哈大笑："杰克，去呀，那不是你最喜欢的蜂蜜吗？"

杰克并不搭理老罗的怂恿。它小心翼翼地等待着，直到所有马蜂钻进蜂巢，才慢慢爬到蜂巢上方，伸出毛茸茸的手掌，一下子堵住蜂巢的出口。随后，它用两只前爪抱住蜂巢，跳进河里。蜂巢被摔坏了，杰克跳上岸，跟随蜂巢漂流的方向奔跑。不一会儿，蜂巢漂到了一处浅滩，杰克高兴地跳进河里，将蜂巢搬上岸，吃光了里面的马蜂幼虫，吃得肚子圆鼓鼓的。

原本，老罗以为能看到杰克被马蜂蜇的狼狈样。他没想到，杰克非常聪明，轻而易举地吃到了马蜂的幼虫。兰卡很高兴，他有些得意地问老罗："我的杰克非常聪明，对吗？"

老罗有些尴尬地笑了："倒是我，成了你们的笑话了！"

日子一天天过去，杰克已经长成了一头健壮的大熊。兰卡非常担心猎人会将杰克视作一头野生的熊从而将它打死。一个好心的牧羊人给兰卡提了一个非常好的建议。为了避免被猎人捕杀，兰卡按照牧羊人的建议，在杰克的耳朵上戴上了两个醒目的大耳环。杰克不喜欢这对耳环，一有机会就不停地拽。有一天，左耳环被树枝钩住了，杰克趁机一拉，耳环被扯了下来。不久，兰卡将它的右耳环也取了下来。

老罗家里养了一条狗，它非常喜欢欺负杰克，总是趁杰克不留神，咬它的后腿一口，然后赶紧溜掉。杰克的奔跑速度不如狗，于是，每当看见老罗的狗，它都会主动离得远远的。可是，它也不能总躲着那条狗。有时候老罗会带着狗来兰卡家，杰克完全无处躲藏。

这天，老罗又带着狗来到兰卡家。两个男人坐在屋前畅快地聊天，狗又将杰克撵到一棵树上。狗躺在树下睡着了，杰克有了一个好主意。它慢慢移动身体，来到狗睡觉位置的正上方，一下子猛地跳下来，砸在狗的身上。狗的骨头差点被杰克的重量砸断。它狂妄不起来了，头晕目眩了好一阵子，才夹着尾巴灰溜溜地走远了。

从此，那条狗再也不敢欺负杰克了。

第二章　后悔的交易

杰克得到兰卡的宠爱，一直无拘无束地生活着。而它的姐妹吉尔却一直被铁链锁着，变得越来越沉默寡言。

一天，兰卡外出办事。吉尔不知怎么弄的，突然挣脱了锁链，它和杰克一起溜进仓库，在那里搞破坏。它们把好吃的食物挑出来，塞进肚子里；将奶油和面粉倒在地上，开心地在满是奶油和面粉的地板上来回打滚。它们谁也不知道，兰卡为了买到这些奶油和面粉，得走80多公里路。

当杰克打开最后一袋面粉，吉尔正要将炸药箱子弄开时，兰卡回来了。兰卡一见屋里乱糟糟的场景，气得直发抖！两只小熊知道自己闯祸了，吉尔大叫不好，悄悄在仓库的一角躲起来，满眼都是恐惧。而杰克却调皮地歪歪脑袋，抽了抽鼻子，高兴地朝兰卡跑去，还撒娇一般伸出两只黏糊糊的前腿，要兰卡抱。兰卡正在发火，一看见杰克可爱的样子，怒气一下子消了一半。他装作很生气的样子冲杰克吼道："小坏蛋！看我怎么收拾你！"

尽管这样说，但是兰卡还是像以前一样，抱住杰克的腿，跟它亲昵起来。而吉尔就没那么走运了，它不但遭受到严厉的惩罚，还被再次用铁链拴了起来。

晚上，一个陌生人带着两匹载满货物的马，请求在兰卡家留宿一晚。兰卡答应了，杰克第一次见到陌生人，它很兴奋，学着小狗的样子逗得兰卡和陌生人哈哈大笑。

第二天早晨，陌生人临走前对兰卡说："我想买下你那两只小熊，一共25美元，如何？"

兰卡家里的食物被小熊毁坏，他身上没有一分存款。于是，他痛快地答应了陌生人："每只25美元，一共50美元！"

陌生人爽快地掏出50美元递给兰卡，将两只小熊装在筐子里，慢慢走远了。杰克非常伤心，它不想离开兰卡，"呜呜呜"地哭了起来。听到杰克的哭声，兰卡也很难过，他只好安慰自己说："卖掉它们，家里的食物就不会遭殃了！它们走了，我总算能过清净日子了！"

可是，一看到杰克留在家里的痕迹，兰卡就像丢了魂一样。他不知道自己该做什么，一会儿摸摸这里，一会儿看看那里。最后，他实在忍耐不住，抓起那50美元，翻身上马，追上了陌生人。他气喘呼呼地说："喂，我不想卖掉我的熊了，我把钱给你，你把熊给我，行吗？"

不料，陌生人却冷冷地说："我可不答应！"说完，他掏出枪，对准了兰卡。

兰卡无奈地说："我们有话好好说，行吗？小熊杰克是我唯一的伙伴，你要是带走它，我真的很难过。我可以把另一只送给你，但是请你务必将我的杰克留下！"

陌生人强硬地说："别废话，要么你给我500美元，要么你到大树底下，乖乖举起手来！"

他的话听上去格外冷酷，兰卡担心他真的会开枪打死自己，只好乖乖举起手站到树下面，眼睁睁地看着陌生人将杰克带走。

第三章 成长的烦恼

那个陌生人，真是阴晴不定。最开始，他很喜欢杰克和吉尔，就算花了50美元买到它们，他也觉得值得。后来，他觉得小熊很无聊，想出低价卖掉它们。最后，他干脆一分钱不要，将杰克和吉尔送给了牧场主。

牧场主带着小熊回到农场的第一件事，就是将它们从筐子中拿出来。杰克很老实，不管牧场主怎么折腾，它都一动不动。而吉尔却在牧场主给它套项圈的时候将牧场主的肩膀打成了重伤。当然，吉尔为自己的鲁莽付出了生命的代价：牧场主毫不犹豫地杀死了它。

不过，杰克的情况也好不到哪里去，它被套上项圈，用铁链拴在院子里的木桩上面。这样一来，杰克失去了自由，每天做的事，就是拖着链子绕着木桩在院子里来回溜达，别提有多无聊了！

时光荏苒，不知不觉中，杰克已经在这儿待了18个月。它的身体发生了惊人的变化，睡觉的桶不断更换，一次比一次大。如今，它住在一个巨大的啤酒桶里，还学会打开瓶盖喝啤酒。

牧场主还经营着一家旅馆。经常有一些品格低下的男人来旅馆住宿，为了找乐子，他们会拿来一整瓶啤酒让杰克打开。一般情况下，杰克会毫不客气地接过啤酒，坐在地上，用两只前腿举起酒瓶，一下拔出木塞子，然后一口气咕咚咕咚地将啤酒喝个底朝天。

后来，那些无聊的男人还想出了别的取乐点子。他们带来一条狗，让杰克跟狗打架。刚开始的时候，杰克一往前扑，就会被铁链绊住。狗趁机扑过来，狠咬它的背。后来，杰克汲取教训，改变了作战方法。一旦有狗群向它发出挑战，杰克会装作毫无兴趣的样子，慢吞吞地在酒桶前坐下。当胆大狂妄的狗接近时，它会突然发动攻击，将对方打得浑身是伤。剩下的狗仓皇逃跑，碰撞在一起，后面的狗来不及躲避，沦为了杰克爪下的亡魂。杰克越战越勇，渐渐地，人们不敢再带狗来跟它打架了。

期间，杰克还跟人打过架，一个不自量力的男人，非要杰克跟他战斗，结果被杰克打成重伤。另一个男人，喝醉了酒，吵嚷着要跟杰克决斗，被杰克一巴掌拍死了。现在，人们已经认定，杰克是一头狂躁冷血的恐怖之熊。

然而，杰克并不像人们传言中那样冷血无情。

有一次，牧羊人费科喝醉了，从酒吧走出来，一不小心闯入了拴着杰克的那个院子。那些出来找费科的人没有找到他，还以为他掉进河里淹死了。

第二天一早，旅馆的厨师起来上早班，听见院子里传来说话的声音："喂，往那边去一点，你挤死我啦！"

厨师感到很奇怪，顺着声音的方向走到院子一看，费科的一只胳膊正放在酒桶外面，而杰克还委屈地"呜呜呜"叫个不停。

他吓了一跳："上帝啊，费科昨晚居然跟恐怖之熊睡在一起！"

厨师赶紧把这事告诉大家。人们跑进院子，想把费科带走。杰克居然瞪大眼睛，发出"呜呜"的抗议声："这人是我的，谁也别想带走！"

费科被吵醒了，他一看到眼前的杰克，立马吓得瑟瑟发抖。这时，杰克还站在木桶外面，阻止那些人带走费科呢。费科胆战心惊地站起来，跨过杰克的身体，小心翼翼地走了出来。随后，他头也不回地往外跑，一眨眼工夫就看不见人影了。

第四章　独立纪念日

牧场主打算从杰克身上赚点钱。很快，一年一度的美国独立纪念日到了，牧场主想出了一个赚钱的好办法："为了庆祝美国独立，在纪念日当天，我们要举办一场精彩绝伦的对决，史上最强壮的公牛跟史上最恐怖的熊进行决斗！"

这个消息很快传开了。独立日那天，很多人从加利福尼亚州的各个地方赶来，观看这场传说中无比精彩的决斗。牧场主将牧场布置一番，所有能观看决斗的位置都要收费。他还将牧场的栅栏和木桩粉刷了一下，看起来还真有竞技场的味道呢。

当天，人们挑选了一头最凶猛的公牛。杰克被解下项圈和铁链，装进一个大木桶，带到了竞技场。那些前来观战的人，纷纷下注。一个戴牛仔帽的人押了公牛，他说："世界上没有什么动物比公牛更强壮！再说，这还是一头放养的公牛呢！"

而一个见过灰熊的山里人却说："一看你就不是行家！我以前亲眼看见灰熊跟马战斗，它都能把马撵到河对岸！公牛怎么可能打得过灰熊！"

一切就绪之后，牧场主大喊："比赛正式开始！"

一个叫彼得的牛仔在公牛尾巴上捆了一捆荆棘。公牛一摇尾巴，就会被荆棘扎疼。它被激怒了，情绪越来越激动。

人们不停地推动装着杰克的大木桶，杰克也生气了。不过，牧场主将木桶盖子打开的时候，杰克不太想出来："外面吵哄哄的，算了，我还是待在桶里比较安全！"

那些押公牛赢的人看见杰克畏畏缩缩不愿出来，一起哄笑，发出一阵阵嘲笑。

公牛听见人们的讥笑声，非常愤怒，直接跑向木桶。可是，当它发现木桶里面竟然有一头熊，吓得大叫一声，赶紧朝对面逃去。

那些押杰克赢的人又开始嘲笑起公牛来。

可是，杰克不愿意出来，观众快失去耐心了。他们吵着说："让它们打起来呀！"

彼得拿出一支庆祝独立日的烟火，塞进杰克待的木桶。只听"噼里啪啦"一阵响之后，烟火开始爆炸，杰克吓了一大跳，赶紧从木桶里跑出来。公牛以为杰克要扑向自己，立即躲到另一边。

其实，杰克并不想跟公牛打架，它看了看周围的环境，已经拿定主意："我要逃走！"

于是，杰克很快朝四周扫视一番。栅栏的一处只钉了一块横木，很容易逃走。眨眼之间，杰克跳过横木，向观众席冲去。那些刚才还在嘲笑杰克的观众，现在被吓得仓皇失措，不约而同地朝马棚跑去。大家已经乱成一团，杰克冲向山岗，很快跑到小河边，跳进水里。那些追它的狗不敢跳进湍急的河水之中，只能眼睁睁地看着杰克逃走。

杰克游到对岸，穿过山路和无数个山岗，跑进松树林。随后，它不停地往上爬。那些受人欺负的日子终于一去不返，杰克在独立日这天迎来了宝贵的自由生活！

第五章　9米高的熊

　　从出生以来，杰克并没有真正在大自然中生活过。但是，它的血液里流淌着一种与生俱来的本能，那些本能告诉它，什么植物可以填饱肚子，什么方式能够躲避危险。凭借这些本能，杰克回到了它的故乡塔克拉山。

　　一天，杰克闻到了羊的气味。天黑的时候，它顺着气味往山下走，可是，眼前只有在篝火边睡觉的牧羊人佩德和狗。

　　"咦，怎么连羊的影子也没有？"山谷底看上去是一潭灰色的水，水面上还有无数闪烁的星星。不过，杰克没有听到流水的声音，它好奇地走上去一看才发现，根本没有什么水潭，那些星星是羊的眼睛呢。

　　杰克毫不犹豫地朝羊群冲过去，羊惊慌地咩咩叫。狗和佩德被吵醒了，佩德开了一枪，却没发现偷羊贼。原来，杰克早已叼着羊跑远了。

　　第一次吃到羊肉，杰克不禁感叹："真是太美味了！"此后，只要肚子饿了，杰克都会顺着羊的气味从羊群中拖走一只羊来填饱肚子。

　　佩德不喜欢放羊，为了养家糊口，他才当了牧羊人。一天下来，佩德总要清点一下羊群数量。由于放的羊有3000多只，清点起来实在太麻烦。佩德想出了一个好办法，他让一只黑羊带领100只白羊。这样一来，每天只需要数够30只黑羊就行了。

　　最开始的三次，杰克杀死的都是白羊，佩德根本没有发现羊群的数量在减少。直到第4次，它杀死了一头黑羊。佩德一清点，简直吓坏了，他惊慌失措地喊起来："天啊，少了100只白羊！"

　　按照牧羊人的规矩，佩德转移了羊群的位置，赶着羊群去了另一个山谷。这里四面都是悬崖峭壁，非常安全。结果，杰克凭借敏锐的鼻子，还是嗅出了羊群的位置，又跟了过来。

　　当晚，佩德由于赶了一天的路，吃了晚餐就睡觉了。半夜，他被狗叫声吵醒，睁开眼睛一看，吓得全身僵硬。眼前，立着一头庞然大物，足足9米高！狗已经吓跑了。佩德吓得丢了魂，趴在地上，双手抱头，全身发抖。其实，他看到的是杰克映在悬崖上的巨大身影，一道被拉长的影子，有 9 米高，完全正常。

好一会儿之后，佩德才敢抬头，他发现那头 9 米高的熊不见了，只有一头跟普通熊一般大小的熊在追逐羊群。佩德自言自语地说："刚才那头熊真是太大了，它的孩子居然跟普通的熊一般大！"

第二天一早，佩德赶紧去找羊。黑羊少了两只，佩德丧气地想："天啊，那头大熊居然一下子吃掉 200 只羊！"顺着羊群的足迹，佩德在一个小山谷发现了逃散的羊群。

"啊，原来羊还活着！"佩德高兴地喊起来，将羊群从山上赶下来。可是，这些羊一到山谷的入口，闻到杰克的气味，再也不愿往前走，又退回到山顶。山谷里还有很多羊，佩德只好放弃这走散的四五百只羊，回去看守剩余的羊群。他被昨夜 9 米高的熊吓坏了，筑了一个 5 米高的台子，在上面睡觉。高台上没有篝火，佩德被冻醒了无数次，但是他害怕熊，不敢从台子上下来。

天快亮的时候，狗发疯一般叫了起来，羊群又出现了巨大的骚动。昨夜那个巨大的黑影，再一次出现。佩德握紧猎枪，心里却在打退堂鼓："大怪熊有 9 米高，我的台子只有 5 米高，如果我开枪，不就是暴露了自己的位置了吗？要是被攻击，我肯定必死无疑。不行，我不能开枪！拿性命开玩笑那是头号大傻瓜才会干的事！"想到这里，佩德赶紧收起猎枪，一动不动地趴在台子上，嘴巴里不停地念叨起来："上帝啊，我以前做了很多坏事，现在我请求您的宽恕，请您保佑我别被大怪熊吃掉！"

天亮了，佩德赶紧数了数羊群，黑羊的数目没有减少，佩德松了一口气，赶紧将羊群从山谷里赶出来。

第六章　兰卡的赌约

佩德赶着羊群往前走，在一块平地上，他遇到了猎人兰卡。两个人兴高采烈地谈论起来，他们所讨论的，不过是羊毛的价格、公牛和灰熊的决斗以及刚刚发生的大怪熊袭击事件，等等。

佩德有些后怕地说："天啊，我从来没有见过那么大的熊，它就像恶魔！居然有 9 米高，而且一晚上吃掉了我 200 只羊！它非常狡猾，简直将我的羊群当作了它的口粮！"

兰卡瞪大眼睛，非常怀疑："佩德，你确定不是在说梦话？"

佩德很不高兴，他从身上的皮口袋中掏出一个装金沙的瓶子："你的意思是我说的都是谎话吗？你要是不信，我们赌一把！这些金沙，就是我的赌注！要是我说谎，这些金沙你全拿去！"

兰卡想了想说："我可没有金沙下注！这样吧，我要是打死那头熊，你把金沙给我，行吗？"

"好，一言为定！"

就这样，兰卡开始追杀自己曾经无比喜爱的小熊杰克了。当然，他并不知道自己即将捕杀的熊就是当年的杰克。

很快，兰卡沿着杰克的脚印来到山谷。不过，他看见的都是跟普通熊脚印大小一般的熊脚印，并没有发现佩德所说的大怪熊脚印。山谷里，还有好些羊。兰卡用荆棘做了一个栅栏，把羊撵了出来，只留了一只羊在山谷。随后，他将其余的羊赶出来交给佩德。佩德很高兴，立即将瓶子里的金沙分了一半给兰卡。

这天晚上，兰卡和佩德住在一起，杰克并没出现。

第二天一早，兰卡回到山谷，发现被留下来的那只羊已经被熊吃了一大半。兰卡推测，熊还会回来吃剩下的羊肉。于是，他在熊必须经过的路上撒下许多小树枝做陷阱，自己搭了个5米高的台子睡觉。要是杰克是一头有经验的熊，看见路上出现异样，绝对会掉头逃走。可惜，杰克太年轻了，它没有丰富的狩猎经验，趁着黑夜的掩护大大咧咧回到了山谷。

"咔嚓！"

杰克踩到了兰卡布下的树枝陷阱，它并不清楚这些树枝的意义，直接朝羊的尸体走去。

黑暗之中，兰卡端起枪，对准巨大的黑影扣动了扳机。这是兰卡第一次打中杰克，但是他们都不知道彼此曾经无比亲密。子弹擦过杰克的脊背，它感觉很疼，怒吼着穿过树林，不停往前跑。伤口很疼，杰克只能靠着树干，不停地摩擦伤口，希望自己能好受点。随后，它走到塔克拉山，找了一个洞穴，躺下来休息。这一晚，非常难熬，杰克疼得不停地在地上打滚。

第二天，太阳刚刚升起，杰克就闻到一股刺鼻的烟味。它感觉呼吸困难，只好一点点地挪动，最后从洞穴的另外一边跑了出来。它跑出来后一看，发现洞穴一边入口处站着一个人，这人正拿着木头点火，不停地将浓烟扇进洞穴。杰克伸长鼻子嗅了嗅，它明白了："不好！是昨晚的恶人来了！"

浓烟越来越多，杰克疯狂地跑起来，小鹿、小鸟等其他小动物也拼命地往前逃。这时，天空传来轰隆隆的雷声，风越来越大，火势越来越猛，森林里到处是"噼里啪啦"燃烧的声音。一股股热风从背后吹来，杰克从来没有见过这样恐怖的场景，只好没命地继续奔跑。它的周围，早就成了一片火海，无数小动物因为跑得慢而被烧死、烧伤。杰克的眼睛被浓烟熏得难以辨认方向，它只得疯狂地往前跑！树木越来越少，不一会儿，杰克跑下河堤，跳进了池塘。它潜入水中喝了一大口水，又露出头来呼吸。

"哇，太舒服了！"

可惜，它还来不及感叹，就看见了一幅无比悲惨的情景。那些小动物接二连三地往水里跳。它们有的身体已经被烧焦，还没到水边就死了。有的还留着半条命，趴在水边大口喘气。突然，杰克闻到一股熟悉的味道。没错，就是那个昨晚打伤它的猎人的气味。

兰卡犯了一个巨大的错误。为了抓捕杰克，他点燃篝火，从而引发了这一场森林大火。如今，他自己也被迫逃到水塘避火。

周围的空气一片烟熏火燎的味道，人和熊都无法忍受，他们站在距离对方3米的水里，互相打量了一会儿，又潜入水里。半分钟之后，他们同时露出水面。火势很大，池塘边的一棵大松树倒入水中，差点打中兰卡。兰卡不得不往杰克那边挪了挪位置。而另一棵松树也掉进水里，逼得杰克不得不朝兰卡的方向靠近一点。一人一熊已经靠得足够近了，他们彼此提防。兰卡的枪被扔在岸边，他只得紧紧握住一把小刀，用来防身。

一个小时之后，火势小了，温度也降了下来。杰克率先从池塘里跑上岸，它的后背还在流血，血水都快把池塘染红了。兰卡看着它背后的伤口，确定这是昨晚自己打伤的那头熊。

随后，兰卡也从水里起来，朝跟杰克相反的方向走去。

塔克拉山的西侧已经被这场大火烧毁，兰卡只好搬到东侧。那些小动物也离开了原先生活的地方，纷纷搬到山的东面。杰克也搬到山的东侧，它背上的枪伤好得差不多了。经此一事，它已经将猎枪和猎人的气味牢牢刻在脑海里。

第七章 亲人和仇敌

一天,杰克正在山坡上漫无目的地闲逛,突然,它闻到人的味道,一群雷鸟受惊了,飞向不远处的矮树丛。一声枪响之后,杰克看见一只雷鸟被打死,直接在它身边栽倒。

兰卡从对面的灌木丛里跑了出来。一人一熊,之间只有3米的距离。他们一下子就将对方认了出来。杰克反应过来,站起来,举起前掌,想狠狠抽打兰卡。兰卡吓坏了,被地上的一段树枝绊倒,只好趴在地上装死。

这时,杰克闻到一种熟悉的味道。那是属于美好记忆的味道。它想起了自己的童年,在兰卡小屋里度过的那一段快乐时光。愤怒消失了,杰克带着对往昔的无比怀念离开了兰卡。它并不知道眼前的这个趴在地上装死的人就是曾经的主人兰卡。

兰卡还以为,自己装死躲过了一劫。杰克走后,他赶紧站起来,紧紧握住猎枪。此后,兰卡继续追捕杰克,有一回,他还带上老罗和老罗的那条狗。他们沿着湖岸找到了杰克的脚印,狗顺着脚印走了上去。老罗和兰卡跟在狗后面,一边跑一边喊:"喂,等等我们,别跑太快!"

1500米之外,杰克已经听到了他们的声音。风送来了人和狗的气味,杰克抽了抽鼻子,闻到了两种不同的气味。一种是让它觉得有些亲切的兰卡的气味,另一种是让它有些讨厌的老罗和狗的气味。杰克当机立断,悄悄跟在他们后面。后来风向变了,狗闻到了杰克的气味,掉过头追了上去。

兰卡和老罗觉得莫名其妙,只得跟着狗继续往前跑。

杰克知道狗跟了过来,立即躲到树林后面。很快,狗越来越近。杰克猛地跳出来,将狗压在身下。它已经不是当年的小熊了,如今的体重是以前的好几倍,狗被这么一压,当场毙命。

等兰卡和老罗追上来的时候,杰克早已离开了。他们看着被压成一摊肉饼的狗,非常生气。老罗愤怒地说:"可恶的大灰熊,我一定要你血债血偿!"

兰卡分析说:"看样子,就是这头熊咬死了佩德的那些羊。这头作恶多端的熊,我一定要将它打死!"

两人商议了一阵,选定了使用挖陷阱的方法逮住杰克。他们选择了一块两棵树中间的空隙。老罗在为挖陷阱做一些准备工作,而兰卡则回露营的帐篷去取斧头。快走到营地的时候,兰卡看见杰克坐在对面的山顶上,瞪大眼睛看着他们的帐篷。

真是千载难逢的好时机!兰卡不由自主地拿出猎枪,对准了杰克。

"当!"

子弹没有瞄准,杰克被打掉一颗牙齿和一根脚趾。剧烈的疼痛传遍全身,杰克大叫起来。忽然,它看见了山对面的兰卡,不顾一切地冲了下来。兰卡赶紧躲到树上,准备再次射击打死杰克。

奇怪的是,杰克并没有冲向兰卡。它跑进帐篷,一巴掌将帐篷掀翻,帐篷里的罐头滚了一地,装面粉的口袋也被它撕开,面粉洒了一地。杰克还打开装子弹的袋子,将子弹扔进火堆。子弹一下子爆炸了,杰克被吓了一跳,赶紧从帐篷里跑出来。就在它转身离开的时候,兰卡扣动了扳机,子弹打中了杰克的侧腹。杰克忍着剧痛,回到森林躲了起来。

而老罗和兰卡因为帐篷的东西被搞得乌七八糟,需要花一个星期的时间来修整,暂时不能在这儿继续狩猎了。

杰克修养了一整天,第二天,它实在太饿了,只好溜出来找东西吃。在一条狭窄的路上,杰克闻到了马和人的气味。它很紧张,"我现在身体虚弱,打不过他们,我该怎么办呢?"

一个马仔走了过来,他看见堵在路边的熊,非常害怕。马仔知道,在这种情况下不能轻举妄动。他跟杰克打起手势,那意思是说:"熊,我不想伤害你,我和我的马想从你那边过去,可以吗?"

杰克听懂了马仔的话,它"呜呜"地叫着,算是同意了马仔的请求。随后,它慢慢站起来,顺着旁边的斜坡慢慢往下走。

这段时间,杰克一边养伤,一边到处乱逛找东西吃。有一天,它忽然闻到一股非常诱人的香味。于是,它顺着这香味,找到了正在草原上吃草的5头牛。杰克被它们的肉所吸引,打算杀死其中的一头。它转到下风口,找到一个有水的地方,掩藏好自己的行踪,伏在灌木丛里,安安静静地等待着。太阳快下山的时候,其中一头个子稍微小一点的牛朝水边走来。

杰克非常紧张,它已经摆好了战斗的架势:"莫非,那家伙发现我了?"

其实,小牛只不过是口渴了,它只是想到水边喝点儿水。

当小牛靠得足够近的时候，杰克突然跳出来，对准小牛的牛角狠狠打了一拳。它不知道牛角是牛身上最坚硬的东西，这一拳把它的手掌震得生疼。不过，小牛禁不起熊的突袭，一下子被打倒在地。杰克扑上去又打了一拳，这一下，小牛被彻底打死了。

其他的牛看见同伴被熊打死了，纷纷逃窜。杰克拖着小牛回到山里的洞穴，一边吃牛肉一边养伤。一个星期之后，杰克的伤口已经痊愈。

第八章　报仇雪恨

兰卡依然没有放弃追踪。他找到了杰克的脚印。他知道杰克的前掌、后掌都有伤痕，门牙也被打下来一颗。因此，只要一看到杰克的脚印和它咬树之后留下的痕迹，兰卡就能判定这些印记是杰克留下的。

为了抓住杰克，老罗和兰卡设下了好些陷阱。他们砍下原木，做成结实的箱子，在箱子入口安装了吊门，只要熊碰一下里面的诱饵，吊门就会落下来，将熊困在笼子里。兰卡知道，刚做好的木箱还留着人的味道，谨慎的熊是不会轻易被诱饵吸引过去的。他和老罗做了一些手脚，用泥巴将木箱涂黑，又用已经坏了的鹿肉做诱饵。然后，他们让风把人的气味吹散，再将木箱子抬到事先勘测好的地方。

可是，他们等了4天，依然不见杰克的踪影。兰卡根据跟踪的情况推断，杰克喜欢吃蜂蜜。他和老罗找到蜂巢，将蜂巢用布袋装起来，放进木箱做诱饵。

一天晚上，杰克出来闲逛。它那灵敏的鼻子很快嗅到了蜂蜜的味道。"啊，天底下最好吃的蜂蜜！"杰克无法抗拒这种美味，顺着蜂蜜的气味走了很远。它看见蜂巢被放在一个很奇怪的箱子里，随后它扬起鼻子嗅了嗅，那里不仅有蜂蜜的气味还有令它无比讨厌的人的气味。

杰克有些犹豫，"可是，蜂蜜真的很好吃！"它经不起诱惑，小心翼翼地走进木箱。杰克伸出舌头舔了舔装蜂巢的布袋，口水流了一地。它正想将蜂巢拿出来，用力扯了一下布袋，只听"砰"的一声，大木箱关上了。杰克吓了一跳，它立马明白过来："可恶，居然是陷阱！"

木门和四周都很结实，杰克撞了很久，又用牙齿来回地咬，依然找不到出去的办法。

它急得团团转，天快黑了，夕阳从门板的缝隙里射进来。杰克忽然发现："对，有缝隙的地方，绝对能撞开！"它继续不停地撞击门板，这一回，厚重的木门终于掉了下来。

终于自由了，杰克头也不回地逃走了。

第二天，老罗和兰卡巡视的时候，发现木箱子已经被撞坏了。通过杰克留下的痕迹，兰卡断定它就是自己发誓要追杀的那头熊。

"真是可惜，又被它溜掉了。这家伙太聪明了，我们得想出更好的计策才行。"兰卡有些惋惜地说，又和老罗一起装好木门，重新布置陷阱。跟第一次一样，杰克虽然被蜂蜜的气味吸引了过来，但是它很快拆掉木门，逃了出去。

兰卡和老罗改进了陷阱，在木门上涂上油，还在门缝上糊了一层油纸。兰卡得意地说："这回，我看你怎么逃！"

几天之后，他们再去看这个陷阱。奇怪，木门没有一点丁儿被破坏的痕迹。他们以为杰克被困住了，兴奋地敲了敲木头，却发现里面空空如也。随后，他们围着木箱转了一圈，终于发现杰克是将前掌伸进木门，顶着木门走出来的。

兰卡再一次进行改进，在木门下挖了一条水沟。可是，转眼冬天到了，杰克冬眠了，再也没有闲情逸致跟兰卡他们玩陷阱游戏了。

第二年春天，趁着积雪还没融化，兰卡和老罗抓住时机，又在木箱上挂了蜂蜜诱饵。他们一下子抓住了好几头熊，但是却没能抓住杰克。随后，兰卡和老罗观察了雪地上留下的脚印，他们发现，杰克的脚印边还有一串娇小的脚印。于是，他们得出一个结论：杰克结婚了，那个娇小的脚印正是母熊留下的。

他们顺着脚印追踪了几天，见到了杰克和它的妻子。一个冬天过去，杰克长高了。而母熊却十分娇小，它长得很漂亮，皮毛光滑像绸缎。不过，他们之后再也没见到母熊。因为，它已经被牧羊人费恩杀死了。

事情是这样的。那天，费恩正在放羊。杰克带着母熊在远处走，费恩端起枪射击，一下子打碎了母熊的脊梁骨。母熊倒在地上，毫无生息。杰克看见妻子被打倒，十分震怒，疯狂地朝费恩的位置奔跑。费恩看见杰克朝自己跑来，立马爬到树上躲起来。由于够不着费恩，杰克只好朝母熊跑去。就在这时，费恩又开了一枪，一下子打中了杰克的后腿。杰克疼得嗷嗷叫，但是又没办法立即找费恩报仇，它只好拖着受伤的腿来到母熊身边。母熊一动不动地躺着，杰克不明白："之前还是好好的，它为什么就站不起来了呢？"

杰克站在母熊身边等了很久很久，最后无比悲痛地离开了。它已经想明白了，费恩打死了它的妻子。杰克跟着费恩的气味，来到了费恩父母家。费恩的父母看见小山一样的杰克走了进来，吓得爬到树上躲藏。杰克走进猪圈，杀死了最大的一头猪。

"嗯，这种肉吃起来还不错！"之后，杰克经常到猪圈来享受这种独特的美味。费恩的父亲老费恩想对付杰克，他将枪绑在树上，只要杰克踩中机关，枪会自动弹出子弹射击。但是，枪放得太高了，杰克并没有被打中。它只是吓了一跳，疯狂地朝平原跑去，再也不敢来老费恩家杀猪吃了。

为了躲避这些该死的枪，杰克决定缩小自己的活动范围，远离那些人类的房子，只在森林和平原活动。

一天，杰克正打算捕猎。忽然，它闻到了仇人费恩的气味。于是，它跳起来，飞快朝费恩跑去。费恩正全神贯注地瞄准天上的几只大雁，完全没注意到越来越近的杰克。

杰克快速奔跑，穿过树林，一下子朝费恩扑过去，一拳将费恩打死，就连费恩身后的树也被它打倒了！

第九章　可怕的熊王

今年，塔克拉山附近的熊，似乎特别喜欢吃牛肉，几乎所有的牧场都被熊光顾了一遍。牧场老板开出巨额赏金，要求抓捕灰熊。但是，没有谁能抓住灰熊，反而是那些牛，不停被熊杀死。

关于熊的传说扑朔迷离。有人说它是一头跑得最快的大熊，有人说它是凶残的杀猪熊，还有人说它是专门杀羊的布林熊。

一天，佩恩来到兰卡家，他说："兰卡，那头大怪熊还在森林里。它是最健壮的熊，它杀死了我1000只羊！兰卡，你说过你要抓住它。你得赶紧想个办法，要不然我的损失会愈来愈惨重呀！"

在巨额赏金的鼓动下，兰卡和老罗再次出动，来到塔克拉山。他们观察了熊留下的脚印，最后得出一个令人意外的结论：那些传说中的熊，其实都是同一头熊！

猎人们很吃惊，从此，人们称杰克为"塔克拉山的熊王"！

一个富翁登报表示：如果谁能生擒熊王，他会奖励10倍的奖金！

兰卡和老罗得知这个消息，十分兴奋。他们找来以前的猎人朋友，一起出发擒获熊王。

有人报信说，熊王在贝尔达修牧场出现了。猎人们马不停蹄地赶过去，终于见到了杰克留下的脚印。但是，他们跟着脚印追踪了一段距离，进入森林时，却找不到熊王出没的痕迹了。但是，兰卡断定，熊王就藏在这片茂密的森林里。他对大家说："听我说，熊王就在这片树林里，但是天黑之前，它肯定不会现身。我们要等到晚上活捉它，这样我们才能领到10倍的赏金。大家不要带枪，只要带绳索就可以了。"

但是，有三个人还是坚持带了枪。就这样，7个男人骑着马来到熊王出没的树林里。

现在距离天黑还早得很，大家等得很无聊，不断朝树林里扔石头。中午的时候，吹起大风，男人们将好几个地方点燃了，风卷起火焰冲向树林，刹那间，响起了树木燃烧和树枝折断的声音。

树丛后面，一头巨大的熊跳了出来。是的，它就是熊王杰克！

杰克根本不把这群人放在眼里，它转过身，不慌不忙地朝山上走去。那些马害怕了，纷纷立起后腿，不听使唤。三个勇敢的猎人追了上来，举起绳索朝杰克的头上扔去。绳索套住了杰克的脖子，但是它毫不费劲就拽下绳索，继续慢腾腾地往山上走。

"快，拦住它！"男人们着急地喊起来。

一个男人骑着马跑过来，扔出绳索套住了杰克的腿。杰克一低头，一下子咬断绳子。另一个人跑过来，套住了杰克的另一条腿，在两匹马的拉拽下，杰克差点被拉倒了。它被激怒了，凶狠地瞪着这些人，猛地扑了过来。它跺脚的声音就像地震，地面腾起一阵灰尘，三个骑马的男人撞到了一起，一瞬间，三匹马再也站不起来了。但是，杰克的怒火依旧没有平息，它挥舞着熊掌，不停地朝人和马拍去。才短短几分钟，已经有三匹马和一个人被打死，还有一人被打成重伤。有一个人害怕地逃走了！

杰克不想再战，转身跑向山岗。这时，有人开枪了。

兰卡急忙大喊："别开枪，从后面袭击，我们能抓住它！"

有人生气了："如果我们不开枪，我们也会像地上那两个人一样倒下！"

男人们不再顾虑，一下子打光了所有子弹。

兰卡扔出绳索，套住了杰克的前腿和脖子。杰克很快扯掉了腿上的绳子，但是脖子上的绳子很难挣脱。男人们使劲地拉着绳子，他们想勒死杰克。杰克往前趴着，身体往后一退，猛一用力，拼命拽住绳子，将拉自己的两个人拉向自己。拉着杰克的这两个人，不停向对方靠近，企图用合力将杰克拉倒。

突然，杰克像一支离弦的箭，猛地朝他们扑去。两匹马的肚皮被撕开，马背上的男人见势不妙，立即松开绳索，拔腿逃跑。杰克深深地吸了一口气，拖着脖子上的绳子，跑过山冈。

所有人都走了，只有兰卡和老罗在山上搭起了帐篷。兰卡坐在篝火边，坚定地说："它是我见过的熊里面，最强壮的熊！一开始，我觉得它是我们的敌人。老罗，现在我开始喜欢它了，我要活捉它，哪怕花上一辈子的时间，我也要把它捉住！"

接下来，老罗和兰卡用了三个月的时间来跟踪杰克，弄清楚了它的活动范围。随后，他们在杰克的必经之路设下陷阱。这一次，兰卡吸取了以前的教训，对木门做了改进，不让木门落下来，方便杰克自由出入。杰克好几次进入木箱吃东西，都没被困住，它渐渐放松了警惕。

最后的机会来了！

兰卡和老罗找来杰克最喜欢吃的蜂蜜，还在蜂蜜里加了大量的安眠药。

这天晚上，杰克离开自己居住的洞穴，四处游荡寻找食物。忽然，它闻到了蜂蜜的气息。这是它永远也无法抗拒的美味，于是，它直接朝有蜂蜜的地方跑去。出现在眼前的，是一个圆形的木洞。杰克跑进去，舔着蜂巢，使劲一拉。门关上了，但是它满不在乎："反正，我知道怎么出去！"它放心地吃起来，慢慢地闭上了眼睛，躺下来睡着了。

第二天，天刚刚亮，兰卡和老罗在木箱子边发现了杰克的脚印。他们兴奋地打开箱子，杰克还没醒。他们趁机将杰克绑起来，用起重机把它从箱子里吊出来。兰卡担心杰克吃了太多的安眠药没办法苏醒，他和老罗做好一切准备工作之后，将杰克弄醒了。

杰克发现，自己居然被绑住了！它愤怒地吼叫，不停挣扎，却发现自己已经被绑得严严实实，根本没办法逃脱。就这样，兰卡和老罗几经周折，带着杰克坐上火车，来到了一个大城市的动物园。

杰克被关进了一个大笼子。它打算逃跑，在地上挖了一个洞。动物园的人吓坏了，慌忙朝洞里倒水，才将杰克逼了出来。随后，人们为它做了一个更结实的笼子。哪知，杰克居然将笼子上的铁棒扭弯，把笼子的根基都弄松动了。后来，为了防止它搞破坏，人们不得不为它定制了一个无比坚固的牢笼。

杰克用尽一切努力，终于明白自己再也出不去了。它趴在地上，无比伤心地哭起来。"失去了宝贵的自由，还不如直接去死！"杰克下定决心，开始绝食。一天天过去，摆在它面前的食物已经腐烂，饲养员用了很多办法，杰克依然拒绝吃饭。万不得已之中，动物园的人找来了兰卡。这时,杰克已经奄奄一息,只剩下最后一口气了。

兰卡不顾自身安危,让饲养员打开笼子,走了进去。他一边抚摸着杰克的头,一边自言自语。突然,他摸到了杰克的耳朵。

"天啊,熊王的耳朵上竟然有个小洞!"兰卡不敢相信自己的眼睛,又在另一个耳朵上找到了耳洞。

这下,兰卡终于明白了,眼前的熊王就是当年的小熊杰克。他浑身颤抖,不停地说:"杰克!杰克!天啊,我对不起你,要是我知道是你,绝对不会让你受苦!"

但是,不论兰卡如何呼唤,杰克依然一动不动。

这时,兰卡想到了一个好办法。他换了一身以前的衣服,还带来了杰克最爱吃的蜂蜜。

"杰克,快醒醒,快看,有你最爱吃的蜂蜜!"

奇迹发生了!

童年里熟悉的气味和美味的蜂蜜,唤醒了杰克内心关于兰卡的美好记忆,它微微睁开眼睛,看了看兰卡。兰卡放声大哭,慢慢离开了杰克的笼子。

后来,在饲养员的照顾下,杰克很快恢复了健康。但是,它依然向往塔克拉山下无比自由美好的生活。没事的时候,杰克经常抬起头,凝视远处的山峰。

塔克拉山,杰克曾经生活的家园!如今,它只能住在这狭小的笼子里,再也没有机会回家!

银狐多米诺

第一章 生活的阴影

夕阳西下,落日的余晖洒满大地,柔和的金光温柔地抚摸着无限广袤的丘陵。一座小山上,有一片茂密的树林。树林前的空草地上,开满了五颜六色的鲜花。狐狸一家就住在草地边缘的洞穴里。这时,它们都在草地上玩耍,小狐狸在花丛中钻来钻去,狐狸妈妈则守在一旁,看着孩子们开心嬉戏。

7 只小狐狸中,黑色的小狐狸多米诺看上去最强壮。它的速度很快,一旦它碰到野鸭留在地上的羽毛,其他小狐狸只能等它玩腻了,才有机会捡起来玩。

多米诺觉得很无聊,它看着狐狸妈妈毛茸茸的大尾巴,想出了一个坏主意。它不停地拽狐狸妈妈的尾巴,狐狸妈妈看了一眼调皮的儿子,不动声色地站了起来。多米诺够不着妈妈的尾巴了,只好在一边打滚玩。

这时,狐狸爸爸叼着一只被杀死的香鼠跑了过来。小狐狸们高兴地叫起来:"爸爸回来啦!"它们一哄而上,很快将香鼠吃得毛都不剩。狐狸爸爸看着孩子们狼吞虎咽的样子,转过身又跑进树林打猎。狐狸妈妈守在一边,警惕地留意着四周的动静。

远处,传来狐狸爸爸"嗷嗷"的警告声。它的意思是说:"敌人来了,你们当心!"

狐狸妈妈听到叫声,赶紧带着小狐狸回到洞穴。

这一带,有很多狐狸的天敌。狐狸夫妇不敢有一丝松懈,时时刻刻观察着周围的一举一动。眼下,一根树杈上,就坐着一个拿猎枪的少年。他叫阿布,无意中看见了在夕阳下玩耍的狐狸一家。这片地区有很多狐狸,但是狐狸是非常警觉的动物,人类很难有机会看见它们的身影。阿布觉得,自己太幸运了。他兴致勃勃地看着那只黑色的小狐狸多米诺,看着它活泼机灵的样子,阿布不禁哈哈大笑。他看得正入迷,狐狸一家却钻进了树林逃进了洞穴。

阿布很纳闷，这时，传来了猎狗库拉的叫声。

阿布有些不耐烦地说："讨厌的大笨狗，你怎么来了？"

这条跑过来的猎狗叫库拉，看上去还没成年。它长得很健壮，嗓门也很大。每每阿布出门打猎，都会带上库拉一起。今天，库拉原本拴在家里的，不想，它竟然挣脱绳索，一路追了过来。

"汪汪汪！"库拉狂叫着，越跑越近。狐狸妈妈安顿好孩子，跑了出来，它打算将库拉引到别的地方去。对库拉这种没有什么经验的未成年猎狗，狐狸妈妈非常自信。它快速冲到库拉面前，掉头朝远离洞穴的方向跑去。

库拉上当了！狐狸妈妈要了几个花招，只跑了一两公里，便巧妙地将自己的行踪掩藏起来，悄悄回到狐狸洞。以前，多米诺会主动出来迎接狐狸妈妈，这一次它却被吓坏了，趴在洞穴里最深的位置，甚至不敢抬头。

其实，不管是人还是动物，总会因为一些声音在心里留下不可磨灭的阴影。至出生以来，多米诺认为狐狸妈妈是世界上最厉害的动物，只要妈妈在身边，它什么都不怕。但是今天，一听到库拉恐怖的吼叫声，多米诺吓得缩成一团，大气都不敢出。

第二章　狐狸洞

树林附近有一个小山村。最近，布朗一家的鸡总是莫名其妙地失踪。这一天，布顿兄弟俩正在山上走。忽然，从山谷里传来笨狗库拉的叫声。兄弟俩跑过去一看，库拉正在追赶一只狐狸。这只狐狸就是狐狸妈妈。不到一会儿，狐狸妈妈藏了起来。库拉找不到狐狸妈妈，只得原地打转兜圈子。

兄弟俩笑了："看来，笨狗库拉这回又要扑空了！"他们看着库拉傻乎乎转悠的样子，止不住哈哈大笑。这时，狐狸妈妈叼着一只鸡出现在山谷的另一边。

兄弟俩一起惊叫起来："那不是我们家的白鸡吗？"

他们跟踪狐狸妈妈，来到了草地边的狐狸洞。小狐狸们一只接着一只跑了出来，兄弟俩又惊叫起来："哇，居然有一窝狐狸！"

他们拿起木棍，朝狐狸洞走去。洞穴弯弯曲曲，木棍没办法深入到洞穴的最深处。

小狐狸们听见兄弟俩的说话声，吓得大气都不敢出。狐狸妈妈跑到洞穴不远处，想引开布顿兄弟。但是，他们根本不会上当。

天快黑了，兄弟俩想尽办法，也没能将木棍伸向狐狸洞的最深处。他们决定先回家，明天带挖掘工具来挖开狐狸洞。

兄弟俩刚离开，狐狸妈妈就找到了一处安全的地方，它要把孩子们都转移走。按照大自然优胜劣汰的规则，为了保证自己的族群能够继续繁衍，多米诺是第一个被搬运走的孩子。第二个是女儿中最强壮的，第三个是剩余的孩子们中最强壮的！

狐狸爸爸一直紧张地站在山头，留意四周的动静。太阳快升起的时候，狐狸妈妈正搬运着第三个孩子，布顿兄弟带着铁锹直奔狐狸洞。他们迫不及待地挖起来，结果挖到1米左右的时候，遇到了一块大石头，没办法继续挖下去了。

这时，兄弟俩想出一个坏主意。他们拿来炸药，塞进了岩石缝。

"轰轰轰！"

爆炸的声音震耳欲聋，周围的山丘都被震得沙沙直响。硝烟散去之后，兄弟俩一看，完全傻眼了。被炸碎的岩石将洞口封得结结实实，里面的小狐狸根本不可能出来了，它们只有死路一条。兄弟俩放心了，收拾工具回了家。

夜幕降临的时候，狐狸夫妇来到洞口，疯狂地刨碎岩石，想刨开洞口救出那些可怜的小狐狸。但是，洞口堵得死死的，很难被打开。第二天晚上，它们又忙活一整夜，依然毫无进展。第三天晚上，狐狸爸爸放弃了，狐狸妈妈独自来到洞口，还是没办法救出剩下的孩子。最后，它们不得已选择了放弃。

第三章　祸不单行

新的狐狸洞在小河边，入口处也有一块巨大的岩石，即使敌人发现了洞口，也没办法开挖、捣毁岩石。

小狐狸们以惊人的速度飞快成长，尤其是多米诺。它的毛全都变成黑色，看上去油光闪亮。狐狸夫妇开始训练孩子们的捕猎能力，它们把猎物放在距离洞穴100米的树林里，让小狐狸们自己去找。这样一来，三只小狐狸都得到了充分的训练，尤其是多米诺，它变得越来越强壮凶猛。

　　大笨狗库拉到山里来了好几回。每一次，小狐狸们听到它的叫声，都吓得趴在地上不敢起来。狐狸夫妇冲出去引开库拉，它们只要了几个小花招，库拉就再也找不到它们了。不过，库拉渐渐长大，也比以前聪明多了。

　　一天，小狐狸们刚找到狐狸爸爸打来的猎物，高兴地跳来跳去。突然，库拉出现了。小狐狸吓得丢下猎物，仓皇逃命。最小的那只狐狸，被吓得丢了魂，居然忘记了逃跑。库拉冲过去，一口咬断了小狐狸的肋骨，小狐狸一命呜呼，当场毙命。

　　这两天，狐狸一家真是祸不单行。

　　小狐狸刚被咬死的第二天早上，狐狸爸爸叼着一只野鸡正往家里赶，突然遇到了一群狗。慌乱之中，狐狸爸爸叼着野鸡钻进了一堵围墙的窟窿。哪知道，这是一家人的院子，院子里面也养了一群狗。狐狸爸爸见势不妙，转身想逃。可惜，那些狗的速度比它更快，一下子扑过来咬死了狐狸爸爸。

　　可怜的狐狸妈妈和两个孩子，还不知道狐狸爸爸为了给它她们找食物被狗咬死了。小狐狸们，还满心地盼望着狐狸爸爸快快回家呢！

第四章　银狐和白脖子

　　时间飞逝，转眼就到了8月。两只小狐狸都长大了，能够独立生活了。多米诺比它的狐狸妹妹长得更高大魁梧，一身皮毛更加黝黑发亮。它想："我自己长大了，可以离开妈妈独自生活了！"于是，它告别了妈妈和妹妹，开始闯荡世界。

　　没过几天，多米诺就失去了对新生活的信心。那天，两条狗在它身后追赶，为了逃回自己生活的那片山丘，多米诺跑得脚都扭伤了。后来，一次偶然的机会，多米诺发现可以利用河水除掉自己身上的气味，甩掉猎狗的追踪。

　　到冬天的时候，多米诺已经总结出一套属于它自己的脱身办法。一旦遇到猎狗追赶，它会将猎狗引上结冰的河面。冰层很薄，只能承受多米诺的重量，那些猎狗跑着跑着就会踩裂冰面，掉进冰冷的河水里。此外，多米诺还找到了另一个脱身办法：越往悬崖的顶端走，山路就会越来越狭窄，只容得下多米诺通过，猎狗要是追上来，就会卡在石缝之中。

到了最寒冷的时候，多米诺的皮毛又发生了新的变化。原本，它的父母是一对红狐，多米诺是红狐中的变种。在红狐这个种族中，生出纯黑狐的几率非常小。人们也很难遇见这种黑狐，毕竟它奔跑的速度实在太快。再加上，黑狐生性狡猾机敏，那些用来对付一般狐狸的办法在黑狐身上很难起到效果。

不久之后，多米诺身上的毛发尖开始发白，在阳光的照耀下，浑身都散发出银色的光辉。多米诺终于从黑狐变成了传说中极难见到的银狐。在漆黑的夜晚，多米诺身上的银灰色就像天空中的星星那样耀眼。

银狐的传说在当地流传开来，人们还听说库拉已经好几次追踪到银狐。但是，大家对库拉的传闻深表怀疑：库拉那种笨狗，怎么可能追得上银狐？

不过，现在的库拉已经长成一只凶猛的猎犬。它吼叫的时候，那种刺耳的颤音，听起来让人觉得毛骨悚然。

一个深秋的傍晚，阿布在山下散步。远处，又传来库拉那令人讨厌的叫声。阿布停下脚步，不一会儿，多米诺从树林里跑了出来。他们之间的距离只有50米。多米诺见阿布蹲在地上，也将前爪搭在木头上，紧紧抵着地面。阿布将手放到嘴边，模仿起狐狸的叫声来。多米诺见阿布十分友好，朝他跑了一段距离，又停了下来。

阿布完全被多米诺的美丽惊呆了，自言自语道："天啊，大自然中居然有如此美丽绝伦的生物！它，一定是人们传说中的那只银狐！"

多米诺感觉阿布就要追上来了，转过身，像一道闪电，快速消失在阿布的视野里。

漫长的冬季里，人们开始带着猎狗猎捕狐狸。在跟猎人和猎狗的较量里，多米诺变得越来越聪明，它学会了很多脱身术。一般情况下，多米诺会选择白天睡觉，晚上出来觅食。太阳下山之后，多米诺会逆风前进，让风将各种信息传递给它。

山下的每个农户家都能找到可口的食物，但是每家人都养了狗，多米诺必须小心行事。通常，它会采用两种方法来觅食。如果能找到安全的脱身路线，它会毫不犹豫直接跑进农户家里。如果无法确定是否有合适的逃跑路线，它会在农家的庭院附近叫几声，要是有狗出来，它转身就跑，要是没有狗出来，它推测狗一定是被拴住了，便放心大胆地从后院翻进去，寻找食物。

生活渐渐安定下来，多米诺也拥有了自己的领地。当然，野生动物们都有自己的领地，如果谁胆敢冒犯多米诺的领地，它会毫不犹豫地将对方驱逐出去。

多米诺已经成年了，它需要一位伴侣来组成新家庭。深冬月夜，多米诺总会爬上山丘，对着月亮长啸："我好想得到一位伴侣！"

叫上一阵子之后，它会停下来，听听有没有别的狐狸回应自己。每一次，多米诺都很失望。

直到2月的一个夜晚，多米诺再次呼喊之后，发现不远处的雪地里有一对奔跑的狐狸。它辨认了一下足迹。原来是那只住在河东边的厚脸皮狐狸的，它们之间没有什么恩怨，多米诺很快原谅了厚脸皮狐狸闯进自己领地的做法。

随后，它又发现了一双陌生的狐狸脚印："居然敢擅闯我的领地！"多米诺非常生气，沿着脚印追了下去。不过，它的怒气渐渐消散，因为这对脚印属于一只雌狐。但是，没过多久，多米诺又气得怒火中烧，原来，它看见厚脸皮狐狸和雌狐亲密地在一起玩耍。

那是一只长得很乖巧的红色雌狐，脖子上的毛是白色的，远远看去就像围了一条白色的围巾，看上去显得很高贵。

多米诺气疯了，冲过去对厚脸皮狐狸龇牙咧嘴。但是，雌狐白脖子对多米诺却十分冷淡，它转过身，独自往前走。两只雄狐见白脖子走了，一起追了上去，将白脖子夹在它们中间，继续恶狠狠地盯着对方。

一会儿之后，白脖子朝多米诺靠过来。厚脸皮气坏了，立即发起进攻。不过，多米诺只轻轻一撞，厚脸皮就被撞倒在地。

白脖子又跑了，两只狐狸同时追上去，再一次将白脖子夹在中间。跑了一段距离之后，白脖子朝多米诺靠近，现在，雪地里只留下厚脸皮孤零零地站在一边。看到厚脸皮不愿离开，白脖子和多米诺一起发动进攻，厚脸皮只好灰溜溜地逃走了。

就这样，多米诺赢得了新娘白脖子的喜爱，它们结成了一对年轻而又活力的狐狸夫妇。

第五章　打败大笨狗

春天来了，万物复苏。厚厚的积雪开始融化，潺潺的小溪欢快地奔腾，小鸟欢快地唱歌，松鼠在枝头高兴地蹦蹦跳跳。

多米诺和它的妻子白脖子天天在森林里走来走去，好像在寻找着什么。不过，真正在寻找的是白脖子，多米诺只是跟着它后面保护它而已。白脖子怀孕了，它想寻找一个安全的地方生下孩子。山野里，到处都是其他狐狸的气息，它们不敢轻易闯入，只好继续往大山深处走去，一直走到了多米诺年幼时生活过的地方。白脖子看中了这里，打算在这儿建造新家。

多米诺和白脖子用了整整三天，才挖好一个洞穴。洞口往下，是一条长长的隧道，隧道中间才是一个横向的卧室。卧室后面还有一条隧道，通向地面。白脖子很聪明，它将从洞里搬出来的泥土堆成一个小土坡，用来遮挡洞口的位置。没过几天，土堆上长满了青草，这样一来，一般人很难发现这里有狐狸洞。

一天，多米诺在森林里遇到一个小女孩，小女孩看上去很友好，多米诺想："这个人似乎不那么危险呢！"

小女孩到森林里来采野果，她看到漂亮的银狐多米诺，开心地说："哇，小狐狸，你长得真漂亮，我可以跟你做朋友吗？"

这时，一条小狗跑了出来，多米诺转身逃走了。小女孩回到家之后，还把在森林里遇到银狐的事讲给了大家听。

春天的脚步越来越近，整个山林都染上了生机蓬勃的绿色。最近，白脖子的举止有些古怪，它快要生小狐狸了，严厉禁止多米诺到狐狸洞休息。这是白脖子第一次生孩子，但是它好像天生就有经验，生产非常顺利。现在，狐狸洞里躺着好几只毛茸茸的小狐狸。白脖子非常疼爱它的孩子，甚至都不允许多米诺进来看孩子。

这段时间，白脖子储存在洞穴里的老鼠快被吃完了。一天，多米诺放了三只死老鼠在洞口。作为丈夫，它本能地知道在这种时期应该多多体贴妻子，保护孩子。

一个月之后，小狐狸们在白脖子的带领下走出了洞口。它们长得胖乎乎的，像一团圆圆的毛线球，别提有多可爱了！多米诺和白脖子都很喜爱这些孩子，时时刻刻守在它们身边，它们愿意为孩子去做任何事情。

一天，多米诺叼着猎物回家，突然听到了库拉的叫声！白脖子赶紧带着孩子们来到洞穴的最深处，而多米诺立即朝库拉跑去，引诱它来追自己。原本，库拉最先发现白脖子的踪迹，它是来追踪白脖子的。多米诺半路杀出来，追踪计划被打乱，库拉非常生气，扭头朝多米诺追来。

曾经看上去十分愚蠢的库拉已经长大了，它已经掌握了很多对付多米诺的诀窍。不论多米诺要什么花招，库拉都紧紧追在后面，毫不松懈！

多米诺看着紧紧追在身后的库拉，突然想到一个绝妙的主意。它假装往河岸跑，渐渐放慢速度，引诱库拉跑上通往悬崖顶端的羊肠小道。

库拉果然上当了："看来，这只狐狸已经累得跑不动了！哈哈，我的机会来了！"它一边大口大口喘气，一边往山上跑。

眨眼之间，库拉就要追上多米诺了。突然，多米诺像风一样奔跑起来。库拉眼睁睁地看着到手的猎物飞走，它被夹在悬崖上，一侧肩膀撞到悬崖。只听"咚"一声，库拉掉进了悬崖下的河里。

多米诺站在悬崖的小路上往下望，只见河水旋涡翻滚，库拉在激流中狼狈挣扎。到最后，库拉也不知道自己翻了多少个跟头。激流无数次将它冲出水面又卷入水底，水底的石头像刀子一样锋利，库拉被划得浑身是伤。它最后一次从水里挣扎出水面时，浪花将它推到一块岩石边，将它送上了岸。

经历这一次伤痛，库拉一直到夏天都没办法出门狩猎了。

第六章　迷幻药

夏天很快就到了。一天，多米诺在草丛里狩猎。它循着一股特殊的气味跟踪下去，见到了一个庞然大物。这家伙全身耷拉着，趴在地上，圆圆的眼睛打量着多米诺，看上去有些胆怯。

多米诺想："这个大家伙居然怕我！哈哈！"它来了兴致，想看看眼前的这个东西到底是什么动物。其实，这是一头小鹿，只是多米诺从来也没有见过鹿，自然不清楚这个家伙的来头。

在多米诺即将扑上去的时候，小鹿突然站起来，害怕地叫嚷着，想从草地上逃走，多米诺大着胆子追上去。突然，传来一阵"咚咚咚"的声音，多米诺回头一看，鹿妈妈正气势汹汹地跑过来。它看上去很生气，背上的毛都倒竖起来了。

鹿妈妈跑上来，举起蹄子，一次次踢向多米诺。多米诺赶紧逃到树林里，鹿妈妈又追上来，一脚踢中了树干，它脚疼得厉害，不得已停止了追赶。

经过这件事，多米诺明白了，那些不认识的动物说不定就是极其恐怖的敌人。当然，最恐怖的还是人类设置下的陷阱。幸好，布顿家的孩子们不太擅长安放捕狐夹子，那些稍微聪明一点的狐狸，完全能避开他们设置的陷阱。每当经过布顿家布下的陷阱，多米诺都会嘲笑那些夹子，还在夹子附近的地上轻蔑地撒一泡尿。

很快，这些孩子们学会了一种新的猎捕狐狸的方法。他们从海狸身上提取一些油，将油和苦艾混在一起，榨汁之后加入各种香料，制成一种具有特殊气味的诱饵。这种药，只需要在捕兽夹上涂两三滴，狐狸闻到就会像吃了迷药一样，立马被捕兽夹夹住。药炼制好之后，布顿家的孩子们在森林里安置了很多这种捕兽夹。

一天，多米诺正在森林里奔跑。忽然，它闻到了一种特别的味道，不由自主地来到布顿家孩子们放陷阱的地方。一般情况下，多米诺见到捕兽夹会赶紧离开。今天，它好像喝醉了酒一样，摇摇晃晃地朝捕兽夹走去。它完全陶醉在迷药带来的美丽幻想中，一头栽倒在地上，触到了捕兽夹。只听"咔嚓"一声巨响，捕兽夹弹起来，夹住了多米诺的背。

快乐的梦幻一下子消失得无影无踪，多米诺用力一挣，忍着疼痛逃走了。

家里的鸡一天天减少，布顿抱怨孩子们抓不住狐狸，决定亲自上阵。他将捕兽夹用火熏了一遍，完全去除了铁的味道，安置好捕兽夹之后，在上面放上杉树枝，再将鸡肉放在树枝上，并洒上新鲜的鸡血。

这个新陷阱很快就起了作用，多米诺被鸡肉的气味吸引过来。但是它一想起上一次的捕兽夹，就十分害怕。这时，它又闻到了一种淡淡的烟味："啊，能弄出烟味来的，一定是人类！太可怕了！"多米诺赶紧后退，哪知，捕兽夹一下子弹起来，夹住了多米诺的脚掌。多米诺惨叫一声，想逃走，却被夹子扯了回来。原来，捕兽夹上有一个长长的铁链，而铁链又被拴在了树上，多米诺根本没有办法逃走。

多米诺整整折腾了一天，脚上流出的血快把身上染红了。它痛苦地喊道："不如让我去死吧！"

天快亮的时候，突然传来一阵脚步声。多米诺一看，是之前那头怒气冲冲的鹿妈妈。鹿妈妈一看见多米诺，忍不住怒火中烧，向多米诺发起进攻。多米诺想逃，但是脚被链子扯着，根本无法逃跑。鹿妈妈一看多米诺的情景，立马明白了："哈哈，你这家伙根本动不了呀！"它想跳上去把多米诺踢死，用尽全力朝多米诺踢过来。

多米诺飞快地后移，突然"咔嚓"一声，鹿妈妈的蹄子一下子将捕兽夹上的弹簧踢飞了，夹子张开了一个大大的口子，多米诺被夹住的那条腿终于自由了！鹿妈妈急迫地追过来，多米诺那只先前被夹住的脚还是麻木的，它只能用三只脚迅速跑起来。情急之中,多米诺钻过栅栏,成功摆脱了鹿妈妈的追赶。

经历这次教训,多米诺明白,防守才是保住性命的关键。此后,只要闻到稍微有点奇怪的气味,多米诺都会主动离得远远的。

第七章 愉快的捕猎生活

整个夏天,多米诺只得拖着它那条受伤的腿走路。幸好,猎狗库拉也摔伤了腿,正在家里养伤。这样一来,没有天敌的追杀,多米诺反而捕杀到更多的食物。它几乎每天都能带活着的猎物回到洞穴,给孩子们上一堂生动的捕猎课。

一天,一只香鼠正在河边吃扇贝。河边的雾气很重,香鼠根本没有发现在大雾中慢慢接近它的多米诺,依然"咔嚓咔嚓"地咬着扇贝。多米诺一跃而起,叼住了香鼠。

香鼠不停地用锋利的牙齿在多米诺身上乱咬,大声嚷嚷着:"放开我!放开我!"多米诺完全不理会它的叫喊,一到洞穴,它就将香鼠扔到地上。

小狐狸们有点迟疑,香鼠还在吵吵嚷嚷地叫着。多米诺鼓励孩子们:"冲上去,咬死它!"小狐狸们一个接一个跑上前,将香鼠团团围住。其中,一只浑身毛发乌黑的小狐狸站在一边仔细观察。它找出了香鼠的致命部位,扑咬几次,咬断了香鼠的喉咙。

日子一天天过去,在多米诺和白脖子的训练下,小狐狸们越来越强壮。它们完全能离开父母,独自生活了。很快,小狐狸们陆陆续续离开了狐狸洞,现在,洞里只剩下多米诺和白脖子了。

秋天到来的时候,多米诺脚上的伤已经痊愈,它又成了这座山里跑得最快的狐狸了。

成群的大雁来到山上,到处找东西吃。每当雁群经过,就会有人用猎枪捕杀。有一回,多米诺和白脖子还在池塘里找到一只被枪杀的大雁。大雁的肉很美味,多米诺时常幻想自己也能抓住一只大雁。

一天,一小群大雁来到河边的田地里觅食。多米诺和白脖子恰好也来到了河边。田里光秃秃的,完全没有可以用来遮挡的东西,多米诺无法发起进攻,它跟白脖子商量了一会儿,想出了一个好主意。

多米诺悄悄埋伏在挨着田野的草丛里,白脖子来到田地对面,从草地里走了出来。

所有的大雁都看到了白脖子，它们大声鸣叫，提醒伙伴："狐狸出没，注意安全！"

白脖子在地上打了一个滚儿，躺下来，匍匐前进。走了一会儿之后，它摆动起尾巴来。就这样走走停停，白脖子已经慢慢接近雁群。

雁群中有一只经验丰富的成年大雁，它注意到白脖子正在慢慢接近雁群。它一眼识破了白脖子的诡计，高声叫喊道："危险！"大雁们慢慢后退，离开了白脖子的攻击范围。但是，它们没想到，自己刚好退到了多米诺的埋伏圈。大雁们退得差不多了，它们打算起飞的时候，埋伏已久的多米诺一跃而起，咬住了那只老雁的脖子。

就这样，多米诺和白脖子凭借自己的智慧，成功捉到了大雁。

第八章　猎狗的追击

冬去春来，如今的多米诺已经是一只成熟的狐狸了。它不再像以前那样，大摇大摆地穿越山岭。每当要从山上跑过时，它会悄悄露出头，观察一下山对面的情形，发现没有可疑的迹象，才会放心大胆地翻越山丘。

一天，多米诺翻过好几座山之后，再次观察对面山丘情形的时候，发现有一条大狗正在追赶一群绵羊。这条狗快速冲上去，一口咬住绵羊的脖子。绵羊很快被咬死了，大狗又去追其他的绵羊。

多米诺仔细一看，天啊，那只狗居然是库拉！它很惊讶："这狗疯了吗？居然敢杀绵羊！"

有人开枪了，库拉被打中，一下子跳进山谷的小河里，钻到水底。赶来的人没有发现库拉的身影，倒是看见了多米诺快跑着穿越山丘。

有10多只羊被咬死了，那人仔细查看了地上的脚印。但是来回走动的羊群早就将库拉的脚印遮盖住了，那人便将这场杀戮的真凶认定为多米诺。他破口大骂道："该死的狐狸！我一定要杀死你！"

3月份的时候，又有好些羊被咬死。越来越多的人认定，是狐狸咬死了羊，而且，他们认为，是多米诺咬死了那些羊。失去羊的人想抓住多米诺为羊报仇，而一些猎人，一心想抓住多米诺，赢得它那漂亮的皮毛。很快，这些各怀心思的人组成了一支队伍，出发去猎捕多米诺。

这一天，白脖子在山里闲逛，猎狗们很快闻到了白脖子的气味，追了上去。狐狸一旦被追踪，肯定会往自己的领地奔跑。那些猎人就站在狐狸的必经之路边，紧握着猎枪，等待狐狸现身。

白脖子怀孕了，还有几天就要生孩子了，对它来说，躲开猎犬的追踪是一项无比艰难的任务。但是，为了肚子里的孩子，白脖子没有选择，它只好朝山谷的小河跑去，希望能隐藏自己的气味，躲避追踪。

但是，这天山上的积雪正在融化，路上到处是泥，很难行走。白脖子才走了一会儿，弄得满身都是泥，还差点跌倒。

融化的雪水汇入小河，河水一下子涨了起来，河面上的原木桥也被水打湿了。白脖子歪歪扭扭地走上小桥，刚走到桥中间，突然脚底打滑，跌进湍急的河流。它在水中拼命挣扎，费了好大的力气才游上岸。

"多米诺，你在哪儿？"无奈之中，白脖子只好朝丈夫呼救。

听到白脖子的呼唤，多米诺像一阵旋风，很快出现。它只看了一眼，就明白了眼前的处境。为了将白脖子的足迹弄乱，引诱猎狗追踪自己，多米诺往前跑了800米然后折回。猎狗已经追上来了，它们看见多米诺，放弃追踪白脖子的气味，直接朝多米诺奔来。

多米诺引诱猎狗们穿越原野。突然，响起"砰"的一声。多米诺的肚子被枪打中了，它觉得肚子火辣辣地疼，却只能忍着疼痛跑了十几公里。很快到了一个铁路岔口，多米诺往前跑了1500米又折回来，然后沿着别的铁路跑远了。猎狗们被多米诺的路线弄晕了头，只好暂时放弃追踪。

多米诺的伤口疼得厉害，肚子也饿了，它想回到自己的领地，去寻找食物，补充体力。这时，多米诺又听到了猎狗们的叫声。它朝山丘对面望去，只见20多条猎狗一边跑一边吼叫。猎狗后面，还有十几个猎人。多米诺吓得浑身发抖，尽管已经累得浑身无力，但是它没有别的退路，只得不停奔跑。这是一片陌生的土地，但是多米诺顾不了那么多了，它飞快跑过一座又一座山丘。

"天快点黑吧，天黑了，我就能把这群笨狗引到河面上，让它们都掉进水里！"多米诺一边跑一边盘算，它已经累得快瘫倒在地。

一会儿之后，多米诺跑进一个院子。一个小女孩站在门口，她正好是多米诺曾经在森林里见过的那个十分友好的小女孩。情急之中，多米诺跑到小女孩身边，一下子倒在地上。

小女孩抬头一看，庞大的猎狗队正在追踪多米诺，她赶紧抱着多米诺走进屋子，关上门窗。

很快，猎狗们在小女孩家门口吵嚷成一团，猎人们也来了，他们叫喊着："把狐狸交出来！"

小女孩的爸爸说："它到了我家，就是我的！"

但是，猎人们不答应。小女孩的爸爸清楚：如果庇护这只狐狸，他会得罪很多邻居。小女孩苦苦哀求，他只好捂着耳朵走到一边。

猎人们又说："我们可以稍微让步，让狐狸先跑400米，再放猎狗追它！"

小女孩哭喊着："不，你们不能杀死我的狐狸！"但是，小女孩的爸爸却打开门，将多米诺放了出去。

多米诺只好继续逃命。不过，在小女孩家中，得到片刻休息，多米诺的体力恢复了一些，它绕过山丘，终于回到了自己的领地。这时，身后又传来几声狗叫。多米诺一看，是库拉。因为长期奔跑，多米诺的脚心都磨出了血，但是它不能停下来。

"怎么办呢？悬崖脱身已经用过一次，大笨狗不会再轻易上当了。对了，去河边！"多米诺当机立断，掉头朝河边跑去。

太阳快下山了，在夕阳的照耀下，河面闪烁着金光。冰面融化，河面上飘着一堆堆冰块。那一群大猎狗也追上来了，吼叫声越来越近。多米诺跳上一个冰块，接着，它从这块冰跳到那块冰。跳了好几下之后，它跳上一块距离河岸比较近的大冰块。大冰块有些摇晃，载着多米诺朝河岸漂去。

库拉也追到了岸边，它很快跳上一块冰，跟着多米诺一起在河面漂移起来。

前面是湍急而下的大瀑布。多米诺的冰块漂向河岸，而库拉的冰块却向中间漂去。

那些后来的猎狗们，只看见多米诺和库拉的身影在河流的拐弯处消失了。随后，它们还听见了库拉发出一声惊天动地的惨叫。它摔下大瀑布，一命呜呼。

此后，多米诺回到自己的领地，跟白脖子幸福地生活在一起。它们生了很多小狐狸。每一只小狐狸都像它们的父母，勇敢而机敏！

乌鸦大队长

第一章　银斑点的语言

1885年，我和家人搬家来到加拿大的多伦多附近。那里，可以看到远处溪谷的美景。

搬家安顿下来的第二天，我正站在窗前看风景，一大群乌鸦从眼前飞过。一位住在溪谷附近的老人跟我聊过乌鸦的故事。他告诉我，乌鸦群的首领，已经在溪谷上空飞了20多年了。这只乌鸦的右眼睛到嘴之间有一个白色的斑点，看上去就像一枚银白色的镍币。因此，大家给它取了一个可爱的名字——银斑点。

接下来，我要向大家讲述的，就是这只聪明的乌鸦队长银斑点的故事。

据我所知，乌鸦习惯群体活动。它们就像士兵，训练有素，说不定，它们比士兵还更遵守秩序呢！乌鸦的首领，一定是最优秀的乌鸦。因为当选首领，不仅得年纪大，还得够聪明、够勇敢、够健壮！

在多伦多北面，有一个名为富兰克林的小山。那里长满了松树，银斑点带领着200多只乌鸦住在那里。当然，它们并不是一直住在这里。冬天里比较暖和的时候，银斑点带着乌鸦住在尼加拉河一带。一旦严冬来临，它们会迁往遥远的南方，直到春天才会回到这片树林，在这儿住上6个星期。

银斑点将200多只乌鸦分成了三个小队，它带领最大的那支队伍，至于其他两支小队伍的队长，我就不太清楚它们长什么样子了。

每年的三四月份和夏秋之际，银斑点都会带着乌鸦在我家前面的溪谷上空飞行，这样一来，我对它的了解也在不断加深。经过长时间的观察，我已经掌握了乌鸦的生活习性。我发现，乌鸦也有自己的语言和社会秩序。

比如，它们看见同伴的时候，会发出"嘎嘎嘎嘎嘎"的叫声，意思就是"你好！"

要是遇见危险，它们会大喊"嘎——嘎——"意思是"危险，当心！"

鸦群出发之前，银斑点会事先侦查，确定一切安全之后，它会对同伴们发出这样的叫声：

"嘎——"

"嘎——"

意思是："没有问题，大家快出来吧！"

一天，刮着大风，我站在吊桥上看风景。银斑点发现了我，立刻大叫"嘎——嘎——"其他同伴一听到大队长发出的警告，马上飞得高了一些，从我的头顶上快速飞过。

第二天，我又来到吊桥上。乌鸦们飞过时，我举起手杖，直接对着它们。银斑点飞在最前面，它大喊一声"危险"，立马飞得比之前高了50米。当它发现我手里拿的不是猎枪，又故意在我头上盘旋了一会儿，展开侦查。

第三天，我带了一把猎枪。银斑点看到我手里的猎枪之后，立刻焦急地大喊起来："有猎枪，大家快逃啊！"乌鸦们听到它的警告，一哄而散，赶紧逃命。

有时候，遇到老鹰，银斑点会发出一连串的叫声："嘎——嘎——嘎嘎嘎嘎"。它的意思是："当心，有老鹰！"后面的乌鸦赶紧聚集在银斑点身边，它们组合成一个牢不可破的整体，继续往前飞。一般情况下，老鹰没办法攻破它们的组合，只好放弃对乌鸦的追杀。

每年一到4月，乌鸦们就忙碌起来。它们大部分时间都待在树林里，为自己寻找配偶。有的乌鸦喜欢在伴侣前面展示自己的飞行技巧，它们从高空中俯冲下来，故意把翅膀扇得哗哗响，引起异性注意。到落到树枝快要碰到另一只乌鸦时，它们又快速翻转飞向高空。有的乌鸦很安静，它低下脑袋，耸立着羽毛，跑到另一只乌鸦前，展示自己无比深情的歌喉。

很快，乌鸦们都成双成对组织了家庭。4月中旬的时候，它们会飞离乌鸦队，到别的地方去度蜜月。

第二章　银斑点的智慧

距离富兰克林森林不远处有一座山，这座山的一棵树上，有一个早已废弃的老鹰窝。按理说，这种老鹰窝，经历风雨的摧残早就该破败不堪了，奇怪的是，它居然非常完整地待在树上。

5月的一个早晨,我来到这座小山上,想看看老鹰窝里的情况。还没完全走近,我就看见有个黑色的尾巴露在窝外边。我轻轻敲了一下树干,一只乌鸦扑腾着翅膀,从里面飞了出来。

居然是银斑点!

好家伙,它跟它的妻子一直住在这个老鹰窝里!

一天,我站在窗口往外看。突然,我看见银斑点从森林里飞出来。它先飞了一会儿,确定周围没有任何异常情况之后,才落到一根树枝上,将嘴里衔着的一个白色的东西扔了下来。我仔细一看,那是一个白色的贝壳。随后,银斑点又朝周围张望了一下,从树上飞下来,衔起那枚贝壳,飞到泉水一边。它站在草丛里,扒出一堆贝壳和一些又白又亮的东西。忙活半小时之后,银斑点将这些玩意儿用土和树叶埋起来,扑腾着翅膀飞远了。

我很好奇,立即跑过去将那堆东西挖了出来。它们是一些白色的贝壳、小石头和铁片,甚至还有一个白色的瓷杯把儿。

后来,也许银斑点发现我知道了它的藏宝地,将这些东西弄走了。之后,我再也没有机会看到它的那些宝贝。

经过观察,我发现,银斑点非常讨厌必胜鸟。其实,这种鸟不会对银斑点造成实际的威胁。因为银斑点和它的乌鸦伙伴每天早晨都要搜寻周围的小鸟窝,吃掉这些小鸟的蛋。所以,必胜鸟们为了表示抗议,吵吵嚷嚷地跟在银斑点后面,时不时地啄它一口。银斑点每次看见必胜鸟,都会避得远远的。不过,我也不会因此而给银斑点定罪。自然界本来就是弱肉强食,我们人类不是也吃母鸡下的蛋吗?

有一天,我看见银斑点衔着一大块肥肉,从溪谷上游飞了过来。人们计划在溪谷的下游修筑一条阴沟,那时,已经有200码的阴沟修建完毕。银斑点飞过阴沟上的水面时,一不小心将嘴里的肥肉掉了下去。很快,肥肉被流水冲进阴沟,不见踪影。

但是,银斑点非常镇定!它飞到阴沟的出口处耐心等待。没过多久,肥肉就被流水冲了出来。银斑点一口衔住肥肉,无比得意地飞走了。

我认为,银斑点有些时候跟人很像。它考虑事情非常全面,能够分析其中的因果关系,找出解决问题的办法。光从肥肉这件事来看,我断定,银斑点绝对是一只无比聪慧的乌鸦。

第三章 训练

6月底,乌鸦们带着孩子回到了富兰克林山上的树林。小乌鸦们的体型跟它们的父母一样大,不过它们的嗓子有些尖哑,羽毛还比较柔软,尾巴也没有成年乌鸦长。

这个时节,树林里热闹非凡。这些刚刚团聚的乌鸦家长们,迫不及待地将自己的孩子介绍给伙伴们认识。毫无疑问,银斑点又成了这群乌鸦的领袖。

接下来的一两个星期,乌鸦开始换毛。小乌鸦们能自己寻找食物,独立生活了。乌鸦父母们终于能够从照顾孩子的繁重生活中解脱出来,独享清静。

这时候的树林,变成了一座学校。银斑点开始对小乌鸦们进行培训。我经常看见银斑点给小乌鸦们上课的情形。虽然我并不清楚它都讲了些什么,但是看小乌鸦们专心致志的样子,我猜,这些课一定精彩纷呈。

随后,银斑点根据体力和年龄的差距,将小乌鸦们分成三队,进行飞行和生存训练。

到了9月,小乌鸦们已经懂得了很多生存知识。它们能分辨人类、捕鸟机和猎枪;它们知道那些嬉笑打闹的小男孩比上了年纪的老太婆和农夫更危险;它们还懂得,猎枪和伞有着巨大的区别,猎枪会要了它们的命,伞并不会对它们的生命构成威胁;它们还学会了躲避必胜鸟的方法,学会了如何嗅出弹药的气味。每一只小乌鸦都认为,自己已经是成熟的大乌鸦了。它们经常夸耀自己的飞行姿势,每每从天空中飞下来,总要将翅膀合拢三次才停止炫耀。

其实,真正的学习并未开始。它们还不认识刚刚发芽的玉米,还没吃过死马的眼珠,对长途飞行更是一无所知。

这段时间,老乌鸦们也换毛了。它们换上了新羽毛,身体看上去比以前更健壮,就连脾气也变得温和起来。银斑点是一位非常有耐心的好老师,它看起和蔼可亲,小乌鸦们对它无比崇拜,打心眼儿里将它当作独一无二的导师。

为了检验教学成果,银斑点每天早上都要对小乌鸦们进行考核。

这不,它叽里呱啦地大叫着:"第一中队!"

听到口令,第一中队的小乌鸦们整齐地回答道:"哇!"

"起飞!"

银斑点发完口令,自己率先飞起来。排在队伍最前面的那只年轻的乌鸦,跟在银斑点身后,飞得笔直。

"升高!"

小乌鸦们赶紧翻身,往上飞行。

"集合!"

很快,小乌鸦们黑压压地聚在一起。

"解散!"

它们立马朝四处分散开来。

"列队!"

小乌鸦们排成长龙,笔直前进。

"降落!"

银斑点的口令刚刚出口,小乌鸦们已经飞到了地面。

"吃饭!"

听到这个口令,小乌鸦们松了一口气,开始在地上找东西吃。这时,队里的两个哨兵开始站岗警戒,一旦发现可疑的人,它们就会拉响警报。小乌鸦们听到警报,立即散开,躲进树林。飞进树林之后,它们又排成一排,各自回家。

很快,11月到了。在银斑点的带领下,乌鸦们开始飞往南方。那些从来没有经历长途旅行的年轻乌鸦,可以在这次漫长的旅途中,吃到从没见过的食物,看见从没见过的风景。更重要的是,它们还能学到不少新本领呢。

第四章 银斑点时代的终结

最聪明的乌鸦也会偶尔犯糊涂。要是在漆黑的夜晚遇上天敌猫头鹰,即使是最聪明的乌鸦,也难免遭厄运。

冬天来了,猫头鹰的叫声响彻原野。即使那声音听起来很遥远,但是在温暖的巢里安睡的乌鸦们,也会吓得浑身发抖。它们眼巴巴地看着漆黑的树林,祈祷快点天亮。只要天一亮，乌鸦们就在森林里四处寻找猫头鹰。一旦找到，它们会一哄而上，即使猫头鹰不被杀死，也会被折腾个半死，然后被乌鸦们赶出森林。

一年冬天，我在树林里散步，突然发现了一连串兔子的脚印。从那脚印上看，兔子好像正被什么东西追杀。我找了一圈，也没发现追踪者的足迹，只好沿着兔子的脚印往前走。没走多远，我就看见一只兔子栽倒在雪地里，身上的肉已经被啄掉好大一部分。我在兔子的尸体边，发现了一个前后交叉的脚印，毫无疑问，谋杀兔子的凶手就是猫头鹰。果然，半个小时之后，我听见了一只猫头鹰的叫声。

两天之后，我才起床，就听见乌鸦们吵闹不停。我担心发生了什么不幸的事，立即跑进树林。一些黑色的羽毛在我眼前飞舞，我朝羽毛飘来的方向走去，没走多远就看见一只被吃剩的乌鸦尸体，尸体边也有一个交叉的脚印。

毫无疑问，就是那只杀死兔子的猫头鹰，杀死了这只乌鸦。雪地上，还残留着乌鸦跟猫头鹰搏斗的痕迹。我看着这些痕迹，顿然明白：在一个漆黑的深夜，可怜的乌鸦被猫头鹰从温暖的巢里拖了出来。猫头鹰太强大了，乌鸦根本不是它的对手，最终不幸殒命。

我将乌鸦的尸体翻了过来，一看到它的头，我忍不住大叫了一声。天啊，它是银斑点！

乌鸦群里，最能干、最聪明的银斑点队长，居然被猫头鹰杀死，结束了无比荣耀的一生！就这样，乌鸦大队长银斑点的时代无声落幕。

现在，那座小山上的老鹰窝——银斑点曾经的家，已经坏了。第二年春天，乌鸦们又回到了富兰克林的树林。但是，没有银斑点的守护，乌鸦的数量越来越少。我担心，不久之后，再也不会有乌鸦出现了。

灰熊华普传

第一章 家破人亡

1880年，在美洲西部的立陶尔帕伊尼河上游，一头名叫华普的小灰熊出世了。跟它一起出世的，还有其他三个兄弟姐妹。它们的妈妈是一头非常喜欢安静的灰熊。

马上快到7月份了，只有迁徙才会得到更好的食物。灰熊妈妈决定，带着孩子们搬往美丽的古雷布尔河。它希望孩子们长大之后能变成了不起的熊，开始教孩子们辨别食物的办法。山上有很多美味可口的食物，灰熊妈妈会用干枯的木头或者一些石头，砸开蚂蚁的巢穴。小熊们像家养的小猫、小狗那样，一边抢着吃蚂蚁，一边高兴地嗷嗷叫。

有一回，灰熊妈妈带着孩子们来到一个大蚂蚁包前。受惊的蚂蚁不停从巢穴里钻出来，小熊们伸出舌头，津津有味地舔着地上的蚂蚁。灰熊妈妈一脚踩塌了蚂蚁包上方，将脚掌伸进去，当蚂蚁爬上脚掌时，它弯着腰，伸出舌头吃掉了那些到处乱窜的蚂蚁。小熊们睁大眼睛，看着灰熊妈妈的一举一动，纷纷效仿，不仅舔到了自己身上的蚂蚁，还去舔彼此身上的蚂蚁。有的小熊不高兴了，生气地跟抢食的小熊扭打起来。

蚂蚁是酸性动物，小熊们吃完之后，感到口渴，灰熊妈妈带着它们来到河边喝水。河水的坑洼里，有很多鱼。灰熊妈妈开心地说："孩子们，我们来学习一项新本领。"说完，灰熊妈妈走进水洼，舞动前掌搅动水里的泥。水坑里响起了咔擦咔擦的声音，那是无数的鱼在活蹦乱跳。灰熊妈妈守在水里，将这些鱼一条一条抓起来，朝岸边扔去。

小熊们追着这些鱼，吃得肚子圆滚滚的。随后，灰熊妈妈带着孩子们躺下来休息。小熊一个接一个，将头埋进灰熊妈妈的怀抱，只有小熊华普，溜进树根的洞里，自顾自地玩着。

大家睡醒之后，扭打成一团，在地上开心地滚来滚去。突然，两只小熊大喊起来。灰熊妈妈一跃而起，看见一头公牛朝小熊扑来。灰熊妈妈怒不可遏，朝公牛扑过去。尖锐的熊掌抓破了公牛的背，顿时，鲜血从公牛的背上不停往下淌。公牛愤怒地吼叫着，从斜坡上滚了下去，灰溜溜地回到了牛群。

那头公牛的主人是帕雷图。帕雷图养了很多牛，巡视牛群的时候，他看见了那头在悲惨号哭的公牛。仔细检查伤口之后，帕雷图确定，公牛受到了灰熊的攻击。他骑着马，沿着公牛的血迹往前走，很快就看到了躺在树荫下休息的灰熊一家。

灰熊妈妈带着小熊赶紧跑进森林，它一边跑一边警告孩子们："快，快藏起来！"

帕雷图接连开了好几枪，一只小熊中弹身亡，灰熊妈妈也中了一枪。看着孩子被杀，灰熊妈妈愤怒地吼叫起来，毫不犹豫地朝帕雷图扑去。慌乱之中，帕雷图又开了一枪。灰熊妈妈再也没法站起来，它躺在地上痛苦地呻吟着。这一次，子弹打中了要害部位，灰熊妈妈再也不能保护它的孩子了。

三只小熊齐齐向灰熊妈妈走去，帕雷图毫不留情，连续开了几枪。两只小熊被打中，接连倒在血泊里。

华普不知道到底发生了什么事，它很害怕，连连后退。看着地上的兄弟姐妹和妈妈，华普突然明白，眼前的恶人十分危险。它猛一转身，发疯一般冲进森林。帕雷图又开了一枪，华普的一只后脚被击中。它忍着疼痛，顺着斜坡滚进了森林。

天很快黑了，华普在漆黑的森林里不停哭泣："妈妈，弟弟妹妹，你们在哪里呀？"华普拖着受伤的脚在以前栖息的地方走来走去。它很害怕，非常想念妈妈温暖的怀抱。

这时，华普闻到了一股奇怪的气味。一群鹿正在朝它走来。华普没见过鹿，它不知道该如何应对，只好爬到树上躲起来。结果，鹿闻到了华普的气味，飞快地逃走了。

第二天早晨，华普从树上爬下来，一瘸一拐地回到了河边。那里还有昨天吃剩的鱼，吃掉剩鱼之后，华普才感觉不那么饿了。突然，它闻到一股令它十分恐惧的气味。这股气味，带着浓浓的血腥之气。华普抬头一看，河对岸聚集了很多草原狼，它们疯狂地撕扯着灰熊妈妈和小熊的尸体。

华普不愿意看到这残忍的一幕，无比心痛地转身离开。从这一刻，华普明白，自己彻底地失去了亲人，变成了一个无家可归的孤儿。

每当夜晚来临，华普无比想念妈妈温暖的怀抱。但是，哪里能找到像妈妈的怀抱那样温暖的地方呢？

一天，华普发现了一个空心的树桩。它钻了进去，美美地睡了一觉。睡梦中，华普好像回到了妈妈的怀抱。它梦见，亲爱的妈妈正用毛茸茸的大手，将自己紧紧搂在怀里。

第二章　独立成长

原本，华普的性格就不太开朗。失去亲人之后，它变得更加忧郁。

一天晚上，华普回到小木桩打算休息。正要往里面钻的时候，它发现里面居然躺着一只豪猪。豪猪的个头跟华普差不多，但是它满身都长着锋利的刺，华普意识到，自己不是豪猪的对手，只得将好不容易找到的温暖小屋让给了豪猪。

肚子饿的时候，华普突然想起，妈妈曾经告诉它，有一个地方可以挖到甜美的草根。华普来到那里，动手挖土。突然，一只跟华普差不多的獾跑了出来，猛地朝华普扑过来。华普受伤的脚还没痊愈，只好一瘸一拐拼命往前跑。跑到一个溪谷的时候，一头狼看见华普，它大声地呼唤同伴："来，给这只笨熊一点颜色瞧瞧！"

华普吓坏了，慌里慌张地爬上树。

现在，所有的动物都成了华普的敌人，不管走到哪里，华普都是被欺负的对象。但是，华普明白，它必须依靠自己的努力来应对这些难关。

森林里的果树上结了很多果实。大风一吹，果实掉到地上。华普正打算吃这些果实的时候，一头黑熊跑了过来。华普机敏地爬上树躲避，黑熊却不打算放过华普，它拼命地摇晃树干，华普掉了下来，大叫着逃走了。幸好，大黑熊并没有追上来。

华普跑到河边，遇到了一头凶狠的草原狼。它害怕被杀死，恶狠狠地瞪着草原狼。草原狼被华普的眼神威慑住了，转身逃跑。这是华普在丛林生活中学到的第一课：如果想获得和平，必须先爆发战争！

在寻找食物的过程中，华普又遇到了拿着枪的猎人，它只好没命地逃跑，再一次爬上树梢。另一棵树上的山猫大声驱逐华普："笨灰熊，给我滚远点儿！"

华普吓了一跳，跳上一个全是岩石的陡坡。一不留神，它从陡坡滚下去，来到一个矮松树森林。森林的松鼠们不喜欢华普，大声吵闹起来。华普担心松鼠的叫声会引来敌人，它走了更远的路，来到一个到处是石头的地方。这里没什么食物，但是也没什么敌人，华普终于可以安心地休息和养伤了。

一天晚上，华普想起了母亲和兄弟姐妹，来到河边散步。一股香味从河底的木桩飘过来，华普被香味吸引，伸出前脚，想把木桩抓过来。岂料，就在脚掌碰到木桩的一瞬，只听"咔嚓"一声，脚掌被铁圈套住了。这是人类设置的陷阱，专门用来诱捕森林里的动物。

华普抓住铁圈，用力一拽，把木桩了拽了出来。它来回晃动着前掌，想从铁圈中将前脚取出来。谁知，晃动越厉害，脚就越疼。华普只好带着铁圈一瘸一拐地往前走。可是，才走了一会儿，华普就疼得难以前行了。它只好坐下来研究脚上的这个怪东西。但是，不论是用牙齿咬，用爪子拽还是往地上磕，这个讨厌的东西依然紧紧地咬住华普的前脚。无奈之中，华普只好忍着疼痛，拖着铁圈回到自己休息的地方。它想了想，又做了一次新的尝试。它用另一只前脚压住铁圈，用嘴咬住另一端使劲拖拽。没想到，就这样，铁圈居然松开了！

"哇，原来是这样！"华普很惊讶，从此它得出一个教训："水边有一个可怕的敌人，它伪装成很好吃的样子，会趁你不备咬住你的脚。你越是挣扎，它就越咬得紧。不过，要是你用一只前脚压住它，轻轻一拔，它的嘴就会张开，你的脚就自由了！"

时间慢慢推移，不知不觉已经到了严冬。终于有一天，初雪飘落。华普钻进曾经躲避过暴风雨的树根，昏昏沉沉地睡着了。

一整个冬天，华普都待在这个温暖的洞里。

春天到来的时候，华普结束冬眠，睁开了眼睛。它觉得很饿，推开树桩外面还没完全融化的积雪，出门寻找食物。它很幸运，找到了一头被冻死的麋鹿。接下来好几天，华普靠这头麋鹿填饱肚子。

吃完麋鹿之后，华普走进森林，寻找别的食物。这时，它闻到另一头熊的气味。华普已经孤单了太久，它一直想找一个同伴，便顺着气味走了下去。一头高大的灰熊从山下走了下来。它太大了，像一座移动的小山。华普吓坏了！

那头灰熊也很生气，一边大吼"滚开"一边朝华普跑来。华普不停奔跑，跑进了缺乏食物的麦迪慈谷。不过，华普并不介意食物的匮乏，它喜欢安静的生活。没有什么动物愿意居住在缺乏食物的地方，所以没有谁来打扰华普，华普倒觉得很自在。

夏天很快到了，华普开始换毛。它喜欢在泥里打滚，还喜欢在树上使劲磨蹭自己的身体。树上总会留下一些华普的毛，每隔十来天，华普就会发现，上次它留下毛的地方在渐渐变高。这说明，华普也在渐渐长高。华普很喜欢在树上留下它身体磨蹭过的痕迹，这样一来，那些留着熊毛的树就成了华普领地的分界线。曾经总是受人欺凌的华普，终于有了自己的领地！

一天，华普在领地散步，遇到了曾经将它从树上摇落下来的那头黑熊。华普有些生气，同时也很疑惑："怎么回事，那头看起来无比强大的黑熊，现在怎么越长越小了呢？"其实，不是黑熊变小了，而是华普已经长大了。所以，黑熊一看到高大的华普，吓得立马转身就逃。

如今，华普已经不再惧怕黑熊。它拥有了对这片土地独一无二的统治权！

一天夜里，华普顺着气味找到了一头死掉的公牛。公牛身边围着一群草原狼。这些狼一看到华普，赶紧四处逃窜。有一头狼留了下来。起初，华普以为这头狼并不惧怕自己。它走近一瞧才发现，这头狼被捕狼夹给夹住了。华普一下子想起妈妈和兄弟姐妹的尸体被草原狼撕扯的情形，愤怒地朝那头狼冲了过去。草原狼被华普撞成了肉饼，但是华普自己也被夹子夹住了脚。幸好，华普已经学会了怎么弄开这种捕狼夹，一会儿之后，华普就把夹子扔到了一边。

第三章　可恶的人类

这是华普出世的第三个夏天了！华普身上那些颜色灰暗的毛变得光亮顺滑，它的身体也比以前更强壮了。

一个名叫斯帕瓦图的印第安人，曾经好几次追踪华普。

这天，斯帕瓦图又出来追踪华普了。华普正在散步，突然，"砰"的一声，一颗子弹打入华普的肩膀。对华普来说，这点小伤算不上什么。它一连跑了好几个山头，直到看见自己曾经居住过的那个洞穴，才停下来。野生动物只能依靠自己的能力治病疗伤，它们的唾液是绝佳的药物。华普走进洞穴，躺了下来，用温热的舌头不停地舔肩膀上的伤口。

斯帕瓦图跟着地上的血迹，追了上来。华普的鼻子很敏锐，它一闻到斯帕瓦图的气息就走出洞穴，朝山上走去。但是，斯帕瓦图并不放弃，依然紧紧地跟在华普身后。他又开枪了,子弹从华普的身边擦过,华普只受了点轻伤。

眼前的这个凶狠的猎人,让华普想起了亲人被猎杀的情景。它愤怒地咆哮起来:"该死的猎人,为什么总是缠着我们灰熊不放!你们杀死了我的妈妈,杀死了我的兄弟姐妹,现在还想杀死我!我要报仇,我要报仇!"

华普忍着疼痛爬上一块低矮的岩石,打算反击。斯帕瓦图跟了上来,也来到华普躲藏的那块岩石。华普的眼睛里喷射出仇恨的怒火,它忍着剧痛站起来,挥舞着没有受伤的手掌,用尽全力朝斯帕瓦图拍去。斯帕瓦图根本没想到华普会突然袭击,他甚至来不及发出叫喊,就滚下山坡,掉进深谷。

经过这件事,华普又明白了第二条生存法则:一味忍让并不能换来和平,只有动武,才能换来和平。

光阴荏苒,几年过去,华普已经6岁了。它长得越来越高大,在这片区域,很少能找到跟它势均力敌的动物了。华普一直生活在缺乏亲情、友情、爱情的日子里,性格也变得越来越古怪。尽管这里已经没有任何能威胁华普生命的动物了,但是华普依然感到害怕。人类的陷阱和猎枪,是华普一直惧怕的东西。

一天,华普闻到一股熟悉的麋鹿气味。灵敏的鼻子告诉它:山下,又有麋鹿死了。

华普很开心,快速朝散发着麋鹿肉香的地方跑去。但是,它仔细分辨了一下,发现这麋鹿肉味里还有人类和陷阱的气息。麋鹿的香味太诱人了,华普完全无法抗拒这从天而降的美食。它仔细地检查了周围的情况,没有发现可疑迹象,便放心大胆地朝麋鹿肉走去。只听,"咔嚓"一声,华普的左前脚被陷阱给套牢了。这是一个超级捕熊机,华普按照以前的方法试了试,圈套依然紧紧地咬着它的左前脚。

无奈之中,华普只好拖着这个笨重的捕熊机朝山上走去。半道上,一棵大树挡住了去路。这是一棵横着长的大树,树干曲折,距离地面大约只有一米的距离。华普走到大树前停下脚步,再次用两只后脚压住捕熊机的弹簧,身体从树干上弯过去,借用大树的力量,华普使劲站了起来。捕熊机终于松口了,华普把脚取出来一看,有一根脚趾被扯断了。

被捕熊机夹过之后,华普的左前脚受伤很严重,不像以前那样灵活。华普也不能像以前那样用左前脚搬开石头吃下面的小虫子了。这回,华普意识到:"要是闻到人类的气味,我就得赶紧逃。要是人类离我实在太近,我只得跟他们拼死一战!"

一天,华普在自己的领地散步,发现了一个用木头制作的洞穴。其实,这是两个猎人在山里打猎时搭建的临时小屋。华普很生气:"谁这么胆大包天,竟敢在我的领地建窝？"它朝这个小屋走过去。这时，响起"砰"的一声，华普之前还没痊愈的左前脚又被打了一枪。旧病新伤加在一起，华普无比愤怒，伸出熊掌给了开枪的猎人一巴掌，转身逃进了大山。

傍晚时分，另一个猎人走进小木屋，他看见躺在床上浑身是血的同伴，忍不住放声大哭。随后，他在一本劣质的故事书上面找到了同伴弥留之际写下的话："我在河边看见了灰熊，当时，它站在我们的小木屋前面。我打了它一枪，回到木屋。但是，灰熊却追过来，狠狠地打了我！上帝啊，实在太恐怖了！"

这个猎人看到同伴的遗言，指天发誓："我，米勒，一定要亲手杀死那头灰熊，为我的同伴报仇！"

从此，米勒每天都在森林中穿行，不停寻找华普的身影。终于，有一天，米勒休息的时候，突然听到了华普的脚步声。华普看上去有些饿慌了，它正大声吼叫着到处寻找食物。

米勒下定决心："我一定要打垮这头传说中无比威猛的大熊！"他找个位置埋伏起来，吹了一声口哨。华普听到了人的声音，立即竖起耳朵，四处找寻人类的身影。

米勒得意地笑了，"机会来了！"他瞄准华普的脑袋，扣动了扳机。幸运女神总是眷顾孤苦无依的华普，子弹从华普毛发上擦过去，华普只受了一点轻伤。很快，华普发现了米勒的藏身地，朝米勒飞快地跑过来。米勒吓得连猎枪都扔在地上，赶紧跑向距离自己最近的一棵树，毫不犹豫地爬了上去。

华普追了过去，它的脚伤还没好，不能上树。它只好愤怒地拍打树干，用牙齿和熊爪将树皮抓得噼里啪啦作响。后来，华普停止拍打，在树下足足等了4个小时。最终，华普选择了放弃，离开了这棵树。

米洛在树上又等了一个小时，才敢放心地回到地面，捡起自己的猎枪。

其实，华普并未走远，它很快折回来，埋伏在草丛里，等待时机。直到确定米勒不能再逃回那棵大树，华普才猛地跳出来，袭击米勒。再强壮的男人也不是华普的对手，很快，米勒就被华普打死了。

从此，没有人敢去华普的领地捕猎。那间临时搭建的小木屋，经受不起风雨的侵蚀，最终变成了一堆废墟。

第四章　慢慢变老

时间一年年过去，华普的青春时代渐渐过去。它老了！后脚不像以前那样健步如飞，曾经受伤的地方会经常感觉到疼痛，尤其是在严寒的冬天或者阴雨天，会疼得更厉害。

一天，华普拖着疼得厉害的后腿一瘸一拐地往前走。一阵风送来一股奇怪的气味。要是以前，华普肯定不喜欢这股恶心的气味。现在，这股气味却充满了魔力，华普认为自己非常需要这个东西。它仰着头，嗅着风中的信息，朝气味的源头缓缓走去。那是一个脏兮兮的水池，冒着一缕缕白色轻烟。水池周围还有白色的沙子。

华普小心谨慎地走过去，抬起一只前脚探了探。一股暖流从掌心传遍全身，华普感觉非常舒服，心情都变得明朗起来。它赶紧走进小池子，将整个身体都泡在热气腾腾的水里。

这是一个硫磺温泉，对治愈身体的疼痛非常有效。华普才在温泉里泡了一个小时，就感觉浑身舒爽，伤口已经痊愈，那只肿胀的脚也变得灵活了。华普想，这是一个神奇的水池千万不能让别人占据。于是，从水池走出来之后，华普站在池塘边的树下，用前爪抓下一大块树皮。这是它独特的宣告方式："华普专用浴池，闲人勿进！"

几次泡澡之后，华普总结出一个经验，但凡身体哪里不适，去浴池泡一泡，那些疼痛就会奇迹般消失。

华普身上的毛开始发白，尽管它的体力和精力还很旺盛，但是它的青年时代已经终结。步入老年阶段后，华普的脾气变得更加古怪，成了一头十分危险的熊。

如今，华普的领地十分宽广。每年冬天暴风雪一到，华普先前留在树上的那些领地标志就会消失。因此，到了春天，华普会在领地四处巡视，重新留下自己的专属印记。当然，华普并不是一直待在自己的领地。每年的夏天，华普都会去一个地方避暑。那里，除了它自己，当地的那些牧民都不知道呢。

那个地方，是美国黄石公园。

很多年前，美国政府将耶鲁斯顿河的上游地区划为野生动物保护基地，在这儿成立了黄石公园。黄石公园像一个童话中的动物王国，这里硬性规定，任何人都不能伤害、吓唬动物。动物们完全不惧怕人类，它们经常若无其事地从人类身边经过。

黄石公园里面，还有一个旅馆。旅馆附近，有一个垃圾堆，堆满了每天从宾馆里运出来的人们吃剩的东西。也不知从什么时候起，这个垃圾堆就成了熊的集聚地。这些熊里面，有大熊也有小熊，有年轻的熊，也有年老的熊。它们非常友善，总是自顾自地寻找食物，从来不会为了食物而争吵打斗。

旅馆只在夏天开放。夏天刚刚来临，旅馆的工作人员就做好一切准备，迎接前来旅行的客人和熊。夏天结束之后，旅馆会关闭，这些熊也会慢慢离开。

这一年夏天，华普也来了。它直接从旅馆的前门走进大厅，在大厅中间停住脚步，然后竖起两只前脚，像人那样站了起来。

旅客们吓坏了，急忙逃进自己的房间。华普大摇大摆地走进旅馆办公室，办事员被华普吓了一跳。他胆战心惊地穿过收银台，连滚带爬走进了电话室，拨通了公园主管的电话："有一头非常老的灰熊闯进了旅馆办公室，我要不要用枪把它打死？"

主管回答说："不，黄石公园不允许开枪射杀动物。你试试用自来水管撵走它吧！"

于是，办事员拿起自来水管，冲华普喷去。华普没有见过自来水管，它吓了一大跳，赶紧冲出去，逃到外面。

当然，关于华普在黄石公园的故事还不止这一个。它还在这跟一头黑熊打了一架。那头黑熊带来了一头十分任性的小黑熊。小黑熊刁蛮无理，所有的熊都讨厌它。但是，大黑熊十分袒护小黑熊，大家总是因为小黑熊的种种出格举动闹得不愉快。

有一回，小黑熊惹到了华普。华普可不会手下留情，它狠狠地教训了小黑熊一顿。大黑熊见到小黑熊被欺负，毫不犹豫朝华普发动进攻。华普又将大黑熊痛扁一顿，直到大黑熊逃到树上躲起来，华普才放它一马。

第五章　狡诈的白脸熊

毕塔鹿特山上的灰熊脾气暴躁，经常为一点小事大打出手。那里，有一头脸上长着白色斑点的灰熊，它很瘦，力气也小，是毕塔鹿特山上的弱者。这头白脸熊没办法在这儿获得属于自己的领地，只好离开家乡，去别的地方闯出一片天地。

白脸熊走了很多地方，最后来到了华普的领地。它看到了华普留在树上的标记，这个标记明白无误地显示:"这是华普的领地,闲人勿进!"白脸熊抬起头,发现华普的标记刻得特别高,无论如何,它现在无法达到华普的高度。

白脸熊很害怕:"上帝啊,这到底是一头怪物还是一头熊啊!它怎么那么高!"

如果是别的熊,早就逃之夭夭。但是白脸熊却抱着侥幸的心理留了下来,它想:"只要不跟这头大灰熊碰见,我就是安全的。"

随后,白脸熊想出了一个坏主意。它跳上树墩,踮起脚尖,在树上留下了比华普的标记位置还要高出一些的记号。记号刻完之后,白脸熊把树墩往边上一踢。这样看起来,那些记号就像是它站在地上刻上去的一样。接着,它按照这个办法,在所有华普刻下记号的地方都刻上了自己的记号。

很快,华普看到了白脸熊的记号。那些记号仿佛在挑衅地说:"现在,我是这片土地的主人,如果你不满意,可以找我决斗!"

华普推断,这是一头比自己更高大、强壮的熊。但是,华普并不胆怯,它下定决心,要把这个可恶的强盗从自己的领地里撵出去。于是,华普每一天都会出门去找白脸熊。但是,不管怎么寻找,即使闻到了对方的气味,看到了对方的身影,华普还是找不到这个可恶的敌人。华普老了,眼睛的视力有些模糊了。此外,它的体力也大不如前,牙齿和爪子也不像年轻时期那般锋利了。

无法找到敌人,华普每一天都在担忧和紧张中度过,旧伤时不时复发,它的状况一天比一天差。

其实,白脸熊的日子也不好过。它每天都过得胆战心惊,不停地转移,避免跟华普见面。

有一次,华普在溪谷的尽头遇到了白脸熊。白脸熊个子较小,一下子钻进一个通往悬崖的缝隙,爬上山谷逃掉了。华普的身体太庞大,没办法继续追踪,只好任由白脸熊逃走。

还有一回,白脸熊来到华普洗澡的硫磺温泉水池,将周围的垃圾都扔进池塘里,还爬上一块岩石,找到比华普的印记还要高出1米半的地方,刻上了自己的标记。做完这些之后,白脸熊听到了华普的脚步声,立即匆忙逃走。

华普很快就看到了乱成一团的水池和旁边的脚印。可惜,它的视力越来越模糊,完全看不出来这些脚印的真实大小。只有鼻子还算灵敏,它又闻到了白脸熊的气味。于是,华普推断,这些脚印肯定是那头巨大的怪物熊弄出来的。随后,华普又看到了白脸熊留下来的记号。它决定离开这里，寻找下一处栖身之地。

年幼时期，华普经常被动物们欺负，驱逐。长大之后，它从未逃跑，只会勇敢地将那些入侵者驱逐出境。现在，它老了，第一次被狡诈的白脸熊抢占了自己的领地。

第六章　死亡

这一次逃跑，是华普命运中的一个转折点。从此，它的人生进入了一条再也没有回头路可走的死胡同。

这时，华普闻到了一股熟悉的气味。它顺着这股气温，拖着旧伤复发的腿，一瘸一拐来到一个溪谷。这里一片荒凉，到处是黑乎乎的东西和动物的尸骨。华普走进来之后，才发现，那股熟悉的气味就是从这些死去的动物身上散发出来的。华普很纳闷："怎么会一下子死掉这么多动物呢？"

这个溪谷上面，有一些岩石。岩石裂开了，一种可怕的毒气从岩石缝飘了出来。毒气无色无味，比空气的密度要重一些，很快就沉到了谷底。因此，只要动物们进入这个溪谷，就会被这种毒气夺去生命。故而，这个溪谷又名死亡之谷。

华普的情况也很糟，它感觉头脑昏沉，呼吸阻塞。为了求生，华普快速穿过溪谷，终于再次呼吸到新鲜的空气。

现在的华普，已经失去了年轻时期的战斗精神。身体状况越来越糟，华普只想远离战争，安静度过晚年。为了避免与敌人正面交锋，华普只得一次又一次逃亡，每天都过着东躲西藏的生活。华普打算为自己寻找一条新的出路，它朝牧场上新搭建的小木屋走去。可是刚接近木屋，它就听到了一阵人类的谈话声。

"这里不安全，唉，我得回到山上，重新选择一条路线！"

可是，山上也有敌人！华普小心翼翼地穿过洼地和森林，终于回到山上。面前有一个悬崖，年轻的时候，华普一口气就能翻过去。现在，它好不容易爬上去，中途却脚底一滑，又摔落下来。华普试了好几次，它累得没有力气了，只好选择绕道。

"唉，到底哪里才安全呢？"华普抬起头，看见了远处的黄石公园。那里是动物的乐园，华普最后的落脚之地。可是，要到黄石公园，必须翻越群山！华普的身体越来越弱，翻过一座山的时间竟然是以前的三倍!

死亡之谷是去黄石公园的必经之路。华普很担心,几乎颤抖着一步一步往前走,慢慢来到了死亡之谷的入口。一只巨大的秃鹰飞下来,想吃那些动物的腐肉。可惜,它刚停下来,还没张开嘴,就被毒气熏晕,睡了过去,再也没有机会醒来。华普看得心惊胆战,却不得不往前走。

风不停地吹着华普雪白的胡须,它又闻到了那股熟悉的死亡气味。以前,华普讨厌这种气味,如今,它却不得不顺着这股气味往前走。刚进入溪谷,华普就感觉头脑昏沉,它觉得很累,想找一个地方好好休息。它在心里盘算着:"走过这个山谷,再翻过肖恩山,就能到达那个美好的动物王国了。"这时,一个声音在心底想起:"华普,你为什么要去那么远的地方呢?不如,你就在这里美美地睡上一觉,这样,你就能得到解脱,再也不会感觉到痛苦和疲惫了!"

其实,华普刚进入山谷的入口,毒气已经侵入它身体的每个部分。现在,华普感觉浑身无力,头脑越来越昏昏沉沉。于是,它在一块僵硬的岩石上躺了下来,安静地睡着了。就像小时候躺在灰熊妈妈的怀里一样,华普回到了大自然的怀抱,再也不会醒过来了。

贫民窟里的猫

第一章　母猫

一个肉贩子推着一辆满载着肉串的小车在巷子里高声叫喊："肉来咯！肉来咯！"

叫卖声仿佛有某种魔力，周围的猫一只接一只从各个角落跑出来，一拥而上，朝小车和男人跑来。

肉贩子一边吆喝一边慢悠悠地往前走。这人个头不高，浑身脏兮兮的，是个不折不扣的粗人。

大约走了50米后，肉贩子停了下来，打开车上的箱子，将一串串肉取了出来。这些肉是猪、牛的内脏和下水，闻起来香气扑鼻。肉贩子拿起一根木棍将肉从铁丝上剥下来，放到地上。所有的猫"喵喵"叫着，各自叼起一块肉，转过身，一边跑一边观察周围的环境。它们想找一个既安静又安全的地方，独享美餐。

肉贩子并不是一个慈善家，这些吃到肉的猫，它们的主人都事先付了钱给肉贩子。肉贩子心里有一本账，他清楚地记得哪一只猫的主人交了多少钱，哪一只猫的主人没有交钱。他会根据这本账单来分配肉食。

比如，伏西的主人这个月没有交钱，这一回，它只能领到一小块肉。那只脖子上系了一根彩带的猫，它的主人是酒厂的老板，他格外照顾肉贩子的生意，也交了很多钱，这只猫得到了一块很大的肉。有只猫的主人是警察，警察也经常照顾肉贩子店铺里的生意，所以肉贩子也分了一块上好的肉给这只猫。

当然，并不是所有的猫都能得到肉吃。一只白纹黑猫站在旁边，想得到属于自己的那份肉，却被肉贩子撵开了。它很困惑："我以前都能领到肉吃，今天到底是怎么回事？"它自然不清楚发生了什么事，但是肉贩子却记得清清楚楚：它的主人没有交钱！

巷子里还有很多野猫，它们没有主人，也挤了过来。这些猫想碰碰运气，看能不能幸运地得到一小块肉。这些野猫里，有一只灰色的母猫。母猫很瘦，身上很脏，它和孩子们住在一个罕有人迹的角落里。母猫费力地挤在车边，满眼忌妒地盯着那些领到肉的猫。这时，一只野猫跟一只领到肉的小猫打起来，小猫嘴里的肉掉到地上。母猫趁这两只猫打得火热，冲上去叼走肉，一溜烟儿跑了。

母猫钻过墙角上的一个小洞，跑到后墙，趴在一个偏僻的角落，狼吞虎咽地吃完了这来之不易的肉。随后，它心满意足地舔了舔嘴唇，开心地朝垃圾堆旁的一个饼干盒子走去。那是母猫的家，里面住着它的几个孩子。

突然，传来一阵小猫惊恐的叫声："妈妈，救命啊，救命！"母猫飞快地冲了回去。一只健壮的公猫正在咬母猫的孩子，母猫满腔怒火地朝公猫扑去，公猫掉头跑了。母猫往饼干盒子里一看，其他几个孩子都被咬死了，只剩下一只小猫了。这只小猫叫吉蒂，它长得很像妈妈，灰色的毛发中夹杂着黑色的花纹，鼻头、耳朵、尾巴尖上带着白点。

母猫失去了孩子，痛哭了好几天。它将所有的爱都给了小猫吉蒂。在母爱的滋养下，吉蒂越来越强壮。

为了哺育孩子，母猫每天都出门觅食。一天深夜，母猫又出门了，它闻到了一股诱人的食物香气。这股香气是从码头方向飘过来的，母猫好奇地顺着气味朝码头跑去。突然，传来一阵狗叫。母猫听到了一阵急促的脚步声，它发现自己无意中闯入了狗的地盘。那条狗气冲冲地朝母猫跑过来，母猫找不到可以躲避的地方，只好朝码头上的船跑去。

母猫跳上了甲板，狗没有跟过来。但是，为了躲避狗的追杀，母猫在船上待了一夜。第二天一早，船离开了码头，母猫也被带走了。从此之后，它再也没有在垃圾堆的饼干盒子里出现。

第二章　幸运的吉蒂

吉蒂还不知道母亲已经走远，眼巴巴地等待母猫回家。一整夜过去，吉蒂没有见到母猫的身影，肚子饿得咕咕直叫。天快黑的时候，吉蒂实在无法忍受饥饿，它想："再这样饿下去，我会小命不保。不如，我出门找点吃的吧。"

吉蒂走了一会儿，来到一家宠物店的地下室台阶前。它吃力地往上爬，顺着台阶，来到一扇门，钻过门缝，溜进了宠物店。宠物店的员工萨姆正坐在一个角落里发呆，他看见了吉蒂，满眼都是好奇。吉蒂来到一个铁栅栏围成的笼子面前。笼子里住着一只狐狸，里面还放着可口的食物。狐狸是个狡猾的家伙。吉蒂刚把头往笼子里伸，狐狸跳过去，一把将吉蒂的头按住，卡在栅栏里。吉蒂感觉呼吸困难，它大声地叫起来："喵！谁来救救我！"

萨姆走过来，朝狐狸吐了一口口水，狐狸乖乖松开了吉蒂。在狐狸的偷袭下，吉蒂差点晕过去。它在萨姆的腿上躺了一会儿，才回过神来。

第二天，宠物店的店主马力回来了。这家店主要靠卖小鸟和别的小动物盈利，马力很看重他那些小动物，但是他非常讨厌巷子里的野猫。

"萨姆，我不会收留这种没价值的东西！"

听到主人的吩咐，萨姆只好拿来一些食物给吉蒂。吉蒂吃饱之后，萨姆带着它走出宠物店，将它扔在一个垃圾堆里。远处的一个窗户上，挂着一个鸟笼，笼子里的金丝雀正在欢快地跳来跳去。吉蒂很好奇，爬上墙，目不转睛地盯着金丝雀。

突然，一条大狗出现。吉蒂想："狗可不是好惹的。"它赶紧从墙上下来，找了个舒服的地方趴着睡大觉。没过多久，吉蒂被一阵轻微的呼吸声吵醒。它睁眼一看，眼前站着一只大黑猫。这是一只公猫，眼睛里发着绿光，左耳上有一个被撕破的缺口，脸上也有一道伤疤。黑公猫看上去凶巴巴的，它竖起尾巴，不停朝吉蒂吼叫。

吉蒂还不知道，眼前的这只猫就是杀死自己兄弟姐妹的仇人。它并没有被黑公猫的凶狠样子吓到，反而站起来，无所畏惧地朝黑公猫走去。黑公猫是个欺软怕硬的家伙，它被吉蒂的反应吓了一下，转身走开了。

天快黑的时候，吉蒂又饿了。它钻进一个垃圾箱，找到了一点吃的，又跑到水管下面的水桶边喝了点水。从此，吉蒂就在垃圾箱旁边住下了。有时候，它能交好运，找到丰盛的食物。有时候，它一连好几天都没东西吃，只能喝水充饥。

吉蒂想："总这样饱一顿饿一顿地过着，也不是个办法，我得离开这里，出去闯荡。"随后，吉蒂来到一面高墙下找食物。墙上有个窟窿，吉蒂毫不犹豫地钻过去。一条狗发现了吉蒂，汪汪叫嚷着冲过来，吉蒂见势不妙，赶紧退回到墙上的小窟窿那里。这天的运气很不好，吉蒂只找到了一点勉强能充饥的土豆皮。

第二天早上，一群小麻雀落到地上，叽叽喳喳地说着什么。吉蒂饿坏了，它想："麻雀吃起来是什么味道呢？我要是能抓住一只就好了。"它利用一些破烂物做掩护，从一个藏身处溜到另一个藏身处，慢慢接近面前的麻雀。哪知，它刚扑出去，麻雀就拍着翅膀飞走了。吉蒂不死心，又折腾了好几次。每一次，吉蒂都毫无收获，所有的麻雀都飞走了。

接下来的几天，吉蒂没有交到好运，一连5天都找不到东西吃。后来，一户人家的小孩丢给它一块肉。这是吉蒂来到人世吃到的第一块肉，吃完之后，它眼巴巴地坐在那家人房前的台阶下，希望能得到更多的食物。等了很久之后，吉蒂认为，这家人不会再给它食物了，它又回到了原先栖身的垃圾堆边。

第三章　吉蒂的婚事

两个月后，吉蒂长大了，是一只成年的母猫了。它已经对周围的地形了如指掌。街上那些排成一排的垃圾箱，哪家的垃圾箱里有食物，哪家没有，吉蒂都一清二楚。很快，它也认识了那个推着小车到巷子里来的肉贩子。每当那些家猫挤在小车周围时，吉蒂就站在野猫的队伍里，等待时机，希望能抢来一块肉。

一个偶然的机会，吉蒂学会了一种新的觅食方法。送牛奶的人每天早上会将牛奶送到订牛奶的人家的房门前或者窗台上。那些牛奶瓶封得很紧，别说拧开，就是连一丝牛奶的气味都不会散发出来。不过，有时候，吉蒂也会遇到没有拧紧盖子的牛奶瓶。吉蒂每天早上要做的事，就是寻找那些没有盖紧的牛奶瓶，将里面的牛奶倒出来"咕噜咕噜"一口气喝个底朝天。

随着时间的推移,吉蒂的活动范围也越来越大。它先去了街区的中心,走了更远的路,然后才回到先前那家宠物店的地下室,来到后院的垃圾堆边。不管走多远,吉蒂总会回来。它觉得,别处都很陌生,只有垃圾堆那里才是它温馨的家。

有一次,吉蒂的家被另一只小猫霸占了。吉蒂非常生气,那只小猫也不甘示弱,不停地吼叫,希望赶走吉蒂。眼看一场战争就要爆发,突然有人从窗户上泼下来一盆冷水。吉蒂和那只小猫洗了个冷水澡,心中的怒火也被泼熄了。那个霸占者自知理亏,翻过墙逃走了。

后来,吉蒂也离开了垃圾箱,找到一个新住处。这个院子里没有垃圾箱,但是有很多老鼠。吉蒂可是捕鼠能手,无数老鼠成了吉蒂的盘中餐。从此,吉蒂不再为生计发愁,日子也过得悠闲起来。很快,吉蒂成了猫咪里面的大姑娘。它长得很漂亮,总有一些公猫向它求爱。

8月的一天,吉蒂正在晒太阳。一只在墙上走来走去的黑公猫发现了吉蒂,它的耳朵上有缺口。吉蒂一看,想起它们曾经见过。它对黑公猫没有好感,钻进盒子躲了起来。

黑公猫跳进后院,一步步朝吉蒂逼近。这时,一只黄猫突然出现,挡住了黑公猫的去路。这也是一只公猫,名字叫比利。黑公猫张大嘴巴,露出锋利的牙齿,恶狠狠地盯着比利。比利同样龇牙咧嘴,一边吼叫一边后退。

黑公猫大吼着:"让开!"

比利拱起后背,站在原:"不让!"

黑公猫非常愤怒:"快让开!"

比利竖起尾巴,慢慢向黑公猫逼近:"我偏不让!"

周围的人听见了猫叫,纷纷打开窗户,站在一边看热闹。

比利和黑公猫的叫声越来越响。它们一边大叫,一边抖动胡须,瞪大眼睛怒视对方。渐渐地,两只公猫碰到了一起,鼻子贴着鼻子,胡须贴着胡须。

比利发出一声长鸣:"喵——"它伸出爪子,朝黑公猫扑去。

黑公猫毫不示弱,也"嗷嗷"叫着,扑向比利。

它们扭打在一起,又踢又咬,一会儿比利将黑公猫压住,一会儿黑公猫又翻身将比利压在地上。它们激烈地厮打着,围观的人连连喝彩。很快,两只猫从房顶滚了下来。它们继续扭打了好一阵子,直到彼此精疲力尽,伤痕累累,才停了下来。比利的耳朵和眼睛上方都被黑公猫咬破了,鲜血不停地往外流。黑公猫的伤势更重一些,它的右腿被伤，肚子上还被抓出一道长长的口子。最后，黑公猫爬上墙走了。

吉蒂一直躲在盒子里观看这场无比激烈的战斗。它对比利产生了极强的好感。没过多久，吉蒂和比利的感情快速升温，结为夫妻。

第四章 吉蒂的兔子宝宝

9月底10月初的时候，吉蒂的身上发生了一件大事。它当妈妈了，生下了5只可爱的小猫咪。吉蒂非常喜爱它的孩子，总是不停地用舌头温柔地舔它们。比利不跟吉蒂住在一起，也很少来找吉蒂一起外出觅食，它甚至都不知道自己已经当爸爸了。

为了养活孩子，吉蒂必须出门觅食。

最近，吉蒂的运气总是时好时坏。之前，它已经连续两天没有找到食物，还三次被大狗追踪，被宠物店的萨姆追赶。吉蒂以为，自己倒霉到了极点，哪知好运转瞬即至。

第二天早上，它发现了一瓶没有盖盖子的牛奶，立即将牛奶倒进肚子。接着，它从一只家猫那里抢到一块肉，还在回家的路上捡到了一个大鱼头。它回到后院的时候，又发现了一只褐色的小兔子。吉蒂已经吃得很饱了，它打算叼着小兔子回家，万一以后食物不足，可以把小兔子吃了。

吉蒂回到家，将小兔子放在一边，给孩子们喂奶。没想到，小兔子也凑过去吃奶。吉蒂吓了一跳，"啊，我原来是想吃掉小兔子呀！算了，你既然喜欢吃奶，我暂时养着你吧。"

慢慢地，吉蒂将小兔子当成了自己的孩子。小猫们也很喜欢小兔子，它们成了一家人。

一天，吉蒂外出觅食，小猫们偷偷溜出去玩。而小兔子太小了，只能乖乖待在盒子里。

宠物店的萨姆看到在后院玩耍的小猫咪，居然拿出猎枪，将它们全部打死。吉蒂叼着老鼠回来的时候，萨姆也想打死吉蒂。但是他犹豫了一下："说不定我以后可以利用这只猫，暂时留它性命吧。"

吉蒂回到盒子的时候，发现只有小兔子在里面。它大声呼喊，到处寻找，可是周围一点回应也没有。吉蒂带着老鼠回家，喂给小兔子吃。但是，小兔子对这种食物并不感兴趣，吉蒂只好躺下来给它喂奶。

萨姆听到吉蒂的叫声，来到吉蒂居住的盒子附近。看到吉蒂给小兔子喂奶，萨姆惊讶得下巴都快合不拢了。他找来一块木板,压在盒子上面,然后将盒子抱起来带回宠物店的地下室。萨姆将这件奇怪的事告诉了老板马力。马力觉得商机来了,"'猫给兔子喂奶'无疑是个很有吸引力的新闻,吉蒂和它的兔子宝宝一定会得到大家的热烈欢迎。"

于是,马力将吉蒂和小兔子放进笼子,在笼子上贴了一个标语——"幸福的一家人"。随后,他把笼子放在宠物店门口展览。

周围的居民听说吉蒂给小兔子喂奶,十分好奇,纷纷涌向宠物店。一时间,宠物店客流如云。可惜,小兔子很快就死了,这种繁荣的景象只维持了两三天。吉蒂在这段时间得到了良好的照顾,它闲得无事可做,便舔干净了身上的污垢。马力见吉蒂长得很漂亮,决定把它留在宠物店。

第五章 吉蒂的王室血统

马力是一个有野心的宠物店老板,他希望自己能培养出一只可以在名猫品论会上赢得头彩的猫。这样一来,他不仅能获得丰厚的奖金,还能一举成名。

遗憾的是,马力从来都没遇到具有参赛潜力的猫。名猫品评会的门槛很高,并不是所有的家猫都能参赛,必须得到跟品评会有关系的人的推荐才有资格参赛。很久以前,马力带着一只猫去参赛。但是,那只猫太丑了,不管他怎么夸赞这只猫的品行,品评会的人都不相信,直接将那只猫和马力撵了出去。

如今,马力看到漂亮的吉蒂,觉得属于自己的机会就要来了。他经常看着吉蒂自言自语:"说不定,吉蒂能在名猫品评会上得到专家们的认可!"

他在吉蒂身上花了不少心思。吉蒂每天都能得到充足的食物,身上的皮毛越发光亮。马力用杀虫剂将吉蒂身上的每一寸地方都清洗得干干净净,还用肥皂和热水给它洗澡。吉蒂讨厌洗澡,龇牙咧嘴,嗷嗷叫着反抗:"我不洗澡,我就不洗澡!"

马力不管吉蒂的抗议,他按住吉蒂,给它洗澡,然后带它到火炉边将身上的水烤干。吉蒂的身体被烤得暖烘烘的,它觉得很舒服,高兴地叫了几声:"哇,原来洗澡这么舒服呢。"

转眼冬天到了,马力为了让吉蒂接受寒冷的洗礼,在院子里搭建了一个棚子,将吉蒂的笼子放进棚子里。此外,马力还准备了大量的油豆饼和鱼头,吉蒂吃了一个星期,就长胖了。慢慢地,吉蒂的皮毛开始散发出一种耀眼的光泽,跟以前相比,现在的吉蒂已经改头换面,完全称得上猫里面的明星了。

看到吉蒂的变化,马力非常高兴。他甚至做梦都梦见自己已经变成了一个赫赫有名的大人物。他对萨姆说:"我想,是时候送吉蒂参加名猫品评会了。萨姆,我们得好好策划一下。要是有人知道吉蒂以前是只野猫,说不定会取消它的参赛资格。我们得给它取个好名字,弄个高贵的出身,才能迎合那些评委的口味。"

马力想了很多名字,但是他觉得没有一个名字能符合吉蒂的气质。他只好征求萨姆的意见:"萨姆,你的老家叫什么岛来着?"

"阿娜罗斯丹岛。"

马力一听,无比兴奋地说:"阿娜罗斯丹!太棒了,我们的吉蒂就叫路易·阿娜罗斯丹!我们可以声称,它继承了路易·阿娜罗斯丹的血统!萨姆,你觉得呢?"

萨姆忍不住连连点头:"老板,我们是不是该给吉蒂弄一个血统证书?"

于是,马力找来很多著名的血统书。他和萨姆参照这些书,给吉蒂编造了一个世人完全陌生、历史无比悠久的血统书。

一切准备妥当之后,马力安排萨姆带着吉蒂和假血统书,前往名猫品评会报名。萨姆之前开过理发店,见识过很多上流社会的绅士。他天生就是个演戏的料子,那些绅士的举止他早就记在心里。这不,萨姆装模作样,一脸傲慢地朝报名处走去。他刻意装出一副大有来头的样子,对报名的工作人员说:"我受主人的委托,前来为这只猫报名!"

报名处的工作人员一看萨姆的派头,以为吉蒂是个难得的宝贝。他们立马接过吉蒂和它的血统书,给吉蒂发了一张入场许可证。实际上,品评会对报名的猫要求严格,想要获得参选资格非常困难。这一回,报名处的工作人员被萨姆的气势震住了,他们居然没有盘问,直接给吉蒂颁发了入场许可证。

第六章　名贵非卖品

名猫品评会终于开始了,马力去了会场。会场外面排了很多豪华马车,无数戴着礼帽的绅士在会场门口进进出出。马力有些紧张,管理人员看见他鬼鬼祟祟的样子,以为他是某位绅士的马夫。直到马力拿出入场许可证,管理人员才同意他入场。

会场展厅内,摆着一排排装猫的笼子。绅士淑女们站在笼子面前,欣赏那些猫的高贵神态。马力的形象跟会场的氛围格格不入,不时有人盯着他看,那神情好像在说:"这个人到底是做什么的?"

马力很想询问一下吉蒂的事,但是他担心被人发现吉蒂是个冒牌货。他慌慌张张地走着,不停张望,却始终不见吉蒂的身影。马力有些灰心地想:"我真的不应该参加名猫品评会。这种地方,我以后不会再来了。"

正中的展厅里,挤着很多人,那里正在展览一些名猫,鉴赏的人都是一些身份高贵的上流人士。马力实在太矮了,根本看不到前面的情形,他只好站在一边,听周围的人交谈议论。

"快看,那只猫真漂亮!"

"它身形优雅,一看就是贵族血统!"

"对呀,听说它有王室血统呢。"

这时,一位工作人员走了过来:"打扰了,请让一让。一位画家来给这些猫画像来了,请大家让一让!"

一位站在笼子边的绅士问:"请问,谁是这只猫的主人。您能帮我安排一下吗,我想买下它。"

工作人员说:"我不能做主。据说这只猫的主人身份神秘,难以接近。但是,他的管家告诉我,他根本不愿意出卖自己的宝贝猫。"

围观的人让开一条路,马力快速走到笼子边,一眼就看见了笼子前面的字:"名猫品评会蓝绶带金奖!奖给拥有王室血统的名猫路易·阿娜罗斯丹!出展人:马力。此猫为非卖品!"

看到这些,马力无比激动,他感觉体内热血沸腾,差一点就晕倒在地。4个警卫守卫着丝绒垫子上的一个金色的笼子。笼子里的猫有着一身亮黑色夹杂着浅灰色皮毛,一双浅蓝色的眼睛微微闭着,看上去无比惬意。天啊!它是吉蒂,那只在垃圾堆边出生的猫!这一刻,它看上去无比尊贵,超凡脱俗,简直像一幅精美的油画。

听着人们对吉蒂的赞美,马力无比开心。他想:"这种场合,我不宜亲自出面,还是交给萨姆比较合适。"马力悄悄回到了宠物店。

在这一届名猫品评会上,吉蒂获得了空前的成功,因此一夜成名,身价不断攀升,最后竟然涨到了100美元。马力得知这个消息后,立即派萨姆去拜访品评会的会长。在会长的建议下,马力以100美元的价格将吉蒂卖给了一个有钱人。

第七章 回到小巷子

就这样,吉蒂成为了一个有钱人的宠物。但是,一旦主人打开笼子,吉蒂就变得傲慢随意。它完全不给这家人面子,不管谁想跟它亲热,它都发疯一般大吼大叫。有钱人非常宽容,他说:"路易·阿娜罗斯丹不愿意讨任何人欢心,它是一只受过良好教育的猫,是猫中贵族!"

吉蒂跑去逗笼子里的金丝雀,这家人也会为它开脱:"这才是生活在王室中的猫!它一定是见过别的猫这样做,自己才会去尝试。路易·阿娜罗斯丹还真是见多识广!"

即使吉蒂钻进垃圾桶里打滚,那些人还是会为它找一个合理的借口:"路易·阿娜罗斯丹是大家闺秀,但难免有任性的时候。这很正常!也只有血统高贵的猫才配得上这样的任性!"

尽管不用再忍饥挨饿,尽管被主人当成了掌上明珠,吉蒂却闷闷不乐。它无比怀念在垃圾堆边生活的日子,经常将脖子上的蓝彩带拽下来,蹲在窗边,遥望故乡。

"这里的人都很喜欢我,可是他们时时刻刻盯着我,不让我出门。这种日子跟坐牢有什么区别,我还是想回到垃圾堆边,自由自在地活着!"

吉蒂已经打定主意逃走。三个月后,它找准时机,从门缝中溜出来,踏上了回乡的路。

猫具有强烈的方向感，吉蒂靠着自己的直觉，不停赶路。一路上，它避开了货车的轮子，躲过了狗和其他猫的追赶。历经千辛万苦，吉蒂终于回到了魂牵梦绕的故乡。它来到宠物店的后院，钻进了自己曾经居住过的那个盒子。

吉蒂有些饿了，它悄悄来到宠物店地下室后面的楼梯处。一般情况下，这里会有一点儿吃的。这时，萨姆发现了它，他立马高声叫喊起来："老板，快来呀！吉蒂，不，路易·阿娜罗斯丹回来了！"

马力立即跑过来。吉蒂被他们的叫喊声惊动，跳上墙跑了。马力和萨姆模仿猫的叫声，用无比温柔的声音呼唤道："吉蒂，吉蒂！快过来！"吉蒂已经上过一次当了，才不会搭理他们的虚情假意。它飞快地跑向自己熟悉的地方，消失在马力和萨姆的视野里。

马力命令萨姆："无论如何，也要抓住吉蒂！它可是我们的摇钱树！"

萨姆在吉蒂的盒子里放了一个捕鼠夹，还在夹子上放了一个巨大的鱼头当诱饵。

吉蒂找了一整天，没有得到一点食物，只好朝垃圾堆边的家走去。很快，灵敏的鼻子告诉它，盒子里有美味的鱼头。吉蒂毫不犹豫地朝盒子里走去，还没吃到鱼头，只听啪的一声，它被捕兽夹夹住了。就这样，吉蒂又被马力抓住了。

不久之后，马力在报纸上看到那家有钱人寻找名猫路易·阿娜罗斯丹的消息。消息称，不管谁捡到这只猫，只要送回去，就能获得25美元的奖励。马力高兴得哈哈大笑，他命令萨姆打扮成仆人的样子，将吉蒂送回去。萨姆又装出一副傲慢的样子对那人说："路易·阿娜罗斯丹竟然在马力先生的府邸周围溜达。马力先生发现后，命令我将它送还贵府。马力先生托我转达他对贵府的祝愿，他还说，不用给奖金了。"

名猫失而复得，那家人高兴坏了，给了萨姆很多赏钱，比报纸上说的25美元多得多。

第八章　别墅的垃圾场

这一次，这家人汲取教训，将吉蒂严密地监视起来，吉蒂根本找不到办法溜出去。每天依然有无比丰盛的食物，但是吉蒂的心情却越来越糟。它不喜欢被关起来，脾气也变得更加暴躁。

转眼春天到了。这家人打算搬到乡下的别墅住一段时间，他们收拾好行李，将吉蒂放进一个篮子里，带到距离城市80公里远的乡下。到达别墅之后，佣人们尽量讨好吉蒂，希望它能开心起来。但是，吉蒂不但不领情，反而更加讨厌这些人无休止地献殷勤。

不过，在这里，吉蒂遇到了一个胖胖的厨娘。厨娘身上带着一股巷子里的气味，吉蒂觉得很亲切，从此喜欢上了这位厨娘。

一次，家里人担心地说："也不知道路易·阿娜罗斯丹到底喜不喜欢这里？"

厨娘听到了他们的谈话，建议说："我们得给它的爪子涂一点油，它就能老老实实待在家里了。"说完，她一把抓住吉蒂，从锅里蘸了点油，涂在吉蒂的爪子上。吉蒂非常生气，"你居然敢这么粗鲁地对我！"它举起爪子正想给厨娘一个教训。突然，它闻到了爪子上的油味，不由自主地弯下腰舔起来。厨娘开心地说："你们看，这下它不会乱跑了！"

之后，吉蒂真的安静了很多。但是，它越来越喜欢跟在厨娘身后转来转去，还喜欢到厨房和垃圾箱那里转悠。其实，对于一只出身高贵的猫来说，捡垃圾是一件有失身份的事。但是，吉蒂就喜欢这样干，这户人家也拿它毫无办法。看到吉蒂比以前温顺多了，他们还隐隐有些高兴呢。

一两周之后，吉蒂获得了更多的自由。这家人还是担心它会逃跑，派人寸步不离地跟在它身后。周围的人都知道吉蒂是一只无比尊贵的猫，他们教导孩子不能朝吉蒂扔石头，甚至训练狗学会尊重吉蒂。

但是，吉蒂仍然觉得不快乐。有时候，它会悄悄溜出去觅食，尽管那些食物在这家人看来不够卫生，可是吉蒂吃得津津有味。它也不喜欢人们专门为它准备的干净睡垫，非要在厨房的柜子下面，不停地磨蹭。直到这里留下自己的气味，它才安心入睡。

别墅后面有一个巨大的垃圾场，但是吉蒂并不喜欢它。这个垃圾场跟吉蒂以前居住的垃圾堆不一样，里面堆满了毫无生气的石头、沙子、干草。如果能逃走，吉蒂早就想逃回它之前居住的那个垃圾堆了。

后来，别墅里发生了几件大事，吉蒂决定快速离开。那天，厨娘收到一个从码头寄来的包裹，收拾行李离开了别墅。接着，家里的男孩突发奇想，在吉蒂的尾巴上拴了一个空瓶子。吉蒂被惹火了，伸出锋利的爪子在男孩的手上狠狠抓了一把，留下几道触目惊心的血痕。

男孩疼得嗷嗷大哭，女主人很生气，抓起身边的一本书狠狠朝吉蒂砸去。吉蒂往边上一闪，一下子跑到楼上去了。那天夜里，吉蒂挨个儿检查别墅里的纱窗，终于发现了一扇没有上锁的窗户。它很快钻了出去，再次逃亡。

第九章　危险的旅程

尽管是深夜，吉蒂依然看得一清二楚。它知道自己距离巷子里的垃圾堆已经很远很远了。但是，它的身体里有一种本能，在本能的驱使下，吉蒂总能沿着正确的方向往家里赶。

它沿着河边的小路往南走。河边有一条铁路，铁路的拐弯处有一道栅栏。吉蒂就在栅栏和铁轨中间的一条窄窄的小路往前走。一条大狗想抓住吉蒂，吉蒂一下钻进栅栏。大狗钻不过去，吉蒂才放心地继续往前跑。

没过多久，吉蒂又听见一阵比狗叫更猛烈的吼叫。这个家伙比狗大多了，还瞪着一双喷火的眼睛，嘴里不停吐着白气，时不时发出打雷一般的轰鸣声。吉蒂吓得魂都快丢了，只好拼命往前跑。但是，它跑了没多远，这个大家伙又追上来，很快超过它，消失在夜色里。吉蒂吓得将身体紧紧贴着栅栏。它已经明白这个家伙不会伤害它，但还是害怕得不敢往前走。

随后，吉蒂又看见了几个这种大怪物。它发现，这些怪物不会袭击它，只要躲在一边，它就没有生命危险。其实，吉蒂并不清楚，这些家伙就是火车。

太阳升起的时候，吉蒂找到一个贫民窟，在里面休息了一整天。这里跟家乡的味道非常相似，吉蒂的心里只装着它的故乡，并不愿意留下来。

之后每一天，吉蒂就这样不停往家赶。每天清晨，它钻进别人家的谷仓休息，避免遭受狗和小孩的袭击。一到晚上，它才钻出来继续赶路。一个星期之后，吉蒂来到一座火车专用桥。桥上总有火车大声轰鸣地通过。尽管吉蒂不再害怕这些"怪物"了，但是一旦火车从身边呼啸而过，吉蒂还是会火速躲到一边。直到确定桥上不会再出现"怪物"，吉蒂才飞快地跑上桥。但是，它刚走了一半，一前一后分别出现了一个"怪物"。吉蒂无路可走，只好"扑通"一声跳进水里。

这时还是8月，河水并不冰冷。吉蒂之前不会游泳，这一次它居然游得挺不错。跳进河水的一刹那，吉蒂不停地划动爪子，浮上水面，观察四周的情形。直到确认"怪物"不会追上来，它才放心地朝河对岸游去。

现在，吉蒂浑身湿淋淋地上了岸，它身上满是泥土。穿过煤堆和土堆之后，吉蒂变得脏兮兮的，完全没有了以前的贵族风采。尽管如此，吉蒂却无比开心，因为，马上就能回家了！

吉蒂在船上待了三天，换搭了好几艘船，终于回到了自己熟悉的港口。它坚定地朝家的方向跑去，一边跑一边幻想："再坚持一会儿，就能回到我的小盒子里了。就算萨姆拿走了我的盒子，也没关系，再找一个类似的，对我来说，也不是什么特别困难的事！"

曾经那只无比高贵的名猫路易·阿娜罗斯丹，已经恢复了它本来的样子。现在，这只脏兮兮的小猫，快乐地朝自己的家飞奔。

第十章　唯一的朋友

"天啊，这就是我魂牵梦绕的故乡吗？"

吉蒂被眼前的景象吓住了，大声嚷嚷起来。

记忆中的院子、垃圾堆、盒子统统不见了。这里变成了一片荒原，到处是石头、木材和土堆。吉蒂非常困惑，它仔细地观察一番，再次确认这就是自己的出生地。但是，宠物店呢，垃圾堆呢，那些熟悉的东西都去哪里了呢？吉蒂痛苦地站在原地，就连它最熟悉的小巷子的味道也消失不见了。

它没料到，自己千辛万苦赶回来，好几次差点丢了性命，故乡居然面目全非。

其实，人们想在河面上建一座桥，因此打算对周围的旧建筑物进行改造。吉蒂居住的小巷子被拆除了。但是，吉蒂怎么会知晓人类的决定呢！

太阳升起来的时候，吉蒂走进附近一栋大楼，躲了进去，思考出路。"现在，我无家可归了，怎么办？要不，我再回到那户有钱人家里吧。"吉蒂还记得回去的路线。但是，当它来到那户人家门口时，发现大门紧锁，无法进去。它也许忘记了，那家人正在乡下的别墅里度假呢。吉蒂只好回到原来的巷子里。

转眼就到了秋天，很多无家可归的野猫都死了。它们要么是被饿死，要么就是被敌人杀死。吉蒂强壮机敏，总算活了下来。

白天的时候，很多工人在吉蒂老家的位置上干活。到了晚上，吉蒂会悄悄溜回去看看。它发现，那里发生了一些变化。10月份的时候，这里建成了一栋高楼。

一天早上，一个穿蓝色衣服的人从大楼走出来，将一个装满垃圾的水桶放在大楼外面。吉蒂早就饿了，它迫不及待地奔向垃圾桶。但是，走近一看，吉蒂才发现，这不是垃圾桶，而是一个装抹布的水桶。突然，吉蒂在水桶的把手上闻到了一股熟悉的气味，它伸着鼻子，努力地嗅着，希望能辨别出这味道的主人。很快，那个人又回来了，吉蒂吓得赶紧逃跑。

这个人就是当年宠物店里的员工萨姆，现在他是这栋大楼的电梯工。萨姆一看到吉蒂，便惊讶地叫起来："吉蒂！真的是你吗？天啊，你怎么回来了，你一定饿坏了，来，到我这里来吧。"

萨姆回到大楼，从饭盒里拿出所有的肉，放在大门口，走进了大楼。在吉蒂的眼里，萨姆是一个不折不扣的坏人。但是，它现在饿极了，实在无法抵抗食物的诱惑，一下子冲到大门边，叼起那块肉，飞快吞下，转身飞奔。

此后，萨姆只要一看到吉蒂，都会给它一些香喷喷的肉。渐渐地，吉蒂不再那么讨厌他了。事实上，它甚至将萨姆当成了自己唯一的朋友。

一天，吉蒂在大楼外面发现了一只肥大的死老鼠。它立马叼着老鼠放到一边存起来，想等饿的时候再吃。

这时，一条狗跑了过来，吉蒂赶紧退到大楼门口。一位穿着考究的绅士从大楼走出来，萨姆为他开门。他们都看见了叼着老鼠的吉蒂。

绅士用赞扬的语气对萨姆说："哇，这只猫居然会抓老鼠！"

萨姆立即说："对呀，吉蒂是我以前养过的猫。它是有名的捕鼠能手，因为有它，这一带的老鼠少了很多。你看，它都累瘦了。"

绅士怜悯地说："啊，这样呀，萨姆，你别老让它饿着。难道，你连一只猫都养不起吗？"

萨姆支支吾吾地说："肉店卖肝脏给猫吃的手推车经常到这儿来，只要付25美分，吉蒂就能吃到肉了。可是，先生，我的钱不够。"

绅士说："没关系，它的肉钱我来付。"这样，吉蒂也能吃到手推车上的肉了。其实，只要付10美分，吉蒂就能领到肉，萨姆还从中赚了15美分呢。

这天，肉贩子又推着小车过来了，他一边走一边喊："肉来咯！肉来咯！"一听到他的声音，无数只猫从四面八方赶来，挤在车子周围。肉贩子的肚子里有本账呢，他知道该给哪只猫分多少肉。

不一会儿，小车来到大楼的拐角。肉贩子停下车，拿起棍子吆喝："走开，你们这些讨厌的猫，快让开！"他竟然让这些猫给一只灰猫让路。这只灰猫的耳朵、鼻尖、尾巴尖都是白色的，它就是吉蒂！吉蒂领到了最大的一块肉，因为萨姆向肉贩子支付的钱可不止10美分！

每天，一领到肉，吉蒂都会跑进大楼一角，坐下来，静静享受这芳香诱人的美味。现在，它正式被养在这里了，这是它曾经做梦都想不到的美好生活。经历过那么多的磨难，吉蒂终于迎来了它的好运。

野狼比利

第一章 灾难

在美国的达科塔州,野狼比利的故事广为流传。但是,比利到底经历了什么样的传奇人生呢?我有幸结识捕狼专家肯古,他给我讲述了一个无比真实的故事,这个故事的主人公,正是鼎鼎大名的野狼比利!

那天,我和肯古骑着马,在草原上奔跑。一望无际的草原上,零零星星的小山丘时隐时现。我们跑了一段路,太阳落山了,西边的天空铺满了红玫瑰一般艳丽的晚霞。这时,远处黑暗的草丛里响起一声令人战栗的狼嚎。

我听肯古说,狼在捕猎的时候发出的叫声,可以分为三类。如果狼发出了悠长的叫声,那意味着它发现了强壮的猎物,需要同伴协助展开围捕,叫声的意义在于召集同伴;如果狼的叫声嘹亮而饱满,那意味着狼群在追赶猎物;如果狼发出尖锐、短促的低吼,那就说明,它们已经成功抓住了猎物。这三种声音贯穿起来,就是狼猎杀动物的整个经过。

现在,肯古对我说:"这是野狼比利的叫声。说不定,它要出发猎捕牛群了。"

很久以前,草原上生活着一种名叫"百顺"的野牛,狼群依靠猎杀野牛为生。后来,人类搬迁到草原,野牛被驯化为家畜,狼群为了生存,不得已攻击家养的牛。从此,人类和狼群之间战争不断。为了保护牛群,牧场主雇佣猎人捕狼。只要抓住狼,就能获得牧场主提供的丰厚奖金。于是,一时之间涌现出大批捕狼专家。肯古也是捕狼专家,他熟知狼的习性,还知道如何捕获一匹狼。他告诉我很多关于狼的知识。如果不是他亲口所说,我完全不会相信很久以前狼是不会袭击人类的。

一路上,我们白天赶路,晚上坐在篝火边休息。肯古总会说起那些关于狼的故事。其中,最吸引我的,还是野狼比利的故事。

据肯古说,1892年春天,一个猎人在河边狩猎的时候,打死了一匹狼。猎人检查狼尸体的时候发现,这是一匹正处于哺乳期的母狼。猎人猜想,母狼的孩子就在附近。但是,他在那一带找了两三天,也没有发现母狼的洞穴。

两个星期之后,猎人来到一个溪谷,看见一头站在洞口的母狼。猎人毫不犹豫开枪打死了母狼,挖开了洞穴。猎人无比惊讶,洞里面居然有十一只小狼。要知道,一头母狼基本只能生五六只小狼崽。随即,他发现这些小狼大小不一。唯一能说得通的解释就是:这头母狼除了养育自己的孩子,还在照顾另一窝小狼崽。

这时,猎人想起了自己半个月前打死的那匹母狼。他推测,一定是这匹母狼收养了前面那匹母狼的孩子。可惜这些逃过一劫的小狼崽再也不会像上一次那么幸运了。猎人挖开了洞穴,把小狼一只一只地拖出来,全部弄死了。

其实,这里还有一条"漏网之鱼"。一般来说,狼在挖洞穴做窝的时候,都会在洞穴的隧道边挖一个侧洞。侧洞的洞口通向很远的地方,并且挖洞的时候,狼会用泥土将侧洞隐藏起来,一般人很难找到侧洞的具体位置。这个猎人也没发现洞穴里的侧洞。那里,藏着这窝狼崽中最大的一只小狼,它钻进侧洞,躲过一劫。

这只小狼,就是后来的野狼比利。

第二章 幸存的小狼

猎人走了之后,小狼比利才钻出侧洞。那些小狼崽和母狼,都被猎人杀死剥皮,地上到处是它们血淋淋的尸体。比利看见兄弟姐妹和母亲的惨状,吓得浑身哆嗦。这时,传来鸟扇动翅膀的声音,比利万分惊恐地钻进草丛,担惊受怕地过了一夜。

第二天一早,两只秃鹰来到狼的尸体面前。比利看着它们恶狠狠地啄着兄弟姐妹和母亲的尸体,吓得赶紧逃往另一片浓密的草丛。草丛里躲着一匹母狼,它以为小狼是什么猎物,猛地扑了过来。直到母狼看清地上趴着的是一只瑟瑟发抖的小狼,才松开利爪。母狼也是一窝狼崽的妈妈,它知道,绝不能拿小狼当食物。

而趴在地上的比利,闻到了母狼身上的气味,它发现眼前的这匹狼的气味很像妈妈的气味。比利不再害怕,它甚至迈开步子,摇摇晃晃地跟在母狼后面。但是,母狼并不想收养它,丢下比利独自跑远了。所幸,母狼的洞穴距离这片草丛很近。比利跟着母狼的气味没走多远，就来到了洞穴门口。母狼看见比利，想再次把它撵走。但是，它一闻到比利身上的味道，就狠不下心，只好把比利带进了洞穴。

很快，比利融入了新家，母狼正式将它视为这个大家庭中的一员。比利比其他狼崽早出生两个星期，个头比它们大很多。它的肩膀和头上，长了一撮非常显眼的黑毛。

这匹母狼比一般的狼妈妈聪明。它懂得很多知识，会联合其他狼一起围捕猎物，会咬断马的脚筋，还会从侧面咬牛的腹部。此外，母狼还清楚一些有关猎枪的事。它知道，一旦猎人拿着猎枪走过来，自己无论如何也没法跟猎枪对抗；但是，到了晚上，猎枪可就不能像白天那样大展神威了。

有一次，母狼被捕狼夹夹住了脚尖。它拼命挣扎，最后挣断了爪子，才从捕狼夹下逃出来。从此，母狼认定："带有铁味的东西最可怕！"

那天，母狼的牙齿咬得咯咯响，一瘸一拐地回到洞穴，看上去十分痛苦。它刚走进洞穴，就"咚"的一声倒了下来。过了好一会儿，母狼才苏醒过来。

小狼们见妈妈好转了，扑上去吃奶。但是，它们刚吃饱就出事了。母狼吃掉了捕狼夹上的诱饵，诱饵上涂了剧毒。这种剧毒很快扩散到母狼身体的每个部分，还渗透到了乳汁里。小狼们吃了奶，全部中毒，接连死去。只有比利，因为身体比较强壮，躲过了这一劫。

第三章　狼的智慧

现在，比利是母狼唯一的孩子了。母狼将所有的爱都给了比利。在母狼的精心照顾下，比利长得很快。秋天的时候，比利已经长得跟母狼一般大小了，还能跟母狼一起出门打猎。

这对母子形影不离，母狼教给了比利很多东西。比利学会的第一件事，就是从别的狼那里获取信息。狼经过的地方，都会留下自己的气味。只要后面的狼上前一闻，就会明白是哪头狼经过了这里，什么时候经过的，它又去了哪里，身体情况如何，等等。这些信息都能从别的狼那里获取。

比利还学会了跟狗战斗。它知道，遇上狗的时候，一定要边打边跑，绝不能停下来跟对方扭打。因为一旦停下来，其余的狗就会追上来将自己团团围住，猎人也会骑马赶上来，轻而易举地将自己捉住。边跑边打，可以将猎人和猎狗引到他们都难以到达的地方，再转过身跟那些狗决一死战。

比利学会的第三件事，就是不要跟野狗一般见识。那些野狗喜欢跟在狼群后面，目的是为了得到狼群吃剩的食物。它们跑起来速度很快，一般的灰狼根本追不上。再者，这些野狗不会主动挑衅狼群，狼群完全没必要在乎这些喜欢吃残羹冷炙的家伙。

母狼还告诉比利，不要浪费时间去追那些停留在地上的鸟；不要去抓那些皮毛黑白相间的动物，它们的肉一点儿也不好吃；不要招惹臭鼬，臭鼬会放一种臭气熏天的气体，一旦闻到会让身体难受好几天。

最后，比利还学会了如何用不同的方法猎杀不同的动物。比如，袭击羊的时候，要跳进羊群，将它们弄得心慌意乱，再挑出其中一只杀死；而袭击牛的时候，要把牛赶到一起，袭击小牛犊最容易得手，要是袭击公牛，得从背后偷袭。

当然，母狼还不忘记叮嘱比利，要是遇到了人，得赶紧离开，千万不能和人类发生正面冲突。

一天夜里，风送来了死牛犊的气味。母狼带着比利顺着死牛犊的气味跑去。它们看见，地上果然躺着一头已经死亡的小牛。但是，这诱人的气味里还夹杂着人和铁器的气味。

母狼谨慎地围着小牛转来转去，想找出其中的疑点。但是比利已经饿坏了，它只想尽快吞下一大块牛肉，不停地往前走。不过，它每走一步，都会被母狼拖回去。

这时，跑来一群野狗。野狗径直朝小牛跑去，它们还没咬到小牛，只听"咔嚓"一声，野狗"呜呜"地叫起来，蹦得老高。同时，响起了"突突突"的枪声，期间还夹杂着野狗被子弹打中时发出的惨叫。

比利和母狼快速跑到一旁的洼地躲起来。不一会儿，一个猎人从距离牛犊不远的土坡后面走出来。他将捕狼夹上的野狗取下来杀死扔到一边，重新布置好捕狼夹。

比利看得胆战心惊。从此，它便懂得：需要认真分辨空气中的气味，尤其是在眼睛看不到的地方，也会有敌人出现。

第四章　捕狼机

　　原本，在死牛犊边设下圈套的猎人是为了抓住狼，得到牧场主提供的丰厚赏金。没想到，只抓住了几条野狗，猎人不由得有些失望。他检查了陷阱周围的脚印，发现地上有一个少了一根脚趾的狼脚印和一双大狼的脚印。

　　猎人开心地笑了："哈哈，原来是这对灰狼母子搞的鬼。"猎人曾经见过母狼和比利，一看这对狼母子的外形，他就能判断，这可不是一般好对付的狼。

　　"怎么能让它俩落入我的陷阱呢？"猎人陷入沉思。

　　其实，按照设置捕狼机的难易程度，也能将猎人分为几等。这个猎人还没掌握设置捕狼机的技巧，只会在陷阱旁边放上诱饵。狼有围着食物不停转悠的习惯。因此，成熟的猎人会把诱饵放在距离捕狼机5米远的地方。这样一来，即使狼没有吃到诱饵，也有可能在转悠的时候踩中捕狼机。

　　此外，捕狼机设置好后，需要用烟熏烤，再用土埋起来。经过这样的处理，才会消除捕狼机上的铁味，让狼放松警惕。

　　除了这些方法之外，还有一种备受推崇的陷阱设置方法。即在空旷的地方放一团棉花或者一束鸡毛，然后在附近安放捕狼机。狼看到棉花或者鸡毛，会想弄清楚那里到底有什么东西，就会在埋了捕狼机的地方转悠，从而被捕狼机抓住。

　　狼是一种警惕性特别高的动物，同一种陷阱的安置方法，很容易被狼识破。那些优秀的猎人，总会不断变化安置陷阱的方法，来迷惑狼群。

　　眼下，那位猎人，又带着一套最好的捕狼机，走进了"棉白杨树林"。"棉白杨树林"有一条通往小河的路。草原上的很多动物都会经过这条路到河边喝水。小路上，有一棵棉白杨树倒在水里，树桩上还留着动物们经过时留下的痕迹。猎人决定在这个树桩附近安放一些捕狼机。在距离树桩20米远的地方，有一块沙地。猎人在这片沙地上安放了4个捕狼机，还在边上放了两三块早就准备好的肉片。随后，他在不远处的草丛里放了一束白色羽毛。猎人很满意自己的杰作，他想："只要天气晴朗，风把可疑的气味全部吹散，即使鼻子最灵敏的动物，也不会察觉这里安装了捕狼机。"

可惜，母狼一眼就看穿了猎人的把戏，它带着高大的黑狼比利，安全地通过了这片区域。整个白天，除了狼，其他动物也安然无恙地经过了猎人的陷阱。太阳快下山的时候，一只贴着地面飞行的老鹰发现了猎人放在草丛里的羽毛。随后，老鹰在羽毛附近看见了几片肉。它刚收起翅膀落下来去啄那些肉，捕狼机一下子弹出来，狠狠夹住了老鹰的爪子。

老鹰不停地惨叫挣扎，但是不管怎么折腾，它就是飞不起来。

一会儿之后，太阳落山了，草原陷入一片无边无际的黑暗之中。母狼和比利都发现了老鹰，它们肩并肩，朝小河边走去。借着昏暗的夜色，它们看见一只老鹰在使劲地扑腾翅膀。

母狼盯着老鹰，一下子扑过去，牙齿却咬到了一个硬邦邦的东西。

"不好，捕狼机！"母狼一边叫着一边后退。"咔嚓"一声，母狼的左后腿被夹住了。它惊恐地往前跑，又是"咔嚓"一声，它的一条前腿也被夹住了。

原本，母狼非常熟悉捕狼机的。但是，它从来没有见过用活鸟做诱饵的捕狼机。它后悔地想："应该多观察一下那只老鹰，不该这样粗心大意扑上来！"

如果是一个捕狼机，母狼还有挣脱的希望。现在，它被两个捕狼机死死夹住，只能束手就擒。不甘心的母狼疯狂地挣扎起来，可是它越挣扎，捕狼机咬合得就越紧。绝望之中，母狼咬死了老鹰，甚至还咬坏了自己的爪子。不一会儿，母狼累得精疲力尽，软绵绵地倒在地上。但是，只要力气稍微恢复，母狼又跳起来，继续疯狂地咬捕狼机。

比利害怕地站在一旁，在母狼周围转来转去。但是它也不知道怎么办才能将心爱的养母从捕狼机上解救下来。

天快亮的时候，从远处传来一阵马蹄声。猎人骑着马来了，比利听到马蹄声，只好跑进了草丛躲起来。很快，它听见了一声嘹亮的枪声。尽管它不知道那声枪响意味着什么，但从此之后，它再也没能见到自己的养母，不得不学会独自在草原上生活。

第五章　比利的脚印

　　母狼是一个非常称职的养母，它将所有的聪明才智毫无保留地传给了比利。更重要的是，比利拥有一个比其他狼更灵敏的鼻子。依靠这个超级灵敏的鼻子，它只要闻一闻地面，就能像人类早上阅读报纸一样，获得自己想要的信息。不管身在何方，比利只要认真地观察一下周围的环境，就能做出准确的判断。很快，比利就在狼群中占有了无比重要的地位。

　　以前，比利和母狼住在森奇内尔。那里是个藏身的好地方，很多狼都住在那里。但是，一些强壮的狼会将原先住在那里的弱小的狼赶出去。当初，比利和母狼就是被那里的大狼赶出来的。如今，比利长大了，成为一匹无比勇猛健壮的大黑狼。它再次回到森奇内尔，将那些曾经欺负过自己的狼赶了出去，成了这里的头狼。

　　肯古经常到森奇内尔打猎。一天，他发现了一个巨大的狼脚印。这个脚印，居然有14厘米长。肯古推断，这匹狼至少身高48厘米，体重60多公斤！这可是肯古打猎以来，见过的最大的狼脚印了。他自言自语地说："天啊，这一定是比利的脚印！"

　　肯古是捕狼专家，他能分辨狼的叫声。此刻，比利的叫声就在耳畔响起。肯古有些惊讶，不过一会儿之后他就镇定下来，又对我说起了关于比利的另一个故事。在这个故事里，比利跟一个名叫潘罗夫的猎人，展开了一场惊心动魄的较量。

　　潘罗夫养了很多狗，他把这些狗组成一支强大的猎狗队，专门用来猎杀狼群。比利总是跟他作对，专门挑潘罗夫牧场里最好的牛杀死吃掉。此外，比利还将如何袭击牛群、如何跟猎狗作战的诀窍教给其他狼。这样一来，狼群越来越聪明，牧场主们想尽办法，都没能将狼群剿灭。

　　肯古告诉我，他这一次到草原来的目的就是跟潘罗夫并肩作战，一起对付比利和它的狼群。

　　大地完全被黑暗吞没之后，我们听到了狼群的号叫。其中有一匹狼的叫声格外深沉、尖厉。肯古说："比利非常狡猾。白天的时候，它站在高处，观察我们的一举一动。到了晚上，它知道我们的猎枪在黑夜无法起作用，才带领狼群跑出来捕猎。"

猎狗听到狼群的叫声，激动得"汪汪"直叫，飞快地朝狼叫的地方跑去。不一会儿，从远处传来一阵"咔咔"的撕咬声，其间还夹杂着猎狗们的惨叫声。那些跑出去的狗又回到篝火边，一条狗的肩膀被撕得血肉模糊，再也不能参加捕猎了。另一条狗的肚子被抓伤了，看起来好像不是很严重，岂料，天还没亮，这条狗却死了。

很多猎人气坏了："我们不能再等下去了！我们得立马出发，干掉那匹狡猾的狼！"

猎狗在追赶比利的过程中帮不上什么忙，我们只好将猎狗带在身边，不让它们再冲出去送死。走了一会儿之后，猎狗发现了一条野狗，它们一哄而上，咬死了野狗。很多猎人不满意："这些家伙，对付野狗的时候这么来劲，要它们追比利的时候，它们连比利的脚印都找不到！"

9月下旬，我们组织了好几次围剿行动。每一次都失败而归，谁也没能追上比利。比利带着狼群不断袭击牛群。为了抓住它，我们不得不采取了一个冒险的行动：在被比利咬死的牛身上下了剧毒。

第六章　追杀比利

整个10月，我们都在追杀比利。我们累坏了，猎狗和马匹也累坏了。我们一共杀死了4匹狼，但是猎狗也只剩下了7条。比利咬死的牛和狗，加起来共有12头，一头牛就价值50美元，杀死的4匹狼完全不能弥补这次大规模围捕行动中的损失。

一个猎人灰心地说："我说，我们还是到此为止吧。"随后，这个猎人和好几个猎人一起离开了草原回了家。肯古让他们带了一封信回去，信的内容是："把牧场上的狗全送过来，我们需要大量人手才能抓住比利。"

两天之后，有人从牧场那边带来8条优秀的猎狗。现在，我们的猎狗队已经有15条狗，规模相当壮大。

天气渐渐变冷，一天早上，我们推开门一看，外面一片洁白，大雪覆盖了整个草原。所有的猎人都高兴地说："太好啦！这样一来，我们能看到雪地上留下的狼脚印，就能追上比利了！"

第二天一早，天还没完全亮，我们已经准备好一切，准备出发去追比利。大家跨上马背后，肯古叮嘱说："大家一定要记住，我们只要野狼比利！只要抓住比利，其他狼就好办了。如果抓住的是其他的狼，对我们一点帮助也没有。此外，比利的脚印有14厘米长，你们都听明白了吗？"

"明白！"我们异口同声地回答。随后，大家立即分头展开追捕。

大概一个小时后，西边传来一声枪响。这是我们约好的信号，意思是："大家注意了！"接着我又听到了一个枪声，这意思再也明白不过："快，到这边来集合！"

肯古把所有猎狗集中在一起，快马加鞭朝枪响的地方跑去。我和其他猎人紧紧跟在肯古身后，激动得心脏怦怦直跳。

很快，我们赶到了那个地方。发信号的人指着地上的脚印兴奋地说："你们看，这肯定是比利的脚印！"

雪地上，有一串硕大的脚印，我们沿着比利的脚印追了上去。我们谁也没有料到，这次追踪的时间和艰辛远远超出了我们的想象。

其实，在我们展开追踪之前，比利就开始了它的行动。它在一个地方闻到了一个很久前被扔掉的空铁罐头盒子的味道，想起了捕狼机。于是，比利来到一个低矮的山下坐下，发出召集令，其余的狼从四面八方赶来汇集在一起。随后，其余的狼听从比利的安排去了不同地方，比利自己带了两匹狼从山上下来，开始大规模的屠杀。

我们展开追踪的时候，还没走多远就发现了一头横卧在地上的大母牛。奇怪的是，比利它们并没有吃这头母牛。我们又走了1000多米，地上躺着一头被啃食过的牛。我们推断，这件事居然发生在6个小时之前！

紧接着，我们在前方的雪地上发现了三匹狼睡觉留下的痕迹。猎狗全部跑了上去，身上的毛"唰"地一下立了起来。我们跟着狼的脚印，爬上小山。通过比利的脚印，我们判断，它在山顶上回过头来，看到了我们追踪的队伍。于是，它飞快地从山的另一侧跑了下去。

肯古激动地说："快！我们追过去，别让它们跑了！"

我们越过高地，穿过溪谷，狗跟在身边，一起朝狼群追去。一路上有很多杂草和岩石，走起来很困难。但是，我们也顾不上这些了，大家满心兴奋，一味地往前冲。很快，我们来到一个没有积雪的溪谷。狼的脚印不见了，这里有很多奇形怪状的石头，人和马必须小心翼翼地行走，才能确保安全。我们走了一会儿之后，狗群朝三个方向追去。肯古有些担忧地喊起来："糟糕！狼群分散了！"

聪明的比利分散了狼群，这样一来，狗群也要分散追踪才能跟狼群作战。但是，关键的问题在于，如果15条猎狗一起围攻比利和那两匹狼，一定能获得胜利；但是猎狗队分散之后，一匹狼就能杀死四五条猎狗。我们想把猎狗集中在一起，但是这些追踪了很久的狗早就怒气冲冲地跑了出去，很快不见踪影。

肯古推测说，比利把狼群分开，肯定是因为它们也跑累了。我们打算尽快追上去，于是挥舞着鞭子，催促马快步前冲。跑了3公里后，我们看见了一匹小狼。每个人的脸上都写满了失望，因为它不是我们想要猎杀的野狼比利！

第七章　悬崖上的决斗

不一会儿，这匹小狼就被我们追得腿脚发软，躲进了草丛。突然，它发出像同伴求救的呼喊。

我们刚打算冲上去杀死小狼的时候，猎狗队突然散开了。

咦，发生了什么事？

这时，从草丛里跳出两匹狼，一匹是小狼，而另一匹正是我们追踪已久的野狼比利！原来，这匹狼并没有扔下小狼，它回来救小狼了！

有人呼喊起来："比利！比利来帮忙了，它可真厉害！"

就连肯古，也被比利的勇气所折服。

我们费了很大的劲，才把猎狗集中到一起。随后，所有人和狗一起朝比利追去。

一会儿之后，我们来到一个广阔的平原。这是我和肯古第一次见到野狼比利那高大矫健的身姿。

肯古激动地叫喊起来："吼！比利！野狼比利！"

其他人也跟着喊起来："吼——比利！"

所有人、马还有猎狗都无比激动，拼尽全力追赶比利。猎人从腰间拔出手枪，准备射击。但是，比利总跑到射程之外，我们之中谁也不愿意轻易开枪。

"快！"

"加油！"

"干掉它！"

我们都兴致勃勃地追着。突然，比利消失不见了！

大家分析了一会儿。我和肯古认为比利去了溪谷上游，骑马往上走。其他人认定比利去了溪谷下游，他们策马往下游飞奔。

我和肯古跑了一会儿发现判断有误，赶紧掉转马头朝下游赶去。但是，这里依然没有比利的身影。我们只好继续往前走。1500米后，我们看见遥远的雪地上有一个不停移动的黑点。加速前进之后，我们又接连发现两个移动的黑点。

"可能是比利它们！"

我们扬起马鞭，渐渐追了上去。天啊，那三个黑点竟然是我们的猎狗。它们找不到比利的身影，急得在草原到处乱窜！

肯古带着我爬上一个山丘，想观察周围的情况。结果在这里，我们竟然发现了比利的脚印。我们跟随比利的脚印，来到山谷边缘。这时，谷底传来激烈的狗吠。但是，谷底被草丛和树木遮挡住了，我们完全看不到谷底的情形。

狗叫声越来越激烈，不停朝山谷的上方移动。我们沿着溪谷边缘，朝狗叫的地方跑去。一会儿之后，我们看见猎狗排成一排，想从谷底往上爬。5分钟之后，猎狗们爬上了溪谷的对面，而它们前面就是野狼比利。它依然低着头，垂着尾巴大步往前跑。不过，我看得出来，比利的速度不像以前那么快了。跟在我和肯古身后的三条猎狗，不等肯古发令，一下子跳进谷底，爬上了对面的山坡。

马没办法到谷底去，我和肯古只能下马，来到一个小山，观察谷底的情况。很快，比利和狗队来到了一个我们完全能看得很清晰的地方。随后，比利摇摇晃晃地爬上了一个悬崖。它爬的时候没有打一个趔趄，我猜，它一定是对这条路无比熟悉。猎狗们排成一排，一声不吭地跟在比利后面。小路越来越窄，一边是高高耸立的垂直悬崖，一边是像刀子一样尖利的陡峭山峰。

比利爬了一会儿，来到小路上一个比较宽的地方。随即，它转过头，保持俯冲的姿势，准备开战。小路的宽度只容得下一条狗通过，我已经明白比利的战略：等到猎狗冲上来，它会一条接一条将它们全部解决掉！

果然，比利稳住身形，露出尖利的牙齿攻击离它最近的狗，仅两三下就把猎狗摔下谷底。第一条被摔下去的狗是在狗队里以敏捷著称的黑狗，可惜我还没看清楚比利如何发动攻击，就看到了黑狗被撞下悬崖。

整个狗群都愤怒了！它们前仆后继，但是比利只需一冲、一撞，猎狗就从狭窄的小路摔下来，掉进了布满尖锐石头的谷底。战斗进行得非常快速，好像眨眼之间就已宣告结束。所有的狗无一幸免，全部掉进谷底，悬崖上只剩下威风凛凛的比利。

这场无比激烈的战斗，比利只用了 50 秒就大获全胜！

它看着谷底猎狗们的尸体，像庆祝胜利一般仰天长啸："嗷——嗷——"

随后，比利顺着山谷爬上去，消失在我们面前。

我和肯古瞪大眼睛看着这场无比惨烈的战斗，一时之间居然忘记了拔出猎枪。直到比利的身影消失，我们才回过神来，去谷底检查猎狗们的伤势。我们仔细地找了找，15 条猎狗，无一生还！换句话说，比利只用了不到一分钟的时间，摧毁了牧场主潘罗夫的强大猎狗队！

一个星期之后，我再次跟随肯古来到森奇内尔。

太阳下山之后，山谷里响起狼的呼号。紧接着，越来越多的狼跟着叫起来。远处，传来一头牛的惨叫。从牛的叫声判断，也许它还没来得及反应就被狼群杀死了。

肯古一边拍着马背一边对我说："是比利！看来，它和狼群又要出发去屠杀另一头牛！"

野猪泡泡

第一章 一只小飞虫

布兰迪一家住在美国弗吉尼亚州南部的一片森林边缘。森林里有很多野猪，经常在布兰迪一家周围转悠。

夏天到了，明媚的阳光照耀着森林的每一个角落。每一株植物都散发着无比清新的气息，闻起来让人心旷神怡。森林一边的空地上，一头母野猪小心翼翼地走了出来。它长着长长的尾巴和尖尖的獠牙，一边走一边张望。它担心遇见危险的动物或者猎人，心情十分紧张。

走了一段路后，母野猪来到河边，喝了很多水，然后蹚水过河，让河水冲掉自己身上的气味，切断敌人对自己的追踪。

随后，母野猪上了岸，它仍然走走停停，留心周围的动静。母野猪走进森林深处，在一棵枯倒的大树边停下来。大树的树根部分已经腐坏，只留下一个大大树洞。母野猪朝洞里嗅了嗅，从周围叼来一些枯草放进树洞。做完这一切之后，它又跑出去检查一番，直到确认没有危险，才钻进树洞，给自己做了一个舒服的窝，躺下来休息。

一天清晨，晨光刚洒进森林。母野猪也沐浴在阳光下，它横躺在洞口前，将整个洞口堵得严严实实。被它挡住的阴影处，一窝刚刚出生的小野猪在慢慢蠕动。它们肉嘟嘟地挤在一起，鼻子红红的，浑身圆鼓鼓的，看上去可爱极了。

原来，母野猪之前小心翼翼地观察，找窝，都是在为小猪出生做准备。它挡在洞口，也是为了保护自己的孩子。小猪们只要饿了，就会爬过来，到母野猪的肚子上，拱着妈妈的肚子，吸着奶头，吮吸乳汁。它们都太小了，既不能出去觅食也不会保护自己。母野猪一直守在孩子们身边，除非实在饿极了，才会出去，在周围转悠寻找食物。

一段时间之后，小野猪们能够走路了，野猪妈妈带着它们来到了森林深处。它们开心地跑着,仔细辨别空气中的气味,寻找食物。

有的草根吃起来很甜美,有的草根却长着尖锐的刺,还有的植物闻起来就有一股怪味。在母野猪的教导下,小野猪们弄清楚了哪些植物的草根可以吃,哪些植物的果子是草莓,哪些植物绝对不能碰。这些,小野猪们都牢牢记在心里。在这些小野猪里面,有一头毛色发红的野猪,它是所有小野猪里长得最健壮的,记忆力也是它们之中最好的。

一天,一只小飞虫"嗡嗡嗡"地叫着,飞到了小野猪们身边。这只小飞虫的肚子上有黄色的条纹,它扇动翅膀正好落到红毛小野猪旁边的植物叶子上。小野猪吸了吸粉红色的鼻子,轻轻碰了碰小飞虫。谁知,那只小飞虫竟然狠狠地刺了一下小野猪的鼻子。

"嗷,好疼!"小野猪号叫着,连连后跳。它的嘴巴疼得变了形,再也说不出话来。过了一会儿之后,小野猪的嘴巴里吐出了一连串的泡泡,脸上也到处是泡泡。因为这样,小野猪有了一个可爱的名字——"泡泡"。

一天之后,小野猪泡泡的鼻子才不那么疼了。从此,它牢牢记住了这个教训:这种叫蜜蜂的小飞虫,绝不能轻易招惹。

第二章　莉丝特的宠物

一天,母野猪带着孩子们正在森林里玩耍。远处传来一阵"啪嗒啪嗒"的声音。

很久以前,母野猪在布兰迪家的仓房中住了一段时间。那时,一旦响起人类的脚步声,它就知道立马会有东西吃了。但是现在,母野猪当了妈妈,它很担心孩子们的安全,便发出警告:"孩子们,人类来了,快躲起来。"

说完,母野猪朝前方跑去,泡泡第一个跟在妈妈身后,其他小野猪也跟在泡泡的身后,排成一排,跌跌撞撞地跑起来。

其实,这只是虚惊一场。那是布兰迪的小女儿莉丝特,她提着篮子来到森林里采草莓。莉丝特已经13岁了,她是个胆子特别大的女孩子,不会畏惧任何东西。

这时,莉丝特听到了一阵厚重的呼吸声,周围的树木也剧烈地摇晃起来。天啊,一头高大的黑熊走了出来!黑熊用两只后掌蹬地,站了起来,恶狠狠地盯着莉丝特。莉丝特顿时吓得全身瘫软,呆立在原地。

草丛里响起了一种声音："呜呜——"

接着，又传来更细小的"呜呜"声。

莉丝特心想："糟糕，我遇到了一窝熊！"

哪知，从对面的草丛里跑出来的，不是另外一头大黑熊，而是母野猪和它的孩子们。莉丝特一看，"咦？那不是以前住在我们家仓房的那头野猪吗？它居然当妈妈了，生下了这么多可爱的小野猪。"

对面的黑熊也看到了母野猪，很快转过身，打算跟野猪开战。母野猪毫不示弱，用4只蹄子蹬着地面，准备迎战。

黑熊没想到母野猪表现得如此勇敢，一时之间竟然有些发愣。

小野猪们吓得"吱吱"叫，纷纷躲在母野猪后面。只有泡泡，勇敢地盯着大黑熊，毫不畏惧。

其实，野猪并不是黑熊的对手。但是为了保护孩子，母野猪决定拼死一战。它将孩子们藏在草丛里，转身朝大黑熊扑去。黑熊的两只前掌都被母野猪尖利的獠牙刺穿了，它愤怒地抡起巴掌，使出全身力气，将母野猪打趴在地。

这时，莉丝特缓过神来，一步步往后退。当退得足够远的时候，她才猛一转身，拼命跑回家。

"爸爸，大黑熊和野猪打起来了！太吓人了！"

布兰迪听到女儿这么说，立马带上猎枪和猎狗，赶紧朝森林跑去。

等他和莉丝特赶到森林的时候，母野猪已经被大黑熊打死了，它的身体也被大黑熊吃掉了好大一部分。在母野猪身边，还有很多小野猪的尸体。看到这样凄惨的场景，莉丝特忍不住哇哇大哭。

这时，猎狗突然对着草丛大叫起来。接着，红毛小猪泡泡从草丛里跳了出来。它的嘴巴一张一合，满脸都是泡泡。不过，面对猎狗，泡泡毫不害怕，它摆好架势，准备与猎狗决战。

布兰迪先生松了一口气："看来，这家子还有一个活口。这头小野猪看上去还真不简单！"他绕到草丛后面，偷偷溜上去，一下子抓住了泡泡的后腿，把它装进猎物袋子。

他有些担心："可怜的小家伙，鼻子都被抓破了，也不知道能不能养活呢？"

莉丝特信心百倍地说："爸爸，把它交给我吧，我会好好把它养大。"

就这样，泡泡从一个可怜的野猪孤儿变成了莉丝特的宠物。

后来，布兰迪先生在母野猪的尸体附近设下陷阱，想抓住大黑熊。但是，他只抓到了几只喜欢吃腐肉的秃鹰。不久之后，秃鹰和虫子吃掉了母野猪和小野猪的尸体，那块土地上像以前一样，又开了很多鲜艳美丽的花朵。

第三章　宠物野猪

从被收养的那一刻起，莉丝特就将泡泡当成自己的好朋友了。刚回到家，莉丝特就给泡泡清洗伤口。不过，泡泡好像不太愿意配合，它的嘴巴一张一合地，好像在说："讨厌，不要碰我！"随后，莉丝特将热牛奶倒在盘子里，可是泡泡从来没有喝过热牛奶，根本不知道该怎么喝，只好趴在盘子边干瞪眼。

最后，布兰迪夫人和莉丝特拿着奶瓶，抓住泡泡，将奶瓶塞进泡泡的嘴里。原本泡泡还在反抗，但是当香甜的牛奶流进嘴巴，泡泡就忍不住"咕咚咕咚"地喝起来。喝饱之后，泡泡趴在地上，打着呼噜睡着了。

莉丝特非常喜欢泡泡。毕竟从某种角度来说，泡泡的妈妈曾经救过她的命。一开始，泡泡对莉丝特满心警惕，不过，一个星期之后，泡泡就明白了莉丝特对自己的感情。从此，只要看到莉丝特，泡泡就会主动跑上去。饿的时候，它会发出一连串"吱吱"的叫声，吸引莉丝特注意，让她为自己带来食物。

一个月之后，泡泡已经习惯了在布兰迪家的生活，也搬到了更加宽敞的地方。虽然它一直认为家里的小羊和小鸭子没有自己长得好看，但是它还是跟它们俩成了好朋友。渐渐地，泡泡发觉，跟朋友在一起的感觉舒心而温暖。有时候，它们三个会挤在一起睡觉；有时候，它们会疯狂地打闹，泡泡能一下子拽住小羊的尾巴，还能轻易将小鸭子掀翻在地。它觉得，一切都是那么快乐有趣。

后来，泡泡的胆子越来越大，它甚至跟莉丝特也开起玩笑来。一发现莉丝特走进院子，泡泡就跑到草丛里躲起来玩捉迷藏，让莉丝特来找自己。有时候，它还没藏好就被莉丝特发现了，只好从草丛里跑出来，耍赖一般趴在莉丝特的膝盖上，让她给自己挠痒痒。

一般情况下，家养的猪都比较笨。但是生活在弱肉强食世界里的野猪，往往很聪明。泡泡就是这样一头聪明的野猪。

布兰迪先生教会了莉丝特吹口哨，泡泡只要听到莉丝特的哨声，就会闪电一般快速飞奔过来。

一天，莉丝特正在刷鞋子，泡泡闲得无聊，想找点什么事做。它先把小羊推向小鸭子，看着它们俩摔倒在地，一脸扬扬得意。随后，它围着莉丝特转了三圈。它不懂主人在做什么，满心好奇。一会儿之后，它也将两只后蹄立起来，把两只前蹄搭在椅背上，嘟囔着："我也想刷一刷我的鞋子！"

莉丝特明白泡泡的意思，在它的两只小前蹄上涂了好些鞋粉，把它们刷得干干净净。泡泡乖乖地待着，眨巴着小眼睛，非常认真地看着莉丝特为自己刷洗。刷完之后，它还不忘用鼻子对准蹄子闻了闻，"哇，不错，真干净！"它哼唧了几句，算是对莉丝特传达自己的谢意，随后它满脸得意地走开了。不过，没过一会儿，泡泡那双干净的蹄子就跑得满是泥浆了。

此后，只要莉丝特开始刷鞋，泡泡就会伸出蹄子，安静地等待，让莉丝特把自己也刷洗得干干净净。

一天早晨，院子里的小鸭子被小狗追赶，害怕地躲到小羊身后。小狗非常嚣张，冲小鸭子"汪汪汪"地叫个不停。

这时，泡泡怒气冲冲地吼起来："闪开，别欺负我的朋友！"现在的泡泡长大了很多，它咧开嘴巴，亮出锋利的牙齿，朝小狗扑过去。小狗已经咬住了小鸭的脖子，泡泡却一口咬住小狗的侧腹。小狗疼得松开了嘴，挣扎着避开泡泡的攻击，找个了安全的地方躲了起来。

这一幕，被莉丝特看在眼里。她有点害怕，她认为泡泡好像越来越凶狠了。不过，泡泡面对莉丝特的时候，总是一副乖巧顺从的模样。因为，它懂得，真正的朋友是用来爱护的。

第四章　黑熊再次出没

　　一般情况下，黑熊主要以草根和草莓等植物为食。但是，弗吉尼亚州的黑熊却喜欢吃肉。这些黑熊喜欢吃小牛、小鸟，甚至连自己的同类都不会放过。当然它们最喜欢吃的是野猪。

　　那头杀死泡泡妈妈和兄弟姐妹的大黑熊，是黑熊家族中出了名的浪荡子。为了抓住一头野猪，它甘愿长途跋涉。而且，这头大黑熊无比残忍。它喜欢活捉小野猪，听它们发出惊恐的叫声。在它看来，听小野猪的惨叫简直是人生中的一大乐趣。

　　这头大黑熊认为，母野猪一般都很笨拙，猎杀母野猪比猎杀小牛简单容易得多。但是，它没想到，上次袭击泡泡妈妈时，竟然遭到泡泡妈妈的强烈反抗，即使最后赢得了胜利，但是两只前脚掌也被泡泡妈妈咬伤，起码要经过好长一段时间，伤口才会痊愈。在疗伤这段时间里，大黑熊没办法猎杀大型动物，只好猎捕兔子这样的小动物充饥。疼痛加上饥饿，让大黑熊对小野猪产生了疯狂的仇恨，它想猎杀掉所有野猪。因此，伤刚刚痊愈，大黑熊就迫不及待地寻找起来，想抓住一头野猪，大吃一顿。

　　大黑熊的鼻子很灵敏，只要微风吹过，它就能辨别风中的气味，判断出附近有什么猎物。

　　一天早晨，微风送来野猪的气味。

　　"太好了，有香喷喷的野猪吃了！"大黑熊顺着野猪的气味，一路跟踪，穿过森林，来到布兰迪家门口。它想爬上围墙，翻进院子里。没想到，围墙很不结实，根本不能承载黑熊的重量，"哐当"一声倒塌了。黑熊滚进了后院。

　　这时，泡泡正靠着小羊呼呼大睡呢。它被围墙倒塌的声音惊醒，猛地跳到一边。黑熊猛地朝泡泡的位置跑去，一巴掌拍死了在睡梦中的小羊。泡泡躲过黑熊的袭击，从毁坏的围墙缺口处跑进了大森林。

　　院子里接连传来围墙倒塌的声音、小羊的惨叫、泡泡喘气飞奔的脚步声，布兰迪一家全醒了。大家都知道出大事了！布兰迪先生赶紧跳下床，站在窗前一看。不得了，大黑熊正叼着小羊的尸体往外跑呢！大家赶紧叫醒周围的邻居。布兰迪拿起猎枪，带上狗，朝大黑熊追去。

大黑熊知道身后有人追来，飞快地跑起来。很快，它来到小河边，跳进河里。水流湍急，大黑熊甚至不用使劲划水，它懒洋洋地摆动身体，顺着河水漂远了。

猎狗在河边发现了大黑熊的踪迹，沿着河岸来回找了好几次，也没找到大黑熊的去向。因为，河水早已将大黑熊的气味冲走了。布兰迪先生只好带着猎狗回家，在回家的半路上，他们还捡到了大黑熊丢掉的小羊。

莉丝特非常担心泡泡的安全，她找遍了院子的每一个角落，也没发现泡泡的身影。她跟随布兰迪先生来到一片沼泽地，使劲地吹起口哨。但是没有听到任何回应。莉丝特很失望，就在她伤心地转身打算离开的时候，沼泽地里忽然响起一阵"稀里哗啦"的声音。一头满身是泥的怪物从沼泽地走了出来。

莉丝特惊奇地盯着眼前的怪物，觉得它很眼熟，但是她不敢确定这就是她的宠物野猪泡泡。

这个小怪物跑到莉丝特跟前，抬起两只前蹄放在地上的一节木头上。它那意思，是想要莉丝特为自己洗刷挠痒痒呢！

"泡泡！"莉丝特高兴地叫起来，马上捡起一个树枝，给它挠痒痒。泡泡也很开心，它跟在莉丝特的后面，欢快地跑来跑去。但是，快回家的时候，泡泡闻到了大黑熊的气味。它永远都记得这个杀死至亲的仇人。它不由得张开嘴巴，愤怒地露出长长的獠牙："大黑熊，总有一天，我要找你报仇雪恨！"

第五章　大战响尾蛇

　　弗吉尼亚州的南部地区，即使到了10月，天气依然无比炎热。莉丝特有些顽皮，经常独自一人去河里游泳。

　　一天，莉丝特来到河流的拐弯处，脱掉衣服，跳进水里。河水清凉，莉丝特觉得无比舒适。她游到河中心的沙滩上，享受了一会儿日光浴，然后跳进水里，往岸边游。中途的时候，她抬起头，看了一眼放在岸边的衣服。

　　天啊！莉丝特吓得头皮发麻。衣服上，居然盘着一条巨大的响尾蛇！莉丝特只好游回沙滩，坐在上面想办法。

　　这里人迹罕至，就算大声呼救，也不一定有人能赶来救援。莉丝特想："也许，响尾蛇待一会儿就会走的。"她足足等了一个多小时，那条蛇依然盘踞在衣服上，丝毫没有离开的意思。

　　莉丝特忍无可忍，大声吹起口哨。

　　"要是爸爸听见我的口哨，一定会赶来的！"莉丝特想。

　　但是，莉丝特又等了半个小时，布兰迪先生并没有出现。无奈之中，她再次吹响口哨。这一回，回应她的是"擦擦擦"的脚步声。

　　"天啊，怎么办，说不定是一头怪兽！爸爸，救命呀！"莉丝特一边大喊一边在沙滩上挖坑，想用沙子把自己隐藏起来，躲避野兽的袭击。

　　河岸的悬崖上，灌木不停摇动，一个黑色的身影走了出来。莉丝特惊喜地大叫："泡泡！"

　　但是，随即，她又失望地问："泡泡，你知道该怎么救我吗？"

　　出于对泡泡的不信任，莉丝特再次吹起口哨，但是依然只有泡泡沿着河岸大步跑来。跑过低矮的灌木丛，泡泡很快来到了莉丝特放衣服的地方。

　　盘在衣服上的响尾蛇，摆动着尾巴，发出一阵"啪啪"的声响，那样子，就像从地狱跑出来的死神。

　　泡泡非常气愤，背后的毛全部倒竖起来。它的眼睛里满是怒火，牙齿咬得"咯吱咯吱"直响。它一步一步朝响尾蛇逼近，发出一声短促的吼叫："来吧，让我们看看谁更厉害！"

在莉丝特的眼中，此刻的泡泡就像一个无比英勇的斗士！

响尾蛇不动声色，依然盘踞在衣服上。泡泡侧着身体，只露出脸和一侧的肩膀，冲了过去。它这样做，能避免身体的重要部位被响尾蛇袭击。

响尾蛇吐着火红色舌头，发出"丝丝"的声音，引诱泡泡不断靠近。这样一来，它就能将毒牙嵌入泡泡的身体，将自己的毒液注射进去。

就这样，响尾蛇一次次将身体抬高，刺激泡泡不断接近。而泡泡却装作要扑上去的样子，一直在跟响尾蛇兜圈子。

突然，响尾蛇拉直身体，像一杆枪，朝泡泡射了过来。泡泡的脸被响尾蛇咬了一口，伤口不断渗出黄色的有毒泡沫。但是，泡泡并没有被响尾蛇的袭击吓倒而乱了阵脚。它敏捷地往前一跳，一口咬住了响尾蛇的喉咙，晃动着脖子，使劲地将响尾蛇往地下狠狠一摔。

响尾蛇快速缩成一团，想抵御泡泡的进攻。泡泡没有给它留下喘息的机会，快速跳上去，踩烂了响尾蛇的头和肚子。不一会儿，响尾蛇成了一团肉泥，再也没机会耀武扬威了。

莉丝特一直提心吊胆地看着这场无比激烈的猪蛇大战，直到泡泡取得胜利，她才激动地说："泡泡，真是太感谢你了！"

这时，莉丝特才意识到，自己还没穿衣服呢。她赶紧跳下水，朝岸边游去。她有些担心泡泡被蛇毒毒死。不过，她的爸爸布兰迪先生曾说，野猪并不惧怕蛇毒。想到这里，莉丝特才没之前那么担心。

"泡泡，我该怎么感谢你才好呢？"

泡泡不会说人的语言，它很快转过身，将后背拱了起来。莉丝特捡起一个树枝，她知道泡泡的意思："嗨，快点给我挠痒痒吧！"

第六章　森林里的药

秋天到了，树叶一片一片往下落。无数的叶子落在水面上，顺着河流，越漂越远。森林里，果实成熟，"啪嗒啪嗒"掉落在地。

泡泡跑进森林，将那些落在地上的树叶，风卷残云一般填进了自己的肚子。有时候，碰见蝴蝶，泡泡玩心大起，跟在后面屁颠屁颠地追好一阵子；有时候，它自己跳着玩，一下子能跳出两三米远；有时候，它还会用獠牙猛推树根，甚至还能将整棵大树推倒。

当最后一片树叶掉下来的时候，已经是深秋了。泡泡的身体完全发育成熟，它是一头成年的野猪了。自从布兰迪家的围墙上次被大黑熊推倒，泡泡就经常住在森林里，成为了一头真正的野猪。

一天，泡泡在沼泽地边发现了一种山芋。它把山芋挖出来，认真地研究了一阵子，得出一个结论："这东西是可以吃的。"

吃饱山芋之后，泡泡想到斜坡上晒太阳好好休息。它很满足现在的生活状态，在满是落叶的地面躺下来，不一会儿就打起了呼噜。一只画眉鸟发现了正在呼呼大睡的泡泡，它叫嚷着："喂，起来了，快点去挖树根。"

泡泡没有搭理它，继续酣睡。

这时，从远处传来一阵极为恐怖的声音："嗷——嗷——嗷——"

这声音来自森林深处，听起来像愤怒的吼叫，又像快乐的呼喊。泡泡一个激灵，完全清醒过来。它坐起来，眨巴着小眼睛，疑惑不解："这是什么声音呢？"为了弄个明白，泡泡沿着声音发出的方向走去。

声音是从泡泡挖到山芋的沼泽地发出的。泡泡悄悄靠过去，看到了正在挖树根的大黑熊。那正是泡泡之前觉得太苦而放弃挖掘的那种树根。但是，大黑熊却把那些树根挖出来，津津有味地吃起来。虽然看起来大黑熊吃得很香，但实际上那种树根非常难吃，只要咬一口，舌根都会被辣得发疼。

泡泡很疑惑："这个树根这么难吃，这家伙怎么还能吃得下去呢？"

其实，是这样的。大黑熊经常吃猪肉，容易患皮肤病，而那种苦辣的树根恰好能治愈大黑熊的皮肤病。当然，泡泡并不清楚其中缘由，它想："我暂时还是不要招惹大黑熊。"于是，它悄悄地离开了沼泽地。

第七章　母野猪

冬天的森林毫无生气，泡泡只好回到了布兰迪家。布兰迪家的仓库里养了很多家猪，泡泡就跟这些家猪挤在一起，白天吃饭，晚上睡觉。

就这样，冬天很快过去，泡泡已经健壮得像一匹小马。它长高了，肩膀变宽了，鼻子变粗了，浑身长满金黄色的毛发，后背和脖子长满了长长的鬃毛。

它还是会听从莉丝特的口哨。只要哨音响起，泡泡就会马上出现在莉丝特身边。莉丝特会给它带来好吃的食物，还会给它挠痒痒。有时候，泡泡会举起两只前蹄，要求莉丝特将它们洗刷干净。莉丝特会在蹄子上打一些鞋油，让蹄子看上去闪闪发光。

布兰迪先生常说："莉丝特，我看呀，泡泡根本不是什么野猪，它就像你养的一条宠物狗！"

的确，泡泡跟莉丝特形影不离，它的忠诚完全不输给任何小狗。不过，这条2岁多的"小狗"，已经有170多公斤了！

这天，一头刚成年的母野猪出现在原野上。它一边走一边扇动耳朵，抽动鼻子，不停观察四周的声音和气味。它到底在干什么呢？

其实，野猪的世界跟人非常相似。在人类社会中，年轻人渴望周游世界，到处冒险。而年轻的野猪也是如此，这头在尘土中奔跑的母野猪，也在不停地冒险，追逐自己想要的幸福。

就这样，母野猪不停走着，嗅到了泡泡的气味，来到了布兰迪家附近。

在布兰迪家的农场里，有很多用来让猪蹭痒痒的木桩。其中一个最高的木桩，是用老杉树做的，几乎每一头经过这里的猪，都会在这根木桩上蹭一蹭。

一天，泡泡经过这根木桩时，忽然听到了从木桩的另一侧传来一阵嘹亮的歌声。

"咕——啦——哇——咕"

这是属于野猪的歌。人类的耳朵听不见，即使他们听见了，也不会知道歌词的含义。

但是泡泡听懂了——这是母野猪的情歌！

泡泡的心跳得"咚咚"直响，它冲过去，嗅了嗅木桩上的气味，全身的毛兴奋地立了起来。泡泡来回地在木桩上蹭痒痒，蹭够了之后，跑进森林。

在沼泽地的空地上，一身灰色皮毛的母野猪从灌木丛走了出来。泡泡立马得出结论："正是它，刚才在木桩上留下了自己的气味！"

母野猪看到泡泡，转身迅速往前跑，泡泡立即追了上去。跑了一段路之后，母野猪不打算继续跑了，猛地转过身，含情脉脉地盯着泡泡。它表现得很友好，还让泡泡用坚硬的獠牙碰了碰自己的脸颊。母野猪已经下了定论："我想，它就是我要找的幸福所在！"

泡泡对母野猪一见钟情，它们很快结为夫妻，在森林里过起了无比甜蜜的新婚生活。

第八章　打败大山猫

一天，一只在天空悠闲盘旋的秃鹰发现了在树木间快速奔跑的山猫。山猫身手敏捷，在地上奔跑的样子就像正贴着地面飞行。它也注意到了盘旋在上空的秃鹰，不过眼前有更可口的猎物，山猫完全没有把秃鹰放在心上。它用爪子挠了挠自己的脸，绷紧身体，蹲下来仔细地听着什么。

远传，传来了一阵微弱的脚步声。山猫判断，这是一大群动物走路时发出的声音。声音越来越近，山猫从地面那根倒地的树上跳到旁边一个高高的木桩上面，竖起耳朵，瞪大眼睛，静静地等待着。

这时，在森林的小路上，出现了一大群野猪。走在前面的，是泡泡的妻子，那头多情的母野猪。现在，它当妈妈了，身后跟着一群小野猪。这些小野猪乖乖地跟在妈妈后面，抽着鼻子嗅来嗅去。

山猫看到那些肉嘟嘟的小野猪，馋得直流口水。母野猪从树桩下经过的时候，山猫没有发出一丁点儿声响。接下来，一小队小野猪跟在母野猪后面，嘻嘻哈哈地往前走着。一头最小的小野猪掉队了，山猫觉得机会来了，"喵"地叫了一声，朝这头小野猪扑了过去，狠狠咬住了小野猪的脖子。

小野猪发出"吱吱"的惨叫，当母野猪回过头时，山猫已经叼着小野猪跳上了树桩。

母野猪用两条后腿蹬地，站了起来，想爬上去救下自己的孩子。但是，树桩太高了，母野猪根本没办法爬上去。山猫用爪子按住"吱吱"叫个不停的小野猪，用轻蔑的表情看着母野猪，好像在说："有本事你就上来呀！"

母野猪将身体拉得老长，一心想救自己的孩子。山猫伸出锋利的爪子，袭击母野猪的鼻子。树桩的面积很大，一旦母野猪往上冲，山猫就跳到另一边，母野猪急得团团转，不知道该怎样才能救下自己的孩子。

这时，附近的草丛晃动起来，一头巨大的雄野猪跳了出来。它就是野猪泡泡，雌野猪的丈夫，小野猪的爸爸。

一看见孩子被山猫抓住，泡泡无比愤怒，抬起前蹄不停地扒树桩。山猫有些害怕，又故技重施，不停地从树桩的一侧跳到另一侧，躲避泡泡的攻击。

战斗越来越激烈。

在山猫蹲着的那个树桩边，有一棵倒地的大树，树上有一根粗壮的树枝，倾斜搭在山猫蹲着的树桩上。母野猪急中生智跳到大树上，爬上树枝，来到山猫所在的那个树桩。孩子的惨叫刺激着母野猪的神经，它满腔怒火扑向山猫，一下子将山猫从树桩上撵了下去。

树桩下面，一头体格非常健壮的小野猪也摩拳擦掌，想加入跟山猫的战斗。山猫刚滚下来，小野猪就冲上去，"啪"地一下踩住了山猫的前腿。眨眼之间，泡泡冲上来，用獠牙刺中山猫，抛向天空。

"扑通"一声，山猫重重摔了下来。泡泡再次晃动獠牙，一下子撕破了山猫的皮。

"嗷——"

山猫发出一声无比痛苦的哀号。

泡泡一口就咬碎了山猫的骨头，它叼起山猫，左右晃动，打算把它碎尸万段！

这场猪猫大战很快就结束了。山猫被咬死了，但是那头被山猫咬过的小野猪也死了。

第九章　忘记发信号了

秃鹰喜欢吃腐肉，不过它并不是自然界中唯一喜欢吃腐肉的动物。有时，大黑熊也喜欢吃不太新鲜甚至有点腐烂的肉。

一般情况下，大黑熊要是一下子获得很多肉，它会把肉藏起来，留着以后吃。被藏起来的肉容易腐烂，不过大黑熊吃过这种腐烂的肉之后，还认为这是无比美味的肉呢。

一天，大黑熊在森林里发现了那头被山猫杀死的小野猪的尸体。它拽着小野猪，找了个地方埋起来，打算等肉腐烂一点之后再慢慢享用。

第二天，母野猪非常想念被山猫杀死的孩子，它沿着小路走过来，想看看死去的孩子。这时，大黑熊认为："昨天埋起来的小野猪一定变得美味可口了，我可以去饱餐一顿了！"

就这样，母野猪和大黑熊在河边相遇了。母野猪陷入失去孩子的悲痛之中，一看到大黑熊，就亮出獠牙，准备战斗。

大黑熊看见母野猪一脸疯狂的样子，不禁有些害怕，连连后退。母野猪不依不饶，步步紧逼。慢慢地，它们来到一片比较开阔的地方，这里一边是悬崖，一边是湍急的河水。

平常，到了紧急关头，母野猪都会给泡泡发信号大声呼喊寻求救援。但是今天，失去孩子的怒火在心中熊熊燃烧，它彻底失去了理智。母野猪完全忘了发信号，咬紧牙齿，朝大黑熊冲了过去。

大黑熊一边后退一边挥舞前掌，奋力朝母野猪拍去。

母野猪的肩膀被大黑熊猛地一拍，疼得它浑身剧烈地摇晃。这时，它才意识到："天啊，大黑熊这么可怕！不好，我得赶紧找泡泡来帮忙！"母野猪一边大声呼喊"救命"，一边调整好身体平衡，再次勇猛地朝大黑熊扑过去。大黑熊躲开了母野猪的攻击，还顺手给了它一巴掌。这一掌力度很大，母野猪被打得飞下悬崖，"扑通"一声掉进河里。

母野猪赶紧奋力划水，朝岸边游去。当它从河里爬上岸的时候，泡泡才从草丛里快速地冲了出来。是的，泡泡是赶来救援的。只不过母野猪的求救呼号发得太晚了，泡泡没能赶上战斗。

大黑熊以为自己成功杀死了母野猪，得意扬扬地走开了。

第十章 莉丝特的口哨

一天早晨，布兰迪先生来到自家的菜地前，突然大发雷霆。

这是怎么回事呢？

原来，这天前夜，布兰迪一家的菜地遭到了动物的破坏，被弄得一团糟。莴苣和西瓜全被啃掉，龙须菜和大头菜也被踩烂了。

田里干活的人说："肯定是野猪干的！"

而一个养猪的人说："是熊干的！"

布兰迪先生请来了专业猎人鲍尔，请他抓住那头糟蹋自家菜地的野兽。鲍尔这个人，干不了什么大事，唯一擅长的事就是抓捕野兽。他到了布兰迪家的菜地跟前，才看了一眼，就嚷嚷着说："哎呀，这是野猪干的。依我看，这头野猪起码有180公斤呢！"

莉丝特问布兰迪先生："爸爸，你认为这是泡泡干的吗？"

布兰迪说："不，这难以确定。但是，女儿，你看我们的菜地都被野猪搞成什么样子了！"

鲍尔又检查了一番，说："这是一对野猪夫妇和它们的孩子一起下的手。你们看，那头雄野猪的脚印有鸡窝那么大呢！"

莉丝特不愿意猎人逮捕野猪泡泡，她建议说："爸爸，我们可以把菜地的篱笆搞得更结实一些，这样野猪就进不去了呀。"

布兰迪不太乐意："孩子，那要花很多钱。"

一旁的鲍尔插话道："小莉丝特，你不知道吗？前段时间，有三个孩子在上学的途中迷路，被响尾蛇咬死了。最近，这一带的响尾蛇突然多了起来。据说都是因为响尾蛇受到野猪的袭击才聚在一起想展开报复呢。"

就这样，鲍尔带了5条猎狗向森林走去。布兰迪和莉丝特一队，走向了河边的大山。猎狗"汪汪"地叫个不停，鲍尔和布兰迪他们听到狗叫，一起追赶起来。

过了一会儿，猎狗只在一个地方大叫，鲍尔放心地说："嗯，我只要上去干掉这些野猪就好！"

但是，当他走近的时候，猎狗的叫声却有些变化。鲍尔脸色一变："糟糕！恐怕这一回我遇到了最强壮的野猪！"

树林间有茂密的野草，鲍尔只听见一阵猎狗的"汪汪"叫声和野猪不停用獠牙进行攻击时发出的"咔嚓咔嚓"的声音。他不知道到底发生了什么事，一头钻进了草丛，想去看个究竟。等他费了半天的劲从草丛钻出来的时候，完全被眼前激烈的战斗场景惊呆了。

鲍尔带来的5条猎狗，三条不知去向，只有两条还在战斗。很快，一条狗就在鲍尔眼前被活活杀死。这时，野猪发现了鲍尔，撇开了还在战斗的另一条猎狗，直接朝鲍尔扑过来。

鲍尔吓坏了，赶紧开枪。他没有瞄准，子弹被射进了泥巴里。最后那条猎狗冲了上来，一口咬住了野猪的后腿。趁着这个间隙，鲍尔放弃了他那条忠心耿耿的猎狗，跑向一棵树，疯狂地往上爬。

布兰迪先生也听见了猎狗的叫声，他一心着急想赶上去，结果崴了脚。

"莉丝特，你拿着猎枪，先走，我随后跟上来。"

莉丝特接过猎枪，大步往前走。这时最后一条猎狗也被野猪杀死，莉丝特什么声音都听不见，只好大喊一声："喂——"

没有回应，莉丝特只好把手放到嘴边，一边吹口哨，一边往前走。

鲍尔和布兰迪先生都听见了莉丝特的口哨，那头大野猪也听见了。原本正打算爬上树攻击鲍尔的大野猪听到莉丝特的口哨声突然安静了下来。没错，它就是莉丝特当年的野猪宠物——泡泡。

鲍尔看到了拿着猎枪走过来的莉丝特，大喊道："小心，野猪朝你走过来了。你得爬高一点才能瞄准！"

莉丝特再次吹响口哨，泡泡从对面的草丛里跑出来，直接朝莉丝特奔去，搭起两只前蹄放在莉丝特前面的木头上面。

莉丝特高兴地说："咦，这不是我的野猪泡泡吗？"

泡泡嘟哝着，在莉丝特的脚边蹭了蹭脸。它像小时候那样开始撒娇，要莉丝特为自己刷洗蹄子，挠痒痒。

莉丝特坐在木头上，捡起树枝为泡泡挠痒。

鲍尔大叫:"你在干什么?快开枪,快打死它!"

莉丝特不高兴地说:"别胡说八道了,我能开枪打死我的朋友吗?"

莉丝特给泡泡挠完后背,泡泡心满意足地走进了树林。

第十一章　追捕野猪泡泡

那天晚上,鲍尔的三条猎狗回家了。其中有一条猎狗受了重伤,另外两条是因为害怕而临阵脱逃。这样的猎犬带去参加捕猎,完全没有任何帮助。但是鲍尔是一个爱面子的人,他不愿向朋友借猎犬来打猎。因为,这样一来,无疑证明他的猎狗全部都是废物。

不久之后,布兰迪家的菜地又被野猪搞得一团糟。无奈之中,布兰迪先生再次找到鲍尔:"如果你能将那些野猪收拾干净,我会给你一笔丰厚的酬劳。"

鲍尔说:"我打算等下雨的时候去。"

因为,下雨过后,地面会变得松软,野猪的足迹清晰可辨,即使没有猎狗,人也能追到猎物。这就是鲍尔打的主意。

莉丝特劝布兰迪先生:"爸爸,我求求你了,不要杀泡泡。我们可以把篱笆和围墙做得结实一点。"

布兰迪却不高兴地说:"好了莉丝特,要是捉到那家伙,我要用它的獠牙为你做一副手镯。"

几天之后,下了一场大雨,布兰迪先生和鲍尔出门了。很快,他们来到那片泡泡一家经常出没的沼泽地,绕过低矮的山丘,来到小河边。

布兰迪先生累得直喘气,鲍尔大步流星往前走,并没有停下来休息的打算。大概走了2000米后,鲍尔兴奋地大叫起来:"嗨,布兰迪,我找到它们啦。"

的确,地上有很多野猪脚印。其中有一个脚印特别大,比其他的脚印足足长了12厘米。毫无疑问,那是泡泡的脚印。鲍尔沿着脚印往前飞奔。布兰迪已经累得精疲力尽,不得已坐在一块木头上休息。他自言自语地说:"反正,鲍尔发现猎物之后会来喊我的。"

时间慢慢过去,半个小时之后,布兰迪没有听到鲍尔的呼喊。他完全不知道鲍尔去了哪里。

不一会儿,从河边茂密的树林里传来一阵什么声音。布兰迪大喊起来:"鲍尔——"
但是,回应他的只有一只松鸦嘶哑的鸣叫。

突然,响起了野猪尖厉的叫声,布兰迪知道,那是一头母野猪发出的求救信号。他快速走进那片浓密的森林,爬到一棵倒地的大树上,朝远处望去。一看见那边的情形,他不由得倒抽了一口凉气。

第十二章 最后的战斗

布兰迪仔细一看,那是一头大黑熊和一群野猪。它们的眼睛瞪得大大的,无比愤怒地盯着对方。

离大黑熊最近的,是野猪泡泡。它叉开四条腿,愤怒地蹬着地面。泡泡身后跟着它的妻子母野猪,母野猪也摆好了开战架势。附近的草丛里,有十五六头小野猪,它们是泡泡和母野猪的孩子。

大黑熊想袭击草丛里的小野猪,泡泡跳到它前面,挡住了大黑熊的去路。大黑熊的计谋没能得逞,它愤怒地号叫起来:"嗷——嗷——"

这吼声,像天上的惊雷,在野猪们的身边炸响。

泡泡身上的毛全部竖立起来,它低着头,小眼睛闪闪发光,獠牙咬得"咯吱咯吱"作响,嘴巴的周围全是泡泡。

草丛里的小野猪,被大黑熊的怒吼吓得"吱吱"直叫。只有一头小野猪,不但没有叫,还摆出了迎战的姿势。

就这样,大黑熊和野猪们僵持着,谁都没有发起进攻。一会儿之后,大黑熊失去了耐心,开始朝相反的方向走动起来,两只前脚掌也离开了地面。泡泡以为大黑熊要进攻了,赶紧跳了起来。不过大黑熊一后退,它就谨慎地停了下来。

大黑熊扬起无比硕大的前掌,朝泡泡拍去。它比泡泡高太多,泡泡一下子被打得摇摇晃晃。但是,泡泡没有倒下,它亮起刀刃一般锋利的獠牙,对准大黑熊的要害部位咬下去。很快,大黑熊身上有五六个地方都被泡泡咬伤了,鲜血不断从伤口往下淌。

激烈的战斗之后，它们又各自跳开，气喘呼呼地瞪着对方。短暂的休息之后，它们又摇头晃脑地动起来，打算快速置对方于死地。

大黑熊想："这一回，我要用前掌将野猪按住，再用后掌把它撕成碎片！"

而泡泡也在计划："要是被大黑熊打倒，我就没有翻身的机会了。无论如何，我要挡住它的攻击，把它杀死！"

很快，大黑熊飞快地冲了上来，泡泡再次亮出獠牙，一下咬住了大黑熊柔软的肚子。

"嗷——"大黑熊发出一声痛苦的呼号，往后退了几步，然后冲上来，跟泡泡扭打在一起。

大黑熊注意到，倒在地上的树是个比较有利的作战地形，它很快跳上了树桩。泡泡也跳了过去，再次发动攻击。哪知，大黑熊一闪，泡泡扑空了，重重摔在地上。大黑熊立即扑上去，想用自己沉重的身体压住泡泡。泡泡扭过脖子，对准大黑熊猛咬一通。尖利的牙齿刺中了大黑熊，大黑熊身上血流如注。但是，泡泡也被压得快支撑不住了。

在这个无比紧急的时刻，母野猪冲上来，狠狠地咬住大黑熊的爪子。大黑熊的手掌都快要被咬断了，无比痛苦地号叫起来。泡泡瞅准时机，甩开了压在身上的大黑熊，掉过头来，也对着大黑熊一顿猛咬。泡泡和母野猪的牙齿不停撕扯着，大黑熊身上的肉一块一块被撕开，鲜血不停往下流。大黑熊想逃走，但是泡泡和母野猪再次追上去，把它撞翻在地，对准它的肚子咬了下去。很快，大黑熊的肚皮被撕开，里面的肠子都被拽了出来。

渐渐地，大黑熊没有了呼吸。但是，泡泡和母野猪还在不停地撕咬着。

布兰迪屏住呼吸，一声不吭地看着这场战斗。直到泡泡夫妇取得胜利，他才松了一口气："泡泡真是了不起！它是一个了不起的父亲，为了保护孩子，竟然能杀死大黑熊！"

想到这里，他也开始有点喜欢泡泡了。

血腥的战斗已经结束。野猪一家又恢复了往日的温馨安宁。小野猪们一个个跑出来，聚集在一起。泡泡和母野猪依偎在一起，满是怜爱地看着孩子们。

布兰迪想起了莉丝特说过，她那次在河边洗澡，是泡泡及时出现杀死响尾蛇，救了她的命。

"那一次，泡泡是为朋友而战！"布兰迪自言自语地说，他看着手中的猎枪，不禁有些羞愧："它救过我的女儿，我却要杀死它！我这样做，对得起泡泡这样的好朋友吗？行了，我还是听莉丝特的话，回去做个结实的围墙。至于泡泡，你跟你的家人，继续在这儿自由自在地生活吧！"

布兰迪收好猎枪，悄悄往家里赶。他想赶紧回家，跟小女儿莉丝特好好聊一聊她的朋友——野猪泡泡的故事。

蝙蝠阿特拉法

第一章　蝙蝠妈妈

一天之中，山谷的风景变幻多姿，每个时刻都有别样的魅力，尤其是傍晚，景色更加美丽迷人。夕阳从远处高山的树木缝隙里斜斜地照射进山谷的森林里。太阳完全落山之后，绚丽的火烧云点燃了西边的天空，整个森林像染上一层红霞。随后，红霞慢慢褪去，变成了一件轻薄的灰色纱衣。

夜晚的山谷并不幽静沉闷。水狸将倒在小河中的树用来拦截河水，弄成一个个的小水洼。动物们都到小水洼这里来玩，别提有多热闹了。

溪谷上空，无数蝙蝠翩跹飞舞。它们是夜晚的精灵，天空是它们的舞台。太阳刚刚落山，蝙蝠就陆续离开巢穴，沿着山谷飞翔。夜色越来越浓，成百上千的大蝙蝠飞了出来。它们当中，有一只最大的蝙蝠。这只蝙蝠一身黑色的毛发中夹杂着些许白色的细毛，翅膀比普通的蝙蝠大很多。它像蝙蝠中的国王，从来都是其他蝙蝠完全飞出来之后才会缓缓出现，它飞行的样子看上去无比高贵。

这些聚集在一起的蝙蝠，并不是在召开什么大型聚会。它们的目的是捕食。蝙蝠喜欢吃苍蝇、蚊子等小昆虫，不过它们最喜欢的还是飞蛾。一旦发现目标，蝙蝠就会快速精准地咬住猎物的身体，在飞翔的过程中撕扯下它们的脚和翅膀，只享用身体中最鲜美的部位。

这些蝙蝠中，有一只蝙蝠看上去很特别，它的胸前好像长着两个大肿块。不过，仔细一看就清楚了，这只蝙蝠是一位妈妈，紧紧伏在它胸前的是两个蝙蝠宝宝。蝙蝠妈妈每天晚上都会带着孩子出来捕食，直到后来孩子们越来越大，它实在飞不动了，才将它们留在巢穴，自己独身出门。

蝙蝠妈妈一家的巢穴在一棵大树的树洞里面。洞口可以自由进出，每次蝙蝠妈妈出门觅食，两只小蝙蝠都会乖乖地在巢穴里等待妈妈回家。最开始，蝙蝠妈妈带回来的是柔软美味的飞蛾。后来，它也会给孩子带回一些长着硬壳的小昆虫。

两只小蝙蝠天天待在一起，但是它们的性格却完全相反。个头比较小的蝙蝠心眼儿小，总喜欢生气，还很贪嘴。个头大一点的蝙蝠很老实，它有个不错的名字——阿特拉法。

到了雷雨频发的 7 月，两只小蝙蝠的个头快赶上蝙蝠妈妈了。不过，它们还没出去觅食，每天都在巢穴门口的树枝上等待蝙蝠妈妈带好吃的回家。最近这段时间，小蝙蝠们已经能够在空中飞一阵子了。蝙蝠妈妈觉得，是时候让孩子们自己出去觅食了。

一天晚上，蝙蝠妈妈将昆虫放在了距离巢穴还有一段距离的地方。小蝙蝠们饿坏了，叫嚷着追了过去。蝙蝠妈妈走到树枝尽头时，个头小的蝙蝠率先扑了过去，但是蝙蝠妈妈抓住食物飞了起来。阿特拉法没有站稳，一下子从树枝上掉了下去。它吓坏了，急忙扇动翅膀，摇摇晃晃地飞起来，不断上升。这是阿特拉法第一次真正的飞行，姿势还谈不上优美，它差一点儿就撞到地面上。幸好，蝙蝠妈妈及时赶来，把它驮起来，飞到了安全的地方。

三天之后，阿特拉法学会了飞行。个头小的蝙蝠很懒，不愿意起飞。但是在蝙蝠妈妈的严厉教育下，它不得已也飞了起来。

7 月末，两只小蝙蝠都学会了飞行。每当夜幕降临，它们就跟在蝙蝠妈妈的身后，一起出门觅食。

第二章　不听话的小蝙蝠

一天傍晚，一只独角仙叫嚷着从两只小蝙蝠面前飞过。独角仙有坚硬的外壳，两只小蝙蝠咬不动，只好放弃。蝙蝠妈妈说：“孩子们，看看妈妈怎么对付这种飞虫！”

蝙蝠妈妈加速飞行，追上了独角仙。它将尾巴部位的皮毛卷曲起来，做成了一个浅浅的袋子，往前一兜，将独角仙兜了进去。然后，它用两只脚紧紧按住独角仙，用嘴扯掉独角仙的翅膀、脚和坚硬的头。这样一来，独角仙身上只剩下最鲜美的部位了。两只小蝙蝠看着妈妈的猎杀手法，不由得连连惊叹："哇，妈妈好厉害！"

随后，蝙蝠妈妈将已经处理好的独角仙朝小蝙蝠们抛过去。两只小蝙蝠还不会空中接物，食物很快往地上掉。蝙蝠妈妈飞过去接住，再次朝孩子们抛去。反复好几次后，小蝙蝠们终于接到了蝙蝠妈妈抛过来的美食。

夏季里雷雨不断。遇到恶劣的天气，蝙蝠一家只能待在树洞里，有时候甚至一连好几天都不能出门捕食。天晴之后，气温升高，洞穴里非常闷热。一天，小个头的蝙蝠实在无法忍受闷热，不顾蝙蝠妈妈的劝告，偷偷溜了出去。它倒挂在一根树枝上，闭上眼睛享受阵阵凉风。

一只出来捕食的大鸟发现了吊在树枝上的小蝙蝠，张开尖尖的鸟嘴啄了过去。小蝙蝠来不及躲闪，成了大鸟的腹中餐。

第三章　阿特拉法

小个头蝙蝠死了，树洞里只剩下阿特拉法和蝙蝠妈妈了。几个月之后，阿特拉法也长大了。在蝙蝠妈妈的教导下，阿特拉法掌握了很多生存技巧。

比如，整理毛发。阿特拉法先把身体的下半部分在水里打湿，再飞到树枝上倒挂起来，慢慢打理。它先用一只脚钩住树枝，让身体尽可能地舒展开来，然后用带了钩子的翅膀慢慢梳理。要是累了，它就换一只脚来倒挂。身体部分清洗干净之后，阿特拉法使劲地摩擦一对翅膀，尽量蹭掉上面的脏东西。经过一番梳理，阿特拉法觉得浑身舒爽，飞行的时候也觉得身体轻快多了。

而关于捕猎，阿特拉法更是格外熟练。它已经知道捕捉每一种小昆虫的具体办法。比如，蜻蜓、飞蛾之类，可以在空中飞行的时候直接捕捉；而独角仙要像妈妈那样兜住捕食；至于那些体型比较大的飞蛾，要从它们的头顶飞过去，先咬断对方的翅膀。

阿特拉法的飞行技术也越来越成熟，有时候它还敢跟夜莺争抢食物了。盛夏一过，阿特拉法就能独立生活了。虽然它还跟蝙蝠妈妈住在那个树洞里，但是它们出门的时间却完全错开了。

最近这段时间，蝙蝠妈妈总是早出晚归。每天太阳刚刚落山就出门了，直到第二天早晨天快亮的时候才回家。阿特拉法不太清楚妈妈这段时间在忙些什么，它只是看见蝙蝠妈妈最近的神态有了一些变化。

几天后的一个早晨，阿特拉法还在睡觉，突然被一阵声音吵醒。蝙蝠妈妈也醒了。它们立即飞了出去！

天啊！树洞外面全是飞舞的蝙蝠！它们的翅膀不停地扇动着，发出巨大的"嗡嗡"声。这些蝙蝠跟阿特拉法是同一种蝙蝠类型，不过它们的个头看上去比阿特拉法大很多。这些蝙蝠看上去都很健壮，飞行的姿态也很优雅。

"哇，这么多蝙蝠，它们看上去好像我们蝙蝠王国的贵族！"阿特拉法瞪大眼睛，连连惊叹。

这时，一对长得特别漂亮的蝙蝠飞了过来。阿特拉法定睛一看，那是它的妈妈和一只雄蝙蝠。它们依偎在一起，看上去非常幸福。阿特拉法有一种被抛弃的感觉，它觉得很伤心，气冲冲地回到树洞去睡觉。

阿特拉法刚刚睡着，又被吵醒。是蝙蝠妈妈，它带着那只刚才跟自己一起飞翔的雄蝙蝠回来了。阿特拉法有些害怕，朝蝙蝠妈妈靠了过去。但是，那只雄蝙蝠却严厉地说："阿特拉法，你给我站到一边去！"

蝙蝠妈妈假装没有看见阿特拉法被雄蝙蝠训斥，阿特拉法觉得自己成了可怜的遗弃儿，只好蜷缩到巢穴的一个角落里。

其实，那只雄蝙蝠是阿特拉法的父亲。从那之后，雄蝙蝠再也没有训斥过阿特拉法。但是，阿特拉法觉得妈妈已经不再爱自己了，它决心搬出去独自生活。不久之后，阿特拉法找到了一个新巢穴，很快搬了出去。

第四章 迁徙

秋天来临,食物越来越少。为了生存,蝙蝠们不得不长途跋涉,甚至通过迁徙来获得食物。迁徙的时候,蝙蝠们会围成一个巨大的圆圈,不停地旋转往高处飞。一般来说,圆圈的上层是雄蝙蝠,下层是雌蝙蝠。它们像一片巨大的乌云,忽上忽下地朝远方飞去。

阿特拉法也在迁徙的大部队之中。白天,蝙蝠们一刻也不停歇地往前飞。直到太阳落山,它们才来到一片距离谷底比较远的森林休息。蝙蝠们在这儿休息两天之后,继续往南飞行。这时,北方的树木开始落叶,而南方的森林依然枝繁叶茂,夜里仍有无数昆虫漫天飞舞。

在这陌生的南国,阿特拉法开始了自己的新生活。这段时间,雄蝙蝠和雌蝙蝠分散开来,它们各自结成了小小的部落,自由捕猎。有时候,蝙蝠夫妇也会相遇,但是它们像不认识对方一样在空中擦肩飞过。

一段时间之后,北方的春天回来了。蝙蝠们思念故土,又聚集起来,按照先前的大圆圈队形,浩浩荡荡朝北方飞去。这时还是初春,气温变化很大,时冷时热,那些体弱多病的蝙蝠因此葬送了性命。

不久之后,真正的春天到了,气温渐渐攀升。蝙蝠们继续往前飞,阿特拉法跟随父亲,来到一个湖泊边住了下来。

现在的阿特拉法,比以前更强壮了。它的体力、速度、飞行技巧已经远远超过了同龄的蝙蝠。即使遇到猫头鹰,它也能灵巧地逃过追踪。

每天太阳刚落山,那些个头比较小的蝙蝠率先飞出来觅食。只有到了深夜,像阿特拉法这样体型比较高大的蝙蝠才会飞出来寻找食物。一般情况下,阿特拉法会先填饱肚子,然后跟同伴们来到湖边玩游戏。它们的游戏惊险刺激,有的蝙蝠甚至胆子大到去戏弄老鹰。

夏季炎热,为了纳凉,阿特拉法它们经常到瀑布边玩游戏。这个游戏非常惊险。蝙蝠要飞进瀑布,跟随水流下降的速度坠落,在水流落入潭底的那一刻快速逃离。这个游戏需要非常高超的飞行技巧，稍有不慎就会被激流卷入潭底。

此外，阿特拉法它们还喜欢戏弄湖里的大鲟鱼。大鲟鱼会经常跳出水面，捕食昆虫。有时候，它们也会捕食贴着水面飞行的蝙蝠。阿特拉法它们戏弄大鲟鱼的时候，会从水面快速掠过，引诱大鲟鱼跳出来捕猎。这个游戏非常危险，阿特拉法亲眼看见好些小蝙蝠被大鲟鱼吞食。即使是那些非常优秀的大蝙蝠，也有丧命鱼口的可能。有一次，阿特拉法在戏弄大鲟鱼的时候，就被大鲟鱼咬掉了自己的尾巴尖儿。

第五章　好朋友

阿特拉法的新家是一个树洞。一天，它在洞里休息的时候，突然听到了一阵"咚咚咚"的声音。原来，一只啄木鸟堵在阿特拉法家门口，想把这个树洞扩宽一点，用来做自己的家。

一整天，阿特拉法都听到了啄木鸟啄树干的声音。它想："这里不安全了，我还是换个地方住吧。"于是，趁啄木鸟休息的空当儿，阿特拉法飞出去，找到了一个更加宽敞的树洞。

没过多久，阿特拉法又听见了一阵奇怪的声音。黑漆漆的洞口处，一个毛茸茸的小动物钻了进来，正用一双发亮的小眼睛四处打探。洞口被堵住了，阿特拉法无路可逃，只好蜷缩在角落里。

后来，阿特拉法发现，这是一只性格温和的母鼯鼠。鼯鼠不吃蝙蝠，它快要生孩子了，所以选择了阿特拉法的新家作为自己的育婴房。阿特拉法跟鼯鼠共同生活在同一个树洞里，相处得还算愉快。

不久之后，鼯鼠生下了几只非常可爱的小鼯鼠。阿特拉法跟这些鼯鼠宝宝还成了好朋友，它们之间就像一家人那样，友爱互助。有时候，鼯鼠出去寻找食物，阿特拉法就跟这些鼯鼠宝宝挤在一起，相互取暖。

树林里生活着鼯鼠和阿特拉法的天敌——鹗鸟。只要一听到鹗鸟的叫声，鼯鼠和阿特拉法就躲在洞里，直到鹗鸟走远，才敢出门活动。

这天，又传来鹗鸟那令人毛骨悚然的叫声。鼯鼠再也无法忍耐，一口气冲了出去，藏到树的背面，打算在鹗鸟的眼皮底下溜走去觅食。但是鹗鸟已经发现了鼯鼠的藏身之处，凶猛地扑了过来。在这千钧一发之际，阿特拉法快速朝鹗鸟飞去，在快要撞上鹗鸟那一刻猛地转身，躲闪到一边。鹗鸟被这突如其来的状况吓了一跳，等它回过神来的时候，鼯鼠已经安全地躲进了树干的一条缝隙里。

这时，另一只鹗鸟赶来，趁着阿特拉法躲避的瞬间，狠狠啄了阿特拉法一口。阿特拉法腹背受敌，一下子摔倒在地。原来，这只雌鹗鸟是先前那只雄鹗鸟的妻子。它见丈夫受到羞辱，立马偷袭了阿特拉法。幸好阿特拉法反应迅速，躲开了致命攻击，受伤并不严重。

倒地之后，阿特拉法快速钻进了鼯鼠藏身的树缝。鹗鸟夫妇气坏了，伸出锋利的爪子伸进树缝，折腾了半天也抓不到阿特拉法和鼯鼠。渐渐地，它们失去了耐心，一只鹗鸟离开去寻找食物，另一只留下来继续等待。阿特拉法和鼯鼠在缝隙里待了一整夜。第二天早晨，鹗鸟担心鸟巢里的孩子，只好离开了树缝。阿特拉法和鼯鼠终于回到了温暖舒服的树洞。

第六章 失去自由

在阿特拉法生活的这片区域，还生活着很多人类。对阿特拉法它们来说，所有动物中，人类是最危险的动物。这些人住在湖对面的斜坡上，每天晚上他们的烟囱里都会冒出浓烟。

晚上出来捕食的时候，有些蝙蝠很好奇，朝着浓烟的地方飞去。有一次，阿特拉法也飞到了烟囱上方。它被烟味呛得难以呼吸，不得不掉头马上离开。跟它相比，其他蝙蝠就没那么幸运。它们之中，有一些吸入了大量的烟味最终窒息而死；还有一些被呛得行动缓慢，意识模糊，不知不觉变成了老鹰口中的食物。总之，对蝙蝠们来说，这个有烟囱的地方极其恐怖，就像一座死气沉沉的坟墓。

一天，阿特拉法正在湖边觅食。突然，"砰"的一声，它感觉胸部被什么东西击中，掉到湖面上。幸好，蝙蝠的皮毛很细密，不容易被打湿。阿特拉法漂浮在湖面上，奋力朝岸边游去。这时，走过来一个小男孩，他捡起一根木棍，将湖面上的阿特拉法挑起来，把它装进了一个空罐子。随后，小男孩带阿特拉法回家，把它装进了一个箱子里。

原来，这个男孩对着蝙蝠练习枪法，把阿特拉法打了下来。幸运的是，男孩不是一个喜欢恶作剧的人，看着瑟瑟发抖的阿特拉法，他甚至不知道该怎么办。男孩的妹妹跑了过来，她闪动着美丽的大眼睛，好奇地建议说："哥哥，我们拿点吃的给它吧？"

兄妹俩拿来一些面包屑放在箱子里。第二天，他们发现面包屑一动不动地放在原地。随后，他们又拿来一些小虫、蔬菜，但是阿特拉法还是一口也不吃。

兄妹俩的妈妈看到这种情况，问他们："孩子们，你们给它喂水了吗？"

兄妹俩恍然大悟，将装了水的盘子送进箱子。阿特拉法的喉咙早就像火一样烧得难受，它爬起来喝光了水，回到箱子的角落，倒挂起来休息。随后，它吃光了兄妹俩送来的那些食物。

其实，阿特拉法并没有被子弹击中，它的前胸只不过受了一点轻微的损伤。休息一段时间之后，阿特拉法彻底恢复了体力。但是，被关在这个箱子里，它失去了飞翔的自由。

两个星期之后，那个抓捕阿特拉法的少年再也没有出现过，他的妹妹负责送来食物和水。但是，小女孩比较粗心，只负责送食，从来不打扫卫生。可怜的阿特拉法只能这样勉强地活下去。

之后，阿特拉法得到一个消息：村子里正在流行一种恶性疾病，很不幸，小男孩染上了这种病。为了治病，村民们请来一位医生。医生听说村子里有人养了一只巨大的蝙蝠，就将阿特拉法借过来做实验。

医生抓住阿特拉法，将柔软的蜡涂在它的眼睛上。医生想试试阿特拉法能不能再次飞起来。他刚松手，阿特拉法就摇摇晃晃地飞了起来。不一会儿，阿特拉法就飞得十分灵巧了，即使接近天花板和门窗，它也能及时避开。医生增加了难度，在房间里拉了很多线，还在一边放了一盆水，把两只苍蝇放进房间。阿特拉法一次也没有碰到那些线，它避开了所有障碍物，成功地抓住了苍蝇。这时，它已经累得精疲力尽，飞到房间的一个角落，倒挂起来休息。医生趁机把它抓住，重新放进箱子里。

经过这个实验，医生得出一个结论：蝙蝠的飞行并不单纯依靠眼睛，它们还有别的方式来辨认方向和障碍物。也许，这就是蝙蝠最神奇的地方吧。

后来，小女孩来送食物的时候忘记关上箱子的拉杆门。阿特拉法轻轻碰了碰，拉杆门开了。它快速飞出箱子，来到屋外。

"天啊，我自由啦！"阿特拉法兴奋地大叫，还在屋子上方盘旋飞了两圈。

阿特拉法飞离这个村子之后，村子里添了好几座新坟，其中就有那对抓住阿特拉法的兄妹。他们都染上了恶疾，不治身亡。其实，这种恶疾的传播者，正是蝙蝠们的食物——苍蝇等害虫。人类大量猎杀蝙蝠，没有天敌的制约，苍蝇疯狂繁殖，传播疾病，给人类带来了毁灭性的灾难。

第七章　惊险的旅程

重获自由之后，阿特拉法决定来一次长途飞行来释放自己无比激动的心情。

飞行途中，阿特拉法听见了一只雌蝙蝠的求救声。原来，雌蝙蝠正被一只老鹰追赶，性命攸关。阿特拉法试图搭救可怜的雌蝙蝠，它呼叫着飞过去，将专心致志追赶雌蝙蝠的老鹰吓了一跳。老鹰的速度一下子慢了下来，雌蝙蝠成功摆脱了老鹰的追赶，躲进了树林。

老鹰气坏了，朝阿特拉法飞去。但是，阿特拉法的飞行技术实在非同一般，它成功躲开了老鹰的攻击，打了个呼哨飞远了。阿特拉法想："也不知道那个小蝙蝠被我救下之后，生活得怎么样了？"它想去看个究竟，挥动翅膀朝雌蝙蝠藏身的地方飞去。

很快，阿特拉法见到了雌蝙蝠。其实，阿特拉法已经到了谈恋爱的年纪了。它对雌蝙蝠一见钟情，很快展开了热烈的追逐。一开始，雌蝙蝠总是躲躲闪闪，一看到阿特拉法靠近就赶紧往前飞。过了一段时间之后，雌蝙蝠接受了阿特拉法的求爱，跟它形影不离地生活在一起。

炎热的夏季渐渐过去，秋天到了，蝙蝠们又要开始新一轮的迁徙了。雌雄蝙蝠按照性别，结成各自的小部落，为迁徙做好准备。几天之后，雄蝙蝠率先飞上天空。紧接着，雌蝙蝠也加入了迁徙大军之中。跟蝙蝠们一起往南飞的，还有燕群。蝙蝠和燕子都是飞行行家，碰到了一起不免暗自较量，你追我赶。

飞到海岸边的时候，蝙蝠们已经累得疲惫不堪，决定休息一晚再继续赶路。第二天一早，蝙蝠们出去觅食。海岸边食物特别少，海风吹来，大家冻得瑟瑟发抖。为了躲避严寒，蝙蝠们打算继续往前飞。哪知，这一年的情况跟以往完全不一样，一向温暖的南方竟然下起了大雪。蝙蝠们只好各自散开，去寻找藏身的地方，等到天气好转之后继续飞行。

第二天，大雪停了，起了大雾。不过，蝙蝠们并不完全依靠眼睛来辨认方向，它们再次排成圆圈的队形，飞上天空。浓雾之中，阿特拉法看见了一只饥肠辘辘的老鹰。同时，老鹰也发现了正在往南飞行的阿特拉法，恶狠狠地扑了过来。

阿特拉法躲过攻击，老鹰大吃一惊。显然，在老鹰的眼里，还没有哪只蝙蝠能躲开它的攻击呢。老鹰不愿放弃眼前的美餐，继续攻击阿特拉法。阿特拉法不愿意跟老鹰纠缠，一下子飞进云层躲了起来。它在云层上飞了一段距离，觉得已经甩掉了老鹰，才慢慢下降到云层下面的高空。

"天啊，到底怎么回事？"阿特拉法被眼前的景象惊呆了！

周围没有伙伴，没有山峰，没有树木，甚至连一个歇脚的地方也没有，只有一片无边无际的茫茫大海。

阿特拉法已经很累了，但是不得不继续往前飞。为了节省力气，它尽量依靠气流滑行。但是气流不够稳定，阿特拉法在慢慢下坠，眼看就要掉进波涛汹涌的大海了。这时，一群大鸟贴着海面飞了过来。

"不好，有敌人！"阿特拉法猛一挣扎，尽量扇动翅膀飞了起来。

那群大鸟并没有袭击阿特拉法，阿特拉法放心地舒了一口气，飞行的速度又慢了下来。它的翅膀时不时沾到海水，呼吸也越来越急促，嘴巴已经喝到了一点儿又咸又苦的海水。茫茫的大海一望无边，阿特拉法非常绝望，有一下没一下地扇动翅膀。

天快暗下来了，阿特拉法又听见了那群大鸟的叫声。阿特拉法暗暗给自己打气："不要放弃！坚持！再坚持！"它又振作起来。隐隐传来海浪拍打海岸的声音和树叶被风吹过发出的沙沙声。

前方，正是阿特拉法梦寐以求的陆地！它用尽最后一丝力气扇动翅膀，飞到沙滩上。它实在太困，太累，慢慢地躺着睡着了。一片树叶飘过来，恰好盖在阿特拉法身上。

阿特拉法睡了整整一天，直到太阳落山的时候，它才缓缓睁开眼睛，慢慢飞向天空。

它来到树林，找了个小水洼喝了一些水，抓了一些昆虫填饱了肚子。吃饱喝足后，阿特拉法听着阵阵波涛拍岸的声音，进入了梦乡。

这个地方是大海中的一个小岛屿。自从阿特拉法上岸后，它便喜欢上了这个小岛。此后，阿特拉法经常飞到这里玩耍。

对阿特拉法来说，相比冒险，它更喜欢幸福、平凡的生活。但是这一段传奇的冒险经历，已经成为它平凡生活中不可替代的宝贵体验。

松鼠旗尾巴传

第一章　松鼠妈妈

松鼠妈妈带着它的三个孩子住在森林里一棵树的树洞上。树洞很大，不过这里只住着松鼠一家。据说，松鼠爸爸已经被人类打死了。

松鼠家族有个习惯，每次回家时，它们都会先爬到附近的大树上，跳跃几下，再回到自己的树洞。但是，有一天，松鼠妈妈被敌人追赶，忘记了这个习惯，直接跳上了自己家所在的那棵大树。这一幕，被一个小男孩看见了。

小男孩悄悄爬到树上，趁松鼠妈妈带着孩子往下跳的时候，举起木棍偷袭了松鼠妈妈。松鼠妈妈和小松鼠从树上掉了下去，摔死了。男孩有点后悔，毕竟他的目的不是为了打死松鼠，而是想抓住它们。他猜，树洞里还有小松鼠，便伸手进去，把另外两只小松鼠掏出来放进衣兜。

男孩从树下爬下来之后一打开衣兜，发现有一只小松鼠被压死了。他很难过，原本不想伤害松鼠一家，却酿成了难以弥补的悲剧。

男孩把最后一只幸存的小松鼠带回家，送给母猫当食物。前段时间，母猫生了一窝孩子，但是很不幸，只有一只小猫活了下来。正处于丧子之痛的母猫看见了小松鼠，顿时母爱大发。它用舌头舔了舔吓得战战兢兢的小松鼠，把它叼回来，放到自己肚皮下面。小松鼠也不害怕，居然和小猫一起吃母猫的奶！

就这样，母猫成了小松鼠的新妈妈。小松鼠经常跟小猫一起玩，不过它的个头比小猫大，性格也活跃一些。它喜欢爬上爬下，还总爬到母猫的后背玩，像坐滑梯一样从母猫的后背滑到尾巴尖儿。大家都很清楚，松鼠是爬树动物中的高手，小松鼠这么玩，肯定是把自己的养母当成树来爬了。

不过，母猫不会因为小松鼠贪玩而生气，相反它非常照顾小松鼠，任由小松鼠爬来爬去。在母猫的照顾下，小松鼠渐渐长大了。跟那些生活在森林的松鼠相比，这只小松鼠吃到了其他松鼠也许一辈子也无法享受到的美食。小男孩家有很多小松鼠能吃的东西，比如玉米、水果、鸡饲料，等等。小松鼠很贪吃，它长得比一般松鼠强壮，身上的毛发也比它们光亮。

周围的人都很喜欢这只小松鼠。大家发现，小松鼠尾巴上的毛很蓬松，尾巴尖上还有一小撮带着银光的毛。这样看起来，小松鼠的尾巴就像一面旗帜。因此，人们给小松鼠取了一个响亮的名字——旗尾巴！

旗尾巴一直生活在这里，还没见过自己的同类。它以为，母猫就是自己的亲生母亲。而母猫，自从小猫被送走之后，也将旗尾巴当成了自己唯一的孩子。

第二章　返回森林

秋天的一个夜晚，旗尾巴居住的农夫家突然发生大火。柴火猛烈地烧起来，浓烟滚滚，火势快速蔓延，烧得"噼里啪啦"作响。

平日里，旗尾巴见惯了村民们生火做饭时从烟囱里冒出来的浓烟，它并不在意这次失火。后来，火势越来越大，人们惊慌失措地跑出来，院子里的动物们也争先恐后地往外跑。旗尾巴才认识到这场大火的严重性，赶紧逃了出来。

第二天，大火被扑灭。农夫家损失惨重，地上到处是被烧焦的东西，主人被烧死，那只母猫也不见了。现在，这家人只剩下旗尾巴一个了。旗尾巴很伤心，离开了这个曾经无比熟悉的地方。

从小到大，旗尾巴并没有接受野外生活的训练。但是，它的身体却遗传了从祖先那里获得的智慧，旗尾巴本能地知道自己该干什么不该干什么。最开始的几天，旗尾巴在附近的邻居家寻找食物。那里有很多玉米、谷物和水果，旗尾巴完全不用为吃喝发愁。但是，一种强烈地渴望涌上心头，它听从了本能的召唤，离开了自己熟悉的村庄，走进无比广袤的森林，去采摘野果。很快，旗尾巴迷恋上了森林，决定在森林里定居。

其实，旗尾巴完全没有在大森林生活的经验。它不知道那些看起来诱人的果实哪些能吃,哪些不能吃,哪些味道甜美,哪些苦得难以下咽……但是,旗尾巴好像天生就会辨别这些,知道哪些水果能吃,知道该用什么方法吃。

渐渐地,旗尾巴喜欢上了森林的生活。

对于松鼠来说,尾巴是一个非常有用的器官。当松鼠从一棵树跳向另一棵树或者从树上往地下跳的时候,它们的大尾巴就是天然的降落伞,可以起缓冲作用,避免松鼠遭受伤害。旗尾巴很喜欢自己的大尾巴,把它当作珍宝一般细心呵护。即使尾巴只脏了一丁点儿,旗尾巴也会觉得难以忍受,它会放下手边的其他事情,小心翼翼地将尾巴梳理干净。

当然,除了打理尾巴,旗尾巴还得忙活别的事。而金秋十月,对松鼠来说,最大的事就是采摘树籽。

旗尾巴生活的这片森林里,一共住着三种松鼠。一种是跟旗尾巴一样的灰松鼠,一种是条纹松鼠,剩下的一种是红松鼠。三种松鼠都忙着采摘食物贮存过冬,不过它们的采摘方法却不尽相同。

红松鼠不怕麻烦,一整天都在一棵树上采摘,直到树籽积累成一大堆,才运回自己的巢穴。而条纹松鼠的腮帮子很宽,简直像一个天然的储物袋。它们把树籽塞进嘴巴,直到不能再塞,才跑回洞穴,把树籽倒出来。至于灰松鼠,会先跳上树大吃一顿,吃饱之后,才在树下附近的地方挖一个洞,将采集的树籽放进去,埋好。

没有人教旗尾巴如何收集树籽,但是旗尾巴无师自通,知道自己应该把树籽埋在什么地方。跟其他松鼠相比,旗尾巴的收藏办法比较省事。它根本不上树,直接将地上的树籽收集起来,在附近挖个小坑,将树籽埋进去。为了不让周围的松鼠发现自己的"粮仓",旗尾巴专门挑草丛或者有灌木的地方挖坑,埋好树籽之后还在上面盖一些树叶。偶尔,碰见忙个不停的红松鼠或者条纹松鼠,旗尾巴非常疑惑:"它们到底在做什么呢?"

这一个秋天,旗尾巴并没有收集到很多树籽。后来,它在一棵高大的树上找到了一个树洞。这个树洞又脏又乱,还很潮湿。不过,经过旗尾巴的整理,树洞被收拾得干净又舒适。旗尾巴对自己的杰作很满意,它钻进这个新家,蜷缩着身体,用毛茸茸的大尾巴当被子把自己遮起来,美美地睡着了。

第三章 猎狗的追踪

冬天到了，白天越来越短，夜晚的时间越来越长。每天早晨，旗尾巴醒过来，都会对着太阳欢快地唱歌。旗尾巴的快乐感染了森林里的其他动物。那些被寒冷折磨得萎靡不振的小鸟，也叽叽喳喳地唱了起来。

旗尾巴歌声嘹亮，它的"咕咕"声在森林里显得格外悦耳。远处，一只听到旗尾巴歌声的松鼠也动情地唱起来："咕咕咕——咕咕咕……"

这是旗尾巴第一次听见这么美妙的歌声。它安静下来，认真地听着。"嗯，唱歌的这个动物，肯定是我的同族。天啊，它的声音听起来真温柔！"

不过，旗尾巴有些饿了，只好暂时放弃去寻找这只拥有迷人歌喉的松鼠，出门去觅食了。

在森林居住的这段时间，旗尾巴为自己建造了 5 个房子。每天吃饱喝足，它都会到处溜达，去自己的房子里巡视一番。这天，旗尾巴又开始巡视。途中经过一片空地时，旗尾巴发现地面上有一个突出的小土包。它跳了过去，闻到一股格外清香的气味。

"哇，好像是橡子的味道。"

旗尾巴迫不及待地挖起来，真的从地下挖出一颗橡子。不过，因为地面非常潮湿，橡子生虫了。旗尾巴并不介意，它连这些虫也吃了下去。随后，它又在附近找到了一个芋头。正当它津津有味地啃芋头的时，传来了一阵狗叫。

"不好，有猎狗！"

旗尾巴赶紧爬上一棵树，躲在树叶之间，悄悄往下看。

果然，不知从什么地方跑来一条猎狗。它嗅出了旗尾巴的气味，不停地冲着大树"汪汪"叫："小松鼠，我知道你藏在上面！"

旗尾巴没有搭理猎狗的挑衅，它早就跳到别的树上去了，还去吃了好些桑叶呢。吃饱喝足之后，旗尾巴看着在树下卖力狂叫的猎狗，找个了舒服的地方，晒着太阳进入了梦乡。

猎狗叫了好一阵子，发现没什么收获，悄悄溜走了。旗尾巴醒过来，滑下树干，朝家的方向跑去。

不一会儿，猎人走了过来。猎狗又执着地叫起来，急切地想告诉主人，自己发现了猎物。紧接着，它跑向了正往家赶的旗尾巴，猎人跟在猎狗后面，也走了过来。

旗尾巴感觉到危险，飞快跑向距离自己最近的一棵树，"蹭蹭蹭"地爬了上去。这棵树上有旗尾巴以前在这儿休息时搭建的树床，它爬上去之后，很快躺了下来。树床的位置很隐蔽，站在树下的人或者动物都不可能发现旗尾巴的身影，但是旗尾巴却能清楚地看到树下的情形。

猎狗兴奋地跑过来，"汪汪"地大叫："主人，松鼠就在这棵树上面，我的消息绝对可靠！"

但是，猎人仰着脖子看了好久，依然没有发现藏在树床上的旗尾巴。他很失望，举起猎枪朝树上随便开了一枪，想把旗尾巴吓出来。

这时，躺在树床上的旗尾巴正昏昏欲睡，听到枪声，它想立刻站起来逃走。但是，内心深处，有个声音在警告它："旗尾巴，这个时候你得一动不动地藏好。不然，你真的会完蛋！"旗尾巴躺了下来，没有发出任何声响。

猎人见开枪之后树上仍旧没有什么动静，以为树上没有猎物，带着猎狗走远了。

第四章　大战黄鼠狼

森林里下雪了，外面灰蒙蒙一片。旗尾巴躺在树洞里呼呼大睡。在冬天长时间冬眠，是松鼠一族特有的生理现象。只有这样，它们才能在食物不够充分的冬季保持良好体力。

这场大雪，整整下了两天。雪停之后，又刮起大风，将树枝上的积雪全部吹落下来。旗尾巴在树洞里一连睡了三天。直到第4天，它才慢吞吞地睁开眼睛。

外面已经是一个银装素裹的冰雪世界。但是，旗尾巴一点儿也不好奇，它觉得很困，只想倒头继续睡觉。要不是肚子饿得咕咕响，旗尾巴绝不会跳出来找吃的。幸好，大风吹落了树上的积雪，旗尾巴轻松地在树枝间蹦蹦跳跳，来到了一片榛子树林。

不过，早在秋天，榛子已经被采光了，想在大冬天找到榛子吃，是一件非常困难的事。旗尾巴将希望寄托在地面上，它想试试看能不能在地上找到榛子。旗尾巴趴在地上，左闻一下右闻一下。突然，它在一块雪地上停下来，用爪子挖开积雪，开始刨被冻得僵硬的泥土。旗尾巴是一名出色的挖土高手。它先用两只前爪刨开泥土，顺势推到后面，再用两条后腿将泥土蹬开。不一会儿，旗尾巴身后的泥土越堆越高，洞也越挖越深。它不停地挖呀挖，终于挖出一个又大又圆的山核桃。

大家千万不要以为，旗尾巴的鼻子真的那么厉害，能嗅到土里埋着美味的山核桃。这枚山核桃是旗尾巴秋天时为自己存下的粮食，只是它记不清楚具体的埋藏地点了而已。

吃饱喝足，旗尾巴回到树洞，又进入了梦乡。几天之后，旗尾巴再次饿醒，又像之前一样寻找埋在树下的树籽。它奋力地往外挖土的时候，感觉上方有一双眼睛在注视自己，旗尾巴抬头一看，被吓了一大跳。

那是一只黄鼠狼，一双通红的眼睛正紧紧盯着旗尾巴。

旗尾巴感觉不妙，丢下挖了一半的洞，飞快地往树上爬。黄鼠狼见状，敏捷地跟了上去。旗尾巴立即跳到另一棵树上，黄鼠狼又跳了过来。

黄鼠狼和旗尾巴都是爬树动物中的行家里手，它们就这样在树丛之间不停追赶。旗尾巴想摆脱眼前这个烦人的家伙，而黄鼠狼却不愿放弃即将到嘴的美餐。为了摆脱黄鼠狼，旗尾巴使出了自己的绝招。它跑到一根快要断裂的树枝上，借着树枝的力量把自己弹到另一棵树上。那根树枝断了，黄鼠狼没有跳过去的支撑点，着急地团团转。忽然，黄鼠狼跳回地面，朝旗尾巴待着的那棵树爬去。旗尾巴见黄鼠狼追上来了，又跳上了另一棵更高大的树。但是，黄鼠狼紧随其后，也跳上了那棵树。旗尾巴只好不停地跳来跳去跟黄鼠狼兜圈子，黄鼠狼始终跟在旗尾巴后面，不肯放弃。

要是别的动物，如此费力还抓不住猎物，早就放弃了。偏偏这只黄鼠狼十分执着，绝不肯丢下眼看就要到嘴的美餐。可惜，它追了大半天，连旗尾巴的一根毫毛都没碰到。黄鼠狼失去了耐心，气急败坏地朝旗尾巴扑过去。旗尾巴站在原地，在黄鼠狼快要扑过来的前一刻猛地跳开，灵活地跳到了另一棵树上。黄鼠狼扑了个空，脚没站稳，从树上跌落到硬邦邦的原木上。这棵大树足足有三层楼那么高，黄鼠狼摔得很惨，在地上躺了好长一段时间，才慢慢地爬了起来。

旗尾巴没空欣赏黄鼠狼的狼狈样，它蹦蹦跳跳地跑开了。吃完挖出来的树籽之后，旗尾巴回到树洞，美美地睡了一觉。

第五章　银松鼠

这一次，旗尾巴睡了很长时间。它醒过来的时候，已经是 2 月份了。这段时间动物们存储的粮食基本吃完了，不得不到森林里寻找食物。

旗尾巴也来寻找自己埋藏的树籽。它认真地趴在地上，嗅来嗅去，忽然听见一阵抗议的叫声："喂，这是我的地盘！"

旗尾巴抬头一看，一只红松鼠蹲在它身边的一棵树上，生气地冲旗尾巴大叫。旗尾巴忙着找吃的，才没有工夫搭理红松鼠的挑衅。红松鼠见旗尾巴一言不发，继续大声地嚷嚷起来。其实，要真的打起来，红松鼠根本打不赢旗尾巴。只是，旗尾巴现在忙着找食物，并不愿意跟这只蛮不讲理的红松鼠吵架。红松鼠见旗尾巴一言不发，还以为旗尾巴被自己吓坏了，它昂首挺胸，得意扬扬地走开了。

很快，2 月即将过去，春回大地，阳光越来越暖和了。旗尾巴恢复了先前的生机，浑身上下充满了活力。

一天，旗尾巴来到森林。春风温柔地吹拂着大地，一切看上去都无比美好。旗尾巴忍不住放声高歌："咕咕咕——咕咕咕——"

这时，它的脑子里冒出了一个奇怪的想法："我看，我得找个伴侣来结束单身了！"这种愿望越来越强烈，旗尾巴的歌声也越来越响亮。它不知疲倦地唱歌，嘹亮的歌声传到了森林深处。

突然，旗尾巴听到了一个温柔的回应："咕咕咕——咕咕咕——"

旗尾巴觉得这声音听起来很熟悉："啊，对了，那是去年秋天，我唱歌的时候，那只回应我的松鼠！"那时，旗尾巴还不想成家，所以没有把这件事放在心上。

这一回，旗尾巴急切地想确定那个声音的位置。它侧着耳朵认真地听起来，结果听见了另一只公松鼠的回应："咕咕——咕咕——"

看来，这只公松鼠也在向那只母松鼠示爱呢。

"岂有此理！"旗尾巴非常生气，"绝不能让那家伙抢走我的爱人！"旗尾巴赶紧从树上跳下来，朝情敌的方向跑去。

突然，它又听见了那个无比温柔的声音："咕咕咕——咕咕咕——"

旗尾巴已经认定，这只唱情歌的松鼠就是自己寻找的伴侣。它爬到一棵树上，看见一根树枝上站着一只灰松鼠。

"哇，它好美！"旗尾巴在心中欢呼起来，立即朝灰松鼠走去。

这时，旗尾巴的情敌——另一只公松鼠从天而降，挡在旗尾巴面前。

这只松鼠仗着自己块头大，愤怒地冲旗尾巴嚷嚷："站住！它是我的！"

旗尾巴绝不会放弃，它一言不发，直接朝这只公松鼠扑了过去。两只松鼠，一个抓，一个扑，接连打了好几个回合，一时难分胜负。打到最激烈的时候，它们一不小心从树上掉落下来，暂时分开休息。一会儿之后，两只松鼠不约而同往树上爬，继续战斗，再一次掉了下来。这一回，旗尾巴平安着地。但是那只公松鼠就没这么走运了。它掉进一个水坑，浑身都打湿了，一下子变得很难看。公松鼠很郁闷，灰溜溜地走到一边，整理浑身的毛发。

旗尾巴高兴坏了，它认为自己赢得了这场战斗，也赢得了那只母松鼠的青睐。谁知，它兴冲冲地跑过去的时候，母松鼠一掉头，赶紧往前跑。看到旗尾巴紧追不舍，母松鼠还很生气，掉过头来冲旗尾巴大吼："走开，别跟着我！"

但是，旗尾巴很有耐心，依然小心翼翼地跟在母松鼠身后。它们跑了一段距离之后，母松鼠好像接受了旗尾巴，邀请它一起去寻找食物。

这只母松鼠有一身银灰色的皮毛，我们暂且称它为银松鼠吧。

第六章　幸福的生活

　　旗尾巴和银松鼠约会了好些天，它们的关系越来越亲密。最后，这两只松鼠结了婚，成了森林里一对快乐的新婚夫妇。

　　它们结婚后的第一件事，就是寻找新房。一开始，旗尾巴看中了一棵橡树。它从来没有在橡树里居住过，想试一试。但是，银松鼠却不同意。旗尾巴转念一想："我没有在森林里长大，很多事情我都不懂。为了保险起见，我还是听银松鼠的吧。"

　　最后，银松鼠看中了一个啄木鸟曾经居住过的树洞。这棵树很高，树洞也很宽敞，即使以后有了孩子，大家住起来也算宽敞。

　　两只松鼠忙碌了好些日子，将洞穴打扫干净，找来柔软的树皮和鸟的羽毛，将新家布置得格外温馨舒适。旗尾巴觉得很幸福，这是它做梦也没想到的新生活。毕竟，它经历了人生的种种心酸：刚生下来，亲生母亲和兄弟姐妹就被那位调皮的男孩杀死了，好不容易被母猫养大，它唯一的朋友小猫又被送人了，后来，养母母猫和主人葬身火海，它不得不回到森林。刚开始，旗尾巴连树籽都不知道怎么储存。现在，它不仅有了一个舒适的新家，还有了一位勤劳而聪慧的妻子。旗尾巴觉得很知足，情不自禁放声高歌！

　　就这样，旗尾巴和银松鼠相亲相爱，过着愉快的新婚生活。

　　时间转眼到了3月底，天气变得越来越暖和。旗尾巴想让银松鼠跟自己到森林里去玩。但是，银松鼠的反应却很冷淡，这让旗尾巴疑惑不解。以前它们总是亲密地依偎在一根树枝上晒太阳，现在银松鼠非要跟旗尾巴保持一段距离。就算旗尾巴厚着脸皮靠过去，银松鼠仍旧对它不理不睬。

　　旗尾巴很纳闷："到底怎么回事？我到底做错了什么？"

　　它们僵持了整整一天。天快黑的时候，银松鼠离开树枝回到洞穴。旗尾巴跟在后面，但是银松鼠转过身拦在门口，凶巴巴地说："走开，要不然我跟你没完！"

　　这是旗尾巴第一次见到温柔的银松鼠发火。它很纳闷，但是依然顺从了银松鼠的意思，在家门口露宿。但是，总住在外面也不是办法。旗尾巴想起了自己以前的小窝，跑回去睡了一晚。

第二天天没亮，旗尾巴就急冲冲地往家赶。银松鼠站在家门口的树枝上，一看见旗尾巴的身影就跑进洞穴，挡在门口不让旗尾巴进去。

　　就这样，小两口的关系僵持了三天。第4天，旗尾巴蹑手蹑脚地溜到洞口，听见里面传来银松鼠那均匀的呼吸声。它正打算爬进去的时候，银松鼠突然醒了。银松鼠无比愤怒地冲旗尾巴大吼："出去！"

　　旗尾巴只好慌里慌张地从树上跳了下去。在跳下去那一瞬，它往洞穴里看了看，好几只毛茸茸的小松鼠正躺在银松鼠的怀里拱来拱去呢。

　　"哇，我当爸爸啦！"

　　旗尾巴终于明白前段时间银松鼠情绪大变的原因。不过，它并不介意银松鼠对自己发脾气。这一刻，旗尾巴完全沉浸在初为人父的喜悦里，早就忘记银松鼠对自己发脾气的不愉快了。

第七章　打败红松鼠

　　旗尾巴发现了一种不需要费劲就能得到食物吃的办法。

　　春天到来之后，啄木鸟从南方飞回森林，开始在树上找虫子吃。啄木鸟在树上啄洞的时候，树会分泌一些散发着香气的黏稠液体。住在树里的虫子被这股香气引诱出来，刚一张嘴，就被液体粘住，再也回不去了。这样一来，被啄木鸟啄过的很多树上都粘着很多虫子。旗尾巴发现了这个奥秘，每天都守在这些被啄木鸟啄过的树上，轻轻松松就能填饱肚子。

　　这段时间，银松鼠忙着照顾孩子们，完全不允许旗尾巴回家。旗尾巴虽然过起了快乐自由的单身生活，但是它并没有忘记自己对家庭的责任。只要有空，旗尾巴就守在家门口附近，一旦发生可疑情况，旗尾巴会第一个冲出来，保护妻子和孩子。

　　一天，旗尾巴像往常一样，在家附近巡逻。忽然，它听见一阵树叶被拨弄得沙沙响的声音。旗尾巴赶紧跑过去查看。原来，是之前那只喜欢装腔作势的红松鼠。红松鼠正悄悄地朝旗尾巴家的洞穴靠近，完全没有留意到自己已经被旗尾巴发现了。

　　"真是岂有此理！居然敢到我家门口来撒野！"

旗尾巴大吼一声，一下子蹿了过去。

红松鼠吓了一跳，不过它看到来人是旗尾巴的时候，不由得松了一口气："我当是谁呢！原来是我的手下败将呀！"

红松鼠率先发动攻击。它以为，旗尾巴会像上回一样，还没等它出手就吓得落荒而逃。谁知，这一次，旗尾巴不仅没有逃走，还勇敢地朝红松鼠扑了过去。

很快，红松鼠跟旗尾巴扭打在一起。它们用尽了一切招数，用牙齿咬，用爪子挠，尽一切可能置对方于死地。它们打着打着，就从树上掉到地上。短暂分开之后，两只松鼠又快速展开了第二轮战斗。旗尾巴专门挑红松鼠柔软的地方抓挠，红松鼠招架不住，只好转身逃跑。

旗尾巴并不打算就这样放过红松鼠。它一路追赶，把红松鼠逼得走投无路，钻进了一个破破烂烂的树洞。旗尾巴这才出了一口恶气，临走前，它冲着那个树洞大吼了几声："上回，是我不想搭理你，你还以为，我真的会怕你？做你的春秋大梦吧！要是你敢再来骚扰我的家人，就让你尝尝我的利爪！"

旗尾巴回到洞穴的时候，银松鼠非常感动。毕竟，旗尾巴是为了保护这个家勇敢战斗。作为对旗尾巴的鼓励，银松鼠让旗尾巴走进了树洞。

孩子出世好一段时间了，旗尾巴还是第一次认真仔细地看到它的孩子呢。三只小松鼠长得肉嘟嘟的，身上的皮毛毛茸茸的，看上去很健康。旗尾巴好奇地用鼻子挨个儿去嗅它的孩子，它太喜欢这些孩子了，感觉怎么看都看不够。

此后，旗尾巴就睡在孩子和妻子身边。每一天，旗尾巴都出去为家人寻找食物，而小松鼠们则伸长脖子等它回家。这段时间，松鼠一家过得幸福又快乐。

第八章　小虫子

一天，小松鼠们正在洞里玩。突然，一只巨大的啄木鸟挡住了洞口的光线，还发出一声响亮的鸣叫。三只小松鼠吓坏了，纷纷扑向银松鼠的怀抱。

旗尾巴奋不顾身地朝啄木鸟扑过去。啄木鸟被旗尾巴的勇气吓到，扑闪着翅膀，很快飞远了。

旗尾巴想："难道我家是风水宝地吗？上一回是红松鼠，这一次是啄木鸟，它们居然都看中了我家的洞穴！"

几天之后，又有一只画眉打扰了旗尾巴一家的宁静生活。

这天，旗尾巴正在睡觉，突然被什么东西打了一下。它疼得"吱吱"直叫，赶紧抬头往上看。一只画眉鸟正好从旗尾巴的头上飞过。

原来，画眉鸟在附近的一个农场发现了许多树籽。它饱餐一顿之后，叼着一颗树籽打算找个地方藏起来。找了好些地方之后，画眉鸟发现了旗尾巴的家。

"嗯，这地方不错！"画眉鸟想着，开始朝树洞飞去。岂料，树籽滑落下来，正好砸中了旗尾巴的鼻子。

旗尾巴气坏了："岂有此理！太欺负人了！"它怒气冲冲地朝画眉鸟扑过去。

"呀，闯祸了！"画眉鸟心虚地叫了一声，缩着头飞走了。

不过，这只画眉鸟比较调皮捣蛋。当旗尾巴回到树洞刚躺下，鼻子又被画眉鸟扔进来的什么东西给打中了。旗尾巴气得跳起来，画眉鸟看着旗尾巴发怒的样子，哈哈大笑着飞远了。

这些烦心的事情简直没完没了！

第二天，一条狗嗅到了旗尾巴的气味，在旗尾巴家的树下叫个不停。不一会儿，狗的主人——两个小男孩发现了树上的松鼠洞，捡起石头朝洞口砸去。幸好树洞很高，旗尾巴一家并没有遭受任何伤害。两个男孩子见折腾一阵毫无结果，只好带着狗走开了。

连续经历好几起不愉快的事件，旗尾巴和银松鼠决定搬家。除了这些骚扰，它们还有一件更加无法忍受的事——全家人身上都长满了虫子，觉得奇痒难受。

原来，旗尾巴从小在农场长大，它认为棉絮和羽毛是最舒适的东西。当初做窝的时候，旗尾巴捡来很多棉絮和羽毛。这样一来，也给家里招来了很多虫子。

决定搬家之后，旗尾巴和银松鼠每天都在森林里转悠，寻找合适的住处。旗尾巴还带银松鼠去了自己单身时期住的地方，谁知，银松鼠正眼都不瞧一眼，转身就走。最后，银松鼠相中了一个被老鹰废弃的窝。这个窝建在一棵很高的树上，非常隐蔽，即使在树叶都掉光的冬天，也不会被人发现。银松鼠上去检查了一遍，确定窝里只有老鹰留下来的气味之后，它立即在窝里留下自己的气味，又爬上爬下好几次，让整棵树都留下了自己的气味。这个行为，无疑是在向其他松鼠宣告："这里是我的地盘，你们谁也别想抢走！"

这一回，银松鼠再也不要那些棉絮和羽毛了。它找来很多散发着香味的叶子铺在窝里。这些叶子不但能驱赶蚊虫，还能防止松鼠身上再长虫子。

旗尾巴也在忙上忙下地搭手。它找来一只手套，却被银松鼠一下子扔到地上。旗尾巴有些纳闷，赶紧将手套捡了回来。这一回，银松鼠生气了，它再次把手套扔下去，怒气冲冲地朝旗尾巴吼叫："不行，这种带有人的味道的东西怎么能拿回家用！"

其实，旗尾巴是因为看见这只手套想起了从前在农场的生活才把它捡回家的。不过，既然银松鼠说不能用，它也只好听从妻子的安排将手套扔掉。

第九章　聪慧的银松鼠

新家布置好之后，银松鼠天还没亮就把孩子们叫醒了："快醒醒，我们今天要搬新家啦！"

三只小松鼠吃饱喝足之后，银松鼠出去打探一番，发现没有危险，才叼起一个孩子朝洞口走去。结果，它还没往下跳，就听见了猎狗的叫声。于是，它只好放下孩子，站在洞口悄悄地往外看。

猎人带着猎狗在追赶一头鹿。看到猎人，银松鼠本能地往后退。它紧紧地搂住孩子们，生怕它们发出一丁点儿声响，吸引了猎人的注意力。要知道，那个猎人经常带着他那条凶巴巴的猎狗到森林里来打猎，很多动物因此丧命，银松鼠不得不提高警惕。

一会儿之后，猎人和猎狗走远了。银松鼠才小心翼翼地叼着孩子跳到地上。它正要拔腿飞奔，一抬头看见旗尾巴嘴里也叼了一个孩子，它气得火冒三丈，赶紧叼着孩子回到树上。银松鼠冲旗尾巴大声嚷嚷："你什么都不懂，别帮倒忙，还是老老实实在一边待着吧！"

旗尾巴觉得很委屈，原本好意帮忙，却挨了银松鼠一顿训斥。它闷闷不乐地放下嘴里的小松鼠，独自跑到家门口的树枝上生闷气去了。

银松鼠的嘴巴比较小，只能叼一个孩子。即使这样，它也不愿意旗尾巴帮忙。旗尾巴呢，坐在树枝上干瞪眼，想看看银松鼠到底用什么绝技叼走两个孩子。最后，银松鼠将其中一个孩子叼回了洞穴，叼着另外一只小松鼠跳到地面上。临走之前，银松鼠还瞪了旗尾巴一眼，警告它不可轻举妄动。旗尾巴无奈地点点头，老老实实待在树枝上。

在到达新家之前，银松鼠决定将小松鼠身上的虫子统统消灭。它叼着小松鼠来到新家那棵树的树顶，细心地坚查小松鼠的身体，一发现虫子，它就抓出来，放进嘴巴咬死。接着，银松鼠又将自己检查一遍，将身上的虫子捉得干干净净。

随后，银松鼠叼着小松鼠来到新家。新家很干净，时不时散发出一种沁人心脾的清香。小松鼠好奇地东看看西看看，银松鼠陪孩子待了一会儿，耐心地叮嘱它："孩子，妈妈要去接你的弟弟妹妹，在我回来之前，你一定要乖乖待在家里。"小松鼠很听话，银松鼠走后，它一动不动地趴下来休息。

就这样，银松鼠来回跑了好几趟，终于将剩下的两个孩子接到新家。只有旗尾巴还没进来了，银松鼠对着在树枝上生闷气的旗尾巴大喊："喂，孩子们身上的虫子已经被我捉干净了，现在轮到你了。你要是不把身上的虫子弄掉，我可不让你进家门！"

旗尾巴像一只听话的小松鼠那样，乖乖地将自己从头到脚检查一遍，直到确定身上一只虫子也没有了，银松鼠才高兴地让它搬进了新家。

第十章　松鼠生存法则

旗尾巴一家在新家安顿了下来。很快到了5月，天气越来越暖和，小松鼠们也越长越大了。它们的皮毛变得更加光滑水亮，行动也比以前敏捷多了。

三只小松鼠都很可爱，每一只都有自己的性格特点。

老大是一只公松鼠，长得很结实，看上去很憨厚，长相上有点儿像旗尾巴，也像旗尾巴那样拥有一身力气。不过，老大很爱护弟弟妹妹，也很听话。每一次，只要听到父母发出危险信号，它要么赶回家，要么找地方躲起来。因此，旗尾巴和银松鼠对老大非常放心。

老二也是一只公松鼠。它的脾气比较倔强，比其他两只松鼠聪明，但是它很不听话。有一回，老二在森林里玩耍，遇到了一个小男孩。老二从来没有见过人类，觉得无比新奇，甚至还探着身体去观察那个小男孩。小男孩发现了老二，拿起弹弓打了过来。幸好只打中了树叶，老二吓坏了，赶紧往家里逃。

老三是妹妹，跟两个哥哥相比，它显得很娇气，总喜欢跟银松鼠撒娇。在老三的心里，只有跟爸爸妈妈在一起才是最安全的，所以，它只是偶尔跟哥哥们出去玩一会儿，很快就会回到父母身边。因此，旗尾巴和银松鼠最疼爱这个小女儿。

三个小家伙都长大了，旗尾巴和银松鼠开始教它们在森林里生存的本领。银松鼠是主要教练，它很严厉，只要小松鼠们稍微分神，就会遭受到训斥。旗尾巴是辅助教练，一旦银松鼠说累了，它就顶上去，继续给孩子们上课。

这对松鼠夫妇将自己毕生的经验都教给了孩子。它们总结出无数生存规则：

"应该时刻保持身体干净整洁，尤其是尾巴。尾巴是我们松鼠的第二生命，保护好尾巴，我们才能安全地飞跃和降落。

"出门之前，要仔细侦查周围的情况，确认安全之后才能出门。

"如果听到人类和猎狗的声音，千万不要发出任何声响。如果你在洞穴附近，赶紧回家；如果你在外面玩耍，务必紧紧贴着树枝，不要被人类和猎狗发现。

"碰到在天上飞的老鹰，要躲进草丛或者附近的树洞。

"去水边喝水的时候，要当心蛇，它们可能会发起进攻。

"如果在回家路上看见树籽，即使肚子不饿也要带回家，可以将树籽留在以后用来充饥。

"学会辨别果实，有的果实有毒，误食会丧命。

"在树上跳跃的时候一定要小心。如果抓到没有树皮的光树枝，很容易因为没有摩擦力而掉到地上。

"如果一时难以分清同类是否友善，可以先晃动一下尾巴尖；对方也晃动尾巴尖回应，说明对方已经把你当作朋友。

"要练习远距离和长距离跳跃，这样可以避免被黄鼠狼追击。

"晚上是野生动物寻找食物时间，夜间我们不宜出门。"

……

旗尾巴和银松鼠恨不得将自己知道的知识和生活经验全部传授给孩子们。幸好，小松鼠们学得很认真，很快就掌握了松鼠一族的森林生存法则。

第十一章 可怜的老二

学习期间，老大和老三非常认真，而老二比较贪玩，完全不将父母的教诲放在心上。每一次上课，旗尾巴和银松鼠总要再三叮嘱："老二，专心听讲！"但是，老二根本不理睬它们的忠告。旗尾巴有时候不得不动用"家法"，使劲咬老二。但是这个惩罚见效甚微，老二依然吊儿郎当，不肯专心学习。除它之外，老大和老三都很用心，将旗尾巴和银松鼠总结的注意事项牢牢记在心里。

一天，兄妹三个在家门口玩得兴高采烈。突然，从远处传来一阵脚步声。银松鼠立马朝孩子们发出信号："孩子们，危险！快躲起来！"说完，银松鼠紧紧贴着树枝，利用树叶将自己的身体遮挡起来。

三个小家伙听到母亲的警告，立刻回家躲了起来。但是，一会儿之后，老二却探着头出来张望，它有些不屑地嘀咕："我才不喜欢这种躲躲藏藏的生活！再说了，哪有妈妈说得那么可怕！哼，你们都是胆小鬼！"

说完，老二从窝里跑出来，来到经常玩耍的地方继续玩。

银松鼠看见老二偷跑出来，非常着急，它严厉地警告："趴下！危险！快藏起来！"

但是，老二完全不听妈妈的劝告，它想："不行，我得弄清楚这个脚步声到底是什么动物发出来的。"它趴在树上，耐心等待。

猎人带着猎狗走了过来。

森林里，但凡有一点儿生存经验的动物见到猎人和猎狗，都会躲得远远的。但是，老二却一点儿也不害怕，它早已将父母的教诲抛到九霄云外，满心想看看眼前的猎人和猎狗到底是什么动物。于是，它干脆撇开了树叶，将头探了出来。

猎狗发现了老二，立马冲树上大叫："主人！主人！前面有一只松鼠！快，快把它打下来！汪汪汪！"

老二听到猎狗的叫声，才意识到危险。但是，一切都晚了！

只听"砰"的一声，猎枪响了！老二从树上掉了下来。

那条猎狗围着猎人转了好几圈,得意地叫个不停:"怎么样?没错吧,这里就是有松鼠!"

老二为它的任性付出了生命的代价!从此,它再也见不到父母,再也不能跟哥哥和妹妹在一起开心地玩耍了!

第十二章 毒蘑菇

夏天到了,经过长时间的学习,小松鼠们的生存技能已经掌握得差不多了。旗尾巴想:"是时候给自己放一个假了!"

它来到了一片红松鼠经常出没的树林。这里长着很多松树,一到夏天,松树就会在阳光的照射下淌出松脂。旗尾巴非常喜欢松脂的气味,没事就到这里逛逛。

它刚跳上一根树枝,就看见以前跟它打架的那只红松鼠,费力地拖着一个东西,气喘吁吁地往前走。那个东西长得很奇怪,颜色是红红的,样子像一把打开的伞。其实,这是一个毒蘑菇。但是红松鼠却把它当作了宝贝,一旦毒蘑菇被地上的什么东西绊住了,红松鼠就指着那个东西大骂一顿。

一只顽皮的大鸟想跟红松鼠开一个玩笑,它冲红松鼠大叫:"不好啦,敌人来啦!"

红松鼠一听,赶紧丢下毒蘑菇爬上旁边的一棵树。可是,它还没站稳,就看见曾经把它打得屁滚尿流的敌人——旗尾巴,也站在这棵树上。红松鼠可不愿意跟旗尾巴待在一起,它愤怒地瞪了旗尾巴一眼,慌里慌张地跳上了另一棵树。

时间过去好一阵子,什么危险也没有。旗尾巴从树上跳下来,跑到那棵毒蘑菇边,研究起来。毒蘑菇已经被撞得裂开了好几道口子,一种奇怪的味道从裂开的地方慢慢散发出来。旗尾巴嗅了嗅,"嗯,这味道闻起来还不错,那就是说,这种蘑菇是可以吃的。反正我也饿了,不如吃点儿蘑菇吧。"

毒蘑菇长得很漂亮,看上去非常香甜可口。要是在平时,旗尾巴会小心谨慎,但是今天,它却忍不住在毒蘑菇裂开的地方轻轻咬了一口:"呀,真美味!我从来也没吃过这么好吃的东西!"

旗尾巴大口大口地吃起来,很快把毒蘑菇吃个精光,甚至连掉在地上的碎渣都捡起来吃得干干净净。

一会儿之后,旗尾巴觉得身体里热血沸腾,它控制不住自己的情绪,一会儿爬到树上,一会儿又跳了下来。此刻的旗尾巴,满脸狂躁自傲,老鹰飞过来了,旗尾巴甚至挑衅地看着老鹰,嚷嚷着:"喂,你敢下来跟我决斗吗?"

老鹰看着旗尾巴疯疯癫癫的样子,轻蔑地说:"你该庆幸,我今天已经吃过饭了。不然,你就会变成我的美餐!"说完,老鹰头也不回地飞走了。

旗尾巴发疯一般横冲直撞,不要命地朝一棵根本够不着的树上跳,从半空中落了下来。幸好,它的大尾巴及时张开,保护它毫发无损地降落到地面上。旗尾巴完全控制不住自己的双腿,它站起来,疯狂地朝另一片树林跑去,跑出树林冲向农舍,又爬上了另一座山丘。它就这样一直不停地跑呀跑,直到累得精疲力尽,瘫倒在地上。

这时,旗尾巴才完全清醒过来,"天啊,旗尾巴,你该回家了!孩子们还在等着你带吃的回去呢!"

旗尾巴跌跌撞撞地朝家里赶,也不知走了多远,终于回到了温馨的家。它再也支撑不住,刚回来就蜷缩成一团,昏睡过去。

第二天一早,旗尾巴终于醒了过来。它感觉浑身没劲,睁眼一看,自己满身都是污秽的呕吐物。银松鼠带着两个孩子出门觅食了,旗尾巴在家一直躺到傍晚才起来。它来到附近的小溪边,"咕咚咕咚"喝了一肚子水,慢悠悠地回到家。银松鼠不知道旗尾巴身上到底发生了什么事,它温柔地替旗尾巴清理掉身上的污秽。

旗尾巴又昏昏沉沉地睡着了。直到第二天,它才恢复体力。

不久之后,旗尾巴来到溪边喝水。忽然,它看见一些银光闪闪的东西漂浮在溪面上。

"呀,那不是毒蘑菇的碎片吗?"旗尾巴靠近一看,惊讶地叫起来。它捡起一小块蘑菇碎片,闻了闻,诱人的香味扑鼻而来,旗尾巴忍不住流下了口水。它想:"我只是吃一点点,应该不会有事吧。"

但是,旗尾巴吃完这一小片之后,着魔一样想吃更多的蘑菇。它不由自主地沿着溪流往上走,来到了小溪的上游。这里长满了毒蘑菇,旗尾巴挑了一个最大的蘑菇,一口气吃了下去。

很快,旗尾巴又中毒了!它又觉得自己浑身充满了力量,再也无所畏惧。旗尾巴在森林里疯狂地奔跑，一边跑一边喊："红松鼠，给我出来！我要跟你打一架！"红松鼠看见旗尾巴疯疯癫癫的样子，早就躲到一边去了。

现在，旗尾巴谁也不怕！它朝水里的水蛇扑去，水蛇被旗尾巴吓了一跳，赶紧躲开。旗尾巴又跳到树上。两只啄木鸟正在找虫子吃，它们看见疯狂的旗尾巴，丢下虫子飞走了。

就这样，旗尾巴又疯狂地跑了一天才回到家。当它摇摇晃晃地爬回家时，银松鼠有点生气了："怎么回事，又搞成这副德行！"

跟上回一样，旗尾巴昏昏沉沉地睡了好几天，才彻底恢复体力。

银松鼠和孩子们见旗尾巴最近总是莫名其妙地生病又莫名其妙地痊愈，都很担心："它到底在做什么呢？"

其实，那种毒蘑菇是可以吃的，但是却不能像旗尾巴那样直接吃。在红松鼠居住的那一片树林，长着很多毒蘑菇。红松鼠知道怎么吃才不会中毒。它先把蘑菇拔出来，搬到家门口附近晒干。这样一来，毒蘑菇里面的毒气已经排放干净，吃下去就不会中毒了。

旗尾巴只是看见红松鼠急急忙忙地搬运毒蘑菇，并不知道接下来还需要对毒蘑菇进行处理。它那样直接食用，不中毒才怪呢！

第十三章　惨痛的教训

7月份的时候，森林里经常雷雨交加。这时节，红松鼠居住的那一片树林，没有新鲜的毒蘑菇了。那些已经老了的毒蘑菇，正在往外排毒，散发出一股难闻的气味。

旗尾巴又忘记了先前的教训，再次来到这片树林寻找毒蘑菇吃。它发觉，毒蘑菇散发出来的气味里居然夹杂着一股核桃的清香。旗尾巴忍不住美食的诱惑，又张嘴大口大口吃了起来。但是刚吃了几口，旗尾巴突然全身僵硬。它的脖子就像被掐住了一样，完全不受自己的控制，唾液不停地从嘴巴里往外流。旗尾巴觉得浑身难受，一头栽倒在地上，刚吃进去的毒蘑菇完全吐了出来。毒蘑菇里面的毒气很快跟旗尾巴身体里的血液混合在一起，即使旗尾巴已经将毒蘑菇吐了出来，但是中毒的症状依然没有减轻。它痛苦地挪动着，找到一个茂密的草堆躺下来休息。

现在，旗尾巴浑身提不上一点劲儿，走路都很困难，根本不可能赶回家。它在草丛里痛得打滚，一连待了好几天。

期间，银松鼠带着老大和老三出来找旗尾巴。它们在森林里大声呼喊，却没有听到任何回应。无奈之中，银松鼠带着孩子们回了家。

随后，旗尾巴在草堆附近找了个圆木墩，昏昏沉沉地睡了三天。直到第4天，它才能勉强走路。它在路边找到一颗草莓，吃了下去，身体依然很虚弱，没办法立即回家。旗尾巴咬着牙又走了一段路，在一棵大树上找到一个被废弃的窝。它爬进去，一连休息了好几天。

一天早晨，旗尾巴觉得身体比之前好多了，它跑到河边喝了点水，将身上洗了洗，才往家里赶。这一次，旗尾巴在外面一连待了7天。它的心里满是对妻子和孩子的牵挂，欢天喜地地来到家门口。岂料，银松鼠一看见旗尾巴，就把孩子们推进窝，自己挡在门口，不让旗尾巴进去。

原来，好些天不见面，银松鼠认为眼前的旗尾巴说不定就是敌人。旗尾巴赶紧晃动了一下尾巴，但是银松鼠还是很冷漠，完全不相信眼前的这只松鼠就是自己的丈夫旗尾巴。

旗尾巴只好摆动着尾巴，老老实实地接受银松鼠的盘查。银松鼠嗅了嗅旗尾巴身上的气味，确定无误之后，才放旗尾巴走进家门。

这一次惨痛的经历让旗尾巴获得了一个教训："有些东西，即使自己很想吃，也不能吃。否则，身体会变得难受，甚至还会小命不保！"

第十四章　致命游戏

除了吃饭睡觉，动物们也有自己的娱乐方式。在空闲的时间里，它们会玩游戏，通过游戏的方式掌握生存本领。

松鼠也不例外。它们大部分时间都在树上生活，自小就会在树枝上追逐、嬉戏、跳高、玩滑梯、捉迷藏。它们还可以快速地爬上爬下，快速钻进草丛。这些，都是松鼠们从小玩到大的游戏。

不过，有时候，松鼠们也会玩一些特别危险的游戏。

每年夏天，老鹰会搬到旗尾巴它们居住的这片树林。那些胆子比较大的松鼠经常去招惹老鹰。要知道，老鹰是一种特别凶猛的动物，经常袭击青蛙、老鼠等小动物。招惹老鹰，一不小心就会被老鹰抓住，成为它的爪下亡魂。

但是旗尾巴却很喜欢这个游戏。它健壮机灵，能敏捷地在树上穿梭，还能快速跳到地上。每一次，旗尾巴都能巧妙地避开老鹰的利爪，把老鹰气得乱抓乱挠。

仗着每一次的胜利，旗尾巴胆子越来越大。一天，旗尾巴又看见老鹰从自己的头顶飞过，它故意暴露自己的位置，冲老鹰摇了摇尾巴。但是，这只老鹰根本不搭理旗尾巴的挑衅，拍着翅膀在一棵树上停下来休息。

旗尾巴胆大妄为地站起来，嘲笑着说："哼，老鹰，我才不怕你呢，有本事你过来抓我呀！"

老鹰很生气："你是哪来的家伙，居然还向我发出挑战！不给你点颜色瞧瞧，你就不知道我的厉害！"当下，老鹰一个俯冲，扑向旗尾巴。旗尾巴站在原地不动，等老鹰快要抓住自己的时候，一下子跳到旁边的树枝躲起来。老鹰扑了个空，非常生气，到处寻找旗尾巴的身影。

旗尾巴从另外一个树枝上钻出来，扬扬得意地冲老鹰大喊："我说得没错吧，你就是抓不到我！"

老鹰愤怒地扑过去，旗尾巴赶紧躲起来。老鹰来不及躲闪，一下子撞到树枝上，被撞得晕头转向。这时，旗尾巴又从另一个地方钻出来，嘻嘻哈哈地说："哇，太好玩了！

太好玩了！"

旗尾巴就是这样戏弄老鹰的，一看到老鹰怒气冲冲的样子，旗尾巴就高兴得乐不可支。这个危险的游戏，它总是百玩不厌。

那只经常被旗尾巴戏弄的老鹰，是一只公鹰，它偶尔也会猎食松鼠。但是，旗尾巴一点儿也不怕它，还把戏弄它当成了自己的家常便饭。

这天，旗尾巴又遇见了这只公老鹰。照例，旗尾巴再次捉弄起这只公老鹰来。老鹰很愤怒，一次次扑过去，一次次扑了个空。最后，它被彻底激怒，大声叫嚷着将自己的妻子唤来参战。

母鹰很快飞了过来，堵住了旗尾巴的逃跑路线。

公鹰再次进攻，旗尾巴逃到大树另一侧。一看见堵在那里的母鹰，旗尾巴想掉头，但是公鹰正伸着利爪等旗尾巴自投罗网呢。

"怎么办？看来，只有跟它们拼了！"旗尾巴打定主意，围着树干不停绕圈子，利用大尾巴抵抗老鹰的袭击。旗尾巴刚一转身，公鹰就扑了过来，它只好转过来用尾巴抽打老鹰。但是它刚转身，母鹰就展开攻击，等它再次转过身用尾巴抽打母鹰的时候，公鹰又趁机扑了上来。

面对两面夹击，旗尾巴只好用力一跃，躲开攻击，快速跳到地面，朝一片浓密的草地跑去。它的速度很快，眨眼之间就消失在草丛里。两只老鹰在草丛上方盘旋了好一阵子，也没找到旗尾巴的身影，只好放弃追踪，飞远了。

这一次危险游戏，旗尾巴虽然保住了性命，但是身上被母鹰抓伤，流了很多血。而且，它的尾巴上面还多了三条永远也无法消除的伤疤。旗尾巴汲取了教训，再也不敢用生命开玩笑，去招惹老鹰了。

第十五章　打败大黑蛇

水是松鼠生存的必需条件之一。

池塘的水很脏，里面还可能藏着某些让松鼠无比惧怕的动物，再加上池塘周围的泥巴容易让松鼠陷落进去，因此，一般情况下，松鼠会选择饮用干净的泉水或者河水。只有到了万不得已的时候，它们才会去喝池塘里的水。

一天中午，天气炎热。旗尾巴一家都在睡午觉。小女儿老三被热得口渴难受，浑身软绵绵的。它轻轻地走出家门，想去附近的池塘喝点儿水。

这个时段，森林里的动物们都恹恹欲睡、无精打采。只有一种动物精神十足，那就是守在池塘边等待猎物的黑蛇。黑蛇看见了到池塘边喝水的松鼠老三，一动不动地趴在原木上，等待进攻时机。

银松鼠嗅到了危险的气息，它醒了过来，快速跑向池塘，想把老三叫回来。

这时，黑蛇一跃而起，张开大嘴，一口咬住了老三的脖子。随后，它甩动身体，快速将老三紧紧缠起来。一开始，老三还大声呼叫"救命"，但是黑蛇越缠越紧，老三的呼叫声渐渐弱了下去。后来，它已经被缠得发不出一丁点儿声音了。

为了救小女儿，银松鼠勇敢地冲上去，跳到黑蛇身上，用尖利的牙齿紧紧咬住黑蛇不放。黑蛇吃痛，一下子松开了老三，转过头将银松鼠缠了起来。银松鼠马上朝旗尾巴发出求救的呼声，但是很快，它也说不出话来了。

旗尾巴听到了妻子的呼救，睁眼一看。不得了，大黑蛇紧紧地缠住银松鼠，而银松鼠还用它仅存的力气摇动尾巴，不停呼救。旗尾巴立刻从树上跳下来，像离弦之箭，冲过去咬住了黑蛇的身体。黑蛇愤怒地扭过头，咬了旗尾巴的肩膀一口。不过，旗尾巴的肩膀上的皮很厚实，黑蛇并没伤到旗尾巴的皮肉和筋骨。旗尾巴趁机猛地转身，咬住了黑蛇的致命部位——咽喉。黑蛇痛苦地扭动起来，将旗尾巴紧紧地卷了起来。

渐渐地，旗尾巴没有力气了。银松鼠见状，扑上去对黑蛇的头部猛一阵撕咬。它咬掉了黑蛇的眼睛，甚至还咬到了黑蛇的脑汁。黑蛇拼命地摇摆，试图将银松鼠甩开。但是银松鼠紧紧地咬住不放，黑蛇再也支撑不住，缠住旗尾巴的身体松动了，旗尾巴趁机逃了出来。

黑蛇看不见了，只能凭着感觉慢慢朝水塘移动。旗尾巴它们躲在一边，静静地观察事态发展。

黑蛇正要爬进水塘的时候，一只鳖从水里冒了出来。它一口咬住了黑蛇的头，将黑蛇拖进水里。

旗尾巴一家离开池塘，回了家。经此一事，小松鼠老三得到了一个教训：绝不能去水塘喝水；此外，中午炎热的时候，会有一些危险的动物趴在水边乘凉，因此必须选择早上或者傍晚的时间出门喝水。

第十六章　偷树籽的贼

夏天快要过去，森林里的树籽快熟了。旗尾巴家居住的那棵树上，结了很多树籽。每天闻着树籽散发出来的芬芳，旗尾巴一家早就经受不住美食的诱惑了，还没等树籽完全成熟，它们就迫不及待地吃起来。

还没成熟的树籽黏糊糊的，弄得旗尾巴一家身上也黏糊糊的。它们的脸也被弄花了，要是不仔细看，都分不出谁是谁了。不过，弄花脸没关系，它们最在意的是尾巴。要是尾巴弄脏了，它们会立即停下手里的活儿，将尾巴整理干净。

很快就到了9月，森林里的树籽开始成熟。这么多的树籽，该怎么分配呢？其实，森林里的动物们早就遵照古老的习俗立下约定：谁先发现树籽并在上面留下气味，树籽就归谁。

松鼠一族的规则是这样的：松鼠的窝上那棵树以及附近树上的树籽、附近的土地上的树籽，都归筑窝者所有。筑窝者是这片土地的主人，可以在自己的领地里为所欲为。松鼠们划分领地的时候并没有绝对明确的界限。不过，森林那么大，领地多得用不过来，松鼠们并不会为界限问题斤斤计较。

按照这个规定，旗尾巴一家附近的树籽都归旗尾巴它们所有。看见满树的树籽，旗尾巴别提多高兴了。

但是，除了松鼠以外，其他小动物们却并不承认那些树籽归旗尾巴家所有。树籽刚刚成熟，那些小动物就虎视眈眈，想把这些诱人的果实带走。

比方说，啄木鸟一类的鸟儿。它们不能带走树籽，就拼命地站在树上吃个不停。为了保护自己的利益，旗尾巴一家提高警惕，一旦发现侵入者，会毫不客气地将它们赶走。

其实，除了鸟类，也有其他松鼠眼馋旗尾巴一家的树籽。比如，旗尾巴的手下败将红松鼠。红松鼠早就在打旗尾巴家树籽的主意了，树籽刚刚成熟，它就带着自己的妻子，悄悄溜进旗尾巴家的领地。每一次，红松鼠夫妇都趁着旗尾巴一家午睡的时候偷跑进来。红松鼠先咬掉那些结了很多树籽的树枝，等树枝掉到地上，它就拼命地胡吃海喝，直到再也吃不下，才搬着剩下的树籽溜回家。

一天中午，旗尾巴正在午睡，忽然被一阵"咔嚓咔嚓"的声音吵醒了。"不好，有人偷树籽！"旗尾巴赶紧跳起来，带着儿子老大气势汹汹地跑出家门抓小偷。红松鼠夫妇早有准备，一看到旗尾巴父子俩的身影，便飞快地跑向自己早就规划好的逃跑路线，偷偷地躲在附近观察旗尾巴的一举一动。

旗尾巴没有发现红松鼠夫妇的身影，以为对方已经被自己撵走了，继续回家睡午觉。等旗尾巴回家之后，红松鼠夫妇又大摇大摆地走回来，继续将树籽运回自己家。

几天之后，一群到处游荡的灰松鼠来到了旗尾巴一家的领地，顺手摘了树籽充饥。旗尾巴发现后，立即跑出来义正词严地发出警告："这是我家的树籽，请你们立即放下手里的树籽赶紧离开。如果你们继续偷吃，我和我的家人将不惜一切代价保护这些树籽！"

那些灰松鼠知道自己的行为不够光明正大。它们看着旗尾巴一家人英勇无惧的样子，不由得阵阵心虚，灰溜溜地跑出了旗尾巴家的领地。

第十七章 跟大自然的约定

深秋时节,树叶开始掉落,树籽已经完全成熟,有的树籽甚至都裂开口子了。风一吹,那些成熟的树籽不停掉落到地上。

又到了松鼠家族一年中最繁忙的时候了。所有松鼠,都在不停收集树籽,为冬天储备粮食。

从小在农夫家长大的旗尾巴,没有人教它如何采摘、收集树籽。但是经过这么长时间的野外生活,旗尾巴已经掌握了收集树籽的本领。去年秋天,旗尾巴储存的树籽太少,以至于它不得不冒着大雪出门觅食。今年,家门口结了那么多的树籽,旗尾巴已经做好规划,一定要存储足够多的树籽。这样一来,它就不用在大雪天出门找吃的,可以安安稳稳躺在窝里睡大觉。于是,在旗尾巴的带领下,一家人摩拳擦掌,准备大干一场。

其实,采摘树籽是有很多学问的。被虫咬过的树籽基本成了空壳,不适合用来当粮食。那么,如何辨别树籽里面有没有被虫子蛀烂呢?旗尾巴发明了一套辨别方法:用手掂量。如果树籽特别轻,说明已经被虫吃空了;如果稍微有点分量,说明虫子还在里面;如果分量正常,先闻一闻树籽的气味,没有异味,才适合保存。那些虫子还在里面的树籽,旗尾巴会挑出来,吃掉里面的虫子和剩下的树籽,然后将这个没用的空壳扔掉。

树籽选好之后,旗尾巴先叼着它在嘴巴里停留一会儿,让树籽沾上自己的气味。然后,它来到离家不远的地方开始挖坑。直到挖到能埋下树籽且不让别的动物闻到树籽气味的深度,旗尾巴才小心翼翼地将树籽放进去,用前爪填坑,踩实,最后在上面盖一片树叶,伪装成地面没有被开挖过的样子。

在埋树籽的过程中,还得严密监视周围的环境,一旦遇到可疑的动物,必须将它们撵走。在动物界,总有一些想不劳而获的懒家伙,躲在旗尾巴一家附近。等旗尾巴它们埋好树籽,这些家伙就会跑出来,将旗尾巴一家辛苦储存的过冬粮食吃掉。因此,旗尾巴一家除了埋藏树籽,还要将那些心怀不轨的家伙撵走。那些小偷很胆小,只要旗尾巴发出一声可怕的怒吼，它们就会吓得四处逃窜。

一连好多天，旗尾巴一家都在重复这样的工作：找树籽、选树籽、埋树籽。它们一连忙了整整一星期，在家附近挖了上万个洞，埋藏了上万颗树籽，再也不用担心过冬缺乏食物了。

很快，冬天到了，森林里的食物越来越少，旗尾巴一家把那些埋藏的树籽挖出来充饥。红松鼠存储树籽的方式跟灰松鼠有很大的区别，它们喜欢将树籽运回家，藏在一个固定的地方。跟红松鼠相比，旗尾巴一家存储树籽的办法看起相当愚笨。但是，既然大自然这样安排，必定有它的道理。想想看，旗尾巴一家在地下埋藏了那么多的树籽，总有一些树籽会被它们遗忘，从而在第二年春天生根发芽，渐渐从一棵小树苗长成参天大树。

说不定，这就是灰松鼠一族跟大自然的约定：树木将树籽送给松鼠做食物，松鼠将树籽埋在地下，让其中一些长成大树，这些大树再结出树籽，送给松鼠的子孙做食物。这样循环往复，森林里大树越来越繁茂，而灰松鼠一族也越加子孙繁盛。

旗尾巴一家是大自然中的一员。它们也遵循着跟大自然的约定，年复一年将无数树籽深埋地下。同样作为地球的守护者，我们人类应当保护松鼠这些可爱的精灵，让它们一直生活在这蔚蓝色的星球之上，应当让森林这绿色的保护伞永久覆盖在大地的每个角落。

角羊大王卡拉格

第一章 小角羊

落基山下,有一片森林和宽广的高原。沿着山脚往上走,岩石越来越多,地形越发险要。高原的北侧,耸立着一座满是岩石的甘达峰。

春天快到了,高原上的积雪慢慢融化,时不时有小花从草丛中冒出来,星星点点开满了整片高原。高原上的巴库河边,有一所小房子。老猎人斯迪克就住在这所小房子里。

趁着高原上的积雪还没完全融化,斯迪克取下猎枪走出了小屋。现在这个时节,草地上留着无比清晰的动物脚印,单靠这些脚印,猎人就能找到动物们的藏身之所。

斯迪克爬过山冈,来到大角羊们经常出没的地方。雪地上留着两排清晰的羊蹄印,斯迪克自言自语地分析起来:"嗯,这是两头大角羊的脚印。看来,它们从这儿离开还不到一个小时。没有遭受敌人的追赶,它们走得很散漫,脚印也乱糟糟的。"

一般情况下,大角羊受到老虎、猎豹等动物的追赶,逃跑的时候,脚印会成一条直线。而此刻地上的脚印歪歪扭扭,斯迪克推断,这两头大角羊走得很悠闲。他顺着脚印往前走,绕过一块大岩石一角,来到一块开满扁豆花的洼地。果然,洼地里,站着两头母角羊。

斯迪克抓紧猎枪,瞄准了母角羊。这时,洼地中间有两头小羊摇摇晃晃地站了起来。

斯迪克兴奋地瞪大了眼睛:"太好了,居然是两只小羊!我一定要抓住它们!"他把猎枪放在一块石头上,快步朝小羊跑去。

两头小羊刚刚出生,还分不出敌我之别。它们"咩咩"地叫着,朝斯迪克走了过去。

在这紧急关头,母角羊大吼一声:"回来,危险!"

这一回,小羊听懂了母亲的话,慌里慌张地朝母角羊跑去。但是,它们太小了,跑得太慢了！不一会儿，斯迪克就追了上来。不过，跳起来躲避敌人是角羊与生俱来的本能，两头小羊在快要被斯迪克抓住的瞬间，一下子跳开了。

"哼，你们等着，我一定要把你们抓起来！"斯迪克不停地追赶，一会儿往这边跑，一会儿往那边追。但是，他折腾了半天，连小羊的毛都没碰到。在被追赶的过程中，小羊的脚变得结实有力多了。它们机敏地躲开追踪，闪到一边。反而是斯迪克，一个趔趄，狠狠地摔了一跤。

"哎哟，疼死我了！小羊崽子，咱们走着瞧！"斯迪克不甘心地站起来，继续朝小羊跑去。连续好几次，他碰到了小羊的身体，却被小羊挣脱逃走了。洼地里有好些石头，斯迪克一不小心踩了上去，摔了好几个跟头，只好眼睁睁地看着小羊跟随母角羊越走越远。

两头母角羊带着各自的孩子，来到了甘达峰下一块凹凸不平的地方。这里有很多陡峭的悬崖，一不小心，就会掉下去，摔成肉泥。但是，小羊们看着这堵悬崖，浑身充满了力量，想要靠自己的毅力征服这面充满了危险的悬崖。它们扬起黑色的小蹄子，小蹄子就像一块吸铁石，紧紧贴在岩石上。一踏上悬崖，小羊的身体像被注入了某种神奇的力量。它们快速攀爬，很快就消失在老猎人斯迪克的视野里。

斯迪克躺在岩石上休息，无比后悔地说："我真不应该把猎枪放在岩石上，我应该寸步不离地将猎枪握在手里！"

可惜悔悟已经来不及了！

第二天，斯迪克又来到洼地找了一整天，依旧毫无收获。

母角羊带着孩子早就跑到了山峰的最高处。尽管对它们来说，这里并不是理想的居所。但是，这里岩石遍地，是躲避敌人的最佳屏障。

在这儿生活一段时间之后，小羊的脚力得到了很好的锻炼。现在，即使是被美洲狮追踪，它们也能跟在母亲身后，飞奔逃命。

春回大地，冰雪融化之后，高原上遍布香甜可口的嫩草，小羊们天天享受着无比丰盛的嫩草，身体一天比一天结实。

这两头小羊，一头身体结实强壮，鼻子是白色的，因此取名叫白鼻子。另一头小羊个头比较高，叫卡拉格。两头小羊经常在一起嬉戏，玩它们最喜欢玩的"山大王"游戏。这个游戏的玩法是：一头小羊率先爬上岩石或者别的比较高的地方，另一头小羊追去，把先前的小羊赶下来。被赶下来的小羊会快速抢占另一个山头，煽动那头小羊再次跟自己抢地盘。两头小羊会将圆圆的脑袋抵在一起，使劲推搡对方。要是其中一头小羊的两条前腿跪了下来，这就表示它认输了。认输的小羊必须从山上退下来逃跑，将山头让给获胜者。

白鼻子的身体块头大，经常在"山大王"的游戏中获胜。不过，要是比赛赛跑，它就跑不过卡拉格。

第二章　加入羊群

很久之前，甘达峰一带生活着很多大角羊。后来，老猎人斯迪克搬到山下，一年四季都在捕杀大角羊。现在，山上的大角羊越来越少。

斯迪克的屋顶上，挂满了无数漂亮的山羊角。屋子里还堆着很多即将出售的山羊皮。但是，贪婪的斯迪克还不满足，一到6月初，他就背着猎枪上山来捉大角羊了。

所有大角羊都对斯迪克恨之入骨，它们已经将他的身影牢牢刻在脑海。一旦发现斯迪克的踪迹，它们都相互警告："躲起来，别动！"

小羊们听到警告，赶紧在岩石边躲起来。它们身体的颜色跟岩石融成一片，斯迪克很难发现哪里是小羊哪里是岩石。等他走远之后，小羊才在大角羊的带领下朝远处飞奔。

一天，角羊母子经过一片松树林拐弯处时，一头黑色的狼獾突然冲出来，将白鼻子的妈妈扑倒在地。狼獾残忍凶狠，一口就咬断了白鼻子妈妈的脖子。随后，它扑向来不及反应的白鼻子，又扭断了白鼻子的脖子。

卡拉格和它的妈妈——钉子，被突如其来的变故吓了一跳，立即疯狂地往前逃命。一会儿之后，它们爬上了甘达峰的斜坡。狼獾杀死白鼻子和它妈妈之后，没有跟过来。说不定，它正在享用大餐呢。

卡拉格和钉子妈妈爬上斜坡的最高处，观察周围的动静。突然，钉子妈妈看到了斯迪克。它严厉地警告卡拉格："孩子，有猎人！站在原地不要动！"

它们一动不动地站在原地。一会儿之后，斯迪克过来了。他完全没有发现近在咫尺的大角羊母子，很快走远了。

钉子妈妈带着卡拉格来到一座名叫亚库伊卡库的高山。远处，有一些来回晃动的动物身影。钉子妈妈聚精会神地盯着那些身影看了好一会儿，直到确定那是一群大角羊，才带着卡拉格一刻不停地跑了过去。

钉子妈妈看见了两头公角羊留下的脚印，摇了摇头。因为，在大角羊的世界里，公羊和母羊是分开生活的。只有冬天来临，它们才会聚集到一起。现在是春天，钉子妈妈遗憾地走开了。

第二天，钉子妈妈闻到一股从母角羊身上散发出来的气味，它带领卡拉格顺着气味追了上去。大概走了两三分钟，钉子妈妈发现了羊群。羊群里都是角羊和小角羊，钉子妈妈稍微统计了一下，大概有十几头母角羊呢。钉子妈妈不敢轻举妄动，只能躲在岩石后面偷偷观察羊群。自从白鼻子被咬死后，卡拉格觉得很寂寞。现在，新的小伙伴就在眼前，它忍不住将头从岩石后面露了出来。这下，卡拉格和钉子妈妈暴露了，羊群很快发现了这对不速之客。

羊群不断发出警告，卡拉格和钉子妈妈慢慢走了过去。这时，羊群的首领余茬妈妈走了出来。它在钉子妈妈的前面站立，抬起前蹄，敲得地面"咚咚咚"地响个不停。钉子妈妈低下头，冲了上去。两头角羊头抵着头，角抵着角，打了起来。钉子妈妈的力气很大，余茬妈妈很快停下来，回到了羊群。钉子妈妈和卡拉格跟在余茬妈妈后面，加入了羊群。

其实，刚才的一番打斗，就是羊群接纳新成员的仪式。

第三章　余茬妈妈

这个羊群里有8头小羊,它们比卡拉格出生的时间早一些,个头也比卡拉格更高大。虽然,那些母角羊已经将钉子妈妈看成了羊群的新成员,但是卡拉格并没有被小羊们接纳。

小羊里面也有一个不成文的规定:新来者需要跟大家比试力气,成功通过比试,才能被大家接纳。很快,所有小羊都朝卡拉格发出挑战。一头小羊默不作声地撞了过来,卡拉格想躲避,它刚一转身,其他小羊就从不同的方向撞了过来。为了避免被攻击,卡拉格不得不快速调整身体方向。它无法应对被围攻的场面,只好躲在钉子妈妈肚子下面。

但是,钉子妈妈不能保护卡拉格一辈子都不受欺负呀。

这不,第二天,天刚刚亮,这群小羊又集合到一起。它们今天的娱乐项目就是欺负卡拉格。

那群小羊中间,有一头最强壮的小公羊,它很喜欢欺负卡拉格,带头朝刚刚起身的卡拉格冲去。卡拉格还没站稳,那头小公羊冲过来的时候,卡拉格猝不及防,被撞翻在地上打了好几个滚儿。

卡拉格被激怒了,它一下子从地上跳起来,低着头朝小公羊抵了过去。两只小羊的头紧紧靠在一起,都想用力将对方推倒。一开始,卡拉格被小公羊抵得连连后退。不过,头上刚刚冒出来的尖角帮了大忙,卡拉格用小尖角朝小公羊的腹部刺了几下,小公羊疼得受不了了,一转身逃走了。就这样,卡拉格奠定了在小角羊中的地位,已经没有哪头小羊敢再欺负它了。

终于,卡拉格和钉子妈妈完全被羊群接受,可以安心地跟大家生活在一起了。

羊群的首领余茬妈妈,是一头特别聪明的老羊,它还有一个孩子——就是跟卡拉格打架的那头小公山羊,名为小歪扭。跟余茬妈妈相比,钉子妈妈更年轻力壮,它聪明冷静,目光敏锐,一旦发现周围有可疑情况就会立即通知同伴。接到钉子妈妈的通知,羊群会安静下来，待在原地，直到危险完全解除才开始行动。

一般情况下，余茬妈妈总能第一个发现险情，而钉子妈妈绝对是第二头发现危险的羊。因此，在羊群里，钉子妈妈的地位仅次于余茬妈妈。

第四章　美洲狮

正如林子大了什么鸟都有，在这个羊群里，也有一些行为古怪的羊。比如，那只喜欢跪着吃草的母羊。吃草的时候，这头母羊为了节省力气，居然把两条前腿折起来，用膝盖跪在地上。这种懒惰的吃草方式，会让膝盖上的皮越来越厚，从而影响奔跑速度。这头母羊因为长时间跪着吃草，它的膝盖磨出了一层老茧。要是遇到敌人，它就糟了，完全不能像其他角羊那样快速逃跑。

还有一头母羊，它总喜欢跟首领余茬妈妈唱反调。一般大家都很安静地站立的时候，它却喜欢扭来扭去，这样一来，整个羊群会被它暴露。

夏天快来了，余茬妈妈带领羊群离开山峰，朝山下走去。对羊群来说，山下是危险地区，更何况大家走的还是一条谁也不熟悉的路。钉子妈妈很担心，好几次停下来侦查，想确定周围是否安全。但是，余茬妈妈一脸自信，大家尽管有点害怕，还是紧紧地跟在它身后朝山下走去。

大家很快走下了山。突然，余茬妈妈停了下来，眼睛直直地看着前方不远处。其他的羊也顺着余茬妈妈的目光看了过去。大家一看，顿时浑身充满了力量。就在它们前方的陡坡上，有一道宽宽的白带子。在余茬妈妈的带领下，羊群来到白带的前面，伸出舌头不停地舔上面的白色东西。

它们舔啊舔，觉得浑身舒爽，头不疼了，身体也不热了，消化不良导致的胃病也得到了缓解。

原来，这条"挂"在陡坡上的白带，是大自然自己生产出来的盐，具有调理野生动物身体的功效。余茬妈妈在山里生活了大半辈子，自然知道山下有这么个神奇的地方。所以，它才会在烈日炎炎的夏季，带着大家来到这里享用美食。

两个小时之后，羊群吃了足够多的盐，余茬妈妈决定带着它们回到山上。岂料，一些羊看到盐场周边的青草，忍不住吃了起来。余茬妈妈使劲催促，它们还是不想上路。尤其是余茬妈妈的孩子小歪扭，即使大家已经走出了草地，它还在草丛里胡吃海喝。

走到半路，余茬妈妈发现孩子不见了，只好带着大家再次回到山谷。由于耽搁了太多的时间，羊群不能在天黑之前赶回去，只好在山谷里过夜。山谷两侧都是茂密的树林，要是有敌人躲在里面，很难被察觉。因此，这里其实不是一个过夜的好营地。

天刚刚黑，一头凶猛的美洲狮就闯进了山谷。美洲狮是羊群的头号敌人，它体积庞大，身手灵敏，可以悄无声息地靠近羊群。也许，这群羊得到了大自然的格外怜悯。美洲狮靠近山谷的时候，踩到了一个小石头，石头滚进山谷，发出了清脆的声音。钉子妈妈听到石头滚下来的声音，立即发出警告："不好，美洲狮来了，大家快逃！"

它带着卡拉格跑出山谷，爬上了一个陡峭的悬崖。

余茬妈妈立即发号施令："孩子们，紧紧跟在我身后！"

小歪扭却不听话，它朝另一条路跑了过去。在它看来，那里才是安全的地方。结果，它没跑多远，发现只剩下自己一个了，便大声地哭喊起："妈妈，妈妈，你在哪里？"

听到孩子的哭喊，余茬妈妈顾不得凶猛的美洲狮了，再次返回山谷。而美洲狮正等着余茬妈妈自投罗网，它张牙舞爪地扑过去，眨眼之间就杀死了余茬妈妈。

杀死余茬妈妈之后，美洲狮又朝其他大角羊扑去。在钉子妈妈的带领下，羊群快速跳上了岩石，成功躲开了美洲狮的攻击。

大家平静下来之后，发现是钉子妈妈带领羊群走出困境。于是，钉子妈妈临危受命，成为了羊群的新首领。

第五章　钉子妈妈

余茌妈妈死了之后，小歪扭成了孤儿。作为羊群的新首领，钉子妈妈担当起照顾小歪扭的重任，成了这头小公羊的养母。

但是小歪扭并不懂得感恩。它不仅不会感谢钉子妈妈和卡拉格，还故意把卡拉格撵到一边，独享钉子妈妈的乳汁。不过，卡拉格已经长大了，它是一头聪明的角羊，很快就打败了小歪扭。小歪扭被卡拉格修理之后，看起来温顺多了。然而，它的心里装满了对卡拉格的仇恨，总盘算着什么时候找个机会好好教训一下卡拉格。

时间慢慢过去，卡拉格和小歪扭长大了。它们头上的角长出来了，而且还会继续不停增长。小歪扭的歪角长得很粗，大家已经给它换了一个称号，称它为歪犄角。

这两头小公羊飞速成长，短短一个夏天，它们就学会了大角羊家族的所有野外生存本领。它们知道如何躲避敌人，如何爬上悬崖。此外，它们还学会了一些生存的小门道，记得前往盐场的小路。

由于歪犄角和卡拉格已经长大，钉子妈妈给它们断了奶。尽管它们还没离开羊群独自生活，但是从此之后，它们不能再像以前那样完全依靠钉子妈妈照顾了。

这年冬天，钉子妈妈看见孩子们都长大了，它决定开始新的旅程，为自己寻找一位丈夫。

冬天，是公角羊和母角羊组建家庭的最佳时机。要是公羊羊群发现了母羊羊群，它们会朝彼此发送信号，慢慢靠拢。

这一回，走向母羊羊群的是一对体格强健的公山羊。它们得意地耸着肩膀，晃动犄角，走到母羊群前面。母羊群故意往前跑，公山羊们追了起来。最后，它们追上母羊群，成了羊群中的一员。

但是，这对刚被母羊羊群接纳的公山羊，突然打了起来。它们用犄角狠狠地抵着对方，将犄角撞得七零八落。这场战斗无比激烈，体重比较轻的山羊最后放弃了战斗，从地上跳起来逃走了。

随后,母羊们跟在获得胜利的公山羊后面,任命它担任新羊群的首领。就这样,公羊在羊群里待了很长一段时间,直到春天即将来临,才回到自己所在的公羊羊群。

春天过去,转眼又到了6月。羊群里的母羊几乎都生了两头小羊,钉子妈妈跟去年一样,只生下一个孩子。现在,钉子妈妈将所有的精力都用来照顾这头小羊了,渐渐忽略了对卡拉格的照顾。不过,卡拉格已经长大了,不像儿时那样依赖妈妈了。

一天,钉子妈妈正在为孩子喂奶,其他角羊突然大叫:"猎人来啦,快躲起来!"

听到警告之后,所有的羊立即停止活动,一动也不动地站在原地。谁知,一只小羊却走了出来,站在钉子妈妈前面。钉子妈妈来不及呼喊,只听"砰"的一声,小羊被打死了,扑倒在地。钉子妈妈吓坏了,立即跳起来,寻找自己的孩子。这时,又响起枪声,钉子妈妈的腰部被打中,它只能强忍着疼痛往前跑。

也不知跑了多久,钉子妈妈和羊群走散了。它来到残留着积雪的高地,想将身体埋进雪里面降温。但是,它跑了太远的路,全身的力量已经被消耗殆尽,还没等爬进雪堆,它就摇摇晃晃地倒下,永远也不可能站起来了。

不一会儿,钉子妈妈的另一个孩子,6月里才出生的那头小羊,也来到了钉子妈妈身边。它不明白妈妈为什么不能站起来,只好站在一边等待妈妈醒来。最后,这只可怜的小羊因为饥寒交迫,也失去了生命。

第六章　角羊大王卡拉格

秋去冬来，大角羊的交配期到了。

去年那头健壮的大公羊回来了，它赶走了包括歪犄角、卡拉格在内的好几头小公羊。其实，卡拉格它们也想赢得母羊的青睐，组建自己的家庭。但是，它们不是那头大公羊的对手，只能接受被驱逐的命运。

这几头公山羊在外足足流浪了4年。在这4年里，卡拉格成为了这个新羊群的首领。不过，在卡拉格统治的这个羊群里，每一只公山羊都期望自己能当上首领。尤其是那头跟卡拉格一起长大的公山羊歪犄角，它从小就对卡拉格心存怨恨，前后对卡拉格发动了好几次挑战。不过，每一次，歪犄角都被卡拉格打败了。

有一回，歪犄角竟然把卡拉格逼上了悬崖。不过，卡拉格反败为胜，将歪犄角永远地赶出了羊群。

这时候的卡拉格，已经长成了一头出色的大公羊了。尽管它的体重已经超过130斤了，但是在悬崖上奔跑的时候，卡拉格身轻如燕，就像贴着岩石飞翔一般。此外，它的犄角越长越漂亮，不论是宽度还是长度，都远远超过了其他角羊。角羊的犄角就像树的年轮，每长大一岁，犄角上就会长出一圈年轮。如今，卡拉格的犄角上已经有5个年轮了。

5年之后的冬天，卡拉格终于迎来了组建家庭的机会。它在雪地上发现了母羊的脚印，带领公羊们一刻不停地往前走，很快就撵上了一群母羊。

按照羊群的见面仪式，母羊很快接受了这群公羊。而为了争夺母羊，公羊们进行了激烈的战斗。尽管每一头公羊都想独享母羊羊群，但是它们都不是卡拉格的对手，很快被卡拉格撵出了羊群。卡拉格成了羊群的新首领，母羊们很尊重它，卡拉格的心里别提有多高兴了。

不过，这种威风凛凛的局面只维持了两天。两天之后，卡拉格遇到了另外两头公山羊。其中一头是个大块头，它的体型跟卡拉格差不多，只有犄角不如卡拉格好看；而另外一头山羊,就是跟卡拉格一起长大的歪犄角。

很快,那头大公羊走了过来,向卡拉格发出挑战。卡拉格为了保住自己的首领地位,毫不犹豫地朝大公羊扑去。"咔嚓"一声巨响,两头角羊的犄角都碰到了一起。随后,它们往后一退,再次冲上去继续战斗。

这是一场无比激烈的战斗!两头公羊都一样强健灵敏,每一次它们的犄角撞到一起,犄角上的碎片就会被撞得到处飞溅。它们已经来来回回打了好几个回合,却难分胜负。

突然,卡拉格牢牢地稳住身形,避开了大公羊的攻击。它已经将全部力气用到犄角上,试图一下子将对方撞倒。岂料,可恶的歪犄角趁机偷袭,袭击了卡拉格的腹部。卡拉格反应不及,一连打了好几个趔趄,眼看就要从悬崖上掉下去了。就在这关键时刻,卡拉格表现出非凡的胆识和魄力!它猛地一转,从悬崖上将身体转了回来。而歪犄角,由于用力过猛,从悬崖上跌落到谷底。用卑鄙手段袭击卡拉格的歪犄角,最终为自己的愚蠢付出了生命的代价!

卡拉格站稳之后,再次朝那头大公羊冲过去。大公羊被撞倒,跳起来逃走了!最终,卡拉格成为新羊群的首领!

在卡拉格统治羊群的这几年,老猎人斯迪克离开了小木屋,前往克罗拉多州淘金去了。没有猎杀,高原上的角羊数量不断增加。卡拉格当上了羊群的首领之后,将自己从生活中总结出的经验传授给羊群,羊群也变得越来越聪明了。

第七章　羊群的壮举

后来，斯迪克又回到了他那间小屋，继续打猎。因为年岁渐高，斯迪克的眼睛看东西越来越模糊。为了解决这个问题，他专门配了一副双筒望远镜。

斯迪克回来之后，在山上转了转，很快，他发现了羊群里备受瞩目的卡拉格。他拿起望远镜，仔细地观察了好一阵子，忍不住大声惊呼："上帝啊，多么美的犄角！我一定要抓到这头山羊，这对犄角归我啦！"

但是，斯迪克已经老了，他追不上那些步伐矫健的大角羊了。在卡拉格的带领下，羊群比以前聪明多了，它们的速度也比以前快多了。即使斯迪克发现了卡拉格的脚印，即使他花了好几个小时追踪，也不可能抓住任何一头山羊，更别提要抓住卡拉格了。

一天，一个喜欢打猎的放牧人李走进了斯迪克家。李有三条猎狗和一匹快马，他对斯迪克说："要是带上我的猎狗去追踪这群角羊，肯定收获不少！"

斯迪克有些不屑地说："你来自平原，哪里清楚山里的角羊是如何生存的呢！我觉得，你最好跟我一起去看一看！"

于是，李带着三条猎狗，跟着斯迪克走进大山，来到甘达峰脚下。猎狗们来回嗅着地面，突然大叫起来。而不远处，卡拉格从树林里跳了出来。

"啊！"斯迪克大声惊呼。

卡拉格身后，大角羊一头接一头跳了出来。猎狗追了上去，李和斯迪克担心伤到猎狗，只好紧紧握住猎枪跟在后面。

卡拉格带着羊群在岩石上飞奔，跑了两三公里后，猎狗渐渐赶了上来。

前方有一个非常陡峭的悬崖，距离谷底至少有150米的距离。要是一不留神掉下去，绝对会被摔成肉酱。并且，悬崖对面，也是一面陡峭的悬崖，两个悬崖之间距离太远，卡拉格根本跳不过去。现在，卡拉格它们面临两个选择，要么跳下悬崖摔死，要么被追上来的猎狗和猎人杀死。

在这万分紧急的时刻，所有大角羊都盯着卡拉格，希望它做一个正确的决定，避免悲剧发生。

奇迹发生了!

卡拉格纵身一跃,跳向悬崖下距离自己大约9米的地方。那里有一块凸出的岩石,卡拉格跳上去之后,转过身体,在另一面悬崖上找到下一处距离自己较近的凸出岩石,再次跳了上去……

就这样,卡拉格的身体像一根坚韧的绳子,在两面悬崖之间来回飘荡,最后安全到达谷底的宽阔地带。

其他的大角羊,也学着卡拉格的样子,呈"之"字形开始往下跳。如果有人站在远处眺望,会发现这些一头接一头往下跳的大角羊。像一道灰色的瀑布在悬崖上缓缓流淌。它们有条不紊地跳跃,全部安全到达谷底,跟卡拉格汇合。

最后那只大角羊往下跳的时候,三条猎狗追了上来,也跟着跳了下去。但是,它们掉入谷底,被汹涌的溪流冲走了。

等李和斯迪克赶到,山谷已经恢复了平静,完全看不到猎狗和大角羊的身影了。好一会儿之后,李用无比悲痛的声音呼唤猎狗们的名字。但是,他心里清楚,自己已经永远地失去它们了。

第八章 大战狼群

失去三条猎狗,李发誓要将羊群一网打尽,为自己的猎狗报仇。他跟斯迪克商量了新的追杀战略:斯迪克故意在山里大摇大摆地走来走去,吸引大角羊的注意力。李则埋伏在大角羊的必经之路,等羊群经过的时候,将它们全部杀死。

这个战略很有效,不一会儿,羊群就来到了李的埋伏地点。李藏好身体,看见奔跑的羊群,内心激动不已。正当他打算跳出来开枪的时候,突然从森林的下方蹿出来5只狼。狼群很快朝羊群追去,在卡拉格的带领下,羊群来到了一个陡峭的山崖边。

山崖半腰上有一条小路,羊群只有经过这条路,才能逃到山顶。这条路地形险要,一面是陡峭的岩壁,一面是深不见底的山谷。小路非常狭窄,只能容一头山羊经过,稍有不慎就会掉进山谷摔死.

在卡拉格的指挥下,羊群有条不紊地往前走。一头母羊没有看到地上的树根,被绊了一下,速度慢了很多,眼看就要被狼群追上了。作为羊群的首领,卡拉格挺身而出,保护母羊往前走,自己转过身,面对狼群来的方向,摆好战斗的架势。

领头的一头狼冲了过来,卡拉格突然把头一低,用坚硬的犄角抵住进攻,来回晃动。不一会儿,头狼被卡拉格的犄角刺中,卡拉格往前一推,头狼撞上了后面的一头狼,两头狼摇摇晃晃,一起掉下山谷摔死了。

又一头狼扑了过来,卡拉格一晃犄角,这只狼也撞到犄角上,掉下了山谷。第4只狼扑过来的时候,卡拉格故技重施,很快将这只狼甩下山谷。

只剩下最后一头狼了。卡拉格率先发起进攻,将全身的力量都蓄积到犄角上,将狼撞向岩石。不等狼站起来,卡拉格再次晃动犄角,一下子刺中狼的身体,将它扔下了山谷。

战斗结束,卡拉格得意地打了个响鼻,快步朝羊群跑去。

站在一边观战的李完全惊呆了。当时,他距离卡拉格只有50米的距离,只要开枪射击,卡拉格必死无疑。但是,李完全被卡拉格的英勇无敌所折服,他不愿开枪打死这位了不起的角羊大王。

卡拉格走了之后,李站在原地自言自语地说:"卡拉格呀,你真是一位出色的斗士!尽管你弄死了我的狗,但是你是凭借自己的智慧和勇气赢得了这场战斗,我真心佩服,不会再伤害你了。"

第九章　斯迪克的追击

越来越多的人听说了卡拉格的事迹,无数猎人涌向甘达峰,想猎杀卡拉格,赢得它头上那对漂亮的大犄角。但是,卡拉格总能摆脱他们的追踪,那些人只好两手空空地离开大山。

斯迪克找了一位朋友,两个人在山上转悠了整整三天,连卡拉格的影子都没发现。最后,这位朋友厌倦了这种无聊的游戏,也离开了。但是,斯迪克却不死心,他准备好一切露营的东西，打算在山里长住一段时间，直到抓住卡拉格为止。

现在已经是冬天了，斯迪克轻易就从雪地上找到了卡拉格的脚印。他跟着脚印追踪了整整一天，最后在野地里露营了一晚。第二天，斯迪克又出发了，他到达一座山南面的时候，终于追上了卡拉格和它的羊群。

当时，卡拉格正在琢磨往哪一个地方逃命。只听"砰"一声，一颗子弹打中了卡拉格的犄角。卡拉格被打得头晕目眩，它赶紧传达命令："立即解散，大家分头行动！"

羊群很快散开了。斯迪克对其他大角羊不感兴趣，他跟在卡拉格后面，一连追了好几天。

这天，斯迪克来到湖边。他对周围的地形非常熟悉，打算抄近路伏击卡拉格。但是，等他赶到伏击地点的时候，突然刮起了西风，飘起了大雪。风雪交加之中，斯迪克根本无法睁开眼睛，卡拉格已经站在他前面，他却什么都看不见。

两个小时之后，天气放晴。卡拉格早就走远了，雪地上只留下它的足印。斯迪克研究了风向，抄近路朝卡拉格可能经过的路走去。第二天早晨，斯迪克果然发现了卡拉格的身影。他悄悄靠近，在距离卡拉格500米的地方站立不动。卡拉格也一动不动地站着，它和斯迪克看上去就像两块屹立在地面的石头。

僵持一会儿之后，斯迪克举起猎枪，慢慢瞄准了卡拉格："现在，你就算想逃也逃不了了！你的犄角归我啦！"

"砰！"

枪响了。卡拉格突然往边上一跳，子弹只打中了它身前的积雪。随后，卡拉格飞快往前跑，斯迪克又被甩在后面了。但是，这并没有动摇斯迪克的决心，他发誓要把卡拉格弄到手。

就这样，斯迪克晚上睡觉，白天追踪。有时候，他能看到卡拉格的身影，但是卡拉格每次都站在猎枪的射程之外，即使开枪，也不可能打中它。

一段时间之后，卡拉格已经摸清楚了斯迪克的底细。它甚至都不刻意隐藏行踪，站在距离斯迪克500米之外的地方啃起草来。掌握了斯迪克的追踪规律之后，卡拉格总是趁斯迪克休息的时候停下来吃草。只要斯迪克一起身，它就掉头往前跑。

现在，斯迪克已经进山5个多星期了。每天早晨，他一醒来，就会对着远处的卡拉格大喊："嗨，卡拉格，我们今天继续吧！"

远处的卡拉格也跺跺脚，回应道："好呀，我等着你呢！"

新一轮的追踪开始了。这样的日子一直持续了两个多月。卡拉格似乎已经习惯了被斯迪克追踪，要是看不到斯迪克的身影，它甚至还担心他没有追上来，还会站在原地等待。

整个冬天，斯迪克追着卡拉格，竟然走遍了高原上的几个主要的山脉。

第十章　稻草人的秘密

为了追踪卡拉格，斯迪克已经进山 12 个星期了。他翻越了 10 座大山，走了 800 多公路路程。

一天早晨，卡拉格照常跟斯迪克保持着一段距离。斯迪克吸着烟斗，突然想起了一个绝妙的主意。吸完烟之后，斯迪克折断了附近的几棵小树，捡了一些石头，做了一个稻草人。斯迪克脱下自己的衣服，穿在稻草人身上。最后，他借着稻草人的掩护，紧贴着岩石往上攀爬，爬了一个多小时之后，绕到了卡拉格身后的那座山峰。

卡拉格已经将稻草人当作了斯迪克，它疑惑不解地看着稻草人，心想："为什么今天斯迪克一动也不动了呢？"

现在，斯迪克距离卡拉格只有 300 米的距离了。为了保险起见，他利用积雪做掩护，慢慢地爬过去，直到他和卡拉格之间的距离缩短到 50 米。

卡拉格依然直直地盯着稻草人，时不时不耐烦地跺跺脚。它根本不知道，真正的斯迪克正在自己身后。

现在，是杀死卡拉格的最好时机。斯迪克举起猎枪对准了卡拉格，但是他的手不受控制地颤抖起来。他不清楚，为什么无比盼望的这一刻真正到来时，自己如此紧张不安。好一会儿之后，斯迪克终于冷静下来，他再次瞄准卡拉格，扣动了扳机。

"砰！"

时间仿佛静止了！枪声久久在山谷回荡！

斯迪克躲在岩石后面，不敢看卡拉格。

卡拉格抬起蹄子，不停地跺着地面。两分钟之后，山谷一片寂静。斯迪克从岩石背后走出来，看见了躺在血泊里的卡拉格。

卡拉格！一位在任15年的角羊大王，用它锋利的犄角打败了无数敌人，却也因为这对犄角，葬送了自己的性命！

斯迪克缓缓走向卡拉格，一眼就看见了卡拉格那对金黄色的眼睛。这对眼睛并没有因为卡拉格的死去而黯淡无光，相反，在阳光的照耀下，它闪动着绚丽的光泽。

斯迪克突然觉得好冷。在山里追踪了好几个月，终于得到了卡拉格，但是他却一点儿也高兴不起来。他站在原地，沉默了好久，才嗫嚅着说："如果可能，卡拉格，我想你活过来！"

斯迪克觉得自己的心跟冰雪一样冷，他赶紧将衣服从稻草人身上取回来穿在自己身上。他掏出一把小刀，熟练地剥下卡拉格的皮，切下它的头。然后，他带着自己的战利品，跟跟跄跄地朝山下走去。

第十一章　卡拉格的复仇

斯迪克把卡拉格的头做成了一个标本。标本的效果做得非常好，卡拉格的犄角和眼睛像活着的时候一样，栩栩如生。

斯迪克盯着这个标本看了好长一段时间，随后他找来一块布，将它盖了起来。从此之后，斯迪克很少把布掀开，他的那些朋友询问猎杀卡拉格的事，他也不愿开口。如果有人非要问个明白，斯迪克会用无比沉重的语气告诉对方："我杀死了卡拉格，得到了它的犄角。但是，卡拉格并没有死去。它就在我的墙上，日日夜夜盯着我，它想找我报仇！"

一天，斯迪克的一个朋友来串门。这个男人取下了墙上的布，忍不住惊呼："啊，卡拉格！斯迪克，你真了不起！"

斯迪克回头看了一眼，他看见卡拉格的眼睛里冒出了熊熊火焰。其实，那是卡拉格的眼睛里反射出的炉火。但是，斯迪克吓坏了："你快点把布盖上吧。"

男人盖上布之后，建议道："既然你不想看见它，我给你出个主意。我有个朋友在纽约，他一直想买卡拉格的犄角，要不你把它卖了吧？"

斯迪克生气了："谁说我要卖卡拉格了！不管怎么样，我都不会卖掉它。我没有打死它之前，一直跟它生活在一起，它也想跟我生活在一起。"

"我的朋友，你已经把它打死了，你赢了呀！"

"不！"斯迪克惊叫起来，"我没有赢！卡拉格如此聪明。它生前带着我在山里兜圈子，死了还时时刻刻盯着我，想要我的命！每当西风吹过山谷，我都会听见风里的声音，你听，是卡拉格死前的喘气声！"

这时，屋外的西风阵阵怒号，墙上的布也被吹得"哗啦哗啦"地不停摇摆。斯迪克一脸惊恐地盯着墙上的卡拉格，那个男人也吓得一脸惨白。

第二天，风雪交加。那个男人再也待不下去了，冒着暴风雪出了门。

风越吹越猛，雪越下越大。这天夜里，辽阔的高原已经被白雪覆盖。大山出现了雪崩，几十吨的雪从山上滚下来，铲平了岩石，淹没了小山，摧毁了树木。最后，巨大的雪球冲向了斯迪克的小屋。

"轰！"

传来一声惊天动地的巨响！小屋在瞬间被积雪吞没。卡拉格的头从墙上滚落下来！

不久，冬去春来，在阳光的照耀下，积雪慢慢融化。斯迪克的房子已经变成了一堆破烂，斯迪克早就变成了森森白骨。卡拉格的头却完好无损地保存了下来。

今天，卡拉格的头被当作贵重物品挂在一个有钱人家的墙壁上。它的故事也流传开来。在人们心中，卡拉格是大自然的杰作，是甘达峰最勇敢的斗士！